孟广顺 著

# 大路朝天

DA LU CHAO TIAN

中国工人出版社

# 第一章

铁龙飞手提红色安全帽，脚穿沾满泥土的黑色旅游鞋，站在铁门关隧道洞口外，望着已经建成的泛着白光的高铁线路，感慨万千。

南方的高铁工地与北方的不同，四周全是大山，绿油油的。整条高铁桥隧相连，翻山越岭，横跨江河，气势恢宏。铁龙飞背后的这座长大隧道，曾吞噬了好几条鲜活的生命。这一刻，他神情凝重，从上衣口袋掏出一支烟叼在嘴里，摸出打火机，“啪”地将烟点着，白色的烟雾从鼻腔中飘出，瞬间稀释在空气中。他长叹一口气，蓦然间领悟到许多过去没有沉下来思考的东西：道路的修筑不仅需要用血泪拼筑，更需要用敢打敢拼的精神闯出来。

对于铁龙飞的身份，一直以来没有人能准确地描述。他给人的第一印象是，身板笔直，躯体壮硕。这种特质一看就是行伍之人，因为刻在一个人骨子里的记号和打在身上的烙印，是永远不会褪色的。

的确，他当过兵，服役三年，期满后又当了五年志愿兵，最后退伍回到了鲁西平原的农村老家铁匠营，过着入伍前与土坷垃打交道的生活。再后来的岁月，他离开老家进城务工，不知从何年何月起，又成了一名活跃在高铁工地上的劳务队队长，并且还干得有声有色。说得通俗一点儿，就是带着一群人，在高铁工地承包工程下苦力，被大家叫作包工头。

铁匠营村的来历，没人细究过。据老人讲，很久以前，这里并没有村子，而是一片空地。有一天，一个中年铁匠带着女人推着架子车路过此地，车上一边绑着风箱、铁炉、柴火，一边绑着折叠了好几层的厚被褥，有几处已经露出棉花套子，破烂不堪且油乎乎的。两个幼童坐在架子车上，为了能推起来并保持平衡，上面压了粮食袋，在车顶凸起的部位，还绑着零七八碎的基本生活品。几个人刚落脚歇息，铁匠便突发疾病，随即而亡。女人怀着悲伤的心情，就地把自家男人掩埋了，带着两个孩子再也没有离开过这里。从那时起，这个地方便叫铁匠营了。

传说归传说，到底是真是假，没人能说得清。不过，全村铁家的人都把客死半路的中年铁匠奉为祖宗。如今的铁氏家族，在村里是大姓。全村人口户籍登记，共有九百户人家，其中三分之二都姓铁，其他姓氏人家都不敢招惹铁氏家族的人。从中年铁匠带着老婆孩子来到这里到现在，已经过去了两个多世纪，子子孙孙一代代繁衍生息，发展出好多支脉。

铁龙飞家这一支，在铁氏家族中人口稀少、繁衍缓慢。老一辈曾在村西头建了一座十分像样的铁氏家族祠堂，里边供了好多祖上的牌位，每逢大事和春节，都要组织各支的族人去祠堂里祭拜祖宗，延续香火。由于历史原因，在一个时期祠堂被拆了，自祖辈起置办的那些值钱家什和祖纸上的祖宗画像，被烧了个精光。

当时，铁龙飞的爷爷机警地冲进祠堂，用树枝在冒着青烟的火堆里来回扒拉，不顾升腾的火星，才将祖宗的牌位抢出来。拿起一看，牌位已被烧成半拉，四周变得焦黑。他双手捧着牌位火速跑回家，用一块红布包好藏起来，一直传到铁龙飞他爹这一辈。

铁龙飞家是有名的穷大辈，好些年都不富裕，原因是父亲铁继先老实巴交一辈子，干农活是有名的好把式，可弄不来钱，只落了个好口碑。为给铁龙飞娶媳妇，他找远亲近邻东拼西凑借了十万元，又哀求村委会主任，在村东头划了一处宅基地，盖了座新房至今空着，欠下一屁股债。母亲虽贤良，却常年生病，不能下地干活，日子过得始终紧紧巴巴。铁龙飞有个妹妹叫铁春蕾，长相出众，部队来县里征兵那年正上初中，现在正在读大学。当年，种地收入少，村里大部分青壮年便开始成群结队外出打工，在村里留守的全是些老弱病残。铁龙飞高中毕业后，在家帮父母种了一年地，第二年也本想外出打工挣钱，恰逢部队来了一名征兵的排长。在乡武装部的举荐下，铁龙飞经过一番面试和体检，便走上了当兵之路。

那年村里就送走了铁龙飞一个去参军，但部队战士提干有学历方面的硬性要求，他文化程度不高，自然不能被提拔个一官半职。八年以后的深秋，他只好摘掉领章和帽徽，背着绿色背包退伍返乡。三十多万元的退伍安家费，在还完盖房欠下的债后，所剩无几。农村庄户很多人嫌贫爱富，对富裕人家，虽然背地里羡慕嫉妒恨，可面儿上阿谀奉承，想着法子攀高枝，而对那些过得不好的人家，常是一副嫌弃的样子。铁龙飞家过得不咋样，自然不受村里人待见。即使是铁氏家族里的一些人，也从心里看不起他们家，十里八村连个上门提亲说媒的都没有，有一阵子铁龙飞郁闷得死的心都有了。

铁龙飞退伍后在家待了一年，这段时光很是暗淡。长期的军营生活，几乎把他隔绝在社会之外，农村的一整套活路快忘光了，加上地里的农活全都逐渐机械化作业，这更让他无所适从。村里那些外出打工的人家，把地都租给外乡人去种。铁龙飞家的地，老爹铁继先没往外租，都是花钱雇机械耕种，没有多少活可干。铁龙飞曾立下雄心壮志，带领全村人干一番事业，让大家过上好日子，可村委会换届选举，村民没几个人投他的票，落选败北的处境很尴尬。后来，有退伍老兵来找他，想拉他去参加县里的退伍军人联谊会，争取应该享受的待遇。铁龙飞寻思半天，摇头拒绝了。作为一名曾经的军人，他不想给国家添乱，哪怕一个人承担所有的生活压力。

铁龙飞很想弄清全家靠种地，一年到底能收入多少。一天晚饭后，他和爹娘坐在堂屋里仔细算了一笔账。当最后的数字出来时，他一时语噎了，觉得自己掉进了一个漆黑洞穴，不知道该往何处走，只能在困惑中彷徨。夜晚来临，他常常关掉灯钻进被窝，睁着两眼傻傻地盯着漆黑的屋顶，琢磨这一辈子的出路在哪儿。做生意没本钱，开工厂没技术，想破脑袋也没理出个头绪。

一天夜里，他忽然想起了之前偶遇的一个叫苏欣的女子。在退伍告别部队的那天，他和战友正在火车站站台排队等候上车，就那么机缘巧合地救了苏欣她娘。当时，苏欣娘挤在拥往站台的人群里，苏欣提着重重的行李箱跟在后头。那些不管不顾的旅客，生怕上车抢不到座位，背着大包小包疯了似的往下拥，将老妇挤倒在地，顺着台阶翻了几个滚儿。一些旅客直接从她身上踩过去，没一个人停下来搀扶。铁龙飞见状箭步跑出队列，冲上前，用身体挡住那些慌里慌张抢着上车的旅客，把老妇扶起来，并接过她手中重重的行囊。

苏欣而后急匆匆地从台阶上下来扶住母亲，万分感激地朝铁龙飞深深鞠了一个躬，自报家门说："我叫苏欣。"

"我叫铁龙飞。"

铁龙飞瞄了她一眼，二十五六岁的样子，背着个鼓囊囊的大背包，看起来像个刚毕业没几年的大学生，既水灵又有气质。没等铁龙飞开口，苏欣说自己在中铁工作，看到他胸前的军功章，问铁龙飞是参军还是退伍。

铁龙飞有些窘迫地回答："退伍。"

"在部队立过几次功？"

"一次。"

"打靶还是救人？"

"在隧道里救战友。"

苏欣望着眼前这个英俊帅气的军人，怦然心动，有一种触电的感觉，脸唰地红了，闪动的双眸透着明亮的光，嘴角露出一丝微笑，她看见铁龙飞用充满柔情的目光直视着自己，还傻傻地笑着，羞涩地低下了头。很明显，俩人此时此刻撞出少许的火花。苏欣含羞问他能不能加个微信，铁龙飞摇头称部队不让使微信。苏欣说："那咱们留个电话吧！"

即将开动的列车，没有给俩人留出更多的时间，站台上的列车员用喇叭一遍遍地催促旅客们上车。铁龙飞听到身后的排长在喊："铁龙飞，快入列。"

铁龙飞跟苏欣互看了一眼，转身往队列里走，扭头说了一连串手机号，但苏欣并没记住，便各自分开了。短暂的会面，让铁龙飞很难忘掉这个姑娘，他只记住了苏欣最后说的话："希望以后能再见到你。"

铁龙飞的退伍年份，是二十一世纪的头几年。这时的中国已经进入高铁时代，一条条新建高铁线路像一张撒开的大网，铺得满地都是，"八纵八横"高铁网计划正在实施。不过，当年的高铁建设，是施工单位用血泪拼出来的，黑恶势力的干扰，地痞流氓的霸市，这些人依仗背后的靠山，捞起钱来不择手段，肆意妄为。隔三岔五就会听到哪里什么人跟什么人又干起来了。

高铁施工受到黑恶势力的阻挠与敲诈，可谓是家常便饭。同样是这个时期，靠在高铁工地承包工程干活挣钱的农民工达几千万人，大大小小的包工头数不胜数。他们知道高铁的钱好挣，吃定了这碗饭。不论哪儿有高铁项目中标，他们准能第一时间摸到信息，然后托关系、找路子，提着现金去要活。这其中不乏那些收了包工头钱的内部人员，故意给包工头们提供准确的项目中标情报。

于是，哪儿有高铁工地，哪儿就有包工头的影子，成千上万的农民工也就遍布在各个项目上。他们一会儿像飘忽在空中的乱云，一会儿像成群的飞鸟，忽南忽北。挣钱不分地界和工种，隧道、大桥、路基、制运架梁、无砟轨道施工、铺轨、护坡，等等，没有干不了的活，技术含量再高，难度再大，项目发包的劳务单价再低，包工头花血本，拼上老命都要拿到手。他们都是些能人，对付项目总包方很有一套，挣钱有的是办法、手段和套路。守规矩讲诚信的，活儿干得好，结账也痛快。不守规矩的，先送钱套住项目上说了算的人，之后变着法子把项目往死里坑，要么干到半截停工或退场，一门心思搞索赔，把没花几个钱买来的二手旧设备，让项目总包方高价收购走，从中大赚一笔；要么克扣民工工钱，发动民工去围堵项目部和当地政府，组织游街和挡道，把事情往大里搞，不达目的不罢休，简直无法无天。等项目部领导和政府承受不了压力，包工头们便开始躲在某个阴暗的角落里，边悠闲自得地抽着高级香烟、喝着上等茗茶，边等项目部主动上门谈赔偿。靠着高铁项目，黑心包工头们发了，一夜之间变成了暴发户。项目到手来工地时，脚上穿着拖鞋，两手空空打出租；走时西装革履，开奔驰坐宝马，更拥有了万贯家财。

铁龙飞确实做过这样的梦，但他不想坑害国家和他人，只想凭自己的奋斗和诚实劳动脱贫，不再被村里人瞧不起。可又有谁能帮他实现这个梦想呢？他首先想到了苏欣，却不知道她具体在铁路哪个单位，能不能帮上自己。

村里人多地少，耕地分到村民手里本来就没有几分，大多数庄户还把仅有的耕地，租给外地承包人去种了，然后坐在家里收租子。当兵那些年，铁龙飞家的一亩三分地，由爹和妹妹铁春蕾种。一年下来，除了上交的公粮，再留足全家人的口粮，卖粮挣的钱连本钱都不够。退伍回到村里，铁龙飞时常在村外小路游荡。过去大片的粮田，现在全栽上了杨树，长成了茂密的树林，夏季倒是遮天蔽日，凉快得很。但地绿了，庄稼却少种了许多。他觉得务农的希望越来越小，更坚定了出去闯一闯的决心。

一日早晨，铁龙飞整理着退伍带回来的全部家当。他爹铁继先正要出门，只听堂屋里传来“啪”的一声脆响。接着，他娘从厨房里跑出来，站在门口急忙问：“你这是摔了啥啊？”

铁继先折身进屋一瞧，原来摆在条几上的那只大瓷瓶子，被铁龙飞碰落摔了个粉碎，用红布包裹的祖宗牌位散地上。铁继先赶紧弯腰捡起来左瞧右看，责问他咋把祖宗牌位摔了呢？铁龙飞说这牌位都烧烂了，还留着它有啥用。

铁继先小心翼翼地将牌位捧在手里，一本正经地说：“咱这祖宗过去可有名哩，袁世凯当大总统那会儿，花七百多万两白银修建京张铁路，祖宗就是当时的工长。”

铁龙飞听后一惊，不承想祖上还有如此光鲜的历史与背景，这才将牌位毕恭毕敬地接过来，抹去上面的灰尘，将信将疑地问他爹咋知道的。铁继先说祖纸上黄纸黑字记着呢，铁氏家族的老人都知道，可惜祖纸在过去被烧成灰烬了。

自那天起，铁龙飞便把祖宗铁家军的牌位当成了宝贝，与军功章一起，收在了大衣柜里。之后的许多天，他不断上网查询老京张铁路的相关资料。这时，他才了解到一百多年前，有个很了不起的人物叫詹天佑。清政府排除英国、俄国等殖民主义者的阻挠，委派詹天佑主持修建京张铁路。詹天佑不负众望，从 1905 年到 1909 年，仅用 4 年时间，真的把这条铁路建成并连接北京丰台，经八达岭、居庸关、沙城、宣化等地到张家口，全长两百公里的线路，被设计成“人字形”，堪称奇迹。铁龙飞此时相信老爹说的话了，上八辈祖宗一定在詹天佑手下当过工长。

对于那块被烧焦的牌位，铁龙飞觉得它不仅仅是块木牌，更是祖宗留下的财产和资本，于是便开始琢磨怎样才能联系到那个叫苏欣的女子和她的单位。他天天在网上搜索打工信息，坚信总能遇到去高铁工地打工的机会。

再一日，铁龙飞在铁路局百度贴吧里，看到一个人留下的电话，里边留言说要招收劳务工。铁龙飞迫不及待地拨通了那个号码，还真有人接了。对方说话带有浓重的南方口音，电话打了半个多小时，对方问铁龙飞干没干过隧道，会不会开挖、支护和立模打二衬，能组织多少民工出去之类的话，还谈了去工地干劳务的条件和民工的工资待遇。铁龙飞赶紧说自己在部队从事过隧道施工，组织民工要多少有多少，并且很痛快地答应了对方提出的条件。

的确，当兵那几年，铁龙飞在大山里，一直干着国防洞库工程，对隧道施工的各种工序、步骤、工艺了如指掌。等一切谈妥，电话那头才说自己叫林天豹，是在南方某高铁工地承包隧道工程的包工头，让铁龙飞留下联系方式等通知。铁龙飞"喂喂喂"地连喊几声，把林天豹叫住，向他打听一个在铁路工程局工作的叫苏欣的姑娘。

林天豹说："老弟呀，铁路工程局太多啦，你能说出她在哪个局吗？"

铁龙飞一时语塞，称不清楚苏欣在哪个局。林天豹在电话那头"啧啧啧"连咂舌头，说："哎呀，你都不知道她在哪个局，还来问我？我是没有办法啦。"

自这次通话以后很长一段时间，铁龙飞没接到林天豹的所谓通知，打电话过去也没人接听，一时间心凉了半截，连续多日的亢奋消失得无踪无影，与此同时也暗自庆幸自己没有交定金。此时的北方已进入冬季，天寒地冻，接连下的几场大雪，让农村彻底进入冬闲。铁龙飞漫无目的地走在村西头的田地里。地里有座土地庙，里边供着一尊土地爷的泥塑像，像前有块水泥板搭成的供台，上面摆着村民拿来的供品和香炉，香炉里堆满了厚厚的香灰。铁龙飞停住脚步，弓着身子往庙里探头看，然后摇了摇头，心里说着，土地爷呀土地爷，你何时能保佑铁匠营村的土地里长出金子来呀。既然地里长不出金子，那又何必供你呢？看来信神不如信国家的好政策，也不如信自己。于是，他回到家，简单收拾了一下行李，跟铁继先说要出远门。

刚从学校回来的铁春蕾看到铁龙飞提着行李箱，问道："哥，你去哪儿？"

铁龙飞多余的话没说，只说自己去北京看个首长，就离开了家。

铁龙飞瞒着爹娘和妹妹，独自一人坐上了去北京的火车。来到北京后，他沿着老京张铁路走了好几公里，然后爬上一座山头，举目眺望那条人字形的线路。一百多年来，它像一位站立在崇山峻岭间的老人，见证了中国铁路的发展，至今仍发挥着作用，客货列车还在顺着人字形线路奔跑。这么伟大的壮举，上八辈祖宗铁家军功不可没，他完全有理由把祖宗自强不息的创业精神继承下去。

铁龙飞在北京待了三天，先去看望了几位老首长。老首长得知他的想法后，给了很多建议，说赶上经济发展的好时机，只要有想法，就不怕受穷。比如，国家在全面实现铁路大提速，修建高铁，一年基建投资几万亿元，铁路的活儿都干不完；房地产改革，到处都在建高楼，建设的活儿也干不过来；高速公路大发展，要实行村村通公路工程，都招不到干活儿的人。只要愿意吃苦，挣钱的地方可多了。

说者无心，听者有意。老首长们随口一说，却在铁龙飞心里掀起了不小的波澜。他暗自下定决心，无论到哪儿，这条路必须走下去。这期间，铁龙飞接到一个陌生号码打来的电话，是那个叫林天豹的人，催铁龙飞去西南高铁工地看现场并签订劳务合同，还要求他抓紧组织一个不少于三十人的劳务工班。

铁龙飞听了高兴地跳起来，真是想什么来什么，心想事成啊。退伍回乡后的愁眉终于舒展了，激动之余不假思索地说："林老板，你说话到底算不算数，让我干等了这么长时间，我还以为你消失了。"

林天豹在电话里哈哈大笑，说："我说话当然算数啦。你别咒我好不好？要想挣钱，就抓紧带人过来，我保你有活儿干啦。"

虽然离过年只有两个月，但铁龙飞认定不能错过这个机会，决定带村里的壮劳力去南方闯闯。当晚，他买了去西南高铁工地的车票，一个人先去见林天豹，踏看隧道现场。辗转两天，铁龙飞才赶到工地。林天豹把副手刘万川叫来，谈了诸多干活的细节，包括任务工序的划分、工费价格、每月计价付款方式、民工吃住条件，等等。

铁龙飞说："我可垫不起钱。"

刘万川瞪着他说："你们出来干劳务，林老板不用你垫钱，会准时给你付款。"

林天豹在一旁"是啦！是啦"地应着。原来是因为有个叫猴子的自带工班，民工要回家过年，就催着铁龙飞年前上人。铁龙飞松了口气，点头承诺回去把人尽快拉上来。双方签订完劳务合同，林天豹如释重负，让刘万川带着铁龙飞去看工地。刘万川向铁龙飞介绍，这条高铁隧道全长十一公里，由一家队伍打进口，林天豹的弟弟林天虎打出口，他们打斜井，从中间往两头打，沿着几百米长的斜井下坡，打到正洞位置后，再挑顶朝左右两个方向干。上场后，左右方向都已经打了两三百米，双线隧道断面达一百五十多平方米，并且还有裂隙水。

在隧道里转了半个多小时，铁龙飞把现场情况都记在了脑子里。从斜井里刚出来，就在洞口遇见了林天豹。他正在接林天虎打来的电话，说隧道出口地质复杂打不进去，让他去帮着看看。铁龙飞也要跟着去，林天豹让他坐自己的车，绕过大山去了隧道出口。

车子在洞口处停下，但没见着林天虎。林天豹和林天虎是同胞兄弟，从出来承接工程的那天起，林天豹一直带着他做，挣够了钱，有了新项目，兄弟俩就分家单干，各做各的了。林天虎有个好赌博的坏习惯，无论多累，只要有人叫他赌两把，浑身的酸劲马上就没了，有时甚至彻夜不归。这不，头天下午他去打麻将，一晚上未归，现在工地遇到事儿了，也不清楚他在哪儿。

铁龙飞发现隧道出口右侧坡下是个山村，左侧有条新修的山路通上来。山路上，一辆进料车正被一帮村民围得水泄不通，想必遇到了麻烦。林天豹望着那些人直叹气，说："和斜井一样，天天如此，这里的活儿难干得啦。"

林天豹带着铁龙飞正准备向隧道里走去。铁龙飞突然看到洞口左上方的山坡上住着一户人家，大门开着，一个五十多岁的村妇在门前将双手伸向空中，嘴里念念有词，他感到很好笑，问那女人在干啥。林天豹说："当地跳大绳的神婆，说的净是胡话，自称是王母娘娘下凡。王母娘娘准是眼拙，不然也不能下到她身上。"

铁龙飞执意要过去看看，林天豹只好跟在他后面爬上山坡。那神婆披头散发，眼神很奇怪，面目有些狰狞。她先伸手去拉林天豹的衣角，被林天豹甩开了。接着，她一边咧嘴冲铁龙飞笑，一边围着他转圈，看了几遍后神神秘秘地说："我是王母娘娘下凡，你是新来的仙客，只有你能镇住这里的邪气。"

铁龙飞没见过这样的场面，浑身不自在。不过，军人才不管是不是王母娘娘下凡呢，他对那神婆说："我是来干活的，王母娘娘你别耽误我挣钱就行。"

那神婆"嘻嘻"地笑着，开始手舞足蹈，扭头跑进院里拿来一沓出殡用的黄纸，冲着隧道口方向点着，说："你要是来了，我会好吃好喝招待你。王母娘娘说，你最好别干这个隧道，神仙住在山洞里，可以翻江倒海，把你们淹在里边，后悔都来不及。"

铁龙飞从不信鬼神，冷笑着劝那神婆，说："大娘，你能不能去干点儿正事？别在这里胡言乱语。"

神婆起身怪异地望着他，说："咦，我哪是胡言乱语？我可是替王母娘娘说话。你要来这里干活，我可以给你画道符避邪。"

林天豹见神婆在隧道上方烧纸，气得脸色蜡黄，拉住铁龙飞说："走走走，躲开这恶婆子。山无大小，皆有神灵。我要不是信这山里有神，早把这疯婆娘架走扔到一边去啦。"

神婆见铁龙飞要走，追上来说："仙客呀，你啥时到我家来，我给你做天神吃的香食。"

铁龙飞跟在林天豹身后，摇着头转身离开，神婆则边跳舞边唱起了听不懂的曲子。铁龙飞觉得施工环境很是恶劣，问林天豹隧道下面那村子还发生过哪些稀奇古怪的事，林天豹"唉"了一声，说："下面有养貂养狐狸的，小事大事都会赖上施工队，要我们赔钱。"

铁龙飞说："要赔也是你们当老板的赔呀，我们干轻工的可赔不起。"

"赔？赔个鸟。老子的钱也是拿命换来的。这一带的黑团伙厉害得很！动不动就真刀真枪干上了，但离了他们还真玩不转。我姓林的是该用得用，该避得避，花钱消灾没办法嘛。"林天豹无奈地说，"猴子、江水、刘万川都搞不定，我也惹不起这些地头蛇，你来后要替我们摆平这些事才行啊。"

铁龙飞来回搓着手指，答应尽力去摆平，但钱不能让他花。林天豹从牙缝里"啧啧啧"发出几声刺耳的脆响，说："该花的钱，我从不心疼，只要能顺顺当当地干活，花的钱老子包啦。"

接到工程的消息一传开，铁龙飞回到村里的当晚，就有人找上门来。王大路大铁龙飞十五岁，两人互称兄弟，在村里是一个辈分，年轻时一直跟着村里的大人在外面混，早年挣到钱，娶了邻村的曹桂花为妻，连生了两个儿子。大儿子娶妻早，刚四十来岁，王大路就当公公抱上了孙子，加上要给老二盖房娶媳妇，筹钱便是他的头等大事。听说铁龙飞要去高铁工地包活儿挣钱，王大路当即跑到三公里以外的镇子上，找到一家最好的饭馆，预订了一个能坐十二人的大包间，张罗完饭菜酒水，就去找铁氏家族孙子辈的小铁匠、铁松儿，侄子辈的铁子安、铁铮骨和同村大叔张二奎等十几个人。这是村里为数不多的没外出打工的男劳力。他要与这些人商量，如何说服铁龙飞把他们带出去挣钱。

这些人当中，张二奎年纪相对较大，虽然刚五十七八岁，但常年务农让他满脸皱纹，苍老得像个七十岁的老头。他膝下有个跛脚儿子，叫张善，三十多岁了还打光棍，这让他和老伴张王氏愁得满头白发。他认为只有出去打工挣到钱，才有可能给张善娶到媳妇。

张善知道他爹被王大路叫去喝酒，是为了去高铁工地打工，也踮着跛脚跟在后面去了饭馆。小铁匠年龄最小，二十岁出头，身材发胖，打小最烦的就是学习，高中没读完便辍学回家种地，最爱跟着大人到处乱闯，跟铁龙飞也是同辈，平常张口就喊龙飞哥。听说能出去挣钱，小铁匠来了精神，急急火火地跑到饭馆，对王大路说："大路哥，快去把龙飞哥请来呀，事情定下来踏实。"

王大路催小铁匠去喊铁龙飞，小铁匠挠着头说办不了请人喝酒的差事。他不肯去，王大路转脸瞅着铁松儿，让他跑一趟把铁龙飞请过来。铁松儿是独苗，已经过了二十八周岁生日，刚结婚一年，娶的镇上店铺李老板的女儿李雅芹，当年就怀孕了，现在正等着当爹呢。他眨巴着眼睛，说："大路哥啊，咱们跟龙飞哥是兄弟辈，去请他不合适。"

王大路很生气，说："看看你们这帮小子，客我请，钱我花，地方我订，烟酒我准备，叫你们去请个人都不去，那你们到底想不想出去挣钱？"

在场的人互相瞧着，谁都不动弹。这时张善站了起来，抢着要回村里去叫铁龙飞。王大路拍拍他的肩膀，说："你这跛脚走路都费劲，等你把龙飞兄弟请来，黄花菜都凉了。"

铁子安和铁铮骨见该请的人不到场，到场的全是陪吃陪喝还想出去挣钱的人，边嘟囔边起身往外走。王大路喊住他俩，说："我看你俩也不是办事的衙役。得，还是我跟二奎叔去请吧。"

天擦黑时，王大路和张二奎赶到了铁龙飞家。此时的铁龙飞正在大衣柜里找祖宗的那块牌位。铁继先问他拿牌位干啥？铁龙飞说随身携带着牌位，到了高铁工地兴许有用处。这让铁继先和老伴很不理解。王大路和张二奎一步迈进来，先叔叔婶婶地喊了几嗓子，然后拉着铁龙飞要去镇上喝酒。铁龙飞心里很清楚，他们是想跟着出去干活，但嘴上却问道："二叔，大路哥，啥意思？"

张二奎说："今晚大路请客，就等你到场开席了。"

铁龙飞跟着他俩来到镇上那家饭馆。一进屋，小铁匠、铁松儿、铁子安、铁铮骨和张善等十几个人站立两旁，表现出从来没有过的热情和恭敬，这个倒茶，那个递烟，他不落座谁都不敢先坐下。王大路把铁龙飞请到上座坐好后，其他人这才围着圆桌坐成一圈。

王大路冲着其他人喊道："快，叫服务员上菜。"

话音未落，一位中年妇女手托两盘菜进来，将菜熟练地搁在桌子上，随手用力拨动了转盘。眨眼的工夫，鸡鸭鱼肉全上齐了。消费这样一桌饭，在城里人眼中，没有千儿八百的下不来，而在乡下，满打满算超不过三百元，这在当地已经算是很高档了。

小铁匠开箱提出两瓶白酒问："大路哥，开吗？"

"啧！开呀。"王大路说，"今天每人一瓶，管够。"

一桌热腾腾的菜肴很是馋人，可没人敢动筷子，都在看铁龙飞的眼色。张二奎用胳膊肘捅了捅王大路，让他开席。王大路端起酒杯，说："兄弟爷们儿，今晚我做东请龙飞兄弟，你们要陪好，听懂了吗？"

整桌人会意地点着头，纷纷端起酒杯。铁龙飞微笑着朝大家摆手，说："先放下，咱把话说透了再喝。"

大家听后都放下了端在手中的酒杯。铁龙飞接着说："今晚请我来喝酒，是想跟我出去干活，我说得没错吧？"

王大路开门见山，说："龙飞兄弟，你说得没错。我们这帮人想出去挣钱，你就带我们走吧。"

小铁匠机灵地从摆在桌上的烟盒里抽出一支烟，起身走到铁龙飞面前，把烟递到他嘴边，说："是的，龙飞哥，我们都想去。你带谁出去都是带，可别落下我们啊。"

铁龙飞不会抽烟，但小铁匠已经给他点着了，就猛抽了一口，被呛得直咳嗽，随即把烟掐灭在烟缸里，指着一桌人说："你们都想出去？"

"嗯，出去。"大家的回答斩钉截铁。

铁龙飞严肃地说："我可以带你们出去，可你们谁打过隧道？"一桌人没人能回答。

"打隧道是技术活，有时还得舍命。"铁龙飞观察着每个人说，"你们敢舍命吗？”

王大路愣了愣，伸手指着酒桌上的人，说：“我敢，你们敢不敢？”

铁铮骨站起来拍胸脯说：“没钱的日子过够了。为了钱，我也敢。”

铁龙飞摆手让他坐下，说：“嗯，我相信到时候都敢舍命。那你们怕当地的黑团伙吗？”

打记事起，王大路、铁铮骨以及小铁匠、铁松儿等人，从没听说过铁匠营和周围哪个是黑团伙，此时惊讶地瞪大了眼睛。王大路不以为然地说：“你说的就是好吃懒做的二流子呗？！”

铁龙飞摇头，说：“不是咱们这边混社会的二流子，是手中有家伙的黑团伙。”

其他人都不吭声，张善反倒端起酒杯一饮而尽，说：“哼！怕个鸟，大不了拼个你死我活。我们的命是命，他们的命也是命，不信打不掉他们。”

张善的话壮了满桌子人的胆，纷纷表示遇黑打黑，遇恶除恶，非出去干活不可。铁龙飞看他们很坚决，说：“行，那我带你们走。不过有几点你们得考虑清楚：一是还有两个月过春节，这一走可能过年的时候回不来。二是谁家都有困难，能克服的就跟我走，不能克服的别去，出去干活不能想来就来，想溜就溜。三是要能受得了气，因为咱们是去工地干活的打工仔，下的是苦力，挣的是血汗钱。包工头是个南方佬，说起话来那个费劲，如果咱们活干不好，说不定会挨他骂，不能忍也得忍，受不了气就在家待着。四是要把你们平常在村里练的本事和手艺都亮出来，还要学会怎么打隧道。到时候是骡子是马拉出来遛遛，反正不能给我掉链子。五是要做好舍命的准备，去工地打隧道，我不敢保证不出意外，更不敢说每个人都能活着回来，谁怕死谁就别去挣这份钱。这五点你们回去跟家里人商量，确定没问题了，明早到我家来登记。”

满屋的人被铁龙飞的一席话说得哑口无言。沉默好久之后，小铁匠首先端起酒杯，说：“龙飞哥，你说的我都能做到。我不怕死，这杯酒就是壮行酒，我先喝。”

张善第二个端杯喝下。接着，王大路、铁子安、铁铮骨和其他几个人，也都一一喝了。张二奎拿起的酒杯又放了下来，直勾勾地望着张善，心头发沉。张善瞧出他的心事，说：“爹，你别去了，在家陪俺娘。我虽跛脚，但干活没得说。”

张二奎端起酒杯，缓缓地抿了一口，说：“咱爷儿俩一块去吧。”

在座的大部分人都坚定地表了态，唯独铁松儿坐在那儿犹豫着。王大路取笑他说：“铁松儿，咋，酒不敢喝，怂了吧？我看你呀，离不开老婆孩子热炕头，还是在家等着当爹吧。”

铁松儿低着头，用手轻轻转着酒杯，说：“龙飞哥，能不能等俺媳妇生完孩子，我再去找你？”

铁子安说：“松儿，挣钱要紧还是你媳妇生孩子要紧？要挣钱就别想着等媳妇生完孩子再去，要等媳妇生完孩子就别出去挣钱。干工程可没工夫等你。”

铁松儿急了，说：“我既想挣钱，也要媳妇给我生儿子。”

俩人三句话不合吵吵起来，最后酒瓶子也摔了，场面一度混乱。铁铮骨拉着他俩离开了包间。王大路喝得酩酊大醉，被小铁匠和张善架回家后吐了一地，曹桂花边捂着鼻子拖地边骂他没出息。

小铁匠的父母、铁子安的老婆王春玲和铁铮骨的老婆陈玉怀，自然愿意他们出去打工挣钱，回到家没费口舌就把事情定了下来。铁松儿摇摇晃晃地迈进家门，被爹娘好一顿数落，不愿他外出。老婆李雅芹挺着大肚子，给他对了一杯温水，让他喝下去醒醒酒。铁松儿坐在凳子上，两眼发直，问李雅芹让不让他跟铁龙飞外出去打工。李雅芹心里不愿意，但又怕失去挣钱的机会。寻思良久，说孩子离足月和预产期早着呢，让他自己拿主意。铁松儿咕噜咕噜喝干杯里的水，一副恋恋不舍的模样，说：“那我就去，可去了不让回来，想你咋办？”

李雅芹安慰他说：“不让回来就不回来呗，反正生孩子你也插不上手，疼的是我自己。等儿子生下来，我抱着他去工地找你。”

张二奎也有些醉意，被张善扶着回到家中，此时老伴张王氏正做着针线活儿等他们父子俩。进屋后，张二奎一言不发，坐在椅子上吧嗒吧嗒不停地抽烟。张善催他和母亲休息，说：“爹，你年岁大，就别考虑去打工了，我跟龙飞哥出去挣钱，你和俺娘把地里的活儿干好就行了。”

张二奎面无表情，把烟蒂扔在地上用脚狠狠地踩灭，说：“地里的活儿，你娘还干得动。咱爷儿俩一起出去干活能多挣点儿，咋的也要想法儿给你娶一房媳妇，给我和你娘生个孙子，不然咱家连个传宗接代的后人都没有，万一我和你娘死了，谁来照顾你？”

铁龙飞没喝多少酒，头脑最清醒。回到家时，妹妹铁春蕾刚从学校回来，问他：“哥，你是要去工地打工吗？”

铁龙飞点头说：“嗯！我要带村里的人去高铁工地。”

铁春蕾说：“你外出打工，地里的活儿咋办？”

铁继先坐在椅子上，接过话说：“让你哥出去吧，我一个人能干得了。不出去挣钱，拿啥供你上大学？”

当夜，铁龙飞找出退伍时的军用背包，收拾了去工地需要带的换洗衣服和日用品等。最后还不忘装了两样东西，一样是当时在部队他从塌方隧道救战友汪文进，所获得的三等功军功章；一样是祖宗的那块牌位。

铁龙飞从家里要了一万块钱当盘缠。一切收拾停当，他才打电话联系林天豹，确定了最终的行程。林天豹告诉他，到了工地路费会按人头报销，还特别交代从哪个站乘车，到哪儿转车，每个人都要带上身份证，以便办理工资卡等一些细节小事。

第二天一早，铁龙飞还没起床，小铁匠、铁子安、铁铮骨、张二奎、张善等头晚参加酒局的那些人，全都来到铁龙飞家登记，另外又跟来了十几个壮汉，带头的还是王大路。铁龙飞问他们是不是跟家里人商量好了，王大路打保票说家里人都同意，并且准备好了上工地的东西，就等他一声令下。铁龙飞做好每个人的登记，并把林天豹交代的事细述了一遍。大家登记完后，仍没见铁松儿的影子，铁龙飞便问：“铁匠，铁松儿人呢？他是不是不去了？”

小铁匠在人群中找了找，始终没瞅见铁松儿，就说：“他去不去随他，别等他了。”

铁龙飞撂下笔刚起身，只见李雅芹挽着铁松儿的胳膊走进门来。

王大路瞪了他一眼，说：“松儿，咋还叫弟妹送你来呢？好像当年闹革命送郎当红军上战场似的，没那么邪乎。”

铁松儿扭头看了看李雅芹，说：“俺媳妇有孕在身，不是舍不得我走嘛。”

铁子安戏谑道：“舍不得走，还来找你龙飞哥干吗，那就回去呗。”

李雅芹白了铁子安一眼，说：“子安哥，哪有你这么说话的？我哪不舍得他走？还指望他挣钱回来养儿子呢。”

铁龙飞说：“这我信，那就让松儿做个登记吧。”

一顿忙活之后，总共有三十二个人登记。最后一个登记的是张善。铁龙飞看着他的跛脚直犯愁，又一次确认：“张善，你非得去吗？”

“我爹都去，我不去不行啊。”张善认真地说，“求求哥了，你就带我去吧。”

张二奎拉住铁龙飞握着笔的手，哀求他把张善带出去。小铁匠和铁子安等人也在旁边帮腔，铁龙飞这才下决心，说：“行，我给你登记上，但到了工地林老板不要你，我可就没辙了。”

张善连忙说道：“龙飞哥，如果老板不要我，我就自己去打工，不连累你。”

就这样，铁龙飞决定带着张善一起去。出发前的半个月，他在网上订购了几套有关隧道施工技术的书，不顾天气寒冷，把大家集中在那处盖好后从没人住过的空宅子里，又借来黑板，自己当起了老师，将在部队掌握的洞库施工技术，包括光面爆破、大小管棚施工，钻孔、装炸药、放炮、处理危石，上下断面开挖、边墙初期支护，仰拱开挖、支护、初衬与回填，二衬立拱架、钢格栅、布防水板、浇注混凝土等，一一教授给大家，还特别强调了安全。王大路、小铁匠、张善、张二奎等三十几个人，过去从没接触过隧道，听得似懂非懂，但态度很认真，用心地做了笔记。每次授课后，铁龙飞都布置作业，第二天再让每个人站到前面轮流讲。张善和小铁匠记得最牢，讲得最好，凡铁龙飞讲过的，他俩能一字不差地复述出来。铁子安自愧不如，瞅着张善和小铁匠说：“你俩小子行啊，年轻记性好，到工地得多出力啊。”

张二奎说：“俺儿就是个跛脚，如果腿脚利索，比谁都不差，早娶上媳妇啦。”

对于这样的培训，铁龙飞觉得这是大家走出去所必须上的一课。临结束，他让大家把笔记本收好带上，到工地后继续边干边学。之后，在那个寒冬腊月，铁龙飞背起军用背包，租了两辆破旧的面包车，带领王大路、张二奎、小铁匠、铁松儿、铁子安、铁铮骨、张善等三十多个人，走了七十里路赶到高铁站，坐上了南去的高铁列车。

# 第二章

铁龙飞、王大路等人几经辗转，到达林天豹所在的工地时已是晚上。刘万川开了一辆大卡车，在弯弯曲曲的山路上颠簸近一个小时，将他们拉到山沟里。那里建有成片的彩钢板房，劳务队所有人都住在里边。

“到了，快下车。”刘万川跳下驾驶室，指着一排彩钢房豪横地冲铁龙飞他们喊，“那里是你们的宿舍，把行李搬进去，保管好自己的东西，弄丢了，老板可不负责。”

刘万川的话让人听着很是刺耳。铁龙飞知道他是林天豹施工队的二掌柜，手里有不小的权力。可王大路、铁子安等人，不清楚他是何方神圣，便提着行李，在昏暗的灯影下站在铁龙飞身旁，心里暗骂刘万川傻帽儿。小铁匠凑近铁龙飞，轻声问这人咋这么凶。刘万川耳尖，恰巧听到了小铁匠的话，趾高气扬地说：“哎，我姓刘，叫刘万川，是林老板的助手，工地上的事都归我管，以后叫我刘主管好啦。”

铁龙飞问：“刘主管，给我们这些人几间宿舍？”

刘万川说：“四个人住一间，三十二个人，给你们九间，你一人一间，被褥都是林老板掏钱买的，你们的待遇够好了。食堂在下面，准备了饭菜，谁想吃就下去吃。”

听了刘万川的安排，大家各自组合后，算是安顿了下来。张二奎、张善、小铁匠和铁松儿住一间，铁子安、铁铮骨和另外两个同伴住一间，铁龙飞和王大路两人住一间。此时已是深夜，铁龙飞带他们去食堂随便吃了口饭，回来时望见山坡上亮着一串串灯，几个头戴安全帽的人，朝黑洞洞的斜井里走，装满石碴的大型运输车也轰隆隆地从隧道里开出来。铁松儿问是不是来打这座隧道，铁龙飞“嗯嗯”地应着，心想怎么没有看到林天豹。

此时的北方已是天寒地冻，南方却绿树成荫，散发着暖意。铁龙飞和大家脱去棉衣，盖着薄被，躺在硬板床上安稳地睡了一夜。林天豹当晚没有见铁龙飞。他去了弟弟林天虎承包的工地，这座隧道被他们弟兄俩承包了三分之二，但亲兄弟明算账，各立各的门户，各带各的队伍，只是两个人的行事风格完全不同。林天虎比林天豹口碑差，曾在高速公路工地因倒卖工程引发群体事件，被用工单位拉进黑名单，自断了财路，消停一阵子后，实在不甘心，就花钱托关系，再次挤进了高铁工地。隧道斜井与出口的直线距离相隔不远，但需要翻过大山。林天虎克扣了民工工资，那天晚上出口全部停工了，林天豹带着现金赶去救场，替林天虎将钱发到民工手里，各班组这才复工。

林氏兄弟家乡是个县级市，很多人都是父一辈子一辈干隧道出身的专业户，上亿身价的土豪大有人在，这都是赶上了基建规模大投入的好时机。当年全国一年要上马好多条高铁、数不清的高速公路，到处都盖高楼大厦。建筑企业为了自身发展，迅速扩张，但又确实没有那么多的成建制队伍，缺乏足够的劳动力，只好工程干到哪里，就在哪里招收劳务工，这为农村年轻人舍弃土地、外出打工创造了客观条件。

十几年前，在林天豹和林天虎他们村，有条件的能人都带着村里人外出搞基建了。为了多承包工程多挣钱，他们还买了不少小型机具，不断积累财富。个别发展得好的，还几个人集资买了推土机、装载机、隧道台车和空压机等，有了资本，钱挣得更多。县领导也看准这些商机，专门成立了工程协会，与县里在各省市设立的商会联合起来，动用各种手段和资源，在全国高铁工地拿活儿，然后分配给包工头干，协会从中抽成，算得上一笔不小的收入。建筑企业为了扩大规模，减轻负担，提出“借鸡下蛋”的思路，鼓励包工队自行购买设备，这也正好给那些有设备的家族个体户，提供了致富的机会。

林氏兄弟俩就是在这种环境下，首先受益的一群人。他们在当地算得上最早承包工程致富的名人，干隧道多年，积攒了不少财产，出行全是高档车，派头十足。两个人不论谁遇到困难，另一个人都要鼎力相助，这是当初出来混时，林天豹作为大哥立下的家规。

刘万川在林天豹施工队里不是股东，却称得上是二掌柜，负责上百号民工的具体管理工作。林天豹给刘万川的年薪高达上百万元，整座隧道施工，很多事情都不用林天豹自己操心，只要能办的，刘万川都独自处理了。花钱方面的大事，他会向林天豹请示。林天豹一般都表示同意，底下人都知道老板对他是绝对信任。林天豹自从联系到铁龙飞后，不再为春节期间缺乏劳力而发愁。听说铁龙飞带民工到了工地，林天豹正巧急着要去林天虎的工地，钻进驾驶室离开时，又探出半个脑袋，对刘万川说："哎！你先把他们安顿好啦，明天早上把那个姓铁的叫到我办公室，听懂没有呀？"

林天豹从林天虎工地回来时已快天亮。刘万川盯了半夜班，从隧道里出来刚好碰到他，就让他第二天早上多睡会儿，睡醒后再见铁龙飞。林天豹打着哈欠，蹙着眉说："吃完早饭让他过来，我的时间很宝贵啦。"

工地食堂设在坡下，也是一排白墙蓝顶的彩钢房。隧道工班来自全国各地，南方的居多，每天早晨工人们五点半起床，吃完饭后开始换班，各工班加起来上百人。由于干工程是个苦活累活，所以大多数人衣着都很随意，头发也很蓬松，打饭的队伍歪歪扭扭，有的人看起来还没睡醒，有的一大早就叼起了香烟，还有的叮叮哐哐用筷子敲碗。谁都知道，饭前敲碗敲盆是骂做饭的师傅。听到刺耳的声音，腰间扎着块白色围裙、头顶高厨帽的厨师不愿意了，举起铁勺"哐哐哐"连敲三下菜盆，大声朝队列喊："哎，后面谁在敲盆子敲碗骂我们啊？嫌饭菜难吃就别吃，有意见去给林老板提，让他提高伙食标准。记住了，以后进食堂谁再这么敲碗，就给我滚出去。"

排队的民工瞬间安静下来，再也听不到刚才的嘈杂声，一个跟着一个打完饭，端着饭菜在屋里转悠着找本工班的老乡，然后围在一张圆桌上，狼吞虎咽地吃起来。跟铁龙飞出来的这伙人，最后一拨进入食堂，大家都把目光落在他们身上，有的边吃饭边窃窃私语。小铁匠、铁松儿和张善等人，被一屋子人瞧得浑身不自在。

小铁匠说："咱犯法了吗？他们拿那种眼神看咱们。"

铁铮骨转脸扫一眼屋里的人，说："咋，他们还能吃了咱啊？怕个啥。"

这时，一个坐在前排吃饭的高个儿，扭头朝铁龙飞喊："哎，兄弟，昨晚新来的？"

铁龙飞点头回答是新来的工班。那人听铁龙飞说话带着浓重的北方口音，感到很亲切，又问："打山东还是河南来？"

铁龙飞说："从山东老家来。"

高个儿频频点头，扒拉一口饭塞进嘴里，筷子在圆桌上画了个圈，用一口河南话说："哎，我叫江水，我们几个兄弟是河南的，咱们是隔着黄河的老乡，老家离得不远。快去打饭吧，打完饭到我们这儿来一块儿吃。"

江水三十来岁，从河南老家带出来一帮人，以前跟着几个干隧道的南方包工头做轻包，后来被林天豹挖来这座隧道工地。

铁龙飞服役时的战友，有不少是河南人，心里自然觉得亲近。他微笑着对江水表示感谢。打完饭，王大路和小铁匠等人围在两张圆桌前，谁都不说话，只顾闷头吃。江水叫桌上的人让出一个位置，把铁龙飞邀了过来。铁龙飞端着饭菜朝桌上的人点头打着招呼："初来乍到，请兄弟们多加关照。"

在场的人很友好，回应道："出来都不容易，别客气。"

江水提醒铁龙飞，说："兄弟，这个队里的工班人很杂，哪儿的都有，有的可不是省油的灯，真不是什么好鸟。那个叫刘万川的二掌柜，你们昨晚应该见到了，他就是林老板的一条狗，小心着点儿。"

铁龙飞与江水正聊在兴头上，忽然从王大路那桌传来一阵狂笑，几个南方口音的人拿着碗站在张善身后，其中一个身材瘦小的工头模样的人，正将半碗剩菜倒进张善碗里，说："哎，是来抢我们饭碗的吧？"

张善不敢吭声，惊恐地看看王大路，又在屋里寻找铁龙飞。王大路、铁子安等人听到笑声也都站了起来，怒视着那群人，说："我兄弟招惹你了吗？"

"倒没招惹我。"那瘦子说，"不过，我看不惯你们。"

张二奎上前挡住张善，谦卑地点着头，说："行行好，他是俺儿子，腿脚有点毛病。"

又是一阵狂笑。瘦子说："腿脚不好还来打隧道，不怕跑得慢被塌方掉下来的石头砸死在里边啊？"

小铁匠愤怒地说："你怎么损人呢？"

此时，铁龙飞那桌人也瞧见了这一幕。他想走过去与那瘦子论理，被江水拉住，说："哎，我们管那小子叫猴子，在他们工班里是个狠角。你坐着，看我的。"

猴子年龄与江水相仿，是四川工班的领头人，一直跟随林天豹在高铁工地打隧道，痞性十足，队里人把他和刘万川，称作是林天豹身边的“哼哈”二将。他工班里的民工，时常与河南工班起矛盾，但他又惧怕江水，因为江水每次都能把他治得服服帖帖。

江水撂下碗站起身，走到那伙人面前，一把推开猴子，说：“猴子，欺负新来的是不是？要打架咱哥俩出去单挑。”

猴子瞪着江水，说：“哎，你别多管闲事好不好？他们来了，我们的工程开挖量和班次就要减少，耽误挣钱你来赔呀？”

猴子身后的几个民工也随声附和着。

江水说：“轮得到我赔吗？林老板招来的工班，你去找他呀。总之，我不能看着你欺负人。”

屋子里的人全都端着碗站了起来，顿时吵吵嚷嚷。铁龙飞和那桌河南老乡，早已围在张善和江水身后。猴子转身看了看一脸正气的铁龙飞，对江水说：“咱们两个工班井水不犯河水，他这家搞开挖抢我的工程量，到手的活儿我不能拱手让人啊。”

铁龙飞朝江水使了个眼色，挤到猴子面前先报了自己的姓名，然后说：“兄弟，这些人都是我带出来的，有什么事冲我说。”

猴子瞧着铁龙飞，挥动着拳头说：“哼，我不管他们是谁带出来的，抢我的饭碗得问问这个答不答应。”

铁龙飞毫不在乎地冷冷一笑，撸起袖子露出成块的肌肉，鄙视地说：“你说得对。自退伍后，我的拳头一直痒痒，既然你想练，那我就当个好陪练，不管谁受伤都自个儿负责。”

听铁龙飞这样一说，周围的人都纷纷后撤，把铁龙飞和猴子两人圈在了中间，食堂狭窄的空间霎时成了拳击场。

铁松儿挥动着胳膊喊：“打他个傻帽儿。”

铁子安、王大路也都随着喊。张二奎上前拉住铁龙飞，劝道：“龙飞，千万别打，咱忍忍就过去啦。”

食堂里的气氛骤然紧张起来。人群分成了三拨，一拨是江水的人，另一拨是猴子的人，剩下的一拨就是铁铮骨、小铁匠、铁松儿、铁子安、张二奎和张善等人。当然，江水工班的人是向着铁龙飞他们的。

铁龙飞与猴子在场地中间摆开了架势。俩人正要动手，门口忽然传来刘万川的声音："谁要打架？都给我住手。"

伴随着刘万川的喊声，大家闪开一条道，有的拿着碗筷出去了。

"不知道死活，吃饱了撑的是不是？"刘万川骂道，"有打架的工夫，不知道多打几个炮眼啊？猴子，是不是你先找的事儿啊？"

猴子眨巴着眼睛，说："他们是来抢我饭碗的。"

刘万川抬脚踢在猴子屁股上，责问："你算老几？整座隧道都是林老板找的活儿，他们怎么抢你们的饭碗啦？给我滚。再不走，今天的工钱你自己掏。"

猴子怕扣钱认㞞了，咬着牙瞪了铁龙飞两眼，一声吆喝乖乖地带着手下人往外走，还不忘转过头来说："行，二掌柜，还是你狠。"

江水为铁龙飞帮腔，说："今天的事不怪他，是猴子挑起的。"

刘万川咂嘴弄舌，埋怨铁龙飞甭管谁挑起的，刚来就不该跟老工班的人发生冲突，严肃地问他想不想在这儿干。为缓和气氛，铁龙飞主动认错，检讨不该一时冲动。

江水的工班负责二衬施工。事态平息后，他出屋上工去了，走时与铁龙飞重重地拉了拉手，意思是让他见机行事。

刘万川喊铁龙飞去见林天豹，当然不是他一个人去，而是和他带出来的人一起去。从坡下的食堂爬上台阶，又回到宿舍区再前往办公区，张善因为跛脚，走起路来一踮一踮的，掉队落在后头，他爹张二奎也没等他。其他人已经在林天豹办公室门口站成一排等待见面，张善才一瘸一拐地尾随而来，紧挨铁松儿站到队列末了的位置。

刘万川本想进屋去喊林天豹，忽然发现张善走路的姿势不对劲儿，就停住脚歪着脖子瞧他，问："你腿瘸？"

张善红着脸，很自卑地回答："我……我小时候腿受过伤。"

刘万川围着他转了一圈，扬扬手说："腿瘸怎能进隧道干活？我看你还是回去吧。"

张二奎与张善之间隔着铁子安、铁铮骨、小铁匠和铁松儿，一听刘万川赶张善走，赶紧走到他面前，说："刘主管，俺是他爹，俺儿的腿是小时候摔瘸的，但干活不惜力，你行行好就让他留下吧。"

刘万川说："他腿瘸不方便，万一遇到隧道塌方跑都来不及，这个责任，我和林老板谁都担不起。再说出工出力不出活，你看看队里的人，哪个腿脚不利落？干脆咋来的咋回吧。"

大家都在你一言我一语地帮张善说情，铁龙飞见状走到刘万川跟前，说："兄弟，人是我带出来的，我对他负责，我想把他留下来试试。"

刘万川摇摇头，说："你咋带出来个瘸子？"

说完，刘万川转身进屋去请林天豹了。可林天豹像个难产儿，迟迟不出来。铁龙飞和其他人安慰完张善，站回各自的位置，边焦急地等着林天豹，边好奇地观察着四周的环境。这里四面环山，每座山上林木都很葱郁，两山相夹的沟壑里，只有一条曲里拐弯儿的便道，一直修到隧道口。隧道上面的山顶上建有一座水池，形状很像当年日本鬼子修建的碉堡。村里的老人从前讲过这类故事。站在铁龙飞身边的王大路认准那就是鬼子当年留下的碉堡，指着山顶问："兄弟，日本鬼子都打到这儿来了，新中国成立这么多年了，山上的碉堡咋还没拆掉呢？"

小铁匠和铁子安等人望着山顶发蒙。铁龙飞知道他说的是啥，扑哧笑了，说："你咋指鹿为马啊，这哪是碉堡，是高压水池。看，水管不是从山上接到隧道里去了吗？干活用的。"

听了铁龙飞的解释，大家恍然大悟，开始议论起来。

"快站好。"刘万川从屋里出来冲人群喊，"林老板到。"

几十个人目不转睛地望着屋门口。一个看上去五十多岁的男人，上身披着一件皮夹克，下身穿着一条竖条纹裤子，腰间系着一根真皮腰带，嘴里叼着香烟，左腕戴着一块金色手表，满脸褶子，实在有些土，此人就是林天豹。他出现在门口的一刹那，一位漂亮的女子也紧随其后倚在门边，斜眼看着门外的这群人。

铁龙飞冲林天豹谦逊地一笑，喊了句林老板和嫂夫人。林天豹尴尬地挑着眉，说："兄弟呀，你搞错啦。她不是我老婆，是我的秘书。"转头朝那女子喊，"映秋，你回屋去啦。"

那个叫映秋的女子，不情愿地白了林天豹一眼，冲铁龙飞微微一笑扭身回到了屋里。铁龙飞猜她最多二十五六岁，看两人一前一后，就想当然地以为俩人是老夫少妻，张口就是一句"嫂夫人"。后来铁龙飞才知道，映秋其实是林天豹的情妇，她家就在离县城不远的寨子里，家中有姊妹三个，她是老大，算是家里的顶梁柱。

山窝窝里只能靠天吃饭。两个妹妹大的叫映春，小的叫映红，从来没穿过新衣服，都是捡她穿过的衣服穿。阿爸阿妈身体也不好，家里连看病的钱都拿不出来，生病了只能简单吃点药扛过去。映秋很想改变家里的境况，也曾和寨子上的姑娘们一样出去打拼，但没能拼出来，又回到了寨子。她很要强，更不甘心，所以总是想着赚钱的事。

忽然一天，大山里呼啦啦来了一帮修高铁的外地人，在几百公里的沿线村镇安营扎寨，各种各样的大型设备，一夜之间开了进来，重重叠叠的大山里立时人欢马叫。往日宁静的县城大街上，也开始车水马龙，变得异常热闹。

赶上秋天换季，映秋去县城采买日用品，走过一家服装店时驻足不前。她看上一件女装，试了好几次，爱不释手，伸手摸了摸口袋，里边却连一百块钱都没有，只能将衣服还给商家。恰逢林天豹夹着手包走来，瞧这姑娘长得十分水灵，再瞧挂在衣架上的那件衣服，知道她肯定在为钱发愁，便停住脚步问道："哎，看好那件衣服啦？"

映秋脸颊绯红，点了点头转身要走。林天豹拉住她，问过多少钱后，大方地掏出两百块钱甩给了店主，说："那件衣服我买啦。"

林天豹付完钱，将衣服递给映秋，说："拿去穿吧。"

映秋很难为情，提着衣服想对他说声谢谢，可林天豹已经走了。她最后也不知道此人是谁，叫什么名字。没过多久，林天豹走东串西，来寨子上买猪，贸然闯进了映秋家。映秋身上正穿着那件新衣服，俩人一见面都愣住了。

映秋红着脸说："真巧，想不到你能来我家。"

林天豹更是惊讶，说："是呀，看来咱俩有缘啦。"

因为映秋长相漂亮，林天豹把她叫到一边，哄映秋说，如果愿意给他当四年秘书，陪他吃吃饭解解闷，他愿意给她一百万。山里人哪听过那么多钱，连梦都没做过。为挣钱改变全家的命运，她一咬牙，就答应了林天豹。来到工地，映秋才明白，这哪是当秘书，实则是做了林天豹的情人。生米已煮成熟饭，后悔也来不及了，也就认了命。

林天豹年过五十，碰到个心甘情愿跟着自己的漂亮姑娘，当然拿她当宝贝，不想让她见外面的其他男人。见映秋进了屋，他才说："兄弟，听说你带来个跛脚，是哪位？出来走两步让我瞧瞧。"

张二奎心里开始发毛，张善更加紧张，站在原地纹丝不动。刘万川走近张善，一把将他拉出队列。张善从小就自卑。此时，他的脸色忽红忽紫又忽暗，十分难看，心里明显承受着巨大压力。

张善两脚一高一低小心翼翼地往前走了几步。林天豹摇晃着头说："小兄弟啊，刘主管说了，我不能收你呀。"

张善自尊心受到严重打击，顿生怨恨，眼里喷着火，说："林老板，俺不能舍下俺爹一个人进隧道干活，俺要留下。"

刘万川说："你爹可以留下，但不能留你，赶紧走吧。"

铁龙飞摆手制止住刘万川，对林天豹说："林老板，咱们签的合同是包工班，每个工班用多少人由我安排，工班挣不够钱，我宁可分文不取也要留下他。"

王大路、小铁匠、铁子安、铁铮骨、铁松儿等在场的人异口同声地呼应着铁龙飞，称不论工班挣钱多少都有张善的一份，这让张二奎父子俩很感动。

林天豹有些犯难，问铁龙飞："他们都干过高铁双线隧道吗？这可是150多平方米的断面啊。"

铁龙飞自信地说："来前都做过隧道技术培训了。"转身对王大路他们喊，"你们谁给林老板说说隧道怎么打？"

大家你一言我一语地争抢着开说起来。

林天豹指着张善说："那你来说说看！"

张善说："这双线隧道和单线隧道施工方法差不多，我们按要求严格施工就行。你给我们是按工序单价承包，我们的收入与进度、安全质量挂钩。龙飞哥告诉我们，当年老人打鬼子是敌变我变，我们打隧道是岩变我变，早预报、管超前、预注浆、短进尺、勤测量、快支护。"

林天豹咧嘴笑着说："呵，你小子行啊，还真能说出个一二三来。我们现在采取的是三台阶开挖法。"

铁松儿接过话说："老板，那可能就要缩短各台阶长度了，初支仰拱坚持‘两紧跟’，这样才能确保施工质量安全和开挖进度可控。对吧！”

“里边有大功率湿喷机械手吗？”铁子安也忍不住问道。

林天豹说：“嘿！谁说没有？隧道是24米长仰拱栈桥，还有液压式整体二衬台车，就怕你们不会干。”

小铁匠说：“老板放心，我们这些人都听龙飞哥的，来之前龙飞哥说了，打高铁隧道可不像在家种地，要讲规矩，得不断地掌握一些新技术、新设备、新工艺。进度是一方面，但最重要的是质量。”

林天豹听完乐了，说：“嗯！你们嘴上功夫都不错，可我要看行动啊。春节期间不放假，刘主管负责调整工班和工序，集中生产，加大奖励力度。你们干得多拿得多。”

铁龙飞说：“林老板，你看张善没问题吧？”

林天豹看他们决意留下张善，不再坚持赶他走，说：“那好，咱们的工班承包合同可是白纸黑字，捺过手印的。到时，我可按每天完成的工程量和进度给你们算工钱。猴子带了两个工班，既负责开挖，又负责立钢拱架和喷射混凝土。他人手不够，把他的人集中到开挖工班去，你们把立钢拱架和喷射混凝土接过来。万川呀，你马上通知猴子，进行工班调整和安排。”

从这天起，铁龙飞和带出来的三十多人，开始接管隧道里的立钢拱架和喷射混凝土。斜井打进去后，挑顶进入正洞朝左右方向打，已各进了两三百米。山体被打出一个一百五十多平方米的断面，拱顶呈弧形，进去很长一段里程，早前已用混凝土衬砌好了，走在里边很安全。快到掌子面时，他们看见矗立到拱顶的二衬台车，上面站着几个脏兮兮的民工，正在吃力地往拱顶安装乳白色的防水板。见到这场面，铁龙飞和大家开始有些担心，生怕有石头掉下来砸着自己。

用型钢和钢筋焊接成的栈桥，跨过开挖仰拱尚未回填的壕沟，一头搭在浇筑完混凝土的坚固底板上，另一头搭接在炸裂的乱石和泥水混杂的下台阶上，出碴车的前后轮就压在栈桥上面进进出出，这需要司机有很好的驾驶技术。三管两线挂在右侧洞壁上，拉到了距掌子面五米的位置，橘黄色的灯光下影影绰绰，一不小心就会被绊倒摔跤。

刘万川和铁龙飞头戴安全帽走在前头，王大路和其他人紧随其后。他们在老家垒过拱形的窑洞和石桥，可从没见过这么大的隧道，个个被惊得目瞪口呆。铁子安和铁铮骨年龄稍大，比较老成，边走边看不说话，心里却有点儿打鼓。洞内叮叮哐哐的金属撞击声和“哒哒哒”打风枪发出来的声音，刺激着大家的耳膜，挖掘机拖着长长的锚杆开过栈桥径直冲上了掌子面。

张二奎陪张善走在人群的最后面。铁子安转身发现他们父子没跟上来，站在栈桥边转身朝后喊：“二奎叔，你们爷儿俩能不能跑几步？”

张二奎不耐烦地催张善：“儿啊，你这腿脚行不行？”

张善生气地说：“咋不行？我能跟上。”

说着，张善使劲一踮一踮地往前蹿，竟把他爹甩在了后头。

林天豹把立钢拱架和喷射混凝土安排给铁龙飞工班去做的决定，完全出乎猴子的意料。他原以为铁龙飞带来的人会顶替开挖，结果却是把立钢拱架这道工序调给了新来的工班，心里十分窝火。刘万川走上掌子面，指着五六个还在立钢拱架进行初期支护作业的民工，说：“猴子，从今天起，林老板把这道工序包给了山东工班，把你的人撤下来，办个交接，集中去搞开挖。”

几个立钢拱架的民工，停止了手中的作业。猴子摆摆手，也叫掌子面上的几个风枪手停下，然后走到铁龙飞等人面前，用仇恨的目光瞪着他们，恶狠狠地骂道：“好啊北方佬，敢抢老子的饭碗，早晚打死你们个龟孙儿。”

王大路和小铁匠见对方出言不逊，冲猴子说：“奶奶个熊，你敢骂人，想挨揍是不是？”

两伙人互不相让。争吵中，猴子的人竟抄起了家伙。张善因为林天豹和刘万川对他的鄙视与嫌弃，本来就很憋屈，见对方拿出了打架的态势，怒视着猴子那伙人，弯腰从脚下拣起一根被截断的钢筋，直接戳向猴子，死死抵在他的前胸，说：“要打架，老子先要你的命。”

小铁匠和铁松儿见状，也从隧道里拣起铁棍及木棒。顷刻间，双方形成对峙。猴子和那伙人也不是吃素的。他用胸膛往钢筋头儿上顶，说：“你个龟孙儿，以为老子真怕死啊，有种的扎死我，来啊。”

铁龙飞上前抓住了张善手里的钢筋，制止住王大路、小铁匠、铁松儿等人，对刘万川说：“刘主官，要不让猴子他们干吧，我们干其他工序。”

此时，江水正站在高高的二衬台车上，看见这一幕，心里替铁龙飞工班的人着急，就从台车上跳下来，挤进人群中说：“兄弟，你迁就别人，可没有人迁就你。既然林老板安排你们干，你还担心个啥？”

猴子认为江水偏向铁龙飞，瞪着眼冲他喊：“姓江的，你个龟孙儿，咱们历来是你打你的二衬，我搞我的开挖和立钢拱架，别狗拿耗子多管闲事好不好？你怎么不把二衬让给他们做？”

江水调侃说：“行啊猴子，我把二衬让给他们做，你把立钢拱架和喷射混凝土让给我做。你的工班人手不够，还要闹着有钱没钱，回家过年，你是占着茅坑不拉屎。”

铁龙飞不在乎林天豹安排他的人干哪道工序，只要有活儿干能挣钱就行。对于猴子如此阻遏，他也生气，但初来乍到，多一事不如少一事，便冲着猴子说：“嘿，哥们儿，咱们都是出来挣钱的，你不想让我做，那我就不做了，免得伤了和气。”

说完，铁龙飞扬手喊手下的人走，却被一旁的刘万川伸手拦住了。

“给我站住！谁都不准离开掌子面半步。”他生气地边说边走近猴子，“猴子，林老板能用你的工班已经是照顾你了。你手下就那几个㞞人，也不算算手头到底有几杆枪，还敢包两个大工班，弄不好立钢拱架、喷射混凝土会耽误打眼放炮和开挖时间，难道你不知道吗？两个小时哪，猴子。立钢拱架和喷射混凝土，你不让他们干也可以，那你就把开挖让出来，这是林老板和我决定的，如果不服从我的管理，那我有权重新换工班，你信不信？”

面对刘万川的呵斥，猴子无可争辩，极不情愿地做了妥协。铁龙飞等人，当天接管了立钢拱架和喷射混凝土施工。他把带出来的三十二人编成了两组，小铁匠和铁子安被编到了王大路带的班组里，张二奎、张善父子和铁松儿等人，被编到了铁铮骨带的班组里。

猴子心里不服，满腔报怨。他最恨的人是刘万川和张善，尤其是张善敢用钢筋顶他的胸膛，让他感到很丢脸，当晚去找林天豹评理。

林天豹在隧道里转了一圈，见施工正常，就从掌子面上把铁龙飞喊下来，去他办公室喝工夫茶。那个叫映秋的女子，了解林天豹的喝茶习惯，赶紧坐到茶台前准备起来。等林天豹和铁龙飞面对面坐好后，她便伸出纤细白净的手，一小杯一小杯地往紫砂杯里倒，铁龙飞和林天豹也一小杯一小杯地往嘴边端，喝得很是投缘。

林天豹与铁龙飞先聊了一些隧道施工和有关合同单价的事，接着问：

“兄弟，你让我打听那个叫苏欣的女人，你跟她是啥关系啦？”

铁龙飞手里端着杯子摇头说道：“没关系。我们只见过一面，她说在铁路上工作，我就随便问问。”

林天豹“哎呀”一声，说：“在铁路系统工作的女人多着呢。如果你想娶她做老婆，那我再找项目部问问，经理也是你们山东老乡。”

映秋先是坐在旁边静静地听着，没有插话。林天豹说到这儿，她才接过话说：“项目经理叫路宽，人高马大。副经理兼总工叫汤公明，还有个副经理叫李从安，经常来工地，我跟他们都认识。”

林天豹用色眯眯的眼睛瞅她，说：“是啦是啦！映秋认识，他们还经常跟映秋开玩笑，说她不是我秘书，是我老婆，哪有那回事啦。这么多年，我一直跟路经理干，他走到哪儿，我就跟到哪儿，铁路系统的人很好对付啦。”

“很好对付？”铁龙飞听到这里猛然一惊，“老板，平常你都怎么对付他们？”

林天豹见铁龙飞要探他的老底，端着茶杯哈哈大笑，连说几句这是秘密，便把话题转到品茶上了。

正聊着，房门“吱”的一声被推开。猴子进来了，却站在门口不动，林天豹转脸朝他招招手，请他进来坐，并让映秋给他倒茶，自夸是山顶洞茶，一般人喝不到。映秋瞧一眼猴子，顺手抓起一只紫砂茶杯，倒好茶放在了铁龙飞旁边的茶台上。猴子没有上前就座，站在铁龙飞身后，说：“老板，你减了我立钢拱架和喷射混凝土的工序，马上过年了，我想提前放大家回家，明天给我结账吧。”

林天豹一脸嫌弃的样子，转身从背后的圆桌上，拿起一个小本翻来翻去，终于找到了刘万川对猴子工班的计价记录，说：“猴子，我知道，你工班的人肯定要提前回家过年的啦。所以，我才从山东找来工班接替你们，可你为啥这么早放他们走哇？”

猴子硬气地说：“我工班没活儿干，人闲下来了，不放他们走不行。”

铁龙飞不想参与到猴子与林天豹的事情中。他和猴子互相看对方不顺眼，起身要往外走。林天豹隔着茶台一把拉住他，说：“猴子来要钱不管你的事，坐啦坐啦。”

铁龙飞没接受林天豹的挽留，客套两句走出了屋。随即，就听见屋里传来猴子与林天豹的争吵声。他停住脚，站在门外听，门忽地开了，又“咣”的一声被关上。映秋从屋里出来，走近铁龙飞，问他要去哪里，铁龙飞说去隧道里看看上夜班的工友。看着铁龙飞高大的身影，映秋直夸他长得帅，用娇滴滴的声音追问他为什么不去找份更好的工作，偏要来高铁工地干隧道劳务。铁龙飞说正因为找不到好的工作，才来工地打工挣钱。

“林老板很黑。除了舍得给我花钱，对民工抠着呢。”映秋轻佻地说，“你一定不知道他为什么肯给我花钱吧？我陪他睡觉，他有钱不给我花给谁花啊？难道你对我不感兴趣吗？”

铁龙飞被眼前这个女人问得哑口无言，催她赶紧回屋，林天豹需要她，但他不需要，说完转身走了。映秋盯着他远去的背影窃笑，骂铁龙飞是傻瓜。

“哎。”映秋在背后唤道，“姓林的都老掉牙了，我喜欢年轻力壮的帅哥。你想不想知道他们是怎么对付项目部的？我可以告诉你。”

铁龙飞不理她，头也不回地朝山坡隧道口走去，而映秋腻歪歪的声音一直回荡在他耳畔。他退伍后才听说，凡是搞工程挣了大钱的包工头，没有一个不背着老婆在外面找情人的，很多女孩子也为了钱，放下自尊，不惜出卖自己的肉体和灵魂。权和钱确实是好玩意儿，但怎么用才是对的呢？

铁龙飞越这样想，对映秋越厌恶，更加勾起了他对苏欣的思念。这一刻，她在哪儿呢？

山路坑洼不平，铁龙飞被一块砾石绊了一个踉头，这才让他从纷繁的思绪中跳出来。又转念想，林天豹施工中，一定有许多不可告人的秘密和坑害项目部的恶劣行径，以后得多加小心。

林天豹与猴子在屋里只顾争吵如何算账和回家过年的事，全然不知映秋出屋后，对铁龙飞的献媚与示爱。最终，林天豹答应按当月计价给猴子结算，但派给他一项任务，让他晚上趁夜深人静时，将供货商送来的沙石料，像以前那样倒卖出去，卖的钱两人五五分账，作为他让出立钢拱架和喷射混凝土工序的工费补偿。有了这样的解决方案，猴子才痛快地离开了他的办公室。

铁龙飞戴上安全帽进了隧道。猴子的开挖班放过炮后，铁铮骨率领夜班人员在立拱架。张二奎、张善和铁松儿都在这个工班里。他们借助机械，将加工好的拱架送上台阶，几个人光着膀子，把拱架抬到边墙位置进行对接和焊接。

五级围岩石质不太稳定，设计规范立一榀钢拱架的间距为一米至一米二，这种体力活，把他们累得个个汗流浃背。到了后半夜，拉进隧道的拱架立完了，铁铮骨吩咐张善去洞口加工棚催料。张善十分听话，瘸着腿来到洞外找人。加工棚上夜班的民工耍滑，都躲到旁边的棚子里去睡觉了。张善走到加工棚后面背人的地方，解开裤子撒了一泡尿。这时，从山下开来一辆大车，两只大灯刚好照到他的裤裆。他迅速扭过身体，不等尿完就提起裤子扎好了裤腰。

那是一辆来送沙子的大车，停在混凝土搅拌站前面，过完地磅却不卸车。司机从车上跳下来，在昏暗的灯光照射下，与出现在车前的刘万川和猴子嘀嘀咕咕。张善赶紧躲到暗处，偷偷瞄着他们的一举一动。只听刘万川问司机："沙子由项目部统一结算，钱付过啦？"

司机说："付过啦。这车装了二十多吨，有三十二方，总共八百九十块钱。"

猴子掏出钱，说："那行。我给你开小票。现在你跟我走，帮我把沙子拉到梁场去卖给他们，我出运费。"

司机接过钱数了数，说："后面还有好几车呢。"

刘万川让后面的车也跟猴子走，接着对猴子说："卖给梁场要现钞，把钱拿回来。"

张善倒吸一口冷气，知道了刘万川和猴子在干倒卖工地沙石料的勾当，一晚上倒卖五车沙子，就能赚到四千多块钱，实在太黑了。他认准二人狼狈为奸，勾结在一起坑项目部，便直接冲到车前挡住去路，指着刘万川和猴子说，想倒卖工地的沙子挣钱绝对没门儿。他的突然出现，让刘万川和猴子猝不及防，不清楚他是从哪儿蹦出来的。

刘万川喊猴子去拉开他，张善则双手死死地扒住大车前面的保险杠，倔犟地说："只要我活着，你们别想把沙子拉去倒卖。"

猴子恶狠狠地说："行。他想死，那就轧死他。"

司机一只脚蹬在踏板上，双手拉着车门愣住了，对猴子说："要轧你轧，我不想坐牢。"

刘万川骂张善是瘸子，命令猴子一起使劲拉他。张善死死地抓着保险杠不放，说不卸车他就不让车离开。没招了，两人就对张善一顿拳打脚踢，打得他口鼻流血，到最后身子竟扑在车前盖上。刘万川二人见状实在没办法，只好匆匆离开。

一整车沙子最终卸在了工地上。张善挨了一顿揍的消息，当晚传到了铁龙飞和大家的耳朵里。他们把受了伤的张善架进宿舍躺下，小铁匠、铁松儿、铁子安和王大路压不住愤怒，闹着要去找刘万川和猴子算账，被一旁的铁龙飞和张二奎拦住了。

张二奎埋怨张善，说："儿啊，你真傻啊，挡他们干啥？沙子既不是咱们家的，也不是拉给咱们工班用的，他们要坑公家让他们坑去呗，你管他们做什么？"

铁龙飞听不下去了，说："二奎叔，你这话不对。姓刘的和猴子合起伙来坑谁都不行，咱们不能昧着良心视而不见。"

铁龙飞对张善的行为表示赞赏，同时也提醒他以后遇到事找大家商量，别一个人上，让他安心休息，并说自己一定会找林天豹讨回公道。

林天豹和猴子商量好的事情被张善搅黄了，心里很不舒服，尤其是马上到手的钱又丢了，这让他心疼得直骂娘。刘万川和猴子深更半夜跑到林天豹宿舍敲门，来开门的是映秋，她冷冰冰地说林天豹睡下了，问刘万川和猴子有啥事儿，刘万川说有事要向林天豹汇报。

映秋"哼"了一声，说："谁不知道你们又去干偷鸡摸狗的事了。"

刘万川和猴子进屋后，瞅见林天豹赤裸着上身，斜靠在里屋床头上，"嘣"地打着打火机点燃一支烟，翻着眼皮瞪刘万川和猴子。刘万川一口一个老板地喊着，说好几车沙子被姓张的瘸子搅和了，没能倒卖成。林天豹耷拉着脸，挺直腰板说："猴子，这就不怪我啦。你们没本事把沙子倒出去，咱们谁都拿不到钱，能轻易饶了那瘸子吗？"

猴子气得脸色发青，说打了张善一顿，看他长不长记性。

刘万川凑到床前给林天豹建议，说把没能倒卖成的几车沙子钱，从铁龙飞工班的工费里扣回来，不能便宜了那瘸子。

林天豹问他："你说咋扣？你们打了姓张的瘸子，姓铁的不找咱们要钱就谢天谢地啦。你们可要记住啊，这事是你俩干的，与我无关，不然铁龙飞那帮人来找我讨公道，我可不知道怎么给他们解释啦。"

映秋坐在床边，歪着头，听着他们的对话。等林天豹说完，她讽刺林天豹和猴子，说以后能挣就凭本事挣，挣不到钱也别去干伤天害理的事儿。

猴子瞪了一眼映秋，凑到床边说：“老板，沙子没卖成，民工要回家，我掏不起路费，你得帮我解决啊。”

林天豹很不耐烦，“噌”地从床上跳下来，穿着大裤衩子绕过床头，走到窗边打开皮箱，从里边拿出五万块钱甩给猴子，说：“这回你不想走，我也要赶你走，倒卖沙子的事给我惹麻烦啦。”回头又嘱咐刘万川，“你明天盯着让他赶快滚蛋。”

猴子接过钱，脸上立马有了笑容，却说这些钱不够，问林天豹剩下的钱怎么结。林天豹爬上床钻进被窝，直朝猴子扬手，说：“后面算清工程量，结了给你汇过去，多退少补，这样可以吧。”

猴子还不死心，说能不能结清给现款。刘万川听后就急了，问他有完没完。映秋瞅着林天豹，故意伸起懒腰，打着哈欠说：“都困死了，你们快走吧，我要睡觉了。”

映秋连轰带赶，将刘万川和猴子撵了出去，“咣”的一声关上房门回到里屋。林天豹顺着被窝往下一出溜，说：“你个臭婆娘，我们干什么伤天害理的事啦？不就是想捞些外快给你花嘛！”

映秋不依不饶，说：“给我花，我当然高兴。可你们挣的是黑心钱，我花着不舒服。”

那一夜，林天豹和映秋躺在被窝里都想了很多。一个想明天该如何应对今晚发生的事，用啥办法安抚张善他们，只要不捅到项目部路宽、汤公明和李从安那里就行。另一个则想着自己跟了一伙什么样的人，谁给他们提供挣钱的机会，他们坑谁；谁给他们饭吃，他们就砸谁的饭碗。

映秋越想越念起铁龙飞这伙人的好来。

# 第三章

那一夜未曾消停。凌晨三点多，上夜班的人听说张善被打了，撂下隧道里的活儿，回宿舍去了。铁龙飞、王大路、张二奎、铁子安、小铁匠等人，挤在张善狭窄的房间里商量怎么办。铁铮骨火气最大，嘴里不停地骂着，发狠要去收拾猴子和刘万川。铁龙飞心里憋着气，劝大家歇息，后面的事由他去处理。

小铁匠说："龙飞哥，你想咋处理？不教训那俩混蛋，咱们永远受他们欺负。"

其他人一致同意小铁匠的说法，只有张二奎胆小怕事，说："算啦算啦！事情是俺儿惹下的，别连累大家啦。"

铁子安说："你咋这样？受了欺负都不敢吭声，太熊包了。"

张善双手捂着两只红肿的眼睛，说："就听俺爹的吧，是我多管闲事，我活该。"

王大路因天亮还要上早班，就让大家听铁龙飞的安排，先回去睡觉。人渐渐散去，宿舍的灯光全部熄灭后，整个工地又恢复了平静。

这一晚，铁龙飞浑身的血都涌到了头顶。一方面，他很想去狠狠地教训猴子和刘万川一顿，可军人出身的他又对自己有着严格的要求，知道光靠武力解决不了什么。另一方面，看着自己带出来的兄弟这么憋屈，自己现在混得连个包工头都算不上，不过是给包工头打工的工班长而已，如此遭恶人欺负，血性何在？于是，他喊上王大路，又把铁铮骨悄悄地叫出来，三个人朝猴子所在的那排彩钢房宿舍走去。

王大路问："咱们咋收拾他？"

铁龙飞说："得让他吃点苦头，不然他拿咱们当软柿子捏。"

猴子知道自己和刘万川惹了麻烦，离开林天豹的办公室，回到宿舍后怕铁龙飞会来找他，开着灯不敢脱衣服睡觉，还在门后准备了一把铁镐，以防不测。

铁龙飞、王大路和铁铮骨来到猴子住的那排宿舍时，看到猴子门前晃动着几个人影。走近一看，是小铁匠、铁松儿、铁子安和另外两个同村兄弟。

铁龙飞问："谁让你们来的？给我回去。"

小铁匠说："怕你吃亏，我们来帮你。"

王大路说："叫你们回去就回去，别啰唆。"

铁松儿说："龙飞哥，你把猴子诳出来，只要他答应给张善补偿并赔礼道歉，我们就回去。"

铁龙飞拗不过他们，只好严令大家要听从吩咐。等一切安排妥当，他便上前敲门。猴子听到了门外的动静，心里不免有些发慌，心扑腾扑腾跳得厉害。铁龙飞连敲了三下门，猴子想到了门后的那把铁镐，跑到门口将铁镐抓在手里回到床边，冲屋外喊："我睡觉啦，有事明天再说。"

铁龙飞又"咚咚咚"敲了几下门，喊道："你不用怕，咱今晚把事情做个了结，再不开门，我可要踹门啦。"

猴子在屋里愣了半天，时而望着屋顶冷笑，时而惊恐地瞅着门口，忐忑中给自己壮胆，认为铁龙飞不敢对他怎样，大不了拼个你死我活。于是，他手抓铁镐打开屋门，只见铁龙飞身后站着王大路、铁铮骨、小铁匠、铁松儿、铁子安等一帮人，门被堵得死死的。他下意识地举起手中的铁镐，惊慌地说："你们想怎么样？"

铁龙飞望着他说："撂下铁镐，咱们出去好好说。"

猴子说："你们仗着人多欺负我吗？"

铁龙飞猛然伸手夺过猴子手中的铁镐，一把揪住他的领口，将他拽出屋来。几个正在睡觉的民工，听到猴子的尖叫声，光着膀子跑出来看个究竟，见门口无人又扭头回屋去了。猴子被铁龙飞、王大路和铁铮骨等人前拉后扯，推推搡搡地带到距离宿舍几百米外的山脚下，让猴子说清楚怎么回事儿，铁铮骨、小铁匠、铁松儿等人上前一阵拳打脚踢，疼得他连声求饶。

铁龙飞一巴掌抽在他脸上，说："我们来工地后，你一直拿我工班的人出气。你和刘万川倒卖沙子，还打伤张善，让他现在没法上班，你说怎么赔偿吧？"

猴子哭丧着脸说："我工班的人放假回家过年连路费都没有，我没钱赔他们，林天豹不给我钱，让我把沙子倒卖出去，与我五五分账，就算给我的补偿了。"

王大路踢了他一脚，说："你们一直这么干吗？快说。"

猴子说："干过几回，每回能挣几千块。"

小铁匠、铁松儿和铁子安嚷嚷着要他赔偿，猴子顿时两腿发软，拽住铁龙飞的衣角，哭着说手头实在没有多余的钱，恳求不要再往死里逼他，他会向张善赔礼道歉。铁铮骨不依不饶，非要他拿钱不可。铁龙飞看他㞞了，当场表示可以不给张善赔偿，但必须把整个事情经过写下来，白纸黑字落在纸上。

猴子不得不接受铁龙飞提出的条件，回到宿舍把整个经过写好交给了铁龙飞。那上面既写明了林天豹跟他商量的细节，也写清了刘万川怎样指使他把倒卖沙子的钱从梁场要回来，甚至连打了张善几拳，踢了几脚都写得十分详细。

铁龙飞拿到这份证据，带人回了宿舍。王大路和铁铮骨鼓动他再去找刘万川，他没同意。因为村里出来的兄弟毕竟都是他的手下，有了猴子亲笔写的这份坦白书，完全可以不动声色地将林天豹和刘万川打翻在地。

林天豹和刘万川这一夜睡得的确很不踏实。他俩知道这件事一旦被捅出去，不仅要面临项目部的处罚，而且路宽、汤公明和李从安从此不会再信任他这支劳务队，以后很难再接到路宽手中的项目，那就断了自己的财路。越这么想，林天豹越烦，半夜起来撒尿，又将刘万川和猴子祖宗八代骂了个遍。林天豹在那边骂，刘万川这边耳朵一阵阵发热，躺在被窝里对张善恨得咬牙切齿，后悔当初没坚持把他辞退掉，才留下了这样的祸患。

头晚折腾了一夜，猴子深知惹祸上身，第二天一早，跟回家的民工一起离开工地，躲避风头去了。王大路带白班，小铁匠、铁子安和其他人，吃过早饭都进了隧道。铁龙飞琢磨了一晚上，起床后先把猴子写的坦白书装进上衣内口袋，又从背包里翻出用红布包裹着的祖宗牌位和在部队立功获得的军功章，装进手提袋里，要去项目部见路宽和汤公明。他觉得必须与路宽和项目部管理人员建立直接关系，而这一行动不能让林天豹和刘万川知道。

吃过早饭，铁龙飞提着包正要出门，不知道映秋啥时来的，堵在门口问他要去哪儿。铁龙飞瞥她一眼，反问她不陪林天豹跑这儿来做啥。映秋抿着红润的嘴唇说："我陪他过夜了。他一晚上都在骂猴子和刘万川。他们不是打了你的人吗？听说是那个腿脚不利索的受了伤。"

铁龙飞听着心里极不舒服，称有事要出去，直催映秋走。映秋偏偏挡在他面前，问他是不是真的不想知道姓林的怎么坑项目部和民工？铁龙飞说自己会了解，倒卖沙石料就是个例证。

映秋拿余光瞄着他，说："这才多点啊？不过是冰山一角。他们呀，什么都敢卖，夜里拉进来再拉出去，倒几遍就把腰包赚鼓了。以后还会让你们在隧道里做手脚，挖坑埋'定时炸弹'，到时好给项目部提条件要钱，你信不信？"

铁龙飞惊愕地望着她，问："挖坑埋'定时炸弹'？'定时炸弹'从哪儿来？我不能信你。"

映秋捂嘴"咯咯咯"地笑个不停，说："你可真是个傻瓜，亏你当过兵。我说的'定时炸弹'，不是你们当兵扔的那种，以后你就会明白。姓林的手段多着呢，在他们眼里到处都是挣钱的机会。你会说我吃谁花谁卖谁吗？"

铁龙飞打心里瞧不起映秋，想着这样的女人太可怕了，你越对她好，她背后越出卖你。为了达到自己的目的，出卖自己的青春，在浑浑噩噩中将就一辈子。从寨子上跑出来，和一个大自己三十岁的老板厮混在一起，这算什么呢？铁龙飞觉得她既可恶又可怜，好在她身上还有一点良知没有被金钱买走。

铁龙飞低头沉默了片刻，问映秋为什么要说这些。映秋说看他是个正人君子，所以才善意地提醒他，以免上当吃亏。她说这话时声音十分轻柔，说完还朝他抛来一个媚眼。从一闪而过的眼神里，铁龙飞懂得了映秋心里憧憬的是什么，可他难以接受那种眼光。

稍许，铁龙飞说："你长得不丑，年纪又轻，为什么要跟林老板这么大岁数的人？"

话音未落，映秋脸上露出一种令人难以捉摸的笑容，渐渐低下头，说：

“我也不想跟他，可他用钱诱惑我。我家里穷，下面还有两个妹妹，我是被穷逼的。”

铁龙飞说：“除了钱，你能得到什么呢？”

“没想过朝他要啥，只要给够我钱，等工程干完他离开这里，我就回到寨子上找个男人把自己嫁了。”映秋挪动着脚步说，“我走了，以后你用得到我，可以随时来找我，林天豹听我的。”

铁龙飞突然感到一种莫名的悲哀。他意识到，是贫穷让自己邂逅了映秋这个以青春和幸福做赌注的女人。虽然地域、身份、性质和手段不同，但像她这样的女人，其结果是一样的。

映秋刚走，江水从另一个方向走来，用鄙视的眼神望着映秋的背影，问铁龙飞跟这个女人聊啥呢，提醒他不要过于听信她。铁龙飞轻描淡写地应付了两句。对于映秋说的话，他当然似信非信。江水听说了昨晚的事情，说：“多少钱都填不饱姓林的胃口，项目部每月给他计多少价，拨多少款，我都清楚，他克扣着我工班的民工工资呢。他干违法的事，我都想让工班罢工。”

铁龙飞问：“是不是项目部把隧道大包给林天豹啦？”

江水摇着头，说：“是扩大劳务承包。”

铁龙飞又问：“你干了活儿拿不到钱吗？”

江水说：“只拿到一部分，大部分都被林天豹克扣了。”

铁龙飞说：“项目部干吗不代发民工工资？”

江水称项目部正在给每个民工办代发手续。接着问铁龙飞，猴子和刘万川打了张善，想如何处理这件事。铁龙飞寻思片刻，直言要去见项目经理，以公开的手段讨回公道。

江水告诫铁龙飞，这样做会被林天豹打击报复，劝他能忍就忍一下。铁龙飞说：“我们的事是小事，林天豹坑项目部就是坑高铁，这是大事。再说我还是一名共产党员，我不能当睁眼瞎啊。”

江水拍了拍铁龙飞的肩膀，说：“兄弟，我支持你。即使咱们不挣钱，也不能让姓林的坑国家。你我谁也不想制造矛盾，但矛盾不可避免时，我会与你站在一起。”

江水的话给了铁龙飞很大的勇气。两人分开后，铁龙飞提着手提袋，搭乘一辆皮卡车向项目部驶去，一路上始终在想映秋说的“定时炸弹”是啥。

没干过高铁隧道，没跟黑心包工头打过交道的人，估计永远都搞不清楚其中的事。铁龙飞也百思不得其解，只好把这个问题与林天豹坑害项目部的行为视为同等重要的事，坚信绝不是什么好事儿。

皮卡车开了大概半个多小时，才到达项目部。副经理李从安已去了隧道工地，俩人走岔了。路宽和汤公明抽着烟，在办公室商量着事儿。铁龙飞不认识他俩，只能站在门口轻轻地敲门。汤公明问他何事，他说找项目部的领导。

汤公明指着路宽，说他就是项目经理。铁龙飞一听找对人了，便露出谦卑的笑，朝他俩问好。路宽起身问他是哪个劳务队的，干什么工种，铁龙飞一一回答后，才让他进到屋里。

汤公明抓过一把椅子，推到铁龙飞面前让他坐，可他仍站着。

路宽说："我俩又不吃你，坐呀。"

铁龙飞拘谨地坐下了。路宽上下打量着他，问道："看你这样子，不像农村出来打工的，当过兵吧？"

铁龙飞点头表示当过，说着从手提袋里把祖宗牌位和军功章掏出来摆在桌子上。汤公明看后有些惊讶，拿起军功章说："哎呀，想不到你还立过功，是个优秀士兵啊。"

铁龙飞伸手撩开红布，那块牌位霎时映入了汤公明的眼帘，他纳闷地说："嘿，你从哪儿弄来的古董？"

路宽把牌位抓在手里，看完正面又看背面，问："这不是过去庙里供的牌位吗？你带它来干啥？"

铁龙飞摇头说："是俺老祖宗的牌位，清末干过京张铁路，是詹天佑下面的工长。"

听到这话，路宽和汤公明看了铁龙飞良久，之后"哎呀哎呀"的感叹着，说："你祖上很光鲜嘛，想不到你是中国第一代铁路人的后代，了不起。"

接下来，三个人聊得就很自然了。路宽和汤公明问他咋来的隧道工地，铁龙飞称刚退伍回到村里，就组织壮劳力出来了，在林天豹承包的隧道斜井里干活。路宽听他讲的一口山东话，自然拉近了距离，聊着聊着攀起老乡来。

铁龙飞有点儿激动，说："我是冲着老乡才来见你的。经理，你不嫌弃我吧？"

汤公明说："你这话说哪去了！我们从来没有瞧不起人，你和经理是老乡，有啥事儿直说。"

路宽接话说："是呀是呀，老乡见老乡，两眼泪汪汪嘛。何况你是来给工地干活做贡献的，你来见我有啥事吗？"

铁龙飞说："我是来找你们告状的。"

说着，铁龙飞从上衣口袋里，掏出猴子写的那张证词，递给了路宽。路宽看完，脸色顷刻之间变了，随即甩给汤公明，说："林天豹竟敢叫手下的人倒卖现场沙石料，还让人打伤见义勇为的民工，我看他真是吃了豹子胆，简直无法无天，项目部党工委对这种行为不能坐视不管，必须狠狠处罚他。"

汤公明看完后说："姓林的想钱想疯了。你把这张证词留下，回去等结果。"

铁龙飞留下了猴子的那份证词，准备回工地。临走时，他向路宽和汤公明打听苏欣，问他们听说过这个姑娘没有。路宽在脑海里搜寻着苏欣的名字，好奇他打听一个女人干啥，与苏欣是认识还是两人有特殊关系。铁龙飞解释俩人没有特别关系，甚至谈不上认识，只不过是一面之交，如果有机会，倒想见见她。汤公明告诉铁龙飞，他听人提起过此人，好像在哪个局管项目上。的确，苏欣与路宽、汤公明在一个单位，只是没在同一个项目供过事。苏欣自与铁龙飞分别后，心里一直惦记这个偶遇的复转军人，可茫茫人海，不知道他在何处？

这个消息，让铁龙飞很是兴奋和激动。他站在路宽办公室门口，回想着在站台上与苏欣相遇的情景，可惜只那么一小会儿的工夫，他又回想到了张善被打这件事上，琢磨项目部该如何处理林天豹。如果处理了，在他和林天豹之间，会不会引发一场不小的风波。若真走到那一步，又该如何应对和收场呢？

铁龙飞认为，这是拿住林天豹和刘万川难得的机会，因为包工头全靠民工组成的工班干活，不怕林天豹在今后的日子里，故意刁难或者找碴儿，唯一担心的是，干活挣的工钱控制在对方手里。他正想着，项目部院子里突然闯进三名中年男女，手里提着几只死貂和死狐狸，铁龙飞没看懂他们想干什么。

那三个人闯进了路宽的办公室，不管不顾地将死貂和死狐狸“咚”地扔在了路宽的办公桌上。

路宽和汤公明很纳闷，站起身来问：“老乡，这是咋啦？”

其中一名中年男人仰着脑袋，说：“我们是山下村里的，我们养的貂和狐狸，被你们隧道放炮震死了，你们得赔我们钱。”

汤公明翻看了几眼死貂和狐狸，说：“唉，真是怪啦。这怎么能证明是被我们施工队放炮震死的呢？”

那个女人怒气冲冲，指着桌子上的死物，说：“以前我们养的貂和狐狸从没死过。自从你们打隧道放炮，我们几家的貂和狐狸死过好几只了，不是你们放炮震死的，又是怎么死的？赔钱就拉倒。”

路宽清楚遇到了难缠的主儿，就说需要认真调查后才能处理。另一个中年男人不干，提起其中一只死貂，说：“事实摆在这儿，还需要调查吗？隧道里惊天动地，人都快被你们吓死了。不赔钱，隧道你们就别干啦。”

路宽和汤公明对付这些人没有更好的办法，只能让他们去找施工队。那女人说：“我们不找姓林的，他是工头不管用，就找你们当官的。今天不赔钱，我们就不走啦。”

铁龙飞站在旁边不动声色地听着。路宽和汤公明见状给他使眼色，铁龙飞好像意识到什么，灵机一动，说：“老乡，我是在隧道里干活的劳务工班，你们说貂和狐狸是被放炮震死的，可没有依据呀，我们也不好给你们赔啊。我看这样，你们拿回去做成貂皮和狐狸皮大衣，我全收购还不行吗？”

那女人又矫情起来，说：“你是哪路神仙？我们要是会做貂皮和狐狸皮大衣，就不来找你们赔钱了。死的这貂和狐狸还没长成呢，叫我们怎么做？”

铁龙飞笑笑说，光凭死貂和死狐狸让赔偿肯定没道理，如果不同意这个办法可以去打官司。那两个男人愣了愣，终于忍不住了，一把抓住铁龙飞的领口，连骂带推地怒吼道：“你真会诳我们，想找死吗？”

路宽和汤公明眼看着双方要动手，赶紧将他们拉开，铁龙飞却很沉着，抓起桌子上的死貂和死狐狸，边往外走边喊：“你们做不了貂皮大衣我去做，卖完钱回来全给你们。”

铁龙飞急中生智，替路宽和汤公明解了围。他知道，那三个男女不会让谁将死貂和死狐狸拿去剥皮做大衣卖，嘴里边骂边追着他往外跑。

铁龙飞朝着对面的山上跑出两里地，那两男一女就跟在他身后拼命地追。爬到半山腰，铁龙飞停下朝身后那仨人喊：“哎，做貂皮和狐狸皮大衣的在山沟里，你们到那里去捡吧。”

喊完，随手将死貂和死狐狸扔到了山下。那三个人气得停在半山腰骂了他半个小时，铁龙飞则沿着山路爬过山梁，朝南山坡走去。此事之后，路宽和汤公明记住了铁龙飞这个人，认为他是个能顶事的人。

铁龙飞去找路宽和汤公明揭发林天豹，正合江水的心意。江水跟他的想法一样，都是打工的，出来挣钱养家糊口，可贪婪的老板还要霸占他们的劳动成果。即便如此，有时仍得不到善待，这是最令人寒心和恼火的。铁龙飞回到工地，恰巧与江水在隧道口下面的山路上相遇。江水问见没见到路宽，铁龙飞回答说见着了，也把猴子的证词交到了路宽手上，不清楚会是怎样的处理结果。

江水舒了一口气，说：“路经理也是山东人，性子很直，他会处理好的，杀一儆百，你怕吗？”

铁龙飞说：“既然我敢去告，就不怕。我维护的是项目部的利益，往大了说是国家的利益。”

江水听着笑了，重重地拍了一下他的肩膀，带着他一起去见李从安了。李从安负责安全，也懂技术。每次来工地从不通知作业队的管理人员，一个人习惯搞偷袭，钻进隧道里不出来，只要发现作业队老板和管理人员不在掌子面，就会气呼呼地把他们叫到跟前劈头盖脸一顿臭骂。这次同样没有通知林天豹和刘万川。他在隧道里检查了大半晌，从安全步距、光爆、开挖效果、湿喷混凝土质量、测量放样到雷达探测，每个工种都没放过，还爬上台车，仔细用尺子去量二衬防水板接茬儿尺寸。检查结束，在掌子面只看到干活的民工，却没看见林天豹、刘万川和他们的管理人员，便开始大喊，非要派人去把林天豹找来。他刚从洞里出来走进值班室，江水和铁龙飞就赶来了。江水先将铁龙飞介绍一番后，汇报说由于猴子工班的人回家过年，隧道只好调整工序，他的工班接了猴子的开挖，铁龙飞的工班接了二衬，都是昼夜施工。李从安边听边点头，夸其他工班都干得不错，但就是没见林天豹、刘万川进洞，张口骂道：“他们拿到活儿就大撒把，如果你们这些弟兄不按规范作业，洞里不知乱成啥样呢，这回非罚他不可。”

两头的罚单同时递到了林天豹和刘万川的面前。第一笔罚单是路宽在项目部递到林天豹手上的。铁龙飞走后，路宽让汤公明通知林天豹立即来项目部，林天豹对头晚发生的事心有余悸，知道这时候突然叫他绝无好事，就从皮箱里抓出一沓现钞揣进口袋里，又往手提包里装了六条大重九香烟。在他的认知里，每个人都是物质的，没有人会拒绝金钱这类东西。所以，他的一贯做法是，能用钱解决的事情，绝不多费口舌。

皮箱平常由映秋保管，里边装满了现金。林天豹收拾皮箱时，映秋刚好从外面进来，一眼瞅见他动了皮箱，问林天豹又拿钱做什么？林天豹一脸愁容，说昨晚的事没摆平，准备去项目部疏通疏通。映秋“哼”了一声，说人家不会收你的钱。林天豹咂着嘴巴狡辩，说不收归不收，但他不能不送，一毛不拔想摆平事，等于天上掉馅饼。

随后，林天豹嬉笑着搂住映秋狠狠地亲了一口，说：“你个小婆娘，管得还真宽。只要不缺你花的钱，其他事你不要管的啦。”

映秋推开他，伸手抹了抹残留在脸颊上的唾沫，说：“行，我不管，但你别让人家跟着你犯错误。”

林天豹一刻也不敢耽误，亲自驾着车赶去项目部。路宽和汤公明给各部门开完会刚回到办公室，抬眼发现林天豹正躲在门外，贼头贼脑地往屋里瞧，手里提着那只手提包。路宽板着脸冲门口喊，让他进来。林天豹忐忑地一步迈进门里，顺手将提包搁在了路宽办公桌旁边。

汤公明看见了，说：“老林，经理不需要你进贡。”

林天豹笑着说：“就几条烟，没啥。”

路宽弯腰抓起提包，说：“拿走，我有烟抽。说你的事吧。”

林天豹眨巴着眼睛，佯装无事的样子，说：“经理，我没啥事啊？”

路宽直视着他，说：“没事？老林，你真不老实，没事我们能叫你来吗？公明，把东西拿给他看。”

“这是猴子亲笔写的，自己瞧。”

汤公明掏出那张证词，铺在了林天豹面前，说：“老林，你可不够意思啊。项目部少给你计价啦，还是少给你付款啦？你还安排手下的人去倒卖沙子，挣了不少外快吧！”

林天豹看着那张证词，脸色瞬间变得慌张起来，嘴里又开始骂猴子。路宽说：“老林，你知不知道这是什么行为？倒卖高铁施工材料犯法，你想去坐牢吗？”

林天豹神情有些紧张，可嘴里一直喊冤，说：“经理，都是猴子和刘万川干的勾当，他们敢栽赃给我，人品太差啦，能告诉我谁给你们提供的这份材料吗？”

路宽说：“老林，你是真傻还是装傻？猴子和刘万川被我们管理人员抓了个现行，他亲口交代并捺了手印，你还想蒙混过关，劝你不要太侥幸啊。”

林天豹“经理经理”地叫着，认错的态度十分诚恳，直称对手下管教不严，保证以后不会再发生类似事件。

汤公明说：“以后不发生，昨晚已经发生了，你说咋办吧？”

林天豹愣了一下，脸上的肌肉在不停地颤动，苦笑着说要写检查和保证书，让大家一起监督，却闭口不谈处罚的事儿。

路宽说：“行，老林。要罚你两笔钱，一笔是你手下的刘万川和猴子，打伤了刚来的民工张善，你起码要给人家赔点补偿金吧。另一笔是倒卖工程物资触犯了项目部的规定甚至法律，必须实施罚款，你愿意接受吗？”

林天豹声音开始颤抖，问要罚多少。汤公明说：“按规定，倒卖材料至少罚五万，虽然你们没能倒卖成，但性质恶劣。所以，必须加重处罚。以后，如果再发现你倒卖工地材料，就把你送进派出所，听清楚了吗？”

一张证词让林天豹损失了五万元，这让他两天两夜没睡着觉。他把刘万川喊到办公室痛骂了一顿，然后给猴子打电话，问谁让他写的那份证词。猴子只好把当晚发生的事情如实讲给他听，林天豹听后很窝火，嘴里念叨着铁龙飞竟敢背后使阴招，去项目部告他的黑状，发誓一定要让他吃尽苦头。

映秋听林天豹在屋里骂铁龙飞，凑过去搭腔说：“五万块钱好让人心疼呢，但不怪姓铁的，谁让你出馊主意，安排猴子和刘万川去倒卖沙子呢，又碰到个不要命的瘸子，你就认命吧。”

林天豹扭头盯着她，说：“你个臭婆娘，咋替姓铁的说起话来啦，看他年轻是不是？”

映秋不服，使性子说：“我替他说话咋啦？他不但比你年轻，比你帅气，还是个正人君子。”

林天豹听后抬手“啪”地抽了映秋一个耳光，怒骂道：“死婆娘，我供你吃，供你穿，一年花几十万养着你，遇事儿你却胳膊肘往外拐，有本事你跟他去混！”

映秋捂住脸，泪水不停地往下流，说：“姓林的，我才不想花你的臭钱呢，是你追着把我拉来的。你敢打我，就别后悔，我走了永远不会再回来。”

这一巴掌让林天豹也很懊悔，觉得在气头上也不应该对女人动手，又听映秋讲这样的狠话，心扑地软下来，慌忙抱住她，嬉笑着又哄又蒙说了她一堆好，这才把映秋哄住。

此事尚未平息，李从安的另一张罚单也到了。从隧道里出来，李从安在值班室歇了一会儿脚，开好罚单后，让江水和铁龙飞带他去找林天豹。而林天豹正好去了项目部，没见到本人，就差人把刘万川喊来。李从安低头蹙眉站在对面，斜眼瞪着他，这让刘万川手足无措，很不自在。

李从安开口说：“刘万川，你们可真是老板呐。大老板不在，你二老板也当甩手掌柜，光哄着民工在洞里干，安全质量、施工组织全靠工班自己抓，干成啥样算啥样，那还不如剥掉你们这层皮，把工班收归项目部。”

面对李从安的呵斥，刘万川哑口无言，平时在民工面前的那股嘚瑟劲儿，顿时消失得无踪无影，连嘴唇也哆嗦起来，当场表态马上进洞。

包工头往往在民工面前是挺直腰杆的爷，在甲方面前转眼就变成了孙子。他正要转身走，又被李从安叫住，一张罚单拍到了他的掌心里：“你转交给林大老板，下次再让我发现你们管理人员不在洞里，停你们的工。”

刘万川接到罚单，汗珠子顺着额头流到了鼻梁骨上。他顾不得去擦，只两眼怔怔地盯着罚单看，罚掉的不仅仅是真金白银，更是包工头们的心头肉。从隧道盯班回来，他战战兢兢地来到林天豹的办公室，掏出罚单递过去，气得林天豹暴跳如雷，咬着牙将罚单撕了个稀巴烂，甩了刘万川一脸，双手叉腰厉声骂道：“我高薪聘你来干啥的？连个现场都盯不住，信不信我炒了你？”

刘万川面无表情，大气不敢喘一下，等林天豹怒火渐消，才说："老板息怒，我这就去安排晚上的事儿。"

映秋手里提着一捆鲜菜，从外面进来，见林天豹两人别扭着，瞧瞧这个，望望那个，问刘万川又挨骂啦？刘万川很有眼色地接过她手中的菜，放到外屋案头上，说老板花钱雇他，骂两句是应该的。

映秋伸手去拉林天豹，劝他消消气，说："你哪来的那么大火气？干活的队伍哪个没挨过罚？谁让你不管严手下呢？以后注意点儿。"

林天豹看到映秋，气氛稍微有所缓和，冲着刘万川说："滚，以后再被开罚单，我就要扣你的年薪，懂得吧？"

两笔罚款虽然都乖乖地交了，林天豹心里也开始记恨起了铁龙飞，琢磨着瞅准时机要治一治他。于是，他先去隧道转了一圈，然后背着手走进了食堂。大厨见他来，笑脸迎上去问他有啥吩咐。林天豹神秘兮兮地说："山东工班的伙食标准，你觉得怎么样？"

大厨说："好着呢，好着呢。"

林天豹嘴里"啧"两声，闭起了双眼。

大厨摸不着头脑，问道："老板，你的意思是提高还是……"

林天豹睁开眼，伸手往下压了压。大厨心领神会，说："好嘞老板，明白啦，你瞧好吧。"

林天豹随口补了句面粉不好买，把面食取消。自这天起，跟铁龙飞、王大路出来的人，没再吃到馒头和面食，顿顿端出来的都是难吃的糟米饭，过去的三菜一汤也减成了两个菜，没有馒头和面食，对于山东工班来说简直是要命。南方工班不吃馒头，只吃米饭，三菜一汤一个没少。河南工班馒头米饭应有尽有，三菜一汤也早早摆上了桌，一连几天全是这样。

第三日，赶上南方北方的工班同时进餐，小铁匠、张善和铁松儿发现饭菜不一样，就去抢河南工班的馒头，双方争得面红耳赤，快要打起来了。铁龙飞早发现了其中的猫儿腻，强忍着不说，王大路却耐不住性子，端着碗走到打菜的窗口，"哐"地把碗放在窗台上，质问大厨几个工班的饭菜为啥不一样。大厨围着围裙，漫不经心地回答说就这条件，面粉不好买，想吃馒头轮着来。

王大路恼了，抓起碗扔进厨房摔了个粉碎，骂道："不行，我们是后娘养的吗？必须一视同仁。”

这一咋呼，山东工班的人一拥而上，纷纷冲进操作间，揪住大厨的领口将他拽出来，让他给个合理的解释，一时间食堂大乱。

大厨脸色骤变，说：“我作不了主啊，你们去找林老板。”

铁龙飞站在王大路身后，听大厨如此说，心里更确定了之前的猜想，下令将大厨放了。大家围在他身边，闹着要去找林天豹。这时，江水端着碗走进人群，对铁龙飞说：“明白了吧，兄弟，林老板这是报复你们。”

铁龙飞一看便清楚是怎么回事，只是几十号民工闹不清其中的缘故，情绪有些激动，吃过饭就回宿舍歇着去了。无论铁龙飞怎么催促，都说身上没力气，抽烟的抽烟，打牌的打牌。小铁匠问王大路，停了施工能不能拿到钱。

王大路说：“甭愁，工钱少一分也不行，姓林的会来找我们。”

刘万川最早发现铁龙飞工班的人歇了工。早饭后，他走进隧道一瞧，二衬台车上空无一人，拱顶防水板铺设好后就那么悬在空中，洞内除江水工班的民工正在打眼和开挖外，其他工序的人员稀少，寥寥可数，霎时急出满头大汗，连喊：“二衬工班的人呢？人呢？都跑哪儿去啦？”

刘万川的喊声被掌子面“哒哒哒”震耳欲聋的风枪声淹没了。他急火火地跑出隧道，直接去了民工宿舍区。

南方的冬天清冷无比，浑身上下凉飕飕的。刘万川走到宿舍区挨个房间朝里看，发现小铁匠、铁子安、张善、铁松儿等人，在各自的屋里围着火盆烤火打扑克，小铁匠和铁松儿打输了，额头上贴满了白纸条，满地散乱着沾满泥土的鞋子和袜子，安全帽和脏污的衣服要么挂在墙上，要么堆在桌子上。刘万川站在门口，问屋里的人为什么不出工，大家根本不理他，边玩边朝他投来仇视的目光，气得他跑到铁龙飞宿舍门口大发牢骚。

铁龙飞瞪着他说：“我催民工进洞，可他们不去，我也没辙。你要问为啥，就去问你老板。”

王大路跟刘万川打着哈哈，说：“你们吃得好，喝得好，可对待我们干活的连猪狗都不如，要干你们去干。”

刘万川催不动民工，认为是铁龙飞和王大路在作梗，嘴里不停地骂着，转身去找林天豹，刚好碰到从工地回来的江水。刘万川嘟囔着：“这帮土老帽儿，光吃饭不干活，还想要工钱。哼，让他们等着吧。”

江水戏弄他说：“是啊刘主管，这简直太无视你了，到底是啥原因啊？民工不进洞，你快去问问林老板是咋回事吧。”

刘万川气喘吁吁，上气不接下气地赶到办公区时，林天豹提着包刚从外面回来。他一早去项目部见了路宽和汤公明，问刘万川工地出了啥事儿。刘万川气急败坏地说，山东工班的民工闹情绪，没人进洞干活。林天豹“噢”了一声，停住脚步，从口袋里掏出支香烟点着，让他不用管这件事，只叮嘱看好洞内的施工现场。

刘万川没有多言，转身爬上山路去了工地。林天豹猛吸两口后扔掉烟头，推开屋门喊映秋，连喊了两声没人应，又开始骂起臭婆娘来。

原来，林天豹开车去项目部后，映秋起床吃完早餐，换了一身新衣，去办公区和宿舍区溜达，转了几圈后，来到了铁龙飞的宿舍前。此时，江水正在屋里跟铁龙飞和王大路说话。映秋轻轻敲了敲屋门，片刻屋门被打开，王大路出现在门口，问她来干啥。

映秋用余光扫了一眼王大路，说：“咦，没事我就不能来吗？我想见你们掌柜的。”

铁龙飞和江水正在屋里。听到映秋在屋外说话，江水起身走到门口问道：“老板娘，你一个人来这儿，不怕老板打你？”

映秋说：“哪来的老板娘？我又不是他媳妇，他已经打过我啦。”

铁龙飞问：“他打你啦？你做错啥事了？”

映秋委屈地说：“我没做错什么，只替你说了句公道话，他嫌我胳膊肘往外拐，打了我。”

江水对映秋说：“以后你要往这跑，林老板还要打你。”

映秋说：“让他打呗，再打我就不跟他啦。”

江水冲铁龙飞神秘地笑笑，转身出门走了，王大路也故意躲开去了隔壁宿舍。铁龙飞让映秋有事直说，映秋问今天工班的人为啥不进洞，铁龙飞只好把食堂降低伙食标准，断了山东工班面食的事说出来。映秋知道铁龙飞说的这些，盯了他老半天，问：“你真的去项目部告状啦？”

铁龙飞直言不讳地说：“是的，我去啦。我不想看着你们坑项目部，何况还打了我的人呢。”

映秋看上去有些着急地说："哎呀，不要你们你们的好不好？我是我，他们是他们，我也看不惯他们挣歪门邪道的钱。就因为你去告了他的状，他才让食堂断了民工的面食。"

铁龙飞彻底搞明白了，心里恨得咯噔咯噔的，江水没有说错，林天豹确实是在进行报复。在工地，有些包工头属于恶人中的一类，视钱如命，为了钱连父母兄弟都不认，跟他们讲道理和情谊，完全是白费唾沫星子，徒劳无益。谢过映秋一番好意后，铁龙飞让她回去，提醒她以后别往这儿跑，不然林天豹还会变本加厉地折磨她。

映秋听了铁龙飞的劝告离开了宿舍区。她前脚刚走，林天豹就叼着烟，提着包，从山下小路那头来到了铁龙飞门前，幸好两人没碰见。林天豹站在门口也不说话，只是狠狠地盯着铁龙飞。铁龙飞知道他的来意，迎到门外不卑不亢地说："林老板，是来恢复到从前的伙食标准的，还是来兴师问罪的？"

林天豹冷笑着说："我哪敢问罪。这样吧，你下令让民工进洞干活，我马上叫食堂恢复到原来的伙食标准。"

铁龙飞看似满不在乎地说："林老板，我带出来的人给你干活，你却跟我讨价还价。上场至今，你没给我付过一分钱，都是我在给民工们垫付伙食费。如果这样的话，那就等你把计价款付给我，恢复了伙食标准咱们再说如何？"

林天豹气得脸色铁青，指着铁龙飞却说不出话来。稍加平静后，林天豹说："我说兄弟，你胆子可真不小，敢去告我的黑状。实话告诉你，我治的就是你去告状，项目部罚我五万，这笔钱要从给你们的计价款中扣下来。"

铁龙飞一听急了，说："林老板，我宁可不要工钱，也不想眼看着你们倒卖工地材料坑公家。罚你的五万块钱，你想从我的计价款中扣，我可一分钱也不会担。如果你敢这么做，我就敢继续告，哪怕我不干你这个隧道劳务的活儿。"

林天豹没料到铁龙飞有这般骨气，眼睛盯了他足有一刻钟，然后"嘿嘿"两声，狡诈地笑了起来。

# 第四章

第一次较量，林天豹服输，铁龙飞赢了。当天，林天豹交代食堂的大厨，给山东工班恢复了原先的伙食标准和面食，又打电话给刘万川问现场情况。刘万川报告说，王大路、小铁匠、铁子安、铁铮骨、铁松儿和张善父子等人都进洞复工了。

林天豹回到办公室，坐在屋里抽烟生闷气，映秋坐在矮凳子上帮他泡好茶，伸出细长的手，一杯一杯地倒给他喝，说："你想报复人家，反被人家给治了，铁龙飞和山东工班的人不是傻瓜。"

林天豹觉得没面子，捻灭烟头端起茶杯"咕咚"喝下去，说："你一个女人懂啥嘛，想治他们还不容易，我有的是招数。"

说完，林天豹抓起手机，一个电话把江水从隧道里叫了出来。江水手里提着安全帽，浑身上下都是泥水，进门后映秋正要倒茶，林天豹却把她支进了里屋，自己亲手为江水沏起茶来，说："兄弟，我想跟你商量个事儿。"

江水猜到可能与铁龙飞有关，故意佯装无事问他要说啥。林天豹说："你的人活儿干得不赖，马上过年了，想不想多拿点儿奖金啦？"

江水大笑，说："林老板，瞧你说的，谁不想多拿奖金啊，我跟钱又没有仇，能给我发多少？"

林天豹说："这个嘛，我正在考虑，不过有件事需要你帮个忙。"

江水听出他话中有话，眨巴着双眼，问："帮什么忙？只要我能做到的，老板你尽管吩咐。"

林天豹诡异地笑着，眼睛盯着手中的茶壶。从壶嘴喷出来的细流"哗哗哗”地流进紫砂杯里，倒满后，林天豹端起一杯递给江水，说：“铁龙飞去项目部告我的黑状，项目部罚了我不少钱，真是人心隔肚皮呀。我就想，假如哪天，我做得不周让你不满意，你会不会也去告我的状？”

江水刚端到嘴边的茶杯又放回茶几上，想了想说：“林老板，这话你不该问我，你给自己挣钱，我们为你卖命，只要你不当资本家，从我们这些打工仔身上克扣，我们凭什么去告你的黑状呀？”

林天豹边听边从口袋中掏出一沓票子来，在江水面前晃了晃，说：“你这话说得实在。猴子的人跑了，扔下活儿回家过年，铁龙飞这小子的头很难剃，现在我只相信你，这些钱归你啦。”

江水瞅着那沓钱，心里说不出是一种什么样的滋味，有钱人就是这么豪横。林天豹出手如此阔绰，他自然心知肚明，问：“这些钱归我？凭啥？”

林天豹眯着眼睛摇着头说：“过年了嘛，奖你的。”

江水深知林天豹是在拉拢和收买自己，可天上不可能掉馅饼，追问有啥事儿需要办。林天豹提醒江水与铁龙飞划清界限，随时监督山东工班的举动，必要时替他出头教训教训铁龙飞。

江水听后暗暗骂着林天豹，将那沓钱推了回去，起身往外走，说：“老板，我们都是为你打工的，监督山东工班的事，我干不出来，你别挑拨我与他们的关系。这种事你还是让刘万川去做吧，我只干我的活儿，挣我的钱。”

林天豹在江水那儿吃了“闭门羹”，收起那沓钱塞进口袋里，坐在茶台前直生气。躲在里屋的映秋，听到了他们的对话，走出来瞪着他说：“你要对付铁龙飞吗？小心山东工班造反把活儿给你停了，到时看你找谁来干。”

江水从林天豹办公室出来，一边走一边骂，在隧道口正巧碰到了铁龙飞，便把林天豹说的那些话学给他听。铁龙飞虽然很恼火，但却不动声色，琢磨起自己如何拉队伍单干。正好已到晌午，就喊着江水跑到山外的一家小饭馆，两人找了张靠墙的双人桌，点了四个菜，要了一瓶白酒和两只玻璃杯，一人一半边喝边聊起来。

男人聊事多半会在酒桌上进行，那样显得亲近有诚意。江水猜想铁龙飞一定有好主意，试探着问他打算怎么做。

铁龙飞思忖着说：“我一直在想，咱们能不能自己干，直接从项目部拿工程，不再受林天豹这些人的窝囊气，也能让跟着出来的兄弟多挣点钱。”

江水从前带民工出来时，也曾有过这样的想法，铁龙飞一番话更让他热血沸腾。激动之余，他端起酒杯连敬铁龙飞三大杯，说：“自今天起，咱们就是好兄弟，我跟你一起干。”

铁龙飞说：“那咱们合伙注册个劳务公司，买些隧道设备，谁出的钱多谁占大股，行吗？”

江水满口答应：“行。我也想法儿筹钱。”

铁龙飞让江水能筹到多少算多少，不够再由他去筹，江水说筹钱也是去找亲戚借或贷款。俩人商定各自去发动工班里的民工，看有没有谁愿意出钱入伙。聊到最后，铁龙飞打算去项目部见路宽和汤公明，探听一下有无单独承接工程的可能性。

当晚换班前，俩人把各自工班的人叫到一起，问谁愿意出钱入伙买设备，铁铮骨、铁松儿、铁子安、张二奎和张善，互相瞧着，你看我，我看你，没有一个答应的。小铁匠称要是有富余的钱买设备，就不出来打工了。

的确，从农村出来打工的，家里都穷得叮当响，要是有几十万的存款，谁还会出来受这份罪呢？既然是打工，无非想多挣几个钱。有钱后，要么去县城买套房子，从农村搬到城里住；要么攒钱供儿女上学，或给儿孙们娶房媳妇。

大家散去后，江水来找铁龙飞，说他带出来的民工没人能出得起钱，那样子十分无奈。王大路在场，他觉得很心酸。

铁龙飞有些沮丧地说：“那咱俩想办法。”

王大路接过话茬儿，说：“能算我一份不？我家能挤出三十万。”

三十万元对一个农民家庭来说，已经是天文数字。王大路是从年轻时摔打出来的，比较明事理，人又精。他想得很明白，合伙才能挣到大钱。等其他人进隧道后，他躲到宿舍外面，偷偷给老婆曹桂花打去电话，曹桂花虽然心疼钱，可大事全听他的，便狠狠心同意拿出三十万块钱来入伙。正是用钱的时候，三十万元如同救命稻草，铁龙飞和江水毫不犹豫地同意了，剩下的钱，他俩去贷款或找人借。事情就这么定了下来，在启动前还要对外保密，绝不能让林天豹和刘万川知道。

第二天一早，王大路去隧道里带班，铁龙飞让江水开皮卡车和他去项目部见路宽。在崎岖的山路上颠簸了半个多小时后，他们才赶到项目部，却见一群人把院子围得里三层外三层。汤公明被堵在人群中间，那些人你一句我一句地冲着他嚷嚷。

铁龙飞让江水把车停在门外，凑上前一听，原来是林天虎的施工队过春节来要工钱的。他俩去过隧道那头的出口工地，没见过林天虎本人，只听说是林天豹的兄弟，承包了隧道出口，七千多米以三公里划段分界，一个干这头，另一个干中间，相互对打，直到中间贯通。江水告诉铁龙飞，上场后出口一直不顺，干干停停，停停干干，三天打鱼，两天晒网，不知林天虎葫芦里装的什么药。

俩人站在门外朝里观望，发现汤公明被两个民工揪住领口，推推搡搡。汤公明急赤白脸地怒吼道："出口活儿没干多少，要进度没进度，要工程量没工程量，钱却没少给。工费都拨给你们老板林天虎了，你们不找他要，找项目部干啥？岂有此理。"

那伙人不讲理，一听更不干了，其中一个民工朝汤公明挥动起拳头来。建筑工地，一到年关，类似讨薪的事情比比皆是。不是项目部不给钱，项目部按照施工进度该给的钱都给了，甚至有时还先给钱，后干活，只是这些钱没有直接发给民工个人，办完手续先拨给包工头，是包工头把钱扣下，不给民工发，找借口糊弄民工说项目部没给钱，或者给的钱不够发工资。他们精得像猴，钱放在银行里不动，当然也能生钱。

不过，有时也会有出入，不是项目部不拨钱，而是业主也没有钱。建设单位被统称为业主，业主没钱拨，项目部哪有钱往下拨？一些业主有钱也不及时往下拨，故意找各种理由和借口为难总包方，想从中捞点好处，哪怕手续再齐全，也要故意卡一卡，这就叫腐败。

当然还有一种情况，业主融资不到位，明知没有钱，还催着施工单位拼命往前干，到了付款节点，进度和工程量都有了，钱还不知道从哪里来，原因是按照设计和工期，当年只计划完成三分之一，而业主为了挣业绩，非要施工单位不讲成本地出形象，结果总包方当年超额完成了计划，业绩有了，可钱没地方出。业主拖欠工程款，承诺年前给不了年后给，认为施工单位有背书，有能力贷款和垫资，他们没有想到的是，施工单位是靠项目资金运转和维持职工生活的。这一切对于包工头来说都不重要，他们只认为干了活儿就该给钱，不给钱就是不讲理，对付项目部有的是办法，自己不去要，可以发动民工去，不给钱民工就不走。

其实，作为包工头有时也很为难，不鼓动民工去项目部要钱，他自己也没有钱。当时，为了揽到项目，他们带着钱先来垫资施工，这是建筑企业的前提条件，谁能先垫资，就优先考虑谁。前期垫了许多钱，年终项目部付不起钱，他们只能通过闹去解决，这是他们要求正常付款的唯一途径。

林天虎算是黑心的那种包工头，把民工工资卡收到自己手里，项目部每月底给民工打的工资，先装进自己的腰包，满足自己的花销欲望，到年底如果手里没周转的钱，就鼓动民工去项目部讨薪。

干高铁隧道投入大，来钱慢，还得管民工，活儿干得也吃力，林天虎便琢磨如何快速来钱，既省时省力，还能一夜暴富，想来想去只有搞“索赔经济”。在拿到隧道出口工程之初，他还算老实，快速进了洞。可打了五六百米后，他让各工班停止开挖，开始磨洋工，自己跑到项目部找路宽要求调单价，列了个很长的清单，把有影没影的各种费用全部算进去，这把路宽和汤公明气了个半死，发誓无论如何也要把他清出去。林天虎根本不怕，巴不得项目部清了他，那样可以中途退场，拿到一大笔补偿款，自然也就暴富了。

迫不得已，路宽只好去找林天豹，让他这个当哥的好言相劝，哄着林天虎继续干。为了此事，林天豹曾经骂过林天虎，兄弟俩当时翻了脸，各干各的活儿，各有各的路数，井水不犯河水，让林天豹少管闲事。黑心包工头见钱眼开，六亲不认。尽管林天虎遇到困难，林天豹提着钱去帮，但终究不能满足林天虎逐渐变大的胃口。

汤公明被那群人围在中间进不来，出不去。路宽去县里办事，听说项目部被讨薪的民工围堵，接连打了几个电话找林天虎，手机都是关机，于是不得不找老大林天豹。林天豹倒是积极回应，可也找不到林天虎，不得不亲自开车直奔项目部，答应那些民工的工资他来发，这才把汤公明解救出来。林天虎得知民工撤回来后，气哼哼地跑来斜井驻地找他哥，质问为什么要替项目部开脱。

林天豹气愤地说：“你不想在这里干，我还想在这里干呢，别自断财路啦。”

兄弟俩吵到最后，林天豹问林天虎手里到底有没有钱？看林天虎不吭声，他转身走进里屋，当着映秋的面儿，从箱子里提出一大捆现金甩给林天虎，说："没钱拿去！把民工的钱发掉！"

林天虎心里有愧，不去拿那些钱，转身走了。随后他被路宽和汤公明在电话里骂得狗血淋头，要求他立即退场。林天虎乐此不疲，开怀大笑说："好啊！既然你们让我退场，我恭敬不如从命，那赶紧派人给我算账，春节前我走人，设备都留给你们。"

路宽快被气疯了，说："林天虎，你听好，既然你想退场，可以。但清掉后，你会被打入全局黑名单，别想再进入高铁工地。"

林天虎毫不在乎，说："那没办法，干够了。我退场后再也不想做你们的项目啦。"

中途撤换队伍，是场硬碰硬的恶仗。路宽和汤公明清楚其中的难度和将要付出的代价。林天虎耗工期，他有的是时间，而项目部拖不起，换掉林天虎是早晚的事儿，晚换不如早换。对这种令人头疼的烂队伍，不得不下决心，快刀斩乱麻。如此一来，路宽和汤公明开始商量，换掉林天虎后谁来承接隧道出口这项半拉子工程。

看到林天豹的越野车到达项目部时，铁龙飞和江水也感觉到今天是见不到路宽了。俩人悄悄钻进了皮卡车，不想被林天豹发现，不然又被怀疑是来项目部告状的。江水拉着铁龙飞返回工地，路过隧道前面的大桥和路基段时，发现路基下除了停着路宽的越野车外，还停着两辆豪华越野车。路宽和李从安正跟一名中年汉子处理一起村民挡道事件。那汉子个子不高，身材偏瘦，却浑身透着一股狠劲儿。虽是冬天，仍能看出他套在脖颈上的那串金项链，身后还跟着两个蛮横的青年。

江水停好车，指着那汉子说："咋看咋都不像好人。"

铁龙飞拉开车门下来，说："谁在自己身上贴标签啊？！噢，贴个我是坏人，那是找死啊。"

江水知道当地有"大名人"和"小名人"之分。看那来头，他猜测不远处的那个汉子应该是当地的"大名人"，就说："路经理怎么跟社会上这些人混在一起！"

铁龙飞说："你应该知道啊，乡里村里的地痞流氓天天捣乱要工程，看来项目部弄不动了，不找当地大名人谁能唬住这些人？"

俩人爬上坡走过去，瞧见距离路宽和那汉子两百米的路基上，十多个村民坐在推土机挡板和挖掘机铁斗里，机械动弹不得，十几辆拉土车都堵在路基下的便道上，机械手和司机们束手无策地站在路基上发牢骚。路宽和李从安扭头看见走过来的是铁龙飞和江水，问他们咋到这儿来了，铁龙飞说路过此地。

那汉子瞧着铁龙飞和江水，问路宽："他俩是你们的人？"

路宽朝铁龙飞和江水挥手，说："这是夏局介绍来的龙哥，你们俩自我介绍一下，说不定哪天隧道有事，还得让龙哥出面帮着摆平呢。"

铁龙飞和江水上前点了点头，做了一番自我介绍，算是与龙哥认识了。龙哥对他俩倒是客气，望着前方路基说："路经理，你们往后撤，我让两个小兄弟过去问候问候他们。"随之，朝身边两个青年扬头，"去，让他们自动离开，就说这是咱们的地盘。"

两个青年视龙哥的话为圣旨，眼里露着凶光，点头哈腰从腰里各抽出一把长刀，挥舞着朝那群挡道的村民走去。那群人起初并不理会他们，仍坐在机械前面无动于衷。

俩青年走过去，大叫："你们没看到龙哥来啊？这儿是龙哥的地盘，知趣的赶紧滚蛋，不然别怪我们不客气。"

龙哥心狠手辣，名气实在太大，当地人没有不知道他的。他在自己四十八岁生日那天，在县城摆了上百桌，外市县的大小"名人"闻讯纷纷前来给他祝寿。所来之人都非等闲之辈，乘坐的车辆不是奔驰就是宝马，甚至还有开着军用悍马的，大小车队能排出两里地，周围道路被堵得水泄不通，贺寿的红包也至少按十万计，可见他在当地的影响力。之后，社会上把他传得神乎其神。

那些阻挡施工的村民，见来人是龙哥的手下，瞬间有些紧张，却没有马上起身离开的意思，只是你看我、我看你，犹犹豫豫地待在原地。此时，俩青年挥动着长刀，又朝那群人喊："走不走？找死是不是？"

阻工的村民们清楚那俩人警告的后果，心里开始发毛，两个中年村民起身蹿下了路基。接着，其他人紧随其后，神色慌乱地呼啦跑开了，边跑边扭头朝后看。

龙哥嘴里叼着烟，站在路基上，望着远处的一幕撇嘴大笑："哼！那帮人敬酒不吃吃罚酒，想他们没那个胆儿，摆平了。”转身对路宽说，“路经理，这地界的人不好惹。你看这样行不行？这段路基交给我干，我保证没人敢找麻烦。”

路宽本不想与姓龙的见面，可村民阻工只能找市局维持秩序，夏局就介绍了姓龙的。碍于面子不好推脱，路宽只能答应他带人来工地转转。他料到姓龙的会提出一些条件，不曾想到，张口就提出要干路基，这把路宽和李从安说愣了。这样的要求让路宽感到很棘手。他与李从安会意地互看了一眼，将铁龙飞拉到身边，说：“龙哥，这段路基是他这支劳务队在干，民工和设备早拉上来了，不太好撤。”

说完，路宽故意问铁龙飞能不能让出来。铁龙飞意识到这是在拿他当挡箭牌，赶紧机敏地接过话，对龙哥礼貌地点头，直说撤下去损失太大，民工也不干，请龙哥高抬贵手。

龙哥看着铁龙飞，抬手轻轻拍了拍他的肩膀，然后将烟蒂扔到路基上，说：“呵，兄弟留着平头，当兵的出身啊，有股子刚气。”转身又对路宽说，“路经理，我派人帮你们维持这个标段的秩序，南到隧道出口以外，北到进口以及这儿的大桥路基，阻工的事儿我包啦，你出二十万服务费，以后遇到大事再说，怎么样？”

路宽只是“嗯嗯”地点头，没有明确表态。他心里清楚，如果当时不答应姓龙的条件，那整个标段的活儿甭想干了。姓龙的带着两个青年走后，他站在路基上，气得脸色发青，一巴掌扇在自己腮帮子上，悔恨道：“我这是往自己身上贴了张狗皮膏药呀。”

听他这样说，李从安、铁龙飞和江水边拉着他往路基下走边劝，对姓龙的这类“名人”只能敬而远之，可以利用，但不能交朋友，谁让这个标段摊上了十里八乡最难缠的刺儿头呢。

见路宽情绪稍加平复，铁龙飞试探着问，这段路基是不是真想让他做。李从安蹙着眉嫌他不知趣，说：“人家早就干上了。”

铁龙飞“嘿嘿”笑了两声。他和江水当然明白干路基是不可能的事情，不过是开开玩笑罢了。路宽问他俩找到这里来有啥事儿？江水说去项目部回来路过，赶巧碰上了。铁龙飞直截了当地向路宽和李从安挑明，他们想合伙购买隧道施工小型机械设备，大型设备依然使用企业规定的钻孔台车和衬砌台车，想亲自带工班和劳务承包隧道工程，看有没有这样的可能性。

路宽和李从安都用怀疑的目光打量他俩，显然有些不信任。

李从安说：“买设备要花好多钱，你们如果没有这样的实力，最好在林天豹手下干劳务。”

铁龙飞说：“买小型设备的钱，我和江水能筹到，只需你和经理能想着给我们找个活儿。”

路宽想了想，问道：“看你们带出来的劳务工班还不错，如果林天虎退场，你们有把握去接隧道出口吗？”

江水赶紧接话，拍着胸脯打保票，请路宽和李从安放心，说：“我和龙飞带出来的人，一定帮项目部拿下隧道出口。”

事情就这样机缘巧合地定了下来。

隧道出口捏在林天虎手里，把路宽、李从安和汤公明搞得焦头烂额，连日来一直在为选择哪家守诚信的劳务队作为备用而发愁，没想到眨眼工夫问题解决了，心里踏实了许多。有了可控的施工队伍，项目部随时可以大胆地跟林天虎谈退场的事。铁龙飞和江水也看到了希望，有隧道出口这样的项目保底，完全没必要担心花钱添置隧道设备会落得个人财两空。

分开时，路宽嘱咐他俩，春节期间暂且干好林天豹的隧道斜井劳务，因为隧道出口林天虎的队伍和机械设备，何时退场不敢确定。待春节后复工，猴子的劳务工班回到斜井工地，林天豹找到接替他俩的劳务工班，才能安排他们去干隧道出口。

眼看到了春节，从县城到乡村，再到坐落在半山腰的寨子，处处都弥漫着年味。隧道出口早已停工，正等待算账退场。林天虎躲在背后，拖欠民工工资，故意调唆大家去项目部闹事，还组织个别民工去当地县政府和劳动监察大队上访，甚至花钱雇来一些社会闲杂人员，扯着讨薪的大旗，跑到大街上堵塞交通，县委领导也没办法，命令支铁办主任找路宽，严令项目部下决心解决。林天虎这些意在给项目部施加压力的行为，引起了极大的负面效应，无论林天豹怎样去劝，林天虎像吃了秤砣——铁了心搞退场索赔。不得已，林天豹只好拉着映秋去出口劳务队驻地找林天虎。

映秋对林天虎说：“你们是亲兄弟，你这么闹腾是自断财路，难道就不为你哥考虑考虑吗？”

林天虎鄙视地说："你个臭婆娘，懂个屁，懒得跟你讲。你们之间的事别以为我不知道，只是没敢跟我嫂子说。要是说了，我嫂子和几个侄子非来工地扒了你的皮不可。"

映秋被林天虎一句话骂得哭着跑出了房间。见此情景，林天豹当场跟林天虎急了，指着他说："你去说呀，咱俩不是亲兄弟！如果你嫂子敢对映秋怎么样，我就敢跟她离婚。"

林天虎说："有钱烧的，回去离呀！你娶了这婆娘，林家也不会让她进门。以后你干你的，我干我的，咱们谁也别管谁。"

面对林天虎无可救药的样子，林天豹摇头出了门，拽着映秋开车直接去了项目部。

映秋一路哭哭啼啼，伤心地说："我要离开你回寨子上去，不想再跟你混了。"

林天豹边开车边哄她，说："你还当真呀！我老婆不会来工地的。有我在，她更不敢对你怎么样。挣了钱，我不会亏待你的。"

车开进项目部院子里停下，林天豹让映秋坐在车上等，他一个人下车径直去了路宽的办公室。此时，汤公明正在屋里和路宽商量着如何快速让林天虎退场的事。林天豹站在门口，也不进去，对着屋里说："经理，你们赶紧跟我兄弟办理清算。他不是人，把他清出去算啦，我丢不起脸面啊！"

路宽不知道林天豹说得是真是假，问："你不停工闹事？"

林天豹边伸手掏着口袋里的烟，边摇头说："我哪会闹事，我想跟在你们后头赚钱，不能端着你们的饭碗，砸你们的锅啊。"

汤公明站起身，瞪着林天豹，朝他伸出大拇指说："嗯！好同志。跟你弟闹翻啦？"

林天豹"哎呀"一声，无奈地说："五个指头还不一样长呢。人各有志，他干一锤子买卖，我干不来。"

路宽说："看来你被他气着了。你来的目的就是想告诉我们把林天虎快点清掉是吗？行，我和汤总知道了，你回去吧。不过我要提醒你，猴子的工班过年放假走得太早了，现在只有铁龙飞和江水工班的民工在隧道斜井顶着。如果过完年猴子的工班不及时回来复工，影响了工期也照样清掉你，听明白啦？"

这一番话把林天豹说蒙了。他两眼怔怔地望着路宽，狐疑地问："你们也要清掉我吗？"

汤公明摇头说："别多想，最好你多备几个工班和民工。万一铁龙飞和江水的工班，春节后也像猴子工班那样放羊，到时候不就抓瞎了嘛！"

林天豹的心脏"扑腾扑腾"跳得厉害，汤公明讲完，心里的石头才落地，不一会儿又起了疑问，难道铁龙飞和江水要放弃隧道劳务离开工地吗？他对路宽和汤公明说："你们提醒得对，春节前我再多联系一些工班，不能耽误了斜井的进度。"

林天豹从路宽办公室出来，一溜烟地钻进了越野车里。映秋心里一直硌硬林天虎对她的辱骂，早在车里等烦了。见他上来，嘴里不停地嘟囔。林天豹心里憋着气，却不敢吭声，脚下"轰"地加大油门，猛打一把方向，将越野车急速拐出了项目部的院子，心想：好个铁龙飞和江水，两个兔崽子想炒我的鱿鱼。

回到劳务队驻地，林天豹一个电话把刘万川从隧道里召来，问铁龙飞和江水有何动静。刘万川摸不着头绪，吞吞吐吐说没有啊，都在洞里干着呢。

林天豹一边沏着茶水，一边嘱咐刘万川盯着铁龙飞和江水看有什么小动作，他们可能想离开这里。映秋坐在里屋，听到他们的谈话，觉得林天豹疑虑过重，悄悄骂他小心眼。刘万川走后，林天豹去宿舍区找铁龙飞和江水，没见着人，随即追上刘万川，俩人一起进了隧道。

其实，铁龙飞和江水并没有走远。安排完工班进洞后，俩人跑到隧道上面的山上，开始合计怎样筹款购买设备，组建自己的劳务公司。合计好后，刚回到宿舍区，恰巧看到映秋正手提一塑料袋水果赶来。江水小声说："哎，这个女人又来了。她可能喜欢上你了，要不我躲开？"

"她是林老板的女人，我心里早有人了。"铁龙飞说，"你就在这儿待着，不然我说不清楚。"

铁龙飞走到门口喊映秋进屋。映秋进去后将水果放在门口的床铺上，朝江水点了点头。

江水问："你找我还是找龙飞？"

映秋避开江水的眼睛，微微低着头，说找他们俩。听她这么讲，江水追问是啥事儿。映秋说："你们是想甩开姓林的吗？"

铁龙飞和江水听后一惊，纳闷是谁走漏了风声？江水问她听谁说的，映秋说林天豹在怀疑他们想离开这里，如果这时候走可能会拿不到工费。铁龙飞说离开林天豹是早晚的事，但不是现在，他们不能一辈子活在包工头的手下，更不能让命运掌控在别人手里。

映秋用祈求的眼神望着铁龙飞，欲言又止，停顿了一会儿说：“你们要走，能把我带走吗？我跟着你们干什么都行，我可以靠双手挣钱。”

江水“咦咦”两声，这太让人感到意外了。他瞥了瞥铁龙飞，问映秋：“你真的不跟林老板啦？”

映秋摇着头说：“他家的人看不起我，现在连我自己都看不起我自己。你们两位大哥和工班的民工都是好人。所以，我想跟你们走，再苦再累的活儿我都能干。”

铁龙飞怔怔地盯着映秋。他首先想到的是映秋这个做法，万一被林天豹抓住会带来怎样的后果。良久，他在江水“龙飞！龙飞”不停的喊声中反应过来。

江水说：“龙飞，你说这行吗？”

铁龙飞晃了晃脑袋，说：“映秋，不瞒你说，我们是想组建自己的劳务队单干。可眼下，林老板离不开你，你也脱离不了他，我们更没法收留你。等以后你真的离开了他或者他抛开了你，再来找我们。到那时，我和江水一定给你安排一份工作，让你心安理得地挣属于自己的钱好吗？”

映秋为铁龙飞的真诚流下了眼泪，越聊越不肯走，江水生怕林天豹知道她来这儿，心急火燎地走到门口东张西望。真是怕什么来什么，在他转身进屋后，林天豹和刘万川正朝宿舍走来。在隧道里，林天豹只看到王大路、铁铮骨、张二奎、张善和一群民工在作业，没发现铁龙飞和江水，就猜他俩一定回了宿舍。于是，他喊着刘万川一起走下山来。

当林天豹看到映秋竟坐在床边上，跟两个年轻男人有说有笑地聊天时，心中立时燃起了怒火，觉得映秋背叛了自己，不管不顾地闯进去，冲映秋大喊大叫，质问她为什么要到铁龙飞的宿舍里来。那样子完全失去了理智，像个疯子。

映秋顿时吓得浑身发抖，任凭她和铁龙飞、江水怎样解释，林天豹都听不进去，走近映秋，一把拽住她的头发往门外拖。映秋脸色蜡黄，不哭也不辩解，只咬紧牙关，用双手死死地抓住林天豹的手腕，尽量减轻那双粗手给头皮带来的疼痛。映秋整个身子使劲地往下坠，林天豹拖不动，只好松开满手头发，躬身朝映秋脸上连抽了两个嘴巴，又伸手抓住她的领口往外拽。只听“噌”的一声，映秋的上衣被撕开，内衣也被撕烂，整个上身暴露在众人面前，女人的尊严也随之荡然无存。

情急之下，刘万川上前拉林天豹，被愤怒的林天豹用力一挡，扫倒在床沿上。铁龙飞推开林天豹，把映秋挡在身后，江水顺势将映秋从地上拉起来。映秋坐在床沿上，轻轻捋了捋头发，用仇恨的目光盯着林天豹。

铁龙飞说：“要打，你们回去打，别在我宿舍里闹。”

林天豹指着铁龙飞，问道：“你说，她为什么会跑到你宿舍里来？不是你们要她来，就是她自己跑来的。你们这些狗男女，是想给我戴绿帽子吗？”

江水听不下去，“呸”地朝他脸上吐了一口唾沫，骂道：“林老板，你还是人吗？映秋二十来岁就跟你，你还这么侮辱她，侮辱我和龙飞。她今天来，我们三个人在，映秋是来劝我们给你干好隧道的活儿的，这都不行吗？”

原本气势汹汹的林天豹，听后哑口无言。刘万川想上前劝映秋，被铁龙飞挡住了，说：“林老板，你对映秋想侮辱就侮辱，想打就打，想骂就骂，良心何在？”

林天豹顿感心中有愧，转话题问铁龙飞和江水想啥时候离开，让他们要走赶紧走，以便他再新招其他劳务工班和民工。

铁龙飞说：“我们没有想走。等我们真要走的时候，你想留也留不住。就你这老板当的，谁也不稀罕。”

林天豹仍不甘心，说：“我给你们提供了挣钱的机会，别以为没有你们隧道就打不通，钱我照样赚！”

江水听完，说：“好，林老板，既然你这么说，那从今天起，我们两个的劳务工班就撤下来不干了，你再重新找人吧。”

江水说完，拉着铁龙飞要往外走，被刘万川伸手拦住了。他怕事情闹大，耽误隧道施工，这边劝林天豹，那边劝铁龙飞和江水，说：“今天完全是一场误会，都消消气。隧道正是吃紧的时候，一刻也不能停。”

映秋坐在床边整理好衣服和头发，起身走到林天豹面前，说：“你和你兄弟随便打、随便骂，反正我不是你家里人，也得不到任何名分。我有双手可以劳动，不稀罕你的那些臭钱。从今天起，我不会再跟你了，我要回寨子上去。”

没过几天，映秋趁林天豹外出，收拾好行李，搭了一辆外出的拉料车，回到了寨子上的家中。林天豹从工地回来后发现宿舍人去屋空，意识到这次真的惹恼映秋了，急忙从箱子里抽出一沓钞票塞进手提包，开车去了寨子上。

映秋不在家，两个妹妹也不在，阿爸阿妈接待了他，给他泡了上好的山茶，告诉他映秋白天外出打零工了。林天豹接连跑了几天，始终未能见到映秋，心里凉了半截，后悔地骂起自己来。

一日上午，小铁匠、铁松儿和张善倒班闲来无事，三个人搭车去县城闲逛，顺便买些日常用品。中午往回走时，正好看到映秋家的那个山寨。

寨子建在半山腰上，离工地有很长一段路程，要从山上转十几道弯才能下到工地。小铁匠忽然想起映秋就住在这个寨子里，听说她离开林天豹回来了，一时心血来潮，非要喊铁松儿和张善去寨子上转转。张善腿脚不利落，小铁匠和铁松儿走得快，跑一截就要停下等他，足足用了一个半小时才爬到寨子上。转到寨子中央，正巧是映秋家，三个人冒冒失失地走进去。映秋和两个妹妹都在，一阵寒暄后，小铁匠记住了映秋大妹妹叫映春，二妹妹叫映红。对他们的突然到来，映秋着实欢喜，与两个妹妹忙前忙后洗菜做饭，非要留小铁匠三人吃完饭再回工地。

北方没有山寨，小铁匠三人从没到过这种地方，对黑色的瓦寨觉得新奇，可心思也没完全放在体味风土人情上，时不时地盯着映秋两个妹妹看来看去。正值青春年少，铁松儿虽然快当爹了，但他和小铁匠、张善都见不得漂亮姑娘。围在客堂吃饭的时候，总是没话找话说。

映秋看在眼里，逗他们三个说：“你们看上我哪个妹妹，就带哪个妹妹走。”

映春、映红并不责怪映秋，放下碗“咯咯咯”地笑着躲到了里屋。

小铁匠腼腆地说：“你妹妹愿意嫁到我们北方去吗？”

映秋说：“只要能跟着你们去打工挣钱，嫁到哪儿都一样。我还想跟着你们去打工呢。”

映秋边说边喊映春和映红出来，先将映春介绍给了小铁匠，又将映红介绍给了铁松儿和张善。

小铁匠说："松儿，你有雅芹嫂，不能找人家映红。"

铁松儿说："我没说要找她呀，我有老婆了。昨天，我母亲来电话说，雅芹给我生了个胖儿子。"

张善倒是直接，盯着映红对铁松儿说："你太有福了。铁匠，咱俩把映春和映红娶了吧，不知道映红能不能看上我？"

映秋瞅了一眼张善，说："你腿有点儿瘸。映红，你看得上他吗？"

映红笑着把脸扭到一边，说："只要人好能挣到钱就行，腿瘸不能打一辈子光棍啊。"

吃完饭，小铁匠、张善和铁松儿被热情好客的映秋三姐妹送出山寨。临别时，映秋还招呼说让他们常来山寨玩。这时，铁松儿忽然想起了林天豹，问映秋是不是真的想跟他散伙。映秋说既然离开，就没想过要回去，将来想跟着铁龙飞和江水劳务队去打工挣钱。

随后，三个人连蹦带跳地下山去。转过一道弯时，张善肚子突然咕噜咕噜地叫，小腹坠胀得难受，跟在后面实在跑不动了，一溜烟钻进旁边的树丛里，刚脱下裤子就一泻千里。

铁松儿站在原地笑得不行，正想取笑张善，忽见从山下驶来一辆越野车，定睛一瞧发现是林天豹的车，忙对小铁匠说："姓林的老板来了，他准是去找映秋的，咱得躲躲。"

铁松儿机智地钻进了树丛，小铁匠也毫不犹豫地躲进旁边的树丛里。顷刻，越野车"嗖"地从山路上飞驰而过，直朝山上驶去。等越野车驶过后，张善系好裤子从树丛里出来，不见了小铁匠和铁松儿，急得大喊："铁匠、松儿，你们在吗？"

小铁匠和铁松儿听到喊声，跑出树丛站在路中间，望着远去的越野车对张善说："刚才过去的是林天豹的车。幸亏你拉肚子，不然他一定会发现咱们仨去了寨子上。"

三个人回到工地已是下午，正赶上铁龙飞、江水和王大路在宿舍里商量事情。王大路好事，一眼瞥见了他们，追问他们去哪儿了？小铁匠和张善支支吾吾，光说去了县城买东西，没敢提去映秋家吃饭这个事儿。再问，铁松儿才如实说去了映秋家，还见到了映秋和她的两个妹妹。

江水一听大为恼火，骂道："你们偷偷去见映秋，他是林老板的女人。要让姓林的知道了，他会剥了你们的皮。"

小铁匠不服，说："我们知道映秋是姓林的姘头，才不会招惹她呢，一件被糟老头子穿过的衣服谁会要啊？她把两个妹妹介绍给了我和张善，碍得到姓林的事吗？"

王大路抬腿踢了小铁匠一脚，说："以后不上夜班，你们哪里也别去，在宿舍里老实待着，惹出事来都给我滚回老家。"

铁龙飞打断他们，让小铁匠、张善、铁松儿回宿舍歇着。三人退出房间，铁龙飞、江水和王大路继续商量他们的大事。

# 第五章

铁龙飞、江水和王大路在宿舍里商量了整整一个下午，最后决定三人合伙偷偷组建自己的劳务公司，添置部分隧道常规施工设备。他们列出一份设备清单，账算得很细，采取最省钱的办法，从干轻工做起，购买一些风枪、空压机、装载机、挖掘机，但算完吓了一跳，投入至少也要五百万元。

铁龙飞说："我投百分之五十，江水投百分之三十，大路哥投百分之二十，将来挣了钱分红也按这个比例。咱们先调查市场价格，确定厂家和设备型号后，再根据隧道出口林天虎退场情况，商量设备到货时间。"

江水二话没说就同意了，让铁龙飞牵头负责注册劳务公司，设立账户，三个人筹到钱统一打到账户上。

王大路说："龙飞兄弟，你回去张罗，我给你桂花嫂说，开好账户让她把钱打过去。"

铁龙飞看离过年没几天了，说暂时不用回去，可以打电话让转业到县城的战友汪文进帮着办，关键是先把隧道出口工程定下来，提议吃过晚饭后，他和江水再跑一趟项目部去见路宽。

傍晚是换班的时间。上白班的铁子安、铁铮骨等人，浑身脏兮兮地从隧道里出来，头发被安全帽压得贴在头皮上。他们没回宿舍换衣服，穿着沾满泥的工服拥进了食堂。江水工班的民工和小铁匠、铁松儿、张二奎、张善等人，已经打完馒头、米饭和大锅菜，一手托着盛满饭菜的铁盘，一手端着盛汤的白瓷碗，各找各的圆桌，坐下便狼吞虎咽地开吃。

王大路、铁子安和铁铮骨打完饭，见张善和小铁匠两人占一张圆桌，就端着盘子走过去，与他们坐在一起。王大路边吃边问洞里的情况，铁子安说掌子面正在清孔，下个循环轮到夜班装药放炮了。张善一边往嘴里塞着馒头，一边呜噜呜噜地说："我一直负责装药，天亮前肯定能放炮。"

王大路说："你腿脚不利落，我们都担心你。装药千万要小心，来不及跑就往避车洞里钻。"

小铁匠拉着长音说："张善不傻。他躲不到安全的地方不会起爆。"

张善耷拉着脸，说："哼！你们都说我瘸，可我能跟上你们这些腿脚好的人。今天去寨子上见映秋，也没被铁匠和松儿甩下啊。"

铁子安惊讶地问："你们去寨子上见映秋啦？"

小铁匠说："是啊。我们闲逛逛到寨子上，撞进了映秋家，还被她留下吃午饭。她两个妹妹都挺漂亮，真叫人忘不掉呢。本来要介绍给我、张善和松儿，可松儿哥有雅芹嫂，他不能娶二房。我和张善倒想把她两个妹妹娶回咱山东。"

王大路、铁铮骨和铁子安听后差点儿笑喷了。

铁铮骨说："你俩小子是癞蛤蟆想吃天鹅肉，人家能跟你们回山东才怪呢。"

张善瞅瞅周围吃饭的民工，悄声说："哥啊，寨子上不富，连映秋都想出来跟着龙飞哥和江水打工挣钱呢，她跟林天豹散伙了。我们下山时，看到姓林的开车去了寨子上，肯定是去找映秋嘛。"

"映秋那么年轻，人长得也漂亮，跟林老板散了，还不要了他的老命啊？"小铁匠说，"南方的山寨挺好的，我都想留下来不走了。"

张善满不在乎地说："寨子好是好，可咱水土不服啊。路边如果没有树林子，我肯定就拉裤子里了。"

大伙正在吃饭，张善偏说在树丛里拉肚子，把王大路、铁子安和铁铮骨恶心得不行，条件反射地将嘴里的食物吐了一桌子。张善倒不觉得难受，还问他们怎么了。王大路将筷子摔在桌子上，说："张善，你个笨熊。看来你是不想让我们吃饭了，你赶紧给我吃完滚到洞里去。"

张善先是"哈哈"大笑，后来也觉得吃饭时说这种话确实不妥，伸了伸舌头表示后悔，赶忙吃完饭，知趣地端起盘子转身离开了。

此时，刘万川站在门口朝食堂里喊："吃完的准备进洞。快，进洞啦。"

那天，林天豹开车直接去了映秋家，终于把映秋堵在了家里。他想拉映秋回工地，进屋先赔礼道歉，又掏钱诱惑，可映秋死活不从，说："你的钱不干净，我家再穷也不要，以后别来找我了。"

林天豹脸色煞白，知道映秋可能真的不会跟他回去了，情急之下当着映秋父母、映春和映红的面儿，"扑通"一声跪在了映秋面前，嘴里还不停地自言自语，说工地离不开映秋，需要她去管钱物。映春、映红扭头躲了出去。映秋父母看不得林天豹那副可怜样儿，劝映秋跟他回去，林天豹趁机掏出一沓票子递给了两个老人。

映秋很委屈，也很无奈，抽泣着说："我跟你回去可以，但你要善待山东工班的那群人。小铁匠和那个姓张的瘸子，还有铁松儿他们来了，我留他们在家吃了午饭，我想让映春和映红跟着他们。"

林天豹很吃惊，问："嫁给两个山东民工？他们能挣多少钱？将来我可以替她们找婆家啦！"

映秋说："我俩妹妹的事不用你管，你管也管不出好来。我已经走错了一步，不想再让她们走我的路。如果我回去，你再限制我跟铁龙飞和江水他们接触，我扭头就走，永远不再理你。你兄弟已经让我受了很多气，除了你给我的钱，我得不到任何东西。你再像以前那样对我又打又骂，我就离开这里远走高飞，找个男人把自己嫁了。"

在林天豹的软磨硬泡下，映秋和他回到了劳务队驻地。经过此事之后，林天豹心里更记恨铁龙飞那群人了，对映秋说小铁匠和张善没有资本和他比，自己是坐拥上亿资产的工程老板，山东工班的民工不过是出苦力打工的穷光蛋，怎么能相提并论。

映秋再次回到林天豹身边，完全出乎铁龙飞和江水等人的意料。他们以为映秋挨打出走不会再回头，可现实很打脸，她竟又回来了，其中的原委谁都搞不懂，只有映秋自己知道。她心里想着铁龙飞这群憨厚的人，不管林天豹对自己怎样，铁龙飞带出来的山东工班也好，江水的工班也罢，能与他们见面说话，和大家一起经历隧道的建成，也是生活中一件有意义的事。

回到驻地的当晚，映秋来到宿舍区找铁龙飞和江水，只见到了铁铮骨和铁子安，没见着小铁匠、张善和铁松儿。她估计他们是上夜班进隧道作业了。铁铮骨告诉她，铁龙飞和江水饭后摸黑儿去项目部找路宽和汤公明了。

映秋出屋时，林天豹已经注意到她去了铁龙飞的宿舍，见她不大会儿工夫回来了，就没有粗暴地责怪她，假装若无其事地问道：“秋啊，姓铁的和姓江的进隧道啦？”

映秋不理会他，林天豹又问：“你怎么了，不会说话吗？”

映秋从箱子里掏出衣服扔到床上，说：“我去找了小铁匠和张善，想让他俩把映春和映红带走。”

林天豹摇着头说：“秋啊，让那俩民工带映春和映红走，是把她们往火坑里推啊，他们打工挣不了几个钱！”

映秋说：“我俩妹妹愿意。她们不能像我一样，傍个有钱的男人把自己一辈子毁了。”

林天豹说：“我毁了你一辈子吗？有姑娘想傍，我还不干呢，我就看着你好。”

映秋说：“谁想傍你就让她们傍，我不稀罕。”

林天豹赶紧上前搂住映秋，殷勤地说：“可我稀罕你。你啥也不用干，我供你钱花。”

映秋推开他，说：“不想再花你的钱，我用两只手也能去挣。”

林天豹赶紧知趣地躲开，说要先进隧道看看，然后去出口帮着林天虎处理劳务队停工算账的事儿。临出屋时，映秋才说铁龙飞和江水去了项目部。林天豹听后，又在心里偷偷骂他俩。

林天豹戴上安全帽，打着手电筒进了隧道。里边的空气很污浊，叮叮哐哐的声音很刺耳。来到掌子面，找了一圈没发现刘万川，只看到小铁匠、铁松儿、张二奎、张善等民工，在王大路的指挥下，分别在清孔、装药、开挖仰拱和打二衬，个个挥汗如雨。江水工班的民工则在往洞内运材料，维护洞内的通风和抽水设备，跟进逃生管道，等待出碴。

林天豹喊：“刘主管呢？他人呢？”

王大路迎上去，说：“他没有进洞，吃完晚饭没见他进来，说去镇子上联系材料啦。”

林天豹知道刘万川说的是谎话，骂道：“联系个屁，准没干正经事！”他用手电筒照着二衬台车，上面正在布设防水板，连忙让王大路先停下。王大路感到莫名其妙，问为啥要停。林天豹神秘地笑着向他摆了摆手，称等放完炮再说。

王大路扭头朝二衬台上的小铁匠和铁松儿喊："铁匠，咱们听林老板的，二衬先停下。"

林天豹叮嘱完安全，要求王大路天亮前必须放炮，然后离开掌子面出去了。张善和另外两个民工，正站在开挖台上装药。小铁匠和铁松儿听到王大路的指令后，从二衬台车上跳下来，不解地问："干吗要停啊？这板二衬不打了吗？"

王大路说："哼！谁知道姓林的又在憋什么屁？"

小铁匠和铁松儿抹掉脸上的泥，走到仰拱开挖处，让站在坑里的张二奎上来歇歇。张二奎抬头看看他们，直言不累，只想早干完早歇着。小铁匠又跑到开挖台车下，问张善还要多久才能装完药。张善头顶歪歪斜斜的安全帽，手里正拿着成管的炸药和雷管，一管一管地往炮眼里塞，听到喊声转脸朝台车下看，对小铁匠说还得两个小时，让他们去歇着。

因为上夜班，王大路、小铁匠和铁松儿不敢出洞，走到二衬好的成洞段边墙下，找了个蛇皮袋铺好就地坐下。他俩刚掏出烟盒准备抽烟，被王大路狠狠打落在地上，严厉地说洞内不准抽烟是铁律，更何况成吨的炸药、雷管和导火线堆了满地，掌子面正在装药！铁松儿做了个鬼脸，然后把烟捡了起来，装进了口袋里。小铁匠捡起烟顺手夹在耳根后面，这是他们的一种习惯，一时还改不掉。

"憋着吧，出去抽。"铁松儿无奈地说，"我想回家看儿子。"

小铁匠冲他乐了，说："想雅芹嫂啦？憋不住了吧？"

铁松儿说："憋得住。想儿子了，不知道生下来长啥样呢？"

小铁匠说："肯定像你呀。雅芹嫂跟你结完婚就怀上了，如果长得不像你，找我算账。"

铁松儿笑着抬手打小铁匠的头，骂道："打死你个熊玩意儿，想占我便宜。"闹完又说，"哎，你和张善真想娶映秋的妹妹吗？"

小铁匠脸上洋溢着幸福，说："只要她姐俩跟我和张善哥，我们就娶她们回家。抽空我得多去跟映春约会，张善哥在老家是娶不到媳妇了，只能打一辈子光棍，映红如果能跟他，老天可真对他开了恩呢。"

小铁匠坐在边墙下，满脑子幻想着将来成家是什么样子。他和外出打工的很多人一样，对未来没有太多的想法，只想挣点钱将来找个称心如意的姑娘，让家人不再吃苦受穷。张善更不敢有过多奢求，自见到映红那一刻起，他就再也忘不掉她的模样了，可心里的自卑感难以消除，生怕映红嫌弃他，所以也不敢去想结果。

林天豹刚从隧道里出来，就接到了路宽打来的电话。路宽在电话里破口大骂林天虎，再问才知道，林天虎组织了十几个民工又到项目部要工资，晚上也不走，有的躺在会议室桌子上睡大觉。路宽催林天豹连夜再去做林天虎的工作，先把人撤走。林天豹“嗯嗯啊啊”地应着，叫苦连天称管不了林天虎，只能去试试。

林天豹的回答心不在焉，因为他正在生刘万川的气。夜间施工，刘万川不在隧道里盯着，跑去镇子上一家歌厅去唱歌了。林天豹知道那是他常去的地方，在那里他有一个相好的小姐。刘万川常常对林天豹说，自己夜里进隧道监工，实际上是在隧道里转几圈，做一番样子后，就溜到镇子上的歌厅与那小姐鬼混去了。林天豹不止一次地骂过他，可他还是管不住自己。于是，在去隧道出口林天虎驻地前，林天豹先开车直奔镇子上的那家歌厅。他闯过前厅来到包厢门口，一脚踹开包厢门，屋里乌烟瘴气，刘万川正和那个打扮得花枝招展的小姐坐在昏暗灯影照射下的沙发上不管不顾地亲昵着，旁边另一对男女也在拉拉扯扯。

林天豹大喝一声，骂道：“刘万川，你不是在隧道里吗？为什么要跑到这种地方来？”

呵斥声惊扰了屋里的男男女女。刘万川慌忙站起来，向林天豹解释，指了指坐在沙发上的那位年轻男子，称那是新来的监理，边说边将林天豹推出了包厢，说：“老板，监理不敢得罪，这一关过不了，上道工序不给咱们验收，下道工序不能施工，咱们想做手脚也不敢做呀？你说是不是？”

刘万川的这个理由，果然把林天豹蒙住了。

林天豹说：“你糊弄鬼呢？新来的监理我怎么不知道？”

“老板。”刘万川点头哈腰假模假式地说，“我把他叫出来，你自己问，看是不是新来的现场监理。”

刘万川早摸透了林天豹的心思，故意板着脸摆出架势转身往包厢里走，实则是向林天豹示威。他认定林天豹绝不会把那个男人叫出来对质。果然，林天豹伸手拉住他，说："今晚就算你陪新来的监理。现在你去跟他说，工地有事得回去，散了吧。"

刘万川不解地问："工地真有事吗？"

林天豹向上挑着音调，说："哎，今晚洞里在打二衬，你得回去盯着。这一板让山东工班不用全部回填，超挖部分填充物可以用泡沫和蛇皮袋往里塞，一定要把里程记下来，不然将来咱们怎能拿住项目部？这个你懂啦！"

刘万川心领神会，说："那我明白了，留一处空洞呗。"

刘万川听了林天豹的教唆，回到包房，不大会儿果真散了，回到工地摸黑儿进了隧道。张善和两个民工，站在掌子面开挖台车上仍在装药，小铁匠、铁松儿躺在成洞边墙下睡着了，王大路不知啥时也坐到了小铁匠他们身边，警惕地盯着洞内的每个角落。

刘万川走到衬砌台车下，用手电筒朝拱顶照了照，然后走到边墙根王大路跟前，问他知不知道林老板为啥让夜班停止打二衬。

王大路说："知道呀，放完炮再打。"

刘万川摇摇头笑着说："二衬混凝土跟不上。这一板你们拱顶回填时不用那么实在，让你这个班的人留够三平方米，往里填些泡沫和蛇皮袋，有空洞也不怕，知道吗？"

小铁匠和铁松儿被刘万川的话惊住了。俩人坐起来，直愣愣地瞧着他。王大路更是震惊，起身对刘万川说："二掌柜，咱可不能这么干，这是坑国家呀。"

刘万川皱着眉头连"啧"两声，说："我是现场主管，到底听谁的？叫你们怎么干就怎么干，还想不想要工资啦？"

铁松儿说："当然要啦！我们又不是傻瓜，不发工资我们去喝西北风呀。"

刘万川说："想要工资就照我说的干，别废话。"

小铁匠梗着脖子，说："刘主管，这是高铁隧道，二衬若回填不实留下空洞，到时通车出了事故，责任算谁的？我们可不干。"

刘万川说："你们不按我的要求干，怎么给你们计价开支？到时我可不签字，你们可要想好喽。"

小铁匠说："哼！你别吓唬人，俺胆小。俺们山东工班宁可不要工资，也不做这种坑人的事，俺头上可是只有一颗脑袋。”

围绕二衬填充物引发的争执，使双方一度陷入僵持。刘万川没想到山东工班的民工态度如此强硬，被铁松儿和小铁匠的话噎得够呛，心中不免着急上火。最后，他把王大路拉到一旁，严厉地说：“不管你们乐不乐意，这板二衬不能填那么实，你算算一方混凝土多少钱？咱们可没有成方成方的水泥往里灌。你是带班的，这事就交给你了，洞里有啥就往里填啥，二衬达不到我和林老板的要求，可别怪我扣你们的工钱。”

小铁匠又凑上来，说：“这板二衬你找人打吧，俺们干不了。”

刘万川恼羞成怒，说：“嘿，你小子是不想在这儿干了吧？我要让别人打，还找你们干什么？不识抬举。真不干就给我滚蛋。”

铁松儿怒视着刘万川，本想跟他理论，被王大路叫停。

王大路机警地说：“这不是小事，我们回头得商量商量。”

尽管刘万川前半夜盯在掌子面上，但在小铁匠和铁松儿的强烈要求下，王大路没有安排当班的民工照刘万川说的去做。此时，王大路他们终于明白了林天豹为什么要让二衬停下来，原来他和刘万川是想偷工减料。等张善装完炸药跳下台车后，王大路催促爆破和衬砌工班的民工，快速撤离掌子面回宿舍休息。

半夜，民工们在睡梦中听到了洞内传来“轰隆”一声炮响。

那天夜里，林天豹去歌厅把刘万川叫回工地后，自己开车赶往隧道出口劳务队驻地找林天虎。工地冷冷清清，洞口灯光都是暗的。没找到人，只能打电话问林天虎在哪儿。林天虎说在宾馆，他又不得不开车折返县城，在一家高档宾馆的套房里，两人才见了面。

林天豹坐在沙发上，瞪着林天虎就是不说话，沉闷了好大一会儿，才问：“路经理把项目部的人组织起来，成立了几个组跟你谈判，你不跟他们谈吗？这样影响不好！”

林天虎根本听不进林天豹的话，说：“没法谈，误工、量差、材料超耗和设备收购价格，都没有达到我的要求，我不能就这样轻易退场啊。”

林天豹很无奈，说：“兄弟呀，咱俩是一个娘生的，你不为自己考虑，也得为咱全家考虑考虑！在高铁工地干了这么多年，发家都是靠着铁路系统，人家没亏咱们，要我说差不多就行了。你这么跟项目部闹，以后我也没出路啊！该谈的你要出面谈，老避而不见，到底想拖到什么时候啊？”

林天虎从茶几上拿起一盒中华烟，从里边抽出一支点着，又顺手将烟盒“啪”地扔在桌面上，说：“我不急，你急啥啊？咱拖得起，项目部拖不起，直拖到我满意为止。”

林天豹听后很窝火，问：“干这么点活儿，你亏了吗？”

林天虎冷笑着说：“确实没亏，但退场结算越多越好，我不怕钱多。与其他退场的相比，我要的不多。”

其实，林天豹担心的是，林天虎闹着退场索赔，会对他以后继续在高铁工地上揽活带来极大困难。看林天虎不听劝，他十分生气地说：“你闹你的，以后走到哪儿也别提咱俩是亲兄弟，我还想在高铁工地长期干下去呢。”

林天虎眼里露着凶光，瞪了林天豹足足半分钟，忽然将抽了半截的香烟摁灭在烟灰缸里，站起来说：“行，你走你的阳关道，我过我的独木桥，以后咱们兄弟互不干扰。不过，我要警告你，别整天跟那个女人鬼混，光给那个女人花钱，把我嫂子和侄子扔到一边不管，是我嫂子在照顾瘫在床上的老娘。如果不听，你会吃不了兜着走。”

林天豹气得两眼冒金星，大为光火，抓起茶几上的烟灰缸朝林天虎砸过去，指着他骂道：“你连自己都管不好，还想教训我？你闹吧，闹到最后早晚会进局子。”

林天豹和林天虎为退场谈判起了一番争吵，兄弟俩不欢而散。从房间里出来后，他拨通了路宽的电话，把林天虎的位置告诉了路宽，让项目部谈不拢就强行清场，别影响他以后干活。

路宽听后对林天豹说：“老林啊，看来你还算有良心。他是他，你是你，把斜井的活儿干好，出口退场的事你别掺和了。”

路宽接到林天豹的电话时，正与汤公明、李从安在办公室里商量清场对策。他组织了几个小组，有的算工程量和误工费，有的谈价格，有的盘材料和设备。林天虎并未露面，只安排现场负责人与谈判小组对了几轮，自己躲在背后给手下的人出谋划策，把项目部谈判小组急得抓耳挠腮。

铁龙飞和江水那晚没能回工地宿舍。俩人赶到项目部时，正赶上林天虎安排人来讨薪。这些人都是他从老家带出来的铁杆兄弟，跟他干了好多年，也挣到了钱，十分听话，只要林天虎一声令下，叫他们干啥就干啥。他们围在会议桌旁，坐没坐相，站没站相，有几个还卷起裤管脱掉鞋，把黑乎乎的臭脚伸向桌面，东倒西歪地斜靠在椅子上，烟头扔了一地。

江水把车停在项目部院子里，俩人跳下车，看会议室里亮着灯，房门大开，便径直走了进去。

一个年轻民工问铁龙飞和江水：“你们俩找谁？”

铁龙飞点点头，说：“找经理。你们是哪儿的？”

“经理是缩头乌龟。”另一个民工毫不客气地说，“我们是隧道出口的，来要钱，项目部欠我们劳务费，光叫我们退场，工资还没给我们发呢。”

江水说：“找你们林老板去要呀，光在这里闹管啥用？项目部不欠他的钱。”

满屋民工都朝他俩看过来，其中一个说：“你们是斜井的吧，少管闲事啊。”

那人这么一说，其他人跟着开始嚷嚷，会议室里顿时炸开了锅。铁龙飞退到门外，对江水说：“林天虎真不是个东西。走，甭理他们。”

此时，路宽、汤公明和李从安正在另一个房间里唉声叹气，见铁龙飞和江水从会议室出来，急问里边的人走了没有。铁龙飞说还在呢，先晾着他们。

路宽气得头晕，骂道：“项目部不欠他林天虎一分一厘，拨给他的计价款和劳务费全被他贪了，还鼓动民工来项目部恶意讨薪，简直无法无天了。”

汤公明说：“咱们再找林天虎谈一次，实在不行就联系当地派出所强行清场，春节前让他滚蛋。”

李从安说：“谈过好几轮了。他不露面，谈了也白谈。”

路宽愁容满面，只顾低头一口口地猛吸着烟。烟火忽明忽暗，长长的烟灰呈弯曲状，随时都有可能掉下来散落一地。路宽抬头看着铁龙飞和江水说：“你们都是干劳务的，对付这种烂队伍有啥好点子，快帮出个主意。”

江水说：“经理，你们要是同意，我就去联系当地派出所，把林天虎的设备从隧道里拖出来堆到一边，新队伍强行进场。”

路宽沉思片刻，断定林天虎不会罢休，又不能引发群体事件，探问铁龙飞有什么好办法。

铁龙飞说：“我有个主意不知当讲不当讲？”

“讲！”

“我可以去找林天虎谈。”铁龙飞说，“前提必须是隧道出口的活儿由我和江水接了。他如果无理取闹耽误我们干活，我和江水可不是吃素的。他是劳务队，我们也是劳务队，谁怕谁呀？他有本事跟我打赌摔‘啊喔’，我非赢死他不可，这叫以毒攻毒。”

铁龙飞所说的“啊喔”，把路宽、汤公明和李从安说糊涂了。

汤公明对这一方言很迷糊，问：“‘啊喔’是什么东西？”

“到时候你们就知道了，对赌的一种玩法。”铁龙飞打出手势比画着说，“就是用和好的胶泥做成小泥筐，谁的底越薄，摔在地上破开的洞就越大，谁的大谁就赢了。林天虎肯定没玩过这东西，他赢不了我。”

路宽是山东人，知道铁龙飞所说的“啊喔”，是过去乡下小孩子玩的一种土游戏。这一提议立即遭到他的讥笑，挥手嫌弃地对铁龙飞说：“林天虎这么聪明的人能跟你玩这个？算了吧。”

铁龙飞不厌其烦地解释说：“土是土了点儿。他不玩就等于认输，输了就得撤场，我可以去试试。”

汤公明对路宽说：“让他去试试，试成了，隧道出口可以考虑让他俩承接。”

路宽说：“行！如果你真能用这种办法让林天虎退出去，项目部同意你们进场干出口。”

江水说：“谈不成或‘啊喔’摔不过姓林的，我们就不提干隧道出口的事了。”

李从安问：“你们有隧道施工设备吗？”

铁龙飞说：“我们想自己买，不要姓林的那些破旧设备。”

几个人商量了一晚上，路宽提出，如果铁龙飞和江水干出口，大型设备全部新购，需要投入六七百万元，资金压力会很大。如果只买小型机具，项目部可以提供配套设备，比如二衬混凝土、二衬台车和液压挂布台车、液压栈桥、施工材料、大电与配电柜、施工用水、文明施工标识标牌等。如果有足够的资金，项目部还可以购置湿喷机械手、安装一套60搅拌站打喷浆料、洞内出碴用的50侧卸装载机、一台搅拌站、四至八台空压机、四台湿喷混凝土罐车，二三类材料和柴油发电机等，由铁龙飞他们购买。这样，铁龙飞和江水可以少投入，即便如此，也需要花费上百万元。

铁龙飞和江水在心里盘算着，面对路宽、汤公明和李从安，不敢说买不起，愣是硬着头皮称已经订购了一部分。

路宽说：“既然你俩有决心干出口这个活儿，也想到了买设备，那就看啥时能解决林天虎退场的问题。”

赶在天亮前，他们商定完去找林天虎谈判的时间，路宽喊上汤公明和李从安去了会议室，跟赖在屋里的那十几个民工开始谈。铁龙飞和江水离开项目部后，对路宽允诺他们干隧道出口的决定先是高兴了一阵子，可没过一会儿，两人谈起买设备的事，心里就开始犯起嘀咕。

江水边开车边试探着问铁龙飞：“咱们是全部买还是买一部分？”

铁龙飞坐在副驾驶座上，望着车前黑乎乎的山影，说：“多数设备让项目部提供，咱们自己也要买一部分。你若不想投，我自己贷款也要买，不能让煮熟的鸭子飞了。不然，永远不可能出人头地。”

江水听后沉默许久才说：“行。只要你决定投，我也豁出去了，哪怕砸锅卖铁去贷款也要一起干。没有金刚钻，咋揽瓷器活儿？”

回到宿舍，铁龙飞和江水丝毫没有睡意，就把王大路喊起来商量，问他：“隧道出口的活儿定给咱们了，设备投入需要几百万，你加入不？”

王大路有些犹豫，说：“我家最多能出三十万元，再多就拿不出来了，这咋办？”

铁龙飞扭头瞅着他，说：“你能出多少算多少，咱们三个人依出资比例占股。我想法筹集三百万元，让江水筹两百万元，按银行当期利率计息，挣了钱先还息，工程干完按占比分红。”

就这样，三个人商定完毕。铁龙飞催王大路和江水抓紧时间去睡觉，王大路却没完没了地聊起洞内的事儿，埋怨刘万川不让打二衬的事。

江水问：“为啥叫停？”

“是林老板叫停的。”王大路说，“他派刘万川去洞里，逼着夜班在二衬拱顶留空洞，往里填泡沫和蛇皮袋。我不干，让夜班人员全歇了。”

铁龙飞吃惊地说：“让留空洞，往里面填泡沫和蛇皮袋？亏他想得出来。奶奶个熊，他这是要坑项目部，把责任推到咱们头上。这事儿坚决不能干，咱们不能背这样的黑锅。”

江水说："龙飞说得对，要干让他们自己干，咱们不能干，这可是不得了的事儿，万一检查出来，咱的饭碗就砸了啊。"

那一夜，铁龙飞与王大路衣服也没脱，囫囵着身子躺在床上迷糊了一小会儿。天亮后，上早班的民工，在门外夹道大呼小叫，吵醒了铁龙飞。他起身眯着双眼稍稍清醒了一下，然后将王大路喊起来，俩人去找林天豹。来到林天豹门口，"咚咚咚"连敲三下房门，没人应。林天豹平日的习惯是，将施工现场交给刘万川去管理，只要工地不出啥事儿，他每晚都会去找其他民工头打麻将、喝酒、唱歌，夜里不睡，早晨不起。

映秋起得早，正在卫生间梳妆。听到敲门声，先喊了几声林天豹，看他不回应，便走到床边用力去推他，可怎么也叫不醒。映秋只好匆忙穿好衣服去开门，见门外站的是铁龙飞和王大路，瞬间温和了很多，扭头朝里屋看了看，说："该死的，打麻将到天亮才回来，还在睡呢。"

铁龙飞明白映秋的意思，看来只能等林天豹起床后再过来，转身刚要走，却被映秋喊住了。

铁龙飞问："有事？"

映秋侧身靠近铁龙飞说："你手下那个……哦，小铁匠和张善去上白班了吗？我妹妹映春和映红想见他俩。"

王大路奇怪地说："你妹妹们看上我那两个小老乡啦？"

映秋回答："我想让她俩离开这大山。"

王大路答应她，等小铁匠和张善下班后，一定转告他们。映秋听后笑了，问需不需要叫醒林天豹。

"不用叫，我起来啦！"

林天豹披着衣服，敞着怀出现在映秋身后，眨着还没睡醒的眼睛，显得很不耐烦，问铁龙飞和江水："你们不进洞，一大早找我有什么事？"

铁龙飞郑重其事地说："林老板，听说昨晚你让二衬工班停下，准备留些空洞，往里塞一些乱七八糟的回填物。我是来告诉你，这样的事情，我们坚决不干。"

林天豹两眼直愣愣地盯着铁龙飞和王大路，扒拉开映秋，让她回里屋去，然后说："兄弟呀，我跟你说要这么做了吗？"

铁龙飞被林天豹反问得一时语塞，扭头看王大路。

王大路接话说：“是你让洞里停的。刘主管到现场亲口给我布置，我把工人挡下了。”

林天豹狡诈地笑着，说：“他是他，我是我嘛！再说，隧道拱顶二衬出现空洞是常有的事，何必大惊小怪呢，即使你们打二衬留了空洞，我也不会责怪你们的啦！”

铁龙飞很清楚，但凡干隧道出身有经验的包工头，二衬故意留了空洞也不承认，会把偷工减料的责任，要么推到带班的管理人员头上，要么推给劳务工班，自己根本不会直接担责受罚。林天豹暗示铁龙飞和王大路，拱顶二衬可以留空洞，听起来滴水不漏，明知他包藏祸心，却又让人抓不住任何把柄。

铁龙飞心里跟明镜似的，自然明白他说那话的含义，指着林天豹说：“我先声明，坑害国家、违法乱纪的事，我不会让手下的人去干。二衬绝不能故意留空洞，不论拱顶超挖部分需要填多少混凝土，我们都要回填密实，谁也别想把我们往火坑里推。”

林天豹虽然满脸涨得通红，但仍笑眯眯地说：“是呀兄弟！你们想多挣钱，我也想多挣钱。可怎么才能挣到钱呢？光实打实干，那是傻瓜啦！我只要求，你的人在洞里听刘主管的，按他说的去做。”

王大路接过话茬儿说：“他让我们留空洞，我们不能听他的。”

林天豹板着脸说：“那你们看着办，你们不干，会有人来干。”

有人来干？谁会干？铁龙飞思忖着地说：“林老板，请你给刘万川发个令，别再让他逼我手下的人干这种伤天害理的事儿了。如果真要这么做，我就把所有工班的人撤下来。”

林天豹听出铁龙飞是来真的，不得不缓和一下尴尬的气氛，微笑着说会告诉刘万川，同时嘱咐铁龙飞和王大路，让工班民工照图施工，不许留下后患。

映秋被林天豹推回里屋，边收拾着床上凌乱的被褥，边竖起耳朵听着门口的动静。铁龙飞和王大路走后，她从里屋出来，走到林天豹跟前，问道：“哎，你这样赚钱，心里踏实吗？”

林天豹毫不在意地说：“工程上的事儿，你又不懂，少管啦！”

映秋很不待见地“哼”了一声往外走，说：“反正我觉得你让刘万川干这坑人的事，最后肯定把你们自己也坑进去，我可不想跟着你受牵连。”

林天豹喊住她，说：“我知道啦。男人有再多的钱，也留不住你们女人的心。将来你可以离开我，但只要咱俩在一起，你就不能给我戴绿帽子，更不能去找姓铁的那小子，我丢不起人。”

映秋气得脸色发青，站在门外瞪着林天豹，骂道：“死东西！我跟了你这么多年，你还怀疑我。即使离开你，我也不会去找别的男人，除非谁能娶我，我现在这样子，再怎么洗也洗不干净了。”

林天豹见映秋不高兴，改口说：“好好好。你别嫌我赚的钱脏，我更不会嫌你身子脏。从此以后，我不管你了，只要你高兴不离开我就好啦。”

映秋说：“那你去找你兄弟，让他下面的人别再去项目部胡闹了，不然你也没得钱赚。”

林天豹哀叹一声，说：“你说得对呢。出口停工没人干，我比谁都着急！隧道里都是水，万一泡塌可就捅了马蜂窝啦，是天大的事啊，可我管不了他，让项目部收拾吧。”

临出门，映秋扔下一句话，林天豹听得很清楚，意思是林天虎这样瞎折腾，总有他吃亏的那一天。

# 第六章

那天早上，映秋离开宿舍爬上山坡去了隧道斜井。她想去找铁龙飞他们，走到隧道口外，却停住了脚步，不敢再往洞里去。

在高铁工地上有个忌讳，不让女人进洞，映秋自然晓得。没等到铁龙飞他们，她就去了山下离工地最近的一个村庄，那里有个小超市，她经常去买东西。超市里边没什么像样的高档商品，净是些洗发水、手电筒、火腿肠、面包、背包、衣服、雨具之类的日用品，很适合民工们消费。

一大早，超市没有几个人。映秋进去转了几圈，最后在一排衣服前停了下来。超市老板娘是位中年妇女，正猫着腰码货，见映秋光看不买，直起身来问她想要点啥，映秋说没想好呢，反问老板娘这样的超市赚不赚钱。

老板娘说："说不赚钱是假的，比下地干活强，能养家糊口，小有积蓄。你也想开超市吗？"

映秋摇头说："我不开，想帮我两个妹妹在工地开个这样的超市或商店，专门供给工地的民工。"

老板娘说："你让她们开吧，到时我们可以一起进货，只要不跟我竞争就行。"

映秋抓起两件男式上衣瞧个没完，说："要开她们也不会在这儿开，到山的另一头去租个房子，那边有的是民工。"

老板娘问映秋两个妹妹多大？映秋说二十岁左右，都还没对象呢。老板娘往货架上码着货，摇头苦笑说："在工地开超市，大姑娘可要经得起开玩笑。不瞒妹子说，这是白天，民工都进洞干活了，等他们收工从隧道出来，来我这儿闲逛的净是光棍汉，不买东西光瞎转悠，我一眼就看出他们是冲我来的，眼里都冒着绿光。唉！可怜的男人，离开女人就要了他们的命了。”

映秋听后漫不经心地笑笑，说：“男人都一样。”

老板娘问：“妹子嫁人了吗？”

映秋说：“不想嫁。”

老板娘上下打量着映秋说：“一看妹子就有男人，只是不理想罢了。这年头，找个好男人不容易。”

跟老板娘唠了近一个小时，映秋最终买了两件适合南方冬季穿的夹层小棉衣和一条真皮腰带，价格都是最贵的。一大早开张，老板娘乐得合不拢嘴，连谢映秋几声，不仅优惠了不少，还找出两个粉红色的大塑料袋，把衣服包好，将映秋送到超市门口。

映秋提着塑料袋返回工地，再次来到隧道口。刚停住脚，只见铁龙飞和江水戴着安全帽，并肩从隧道里出来，刘万川跟在他俩后头。三个人同时看见了映秋。刘万川跑到她面前，伸手翻看了几遍装衣服的塑料袋，从里边抓起一件上衣就往身上披，嬉皮笑脸地说：“小嫂子，这好像是给我买的吧？”

映秋不高兴地说：“你喊谁小嫂子？”

刘万川说：“你跟老板在一起，不喊你小嫂子喊啥？”

映秋急忙去扯刘万川身上的那件衣服，刘万川故意来回躲闪。映秋说：“你不害臊，我还害臊呢，快把衣服给我。”

“送给我吧，冬天了，我还真缺这么一件衣服。”刘万川说，“多少钱我给你。”

映秋追着他说：“想得美，再不还我，我可打电话给林天豹啦。”

此时，一辆运料车正轰轰隆隆朝隧道里开，刘万川来回躲闪差点撞到那辆车，铁龙飞和江水一把拉住他，顺势将上衣扯下来递给了映秋。刘万川知道林天豹不会穿这种衣服，追问映秋到底是给谁买的。映秋应付着说是寨子上的邻居让她代买的，刘万川用狐疑的眼神打量她好久，似信非信。

刘万川在场，铁龙飞和江水不会主动与映秋搭讪。刘万川说：“你俩看看老板娘买的这衣服，肯定是超市里最好的货。”

铁龙飞和江水懒得理刘万川，问映秋寨子上有没有人想来工地打工。映秋支支吾吾地说：“我哪知道他们愿不愿意来工地打工，人家让我代买我就代买，没几个钱，乡里乡亲的，我白送。”

铁龙飞也猜映秋应该不是帮邻居买衣服，而是另有用处，不过他懒得去打听，以免刘万川又对林天豹说三道四，劝映秋说：“回去吧，不然林老板会找你麻烦。”

映秋问刘万川：“你还让那位王大哥和小铁匠他们故意留空洞？”

刘万川一时惊讶，说：“这事你咋知道？”

映秋指着铁龙飞和江水说：“这两位大哥都在，你别再使坏逼小铁匠他们了，伤天害理的事咋能干啊！”

刘万川对映秋说：“您是老板娘，我惹不起您。林老板雇我来，给我钱，我得听林老板的呀，他叫我咋干，我就咋干。”

此时，江水的手机突然响个不停。他接通电话转身向值班室走去，说着说着脸就拉了下来。铁龙飞凑过去问啥事儿。江水说是李从安的电话，林天虎手下的另一拨民工去业主公司上访了，事情越闹越大。路宽和汤公明正在宾馆跟林天虎谈判，可能谈不拢，让江水和铁龙飞赶过去。

铁龙飞稍加思考后，催映秋回驻地，告诉她已经转告了小铁匠和张善，他俩下班后有空会去寨子上见映春和映红。映秋问他和江水去哪儿，江水说要去县城见林天虎。

刘万川嘲笑说：“斜井的事都管不好，还去管出口的事，真是吃饱撑的，你俩到底是哪头的？”

映秋回到宿舍时，林天豹已经外出。她把新买的衣物塞进床底藏了起来，准备回家时交给映春和映红，至于那根真皮腰带，她另有安排。

斜井洞内拱顶二衬施工，在刘万川的阻止下仍然处于停工状态，其他工序一切正常。二衬留空洞问题，铁龙飞和刘万川争执不下。用铁龙飞的话说，宁可暂停，也不能在质量方面留缺憾，而刘万川领了林天豹的旨意，死死咬着不吐口。意见不一，王大路带领的整个工班，只能在洞里歇着待命。

在隧道斜井洞口外，刘万川愤愤不平地对铁龙飞说：“你们去找林天虎，我也去找他。”

刘万川去找林天虎做什么，铁龙飞和江水并没料到。俩人回到宿舍换了一身干净的衣服后，准备驱车前往县城，铁龙飞让江水稍等一会儿，弯腰端起地上的脸盆，向宿舍区后面的山坡爬去。来到山脚下，铁龙往盆里扒拉了一堆东西，最后竟端了一盆胶泥状的山土皮，从山上一溜烟跑到宿舍区的水池子前。铁龙飞拧开水龙头往脸盆里浇，看水掺得差不多了，就用两只手在盆里来回搅拌，直到把泥土和成不软不硬的胶泥。

江水站在旁边看着他，问："你真要跟林天虎摔'啊喔'啊？"

铁龙飞说："我跟他赌，看他敢不敢。"

江水说："他万一不跟你赌呢？算谁赢谁输？"

铁龙飞说："他输啊。"

"估计他不会认输。"

"试试，不行再想别的办法，必须把他逼退场，不能让他占着茅坑不拉屎，工期耽误不起。"

和好泥，江水开车拉着铁龙飞往县城里赶，后座上堆着一整袋包裹好的胶泥。

路宽、汤公明和李从安带领谈判小组的人员来到林天虎约定的茶座见面，却连林天虎的影子都没看到。此时，业主公司的工程部长给路宽打来电话，不分青红皂白，上来便是劈头盖脸一顿臭骂。发完脾气才说，隧道出口有十几个民工堵了业主的大门，催促路宽赶紧派人把那些民工领走。接着，集团公司董事长也打来电话，追问隧道出口劳务队为何停工闹事。路宽一遍遍地解释缘由，汇报了林天虎漫天要价的无理诉求，电话那头听后倒没埋怨路宽，只下了个指示，据实结算退场，该给的给，不该给的一分钱也不能答应，绝不能造成国有资产流失。

路宽把手机贴近耳根，"嗯嗯嗯"地应着，汤公明、李从安和前来谈判的人员，都把目光聚焦在他身上。挂掉电话，路宽仍没看到林天虎的身影，气得火冒三丈，骂道："看来姓林的坑我们坑惯了。就这货，吃谁坑谁，把他打入黑名单，以后他再想在高铁工地干，门都没有。他坑咱，咱认栽，不管当初是谁介绍来的，以后不能再让他去坑别的工程局了。"

汤公明说："他耍无赖不可能是一个人，背后肯定有一群人帮他出点子，难对付得很。"

李从安说："谁介绍来的让谁来处理啊。"

路宽说："让介绍推荐的领导处理？领导推荐没说一定要用，可咱们敢怠慢吗？怪就怪我太认真了。"

负责算账的部长，是个毕业没几年的年轻大学生，接过话说："退场结算该多少就多少。隧道总共干了不到八百米，四级围岩，劳务费算下来最多一千八百万，除去计价拨款的钱，已经不欠他什么钱了。这账怎么结？出口耽误很长时间了，洞里出水量挺大，再不干掌子面有可能会泡塌。要我说，别犹豫了，硬清吧。"

汤公明说："你有本事去清啊？嘴上没毛，办事不牢。要能硬清早清了，还能让他嚣张到现在？"

路宽打断俩人，说了自己的判断和意见，然后吩咐李从安带人去业主公司领闹事的民工。李从安走出宾馆，随手拨通了江水的电话，让他和铁龙飞马上赶过来，他相信铁龙飞有治服林天虎的招数。

铁龙飞和江水在赶往县城的路上时，刘万川早已先赶到了宾馆。林天豹已经告诉了他，路宽正带人跟林天虎进行退场谈判，让他去盯着点。刘万川小心翼翼地来到宾馆门口，透过宽大的玻璃窗，看到路宽一帮人正在茶座前走来走去，神情比较严肃，却没有看见林天虎。他断定这家伙一定是躲在房间里不露面，于是贼头贼脑地从宾馆后门偷偷溜上楼，直接敲门进了套房。房间里坐着四五个林天虎的老乡，还有一个操着当地口音的壮年汉子，故意卷起袖口，露出左胳膊上的文身。一看这场面，刘万川立刻明白了这些人正是躲在背后给林天虎出点子的狗头军师，有文身的汉子正是隧道出口下面村里的"小名人"冯三。出于礼貌，刘万川跟那几个人点头打了声招呼。

林天虎眉头紧皱，手里夹着燃烧了半截的香烟，见刘万川进来，仰脸问他来有何事。刘万川很会揣摩人的心思，摸准了林天虎的脉，知道他此时最关心的应该是项目部的动静，便轻描淡写地说了一句没有什么重要的事，只是在楼下看见项目部一帮人来回走动，应该是在等他下去。

听刘万川这么一说，其中一个中年包工头抽着烟，咧着嘴说："让他们等着吧。退场谈判谁先主动，谁就被动。天虎，咱不能着急。"

此人叫陈春山，跟林天虎是老乡，当年一起出来打拼，现如今在高铁工地上混得风生水起。

林天虎说："老陈说得对。过去干活，我像瘪三似的求他们，现在轮到他们求我了，不着急。"

冯三从小以打打杀杀出名，常带着一帮不三不四的青年欺行霸市，是出了名的混混，当地没人敢惹。隧道出口上场后，他天天带着那帮小兄弟来缠林天虎。知道冯三是个不走正道的二流子，做事很无赖，林天虎就跟他称兄道弟，想利用他摆平地面上的事，便将隧道出碴交给他干了。

听到他们这么一说，一旁的冯三随声附和道："项目部没给过我们活儿干，是你林总把隧道出碴的活儿给我们做，我和弟兄们才有了挣点茶水费的机会。现在他们要你退场，也断了我们的财路。你们算账，我可以打头阵敲边鼓，手下的弟兄不怕卖命，只要不少我那份，我坚决支持您把该要的钱要到手。"

林天虎立即向冯三谄媚，表态只要结算款回来，该多少就多少，不会欠一分钱。刘万川看着这场面，心里"咚咚咚"直打鼓，既害怕又担心。他把林天虎拉到一边，小声问："林总，你咋把隧道出碴交给了姓冯的干？不怕出乱子吗？"

林天虎瞅着冯三，说："他可是当地村里的'小名人'，村里的事我让他去摆，没人敢跟我捣乱，进场后可安稳啦。"

紧接着，林天虎问项目部来了几个人。刘万川说好几个，还抱来一大堆资料，堆了满满一茶几。林天虎边听边走到桌边，指着桌子上厚厚的一摞资料，说："他们有资料，我也有。看看这些现场签证，算不够或者不承认，就想让我退场？太可笑啦。"

刘万川拍马屁说："就是，就是。他们是公家单位，出多少钱都是国家的，您和我老板是个人，亏赚都得自己背，给不够绝不能轻易退场。"

这话说到了林天虎心坎里。林天虎猛吸一口烟，问刘万川来干啥。刘万川说："你哥让我来找你，有一板二衬请你帮帮忙，今晚调几个人过去帮着打了。"

旁边另一个包工头听了这话后，好奇地问："你们不是有打二衬的工班吗？怎么还从出口调人呢？"

刘万川摇着头说："山东工班不听话，所以才来请求支援。"

尽管在隧道进退问题上，林天虎与林天豹存有较大分歧，一个想继续干，一个想讹一笔赶快跑，可遇到问题时，兄弟毕竟还是兄弟。自从上次两人争吵之后，林天豹再没和林天虎联系过，只是眼下这情况，他不得不舍下面子求林天虎，于是派刘万川前来求援。林天虎听了，马上答应下来，吩咐手下晚上派人去斜井打增援。

刘万川争取到了林天虎的支持，心情大好。商量完民工晚上去斜井的人数和时间后，从后门又偷偷溜出去，悄悄开车回了工地。回去路上，在一处狭窄的拐弯处，刘万川与铁龙飞和江水的车不期而遇。

两车迎面而来，距离很近，都能看清对方的面孔。刘万川的车占据着主路，他觉得自己是队里的主管，铁龙飞和江水在他手下干活，理应让路，就猛按喇叭不停地催。江水心里不服，故意挡在路中间较劲，骂道："眼瞎了啊，不让他。"

铁龙飞猜测刘万川这么早从县城回来，肯定是去找林天虎了。江水则分析很有可能是林天豹派去搬援兵打二衬。铁龙飞思忖片刻，落下车窗玻璃，将头伸出去，朝对面的刘万川喊："咋？刘主管，一大早来县城见到林老二啦？"

刘万川也从车里伸出头来，回道："我见谁不管你们的事，赶紧让我过去，工地的事情多着呢。"

铁龙飞示意江水让路，江水气呼呼地打了一把方向盘，将车身靠到一边，刘万川这才小心翼翼地蹭过来。两车并行时，透过车窗，刘万川扭头朝铁龙飞喊道："你们不盯隧道却到处乱跑，回去我要告诉林老板。"

江水也朝刘万川喊道："去吧小子，二衬不是我们两个的工班不干，是你叫停的。"

刘万川被这话堵得心里发慌，扭头看着他俩说："那你们继续停。你们不干，总会有人干。"

这句话，无意间佐证了江水的判断。等刘万川的车开过去，江水一脚油门，向县城飞奔而去。铁龙飞闷着头不吭声，直接拨通了王大路的电话，叮嘱他给二衬工班的人先安排其他活儿干，留心刘万川的动静。

挂断电话，铁龙飞对江水说："他要敢让其他队伍做这一板二衬留空洞，我一定举报他。"

江水说："刘万川叫外面的民工来干这一板二衬，计价的钱必须给咱们。他如果想留空洞，肯定在下半夜洞里没人的时候干，咱安排人盯死他。"

皮卡车朝宾馆急速奔驰，铁龙飞和江水两人商量了一路。但他们没料到路宽、汤公明和谈判小组人员与林天虎那帮人的较量，竟然那么激烈。

刘万川走后，林天虎喊陈春山、冯三和其他几个军师与手下，抱起堆在桌上的索赔资料，下楼来到大厅茶座。路宽和汤公明说明了来意和结算的重要性，林天虎并不买账，轻蔑地应付了几句，让陈春山摊开账本，提出一大堆索赔的理由。

路宽指着那人问："你是谁？"

陈春山口气生硬，说："我姓陈，是队里负责计价的工程师，退场结算由我主谈。"

项目部负责计价的部长姓王，三十来岁，很精明。他左右打量着陈春山，质疑道："你是他们队负责计价的工程师？我咋没见过你？"

林天虎担心陈春山的身份露馅，立马说："老陈来时，你不在现场。每次计完价，我都安排他来审，不足为怪。"

路宽心生猜忌，提示林天虎说，要谈只跟林天虎队里的人谈，别人不能瞎掺和。陈春山打断路宽，坚称自己是队里的计价工程师。

汤公明说："既然你负责计价，那今天咱们双方就做个了结。"

说完，汤公明指示王部长把相关资料拿给林天虎看，王部长摊开那堆资料，说："我们都算清楚啦，你们共完成挖掘六百二十五米，折合成洞五百五十米，按照劳务合同，扣除甲供主材、项目部租赁的设备费、材料超耗以及油料费和税金等，已经给你们队劳务费计价共两千一百万元，实际拨款达到两千三百万元，超拨了二百多万元。"

林天虎嘴里叼着烟，一听这话，原本跷着的二郎腿放了下来，忽地直起身子，瞪大眼睛说："你们算的与我们算的差距太大，开挖掘进六百米，按单价套应该在六千万元以上，劳务费每米至少四万元，这就两千四百万元，加上误工、不应该扣的材料超耗、质量保证金、应计未计的工程量和未支付的民工工资等，少说差我两千万元。另外，我投入的设备原值两千多万元，都是新的，我不想拉回去了，你们必须按原值收购。这样吧，我多了也不要，就按四千万元给我结算。满足了我的这个要求，并且签订完结算协议，把钱打到我的账户上，咱们好和好散，我撤我的场，你们干你们的活儿如何？"

这个数字说出来，把路宽和汤公明以及谈判小组成员着实吓了一跳。汤公明忍不住站起来，笑着说："林老板，你心中的这笔账算得可真精啊，摸摸自己的良心，这四千万元怎么出来的？想要多少要多少，你以为我们是印钞厂吗？即使是印钞厂，印出来的钱也是有数的，你想要多少就得给多少吗？真以为天下没有王法啊！”

冯三坐在椅子上，有意无意地扬了扬那只文有龙身的胳膊，带着一丝冷笑，说：“我是冯三，是下面村里的，干了隧道出碴。你们双方谈判，别说有没有王法，林总赊账欠着我的钱呢，拿不到钱，我可跟你们没完。”

路宽等人早听说过冯三的大名，没想到在谈判桌上跟他见面了。路宽说：“冯三，我们知道你是当地的‘名人’，但你掺和我们双方的结算不太好吧？”

林天虎说：“哼！冯总是我的合作伙伴。他来找我要钱，让他当面看看我能不能拿到结算款，这不违法吧？”

汤公明说：“现在没违法是因为你没到违法的那一步。真做了违法的事，总有一天会拉清单，天王老子都救不了你。”

冯三站起身，走近汤公明，用手指着他的胸脯说：“你算老几？甭跟我讲这些法不法的事儿，我比你懂。老子从小生在这儿，长在这儿，该干的事儿都干过。我来要钱，你治我的罪啊？”

汤公明被冯三的言行激怒了，忍不住举起了拳头，双方顿时剑拔弩张，路宽赶紧制止。冯三梗着脖子，顺势坐回到椅子上，望着天花板说：“你们让林总队伍退场，出碴的活儿我干不成了。不管你们姓公还是姓私，该我的钱，你们谁给我补都行，反正我不能白干。”

负责主谈的陈春山在一旁煽风点火，生怕事情不大，拿着资料来回翻看说：“哎，林总算得没错呀。光签过证的误工费就有六七百万元，这可是白纸黑字，项目部抵赖不了吧？加上应计未计部分、现场投入的这些设备，四千万元都算少的。反正你们是公家单位，多出点血不过是下毛毛雨啦！”

路宽冷静地说：“我们确认的结算数是两千一百万元，设备我们不收，你们可以拉走。上级给项目部的要求是据实结算，如果考虑进出场费，可以适当给予一些补偿，再多你们也别指望。”

路宽这番话，像往油锅里添了一勺冷水，即刻炸开了。双方在茶座里互不相让，你争我吵，引得大堂里的服务员和客人都朝他们这边看过来。林天虎气得火冒三丈，来回踱着步子，说：“既然你们是这个态度，今天咱们不谈了，拖着呗！我拖得起，你们拖得起吗？算算隧道出口的工期还剩几个月。如果不想让贵单位在信誉评价中被打入C类，请你们回去再商量商量。”

路宽果断地说：“林天虎，你不想想当初自己是怎么接的这项工程。领导把你推荐给项目部，我们对你很信任，可现在你讹上我们了，对得起推荐你的领导吗？”

林天虎脸上露出诡异的笑容，说：“领导推荐我来，不是让我来赔本赚吆喝的。你们这么对待我，我管不了那么多啦，这事我已经向领导汇报过。小心啊，到时你们可要吃不了兜着走噢！”

路宽实在忍受不了林天虎的挑衅，端起茶杯“啪”地摔在地上，指着林天虎大发雷霆，说：“你敢拿领导来压我们？奶奶个熊，老子不怕。即使撸掉我这个项目经理，也不可能拿国家的钱来保我的乌纱帽。四千万元补偿没有，县城大街上有卖冥纸的，如果要，我现在去给你买六千万元。”

双方僵持不下，路宽正想喊汤公明和谈判人员离开，却见铁龙飞手里提着那袋揉好的胶泥，和江水赶来。一瞧双方那阵势，俩人立刻明白谈判陷入了僵局。

铁龙飞走近路宽，将胶泥扔在旁边的椅子上，悄声问路宽：“他要多少？”

路宽恨得咬牙切齿，说：“要求补四千万元，他这一世是穷鬼脱成的阎王。”

铁龙飞走近林天虎和那帮人，叫他们坐下好好谈。陈春山贼溜溜地转动着眼珠子，望着铁龙飞和江水，问他俩是从哪儿蹦出来的？想干啥？

江水应声道不想干啥，只是隧道出口由他和铁龙飞接手了，双方必须坐下来好好谈谈，不要耽误干活。

林天虎一帮人听得耳朵发木，质问路宽：“我还没退场，你们就把出口给他们啦？他们可是斜井我哥手下的工班。你们这么干，首先违反了双方签订的合同条款，我抗议。”

铁龙飞沉稳地说：“抗议无效。项目部没有违反你们双方签订的合同。工程进度业主有要求，你们拖着不干搞索赔，谁都有可能来接手。退场结算的事要想圆满解决，我想除了路经理、汤总和林总留下外，其他人都离开这儿，我要跟林总单独聊。”

冯三露着文有龙身的胳膊，坐在那里纹丝不动。他以为铁龙飞他们见到自己会发怵，可出乎意料的是没人理他，这让他有一种被侮辱的感觉，于是站起身来搭话道："你们接隧道出口，那出碴的活儿想叫谁干？"

铁龙飞瞥了他一眼，说："谁干出碴是以后的事，现在咱们谈结算，我想单独跟林总聊，希望你们都出去。"

冯三面目狰狞，说："我是当地的，这儿是我的地盘，不给钱谁也别想轰我走。"

路宽将冯三冷落在一边，无视他的存在，下令项目部谈判小组成员离开后，督促林天虎也把其他人赶走。林天虎只留下了陈春山和冯三，最后双方共留下七个人。

林天虎问铁龙飞："你想跟我聊什么？说吧。"

铁龙飞将搁在椅子上的那袋胶泥提到茶几上，打开塑料袋，指给林天虎说："知道这是什么吗？是我和好的胶泥。我想跟你来摔'啊喔'比赛，你敢跟我赌一局吗？"

林天虎听说要摔"啊喔"，直发蒙，说："你这是啥玩法？土包子一个，想用这个把我赶走？你问问冯总答不答应？"

冯三心领神会，右手藏在怀里，说："我答应，但我怀里的东西不答应。"

说着，冯三用左手对着铁龙飞和路宽做了一个开枪的姿势。铁龙飞知道他是在恐吓自己和路宽，哈哈地大笑着，用刚毅的眼神盯着他，抬起右手也做出瞄准射击的动作，直逼冯三的脑袋，说："我在特种部队打枪打得比你准，一枪能要敌人的狗命。你的姿势不标准，你想打枪，我可以当你的教练，好好训练训练你。所以，别在我面前舞刀弄枪，老子不吃这一套。"

冯三直愣愣地望着铁龙飞，霎时尽了。

林天虎解围道："冯总跟大家开个玩笑，别当真。"

江水说："林总，你要有种就赌一把，谁输谁退出出口。"

汤公明说："是啊，你要钱不是很理直气壮吗？现在，你们俩赌摔'啊喔'，你若赢了，项目部就答应你的要求。"

一说到赌，林天虎的眼睛直发亮。不管赌什么，他都觉得刺激。在他眼里，只要是赌，他准能赢。一旁的陈春山瞧着那堆和好的胶泥，心里有些发虚。确实，南方人打小没见过这种玩法，他觉得这是项目部和铁龙飞做的局，必定有诈，赶紧俯在林天虎耳旁提醒说："千万别跟他们赌，他们在骗你。"

林天虎开始确实被铁龙飞这一土招唬住了，听陈春山这么一说才反应过来，提起胶泥捏了捏，扔在地上说："糊弄小孩呢？快给我滚！"

铁龙飞捡起胶泥，说："一看你林老二就没种，不敢赌，真不如你哥。好，不赌即输，那我们走，出口归我们了。你赶紧把洞里的设备拉走，不然我们可就不客气啦。"

"站住！"林天虎觉得自己被羞辱了，顿时恼羞成怒地说，"北方佬，咱们签字画押，如果我赢了怎么办？"

铁龙飞说："你赢了，我们把出口交给项目部。"

汤公明说："咱们都是男人，说话要算数。今天在场的人都是证人和裁判，谁输谁退出。"

陈春山说："林总若输了就这样退出吗？钱呢？结算的钱谁给？"

铁龙飞和汤公明的举动激怒了林天虎。他根本听不进去，竟脱掉外衣撸起袖口，让铁龙飞说赌的规则。铁龙飞揪下一块胶泥，在茶几上揉来揉去，瞬间做成一个圆形烟缸似的小泥盆，高高举起，又猛然摔扣在地上，只听"嘣"的一声响，底儿破了一个大洞。

这一声脆响，招来了吧台的服务员。服务员是个眉清目秀的小姑娘，她以为不是谁打碎了茶杯，就是谁在开枪，脸色苍白地跑来，看见地板上摆着个破损的泥团，实在看不懂是啥东西，只好和声细语地提醒他们注意周围的影响。

铁龙飞指着地板上摔破的"啊喔"，告诉林天虎，俩人各做一个同样大的"啊喔"，谁摔得底儿破开的洞大谁赢。陈春山和冯三看铁龙飞做出的示范，觉得这是件很容易的事儿，鼓动林天虎说："跟他摔，比死他。"

江水和路宽发现林天虎上了套，稳稳地坐了下来，静静地等待最后的结果。其实，铁龙飞刚才不过是做了个假动作，并没有把做"啊喔"的诀窍演示出来。要想摔得大，关键在于整个泥底儿要做得像纸片一样又薄又宽，只有这样，当摔下来的那一刻，会有空气钻进"啊喔"的腹腔，借助接触地面的速度和力量，聚集的空气才会把泥底儿冲裂开一个大洞。林天虎自然不明白其中的奥妙。他学着铁龙飞的样子，揪了一块胶泥，转身站在茶几旁去做“啊喔”。铁龙飞也揪了一块同样大小的胶泥，跑到一旁去做了。他把“啊喔”做得有棱有角，边沿看起来光溜溜的，在做泥底时，他边抹边往里滴水，竟把泥底做得能透出亮来。

路宽、汤公明和江水很淡定地坐在一旁，他们丝毫不担心铁龙飞做的“啊喔”。陈春山和冯三则站在林天虎旁边，指手画脚地教林天虎怎么做，但三个人谁都不懂得往里添水，更不知道泥底只有滴了水才能压得又薄又宽。时间大概过了十来分钟，林天虎抓起“啊喔”喊道：“还没做好？笨蛋，想糊弄我，别让我把你糊弄了。来吧，抓紧时间，可以比摔了。”

铁龙飞早已做好了“啊喔”，听到林天虎的喊叫，手托“啊喔”走过来，说：“在场的人都给当个裁判，咱俩不管输赢，谁都不能赖账。”

林天虎不服气，说：“要摔不过你，我枉吃了几十年干饭。”

说这话的同时，林天虎发现铁龙飞手里的“啊喔”比自己做得大，这让他很是纳闷，问道：“咱俩揪的胶泥同样多，你为什么做得比我大呢？”

“不会啊。”铁龙飞瞧着林天虎手中的“啊喔”说，“同样的泥料，只有你做得比我大，我哪会做得比你大呢？就像隧道出口你只干了六百米，凭良心结算，我最多要两千万元劳务费，你却要四千万元，这该如何解释呢？”

陈春山听不得这种刺激话，让林天虎不要跟铁龙飞废话，催他赶紧摔。

路宽问：“你俩谁先来？”

林天虎说：“我先摔。”

说话间，林天虎举起“啊喔”猛力扣在地板上，随着“嘣”的一声响，泥底儿瞬间炸开了，但泥底留有边沿，并未完全撕裂。即使是这样，林天虎三人也信心满满，觉得有十足的把握成为赢家，催促铁龙飞：“轮到你啦！看你能摔上天。”

铁龙飞看着林天虎摔在地板上的“啊喔”，心里早有了数，说：“看好啦。”

只见铁龙飞举起手中的“啊喔”，凭借臂弯的力量，将“啊喔”重重地摔在了林天虎那个的旁边。巨大的响声回荡在整个酒店大堂，再看地上的那个泥团，偌大的泥底全部崩碎，泥片四处飞溅，泥身完全塌落在地板上。

双方闻声围在两个“啊喔”旁边，弯腰查看，以泥底开裂程度和炸开的面积大小为标准，判定铁龙飞赢了。林天虎、陈春山和冯三急红了眼，死不认输，非要跟铁龙飞比三次。

铁龙飞镇定自若，又接连摔了两次，大获全胜。

陈春山气急败坏，说："这是小孩玩的把戏，以这个作赌不算数。"

江水争辩道："哎，刚才说好的谁输谁退出，你们为啥不讲信用？"

林天虎擦擦手上的泥巴，端起茶杯猛喝两口，"啪"地将水杯摔了个粉碎，说："项目部结算不讲信用，凭这玩意儿让我讲信用？你们是不是以为我姓林的好欺负？"

路宽示意铁龙飞把胶泥收起来，对林天虎说："不管你们认不认输，咱们按刚才定的规则办，输不起别再跟我谈索赔。从今天起，出口剩下的活儿，归铁龙飞和江水他们了，你们先退场，后结算。"

七个人互不相让，在大堂里争吵不止。

陈春山要拉林天虎走，被铁龙飞挡住，说："我只认比赛结果，退不退场你们自己考虑，反正出口的任务我接了。春节前，你们不将洞里的设备拉走，坏了丢了自己负责，也算最后一次通告。"

林天虎在铁龙飞面前吃了哑巴亏，悔不当初。中午，几个人在餐厅包厢喝酒，刚喝三杯，气得就把酒杯摔了。冯三借着酒劲儿出谋划策，夸下海口派人去洞里看护场地和设备。陈春山也出主意，让林天虎把负责洞内抽水的民工叫出来不抽了，隧道泡塌自然有人管。林天虎听后，肚子里的气渐消，答应再给冯三增加十万块钱，嘱咐他派人看好洞子，结算不完谁也不准进洞。冯三是个为财而死的混混儿，见到钱比见到爹娘都亲，二话不说，满口应承下来。

路宽、汤公明、铁龙飞和江水心里清楚，林天虎摔"啊喔"输了，结算谈不好，他的设备和民工也绝不会轻易退出。

汤公明说："遇上这帮该死的，咋弄嘛？！"

路宽低着头瞅汤公明，又瞧铁龙飞和江水，说："哎，出口交给你们俩了，你们想招治治他们。"

铁龙飞说："经理，剩下的事不用项目部管，我和江水来处理。"

刚回到斜井驻地，林天豹耷拉着脸，把铁龙飞和江水堵在了宿舍里，嘲笑说："你俩真够意思，用摔泥巴的方法坑我兄弟，抢出口的活儿。斜井的活儿，你俩是不是也要抢啊？”

江水说：“老板，你兄弟太过分了，把项目部往死里坑，我们并没有抢出口的活儿，只是那么一说而已。”

林天豹说：“你们啥事都干得出来，看来我留不住你们了。啥时去接出口活儿，提前跟我说一声，我好安排招用新工班。”

铁龙飞问：“你真要赶我们走吗？”

林天豹说：“我没赶你们走，是你们自己想走，我又不傻。”

铁龙飞说：“行，如果我俩真走，不会耽误你招用新工班，肯定会提前通知你。不过，拱顶这一板二衬停工好几天了，今天夜里我的工班来打。”

“算啦！”林天豹摆手说，“刘主管已经安排好了，我用不起你们。”

到了晚上，铁龙飞正和江水、王大路在屋里商量隧道出口该如何处置，上夜班的小铁匠和铁子安气喘吁吁地跑来敲门，报告说他们被一群外来民工硬赶下二衬台车，并被轰出了隧道，搞不清那些人是打哪儿来的。刘万川当时也在现场，还鼓动那些人爬上台车接手二衬，把他们都挡在了下面。

江水说：“我猜对啦。那些人是刘万川从林天虎那里搬来的援兵，这回有好戏看了。”

铁龙飞说：“你咋敢认定是林天虎的人？”

江水说：“为了在这一板二衬上做猫儿腻，刘万川不可能招新的工班进来，熟悉二衬施工的还能有谁？出口的劳务呗。”

听了江水的分析，铁龙飞、王大路、小铁匠和铁子安气得差点儿晕过去，吵吵嚷嚷要去找林天豹讨公道。王大路、小铁匠和铁子安很冲动，要带人去洞里阻止外来的工班施工，铁龙飞拦住他们，说：“刘万川今晚打二衬肯定留空洞，让他们干吧。”

铁龙飞吩咐铁子安和小铁匠不准睡觉，将手机充满电，夜里盯在洞内，躲到暗处偷偷拍照留足证据。既然林天豹指使刘万川搞事，那就把事情搞大。

铁子安和小铁匠很听话，回到宿舍后将手机充满电。俩人斜躺在床上，准备眯一会儿。小铁匠一点睡意都没有，开始想起映秋的两个妹妹，想着想着不由自主地傻笑起来。

睡梦中的铁子安被小铁匠的笑声惊醒，问道：“傻笑啥呢？想娶媳妇了？”

小铁匠收起笑容，说："可不嘛！谁不想娶媳妇？我想娶映春。"

铁子安好奇地问："映春？谁家的闺女？"

小铁匠说："老板娘的大妹妹。哎，你问这么多干啥？"

铁子安说："映秋她妹？你这家伙心比天高，她妹妹愿意嫁给你这样的民工？"

小铁匠不服，说："民工咋啦？民工就该打光棍啊？只要她愿意，我就把她追到手。"

说完，小铁匠拔掉充电器抓起手机看时间，盘算着拱顶差不多快打混凝土了，就喊铁子安起来进洞，说不能便宜了那帮外来的工班。

铁子安身子有些发懒，嘴里嘟囔个不停，说道："着啥急嘛，睡会儿再去也不晚。"

小铁匠一把扯掉盖在他身上的被子，说："懒熊，快起，拱顶打完混凝土就啥也拍不到啦。"

铁子安起身坐在床上怔了片刻，抓起地上两只沾满土的胶鞋，"嘭嘭嘭"连磕三下，试图把渗进鞋帮的尘土磕掉，瞬间飞扬在空中的粉尘呛得小铁匠直打喷嚏。

小铁匠捂着鼻子嫌弃地说："再磕就呛死人了，快走吧。"

俩人很快收拾好，沿着弯曲的山路，摸黑朝隧道斜井走去。

# 第七章

小铁匠和铁子安走进隧道的时候，一辆灌车正拉着混凝土往洞里开，滚筒“哗啦！哗啦”不停地转动，震耳欲聋的声音直往洞里钻，车后扬起的烟尘充斥了整个隧道。

俩人在洞壁照明灯发出的昏暗光线下，加快脚步向掌子面走去。他们没想到的是洞内已经乱成了一锅粥。在距离二衬地段不足百米处，一群民工吵嚷着迎面走来。在嘈杂声中，他俩听出张二奎的怒骂声，也听出了张善的哭嚎声，其中还夹杂着铁松儿、铁铮骨与外来工班的争执声。那群人当中，有身穿工服、雨靴的外来民工，也有江水工班和山东工班的人。人群已被分成了两拨，几个山东工班的民工，搀着一瘸一拐的张善正准备朝洞外走，刘万川和外来工班的民工，则在台车下站成一排，手里拎着钢筋和木棍。两队人互不相让，大声互怼着，眼看着一场拼杀即将发生。

小铁匠和铁子安急步迎上去，吃惊地说：“奶奶个熊，这是咋啦？”

一个机灵的民工悄悄躲开人群，气喘吁吁地跑回宿舍，把王大路叫出来，神情紧张地向他报告洞内发生的情况。王大路听后急了眼，没跟铁龙飞打招呼，和那个民工摸黑爬上山坡朝隧道赶去。来到洞口前的空场，正遇见张善被工友架着从隧道里出来，瞬间把王大路气得脸色发青。

王大路问：“这是咋啦？咋啦嘛？”

昏暗的灯影下，张二奎歪戴着安全帽，脸上挂着泪，扯住王大路的胳膊，哭道：“大路侄呀，你和龙飞可要为俺爷儿俩作主啊。俺儿本来腿瘸，刚才又被那帮混蛋从台车上推下来，摔得走不了路啦，这可咋着是好哇！”

“为啥被推下来？”

“他们二衬留空洞，想栽赃咱们，把张善从二衬台车上推下来啦。”

铁铮骨气愤地说，“张善爬上二衬台车用手机拍照留了证据。”

王大路看了看张善拍的外来工班二衬施工偷工减料的照片，从值班室门口抓了根铁棍，吩咐说：“把张善扶回宿舍，其他人跟我进洞去。”

刘万川和外来工班的人，见张善被扶着走出隧道，就以胜利者的姿态说说笑笑，继续二衬作业。他们没料到，王大路带人又杀回来了。

“刘万川，你个混蛋给我下来。”

王大路的喊声让外来工班的人极为震惊。他们站在台车上往下瞧，发现王大路打头，铁铮骨、铁子安、铁松儿、小铁匠等人随后，手里提着棍棒，在台车下等着他们。

刘万川和几个民工跳下台车，站在王大路面前。

王大路怒不可遏，问道：“你们谁把张善推下去的？”

刘万川毫不在乎地说：“没人推他，是他自己摔下去的。怎么着，你们想找后账吗？”

铁铮骨、铁松儿和其他工友立即反驳，咬准是被上面的外来民工推下来摔伤的。刘万川听后急了，说：“他个瘸子敢爬上二衬台车偷拍人家干活，摔死活该啊。”

“摔死活该？”王大路愤怒至极，一拳打在刘万川的面门上，随即一把揪住他的领口往台车上推。“混蛋，你自己上去给我摔下来看看。”

台车上的外来民工被眼前这一幕惊呆了，纷纷停下手里的活儿望着台车下面，没有一个人敢吭声。刘万川额头上流着血，眼眶也肿了。这时，他才反应过来，感到了后怕。

小铁匠和铁子安冲着台车上喊道：“看俺们山东工班人好欺负是不是？有种下来，打死你个混蛋。”

张善被架回宿舍时，铁龙飞和江水正在屋里研究如何购买设备的事儿。听到张善一阵阵哀号，立马迎出来，把整个过程问了个清楚。江水问张善拍照的手机呢？张善说交给王大路了。江水提醒铁龙飞，一定要把手机里的照片保存好，绝不能落入林天豹手中。铁龙飞心知肚明，当然知道这份证据的用途和分量。等王大路从隧道回来，让他将照片发送到了自己和江水的手机里。

张善被推下台车扭伤了脚踝，虽然没骨折，但韧带受伤动弹不得。当天夜里，铁龙飞和王大路安排工友照料他的起居。张二奎垂头哀叹道："瞧瞧俺这倒霉的儿子，命咋这么不济呢？"

铁龙飞安慰他，说要替张善讨个说法。于是，他带着王大路和江水直奔林天豹的办公室。

此时，刘万川捂着脸正在向林天豹诉苦抱怨。

林天豹问："你拍照记录里程和空洞里回填的东西了吗？"

刘万川打开手机给林天豹看，说："我留证据了。可张善那小瘸子爬上台车，也拍照抓到了咱们的证据，所以才推他下来。"

"你傻啊！你们咋不看着他们？"林天豹挠着头说，"这要是被铁龙飞他们捅出去，咱可就惨啦呀。"

起初，映秋站在旁边没说话，只是满脸的鄙视，听说张善被推下来摔伤时瞬间急了，说："刘万川，你们把张善推下去摔了，我妹妹还咋跟他见面？你个丧良心的。"

刚骂完，映秋转头看见铁龙飞、江水和王大路出现在门口，脸上即刻露出不易被人察觉的喜色。

"进来坐呀。"映秋说着去搬凳子。刘万川瞥了一眼铁龙飞和王大路，迅速躲到后面。铁龙飞看出了他的心虚，狠狠瞪了他一眼；三个人进屋坐在了茶台周围。

林天豹知道铁龙飞手里握有二衬空洞的证据，心里直发虚，佯装笑脸说："兄弟，咱们有事好商量，不该把刘主管打成这样啊！"

王大路怒气未消，与刘万川和林天豹再次嚷嚷起来。

"好啦！"林天豹说，"咱们双方扯平了。你们那个跛脚被摔伤，我的现场主管也被打得流了血，咱们啥都不说啦。"

铁龙飞端起面前的茶杯正准备喝，听到这话，又放回了茶台，说："你是老板，我兄弟摔骨折了，是你叫来的人把他从台车上推下去的，所有的花销都该由你承担。"

林天豹顿时变脸，指着刘万川说："那刘主管被打伤的费用应该怎么算？"

王大路插话道："打他活该。我们给你干活，还受你们欺负，公理何在？"

江水说："是哩。你两个月没给我们工班结工费了，现在工人们没钱回家过年，甚至连吃饭的钱都没有了。"

铁龙飞说："林老板，咱先不谈你让刘主管故意留二衬空洞的事，先把上场以来的工费给大伙儿结了，啥事都好说，不然我也只能叫弟兄们停下来，你看着办。"

的确，外出打工的民工都是凭身子板下苦力吃饭，尤其是那些上了岁数的人，一把年纪还背井离乡，跟年轻人出来一起干，无非是想多挣几个钱。但在工地上，工程干到一半往往是资金最紧张的时候，业主计价拨款不及时，过程中施工变更多，地材地料就地涨价，对项目部来说是很挠头的事情。一旦来了点儿钱，项目部除了买材料就拨给了劳务队，又被黑心的包工头克扣了大部分，所以常常出现拖欠民工工资的情况。

铁龙飞和王大路带出来的工班，上场接替猴子工班两个月，林天豹只预付了部分生活费。眼下到了年关，项目部尚未拨钱下来，他更有理由推脱。铁龙飞把出来时带的钱，给每个人撒撒胡椒面地对付着，可过年大家都想拿到钱寄给家里，这一来不但没有钱寄，连日常开销都成了问题。

铁松儿刚出来不久就当了爹，不仅没往家寄过钱，还经常问家里要钱。小铁匠也要过两次，仅够维持生活，后来也不好意思再向家里开口。铁子安、铁铮骨，有时收工后累得想喝几口，可口袋里剩的几张毛票，连工地附近小杂货铺里最廉价的勾兑酒也不敢买，馋酒馋得夜里做梦都流哈喇子。

在整个工班中，最可怜的是张二奎。为了给自己跛脚的儿子张善说上媳妇成个家，爷儿俩省吃俭用，吃的是最便宜的饭菜，穿得也是破烂不堪的旧衣服，饱经沧桑的脸上布满了一道道皱纹。平时吃饭，他照顾着张善吃饱，自己基本都是一碗米饭就着一小碟咸菜。身上那件藏蓝色的衣服已经穿了很久，被泥水和汗水反复浸湿过，风干后成了牛皮般硬邦邦的布片，看上去像个文物，极其寒酸。离家时本来没带多少钱，经过两个多月的消耗，可以说身无分文了，其间多亏了铁龙飞时不时的救济。所以，平时收工回来，工友们在宿舍里睡觉玩牌，他偷偷跑到工地周围拾荒，捡些被弃之不用且值不了几个钱的破烂，背回来堆在宿舍前面的沟槽里，准备瞅机会卖掉换几元十几元的零钱积攒下来。

铁龙飞曾好几次碰到张二奎躬着腰，背着一大捆钢筋头子、矿泉水塑料瓶、纸箱、碎方木等从山上下来。有一次碰到张二奎又捡东西回来，铁龙飞赶紧伸手接过来，说："二奎叔，你这么大岁数还不歇着，去捡破烂能挣几个钱？"

张二奎憨憨地笑着，说："闲着也是闲着，这些东西丢了可惜，捡回来多少能换几块钱。"

张二奎说话时的表情，让铁龙飞忽然想起了曾经看过的那幅名叫《父亲》的油画，心里泛起阵阵酸楚。

铁龙飞说："二奎叔，以后别去捡了，没钱你跟我说。"

张二奎摆摆手，说："不用，不用。"

铁龙飞帮张二奎背着那捆破烂往山下走，伸手摸了摸口袋，把身上仅有的一百块钱塞到他手里，说："拿着，再难也不能让你们跟我受苦，咱们的好日子在后头呢。"

张二奎点了点头，接过那一百块钱，跟在铁龙飞身后，边走边偷偷地抹起了眼泪。

林天豹当然感受不到民工的这种艰辛。他最怕工班停工，一停工指定影响进度，还要给工班补偿误工费。他知道要是真闹起来不好收场，再加上没几天就要过年，春节期间必须留住这些民工，只好痛快地答应承担张善的医疗费和误工费。

"那民工的工费呢？"江水问，"不结了吗？"

"结！"林天豹说，"结呀。"

谈到最后，林天豹给铁龙飞提了个条件，让他把张善手机里的照片删除掉。铁龙飞明白，林天豹是冲着二衬空洞证据才服软的，照片绝不能给他，回绝道："二衬空洞的责任，我和江水的工班都不会背。现在，我们的要求是这板二衬重新做，你们从外面请来的工班，怎么把二衬打上去的，再怎么改回来。要不然，天亮我去项目部，向路经理如实告知这里的情况。"

"你们要去举报？"刘万川咬牙切齿地瞪着铁龙飞说，"谁敢去举报，我整死谁。"

王大路站起身指着刘万川，说："兔崽子，咱们看看谁整死谁。"

林天豹感受到极大的威胁，按捺不住怒火，抓起茶盏“啪”地摔在地上，碎渣儿四处乱飞，嘴里喊着：“滚！都给我滚！”

刘万川和铁龙飞、江水、王大路都被赶出了屋，大家不欢而散。映秋看着这样的场面，觉得既窝囊又尴尬，直朝林天豹甩脸子，骂道：“刘万川干了偷鸡摸狗的事儿，证据在人家手里，还轰人家走，人家怕你什么啊？”

映秋说这些话，是在替铁龙飞打抱不平。她很欣赏像铁龙飞这样的人，也希望能跟他们多待一会儿。女人的心思，有时男人根本看不透。林天豹心里很窝火，明知理亏，便转过头来哄映秋，又是给钱，又是许诺。

映秋觉得自己跟了林天豹好几年，尽管心生厌恶，可多少也有着一丝感情。她也不想看到林天豹被举报，像上次那样被罚款，甚至被打入“黑名单”，于是劝林天豹将那板二衬重新返工，不留后患。林天豹嘴上支支吾吾地应付着，答应整改重新做，同时又担心张善拍下的照片被项目部和路宽、汤公明知道，说无论如何也要叫铁龙飞把那些照片删除。

映秋说：“你赶紧去找他啊，多给人家点儿钱。”

“我是没办法啦。”林天豹愁眉苦脸地说，“要不你去帮我跟姓铁的去说说。”

映秋惊讶道：“我怎么能说服人家？”

林天豹望着她，露出邪恶的奸笑，说：“说出来我也心疼，但为了咱们的好日子，舍不得孩子套不着狼。你既然是我的女人，理应为我着想是不是？”

映秋听得稀里糊涂，一头雾水，反问他到底让自己去干什么。

“你去找他。”林天豹神秘兮兮地说，“只要能把证据毁掉，你们想干啥就干啥，这个不用我教你吧。”

映秋最后也没明白林天豹的用意，只隐隐约约感觉他没安什么好心，实在懒得和他说话，就把话题岔了过去。

第二天中午，映秋又溜达去了山外的那个小超市。老板娘正在卸货，映秋见状上前帮着她往超市搬。等收拾妥当后，老板娘打开箱子，拿起一件件新进的棉服往货架上挂，问映秋：“妹子，今儿个咋有空来啦？想买啥东西，我给你打折。”

映秋笑着摇了摇头说随便看看。俩人家长里短地聊了起来。映秋把林天豹暗示她的那些话讲给老板娘听，老板娘捂着嘴“扑哧”地笑出了声。

映秋问："大姐，你笑啥啊？"

"笑啥？"老板娘说，"笑你傻啊。"

映秋诧异地望着老板娘。

"你也是过来人，是真不懂还是装不懂？"老板娘神秘地说，"你男人都舍得放你出去，你有啥放不开的？"

映秋说："不会吧？！这个混蛋，拿我当筹码。你说我该怎么办？"

"男人只要有口气，就没有不好色的。"老板娘笑嘻嘻地说，"你想让姓铁的把证据毁掉，主动扑上去啊，只要往他被窝里一躺，那还跑得了？"

顷刻间，映秋的脸"唰"的红了。

"那哪儿行啊？"映秋羞怯地说，"我可干不了那种事。"

老板娘说："你家爷们儿不是说做啥都行吗？他说的就是这个意思。反正你是为他办事，心里又喜欢姓铁的男人，大不了，你跟那老男人分手，嫁给姓铁的就是啦。"

面对老板娘的调侃，映秋显得极不乐意，可内心深处却泛起另一种想法，如果真像老板娘说的那样做，铁龙飞会是什么反应？

跟林天豹的谈判无疾而终，铁龙飞与江水商量先让王大路停止洞内作业。第二天，大家都没去上工，无所事事地窝在宿舍里下棋，等待林天豹兑现承诺。林天豹当然没那么傻，嘴上虽然承诺了铁龙飞和江水的条件，但心里却打着自己的小算盘，如果铁龙飞他们不肯删掉照片，他也不会结算工费。这是个交换条件。

民工们等了两天，始终没有见到林天豹的人影。王大路对小铁匠等人说："姓林的不发钱，你们去他办公室静坐，啥时候拿到钱啥时候复工。有了钱，放你们回家过年。"

王大路发了令，小铁匠、铁松儿、铁铮骨和其他民工自然听从，扔掉手中的扑克牌，三三两两地朝林天豹的办公室赶去。大家往门口一站，屋里的人出不来，外面的人进不去，映秋也被堵在了里边。林天豹见状急得不行，打电话找铁龙飞，叫他过来把山东工班领走。

铁龙飞和江水刚要开车去林天虎的隧道出口，接到林天豹的电话后，从车里跳下来，叫上王大路匆匆赶过去。围在门口的工友们见他们来了，主动闪开一条道。林天豹顺势赶紧从屋里蹿出来，身后跟着映秋。

林天豹说："兄弟呀，求求你快把人弄进洞干活吧！钱我得让会计去银行取嘛！"

王大路说："你给个准信儿，啥时能发到大家手里？"

林天豹说："只要不停工，上午取到钱，下午准发。"

铁子安说："你糊弄鬼呢？我们不信。"

映秋从林天豹身后绕到前面，站在铁龙飞跟前说："你能相信我吗？我担保，先别让他们在这儿闹啦。"

铁龙飞指着映秋，对林天豹说："我信她，你快去取钱吧。"

王大路见铁龙飞表了态，挥动着手臂让大家回去："散了吧，散了吧，都给我回去。"

小铁匠正好站在映秋旁边，映秋转过头看着他说："你去见映春了吗？"

小铁匠红着脸躲躲闪闪，不好意思地说："没呢。"

其他人听到他们的对话，起哄说："铁匠手里没钱，没有彩礼，赶快发工钱吧。"

这场面把林天豹气得脸色发白，差点儿吐出血来。此时，他的手机叮铃响个不停，一接是汤公明打来的。汤公明通知他，业主要来工地进行年终大检查，给各施工单位信誉评价打分，谁拉了项目部排名得分就扣谁的计价款。检查组已经在来隧道斜井的路上，让他做好现场准备。

这个电话快把林天豹吓尿了，急得抓耳挠腮，求铁龙飞说："兄弟呀，其他事都好说，检查组会要了我的命，我拿不到钱，你们更拿不到钱，赶紧让大家出工进洞行不行？"

铁龙飞暗自窃喜，说："可以让大家出工，除了前面谈的张善受伤费用和工费结算两个条件，我还有个条件。"

林天豹愕然，问："啥条件？你尽管说，我都答应。"

铁龙飞晃了晃手里的手机，说："你也知道我手机里保存的是什么，那你去劝劝你弟弟林天虎，让他年前这几天把搁在出口洞内的设备全部撤出去，别给项目部添麻烦。不然的话，我会把手机里的东西交给项目部。"

林天豹听出了铁龙飞的意思，皱着眉头说："你是知道的，我做不了林天虎的主呀，不要为难我嘛！"

王大路说："谁信呀。你是哥，他是弟，长兄如父。你当哥的说了他不听，他还能听谁的？”

林天豹举起手说：“我对天发誓，我和我爹说了都不算数，天王老子都管不了他。”

铁龙飞说：“咱们做的是交易，你要的是删掉我手机里的照片，我要的是张善的误工补偿费和大家的工资，外加清理掉出口的设备，这样很公平。”

林天豹又气又恨，答应去劝林天虎，但唯一的要求，是民工马上复工。映秋听了铁龙飞提出的条件，觉得他有点儿狠，不高兴地瞅了瞅他，转身进屋去了。

汤公明电话通知林天豹的时候，路宽、李从安和汤公明正带着由铁路建设公司作为业主方组成的检查组一行五人，分乘几辆越野车开进隧道。原本每年年底开展信誉评价平推检查，业主都会提前通知现场做准备，后来业主和质检站的领导也智慧起来，更注重施工日常化管理的有序性，时不时来个突然袭击，不声不响地偷偷往工地跑，搞得施工单位措手不及。到年底，把平常的检查评分综合到一块，加权平均便得出谁是第一、谁是老末的排名顺序，这样倒是能看到真实的现场管理水平。

林天豹对这次检查没有丝毫准备。刘万川头天脸上挨的那一拳，打掉了他带工管现场的心气，找了个头疼的理由，向林天豹请假，赖在宿舍里喝着闷酒。山东工班的人嚷着歇工要工钱，洞里只有江水手下的几个白班民工稀稀拉拉地在洞里磨洋工。虽然后来铁龙飞发令让大家复工作业，但没拿到钱，大家仍没有动力，磨磨叽叽竟没能赶在检查组到达之前进洞施工。

看着眼前冷冷清清的场面，路宽和汤公明的心“嗖”地凉了，嘴里开始嘟嘟囔囔骂林天豹。带队前来检查的是业主公司副总经理兼总工唐仁怀，组员有专门负责安全的、质量的、技术的和物资设备的，个个都是高铁建设的专家。越野车停在二衬台车前面的成洞处，一组人马手提安全帽从车上跳下，先站在台车下仰脸观察了一会儿刚打好还没拆模的二衬后才往里面走。来到栈桥顶头，检查仰拱和掌子面开挖。踏过长长的栈桥，掌子面尚未开挖到标高，出完碴的底部乱石嶙峋，泥泞遍地。

唐仁怀光顾着看头顶，没注意脚下，不小心踩了两脚泥，浑浊的泥水当即灌满了两只鞋窝。身旁年轻的工作人员很有眼力见儿，掏出纸巾蹲下身子去帮他擦鞋。唐仁怀阴沉着脸，显然不高兴，将工作人员支开，招手把路宽和汤公明叫过来，大声问道："你们干活的人呢？难道就这几个游兵散将吗？"

路宽在来隧道出口的路上，一直琢磨着如何应付这场检查，必须找一个合理的说辞，不承想洞内人员如此稀少。他被唐仁怀问得满头大汗。

"人都在，都在呢。"路宽急忙回答道，"昨晚刚打完二衬放完炮，工班马上到了。"

其实，民工们到底来没来，路宽根本不清楚，心里气急冒火，又不敢发作，直给汤公明递眼色，催他去洞外叫人。汤公明跟他历来心照不宣，悄悄退到洞口，准备去找林天豹。

这当口，只见一排人影背着光从隧道外走来。汤公明听到铁龙飞在喊："后面的跟上，快点儿。"

接着，"咚咚咚"的脚步声和嚷叫声不绝于耳。王大路指挥小铁匠、铁子安、铁松儿、铁铮骨等人和江水工班的民工，快速跑进掌子面各就各位，有的跳进仰拱基坑里，有的往开挖台车和二衬台车上爬。不管真干假干，样子做得很不赖，这让唐仁怀和检查组成员感到很意外，觉得自己刚才的态度有点儿过了。

路宽见洞里有了人，有大干的架势，长长松了口气。铁龙飞和江水都到场了，唯独没看到林天豹。

汤公明当场急了，嚷道："老林呢？他没来吗？"

"在后面呢。"铁龙飞说着扭头指着身后说，"来啦！来啦！"

林天豹头戴安全帽，脚穿雨鞋，从二衬台车下一溜小跑来到路宽和唐仁怀面前，后面跟着刘万川。

林天豹"嘿嘿"笑着说："刚才我派会计去取钱了，又去了趟寨子买两头猪回来杀，过年给工人改善伙食。"

检查组成员爬上掌子面、跳进仰拱基坑、跳上二衬台车做着检查，唐仁怀站在下面，路宽、汤公明、铁龙飞、江水和林天豹陪在旁边。听说杀猪，唐仁怀来了兴趣，边打量拱顶边说："杀猪菜好吃啊，你们谁会杀猪？"

提到杀猪菜好吃，江水猜测唐仁怀可能是东北人，不是东北人至少也是北方人，说："我们在农村都见过，白刀子进去，红刀子出来。"

“杀猪可是门学问啊，一刀致命才叫漂亮。”唐仁怀走到掌子面前停下，问林天豹，“你这个老板姓林对不对？”

林天豹点头哈腰，回道：“是，姓林，我叫林天豹啦。”

唐仁怀歪头打量着他，突然呵呵一笑，说：“瞧瞧，说话还啦啦的，南方人。打隧道的老板也学会杀猪啦？”

林天豹说话十分小心，生怕哪句话说错惹领导和路宽、汤公明生气，回道：“嘿嘿，出来打工之前在老家杀过。”

“噢？！心狠啊。”唐仁怀指着他说，“是杀脖子还是捅屁股？”

“杀脖子。”

唐仁怀漫不经心地望着掌子面，问路宽和汤公明：“你们说说，哪种杀法对？”

路宽说：“应该是杀脖子。”

汤公明也跟了一句，说杀脖子。唐仁怀瞄了一眼汤公明，走到边墙跟前，说：“要我说呀，杀猪各有各的杀法，杀脖子也好，捅屁股也罢，目的是把猪杀死。”

“对呢！”刘万川接话说。

“这座隧道好比一头猪，交给你们却没杀好啊。”唐仁怀话锋一转，指着掌子面和拱顶说，“老林，你看看拱顶初支，一条条的像猪肋骨，这质量怎么能过得了关呢？你们的湿喷机械手呢？”

听着唐仁怀的一席话，路宽等人的额头上当即冒出了冷汗。

汤公明问林天豹：“湿喷机械手在哪儿？”

刘万川心虚地走到边墙根前，说：“这不在呢嘛。”

唐仁怀从上衣口袋里抽出一张罚单和黄牌，又抽出签字笔，填好后递给路宽，冷着脸说：“在，为什么不用？”

路宽手有些发抖，不想接，转念又想既然已经签发了，不可能再收回去，表示服从处罚。汤公明上前求情，唐仁怀根本不给他好脸，说：“瞧你，是项目副经理兼总工，还别罚啦？最该罚的是你。是不是嫌不够，要不再给你们多发一张？”

路宽无话可说，表示迅速整改。此时，铁龙飞插嘴说：“老总，我有事要报告。”

林天豹和刘万川最怕铁龙飞向检查组和路宽打小报告，万一二衬空洞的事儿捅出去，那可捅了大娄子。林天豹知道他要说啥，伸手拉住铁龙飞，求他少说话。路宽也制止着铁龙飞，怕节外生枝影响了检查。可唐仁怀问道：“有啥事儿？你尽管说。”

铁龙飞骑虎难下。他确实想把刘万川叫外来工班打二衬留空洞的事情报告给检查组，可又不能不看路宽的脸色，想了想还是把话咽了回去，吞吞吐吐地说：“隧道出口队伍一直没解决，工期来不及啦。”

唐仁怀愣了愣，把林天豹叫过来，说：“听说是你弟弟林天虎占着出口不撤场？”

林天豹说：“他正跟项目部谈结算啦。”

路宽说：“谈不下来，讹我们。”

“讹你们更应该清。不撤场是不是？那好吧。”

唐仁怀当场通知，如果隧道出口的设备年前不撤场，年后再不复工，连斜井林天豹的队伍一起清出去。

这次年底检查平推，项目部信评得分排名倒数第三，遭到集团公司董事长好一顿批，决定让汤公明改任副经理，负责现场施工，另给项目部增派一名项目总工，这让路宽、汤公明和李从安大为光火。

送走检查组当天，路宽、汤公明和李从安很沮丧，耷拉着脸，组织劳务队在工地值班室开会。他们还没说话，林天豹就跟铁龙飞吵了起来。

林天豹嘴里嘟囔着，埋怨说：“你们会不会干？不会干给我滚！”

铁龙飞、江水和王大路满腔愤怒，对林天豹的质疑不予认可。林天豹说：“你们还要工资，雇你们干活，我都被罚死啦。”

铁龙飞满脸愠怒，说：“刘万川是现场大拿，我们听他的。他让我们咋干就咋干，尤其这板二衬，你应该知道是咋回事儿。”

路宽和汤公明很敏感，听到铁龙飞的话顿时警觉，连问三声二衬是不是有问题。林天豹矢口否认，摇头称没问题，当即把铁龙飞拉到门口，警告他想要钱就别提二衬的事儿。铁龙飞瞪着林天豹晃了晃手机，暗示手里的证据，意思很明确，还是那句话，只要林天虎把设备撤出去，空洞的事他暂时不说。

林天豹骂道：“算你小子狠，我不怕要挟！”

铁龙飞说："咱们做的是交易，不是要挟。如果你做不到，我也保证不了答应你的事。"

之后，俩人被李从安叫了进去。路宽先把林天豹、刘万川臭骂一顿，宣布罚款五万元，并下令隧道斜井停工整顿。俩人只能打掉牙往肚里咽，嘴上连连喊冤。当然，路宽也狠狠批了铁龙飞和江水一顿，要求他们春节期间不放假不停工。

隧道整改需要一周时间，路宽指示李从安盯在洞里，整改不达标不得复工，继续处罚林天豹。铁龙飞和江水把各自工班的人都派进了洞，唯独没安排小铁匠、张善和张二奎进洞干活。

映秋把先前从超市买的两件棉服卷成一团，塞进包里先回了一趟家，回到工地后把小铁匠叫来，掏出两千块钱递给他，说："张善脚受了伤，你去寨子上见映春吧，她等你呢。"

小铁匠红着脸不要，映秋硬将钱塞给他，说："拿着，你要嫌不好看，就到镇子上买点儿东西带着，别忘了替张善买一份。"

小铁匠的心扑通扑通跳，不知如何是好，心存感激地谢了映秋。收好钱后跑去找铁龙飞，傻傻地问："龙飞哥，老板娘给了我钱，叫我去见她妹妹。你说我能去吗？"

"你收老板娘的钱做什么？没钱找我要。"铁龙飞说着，也掏出一千块钱递给他，"去呀，准你假。"

铁松儿没见小铁匠上工，趁出洞拉料的间隙，打电话问他跑哪儿去了。小铁匠说铁龙飞叫他跟会计去寨子买猪。

"买个蛋的猪啊。"铁松儿不相信，"敢骗我，去见老板娘的妹妹吧，找个理由让我一起陪你去嘛。"

小铁匠正在张善宿舍里，当着张二奎和张善的面儿回道："带你去做什么？"

挂断电话，小铁匠告诉张善要去见映春。一听去寨子，张善斜靠在床上心急火燎，想伸腿下地，可疼得龇牙咧嘴。尽管如此，他仍然坚持要去见映红。

小铁匠说："你本来一条腿就瘸，另一条又伤着啦，咋去见人家？"

张二奎劝张善等恢复好了再去，张善想了想低下头说他不去了，觉得映秋和映红肯定看不上他。小铁匠听后，安慰他说："等伤好了，我陪你去见还不行吗？老板娘不嫌弃咱，她妹妹就不会嫌弃咱。"

林天豹被年底的检查搞得焦头烂额，为了尽快完成整改，他从箱子里拿出两万块钱，给每个民工发了一百五十元的赶工整改补助费。见到钱，大家的心情好了很多，嚷着叫着要往洞子里钻。但对于两大劳务工班的工费，林天豹只字未提。铁龙飞和江水堵着林天豹，问是不是不发了。

林天豹回答说："已经叫会计去取啦，着啥急嘛！"

半晌，小铁匠跟会计一走，林天豹便回到办公室，喝着茶发起愁来。映秋刚好进来，问咋啦？林天豹望着她，说要请铁龙飞喝酒。

映秋问："请他喝酒做什么？"

林天豹说："他手机里留着空洞的证据，要让他删掉，这次你得帮帮我。"

映秋又问："我咋帮？"

"跟你说过，用女人的本领啊。"

林天豹的再一次暗示，让她想起了超市老板娘的那番话。见她站在那里不吭声，林天豹进一步挑明说："我要把他拉到咱这床上来，需要你配合一下。只要他往床上一躺，不怕他不把证据交出来。"

映秋很生气，从茶台上抓起一只茶杯砸向了林天豹。

"我跟了你这么久，你怎么能这样对我呢？"映秋发火道。

林天豹厚着脸皮"嘿嘿"笑着说："咱们是一家人，遇到难事，你不帮我谁帮我？挣到钱咱俩分啊。"

林天豹的这番话让映秋很失望。从内心讲，她对铁龙飞并不抵触，但不能用这种下流手段去害铁龙飞。于是，她推开面前这个五十多岁的老男人，让他去找别的女人做这种事，但转身迟疑了一会儿，对林天豹说："行，既然你这样打算，那我就跟铁龙飞睡一觉，你可别后悔。"

林天豹并不深究映秋的反复，从内心来讲，他很清楚自己有妻室儿女，有完整的家庭，不可能跟映秋有什么结果，更不会把她娶回家。两人之间的关系更多的是一种交换，一个图色，聊以慰藉；一个图钱，养家糊口。

想到这些，林天豹释然地露出了笑容，出门开车去了县城。来到宾馆后，他径直向林天虎的套房走去。之前谈判的人都走了，只有冯三在，俩人正在喝茶。见林天豹进来，冯三起身让座，给林天豹递烟倒水。林天虎问有啥事儿，林天豹把业主提出的要求一五一十地讲给他听。

林天虎说：“业主说你就信吗？”

“这次真的挡不住啦。”林天豹说，“这几天你不撤出设备，我也没法再干了，那咱家就没人能在高铁工地挣钱了，算我当哥的求你行不行？”

冯三听着当场急眼，说：“我派的人守在洞子里呢，让撤出来你哥俩得给我钱。”

“你瞧瞧，冯三的钱确实没给呢。”林天虎接着说，“冯三，咱事先说好的，结算完再付你钱。项目部不给我办结算，我也没有钱给你，你可不能耍赖。”

冯三说：“那我不管，撤出来不可能。”

林天豹端起茶杯猛喝一口，把杯子撂下，说：“你们不撤，我也会被清出场，我的损失谁赔？”

林天虎愣了愣神，说：“叫我撤场，没结算回来的钱你给我？亲兄弟明算账，让我撤也得给个说法吧。”

在工程项目上，常有这样的事发生。林天豹曾听说同乡一对父子，因为分钱不均，儿子举起镐头追着老爹打，吓得老爹满工地跑。此时，他也感受到在金钱面前，家族亲情也是可以中断的。

# 第八章

工程局项目部作为高铁工程总包方，最怕逢年过节。尤其临过年的前半个月，往往是项目部最头疼最难熬的时候，也是高铁工地最混乱的时候。一边是劳务队追着结账，一边是账上没钱，集团财务却一遍遍催要上交款，这一座座大山压得项目经理喘不过气来。

业主和质量检查站年底平推检查过后，路宽、汤公明和李从安既要忙着整改现场，又要跑建设单位计价要钱维稳，安抚包工头和民工。春节期间要求不能停工放假，但大多数劳务队都留不住民工，总有一些不要钱也要偷着跑回家过年的，挡也挡不住。剩下一些既不回家过年，又拿不到钱的民工，会一拨拨成群结队地跑到项目部讨要工钱。

铁龙飞和江水工班的民工，没能从林天豹那里领到工资，铁子安和铁铮骨就领头，带着一帮人一窝蜂似的去找项目部。等来到项目部时，他们傻眼了，院子里早已东一堆西一堆，聚集了黑压压一片从各个工地赶来的同行。这些人不吵也不闹，催着也不走，就堵在会议室门口，这让路宽和汤公明很发愁。

林天豹没能说服林天虎撤场，想了又想，只能去项目部向路宽和汤公明请罪。半路，去县城买猪取钱的会计打来电话，告诉林天豹账户里的钱不够给民工发工资。林天豹一听开骂道："没脑子的东西，账户里有多少钱你不知道吗？钱呢？钱呢？"

会计在电话那头说："以前取出来的都给您了，我可没私自取过一分钱啊，老板。"

林天豹憋了半天，说：“猪买了吗？”

会计说：“买啦买啦，我和小铁匠正在寨子上往回弄呢。”

林天豹挂断电话，驱车赶到项目部。见到路宽后还没开口，就被路宽好一顿痛斥：“你还有脸来找我？看看院子里那些人，你拖着民工的钱不给，年底计价款不能再打给你了，项目部财务直接发给民工。”

林天豹说：“可以！可以！但发完剩下的钱，可要汇到我的账上啊，我也得过年啊。”

汤公明板着脸问：“不给民工发钱，你来干什么？”

林天豹无奈地报告了林天虎不撤场的事情，路宽气得火冒三丈，说：“你弟弟不撤场，那你也别干了。我们用不起你们这样的队伍，把隧道斜井和出口让出来，我们重新安排队伍，这是业主的指示。”

林天豹哭丧着脸，说：“别呀经理，我兄弟是我兄弟，我是我。出口由冯三派人守着呢，我没办法让他们撤走。”

路宽转身打了个电话，不到半小时，铁龙飞、王大路和江水便开车赶了过来。见他们来，围在院子里的铁子安、铁铮骨和其他民工都往后躲，铁龙飞和江水并没轰他们走，直接进到会议室，路宽、汤公明和林天豹都在里边。

路宽说：“你们先把人带回去，工资由项目部代发。”

铁龙飞毕竟当过兵，知道轻重，说：“经理，我们听你的，可民工要拿到钱回家过年，咋办？”

汤公明说：“一定把钱发到大家手里，但不能把人全部放回去过年，春节期间活儿要干。”

“嗯！只要拿到钱，啥都好说。”铁龙飞示意王大路，“叫他们回工地。”

王大路来到院子里，走到铁子安和铁铮骨面前，三个人嘀咕了几句，劝大伙回去。

铁子安招手说：“咱们走，回工地。”

听到命令，民工们转身往院外走去。江水从会议室出来，叫手下工班的工长都回工地，他在这儿盯着，少不了大家的钱。两个工班的民工一撤，其他劳务队来讨薪的民工也开始动摇，三三两两地往一边躲。

江水和王大路返回会议室，路宽和汤公明先安排会计和计划部部长与各劳务队对账，收集民工的身份证复印件和工资卡。等讨薪民工都撤了，他们才开始讨论如何让林天虎撤出隧道出口的事儿。

林天豹左手夹着烟，右手挠着头皮，说："你们想清林天虎就清他，可不能清我出场啊。"

铁龙飞说："你去劝过林天虎啦？"

林天豹说："他不听啊，我不会骗你们的。"

铁龙飞故意在林天豹面前下意识地晃动了下手机，说："咱俩可是有言在先，承诺过的事，你做不到，那我也不客气。经理……"

林天豹本想去夺铁龙飞的手机，可众目睽睽下，实在不便，就说不是他不去做，而是林天虎不听话，只认钱。汤公明去看过出口，冯三派了三四个人把守，洞子里积满了水，再不清场隧道要出大事。

路宽说："那我去找个人，看冯三还敢不敢瞎掺和。"

要找的人是谁，汤公明和江水心里都清楚，是当地的"大名人"龙哥，只有龙哥才压得住这些"小名人"。江水说不用路宽出面，他和铁龙飞去处理出口的事情。

路宽和汤公明决定，除了开挖台车和二衬台车留下，先把隧道出口的其他设备拖出去再算账，让铁龙飞和江水做好接手的准备。

林天豹说："这可不行，他们去接出口，我的斜井谁来干？猴子工班过完年才能回来，你们让我抓瞎吗？"

"临时接！"路宽说，"你不知道应急啊？"

末了，路宽一再警告林天豹，绝不能把这件事告诉林天虎。林天豹生怕丢掉斜井的工程，表示会严守秘密。

小铁匠没跟铁子安和铁铮骨他们去项目部讨薪，说是跟会计去县城和寨子上买猪，实际上是被映秋安排去见映春。张二奎也没跟着大伙儿去项目部要钱，因为躺在床上的张善需要他照顾。张善腿脚受伤，哪儿也去不了，吃喝拉撒还得靠老爹伺候，心里不免有些难受。

小铁匠跟着会计去银行没能取到现金，思考半天，就用映秋给的两千块钱，在银行旁边一家超市买了烟酒和营养品，自己一份，代张善买了一份。结完账，他让售货员打好包装，对会计说自己要去寨子上办点儿事，让他开车先回去。

会计四十多岁，打量着他手中的物品，问："去看老板娘的妹妹吧，人家能相中你吗？做梦呢。"

"你管我呢。你去买你的猪，我去看我的人。"小铁匠涨红着脸说，"真是饱汉不知饿汉饥，你好没人性。"

会计说："那我陪你去，顺便把猪买了。"

俩人开车爬上寨子，拐过几条狭窄的土街，到了映秋家。车刚停下，碰到映秋、映春和映红从家里出来。小铁匠腼腆地低下头，提在手里的礼品晃来晃去。

映秋示意映春，说："把他手里的东西接过来呀。"

映春瞥了瞥小铁匠，有些害羞。映红却朝小铁匠靥然一笑，伸手把东西接过去，说："进家吧。"

会计第一次来映秋家，光听林天豹说映秋有两个漂亮妹妹，但从未见到过。当映春和映红出现在面前时，瞅着如花似玉的两姐妹心里不免有些嫉妒，对小铁匠说："唉，你小子真有艳福。"

小铁匠显得有些紧张，不敢乱说话，瞧着映春傻笑。

映秋对小铁匠说："你来一趟不容易，多跟映春聊聊。映春，你看小铁匠行不行，如果同意，我跟阿爸阿妈说，把你许了他。"

小铁匠一时不知所措，赶快把话题转到工地过年买猪上来。映秋对小铁匠的表现不满意，说："会计在呢，买猪用不到你，你跟映春去外面逛逛吧。"

会计是聪明人，对小铁匠说："哎，买猪你别管了，听老板娘的，别傻站着。"

按照映秋的安排，映春转身往院外走，小铁匠跟在后面。映红在身后轻生问道："哎，张善脚还没好吗？"

已经出门的小铁匠听见映红的问话，扭过头来说："他还得养几日呢。"

映秋对映红说："我不是跟你说过了吗？张善好了会来见你。"

映红有些失落地说："阿姐，我可不可以去看他？"

会计在一旁说："可以，可以。买完猪，你们跟我去工地。"

小铁匠跟映春在外面溜达了一个多小时，会计和映秋、映红在家里聊着买猪的事儿。映秋家里养了两头黑猪，会计都要买走，映秋不干。每年过年，她家都要杀一头做腌肉，只能卖给工地一头。

会计说："那就别要钱了，你跟老板是一家。"

映红说："这是我阿爸阿妈养的，还靠养猪换钱呢，不要钱可不行。阿姐，你说不要钱了吗？"

映秋对会计说："到哪儿买都要花钱。买我家的猪，该给的钱也要给啊，我回去跟你们老板说。"

会计点头说："也是。林老板要买猪过年，这钱怎么都得花，那多给你家一些，这样可以吧。"

小铁匠和映春回到家的时候，会计和映秋已经谈好了买猪的价格，并把邻居家的一头大白猪买了下来。映秋和映红看小铁匠那副表情，清楚两个人算是对上眼了。

映春喜欢小铁匠的憨厚与诚实，小铁匠更喜欢映春的清纯与俊俏。他告诉映春，自己有的是力气，不怕吃苦受累，会努力打工挣钱，将来给她一个幸福的家，试探着问映春愿不愿意跟他去山东。映春说她和映红同意与小铁匠和张善见面，正是为了将来能够走出大山。这儿的山实在太高了，挡住了前面的路，但她们不会像映秋那样，找一个年龄大的老头子。

几个人聊得很开心，映春说以后去山东可以，可山东光吃面，没大米，天天吃面食她们受不了。

小铁匠说："我们那边是平原，没有水田种不了稻子，可以花钱买大米吃。你们这边做的菜，不是酸就是辣，我们北方人还吃不惯哩。"

映春告诉小铁匠，她们商量过，过完年准备去工地开个小卖铺，烟、酒、糖、茶、衣服和鞋子，吃的、用的都进齐，方便工地上的人购买，这样也能天天见到他和张善。小铁匠自然欢喜，满口答应收工后，他和张善会帮映春和映红去打理。

会计没想到小铁匠和映春会聊这么多，这么远，那是一对处在最底层的青年男女对未来生活的憧憬。见他俩有说有笑没有结束的意思，会计抬手击了一拳小铁匠，说："该你出力了，咱得把猪弄回去。"

映秋从寨子上找了几个壮汉，将两头猪捆好装上了车。她和映红坐在后座跟会计、小铁匠一起赶回工地。临出门，映春从屋里找出映秋从超市买的羽绒服递给小铁匠，让他过年穿。小铁匠抱着那件羽绒服不肯放手，满脑子都是映春挥手告别的样子。他朝后排一看，发现映红怀里也抱着一件衣服，猜到那肯定是带给张善的。

到了工地，两头将死的猪被刘万川找来的民工抬下车，卸在食堂门外的水泥地上，四只蹄子被绳子勒得很紧，但它们仍拼命挣扎着，一会儿绝望地“嗷嗷”尖叫，一会儿又痛苦地“哼哼”，直到最后才慢慢安静下来，等待死亡的降临。

此时，林天豹已经回到工地，见会计和映秋不但买回两头猪，还带来了映红，问道：“带她来做什么？”

映秋说：“不做什么，跟我来看看不行啊？”

林天豹说：“我没说不行。但千万不能让映春和映红跟了那两个山东打工仔，他们都是穷光蛋。”

映红躲在映秋身后，映秋并不理会林天豹，说：“你有钱，我跟了你又能怎么样？以后我想结婚成家都没人要我。”

“没人要就一辈子跟着我好啦。”林天豹抬脚在大白猪后背上踩了踩，“够膘。明天让师傅把两头猪杀了过年，猪毛可要刮干净噢。”

卸完猪，小铁匠高高兴兴地跑回了宿舍。他想把见映春的事情告诉铁龙飞和王大路，他俩不在，却碰到了铁子安、铁铮骨和铁松儿。

铁松儿很是好奇，问：“人家同意不？”

小铁匠卖起关子，说：“为啥要告诉你？”

铁松儿举手打他，说：“嗨，上次我白陪你去了，信不信我揍扁你的脑袋？”

铁子安说：“去去去，你都当爹了，人家铁匠相个媳妇，你眼红啥？快滚一边去。”

张善和张二奎怎么都没想到映秋会把映红带来。工地上很少有女人来，映秋带着映红从办公区往坡上宿舍区走，身后跟着一群刚下工回来的工友，大家像看明星似的在她们身上瞄来瞄去，映秋和映红感受到了这些眼神，全然不去理睬。映红抱着那件尚未拆开包装的羽绒服，跟在映秋后面，问：“阿姐，张善如果双腿都瘸，不能打工挣钱，将来怎么办呀？”

映秋转身拉过映红的手，说：“他是个正直的好人。女人宁可嫁给善良忠厚的穷人，也不要嫁给坏了良心的富人。有志的穷人能给女人一种安稳的生活，没有底线的富人只会让你提心吊胆。你和映春别学阿姐，我希望你们俩嫁个本分的男人。”

映红记住了映秋的话，羞答答地跟在身后往坡上走。小铁匠抢先跑去张善宿舍，把映红来的消息告诉了父子俩，二人听后顿时有些激动和慌乱。

张善连忙要起身下地，小铁匠上前去扶他，说：“她来看你，你躺着呗，起来干啥。”

张善原本愁苦的脸即刻露出笑容，说：“不能让人家把我看成个半残废，我得站起来。”

这番话，让小铁匠有些意外，对张善有些刮目相看。从某些方面讲，张善虽然脚跛，但内心却很强大，品行也很正直，不亚于那些正常人。只有站起来，才能把握自己的命运。

张二奎听说来看张善的是映秋的妹妹，先是喜出望外，高兴了好一阵子，接着开始担心女方会嫌弃，对张善说：“儿啊，咱们家是打工的穷户，倘若人家看不上咱，你也别难过，以后再寻摸别的。”

张善两眼望着门外，说：“若真看不上我，是我没那个福气，宁愿打一辈子光棍，也不再找啦。”

小铁匠安慰他，说：“她姐同意，映春跟我也处得来，映红没有嫌弃你，泄啥气啊。”

张二奎走到门口四处张望，看见映秋和映红从宿舍那头走过来，急促地朝屋里喊：“来啦！来啦！”

映秋走在前头，映红抱着羽绒服紧跟其后，在门口跟张二奎照了个面，然后进到屋里。张二奎借故躲出去抽烟，心里盼着张善的好消息。站在床边的小铁匠往后闪了闪，给映秋和映红腾出地方，指着张善说恢复得不错，可以站起来了。映秋从映红手里接过羽绒服搁在床上，说：“这是映红给你买的，过年穿吧。”

张善粗糙的脸上带着一丝愧意。他不敢看映秋和映红，把目光闪到了一边。小铁匠用手戳了戳他，说：“你个笨熊，人家来了，你咋成哑巴啦？”

张善“嗯嗯”地应着，仍不说话。映秋瞅着张善直笑，喊小铁匠出去，好让映红和张善单独待会儿。俩人从屋里出来，顺手带上了房门，站在外头聊天。这个时间，大部分人都进洞作业去了，只有张二奎在彩钢房那一头溜达，时不时回头朝这边看。映秋问铁龙飞他们去哪儿了，小铁匠说这个点儿兴许进洞里去了。映秋又问小铁匠是否知道空洞的事儿，小铁匠回答说知道呀，张善就是因为拍了空洞的照，留了证据，才被人从台车上推下来摔伤的。

映秋说："你们手里是不是真的有证据？"

小铁匠说："有啊，都在龙飞哥手机里存着呢。"

聊了一会儿，小铁匠有点儿犹豫，担心映秋是林天豹的人，她把自己两个妹妹介绍给自己和张善，万一铁龙飞跟林天豹因为二衬留空洞闹僵了，这关系咋处呢。

映秋回答得很直接，说自己虽然跟了姓林的，但心里明白山东工班的人走的是正道，凭力气挣钱，不坑谁害谁；林天豹为了挣钱有些事确实做得不对，她内心很不认同。她还让小铁匠见到铁龙飞给他提个醒，千万不能跟林天豹去喝酒，那是林天豹设下的陷阱。

小铁匠不知所云，映秋也没把话说透，俩人再没就这个问题往下聊，开始扯起别的事来。不知过了多久，身后的房门被拉开了，映红从里边含泪走了出来。

"这是咋啦？"映秋纳闷地问，"谈崩啦？"

映红低着头不吭声，喊映秋回去。映秋和小铁匠转身进屋，看到张善满脸惆怅。小铁匠问："你欺负人家啦？"

张善摇头说："没有，俺俩说不到一起哩。"

映秋说："我们家不怕你腿脚不好，就怕你不心疼我阿妹。今天没话说，以后再见面，你的嘴学巧点嘛。"

这一幕正好被溜达回来的张二奎看到。映秋和小铁匠在屋里，他不敢贸然进去，站在门外替张善干着急，"唉！唉"地直叹气。等映秋和映红走后，他进屋当着小铁匠的面儿问："儿啊，你咋不知道说些好听的？"

张善十分委屈，说："咱家穷，我能说啥呢？"

"穷"字像一把刀戳在张二奎心上，噎得他半晌儿说不出话，瞬间又恨儿子不争气，骂道："像你这样的瘸子，活该打光棍。"

刚遭受初次约会失败的打击，又被老爹的话深深刺了一下，张善当场跟张二奎闹翻了，抓起床边的脸盆"哐啷"摔在地上，两眼流着泪，愤怒地说："你使劲骂，到下辈咱老张家即使成老绝户，我也不找媳妇了。我不中用，给老张家丢脸，还不如死了算啦。”

小铁匠见爷儿俩嚷嚷起来，还说这样不吉利的话，连骂带撅地训斥张善：“这是干啥呢，啊，是不是疯啦？你寻死觅活，还让俺二奎大爷和大娘活不？”

张善抬手抹着泪，凄楚地说：“我死也入不了祖坟，不用把我带回老家，就地挖个坑埋了，省得俺娘再记挂着我。”

映红来看张善原本是件好事，怎么也没想到父子俩会引起这波矛盾。小铁匠不敢将后面的争吵告诉映秋，映秋对这次见面的结果不满意，心里很不痛快，下坡路上一直埋怨映红，把她数落得直掉眼泪。林天豹从项目部回来，恰巧碰到映秋和映红，问：“这是带她去哪儿啦？”

映秋绷着脸说：“看了个人。”

“看谁？”林天豹追问，“去看那个跛子？”

映秋恼怒说：“去看他又怎样？他是被你的人推下来摔伤的，看看人家不行吗？”

林天豹始终对铁龙飞带出来的人不满，满肚子泛着酸劲，愤愤地说：“我算看透啦，你是一心想把两个阿妹嫁给山东那俩小子。可他们要搞我的事情，我花钱养着你，你却要与他们结亲，是不是想跟山东工班合起伙来把我往死里整？”

映秋生气地盯着林天豹，说：“哼！我家的事，你不要管好不好？我知道该怎么做。”

映秋跟林天豹见面吵了起来，把映红吓了一跳。林天豹恼羞成怒，拉过映红，说：“你嫁谁都行，就是不能嫁给那个山东跛子，你们不要再跟山东工班的人来往啦。”

会计听到林天豹大声嚷嚷，从办公室出来一露头，就被林天豹喊过来，指着映红说：“去开那辆皮卡车，把她送回寨子。”

天黑前，会计开车把映红送回了寨子。映红很单纯，受不得委屈，一路都在默默地流泪。映秋跟林天豹生了一阵子闲气，晚饭也没吃，钻进被窝里蒙头大睡。这时，她又想起了铁龙飞。

铁龙飞带着江水和王大路去项目部，一刻也没消停。路宽向各劳务队做出保证，答应年前把工资发到每个工人手里。林天豹前脚刚离开，铁龙飞后脚便打发王大路回工地去抓洞里整改，又让江水驾车拉着自己去隧道出口探虚实。出口工地十分冷清，洞口拉着隔离带，竖着一块“闲人免进”的标牌，没人干活，更看不到一辆出碴车。加工棚四周，用彩条布拉着围挡，里边空无一人。钢筋切割机、弯筋机、电焊机，这些老旧的二手货都关停在那里，材料库里空空荡荡的，很久没有进水泥、钢拱架等物资材料了，混凝土搅拌站、工地值班室的门用铁丝拴着，说明所有施工完全停滞了。

洞口站着一对男女。仔细一瞧，一个人是冯三，另一个人是洞口山顶上的那个疯婆子。

疯婆子穿着一身道袍，手拿两道用黄纸朱砂画的符箓，看上去像从道观跑出来的道姑。车停在了她和冯三跟前。疯婆子隔着玻璃认出了铁龙飞，跑到前座外侧敲打车窗，喊道：“喂，下来，下来呀。好久不见，王母娘娘让我给你捎话，快来接旨。”

透过车窗玻璃，江水看见疯婆子的整张脸生得畸形，发青瘆人得厉害，眉眼之间透着一种阴森之气。于是，提醒铁龙飞不要理她。

铁龙飞指着山顶说：“她家在洞口上面，一直这样，整天装神弄鬼，神神道道的。”

铁龙飞和江水刚一下车，就被疯婆子伸手拉住，说：“你连王母娘娘也不信吗？王母娘娘住在昆仑山上的昆仑墟里，让我传话给你，她就要搬到这里来了，你也搬过来吧，听我的，我不害你。”

铁龙飞哭笑不得，说：“好啦好啦，你回家吧，我们有事。”

疯婆子不干，说：“嘿，你不听我的？我可告诉你，这儿的山神大着呢，你们惹不起，除非你们让我帮你们请一个神来。”

江水一听神啊鬼啊的就烦，蹙着眉伸胳膊挡开疯婆子，说：“我们自己请，不用你，走吧走吧。”

冯三站在旁边扑哧一笑，说：“给点儿钱，她就走啦。”

铁龙飞从口袋里掏出三十块钱递给疯婆子催她走。疯婆子接过钱笑眯眯地将手中的两道符递给铁龙飞，说：“你供养王母娘娘，我把两道符送给你护身，可管用呢。我告诉你，你们得去请一个名带‘龙’字的人才能镇住这里，不然你搬不过来。”

冯三听完疯婆子这话，立马想到了名震四方的“大名人”龙哥，顿时惊出一身冷汗，从后面用力推疯婆子，说："王母娘娘咋这么不长眼呢，收你这么个疯徒弟，快滚，快滚。"

疯婆子被冯三推出老远，边往山上走，边吟唱着听不懂的咒语。冯三对铁龙飞说："她疯了，别听她的，就是天龙来了也白搭。林天虎没给我结账，谁给我付钱，我让谁进。"

铁龙飞望着洞内毫无动静，说道："冯总，出口的活儿，我们俩接定了，希望你不要阻挡我们进场。项目部不会欠劳务队一分钱，你不该阻挡隧道施工。"

冯三说："我是在林天虎下面干的分包，我跟项目部没关系。钱到不了我手里，谁也休想进场。"

江水说："兄弟，别敬酒不吃吃罚酒，我们不想跟你对着干，但你也别挡我们的路。大不了，咱让龙哥来评理。"

提到龙哥，冯三便没了脾气，愣了愣神说："龙哥是我大哥，他来了也得讲理。杀人偿命，欠债还钱，天经地义。反正不给我结算付钱，设备甭想拉出来。"

铁龙飞看了看周围的环境，说："冯总，我知道你在替林天虎守工地，可不是项目部欠你钱，是林天虎逼着你自己去找项目部要，你奸猾不过姓林的。这样行不行？项目部不收的设备先拉出来，我们进来后继续用你干出碴，该挣的钱你接着挣。"

冯三一听这话，态度马上缓和了许多，说："行啊行啊，只要让我接着干，你们给我的价格跟林天虎的一样，我就把林天虎的设备帮你们拖出来，怎么样？"

江水问："真的？"

冯三瞪大眼睛说："这还有假？我说到做到。"

江水又问："林天虎不干怎么办？"

冯三咧嘴大笑，说："树倒猢狲散。他现在没几个人，再说他欠着我钱呢。跟我较真，看我拍不死他。"

冯三的转变让大家更加清楚地意识到，这些人在"钱"字面前，所谓的义气根本不值得一提。为了钱，很多人可以不择手段。冯三是个大俗人，更是见钱眼开的那种人，在金钱面前，他变起脸来是瞬间的事儿。

铁龙飞瞅准机会顺坡下驴，说：“你终于悟透了，林天虎欠你钱成了爷，你成了孙子，凭啥？去找林天虎要钱呀。”

正说着，一辆越野车沿着硬化过的便道从山下驶来，开到铁龙飞、江水和冯三面前“吱”地停住。从车上跳下来的是林天虎和之前负责算账的陈春山，俩人慢悠悠地走了过来。

林天虎从兜里掏出一支烟，“噌噌”捻了两下打火机，将点着的烟猛吸两口，对冯三说：“冯总，兄弟一场，这么快投诚啦？”

冯三说：“林老板，你这是说得哪的话。我只要钱，你能不能给我个准信儿，欠我的钱啥时结？马上大年三十了，总不能叫我干等着吧？”

林天虎没料到，昨天俩人还在一条船上对付项目部，看似忠心耿耿的冯三，转眼被策反成了对手，气得他差点儿背过气去，翻着眼珠瞪着冯三，说：“嗨，开始找我要钱了，这还不叫投诚？项目部没给我结算，我没钱付给你。”

冯三说：“项目部不给你结算，是你跟项目部的事儿，你欠我的不能不给啊。”

林天虎说：“冯总，你回去翻翻合同，上面白纸黑字，写得一清二楚，项目部付给我钱，我才付给你；项目部不付给我钱，我也没钱付给你，要不你去告我。”

冯三气得原地打转，面目可憎地说：“我不管什么狗屁合同，那不过是一张废纸。我给你干的活儿，这两天不给我付清，你别想过这个年。”

陈春山见势不妙，上前拦住冯三，说：“冯总啊，有合同哪有不按合同办事的嘛！项目部欠我们几千万元，一分钱也没拿到手呢，你让林老板付钱，除非他去抢银行，你说是不是这个理儿？”

冯三说：“去当劫匪抢银行是你们的事，我一个小老百姓，只要我该要的钱。再不付钱，我把你们的设备拖出来。”

林天虎甩掉手中的烟，恶狠狠地说：“不行你杀了我吧。”

冯三冲林天虎嚷道：“耍赖是不是？那我让你过得了今天，过不了明天，有种就等着。”

铁龙飞和江水看着双方僵持在那儿，心里乐开了花。

铁龙飞说：“有事好说好商量，光说狠话解决不了问题嘛。”

林天虎明白，冯三突然变卦都是铁龙飞和江水从中作梗，现在又当起了好人，不免恼羞成怒，一把揪住铁龙飞的领口，说："你们不是接手干出口吗？来干呀。只要我的设备被拖出来，你们就准备好两千万元赔我。"

铁龙飞用冷峻的目光盯着林天虎，让他松开。江水早看不下去了，冲过来抬手撑起林天虎的胳膊，一拳打在他脸上，骂道："出口的活儿我俩接了又怎样？洞子泡塌了，你要搭上这条命。"

陈春山和冯三被江水的愤怒震蒙了，站在原地不敢动。铁龙飞整理了一下领口，说道："你可以不把出口让出来，但你派人去替你哥打斜井二衬留空洞的事别想这么轻易地了结，你赶紧派人去把二衬拆了重新做，不然我让你们哥儿俩都去坐牢。"

发生在出口洞外的这场较量，令林天虎和冯三都彻底放弃了讹诈的想法。他们已经无法阻止铁龙飞和江水的行动了。林天虎带着陈春山离开后，冯三陪着铁龙飞和江水进洞巡看了一遍现场。巨大的涌水量淹没了整个掌子面，开挖台车浸泡在水里。两台沉在水底开足马力的抽水机"嗡嗡"作响，可根本来不及把所有积水抽掉。二衬好的成洞地段，停着一台装载机和备用发电机，边上堆着许多方木和加工好的钢架。洞里有冯三之前派的俩人，头戴安全帽，脚穿高筒雨靴，手里各撑着一根铁棍，说："涌水量太大都来不及抽了，再不干可真要塌了。"

铁龙飞和江水仰头看了看拱顶，上面仍在滴答滴答往下掉水珠，再低头瞧两侧边墙，钢拱架虽然做了初支，但仰拱未打，根本没有形成闭环，经过裂隙水的浸泡，钢架已经生锈。他俩感到情况确实很危急，逼问冯三敢不敢将设备拖出去。

冯三说："他再不给我付钱，我准把设备拖到洞外去。"

铁龙飞鼓动说："拖吧。你把林天虎的设备拖出去，我们去找项目部单独给你结算。"

冯三来了劲头，说："行啊，项目部只要单独跟我结算，我不往外拖是孙子。"

江水问起跟林天虎的结算有没有单双方签认，冯三从口袋里掏出一叠结算表，递给铁龙飞和江水看，说："签完了，都在这里，总共两三百万元呢，坑死我啦。"

天黑前，江水开车赶回斜井驻地。俩人路上商议，抽空去找路宽和汤公明解决掉冯三的问题，扫清出口进场障碍。回到宿舍区时，洞里整改作业的人已经回来了，宿舍门口围着许多人，张二奎正蹲在门口抽烟，张善在屋里大声嚷嚷，铁子安、铁铮骨、铁松儿等人则站在张二奎旁边七嘴八舌地劝他。

铁松儿把小铁匠喊到旁边，说："你捞了一个，张善没捞上，人家看不上他。出来都两个月了，我想媳妇想得不行，你把映红给我介绍介绍啊。"

小铁匠鄙视地说："滚蛋吧。你想背着俺嫂找女人，我可不干这缺德的事儿，要找你自己去找。"

铁松儿说："你没结婚，不知道思念的滋味啊，我晚上都睡不着觉。"

小铁匠说："你找映红不怕俺嫂跟你离婚？再说，老板娘能让她妹妹找你这样有家的人吗？死了这条心吧。"

铁松儿说："你不帮忙，真是坏人。那我自己想办法，找不到女人，我去买个假的用还不行吗？"

小铁匠好奇，又问："哪儿有卖的？"

铁松儿说："成人用品店啊，镇上和县城到处都是，网上也可以买到，几十块钱的事儿，很快给邮过来。听说工地上好多人都买，我也买一个，好玩呗。"

小铁匠"嘻嘻"笑着骂他不正经，说："真不要脸。你去买，小心我告诉俺嫂，看她不把你骂死。"

铁松儿"嘿嘿"笑着说，去买哪儿能让老婆知道。几天后，他果真偷偷跑到镇上，找到一家不起眼的成人用品店，花六十块钱买了一只微型模型，嘱咐老板用纸袋包好，然后揣在怀里，做贼似的溜出小店，偷偷带回工地藏在了自己的柜子里。

俩人正聊着，铁龙飞和江水走了过来，问张善父子俩咋回事儿。小铁匠迎过来说："爷儿俩闹别扭呢。"

江水问为啥，小铁匠说张善失恋了。再问，才知道原来是下午映红来看张善，俩人处得不好，张善情绪失控。铁龙飞很生气，把其他人驱散开，然后走进屋冲张善说道："再跟你爹嚷嚷，你干脆回去，也不嫌丢人。"

张善当即闭嘴，倒在床上轻轻抽泣。

"是男人就甭哭。"江水说，"你出来是挣钱还是找媳妇？"

张善说："我都要。"

小铁匠跟在铁龙飞和江水身后，走到床边拉张善："憨熊，还不起来，脚好了进洞干活挣钱呀。"

铁龙飞的出现，才让张善父子俩的关系有所缓和。他把小铁匠叫到自己宿舍，当着王大路的面儿问映红咋来的？小铁匠把下午他如何去见映春，映秋怎么带着映红来见的张善详细说了一遍。铁龙飞听后起身出去了。王大路和小铁匠不知道他要去哪儿，悄悄跟在后面。下坡拐过两排彩钢房，铁龙飞径直去了林天豹的办公室，"咚咚咚"连敲三下门。林天豹去了食堂，开门的是映秋。铁龙飞一把拽住她的手，将她拉到办公区一拐角处，问："你为什么要把两个妹妹介绍给我的人？现在弄得工班很不稳定。"

映秋说："你们人好，我们姐妹都想走出大山。"

铁龙飞说："你是想害死我们吗？林老板知道了，是不会放过你和我的人的。"

映秋认真地说："我妹妹想嫁给谁，他管不着。我也很喜欢你，如果你不嫌弃，我可以跟你走。"

铁龙飞听到映秋这话很惊讶，想都没多想，当即拒绝了她，说："我有喜欢的人，我不可能带你走，你还是跟着姓林的吧。希望你以后别再骚扰我和我的人。"

映秋被铁龙飞的话深深刺痛了，那颗火热的心，蓦然间沉到了谷底，泪水止不住地流了下来，良久才说："我不想再跟姓林的了，我想离开大山，找个人好好过日子。"

映秋的真情表白，让铁龙飞心里翻江倒海，好些天都没能缓过劲儿来。他不知道该如何是好了。他相信缘分，始终忘不掉那个叫苏欣的姑娘，虽然跟苏欣只见过一面，可既然认定了她，那就坚定下来，万一有重逢的时刻呢。为此，他再次提醒自己绝不能跟林天豹身边的女人有丝毫瓜葛，更不能跟映秋发生任何特殊关系。

# 第九章

隧道斜井掌子面因整改封闭了几天，林天豹让刘万川用机械手对拱顶重新进行了复喷，里里外外整了个遍。等初支、二衬、仰拱和步距整利索后，他带着刘万川、王大路和江水工班的人进洞察看，自认为达标后才去请项目部的人来验收。路宽正和计划部门的人员商议与林天虎结算的事，铁龙飞、江水也在场，便指派汤公明和李从安开车去接监理进洞。

监理是个中年人，身上挎着个背包，话不多，权力却很大，往往是说你有事，没事也有事；说你没事，有事也没事。既可以把施工中的问题大事化小，小事化了；也可以将小事放大，大到不可收拾。逢年过节，有的监理最爱耷拉着脸，去跑有毛病的工点和项目部，只要握在手里的笔头子一动，不是给你黄牌，就是不让你顺利过关。这样溜达一圈，过节费全都有了。

拉监理的越野车驶进洞里，林天豹、刘万川和王大路提着安全帽在成洞处站成一排，毕恭毕敬地迎候。汤公明和李从安跳下车，陪在监理左右，一起在前面走，林天豹和刘万川等人紧跟在后头。李从安侧脸朝后瞧了瞧，有意放慢脚步等林天豹跟上来，问："东西准备了吗？"

林天豹莫名地说："啥东西？"

李从安捻着手指头说："你傻啊，老规矩，信封呢？"

林天豹恍然大悟，摸着脑袋说："哎呀！咋忘了呀，我身上没带现货啦，现准备也来不及啊。"

李从安着急地说："奶奶个熊，啥都忘，出洞之前务必准备好。"

汤公明知道李从安和林天豹落在后面，一定是在准备信封，催监理快点儿看，监理不吭声，越发看得更仔细。

王大路跟在汤公明身后，悄声问："这要验收多长时间？"

汤公明用手推了推王大路，不让他说，转头给李从安递了个眼色，李从安心领神会，就在后面催林天豹，急得他抓耳挠腮。刘万川眼贼，瞧见林天豹在身后乱转，问咋啦。林天豹反问他身上带钱了吗？

刘万川说："有两百块钱，够吗？"

林天豹皱着眉，小声说："两百块钱不够塞牙缝的！你快出去找会计拿两千块钱，装个信封。"

监理手里拿着小本和笔，边看边记录。看完不说行，也不说不行，又跨过栈桥往二衬台车下走，站在下面仰头瞧了半天，突然往台车上爬。林天豹见状，上前一步拉住他，劝他台车太高别摔着，不如出去喝杯水歇歇。

监理甩开林天豹，说："我天天钻隧道，台车高不高，我还不清楚啊，看我是那种官僚吗？"说着，监理爬上二衬台车，站在作业平台上用手电筒照拱顶。

拱顶刚浇铸完混凝土，又支着钢模，看不出啥来。等监理从上面下来后，汤公明和李从安劝他中午在工地吃饭，劳务队要杀猪过年，可以就着炖肉喝两杯解解乏。

监理脸上有了一丝笑意，问："噢，猪杀了吗？"

刘万川接过话说："买回来了，还没杀呢。"

监理说："没杀叫我吃啥饭？二衬为什么不往前打了？"

汤公明机智地说："凝固期还没到，拆完模再打。"

王大路突然说："这一板需要炸掉重新打，有毛病。"

此话像爆雷，惊得监理、汤公明和李从安都愣住了，问王大路有啥毛病。林天豹和刘万川最怕把空洞的事儿捅出去，冲王大路吼道："你别胡咧咧！这板二衬是你们工班打的，有啥毛病？"

汤公明和李从安不想节外生枝，将王大路推开，指着拱顶说："还没拆模呢，拆完模再看，如果有问题返工重新做。"

监理用怀疑的目光打量拱顶，防水板耷拉出一节，是为下一板二衬留出的接头，弧形钢模一块块相互卡着，看不出有啥不合格，说道："行呢，这回我听你们的，拆完模再来看。如果质量不达标，下道工序，你们只能停。”

洞内验收总算没提出新的问题，监理当场同意复工，这让汤公明、李从安和林天豹松了口气，唯有王大路闷闷不乐，把汤公明拉到一边说：“你们不信我，他们在挖坑。”

“挖坑？”汤公明惊诧地说，“是填充蛇皮袋还是留空洞？”

林天豹在场，王大路不想把话挑明，说：“拆完模你们自己看。”

应付完验收，汤公明和李从安要拉监理去林天豹办公室喝茶，监理知道这其中有安排，毫不客气地说：“饭就不吃了，喝杯茶送我回去，好多工作要做呢。”

应该说，大多数监理还是正直负责任的，但也有少数外聘的监理不坚持原则，见钱眼开，给钱就签字通过，不给钱就出难题。汤公明和林天豹庆幸这个监理没有故意挑刺，不过辛苦费还是要给的。

刘万川接到林天豹的指令，匆匆跑到洞外去找会计拿钱，可会计外出不在，只能跑去林天豹宿舍找映秋，说：“老板娘，快给两千块钱，急用。”

映秋仍在生林天豹的气，说：“我没钱，别找我要。”

刘万川说：“老板娘呀，打发监理，不然咱干不了活儿，停工一天就要给民工队补一天的钱，你不心疼吗？”

映秋说：“那你给我打借条，算我借你的。”

刘万川点头说：“行行行，我写借条，老板还你。”

映秋掏了两千块钱给刘万川，又找出牛皮信封装好。刘万川正要往洞里去，汤公明、李从安、林天豹陪监理回来了。映秋见他们来，直往里屋躲，被林天豹喊住，说：“秋啊，见见领导。”

映秋勉强地笑着，请他们落座。监理看了几眼映秋，说：“林老板，你真有艳福啊，是寨子里出来的吧？”

李从安打趣说：“英雄不问出处，坐下喝茶。”

林天豹殷勤地找出一包最好的冻顶乌龙，坐在主人位置上烧水。茶还没泡，刘万川喊他出去，将信封交给他，说：“我可是给老板娘打了借条的，不能让我还。”

林天豹说：“不用你还，我回头给她！”

几个人喝完一泡茶，汤公明暗示林天豹上货。林天豹掏出信封递给监理，说马上要过年了，略表一下心意。监理满脸笑容，嘴里谦让着接过信封，说："这是做啥啊，用不着，用不着嘛。"

事情就这样得到了解决，林天豹当场收到了监理签发的复工通知单。送走监理，汤公明严肃地对林天豹和刘万川说："现在那板二衬，拆模后我们要看看到底有没有问题，如果出现空洞或是填充物不合格，你们要炸掉重新做。"

林天豹和刘万川觉得汤公明似乎知道了这板二衬背后有事，之后肯定会传到路宽的耳朵里，更增加了对铁龙飞和王大路的恨意。

复工意味着没能回家过年的民工，将加班加点进洞干活。他们有的愿意干，既然回不了家，不如节日期间加班多挣点儿钱。刘万川找到王大路，叫他安排掘进班、二衬班、出碴班当天进洞作业。王大路有点儿含糊，打电话给铁龙飞，说："龙飞，过年了，咱工班还进洞吗？"

铁龙飞和江水正在向路宽汇报冯三结算的事，想了想答复说："进呀，谁都不准回家。"

王大路得到指示，当即把人分成几班，将小铁匠、铁铮骨、铁子安、铁松儿赶进了洞内。铁龙飞对王大路一向放心，洞内施工的事儿全交给了王大路，他和江水要集中精力解决出口设备的清场问题。路宽爽快地答应了铁龙飞和江水的建议，单独跟冯三办理了结算并同意付款，但还需要林天虎出具委托付款书。

于是，路宽带着计划部部长又跑去县城宾馆找林天虎谈。自从在隧道出口跟林天虎发生争执的那天起，冯三对铁龙飞和江水的信任感增强了，天天带着两个兄弟去宾馆缠着林天虎讨要工程款。林天虎对冯三爱搭不理，无论咋要都用没钱两个字打发了。冯三当然不是善茬儿，林天虎走到哪儿，就让俩兄弟跟到哪儿，连上厕所都不例外，这让林天虎很不舒服，站在马桶前嚷道："快把我憋死了，你们出去好不好？让我方便完再说。"

那俩青年"扑哧"笑道："想痛快就给钱。"

等林天虎回到屋内，俩青年又直挺挺地堵在门口把守。林天虎本想去见林天豹，商量一下对策，可出不了房间。

冯三说："不给钱，你哪儿也别去。"

见不到林天豹，哥儿俩只能通电话。林天豹在电话里说什么，冯三他们听不清，只听林天虎一直"嗯嗯"地应着，用方言叽里咕噜说了一大堆。其实，林天虎嘴上硬，心里急。上次跟项目部结算谈判不欢而散后，再没有人联系过他，让他心里很没底。这其实是路宽采取的“拉锯战”策略。人解决不了，就用时间去解决，虽然双方往往都拖不起，但谁先发慌谁就输了。

离大年三十只有两天了，天气越发阴沉起来，山区那种特有的清冷让北方人着实受不了。路宽和计划部部长赶到宾馆，拿着一沓材料直接上楼。冯三把结算的希望，寄托在了路宽身上，说起话来客气了许多，也算替林天虎解了围。林天虎一个电话，把陈春山喊了过来，双方再次坐到了谈判桌上。头脑灵活的计划部部长提出，先把双方认定的费用结清，争议部分回头再谈，条件是必须把设备从洞内拉出来，并且给项目部出具一份单独与冯三结算的代付委托书。

冯三听后大喜，说：“太好了！林老板，你给我出个委托书，我就放你出去。”

林天虎不以为然，诡异地笑着说：“你们拿我当傻子吗？我的计价和变更谈不好，付不了钱，别指望我出具付款委托书。要谈，把争议部分和设备都谈妥，那些设备我拉走不够运费钱，就卖给你们，收不收你们决定。”

谈判又僵在了收购设备上。那些设备没有一台是新的，都是二手货，折旧早提完了，原值所剩无几。

路宽说：“咱们先把双方确认的计价结了，冯总的价款项目部单结，设备另说。”

陈春山瞅准机会，凑到林天虎耳旁，说：“行呢，先把计价款拿回来吧，设备再谈嘛。”

林天虎说：“我可以让一步，先给我结计价款。不过，钱到了我账上，我才能给冯三出代付委托书。”

冯三对林天虎的这番表态很恼火，骂道：“你要浑吗？项目部给我代付，你还不出手续，信不信我把你设备砸了？”

“冯三，这不怪我。”路宽说，“林总不出委托书，项目部没法给你代付，你们商量好再找我。”

路宽根本没谈收购设备的事，说完带着计划部部长下楼走了。冯三眼瞧着鸡飞蛋打，怒不可遏地冲到林天虎跟前，和那俩青年一起将他摁倒在沙发上，顺手抓起茶几上的水果刀，刀尖抵住了林天虎的脸。

陈春山惊骇不已，冲过来拉架，被冯三一脚踹开，骂道："你们真不是人哩，这么坑我。我说三遍，委托书出不出？"

此时的林天虎显得极为惊慌，脸色煞白，用手挡住刀尖，赶忙说："别冲动，我出，但你不能动我洞里的设备。"

林天虎被逼无奈，当即让陈春山写了一份代付委托书。冯三拿起委托书看了看，二话没说，转身离开了宾馆。他先给铁龙飞和江水打电话感谢一番，随即开车去项目部找到路宽，将委托书交过去，说："我只要我的工程款，姓林的钱不关我的事。"

路宽把汤公明、李从安和计划部部长一起喊到会议室，又把委托书交到计划部部长手中，说："冯三，项目部可是照顾你。你跟项目部没合同关系，按规定你的工程款，项目部可以代付，也可以不付。你答应把林天虎的设备从洞里拉出来，这回就看你能不能兑现了。"

冯三追问，出口的活儿确定给铁龙飞和江水干了？

汤公明说："这你别管，你说能不能把洞里设备拖出来吧？"

冯三说："只要给我代付了钱，后面的活儿让我接着干，我保证把姓林的设备拖出来。"

当晚，铁龙飞、江水便得到了冯三的工程款由项目部走代付程序的消息。林天虎后悔得要死，可为时已晚。

林天豹打电话给林天虎，劝他胳膊拧不过大腿，项目部既然不收设备，拉出去算了。林天虎恼怒至极，发狠要找路宽的上级领导，看项目部敢不敢动他的设备。

一波三折的较量都在大年三十的前两天集中爆发。劳务队的民工们也是在这两天领到的工资。隧道队不像路基队和桥梁队，隧道只要一进洞便无法停止掘进。所以，在担负洞外施工的大多数民工都陆续放假回家过年的情况下，隧道工班的人还在洞里继续工作。

天黑后，阴沉沉的天空突然下起一场大雪。硕大的雪花覆盖了大地和山峦，皑皑白雪将黑夜映照成了白昼。尽管工地离县城、镇子和山寨比较远，但也能听到远处传来噼里啪啦的鞭炮声。

经过林天豹的签认，项目部将民工工资以现金方式结算给了铁龙飞，还给张善争取回来五千元的补偿费。现金装了一大袋子，铁龙飞欣喜若狂，让王大路把所有人叫到食堂，对照每个人的出勤统计表，按工序单价给大家逐个结算，当场点了现钞。

张二奎颤抖着双手接过厚厚一沓钱，两眼禁不住落下了老泪。轮到张善时，铁龙飞将工资和五千元补偿一并发给他，休整好的张善给铁龙飞又是作揖，又是鞠躬，说："哥啊，我要谢你的大恩。你不带我们出来，我们到哪儿去挣这么多钱啊。"

铁龙飞说："作啥揖啊，我咋承受得了。"

发完工资，桌子上还搁着一摞现金。铁龙飞一数，竟有二十多万元。钱摆在那儿，大家都看得到。

王大路催他："龙飞，这些是你该挣的钱，收起来呀。"

铁龙飞掂量了好一阵子，从成捆的现金中抓出五万块钱搁在大家面前，说："这钱是该我拿，但也是你们在隧道里拼死拼活帮我挣出来的。咱们是同村同族的兄弟爷们儿，大伙跟我出来打工，我不能一个人独吞，有钱一起拿。这五万块钱给大家过年，不过有一个要求，该给家里打钱的，你们要打回去。"

那一晚，食堂里灯火通明。发钱的当口，林天豹要吃夜宵，让映秋到食堂后厨去取吃的。映秋取完正要回宿舍，透过玻璃窗，看到铁龙飞在给大家分钱。她站在外面，内心不禁泛起一阵波澜。小铁匠领完钱推门出来，恰巧撞见映秋，问她下雪了咋不进去。

映秋脸色有些阴郁，说："我不进去了。明天杀猪，杀完猪我回家过年。你们谁会杀猪啊？"

小铁匠想了想，说："大路哥会杀。"

映秋说："那明天叫他去杀。"

铁龙飞从食堂出来的时候，映秋已经走了。小铁匠告诉铁龙飞，映秋在门外站了好久，铁龙飞没吭声。他和王大路回到宿舍刚坐下，铁松儿就嘎吱嘎吱踩着雪跑来了，进门后磨磨叽叽地说："龙飞哥，我明天回家过年，你能准我假不？我想回去看看我儿子，生下来我还没见着他呢。"

王大路问："回去看儿子？假话，想媳妇了吧？"

铁松儿站在那里傻笑，说："没有哩，就是想儿子嘛。"

铁龙飞说："咱要接手隧道出口，今年你甭回去了。如果放你回去过年，别人都闹着回去咋办？等弄停当再给你们假。”

铁松儿悻悻地从屋里出来，站在门外掏出手机往家里打电话。李雅芹刚坐完月子，正在哄孩子睡觉，接到铁松儿电话，问他能不能回来过年。铁松儿说工地不给假，电话那头的李雅芹听着听着哇哇哭起来。松儿娘正在厨房里准备着年货。每年三十前，她都要蒸好几笼细面馒头和黄米年糕，再打十多块枣糕，用来招待前来拜年的亲戚。听到李雅芹这边的动静，她赶紧推门进去，见李雅芹在哭，心里顿时慌了，问她大过年的这是咋了，出啥事啦？

李雅芹说：“过年他回不来，不给假。”

铁松儿娘埋怨道：“这个死龙飞，过年也不让回来，初二咋回门给你爹娘去拜年呢！”

铁松儿在电话里听见娘在骂铁龙飞，冲着手机里大声嚷嚷，李雅芹把手机递给婆婆，让她跟铁松儿说。

铁松儿娘接过手机，说：“你龙飞哥不让回来，你偷着跑回来啊，谁过年不回家呀？”

铁松儿站在门外，望着满天落雪很伤感，说：“娘，不是我一个人过年不回去，谁都不让回去，春节要抢活儿呢，我把钱给家里汇去。”

铁松儿娘生气说：“行，不回来过年，那你永远别回来。等孩子长大，我也不让他认你这个爹。”

李雅芹接过话说：“他不回来，明年你和爹帮着带孩子，我也出去打工挣钱，去找他。”

铁松儿娘一听这话着急忙慌地说：“雅芹哪，我跟你爹也能带的了，可孩子太小，吃奶离不开娘，咱不挣那份钱，也不能舍下孩子不管啊。”

李雅芹没再多说，这一夜她都没能恢复平静。

映秋端着消夜回到办公室，林天豹正坐在茶台前，边泡茶边跟刘万川盘算过年期间隧道施工的事。茶台上摆着两捆钱，林天豹将它推到刘万川面前，说是奖他的。

刘万川毫不客气，伸手揽过来搁在了旁边的椅子上，说：“老板，春节不能让民工歇着，过完初一就让山东河南两个工班进洞。”

林天豹说：“你催催猴子，过完年让他马上带人上来！万一姓铁的去接出口，咱们可就抓瞎啦。”

一旁的映秋听到他们的对话，问："谁说他们去干出口？他们在这边干不是也能挣钱吗？"

林天豹从里屋拿出一瓶五粮液，让映秋找来三只玻璃杯，倒了三杯，说："你不懂啦！铁龙飞和江水占着窝，斜井和出口都不撒手，到时两边人手不够用，那样可把斜井耽误啦。"

映秋摆好消夜，刘万川叫她坐下，将其中一杯酒端到她面前，说："小嫂子，你把这杯少的喝了，我和老板喝这两杯多的。"

映秋不会喝酒，把盛满酒的玻璃杯推给林天豹，说："我才不喝呢。明天杀完猪，我要提着肉回家过年。"

林天豹端起酒猛喝了一口，说："明天一早杀，可谁会杀呢？"

映秋说："那个老王大哥会杀，叫他来。"

林天豹问："哪个老王大哥？"

"王大路呀。"

刘万川趁着酒劲说："老板，上一板二衬，那个小跛子拍了照片，姓铁的手机里还存着呢。证据咱们可以有，他们不能有啊，不毁掉后患无穷。"

映秋问："你们又想干啥？挣钱挣得干净一点儿不好吗？我如果是他们，也会举报你们。"

林天豹仰起脸瞅着映秋，说："你个臭婆娘，嫌钱不干净，去找个盆子洗洗。这事呀，你俩都别管啦！"

说完，林天豹端起酒杯一饮而尽，然后冲着映秋说："秋啊，明天杀完猪，把肉煮了，让食堂做几个菜，我单独请铁龙飞喝酒。"

映秋不会喝酒，实在太困，早早回到里屋睡觉去了。林天豹和刘万川喝到大半夜，送刘万川出门时，林天豹高一声低一声地开始嚷嚷。俩人站在雪中相互搂抱，泛着酒味的唾沫星子在对方脸上喷来喷去。最后，林天豹给刘万川下达了一个特殊的任务，明晚让他去镇上派出所跑一趟。

大雪下了一整夜，群山遍野白茫茫的一片。领到工资的山东和河南工班的民工们，高兴地进入了梦乡。第二天早晨，太阳从灰色的云层里钻出来，融化了满山的积雪。

吃完早饭，伙夫们用木板在食堂门口搭起一个台子和木架，架子上挂着四只用钢筋弯成的大铁钩，是用来吊死猪的。架子旁边安了一口铁锅，锅里盛满了热水，准备用来煺猪毛。黑白两头猪被牢牢捆绑着，蜷缩在雪地上，不知是被吓的还是冻的，一直在发抖。

宿舍区这边，铁龙飞和王大路正要重新分班，安排铁子安、铁铮骨、铁松儿、张二奎、小铁匠和张善等人进洞放炮掘进，映秋突然出现在门口。铁龙飞问她有事吗？映秋说林天豹想让他派王大路、小铁匠和张善去杀猪，工钱林天豹付。

铁龙飞说："食堂没有会杀猪的人吗？"

映秋说："大厨会做饭，但没杀过猪，你说咋办？"

铁龙飞说："行。我们四个一起去，一会儿就杀完。"

进洞干活的差事，交给了江水和铁子安负责。铁龙飞喊上王大路、小铁匠和张善，跟映秋去了坡下的食堂。刘万川一早进了隧道，林天豹嘴里叼着烟，已经在食堂门口等候了。

铁龙飞四人来到坡下，问林天豹："都杀吗？"

"杀！都杀！"林天豹说，"杀完给项目部送一片，映秋带一片回家，剩下一头留下，明天大年三十，晚上请你们吃大餐，喝辞年酒，快动手吧。"

食堂里有两个男厨师，还有一个帮厨的中年妇女，三人胸前套着围裙，脚上穿着雨靴，围着杀猪台子忙前忙后。王大路走到台子前，拿起摆在上面的一把菜刀左看右瞧，又用右手食指指肚在刀刃上试了试，问："杀猪就用这个吗？"

站在一旁的厨师，手里提着一只大铁榔头，说："我用榔头把猪脑袋砸了，再用这把刀把猪头砍下来就行啦，没有别的刀了。"

王大路摇头说："杀猪没有用铁榔头砸的，都是用刀捅。不把猪血放出来，血会渗进猪肉里，杀出来的五花肉都变成紫红色的，煮熟了也不好吃。"

站在一旁的映秋问："那怎么办？"

铁龙飞说："刀不行，杀不了。"

小铁匠说："唉！没有金刚钻，俺们也揽不了这瓷器活啊。"

张善踮着脚走到台子前，问："有杀猪的尖刀吗？"

帮厨的中年妇女说："只有切菜刀，没有尖刀啊。"

林天豹骂道："你们比猪还蠢，没有赶紧去找啊。"

折腾了一番，厨师没有找到尖刀。铁龙飞心生一计，对王大路说：“你去钢筋加工棚，用钢筋做个锥子试试。”

王大路赶紧朝隧道洞口的山上爬去。过了半小时，他手拿两根钢筋回来了，一根长约四十厘米，另一根长约两米，两端都带尖。他给在场的人亮了亮那根四十厘米的钢筋，说：“这行哩，能捅到猪的心脏里去。”

林天豹指着那根长钢筋问是做啥用的？铁龙飞笑着说是用来捅开猪皮的，吹足气让猪的身子鼓起来，才能用锅里的开水煺掉猪毛，否则猪毛刮不干净。

张善问：“用啥接猪血啊？”

帮厨妇女跑进食堂拿来一只大铝盆，说：“有呢！有呢！”

王大路说：“去拿盐，猪血遇到盐才能凝固。”

林天豹瞧着王大路和铁龙飞的一番操作，冲厨师说：“学学人家王师傅，这才是杀猪高手。”

一切准备就绪，林天豹指挥先杀那头大白猪。铁龙飞、王大路、小铁匠和厨师，有的拽猪耳朵，有的提猪脚，将猪抬上了杀猪台。大白猪知道死期将到，用力地摇摆着脖子，拼命地叫唤，招惹的旁边那头黑猪也跟着嗷嗷地叫个不停，但再怎么挣扎也无济于事。张善抓着短钢筋走到台子前，照准猪脖子狠狠敲了两下，顿时山野间传来凄惨且绝望的猪叫声。

映秋站在林天豹和铁龙飞身后，双手捂住耳朵，不想听到猪的惨叫。看到猪那般拼命地挣扎，她有种莫名的忧伤，联想到人的命运。有时候真的是身不由己，自己的命运也掌握在别人手中，到底是该认命，还是去拼搏一下，等待机会，等待贵人出现。

映秋想到了林天豹。他到底算是自己的贵人还是自己的劫难，她不敢去多想，但对于铁龙飞，她觉得他兴许是自己命中的贵人。

小铁匠和张善站在台子后面，死死摁住大白猪的后臀和后腿，两个厨师摁住了猪的前脚。林天豹叼着烟边嚷边围着台子看来看去，映秋吓得直往后躲。王大路手里拿着钢筋锥子，站在台子前，用菜刀在猪脖子上刮掉一片毛，准备从那里往里扎。大白猪摇晃着脑袋仍在拼命挣扎。铁龙飞走到台子前一把摁住了猪的脖子。王大路用脚将铝盆踢到大白猪脖颈下面，左手牢牢掰住猪的嘴巴，右手将削尖的钢筋用力扎进了猪的脖子，连捅两下直插进猪的心脏，“扑哧”一声，猪血顺着钢筋往外流。等王大路抽出钢筋时，鲜红的血柱忽地喷涌而出。

猪血顺着王大路捅开的那个大血洞喷了一地。林天豹见状急忙用脚将铝盆踢到喷血的位置，热腾腾的血咕咚咕咚流了一大盆。没过几分钟，伴随着大白猪号叫的声音越来越弱，猪血的流速也越来越慢，涌血量也越来越少，最后大白猪直挺挺地躺在了杀猪台上。

“快！快！”王大路喊道，“搅猪血。”

映秋听到王大路的喊声，胆子忽然大起来，走到台子前抓起那把染血的菜刀，在盆子里搅来搅去，猪血与盐混合后即刻凝为了一体。

上午两个小时，要了两头猪的命，刮掉毛后浑身煞白的两头猪，被两只大铁钩钩住臀部，倒挂在早先搭好的木架子上。王大路举刀将两头猪开膛破肚，五脏六腑“哗”地被扒落在下面的大盆里。

南方人不吃猪下水。泛着青色的猪肠子被林天豹和厨师们一脸嫌弃，说他们不吃那玩意儿，让铁龙飞和王大路留下猪肝和猪心，把猪肠拿走。

小铁匠说：“都是好东西，他们不要咱们要。”

铁龙飞说：“端回去，洗干净炖了给大家吃。”

王大路手举菜刀站在木架下，沿着两头猪的后脊梁骨中线一劈两半，切割成了四大片，又将其中两大片肉连着排骨，分割成若干小块，叫厨师提进厨房塞进冰柜冻了起来。剩下的两大片肉，林天豹喊来会计，让他开车给项目部送一片，另一片给映秋送回家过年。

猪杀得利索干净，林天豹很满意，从口袋里掏出四百块钱，当场递给了铁龙飞，四个人每人一百。铁龙飞不要，转手交给王大路两百，小铁匠和张善各一百。

林天豹对铁龙飞说：“兄弟，今晚我请你喝酒，你哪儿也别去，我等你。”

一说要请铁龙飞喝酒，映秋立刻想起林天豹说过的话，连忙对铁龙飞说：“晚上有事你去忙，别喝他的酒。”

林天豹见映秋有意阻拦，很不高兴，推开她说：“你呀，真是个臭婆娘，难道我还能在酒里掺毒吗？”

铁龙飞搞不清其中缘故，却能猜出映秋说那些话的含义。他想映秋应该是在提醒自己，就对林天豹说：“你是老板，我应该请你。不是给了我们猪下水嘛，晚上炖了自己喝，不用麻烦啦。”

林天豹咂了咂嘴，说：“不行啊！过年了，我要略表心意，就咱俩喝，我等你。”

杀完猪，铁龙飞把江水从洞里喊出来，两人开车去了项目部。隧道出口的设备拉不出来，铁龙飞的心病去不掉。

这边，王大路从厨师那里要了一大袋盐，带着小铁匠和张善蹲在屋后的雪地里，开始清洗端回的两大盆猪下水。清完猪肠和猪肚里残留的食物和粪便，又来到宿舍前的自来水地沟旁，将大肠小肠和猪肚直接套在水龙头上，“哗哗”地用水冲洗干净，往里塞满盐和雪来回搓，这才去掉下水的臭味。三个人的手被冻得通红发紫，但也不觉得疼。望着两盆清洗好的猪下水，三人都开始咽口水，不到饭点儿就觉得饿了。

傍晚，一个新的难题出现了。劳务工班平时都吃食堂，一般不单独开伙，清洗好的两盆猪下水，没有地方做。

张善问王大路：“咱们没有炉灶，到哪儿去炖啊？”

王大路也想不出去哪儿炖，冲着小铁匠说：“你去找找老板娘，让她跟食堂说说，咱们单独做。”

小铁匠说：“那也得等食堂把大伙的饭做完，才能腾出锅来呀。”

张善说：“咱晚点儿做也行。你不去问，我去。”

张善找到映秋，映秋爽快地答应了，说等做完大锅饭把炉灶腾出来，让山东工班单独做猪下水吃。张善很感激映秋，离开的时候想起一件事，问道：“映红还会见我吗？”

“我让她见，你想好跟她怎么相处。”映秋愣了一下，又问道，“哎，你拍的二衬空洞照片还留着吗？”

张善掏出手机给映秋看，说：“留着呢，龙飞哥手机里也有。”

映秋问：“留着有什么用呢？”

张善说：“龙飞和大路哥都说，那板二衬必须拆了重新做，不重新做就是坑人。”

映秋又问：“你们是要拿着那些照片，去举报老林和刘万川吗？”

张善说：“如果不拆了重新做，就去举报他。”

映秋没再应张善的话，说：“你回去吧。”

铁龙飞和江水在项目部商量完清理隧道出口设备的事儿回到驻地，正赶上民工们换班开饭。鲜猪肉炒出来的菜格外香，满食堂都是浓浓的香味，馋得河南工班的民工个个尖叫，却不见山东工班的人来吃饭。等他们吃完，王大路、小铁匠和张善才端着两大盆猪下水来到食堂，可厨师们还在忙活着炒菜。那是按林天豹的要求，炒给他和铁龙飞喝酒吃的，有炒猪心、炒猪肝、清蒸草鱼、炒年糕、炒鱿鱼等，共六盘热菜、四盘凉菜。炒好后直接送到了林天豹的办公室。

这之后，厨师才让出锅灶。王大路亲自上阵掌勺，将两大盆猪下水搁到锅里放上葱、姜、蒜、盐、酱油、醋和花椒、大料，开大火一顿乱煮，足足用了一个小时才炖好。一出锅，山东工班的民工们蜂拥而上，挤在打饭窗口朝里伸饭碗。铁松儿排在头一个，后面跟着铁铮骨、铁子安和其他民工，张二奎排在最后，王大路把他喊到了前面。

铁松儿有些急眼，说道："我排的是第一个，为啥把二奎大爷叫到前头来？"

王大路手里掂起勺子敲着盆沿，说："他比你们年岁大，也比你们能吃苦。要吃等着，不吃就滚。"

铁铮骨上前一步拉开铁松儿，说："嘴上没毛，办事不牢。到后面去，小毛孩子。"

张二奎和整个工班的民工出来几个月，炖猪下水是吃得最可口和最舒心的一顿饭。王大路掏钱请客，让小铁匠和铁子安跑去外面的超市，买了二十斤当地产的白酒，又买了两挂鞭炮。白酒度数不高，每桌放了两瓶。开喝前，民工们将两挂鞭炮挂在白天杀猪的木架子上点了。外面噼里啪啦震天响，屋里喝得天旋地转，把过年的气氛喝出了花样。

江水本来要跟自己工班的民工一起吃，被铁龙飞劝住，让他等着吃猪下水，再和大家喝几杯。猪下水还没开锅，刘万川跑来食堂喊铁龙飞，说："林老板不是跟你说好了吗？今晚他请你喝酒，等着你呢，走吧。"

铁龙飞说："我一个人就不去了。要去我和江水、大路哥一起去。"

刘万川说："老板请你一个人，没说请别人。"

江水和王大路知趣，往外推铁龙飞，说："既然请你一个人，你就去吧。我们跟大家喝，你怕喝不过他吗？"

铁龙飞没有多想，跟着刘万川去了林天豹的办公室。映秋在屋里穿着一件米黄色的羽绒服，显得很娇艳，瞄了一眼铁龙飞，转身给他沏茶倒水，说："老林酒量大，你千万别跟他拼酒。"

林天豹坐在茶台前，抓起一瓶白酒倒了三杯，朝映秋扬手说："不让他喝多，我们边喝边聊，你忙你的去吧。"

映秋识趣地进了里屋。她在屋里假装看电视，一直竖着耳朵听外屋的动静。外屋，林天豹、刘万川和铁龙飞推杯换盏，酒过三巡，她听见林天豹聊起了二衬空洞的事儿。

铁龙飞说："林老板，你请我喝酒归喝酒，那板二衬你还是咋请人来打的，咋拆掉重新做，这个坎在我这里过不去啊。"

刘万川端起酒杯敬铁龙飞，说："哎呀，那板二衬没啥大问题，何必这么较真呢？！"

铁龙飞掏出手机晃了晃，说："不是没问题，而是问题很严重，我手里的照片不会有假。"

林天豹说："我知道你手机里存着小瘸子拍的照片。我说兄弟，你带劳务队干活，咱们也算合伙人，将来如果能多要到钱，我一定将劳务费百分之十五的利润多分给你，能不能将那些照片删掉？"

铁龙飞放下酒杯，说："我明白了，今晚请我喝酒，是为了让我删掉照片啊。老板，你看我是那样的人吗？我宁可不要你多分给我的利润，也不能眼瞧着施工留下质量隐患啊。"

林天豹听完，脸色变得很难看，朝刘万川使了个眼色。刘万川站起身来，借口忘了件事，得去洞里转转，谦恭地让他俩喝着，转身出去了。其实，刘万川躲出酒场，根本没进隧道，而是开车去了镇上。

林天豹不再提二衬空洞的事儿，和铁龙飞只管喝酒。林天豹酒量大得惊人，铁龙飞已经喝得睁不开眼了。不知过了多久，两瓶酒被喝得精光。铁龙飞东倒西歪地站在门前朝雪地撒了泡尿，林天豹又扶他回到屋里继续喝，最后铁龙飞竟被灌得不省人事，耷拉着脑袋睡在了椅子上。

林天豹和铁龙飞一直折腾到凌晨两三点。映秋在里屋实在熬不住，便躺在床上睡了。铁龙飞喝得酩酊大醉被林天豹摸黑架进了里屋，映秋睡得迷迷糊糊，误以为是林天豹，懒得去搭理，翻了个身继续睡去。林天豹悄悄地将铁龙飞扶到床边，扒去他的上衣，把他推倒在映秋的被窝里。

# 第十章

铁龙飞一直未归，急坏了王大路。他以为还在和林天豹喝酒，又不好去催，就闷头睡去。

快天亮的时候，王大路被一泡尿憋醒，慌慌张张披上棉衣，迷迷糊糊地站在门外朝雪地撒尿。回屋后，发现铁龙飞还没回来，一看表已经是凌晨五点半。这时，从山上的隧道里“咚”地传来一声炮响，震得他睡意全无，嘴里嘟囔着，穿上衣服向坡下走去。

林天豹将铁龙飞推进映秋的被窝，为防止他酒醒后占映秋便宜，只脱去了他的上衣。铁龙飞喝得不省人事，根本不知道发生了什么，躺在映秋被窝里，忽高忽低地打起了呼噜。趁此机会，有些醉意的林天豹摇晃着身子，把铁龙飞的衣服拿到外屋，翻出他的手机，想删掉里边保存的照片，可手机设了密码，试了几次都未能打开，气得林天豹从门后找来一把铁锤，将铁龙飞的手机扔在地上砸了个稀巴烂。他已经做好了准备，如果铁龙飞醒酒后发现手机碎了，只能认为是自己喝多后摔的，怪不到他林天豹的头上。

林天豹对铁龙飞怀恨在心，偷偷掏出自己的手机走进里屋，摁开了灯。映秋和铁龙飞睡得很实，对刺眼的灯光全然不觉。林天豹悄悄走到床边掀开被头，迅速拍下俩人睡在一起的照片，拍完后又把被头轻轻盖好，关掉灯退了出来，坐在茶台前翻看照片，想着如何治服铁龙飞，不一会儿，他也困了，歪坐在茶台前的小椅子上打起盹儿来，这一闭眼就到了天亮。

映秋睡到半夜，侧身搂住了铁龙飞，发现一旁的人还穿着裤子，迷糊着说道：“说了别喝，非要喝这么多，睡觉不脱裤子，真能凑合。”

映秋边骂边帮着脱裤子，忽然觉得躺在身边的这个男人浑身都是肌肉，不像是林天豹的身体，便下意识地翻身去开灯。这一看才发现旁边的人竟是铁龙飞，心头一惊，猜出是林天豹施的计谋。

映秋用手拍打着铁龙飞的脸，喊道："醒醒！你醒醒！"

被拍醒的铁龙飞迷糊半天，忽然意识到自己躺在映秋的被窝里，慌忙坐起来说："这是哪儿？我咋会睡到你床上来？"

映秋拉过被头捂住身体，说："我也不知道怎么回事，醒来就发现你在旁边。"

铁龙飞非常紧张，猜想一定是上了林天豹的当，赶紧穿好衣服。

映秋倒是直言不讳："是林天豹故意安排的，你嫌我？"

铁龙飞摇头拒绝说："当然不行。你是他的女人，我得走。"

林天豹被里屋的动静惊醒，起身冲进去，盯着铁龙飞和映秋冷笑，拿出手机又拍下两人在床上的照片，咬着牙说："铁龙飞，你够胆。朋友妻不可欺，可你趁我喝多，跑到床上霸占了我的女人，你要给我个交代。"

映秋气得直骂："林天豹，你别冤枉人。他没上我身，是你把他扶到我床上的，臭不要脸。"

林天豹急赤白脸地说："你是我的女人，我把他送到床上跟你睡一个被窝？我没有吃错药吧。"

铁龙飞在林天豹的质问声中彻底清醒过来，跳下床，扭头望着床上凌乱的被窝和被窝里的映秋，羞愧得手足无措。他知道自己被林天豹陷害了，但眼前的场景让他哑巴吃黄连——有苦说不出，跳进黄河也洗不清了。他瞪着面目狰狞的林天豹，对映秋说："你帮我证明，我占你半点儿便宜了吗？"

映秋穿好衣服坐在床边，双手捂着脸"呜呜"地哭着说："他没占我便宜，没有。"

林天豹扯开嗓子骂道："狗男女，你们说没有就没有啊！他在你被窝里，俩人做了什么自己不知道吗？必须给我个说法。"

铁龙飞气得浑身发抖，指着林天豹说："行，林天豹，我算是看透你啦。用酒把我灌醉陷害我，不就是因为我手机里有二衬空洞的照片吗？我认栽行不？"

林天豹堵在门口，铁龙飞愤怒地一把将他推了个踉跄，骂道："混蛋，给我滚开！”

铁龙飞在屋里寻找着自己的手机，低头发现手机落在地上，弯腰拿起一看早已粉碎，顿时怒火冲天朝林天豹砸去，骂道：“你不就是想毁掉证据吗？给你。”

林天豹毫不示弱，用身子挡住外屋门口，说：“你休想走！你强奸我的女人，咱们去镇上派出所。”

俩人的吵声加上映秋的哭号声，惊动了宿舍区的民工。王大路最先听到林天豹屋里的吵闹声，心头一紧，预感铁龙飞出事了，迅速朝坡下林天豹的办公室跑去。不觉间，身后跟来一大群民工。江水、铁子安、铁铮骨、铁松儿、小铁匠、张二奎和张善等人，也从宿舍里跑出来，连正在做饭的厨子也不顾火灶，拿着勺子朝林天豹的办公室跑来。

不到几分钟，林天豹办公室门外被围得水泄不通。他们弄不清屋里到底发生了什么事儿，七嘴八舌地互相打听着。众人正纳闷，屋门“哐”地被用力拉开，铁龙飞嘴里骂着“狗东西”走了出来。林天豹跟在身后，将用手机拍的照片展示给大伙儿看，说：“你们看啊，他姓铁的不讲仁义，昨夜钻了我女人的被窝，睡了我的女人，这让我的老脸往哪儿搁啊！”

民工们被林天豹突如其来的这些话蒙住了。一听铁龙飞睡了映秋，个个惊奇地张大了嘴巴，唯有江水冷静地观察着铁龙飞和林天豹的举动。他认定铁龙飞肯定是被林天豹设套陷害了，他认识的铁龙飞一定干不出这种事。

王大路拉住铁龙飞，问：“昨晚你真跟映秋睡一起啦？”

铁龙飞绷着脸，说：“大路哥，你信吗？”

王大路说：“那他咋敢诬赖你？”

铁龙飞说：“我被他灌醉了，啥也不知道。”

林天豹从背后揪住铁龙飞的衣服，说：“不行，我不能这么轻易放你走，咱到派出所说理去。”

江水上前拉开林天豹，说：“林老板，昨晚发生了啥事儿你肯定清楚，我相信龙飞不是那样的人。你的女人呢？叫她出来。”

小铁匠、张善、铁松儿和铁子安等人也嚷嚷道：“对，叫老板娘出来对质。”

映秋听到小铁匠和张善等人的声音，哭得更加伤心。她走到门口，指着林天豹骂道："你陷害我们俩，你不是人，我再也不跟你了。"

映秋哭着独自朝山下跑去。事到如今，大伙儿也听明白到底发生了啥事，都暗暗骂林天豹龌龊。林天豹却理直气壮地坚称铁龙飞强奸了映秋。王大路一把揪住林天豹的领口，将他摁到门框边，说："早知道你请我兄弟喝酒是黄鼠狼给鸡拜年——没安好心。敢陷害我兄弟，信不信我拿刀捅了你？"

林天豹在工地上摸爬滚打多年，也算是个见过世面的人。他并不担心王大路会做出过激的行为，不紧不慢地说："你敢？试试看！"

江水拉开王大路，推着铁龙飞正要离开，却听见远处传来了警笛声。小铁匠朝坡下望去，发现一辆警车正沿着便道开上来，转身喊道："警察来啦！警察来啦！"

闪着警灯、拉着警笛的警车停在了办公区一侧，从警车里下来一高一矮两名警察，晃晃悠悠地来到林天豹门前，驱散开众人。谁都不曾料到，跟在警察身后的竟是刘万川。

高个子警察巡视了一遍众人，问道："谁是铁龙飞？"

林天豹指着被众人围在中间的铁龙飞，说："就是他，昨晚强奸了我的女人。"

铁龙飞不再辩解，拨开人群站出来，说自己是他们要找的人。高个子警察亮出警员证让铁龙飞看，并指着胸牌报出警号，冷言冷语地说："我们镇派出所接到报案，说你昨晚强奸了一名叫映秋的女子，跟我们走一趟吧。"

江水、王大路等人见警察要带铁龙飞走，呼喊着站成一堵人墙挡住了去路。张二奎从人群后面挤到前面，抓住两名警察的胳膊"咕咚"跪在地上，可怜巴巴地说："警察同志，求求你放过他吧。他不是那种人，不会做对不起人的事儿。"

林天豹不依不饶，冲着铁龙飞吼道："我给他们发工资，姓铁的竟敢睡我的女人，天理难容。"

刘万川在警察面前幸灾乐祸，说："早知今日，何必当初！咋就管不住自己的裤裆，上错了床呢？"

铁钢骨很愤怒，斥责道："你们诬赖龙飞强奸，咋不说怂恿自个女人卖淫呢？"

江水骂道："你们血口喷人，知道什么叫丧良心不？像你们这样的人，早晚遭天打五雷轰。"

铁子安提醒着众人说："对那些唯利是图的人啊，千万别去触动他的利益。一旦挡了他的财路，会挖坑把你整死。龙飞，你咋犯这个傻呢？"

铁龙飞心里很坦然，不去与林天豹和刘万川争辩，对警察说："我铁龙飞做人，向来上对得起天，下对得起地，外对得起人，内对得起心。我可以跟你们走，可话又说回来，如果林天豹陷害我，你们拿他怎么办？"

"别废话，先跟我们走再说。"矮个子警察说道，"哎，那个女的呢？她在哪儿？也得让她跟我们一起走。"

刘万川赔着笑脸说："她家是寨子上的，回去啦。"

从空洞拍照事件开始，林天豹就对铁龙飞恨之入骨。除此之外，铁龙飞协助项目部整治林天虎的事，林天豹虽然嘴上不说，但心里却暗暗地记着一笔账，毕竟俩人是同胞兄弟，同宗同族同血脉。现如今，他终于设套将铁龙飞弄进了派出所，可以解去心头之恨了。

大年三十的早晨，被这个事弄得晦气十足。隧道斜井两个工班的人群情激奋，全都停工不干了，东一群西一伙地议论着这件事，大家都相信铁龙飞绝不可能做出那种见不得人的事情来。

小铁匠说："龙飞哥什么样的人我们还不清楚？映秋姐往床上拉他，他都不会去，他心里有人呢。再说，映秋姐也不是那种人啊。姓林的混蛋请他喝酒，当时也在屋里啊，龙飞哥怎么可能会跑到里屋床上去。"

铁松儿"嘿嘿"笑着说："那可不一定，见到女人我可抵挡不住。"

铁铮骨一脚踹在他屁股上，骂道："就你这离开女人要死的德行，没出息的玩意儿，滚一边去。"

江水和王大路觉得，要弄清事情的真相必须向路宽报告，查个水落石出，还铁龙飞清白。于是，俩人顾不上吃饭，开车去了项目部。车子行驶到半路，铁子安打来电话，说路宽带汤公明来了斜井工地，检查过年期间的安全，俩人听后慌忙掉头往回开。

路宽和汤公明事先并未通知要来检查，径直将车开进了洞里，转遍整个掌子面都没有见到一个工人。夜里放完炮，拱顶处理了危石，可出碴的车辆和人连个影子也没有，路宽当场急了眼，要去找林天豹算账。越野车开到洞口，恰与江水和王大路驾驶的皮卡车相遇，江水二人赶紧跳下车迎了过去。

汤公明问：“林天豹和刘万川死哪儿去啦？他们人呢？”

江水说：“当缩头乌龟，在下面宿舍待着呢。”

路宽问：“干活的呢？”

王大路说：“龙飞被镇上派出所带走啦。”

汤公明问：“他犯了啥事儿？”

江水说：“林天豹陷害他强奸那女的，被带走了。”

汤公明很吃惊，说：“铁龙飞强奸那女的？胡说吧。”

路宽问：“他真强奸了吗？”

王大路说：“昨晚龙飞被林天豹请去喝了一夜酒，天亮就发生了这样的事儿。”

路宽和汤公明也不相信铁龙飞会做这样的事，喊着江水和王大路一起去找林天豹。此时，林天豹跟刘万川正在屋里窃喜，见路宽和汤公明突然到来，赶紧起身迎候，路宽拉着脸进屋，瞅着他不说话。

汤公明问：“老林，昨晚到底咋啦？”

林天豹说：“唉！我也没想到啊！铁龙飞竟强奸了我的女人。”

路宽问：“喝完酒是你故意安排铁龙飞睡在里屋的，还是他自己跑到你女人床上去的？”

林天豹说：“经理哟，我女人脱掉衣服睡在床上，我哪能眼睁睁地看着他这个家伙去里屋床上睡呢？还不是趁我喝多了，他自己钻到我女人被窝里去的。”

江水说：“林天豹，咱们不能昧着良心说话。你这么做，不但给自己戴了绿帽子，更毁了龙飞和你女人的名声。”

王大路问：“你说龙飞强奸，有啥证据？”

林天豹打开手机里的照片给路宽和汤公明看，说：“我拍下来的，他和我的女人躺在一个被窝里，还能有啥好事儿？”

汤公明问：“你的女人承认铁龙飞强奸她了吗？”

林天豹被问得一时语塞，半天才支支吾吾地说：“她光捂着脸哭了，铁龙飞不占她便宜，她能哭吗？”

路宽看完林天豹手机里的照片，开口骂道：“我不管你们谁强奸谁，只要求你赶紧派工人进洞出碴支护，将掌子面封闭起来。洞子要是塌了，你们都给我滚蛋。”

路宽让汤公明留下，又打电话让李从安赶来，盯着林天豹和刘万川安排工人进洞作业。铁龙飞被带走后，大部分山东工班的人都赶去了镇上派出所，只有江水工班的民工待在宿舍里，无论林天豹和刘万川再怎么催促，这些人仍无动于衷，急得林天豹两人满头冒汗。

两名警察将铁龙飞押上警车后，用林天豹手机里的照片取证。回到派出所，铁龙飞被带进讯问室。橘黄色的灯光不明不暗，光线不高不低，刚好照到铁龙飞的头顶。铁龙飞的双手被铐在扶手上。对面坐着两名警察，一个记录，一个讯问。

高个子警察一串问题紧逼铁龙飞，当时的环境啥样儿，如何去的里屋，又怎样进的被窝，在被窝里干了些啥，这些都要讲详细，越细越好。

铁龙飞死不承认，只讲他喝多后在椅子上睡着了，既不清楚怎么进的里屋，更不知道醒来后怎么会在床上。

铁龙飞翻来覆去就这么几句话，警察拿他没辙，最后问：“你跟那个叫映秋的女人有肢体接触吗？”

铁龙飞坚定地说：“没有。”

“你真的没跟那女人发生关系？”

“肯定没有，不信你们去问她。”

“你不承认也没用。”高个子警察说着从桌上拿起打印出来的照片递给铁龙飞说，“这个不会有假吧？你没强奸跑到人家女人床上干吗去啦？人家告你强奸有错吗？”

铁龙飞极为愤怒，说：“那是林天豹故意陷害我的。”

矮个子警察撂下笔，说：“你不用争辩，我们会取证，看看上面有没有残存的精液和女人的分泌物。”

铁龙飞觉得受到了极大侮辱，冲着警察吼道：“我是当过兵的人，我祖上是詹天佑修京张铁路时的工长。我做不出那种伤天害理的事，你们要相信我。”

看铁龙飞情绪激动，两名警察语气缓和下来，说：“请你冷静，冷静懂吗？我们警察办案历来依照法律程序。”

从讯问室出来，铁龙飞又被带到了禁闭室。大年三十这里没有别人，就他一个，这让他又气又恨，冲着墙大骂林天豹。发泄完后，他才渐渐平静下来，静静地坐在角落里，脑袋嗡嗡作响。忽然间，他想起了映秋，在心里骂着她，同时又抱着一丝幻想，坚信她一定会来帮自己洗清罪名。

此时，派出所的院门口已经围了黑压压一堆人，有的喊放了铁龙飞，有的要求把林天豹、刘万川和映秋也抓来审，不能冤枉好人。王大路、铁松儿、铁子安、铁铮骨和张二奎就在这群人中。值班警察让他们赶紧走，但没有人听，都揣着手堵在门口，这阵势一直持续到下午，差点儿酿成群体事件。

小铁匠和张善没有跟铁松儿他们去派出所，俩人结伴去了寨子上映秋家。映秋大过年哭着跑回家，把全家都整蒙了，无论咋问就是不说，一个人倒在床上蒙头大哭。小铁匠和张善搭乘工地买菜的三轮车去镇子上买了些年货，花四十块钱雇了一辆摩托车，带着东西往寨子里赶。进到映秋家，俩人先放下年货，向两位老人拜了年，又找映春问映秋的下落。

映春说："她在屋里哭呢。"

映红见到张善略微尴尬，问道："你们不回家过年吗？"

张善不敢正眼瞧映红，心里却有点儿暖，转了个心眼说："你和映春在这儿，我们回山东过年没啥意思啊。"

映红笑着说："你啥时学会说话啦？"

张善说："我嘴笨，腿脚也不好，但我有的是力气，啥活我都会干。"

映红"嗯"了一声，问："阿姐为啥哭着跑回来？"

张善说："被姓林的坑害啦。"

映春领着小铁匠来到屋里，映红和张善跟在后头。映春轻轻拉开被头，喊道："阿姐，铁匠和张善来看你和阿爸阿妈了，快起来吧。"

映秋撩开被子坐起来，眼睛哭得红肿，头发凌乱不堪。看到小铁匠和张善站在床边，连忙把脸埋在臂弯里，说自己没脸见人了。

小铁匠劝她说："阿姐，大家都不相信林天豹说的瞎话。你跟龙飞哥也做不出那种事来，可……可警察把龙飞哥带到派出所去了。"

映春好奇怪地问："哪种事啊？"

小铁匠说："林天豹非说龙飞哥强奸了阿姐。"

映红一脸愕然，说："阿姐，你被人强奸啦？我的天哪！"

张善打断映红，说："是姓林的和姓刘的陷害龙飞哥和阿姐，根本没有的事儿。事到如今，只有阿姐才能救龙飞哥出来。"

听到铁龙飞被警察带走，映秋一脸惊恐，问："啥时带走的？"

张善把映秋走后发生的事一五一十地告诉了她。听完张善的话，映秋毫不迟疑地说："我要去派出所把事情说清楚，是林天豹陷害的我们。"

顾不上吃饭，映秋让映春和映红留在家里照顾阿爸阿妈，喊上小铁匠和张善，到寨子下面的路口，拦了辆车直奔派出所。三个人来到派出所时，王大路、江水、铁子安、铁铮骨和铁松儿等人还在那里。看到映秋和小铁匠他们过来，大家开始指指点点。有的骂她不正经，有的骂她是狐狸精，专门在工地上勾搭男人。映秋听到那些不堪入耳的话，低着头，流着泪，默默承受着。

江水和王大路见到映秋很生气，转念一想觉得她也是受害者，就冲身边的民工喊："不说话是不是能憋死？都给我闭嘴。"

"憋不死也得憋疯。"不知谁接了这么句话，引来一阵大笑。

张二奎也在人群里，他很担心铁龙飞，怕铁龙飞有牢狱之灾。看到映秋过来，一把拉住她的手说："姑娘，俺知道你和龙飞都是好人，只是遇到了姓林的坏人。大叔求求你，龙飞还没成家呢，你能不能把栽赃给他的罪名洗干净？我们大伙还指望他哩。"

张二奎的话，让映秋很扎心，也很暖心。她抹着眼泪朝张二奎点点头。

小铁匠鼓励映秋说："阿姐，进去吧。龙飞哥在里边，你进去说清楚，把他弄出来。"

高个子警察正在派出所门口抽烟，看映秋过来，挡住她说："哎，你谁啊？有什么事儿？"

映秋面无表情地说："我要找个人。"

高个子警察一本正经地问："找谁？犯啥事啦？"

"我叫映秋。早晨在高铁隧道工地上，有个叫铁龙飞的人，被你们带到这里来了，我想见他。"

警察一听是映秋，用诡异的眼神上下打量着她，说："你来得正好，我们还想找你呢，进来吧。"

映秋没有被带进讯问室，而是去了值班室。高个子警察喊来矮个子警察，说："要找的人自己来了，给她做笔录。"

按照讯问铁龙飞的程序，他们讯问了映秋，问的问题一样。映秋始终低着头，坐在椅子上直抹眼泪，警察问啥她就答啥。映秋的回答和铁龙飞说的一样，没有半点儿出入。俩警察交头接耳嘀咕片刻，搁下笔不再多问，提醒她说："你说话不能有半点儿假，这可是要负法律责任的，懂吗？"

映秋说："我说的都是实话。铁龙飞是被林天豹灌醉架到我床上的，还用手机偷拍了我和他的照片。我们根本不清楚是怎么回事儿，他也没有强奸我。"

矮个子警察用一种怀疑的眼神盯着映秋，问铁龙飞在被窝里都干了些啥，说得越详细越好。映秋羞红了脸，摇头回答说自己睡着了，铁龙飞醉得不省人事，啥都没做。

"嘿！这就怪啦。"矮个子警察骂道，"那姓刘的为什么来报假案，说你被姓铁的强奸了？"

映秋说："他和姓林的是一伙儿的，在隧道里挖坑作假，被姓铁的工班人员拍到了。他们想毁掉铁龙飞手中的证据，就让我当了牺牲品。"

矮个子警察气得站起来，将笔一折两段扔在桌子上，骂道："混蛋，敢玩我们，治他个诬陷罪。我们撤案给你俩正名，你签字回去吧。"

映秋在笔录上签完字，又按了手印，谢过警察后呆呆地站在原地。

警察见她愣在原地，催她说："你咋不走啊？"

映秋说："谢谢你们。既然撤了案，现在是不是可以把姓铁的放出来，我想跟他一块回去。"

铁龙飞没想到映秋会来得这么及时。他原想着这年就在里边过了，估计等过完年才能出去。谁料禁闭室的铁门"哐啷"一声被打开了。高个子警察站在门口喊："哎，强奸罪名不成立，我们撤案了，你出去吧。"

铁龙飞抬起头来呆呆地望着门口，听到警察说撤了案，坐在床边反而陷入了沉思。看他不动，矮个子警察走进来说："咋？想在里边过年吗？"

铁龙飞双手摁在大腿上说："为什么又放我出去？"

高个子警察说："那个叫映秋的女人来把案子推翻啦。"

铁龙飞说："那我也不出去了，就在里边过年。"

高个子警察凑过来说："哎呀，别不识抬举好不好？你不出去，我们咋回家过年呢？出去出去。"

铁龙飞站起来，愤懑地说："我没强奸那女人，没有犯罪，你们不分青红皂白，一句话就把我抓进来，现在又一句话把我放了。我不能这么不明不白地出去。那诬陷我的人怎么处理？"

两名警察被铁龙飞质问得一时没了主意，你看我，我瞧你，不知如何回答。少顷，高个子警察清了清嗓子，说："嗯嗯！这个案子的确有我们失职的地方。那这样，我们用警车给你送回去，恢复名誉，让姓林的和姓刘的给你赔礼道歉，赔偿精神损失费如何？"

铁龙飞吃惊地问："姓刘的？"

矮个子警察不假思索地说："刘万川啊。姓林的委托他来报的案。报案必接、有案必立，是我们公安的职责嘛！"

铁龙飞愤怒地一拳捶在墙上，骂道："两个混蛋，我跟他们没完。"

高个子警察问道："那你说到底咋办？"

铁龙飞说："我既要他们赔偿，也要给我公平。"

映秋站在门外，听到铁龙飞和警察的对话，见他那样执拗，含泪慢慢地走了进来。她出现的那一刻，铁龙飞心中五味杂陈，歇斯底里地发泄道："我被你们坑惨了。你为什么要来救我出去？为什么？"

映秋没有因为铁龙飞的极度愤慨而悲伤难过，愧疚地说了两声："对不起。"

映秋陪着铁龙飞走出了派出所，等了一天的工友们见铁龙飞出来开始欢呼。江水和王大路上前抓住铁龙飞的手，悲喜交集，感慨万千。

张二奎从人群中挤进来，说："龙飞，我们知道你没事儿。过去啦，都过去啦。"

赶在天黑之前，两名警察用警车将铁龙飞送回了工地，映秋没有上车，而是回到了寨子上的家中。

上午洞内没人干活，路宽和汤公明不得不从另一座隧道工地调来工人打增援，将掌子面初支喷完混凝土后赶紧进行封闭，并下死命令将放过炮后的洞碴出完，当场罚了林天豹十万元。

林天豹自认倒霉，回到办公室唉声叹气，问刘万川："是不是咱不该告姓铁的强奸？这下子把臭婆娘的名声也搞臭啦。”

刘万川说：“老板啊，事到如今后悔管个屁用，谁让他拍照抓咱们的把柄呢？”

林天豹得意扬扬地说：“我把他手机砸了，看他拿啥举报！”

刘万川说：“砸了他的手机，那小瘸子手机里还有啊。”

林天豹愣了愣神，说：“哎呀，我咋没想到那个小瘸子呢。”

“老板，铁龙飞真的强奸老板娘啦？”刘万川问，“我担心强奸案不成立，治不了他的罪。”

林天豹说：“本来也没真想让他坐牢，不过是想吓唬吓唬他，让他以后听话！”

刘万川抬手拍着茶台，说：“老板啊，你这个玩笑开得有点儿大，万一老板娘不承认强奸，警察将姓铁的放出来，咱俩都脱不了干系，我得想办法躲躲。”

俩人正聊着，坡下的施工便道上突然又响起警笛声，吓得他们浑身一颤。刘万川预感事情不妙，起身想离开，但为时已晚。江水和王大路以及山东工班的民工，已跟随警车来到了办公区。见刘万川从屋里出来，江水、王大路、铁子安、铁铮骨和铁松儿等人一拥而上，将他死死摁住逼到墙角，一边怒骂，一边拳打脚踢，打得刘万川鼻青脸肿，哀号求饶。

王大路喊道：“拿绳子来，把他绑了扔到山下去。”

警察跳下车来，及时制止了江水和王大路等人的鲁莽行为，将刘万川解救下来，拉到了林天豹的办公室。铁龙飞紧随其后，其他人则堵在门口。林天豹和刘万川犹如惊弓之鸟，蜷缩在茶台后面的角落里。

高个子警察严厉地说：“经过与女当事人调查核实，铁龙飞和映秋被冤枉诬陷，你们报的是假案，触犯了治案条例，构成了诬陷罪。现在给他们正名，你俩需要跟我们去派出所录口供。”

刘万川吓得腿软，“咕咚”跪在了铁龙飞面前，拱手磕头，请求铁龙飞的原谅，承认是林天豹让他去报的案，嘴里喊着：“我不是人，我该死。”连扇了自己两个嘴巴。

铁龙飞一脚将刘万川踢翻在地，正要对他一顿暴击，被矮个子警察拦住了。林天豹意识到这下把事情闹大了，搬着石头砸了自己的脚，实在有点儿后悔。警察喊他起来去派出所，他却蹲在那里一声不吭。

铁龙飞绕过茶台走上前，拽住林天豹的领口，用力将他拉起来，朝他脸上吐了一口唾沫，骂道："呸！混蛋，没想到你这么阴险狠毒，如此卑鄙下流。为了赚钱不要良心、不择手段，陷害我强奸你的女人。映秋真是瞎了眼，一个二十来岁的姑娘白跟了你这么多年。"

林天豹哆嗦着身子，说："谁有钱不任性？我赔得起你们，只要你把拍的照片删了，我给你钱。"

铁龙飞掏出被砸碎的手机扔到茶台上，说："咱让警察说咋办？"

矮个子警察拿起手机看了看，对林天豹说："你砸碎了人家的手机，这叫损害他人财产，你得赔。另外，你还要赔偿他和你女人的精神损失费、误工费、名誉损失费等，你认吗？"

林天豹说："我可以认，可他手里还有我的照片，他得给我删了才行啊。"

铁龙飞怒气冲冲地说："姓林的，是不是以为我怕你？我们跟着你干活，但不是你的狗，我们挣的每一分钱，都是用血汗换来的，知道吗？你砸了我的手机没关系，我还有备份。现在明着告诉你，我要去项目部举报你。既然你想整死我，那我也不客气，就用流氓手段对付流氓。"

双方这次的较量，最终以铁龙飞的正义斗争胜利结束。林天豹和刘万川被带进派出所，大年初一才被放出来，并赔偿了铁龙飞的手机费用。

除夕夜，林天豹和刘万川透过禁闭室的玻璃窗，听到镇子上传来的鞭炮声，再看看搁在床头的冷菜冷饭，眼泪"哗"地流了下来。林天豹凄惨地喊："映秋哇映秋，你快来救救我啊！"

铁龙飞从派出所出来后，映秋的心情好了许多。回到寨子上，映秋和家人好好吃了一顿年夜饭，有鸡有鱼，唯独没有猪肉下锅做菜。江水派人去隧道斜井山外的超市，买了几箱白酒和几挂鞭炮，准备和铁龙飞、王大路一起喝酒、放炮庆祝新年。

铁龙飞说："从今往后我要戒酒，坚决不喝了，谁要劝我酒，我就跟谁急。"

江水抓过一瓶白酒，用牙"嘣"的一声咬掉瓶盖，先给王大路倒满，又给自己倒满，说："我和大路大哥不坑你害你，过年兄弟们喝一杯。"

"别让他喝了，昨晚的酒把他坑苦啦。"王大路端起酒杯说，"咱们出来挣个钱咋就这么难哩？”

江水说：“所以，咱们必须单干。”

三人喝酒喝到半夜。铁龙飞叫来守夜的小铁匠和铁松儿收拾摊子，让他们去外面放炮驱晦气。几挂鞭炮摆在宿舍门前的山坡上，小铁匠熟练地上前点着，一时间鞭炮花四处乱飞，鞭炮声震得整个工区的民工都跑出来看。

放完鞭炮，铁龙飞对江水和王大路说：“走，咱们去洞里看看。林天豹和刘万川不仁不义，但高铁不是他家的，咱们不能撂下不管。”

三个人出门沿着小路去了隧道。小铁匠瞧见他们向山上走去，便跑去挨屋敲门。正在屋里守夜唠嗑的铁子安、铁铮骨、铁松儿和张善，听到喊声跑了出来，问：“咋了呢？咋了呢？”

铁松儿说：“头儿上山了，咱们也去吧。”

于是，铁龙飞、江水和王大路在前面走，他们几个跟在后头，一起朝洞里走去。洞内已经收拾利索，掌子面完全封闭，洞碴也出完了，只有裂隙水“哗哗”地从掌子面缝隙里往外流，聚集到蓄水池里被抽水机抽进了排水沟，几个人在洞内转了一圈，看完才放心。

从洞内出来，铁龙飞对张善说：“你拍的那张照片保存了吗？”

张善掏出手机打开给他看，说：“在我手机里，好好的呢。”

铁龙飞拿过手机说：“借我用用，我要去给路宽拜年。”

项目部大多数人都回家过年了，路宽和汤公明没走，晚上做了一桌菜，跟留在工地的员工大喝了一场。快天亮时，铁龙飞带着江水和王大路赶到项目部，“咚咚咚”地敲响路宽的房门，喊道：“经理，我们来给你拜年啦。”

嚷叫声把路宽和汤公明吵醒了。好不容易有时间睡个好觉，可有人来拜年又不能不起，只好很不情愿地起床开门。几个人站在门外说着拜年的话，张口大吉大利，闭口步步登高，很是喜庆的样子。到最后，路宽话锋一转，问：“你真的和那女的没关系？”

铁龙飞说：“哎呀，经理，我要真和她有关系，还能来给你拜年吗？昨晚在里边过年的是林天豹和刘万川。”

汤公明问：“他俩啥时能出来？”

铁龙飞说：“诬陷罪，得蹲几天吧。”

路宽摆摆手说：“得赶紧把他们弄出来，初二隧道要复工。”

铁龙飞犹豫片刻，说：“那我下午去派出所找警察，放他们出来。不过，我们三个要举报他。”

“举报老林？”汤公明问，“举报他什么？”

铁龙飞掏出张善的手机，打开里面的照片说：“上一板二衬他们让林天虎的人来打的，在DK853+261处留有空洞，这板二衬到现在还没拆模呢，空洞就在上面。”

路宽和汤公明接过手机翻看着照片，骂道：“怪不得上次检查时老王说有问题，真有事儿啊。这坑挖大了，叫他在里边待着吧，别去找警察了，放了他还得再抓进去。”

# 第十一章

铁龙飞、江水和王大路去拜年是假，举报林天豹是真。路宽和汤公明接到举报，早饭没吃就开车去了隧道斜井。车停在了二衬台车前，王大路扒着二衬台车步梯往上爬，路宽、汤公明、铁龙飞和江水随后。几个人爬上作业平台，铁龙飞让王大路说出空洞的具体位置，王大路指着尚未拆模的拱顶，说："就是这里，面积有三平方米。"

钢模没拆，看不出二衬有何异样，只能先把模拆了，再拿铁锤或钢筋敲，才能判断里边有没有空洞。路宽气得双手叉腰，仰头望着拱顶，嘴里不停地骂着林天豹。

汤公明说："去喊人，把模拆掉。"

江水跳下台车，跑到洞口给铁铮骨、铁子安和自己工班的其他人打电话，不一会儿铁铮骨、铁子安、小铁匠和十几个壮汉赶来，肩上扛着撬棍，手里拿着钳子、粗麻绳和其他工具。进到洞里，等路宽、汤公明和铁龙飞从台车上下来，江水对大家说："上去拆模，不让你们白干。"

路宽说："今天的加班费项目部出，把有空洞的地方都给我拆了。"

铁铮骨和十几个壮汉带着各自的工具爬上了台车。王大路站在平台上，指挥着那些人拆模。钢模之间环环相扣，螺丝互相搭接拧得很紧，虽然涂了脱模剂，但粘着混凝土，卸开螺丝后仍撬不动、掰不开。

小铁匠喊道："从中间拆不行，要拆都得拆。"

路宽朝台车上扬手，下令全拆了，工人们这才放开手脚，从边墙搭接处的第一排钢模开始拆起。拆一块便用绳子拴住钢模吊着往下卸一块，折腾了整整一下午，才把整板钢模拆完。

路宽、汤公明、铁龙飞和江水又爬了上去。王大路手拿铁锤，站在台车顶端仰脸一块块地敲。二衬密实处发出的是“铛铛铛”清脆的声响。敲到空洞处，则传来“嘣嘣嘣”的回声，足有三平方米之多。敲完拱部所有刚打完的二衬部位，路宽和汤公明认定，铁龙飞的举报是真实准确和可信的。

路宽破口大骂着林天豹，命令民工上去把空洞部位至少破开一个能钻进一个人的大洞。铁龙飞派铁子安和小铁匠去洞外扛来电钻和风枪，双手把牢风枪柄，对准空洞位置“嗒嗒嗒”往里钻，只听“扑哧”一声，二衬混凝土很快被钻透。钻杆抽出来一量，混凝土厚度不到二十厘米。

路宽骂道：“姓林的是想让咱们去坐牢啊。”

空洞被捅破一个大洞裸露在拱顶。路宽、汤公明、铁龙飞和王大路用手机拍下了破开的场景。路宽说：“谁也不准动，就这样摆着，等林天豹和刘万川从局子里出来，看他咋交代。”

汤公明建议路宽，项目部应该奖励山东工班和河南工班。路宽决定罚林天豹二十万，用罚的钱给两个工班各五万，铁龙飞单独奖励两万。天黑前，路宽派人把奖金和工人加班费，送到了工班驻地。铁龙飞和江水领到奖金并不高兴，回到宿舍跟王大路商量，该如何处理与林天豹的关系。

江水对铁龙飞说：“这个梁子结下了，你以后恐怕不能在他手下待啦。”

铁龙飞对江水说：“咱们三个合伙，你的工班在这边干，我和大路哥带民工去出口干，跟林天豹打对家，总之是对手，咱们要干死他。”

王大路发愁出口林天虎的设备还没拉出去，问咋办。铁龙飞说林天虎回家过年了，按照项目部的安排明晚动手，能留下用的留下，不能用的，拉到洞外搁起来。冯三要干出碴，进场后再跟他谈单价，重新签合同，拉林天虎的设备，他不会带人来挡道。正式接手后，就回老家去办劳务公司营业执照，筹钱添新设备。王大路说已经让家里准备好了三十万。

江水说：“我回去看看能不能筹到两百万，再不行我用房子抵押贷款。”

三个人正私下筹划着，铁龙飞突然接到路宽打来的电话，要他想办法把林天豹和刘万川弄出来，好找他们算账。铁龙飞听了，满口答应去派出所找人。

王大路说：“他那么害你，管他干啥，歇着不好吗？”

铁龙飞说一定要去，这样不仅给了路宽面子，更能掌握主动权。他内心清楚，派出所拘留的最长时限是二十四个小时。林天豹和刘万川也快到被放出来的时间了，何不顺水推舟落个人情，让林天豹知道他是一个以德报怨的人呢。

江水笑着拍了拍铁龙飞的肩膀，说："行，够智慧。光凭这一手，林天豹就别想斗过咱。"

铁龙飞坐上江水开的皮卡车，直奔镇上派出所。江水问："咱还要拉他们回来吗？"

铁龙飞说："不拉，让他们去坐三驴子。"

镇里年味十足，家家户户挂着灯笼，到处都是跑出来放鞭炮的人。皮卡车在派出所门前停下，所里只有一名值班警察，问他们是来找人还是来报案。

铁龙飞说："不报案，来接人。"

值班警察问了很多问题，铁龙飞一一作答，求警察放了林天豹和刘万川。

警察听完后说："嘿！没想到你还是个不计前嫌的人。之前听我两个兄弟说过这事，把他们折腾得够呛。所以，不到点少一分钟都不能放他们走。"

铁龙飞说："到点能放他们出来吧？"

警察说："到点肯定放，不然我们就违规了。"

江水站在一旁没说话。铁龙飞觉得，来这儿本身就是个面子活，不过是走个过场给林天豹看罢了，没必要耽误太多时间，便向警察告别，让警察转告林天豹，就说他和江水来派出所要求放人。警察答复说，今晚肯定放林天豹和刘万川出去。

林天豹和刘万川蹲在禁闭室里，警察也不理他们。从大年三十晚上到大年初一下午，总共送来两顿饭，饭菜极其简单，青菜加肉沫。两个人就这样大眼瞪小眼，躺下又睡不着，无聊得要死。虽然在里面只待了一天，却像过了好几年，尤其听到外面的鞭炮声，更加心烦意乱。

刚进来时，林天豹和刘万川还算安静。时间一长，俩人脾气都见长，一个埋怨，一个骂人。林天豹要扣刘万川的奖金，刘万川跟他讨价还价，让林天豹赔损失费。林天豹气得骂道："这些年我没亏待你吧！我让你报案你就来报啊？你不报咱俩也进不来啊。”

刘万川不服，说：“你非得要给姓铁的难堪，他和你女人没关系，你干吗非要诬陷他呢？老板娘不跟你了活该。”

林天豹后悔莫及，拍着大腿哭道：“我的婆娘哎，你可别离开我，我舍不下你，你要回来啊！”

两人在里面吵一阵，闹一阵，哀号一阵，实在累了，才都闭嘴躺了下来。天黑以后，门外“嘎嘣”一声响，禁闭室里的灯即刻亮了，刺得两人睁不开眼。没一会儿，铁门“哐啷”被打开，值班警察站在门口喊道：“到点了，你们可以走啦。”

林天豹听警察放他们走，连说谢谢，甚至要给警察下跪。警察没好气地说：“谁要你跪，起来起来。出去以后长点儿记性，别再干没谱的事儿，犯了事不抓你们抓谁？”

林天豹和刘万川在警察面前老实巴交，一个劲儿地点着头，嘴里“是！是！”地应着。

警察看了看他俩，又说：“你陷害的那个人姓铁吧？他可是和姓江的专门来这儿，要求放了你们。看看人家怎么做人，出去谢他吧。”

刘万川听说铁龙飞和江水来给他求情，都有点儿不相信自己的耳朵，那一瞬间还有点儿内疚，但转眼又反应过劲儿来，内心很是不服气，警察越说铁龙飞好，他和林天豹对铁龙飞越记恨。两人拿好手机走出派出所，林天豹先给会计打了个电话，催他赶紧开车过来接他们，然后跑到附近的一家小卖部，买了两包大中华，站在路边一支接一支地过着烟瘾，在里面真是憋坏了。抽过几支烟后，他又骂起铁龙飞，对刘万川说：“哼！还让我谢姓铁的。怪我瞎眼，当初拉他来干活。不是他，咱俩至于在局子里待一天吗，早晚得赶他走。”

刘万川道：“说得轻巧。赶他走，到哪儿去招劳务队啊？”

林天豹咂着嘴说：“这里最不缺的就是民工！南来的，北往的，哪个不是出来干活挣钱的？猴子回来，咱就不用他啦。”

会计开着车终于到了，一脚刹车停在了林天豹和刘万川跟前，急火火地跳下来，扶着林天豹，问候道：“老板，在里边没受罪吧？”

林天豹吹牛说：“没有啦！三十晚上好吃好喝好招待，谁敢拿我怎么样？”

会计信以为真，谄媚说：“我就说嘛，你到他们这儿来喝酒，是给警察面子。”

林天豹被会计扶上车，正准备走，这才想起身后还有个刘万川，命他搭辆车回工地。大年初一晚上，镇子街道上很少有车，刘万川根本搭不到，就问林天豹不回工地去哪儿。

林天豹说：“你搭辆摩托车回吧，我得去寨子上接那臭婆娘！”

听到这话，刘万川心里很不是滋味，心里一遍遍地骂他重色轻友，见利忘义。林天豹根本不顾刘万川的感受，让会计掉头朝寨子驶去，把刘万川留在了车后的灯影里。

映秋头天傍晚回到寨子家中，守着阿爸阿妈过年，也始终心神不宁，越想林天豹诬陷铁龙飞这事就越闹心。

初一上午，映春和映红跑去寨子广场上，看年轻姑娘和小伙儿唱歌跳舞。映秋躲在家里大门不出，二门不迈，一会儿想想铁龙飞，一会儿想想林天豹，对比中更加觉得林天豹又丑陋又可怕，厌恶之心油然而生。她也猜到了林天豹一定会来家中找她，甚至会强行接她回工地。可她已经铁了心，不管怎样以后自己要有个营生，就像以前设想的那样，带着映春和映红在隧道出口开个小超市，这样就不会被随意地甩来甩去。

会计开车来到寨子上，映秋家早已关了大门，阿爸阿妈和映春、映红已经睡下。映秋眼皮直跳，心里一直有预感，如果铁龙飞不来，林天豹一定会来。果然，院子大门“咚咚咚”地被敲得震天响，接着就听到林天豹在门外“映秋！映秋！”的喊叫声。

映秋不想去开门，更不想见林天豹。敲门声和喊叫声一停，手机再一次响了。她一次次挂断，林天豹又一次次拨进来。实在烦了，映秋只好接通了电话，但并没有出声。林天豹在手机里叽里呱啦地“喂喂”叫着，然后喊道：“映秋啊，你开门让我进去，求求你，我向你请罪！”

敲门声吵醒了映春。她穿上衣服想看个究竟，便蹑手蹑脚地来到院子门口，透过门缝往外瞧，发现林天豹在外面来回转圈，赶紧跑回屋里喊映秋：“阿姐，他在外面呢，叫他进来见一面吧。”

映秋不给她好脸，说：“不许去开门。”

映春“嗯嗯”地应着退到房间门口，说：“你跟他总得见面才能把话说开呀，我可去开啦。”

映秋始终不搭理，不回应。林天豹在外面急得团团转。一旁的会计也不敢多问。两人正打算走，院子大门忽然开了，林天豹双手顶住门，问：“你姐在吗？”

映春说：“阿姐在。”

林天豹让会计在车上等他，甩开映春一个人跑去了映秋房间。映秋见他进来，抓起枕头朝他砸去，接着“呜呜呜”地哭个没完。林天豹不知道怎么劝，走到床前又拉又拽地安慰，被映秋用力推开。一看劝说不顶用，林天豹连扇了自己几个嘴巴子，说：“秋啊，我刚从派出所出来，被警察抓去关了一整天，年三十到初一没吃没喝，好可怜的。都怪我一时糊涂毁了你的名声，全是我的错。你大人不计小人过，跟我回去吧，我要加倍补偿你，从今以后全听你的。”

映秋通过这件事更看清了林天豹的本性，抬起头说：“以后别来我家，我和你再没什么关系了，你走吧。”

林天豹站在床前观察着映秋的神情，发现她这次像是动了真格。尤其赶他走的语气，没有一点儿缓和的余地，但他仍不甘心，声音瞬间变了调儿，说：“不行啊，别的女人我不要。现在我就接你回去，跟我走吧。”

林天豹一顿花言巧语，搅得映秋略有动摇，但她并不是真心想回，而是另有打算。最后，两人达成协议，既然林天豹说全听映秋的，映秋便提出要带着映春和映红去隧道工地开超市。林天豹答应了映秋的这一要求，只要不跟他断绝往来，开超市的费用全部由他出。

会计开车拉着林天豹从寨子回到工地时，已是满天星斗。寻思一路，林天豹想，为了近期的工程，还是得去给铁龙飞道个歉。可他转遍整个宿舍区都没找到铁龙飞，宿舍区的灯都是黑着的，打开手电筒往里一照，发现民工全跑光了。林天豹急得原地打转，跑去宿舍找到厨师，问：“两个工班的民工跑哪儿去啦？”

因为每天都要早起，所以两位厨师睡得都早。林天豹像死了爹似的在门外叫唤，好不容易才把他们吵醒。其中一个厨师眯缝着眼睛，说：“吃饭的时候都在，不知他们上哪儿去啦。”

铁龙飞和江水从镇派出所回来，没有回工地，而是开车去了项目部。按照之前商议的方案，那晚要动手清理隧道出口的设备。他们在路上打电话给王大路和河南工班的工长，让大家带上工具赶往隧道出口。

这是一次不得不展开的秘密行动。王大路带着两个工班的人，关掉宿舍的灯后偷偷沿着山路朝隧道另一头进发。铁龙飞和江水到达项目部时，路宽、汤公明和项目部留下过年的其他人员，站在院子里已经整装待发。

恰在这时，从院子外边开进来一辆小轿车，从车上跳下来的是冯三，这大大出乎路宽和汤公明的意料。路宽以为当晚的行动被谁走漏了风声，四下看了看众人。冯三腿上和脚上沾满了泥，还没等路宽开口，急匆匆地说：“不好啦！隧道出口塌方啦，你们快去看看吧。”

听到这个消息，在场的人极为震惊，路宽问塌了多少？冯三估摸着称有几百立方米，整个掌子面被涌水浸泡多日，连同十几米的拱顶都塌下来了，初衬钢拱掉落一地。

面对这个坏消息，路宽顿时急哑了嗓子，问：“里边有人吗？”

冯三说：“我的人撤出来啦，里边两个看设备的是林天虎的人。”

汤公明问铁龙飞：“你们的人去出口了吗？”

铁龙飞答道：“正在去的路上。”

“通知他们再快点儿。”路宽挥手朝众人喊，“快上车，去出口。”

弯弯曲曲的施工便道上，闪烁着一溜忽高忽低的车灯，五六辆车组成的小型车队，碾过铺满砂石的路面朝山外驶去。两侧的高山在黑暗中隐匿成模糊的黑影。铁龙飞的皮卡车行驶在最前头，江水把油门踩到了底，遇到一道土埂“噌”地飞了过去，后面的车也因速度太快，都跟着一腾而起，又“嘭”地落在地上。

江水双手把牢方向盘，直视着前方说：“这下完了，咱们接手头一件事就要战塌方，全怪林天虎那个混蛋。”

铁龙飞坐在副驾驶上，右手紧抓门把手，脸色十分凝重，告诉江水不论谁干出口的活，都必须先抢塌方，赶紧将山东工班所有民工调往出口。江水说如果人手不够，他的工班也过去，一起把出口的任务接下来。

四十多分钟的山路，把路宽和汤公明颠簸得浑身酸疼。车队到达时，王大路带领的两大工班也刚赶到。他们聚集在洞口，边聊天边等铁龙飞和江水，根本不知道洞内发生了什么，突然看到两个头戴安全帽的民工，惊慌失措地从洞里跑出来。

小铁匠盯着那俩人，问铁松儿："哎，他们从哪儿蹦出来的？"

铁松儿一边摇头一边喊："哎，伙计，跑啥呢？"

两个人不停步，穿过人群仍往外跑，指着身后的隧道说："里边塌了，差点要了我俩的命。"

"塌方啦？！"

民工们吃惊地相互看着，有些惊慌失措。

江水的皮卡车打头，第一个到。大家看到来车了立马闪到两侧，让开了一条道，江水径直朝洞里开去。铁龙飞落下车窗玻璃，朝王大路和铁铮骨等人挥手道："快进去，快点儿进去！洞里塌啦。"

大家听到铁龙飞的喊声，扛着工具就跟车队向隧道里跑去。小铁匠和张二奎要照顾张善，三人又落在了后面。在距掌子面一两百米的成洞处，车辆停成了一排。路宽、汤公明、铁龙飞和江水上前一瞧，整个断面都塌了，把洞子堵了个严实，前面的照明灯和三管两线，已被塌下来的巨石砸断。初衬好的钢拱拧成麻花悬在空中，大片拱顶怪石嶙峋。随着塌方涌出来的泥水，已经淹到了开挖台车的下部，好在林天虎的装载机和钩机停在成洞处没有受损，只是小型抽水机掩埋在了泥石之中。从塌落的石缝间隙里，一股股裂隙水喷涌而出，在塌体前形成一片积水。

望着眼前一片狼藉的塌方场景，路宽、汤公明、铁龙飞和江水满脸愁云。铁铮骨、铁子安、铁松儿和小铁匠等人没见过这阵仗，跟紧随其后进来的冯三一样，望着塌体紧张得不知所措。

路宽观察完拱顶，说："上面还有可能再塌，先把危石处理掉。"

汤公明问铁龙飞："你们工班谁干安全员？"

张善肩上扛着撬棍，挤到前面自告奋勇地说："我去。"

铁龙飞戴好安全帽，从张善手里抢过撬棍，接过手电筒说："你腿脚不利索，到后面去。江水，咱俩上。"

路宽安排工程部长赶快带上人到对面隧道去拉湿喷机器，对塌体进行全封闭。随后指定汤公明负责，让铁龙飞和江水对两个工班的民工进行分组，立即启动出口的材料加工和搅拌站生产。

江水毫不含糊，从张二奎手中抓过撬棍，跟在铁龙飞身后蹚着泥水爬上掌子面，王大路、铁铮骨和铁子安也手抓撬棍上去了。铁龙飞站在掌子面乱石堆上，仔细看了看拱顶，朝王大路喊：“人多更危险，你们都退回去。”

王大路、铁铮骨和铁子安站在塌方体下不动。路宽和汤公明打着强光手电筒蹚水过来，示意王大路：“你们退回去，我们四个先处理。”

王大路只能服从命令，对铁铮骨和铁子安说：“下去，走啊！”

三个人蹚水退回到了塌体后。其他人有的跟着工程部长出洞去准备抢险物资材料，有的去启动洞口混凝土搅拌站生产。小铁匠、张善和张二奎在塌体前原地待命，想去帮忙却帮不上，只能望着铁龙飞和江水往掌子面最高处爬去。两人用手电筒一照，头顶上方正是塌方形成的锥形大洞，足有五六米高，面积达十多平方米。塌落时的巨大应力，将顶部初衬焊接好的钢拱破坏性地撕裂扭弯了。两侧边墙因掩埋在泥石中，看不出变形下沉程度。

根据经验，路宽和汤公明基本能够作出判断，一定是边墙拱角搭接的钢筋锈蚀严重，失去了应有的承载力，加之山体下压才导致塌方。

铁龙飞站在能举手够到的部位，看准头顶上方一块悬空的较小危石，用撬棍连捅两下，危石“哗”地掉落了下来，砸在他跟前的乱石堆上。江水与他背靠背，举起撬棍撬动另一侧拱部的危石，只听“咚”的一声，危石贴着他的脚面，重重地砸在塌体上，接着滚到下面的积水中，击起的泥水溅了小铁匠和铁松儿一身。

撬完几块危石后，路宽和汤公明打着手电往上瞧，发现林天虎劳务队先前初支好的拱顶，完全与山体分离开了，这意味着塌体段落所有初支，必须拆掉重新做。

四人踩着乱石，刚从站立的位置移动到另一侧，头顶上方传来一阵吱吱嘎嘎的响声，只见一股裂隙水从顶部“哗”地冲下来，碎石和黄泥也开始往下掉。

铁龙飞知道这是二次塌方的前兆，凭直觉认定拱顶马上就要塌下来，此时的路宽离塌落的位置最近。铁龙飞迅速反应，用身体挡住上方坠落的泥石，用力将路宽推了个跟头，躲开了危险之处。眨眼工夫，拱顶格栅在间隙水和泥石的共同作用下，再次被撕裂，猛然塌落。铁龙飞的右脚还没来得及往回抽，就卡在了乱石堆里，被尖锐的石块划得鲜血直流。

铁龙飞抽动几次右脚未果，又一拨泥石被间隙水冲刷下来，他来不及躲闪，倒在了塌体乱石堆上。一旁的路宽、汤公明和江水看到这一幕，都为他捏了把汗，急忙踏着乱石围过去，扒开乱石拽出他的右脚。铁铮骨、铁子安、小铁匠、铁松儿、张善和冯三等人，眼看着铁龙飞倒在掌子面上，喊着他的名字，慌里慌张地蹚过积水爬上去帮忙。

“快！架他下去。”路宽喊道，“都下去。”

铁龙飞为救路宽右脚受了伤，被铁铮骨等人架到了成洞处的安全地段，蹲在混凝土打成的垫层上，疼得龇牙咧嘴，满头冒汗。路宽和汤公明等人围在他身边，小铁匠和铁松儿想脱掉他的鞋看看伤势，他一把挡住小铁匠，说：“别动，我自己脱。”

铁龙飞缓缓地脱掉鞋，右脚脚面仍在流血，周围肿得发紫。路宽从口袋里掏出湿纸巾，先帮他擦去血迹，然后脱下身上的衬衣，扯成布条捆在他的脚面上止血。

汤公明说：“快送去医院。”

铁龙飞强忍着疼痛，说：“不用不用，等清完设备再去。”

铁龙飞真是个倔驴脾气，坐在地上问冯三哪些是林天虎的设备。冯三说除了台车，剩下的都是。路宽听后，嘴里不停地骂着林天虎，指示汤公明去调装载机和吊车来，把所有设备拖到洞外去。等装载机和吊车开进洞，跑出去的那两个看守设备的民工冲了进来，挡在装载机前，说：“你们不能拖，要拖我俩死给你们看。”

冯三上前劝，说：“你俩眼睛蒙着布转圈，瞎了啊？看没看见隧道都泡塌方啦？再不滚，我废了你们。”

两个民工双手扒着装载机，死活不肯放，说：“不能拖设备，不然我们没法给老板交代，就是打死我俩，也不准你们往外拖。”

路宽愤慨地走到那两个人面前，抬手就是两个嘴巴子，骂道：“这就是我给你们的交代。来人，把他俩扔上车，送到镇派出所去。”

王大路、铁铮骨、小铁匠和铁松儿赶紧上前去掰他们的手，嘴里不停地骂道：“奶奶个熊！是不是脑袋让驴踢啦？隧道塌了，我们队长也被砸伤了，再不松开把你们轧成肉馅包饺子下酒。”

那两个人沉着身子使劲往下坠，嘴里嗷嗷地叫着，双脚在地上拉出两道印，安全帽被碰掉滚出好远。

江水说：“别跟他们废话，连人带设备一起拖出去。”

王大路、铁子安、铁铮骨、小铁匠和铁松儿抓住这两个人就往外拉。张善和张二奎搀扶着铁龙飞，慢慢朝停在一旁的皮卡车走去。路宽、汤公明和江水指挥着民工，将林天虎留在洞里的设备用装载机和吊车拉到了洞外。

整整忙活了一夜，林天虎的设备全部被拖出隧道，搁在了洞口空场上，清理设备的难题这才算是解决了。等到监理和设计代表赶到现场察看后，湿喷机械手才将塌方后裸露的掌子面全部封闭，等待拟定处理方案，报业主和设计院审批。

铁龙飞被江水、汤公明和小铁匠送到镇医院，先照了 X 光片，医生看完片子得出结论，说：“右脚趾骨骨裂，养好了再着地。”

医生当即给铁龙飞的右脚打上了石膏板，用纱布绑紧，由江水和小铁匠架出了医院。几天后，江水开车去镇子上买回一根木拐，辅助铁龙飞恢复脚伤。

斜井出现空洞，出口塌方，这一连串的事情让路宽和汤公明火冒三丈，忍无可忍。从出口回到驻地已近天亮，两个人窝了一肚子火，顾不上休息，直接去了林天豹的办公室。林天豹在局子里吃不好，睡不好，回来又发现山东工班和河南工班的民工不知去向，就把刘万川叫到办公室，转着圈骂了铁龙飞和江水两个钟头。刘万川心眼转得快，怀疑工班的人去了隧道出口，打电话给林天虎询问出口情况。

林天虎腊月二十九才跟项目部办完计价结算，争议项先搁置了，等着之后讨价还价，前面的钱一到账，他便不辞而别，开着车日行千里回老家过年去了。回到家后，除了跟陈春山和几个干工程的老板喝酒、打麻将，无所事事，整日醉生梦死，没有一天是清醒的。

刘万川打来电话的时候，林天虎正和一帮老板玩牌。看到刘万川打来的电话，并没有立马接，玩完一圈后才回拨过去。出口掌子面塌方的事，林天虎并不知道，马上打电话问看守设备的民工，得知塌方了，吓得他第二天一大早立马往工地返。

刘万川向林天豹报告了民工的去向。林天豹听后很震惊，说：“你说啥？出口塌方啦？”

刘万川说："塌啦。你弟弟不在，咱们要不要去出口看看？"

林天豹思考良久，低着头摆摆手，说："不能去。虽然跟林天虎是亲兄弟，但他是他，我是我，咱不能往里掺和，不然说不清啦！"

刘万川点点头说："行，老板，听您的。"

刘万川离开后，林天豹脑子乱成了一锅粥，肚子也咕咕地叫个不停，就喊厨师起来开小灶做夜宵。在派出所这两天，让他实在是难熬，身体和精神上都很疲惫。可躺在床上又睡不着，两眼直愣愣地盯着天花板，不是想出口塌方，就是想斜井复工，还惦记着映秋，翻来覆去一个钟头，才迷迷糊糊睡去。

天亮时分，林天豹还在睡梦中，突然被"咚咚咚"一阵敲门声惊醒。他懒得起床，蜷缩在被窝里喊："敲啥敲！我在睡觉！"

汤公明站在门口用力砸门，喊道："林天豹，你还有心睡觉？快起来，路经理来啦。"

听到路宽的名字，林天豹像受惊的小鸟，忽地从床上爬起来，慌里慌张抓过衣服往身上套，顾不得穿袜子，趿拉着皮鞋忙去开门，邀请路宽和汤公明进屋。路宽累了一夜身感疲乏，脸上更带着厌烦，见到林天豹并不理会，进屋坐在茶台前，抓起紫砂茶杯"嘣"地扔到了茶筐里，说："老林，你还真睡得着，在局子里没睡够吗？"

林天豹偷偷地瞄着路宽和汤公明，揣摩着他俩的心思。路宽这么发问，他以为是开玩笑，回答道："哪睡得着啊！心里慌着呢。"

汤公明讥讽道："给铁龙飞安了个罪名，把他弄进去了你还慌？"

林天豹直挺挺地站着不敢坐，说："他出来了啊，可我进去啦！"

路宽指着林天豹说："该！你整人家，人家还去派出所做工作救你俩，你说人的差距咋这么大呢？要换别人非得要求判你几年。你老林一大把年纪了，咋净干些没屁眼的事啊！"

林天豹叹着气，装作很后悔的样子，说："怪我！也怪他。"

汤公明反问道："也怪他？你说说，怪他啥？"

林天豹摇头摆手道："不说啦！不说啦！"

路宽说："不，要说。我们一大早来敲你门，就是要把事情跟你讲清楚。我问你，你知道昨晚隧道斜井出了啥事吗？"

林天豹慢慢吞吞地说：“听说出口那头出塌方了。”

汤公明说：“不说那头，说你这一头。”

“我这头？”林天豹一阵发蒙，很淡定地说，“斜井能有啥事？我和刘万川在局子里，不知道哇。”

路宽站起来说：“假装不知道是不是？那你跟我俩走。咱去洞里看看，你和刘万川请来的工班把这板二衬干成啥样了。”

林天豹顿感大事不好，心中猛然一颤，跑去喊醒刘万川，开车跟着路宽和汤公明进了隧道。王大路和小铁匠回到宿舍照顾铁龙飞，小铁匠端着脸盆出来倒洗脸水，抬眼看见两辆越野车开进了隧道，转身进屋说：“路经理和林天豹的车进隧道啦。”

铁龙飞坐在床上，右脚露在被子外面，说：“经理带林天豹看空洞去了，你俩快去看看。”

王大路和小铁匠来到二衬台车跟前时，路宽、汤公明、林天豹和刘万川正从台车上下来。路宽嘴里嘟囔着，转身指着拱顶裸露的空洞对林天豹吼道：“空洞是你们故意留的！咋的？想挖坑讹项目部对不对？那我先罚你二十万。”

空洞整改一刻都不能耽误。路宽对林天豹和刘万川下达了工期要求，从初二当天开始复工，要赶在业主、设计和监理正式上班之前完成空洞回填，不能走漏风声。如果回填不密实，处理不好，就让林天豹跟他弟弟林天虎一样自己退场。

路宽并没在意说这些话有何不妥，更没想到林天豹从他的一席话里听到了机会。作为总包方，最怕现场出安全质量事故被业主和上级知道，这个把柄被林天豹死死攥在了手里。

作为项目副经理兼总工，汤公明更气愤，说：“留那么大面积空洞，简直坑人啊。既然你们要砸我们的饭碗，那我们就先砸你们的饭碗。按经理说的进行返工回填处理，再填不实把你俩填进去。”

林天豹和刘万川涨红着脸不敢吭声，发现王大路和小铁匠不知啥时候跟来了，气急败坏地指着王大路，说：“你们害我。谁说的？”

王大路理直气壮地说：“我们大伙儿说的。你们工程作假，偷工减料，还不兴我们说吗？”

路宽说："我要求内部旁站监理，谁举报质量问题就奖励谁。就你老林，咋学的跟你弟弟一样昧着良心赚钱呢？"

林天豹狡辩道："我真不知道呀，是刘主管负责现场，他没跟我说啊！"

明明是林天豹安排的这些事，可当事情被捅出来后，却把责任推得一干二净，要让刘万川背黑锅。刘万川一听顿时来了气，干脆把话挑明："老板，我可没有那么大胆，都是按你要求才做的，你咋不承认呢？"

林天豹听刘万川这么说，颜面尽失，一脚将他踹倒，破口骂道："奶奶的，你咋管的现场？还把责任推我身上。"

汤公明说："老林，你可真是戏精，演得太好啦。"

林天豹说："汤总啊，我可没演戏啊，我说的都是真的。"

路宽说："你这张嘴没白长，敢当着我的面儿说瞎话，再瞎说信不信我加罚你二十万？"

林天豹最怕罚钱，只要不在钱上跟他计较，当孙子喊祖宗都行。路宽此话一出，林天豹立刻㞞了，赶忙点头认错，表态称一定返工重打。路宽和汤公明一走，林天豹被气得从台车下抓起一根钢筋，边骂边追着刘万川猛打。

刘万川"嗷嗷"地叫着往洞外跑，跑几步就朝后面看看，生怕林天豹的钢筋头子扎到自己，嚷道："你叫我干的，我又没去举报，再打我就不干了，你愿找谁找谁。"

林天豹追出隧道，没打着刘万川，自己却跑得上气不接下气，蹲在值班室门口歇了好一阵子才缓过来。

王大路和小铁匠跟在他身后，说："你打他做啥哩？要想人不知，除非己莫为，那个空洞不返工填实，我们工班没法接下一道工序。"

林天豹用手中的钢筋拄地，没有正面回答，斜着脑袋瞧王大路。刘万川跑得不知踪影，王大路随后也走了，就剩小铁匠在后面。林天豹逮着小铁匠问铁龙飞在哪儿。小铁匠告诉他，铁龙飞脚受伤在宿舍休息呢。林天豹气得脸色铁青，拄着钢筋直起身来，慢慢往山下走。

小铁匠跟在他身后，说："你惹阿姐生气了，出来后没去寨子上看她吗？"

林天豹说："我才不去看她呢。臭婆娘不回来，还想让我用八抬大轿去接她啊？"

小铁匠讥讽道："你用八抬大轿去抬，她也不一定回来啊。"

林天豹追问小铁匠，到底是谁去项目部举报了二衬空洞。小铁匠摇头称不知道。林天豹心里明白，王大路和江水不可能去举报，只有铁龙飞跟自己有过节，并且曾经说过要去项目部举报的事儿。于是，又开始满嘴污言秽语骂着铁龙飞，扬言要去找他理论。

铁龙飞着实很累，很想睡一觉，但右脚疼得厉害，只好躺在床上琢磨事。先想着怎么处理出口塌方，后想起要回家筹钱买设备的事，令他心急如焚，最后猜测林天豹和刘万川知道空洞被举报后会是什么样的反应，万一来兴师问罪，他该怎么应对。

王大路回到宿舍，把路宽和汤公明当场做出的处罚决定和要求，给铁龙飞讲了一遍，并说林天豹接下来肯定会追查是谁去项目部举报他的。铁龙飞很坦然，告诉王大路，不管谁问都说是他一个人去举报的，和别人没关系，让林天豹尽管来找他。

两个人正在屋里说着，只听小铁匠在门外嚷道："林老板，你追查谁举报的干啥啊？还不如回去歇歇准备复工呢。"

"不行！"门外传来林天豹的声音，"我要弄清楚谁害我。"

铁龙飞听到林天豹和小铁匠的对话，催王大路赶紧去开门。王大路拉开屋门，发现小铁匠站在门口，双手拦着林天豹不让进。

铁龙飞坐起身喊道："铁匠躲开，让他进来。"

林天豹手里提着钢筋头进屋，站在床边不说话，用充满仇恨的眼神盯着铁龙飞。小铁匠想从背后拽掉林天豹手中的钢筋头，但钢筋头被抓得太紧没拽动，还被林天豹扭头瞪了一眼。

铁龙飞冷静地说："老板，你是来看我，还是来打我？"

林天豹举起钢筋头，指着铁龙飞说："过年本来不想跟你吵，可你让我进了局子，还去举报我，害我被罚二十万，我要问你良心何在？"

铁龙飞告诉林天豹是他一个人去举报的，因为林天豹陷害他在前，所以他明人不做暗事，也曾警告过林天豹，如果不把二衬空洞重新回填密实，山东工班的民工不会接着往下干，更不会容忍林天豹和刘万川埋这样的地雷，谁酿的苦果谁来吞。

至于林天豹和刘万川被关进派出所的事儿，铁龙飞更不客气地说："是你们自己把自己弄进去的，我反而被你们设计的陷阱关了一天，要说不讲良心，是你林天豹不讲，我不计前嫌还去派出所求警察把你们俩放出来。”

林天豹被铁龙飞呛得一时无语，十分懊恼。王大路和小铁匠站在旁边默不作声。良久，王大路说：“你追后账有啥意思？我们凭苦力挣钱，你不能坑我们大伙呀。路经理让明天复工，要干咱们就把空洞填了打好，以后别再干坑人的事啦。”

林天豹强词夺理，说：“铁龙飞，我没你狠。你不但抢我的女人，还让我破财，我是赔了夫人又折兵哇。”

铁龙飞抓起床头的茶杯“啪”地摔在地上，骂道：“混蛋！你可以不珍惜映秋，但不该再侮辱她。她跟你这么久，你想想应该如此待她吗？”

林天豹说：“这有什么，我跟她的事儿用不着你操心。”

铁龙飞说：“哼！操心？我吃饱没事干撑的啊。再说一遍，我没占过映秋半点儿便宜，你不信给我滚蛋！”

王大路听不下去，指着林天豹的鼻子说：“就你这德行，还当老板？真不是人哩。”

小铁匠说：“哼！阿姐早该离开你。你有钱有什么了不起，谁稀罕你的臭钱。”

林天豹被骂得灰头土脸，想赶快出去，却抬不动脚，说：“我用不起你们！那从今天起，终止咱们的劳务合同，你们另寻出路去吧。”

铁龙飞、王大路和小铁匠没料到林天豹会来这一手，终止合同意味着所有山东工班的人都要失业，一时竟不知道接下来该怎么做。

# 第十二章

林天豹的一道逐客令，搅乱了大家的情绪。

铁龙飞和王大路问林天豹："你说的是真的？"

林天豹毫不含糊地说："是真的。我不能再用你们了。猴子工班的民工马上回来，你们哪来的回哪去。"

铁龙飞、王大路和小铁匠，被林天豹的突然解约惊得不知所措。林天豹走后，铁龙飞坐在床边一直发呆，不停地用拳头砸床沿。王大路和小铁匠更是忧心忡忡，问合同终止后大家没活干咋办。铁龙飞想下床，可脚上打着石膏板，动弹不得，就让王大路去叫江水来。

江水的宿舍在后面那排彩钢房，从隧道出口抢险回来，他还在呼呼睡觉，不知道铁龙飞和林天豹起了冲突。王大路"嘣嘣嘣"敲他的门，喊道："兄弟，龙飞叫你过去，快起来吧。"

江水眯缝着两眼看了看表，已是上午十点半，嘴里应着"来啦！来啦！"，手里找着衣服。

江水拉开门问："咋啦？"

王大路急切地说："龙飞有事找你商量。"

江水顾不得洗脸刷牙，跟在王大路身后，去了前排铁龙飞宿舍，见面问出了啥事儿。铁龙飞把刚才跟林天豹发生的冲突讲给他听，说："林天豹要赶我们走，没缓了，你有啥招？"

江水愕然，说："赶你们走？太欺负人啦，我去找他。"

铁龙飞拉住他，说："别去找，更不用求他。我想带工班的弟兄们离开这儿，能接出口的活最好，实在接不下来，我带大家去别的工地试试。”

“你脚这样咋去？”

“即便是让人抬着，我也要离开这里。”

江水以为铁龙飞联系了其他工地，就问想去哪儿。铁龙飞摇着头说：“还没想好，出去试试，万一找不到活儿，也不能让大伙儿跟着我饿肚子，我得先回去办公司，办完按咱们事先商量好的股比，另打锣鼓重唱戏，从头再来。”

王大路觉得没有别的办法了，只能这样，鼓动江水再去跟林天豹说说。

江水说：“你们哪里也别去，就留在这儿，咱非把隧道出口这活接下来不可。你们等着，我去找林天豹。”

江水带着怒气转身走了。铁龙飞情绪有些低沉，嘱咐王大路和小铁匠，不要对其他人提起有关解除合同的事儿，以免人心惶惶。看铁龙飞心情不好，王大路拉着小铁匠让他和张善去寨子上找映秋，请她出面找林天豹。小铁匠当即答应，跑去喊张善，见到张善啥也不提，光让他跟着去寨子上。

王大路蹲在门外抽烟，屋里就剩铁龙飞一个人。他算算手里的积蓄，能够维持这些人的生活一些时日，但不知之后带着这帮跟他出来的人该去哪儿，想着想着心头一酸，眼泪打转。林天豹在气头上心血来潮，做出了终止劳务合同的决定，回办公室的路上，心里一直犯嘀咕，可已经没有挽回的余地。路过刘万川宿舍时，看见这家伙正在收拾行李，意识到他可能要溜，想冲进去夺他手里的衣物。

刘万川见他进来，说：“你快给我结算工资，我要离开。”

林天豹掀翻皮箱，拽住他的衣角，说：“你个熊仔，我都不生气了，你还当真啊，快放下跟我走。”

刘万川用挖苦的语气说：“你当然不生气了，要不是跑得快，我就被你用钢筋头子扎死了，还是保命要紧，放我走吧。”

林天豹噘着嘴“啧啧啧”连咂三声，说：“你咋越说越来劲了？干这座隧道你离不开我，我也离不开你，我对你的好全忘啦？”

“没忘啊，可你翻脸不认人，让我后怕。”

刘万川说完，不再跟林天豹拉扯。他原本也没真想离开，只不过做做样子，吓唬吓唬林天豹而已。亦真亦假瞎聊半天，刘万川这才算平息了心中的怨气，跟着林天豹去了办公室。林天豹把刚才的事情说给了刘万川听：“我终止合同，把铁龙飞工班炒了鱿鱼。”

刘万川很吃惊，说：“老板，你这一招不灵啊。”

林天豹说：“不灵也得灵！不炒他们鱿鱼，咱们永无宁日。”

刘万川说：“你把他们开了，项目部催着复工谁来干活呀？”

林天豹自有主意，说：“我打算让江水工班的人顶上，再加上猴子工班的人差不多能行，话已经说出去了，劳务合同解就解了，咱再去招新的工班，快帮我拟份解约书。”

刘万川想想自己在派出所受的委屈，觉得和铁龙飞解除合同也在情理之中，他建议林天豹先找江水好好谈谈，甚至可以给大家增加点儿工资来稳住队伍。林天豹说，一个空洞被项目部罚掉二十万，要增加工资，只能意思一下。刘万川同意他的观点，在电脑前开始草拟起解约书来。

林天豹和刘万川正在商量怎样修改条款，只听“哐啷”一声，屋门被江水踹开，俩人被这响声吓得一激灵。林天豹赶紧关掉电脑屏幕，笑脸相迎，说：“江水，我正要找你，没想到你自己来啦，快坐。”

江水进屋站着不坐，直截了当问林天豹为啥要终止跟铁龙飞的劳务合同。林天豹笑嘻嘻地说：“你应该知道的，我吃了他不少苦头，实在用不起。他向路经理举报二衬留空洞，让我损失二十万现钞，他的工班来后，才给我挣了多少钱？赔光啦。”

江水义正词严地说：“我不管你挣没挣钱，作为协作工班，我只想他们留下来，不然我也撤了。”

江水的话，犹如一颗深水炸弹，把林天豹和刘万川炸蒙了。刘万川解释称终止与铁龙飞之间的劳务合同，绝没有半点儿冲着江水工班的意思，劝他不要介意。林天豹在旁边随声附和道：“兄弟，你是你，他是他。你出来是为挣钱，不要为他担心嘛。”

江水说：“你们做错事，为啥要嫁祸给他？都是出来挣钱的人，说不清楚，我也会跟他一块走。”

面对江水的质问，林天豹和刘万川想不出合适的理由回答，就说铁龙飞给他戴了顶绿帽子，这让他很窝火。

江水瞪着林天豹，说：“林老板，我见过不要脸的，没见过你这么不要脸的。你女人为啥不跟你回来？嫌丢人。到现在还在侮辱她和龙飞，我看你俩在局子里待的时间太短啦。”

面对江水强硬的态度，刘万川乱了阵脚，劝江水别再纠缠解约的事情，复工后给他上调民工工资。江水摆了摆手说不需要给他们增加工费，如果非要开了山东工班，必须给铁龙飞手下的上百号人找好出路，否则他就将复工搁置下来。

被逼无奈，林天豹不得不使出缓兵之计稳住江水，说：“让我再考虑考虑。”

江水对林天豹的话信以为真，说自己等着听信。回到宿舍，江水向铁龙飞复述了林天豹的意思，铁龙飞和王大路不信，认定留下来的可能性几乎没有，催江水开车去项目部，要当面找路宽和汤公明报告。

铁龙飞拄着拐，被江水、王大路架上车，向项目部开去。见到他们的人感觉今天和往常不同，铁龙飞面色凝重，见谁都没好气，爱搭不理。铁松儿很会看脸色行事，便跑去铁子安和铁铮骨宿舍问个究竟。

铁子安并不知情，说：“真是怪啦，龙飞和大路哥这是咋啦？瘸着脚还出去。”

大家开始七嘴八舌地议论纷纷，但没有人能知道接下来会发生什么。再加上小铁匠和张善一大早跑去寨子上，大家只能猜想铁龙飞和林天豹之间一定发生了什么大事。

铁松儿说：“姓林的不会因为空洞的事儿把我们开了吧？”

铁铮骨不相信，说：“那哪会啊，我们走了谁来帮他复工？”

铁子安说：“嗯！嗯！肯定还是因为那个女人进派出所的事儿呗。”

几十号民工就这样聚集在宿舍门外，怀疑着、议论着、揣测着，谁都没有想到事情已经发展到了这么严重的地步。铁松儿多了个心眼儿，打电话给小铁匠试探虚实，问他和张善去寨子上做啥。小铁匠回复说去拜年。他不信，又问是不是有啥事儿瞒着大伙儿。小铁匠严守铁龙飞交代的秘密，故作轻松地戏骂道：“你精得跟猴似的，啥事能瞒得住你？快挂了吧。”

小铁匠和张善在寨子广场旁边的超市里，买了些拜年的礼品，两人各提一份去了映秋家。过年期间，大家都闲在家中无事可做，见他俩来拜年，映秋家里人很高兴，忙前忙后沏茶倒水，还拿出麻糖、瓜子招待他俩。聊天中自然说到工地，映秋故意回避林天豹和铁龙飞的话题。小铁匠把映秋拉到里间，将铁龙飞抢险受伤和工地上发生的事细说给她听。映秋没想到这几天发生了这么多事，她深知林天豹的德行，说他啥事儿都做得出来。接着，问小铁匠下一步想怎么办。

小铁匠说："你能去找找林天豹不？我们这么多人还想接着干，挣口饭吃哩。"

映春从厅堂走到里间门口，悄悄地听着小铁匠和映秋的对话。当听到林天豹要开掉山东工班时，心里跟着起急，想着要是那样，她和小铁匠可能就要分开了，于是迈过门槛闯进来，说："阿姐，不能让姓林的开掉小铁匠他们，你若不去找他，我去。"

张善在厅堂里跟映红也聊到这事。映红听后同样跟着揪心，起身走进里间，说："阿姐，我们陪你去找姓林的，他不能这样做啊。"

映秋没有立即表态，一直在沉思，之后让小铁匠、映春和映红到厅堂里去，这可急坏了映春，说："阿姐，你到底去不去呀？"

映秋被映春步步紧逼，说："我的名声都这样了，到工地怎么见人？"

映红说："阿姐，你一没偷，二没抢，没做错啥事儿，咋就不能见人了？再说，你介绍我和二姐跟他俩认识，姓林的开了他们，我和二姐到哪去找他俩？"

映秋最终没能抵挡住映春和映红的请求。饭也没吃，便跟着小铁匠和张善搭乘着摩托车去了工地。会计手里拿着一沓资料从宿舍出来，最先看到映秋，紧跑几步笑脸相迎，说："哎呀呀，你终于回来了，老板早盼着你来呢，我陪你去见他。"

林天豹正在办公室跟刘万川研究怎样解除合同的事。刘万川还是担心缺人无法复工，可林天豹说："那就等猴子的人回来再复工！你催他了吗？"

刘万川说："催了呀！还得一周。"

林天豹不急不忙地说："必须趁此机会找项目部要钱，这种事闹得越大越好，路宽和姓汤的怕业主知道，咱们不怕！"

刘万川说："计价款全付给咱们啦？"

林天豹说："你平时看起来很聪明，这会儿咋成笨蛋啦？计价款才付百分之八十五，还有百分之十五押着呢，没钱可以先借啊！"

这是在一些工地上包工头常玩的套路。总包方很多单位都被这种套路套得紧紧的，不给钱就停工，清不掉，催不动，叫天天不应，喊地地不灵，还真拿他们没办法。

会计走在前面，敲开了林天豹的房门。林天豹一看是他，显得极不耐烦，跟刘万川继续说解约的事儿。

会计指着门口说："老板，你瞧谁来啦？"

林天豹和刘万川抬头往外看，忽然瞧见映秋站在门口。林天豹激动得快要跳起来，急火火地从茶台后面转出来，走到门口迎她，嘴里"秋啊秋啊"地喊着，说："你来咋不说一声？我开车去接你啊！"

映秋板着脸进到屋里，坐在茶台边一声不吭。会计见状，对林天豹说："老板，你跟老板娘聊，我回头再来。"

刘万川喊了句"老板娘"，起身也想往外走，被映秋叫住，说："刘万川，你别走。"

林天豹抑制不住兴奋，仰头对刘万川说："叫你坐，你就坐嘛！"

刘万川重新坐到茶台前面的小凳子上。林天豹对映秋百般殷勤，倒完水又问她吃饭没有，要不要安排食堂做些好吃的端过来。

映秋打断他说："别瞎忙活了。我来想问你们，为啥要开了山东工班？"

林天豹面对映秋的质问，心生不快，布满皱纹的老脸霎时拉了下来，酸溜溜地说："噢，原来你不是为我回来的，而是为了铁龙飞才来的呀。"

映秋极其厌恶地骂林天豹小肚鸡肠，称不是冲铁龙飞而来，而是为山东工班的民工来的。"他们没犯错误，干活也好，凭啥一句话就要开了人家？他们走后谁来复工？"映秋的话句句在理，可林天豹和刘万川听着却非常刺耳。

刘万川眨了眨眼皮，说："他们捅了大娄子，举报老板二衬留空洞，被罚了二十万，就这还能用他们吗！"

映秋问："你们为啥要留空洞？不就是想坑人吗？"

林天豹不爱听，说："有空洞也不是我和刘主管干的，是二衬那帮人做的，事先没告诉我们啊。"

映秋"哼"了一声，说："扒瞎。我不管你们什么理由，得把他们留下来。如果你想让我跟着你，就不能让他们走，我已经把映春和映红介绍给小铁匠和张善了。”

刘万川听到这个理由，有些吃惊，歪着头瞧着林天豹，说：“老板，工程是你的，用不用由你来定。”

林天豹说：“秋啊，我跟刘主管已经拟好了解约书，肯定不能再用铁龙飞这些人啦。如果为了你的两个妹妹，想留小铁匠和那个跛子，可以让他俩单独留下来，跟猴子的工班干。”

映秋说：“我要求的是全留下来，不光是小铁匠和张善。你把人家从山东招来，没干几天又给开掉，这么多人到哪儿去找饭吃？”

映秋的坚持，引起了林天豹的反感，没说几句俩人便争执起来。林天豹坚持要开掉山东工班，映秋坚持要让他们留下，刘万川在中间调和也不顶用。林天豹越说越急，又开始埋怨映秋向着铁龙飞，诬陷她背地里跟铁龙飞肯定有一腿。

自年前“强奸”事件以后，映秋闷在家里想了好几天，她不想再为了钱，把自己卖给一个老男人，继续过这种寄人篱下的生活，而是要夺回在林天豹面前失去的人格和尊严。林天豹对她和铁龙飞的一次次侮辱与诽谤，令她极为恼火，实在抑制不住心中的愤怒，站起来骂道：“跟你这么多年，你都不信任我。你非要赶我离开，那我就去嫁给铁龙飞，气死你个老东西。”

林天豹盼着映秋回来，可他不曾考虑映秋的感受。所谓的“强奸”事件刚过去没几天，这会儿还往这上面扯，这让映秋很是愤恨，由不得自己，骂完甩袖而去。

林天豹和刘万川被映秋的举动着实吓着了，坐在茶台旁呆若木鸡，一时没反应过来。等映秋走后，林天豹才猛然爆发，抓起茶杯摔了个粉碎，指着门外骂道：“你个烂货敢骂老子？别以为离开你不行。比你漂亮的人有的是，被我丢弃的货，愿嫁谁嫁谁。我有钱，还怕找不到好女人？”

刘万川听着林天豹的污言秽语，自己都觉得脸上挂不住，劝他说：“消消气，老板。你咋那么骂她呢？她毕竟是你的女人嘛。”

林天豹站起身双手叉腰，在屋里转着圈，朝门外“呸呸呸”地吐唾沫，面部都变形了，气呼呼地说：“臭婆娘，学坏啦，她敢嫁给姓铁的，看我不打死她。”

刘万川说：“老板，你得讲理。你说她学坏，不是跟了你以后才变坏的吗？要我说不怪她。她要嫁姓铁的那小子，让她嫁去呗，既然不跟你了，还管她干啥呢？”

林天豹一巴掌打在刘万川脑袋上，问：“你个混蛋，算哪头的？”

刘万川答道：“是你这头的呀，还用说嘛！”

林天豹从茶台上拿起解约书甩给刘万川，说：“山东工班坚决不用了。她不是要跟铁龙飞吗？让他们连饭都吃不上！”

映秋去见林天豹无果而终，从他的屋里出来后，忽然感到两耳一阵发热。从小听老人说，耳根发热是有人在背后骂，她猜到林天豹这会儿一定在骂自己，可心里已经乱成了麻，不想再去跟一个近乎疯狂的男人掰扯，含着泪朝坡下走去。小铁匠和张善一直在路口等着，看到她回来了忙跟上去，问谈得咋样。映秋抹着泪，摇头说：“他不是人，别理他啦。”

这回答等于告诉小铁匠和张善没希望了。小铁匠反过来安慰映秋说，林天豹不用他们工班也没关系，大不了去别的工地打工。

映秋问：“他在哪儿？”

“他？”张善反应很是迟钝，“他是谁？”

小铁匠用胳膊肘碰了碰张善，说：“憨熊，阿姐问龙飞哥。他去项目部了，你要见他吗？”

映秋先点头，又摇头，不知道是该见铁龙飞还是不该见。小铁匠看她那犹豫不决的样子，就邀请她去宿舍等，说铁龙飞和王大路应该快回来了。

映秋低头回道：“我不去了，有空我再来。”

铁龙飞完全没有料到，为了整个山东工班的人，映秋竟来工地求林天豹，还被羞辱了一番。上百号民工的去留和饭碗，都落在他和王大路的肩上，这是他需要考虑的首要问题，至于其他已经无暇顾及，更不用说去关注映秋了。他和江水心中很气愤，大有跟林天豹决一死战的劲头，满脑子想的都是如何去寻找新的出路。

动身前，铁龙飞从箱子里找出那块老祖宗的牌位，用黄布替换了红布，包好后掖在身上。他非常坚定，既然出来了，就不能回去，无论如何也要带着大家闯出一条致富路，相信自己和这些苦难弟兄会被上天眷顾和护佑着。

于是，在赶往项目部的路上，三个人商量着见到路宽和汤公明后，怎么才能让项目部为工班做主。假如结果不尽如人意，那他只能带着所有民工去找林天豹或项目部讨公平。王大路担心林天豹不听路宽的话，问遇到这种情况该咋办。想到林天豹是那种死猪不怕开水烫的主儿，铁龙飞和江水确实不知道该如何处理。

铁龙飞稍加沉思，说："不管咋样，留下来活下去才是最重要的。斜井不行去出口，出口不行再另想辙，哪怕路经理把咱们介绍到别的工地去干活，也不能让大伙儿空手而归回老家。"

江水赞成铁龙飞的这个想法，说他正在联系做桥的施工队，看他们需不需要劳务，即便林天豹真的终止了合同也无妨，可以带人去那边干。江水说林天豹敢开掉铁龙飞，将来也敢开掉他带出来的河南工班。

说来说去，三个人最后一致认为，没有自己的公司和平台，想挣钱很难，眼下当务之急就是尽快成立劳务公司，在这座隧道上与林天豹一决高下。

对未来的畅想，暂时缓解了三人的焦虑和愤怒，但说起来容易，做起来何尝容易。江水将车开进了项目部院子里，围墙栅栏旁停着一辆豪华越野车，十分扎眼。江水眼尖，认出那是林天虎的座驾，提醒铁龙飞和王大路，林天虎来项目部了。

林天虎被出口塌方事件吓得够呛，听到消息后让司机开车，带着陈春山跑了千八百里路赶回工地。两个看守设备的民工陪他俩到出口看了一圈，设备全被拖出来搁在洞外，林天虎差点儿气晕过去，对两个看守好一顿臭骂，后悔白给他们开了几个月的工资，浪费了钱财。两个看守心生惧怕，委屈地说："项目部的头儿带队来抢险，他们人多势众，差点儿把我俩扔到车底下去。"

陈春山打圆场，劝林天虎说："骂他俩有啥用啊，还是去找项目部具体谈，把能卖的设备卖给他们，咱们利利索索地撤走算啦。"

建设工地犹如战场，设备被拖出隧道，等于丢了阵地，谈判更失去了砝码。为此，林天虎气得咬牙切齿。他原本的打算是，只要项目部同意收那些快到报废年限的设备，争议项哪怕再给一半，他都稳赚不赔，可以心满意足地跑路。

陈春山最清楚包工队搞"索赔经济"的利润空间有多大，劝他别再像毒蛇打架那样跟项目部缠斗，继续耗下去同样承受不起。对于这一点，林天虎心知肚明。在隧道转了一圈后，他意识到问题的严重性。塌方掉落下来的泥石堆积成山，堵满了整个掌子面，让他两腿发软，慌作一团，问陈春山项目部会不会把预留没付的质保金全部扣掉。陈春山清楚国家政策法规和项目部的管理要求，说按规定是该扣掉质保金，既然撤场，怎么也要把那些钱要回来。

听完这话，林天虎坚定了决心，从洞子里出来，要去项目部找路宽。

冯三家就在隧道口下面的村子里，初二没事便一个人到山上闲逛，又碰到洞口上方那个疯婆子，于是走过去逗她，问有没有请王母娘娘下凡来家里过年。

疯婆子嘴里叽里咕噜念叨着咒语，像以前那样，比比画画，手舞足蹈，神情奇怪地说："我家道场好，不用我请，王母娘娘自己来了。我天天给她上供，这会儿在我家炕头上睡觉呢。"

冯三戏弄说："王母娘娘跟你说啥啦？"

疯婆子神秘地说："下了好些御旨呢。王母娘娘说隧道震动惊了她的神，是不是出事啦？"

冯三听完浑身起鸡皮疙瘩，果真信了疯婆子的话，如实相告，说："哎呀呀，王母娘娘真下凡来你家啦？洞子里是出事了，塌了呀。"

疯婆子一扬手，说："甭怕。马上来个命硬的，能镇住。"

俩人正聊到兴头上，瞅见林天虎、陈春山和那两个看守从洞里出来，冯三疾步上前，假惺惺地给林天虎拜年，说："林老板啊，你再不来，项目部就要去找你啦，看看里边塌成啥样啦？"

自打上次吵翻，林天虎在心里给冯三记了笔账，觉得他看风使舵，见利忘义，就不冷不热地说："冯三啊，你小子脱身没事了，这回有空帮项目部来收拾我了是不是？可惜隧道不是我弄塌的，凭啥抓我？"

冯三说："哼！信不信由你，走着瞧啊。"

说话间，疯婆子跟了过来，围着林天虎转了三圈，陈春山想去拦她，没拦住，就轰她走。疯婆子笑嘻嘻地说："王母娘娘下旨了，你得赶快离开这里，不然天兵天将会来捉你哩。"

自从上场后，林天虎几乎天天都能见到这疯婆子，也经常打交道。林天虎是一个非常迷信的人，动土开工时，还让疯婆子装神弄鬼，在隧道口做符咒、烧黄纸，搞了一场驱邪仪式，对她的话不信也不疑。大过年疯婆子说的话如此不吉利，让林天虎十分堵心，慌忙掏出五十块钱递到疯婆子手里，厌烦地赶她离开，说：“走走走，去请天兵天将吃宴去吧。”

疯婆子接过钱眉眼舒展，笑着说：“我回去求求天兵天将，劝他们打道回宫。可王母娘娘下旨说，你不能在这儿待啦，我可不是瞎说的，信我的没错。”

林天虎对这些说法，向来很忌讳。疯婆子的话使他很不舒服，心想是不是真该做个彻底了结了。他与冯三简短告别后，和陈春山开车去项目部，再次找路宽谈判。

江水和王大路架着铁龙飞走进会议室时，双方谈判已经进入尾声。会议桌内侧坐着路宽、汤公明和计划部部长，靠门口一侧坐着林天虎和陈春山。见铁龙飞拄着拐和江水、王大路进来，路宽和汤公明起身招呼他们，询问他的脚伤恢复得如何。林天虎和陈春山坐在椅子上装作没看见。

路宽指着铁龙飞的脚，说：“林老板，他可是在出口抢塌方时被砸伤的，你是不是考虑给他一些补偿？”

林天虎尚未开口，陈春山抢话说：“要补也是项目部补啊，我们已经把隧道交出去啦。”

汤公明骂道：“你放屁。咱们刚谈完收购你们那些破铜烂铁，协议没签，隧道还没交接，你咋就说交出去啦？交给谁啦？”

林天虎摆手打住，说：“好，算我的。只要我能拿到收购设备的钱，我就给他一定的补偿。不过，咱要先说好，是冯三派的人在里边抽水，隧道塌方可不关我的事儿。”

路宽骂他跟林天豹一个熊样儿，爱耍赖，重申收购设备的事项，开挖台车和二衬台车、抽水机、混凝土搅拌站、湿喷手和发电机、钢筋加工设备全留下，挖掘机、装载机全开走，待项目部请示完公司后，签订协议办交接，塌方发生的费用必须承担一部分。

一听路宽让承担部分塌方损失，林天虎和陈春山开始反悔，但路宽和汤公明的态度很强硬，最后双方没谈拢，路宽起身要走。林天虎和陈春山见状不敢再坚持，只好答应了他的要求。

铁龙飞将祖宗牌位搁在桌子上，揭去包裹的红布，但没能引起路宽和林天虎的注意。他和江水、王大路坐在门口静观双方智斗，像被遗忘了似的。等跟林天虎谈妥，汤公明推开身后的凳子走过来，拿起牌位翻看两遍，问道："哟，你把老祖宗都搬来了？有啥事儿？"

王大路性子直，说："我们工班被林天豹终止了劳务合同，所以才来找你们。"

在场的人都被这个消息惊住了。林天虎和陈春山对此很是诧异，反问道："你们干啥坏事啦？"

铁龙飞拿起祖宗牌位，举给林天虎和陈春山看，说："我祖上是詹天佑手下的工长。凭这块牌位，我也要对得起良心，不能看着你们干那些对不起项目部的勾当。"

林天虎半眯着眼睛，抽出香烟"嗒嗒嗒"在桌面上一阵猛磕，说："哟，想给我上课？就像那次你坑我摔泥巴一样，不干坏事，我哥有啥理由开了你们？"

江水说："林老板，你哥拿合同当儿戏，在你们眼里，我们民工的合同是不是都是一张废纸啊？"

眼看着要吵起来，路宽打断他们，问："林天豹为啥要开你们？"

江水说："因为龙飞举报了二衬空洞，还因为映秋把他和刘万川关了一天。"

林天虎很愕然，问："斜井二衬留空洞？我哥不可能干这种事。"

汤公明生气道："林天虎，你没去斜井看，你咋知道你哥不会干这种事？三平方米的空洞在拱顶摆着呢，看他啥时处理完。看你们这德行，一眼盯不住就给我玩花活儿。"

林天虎紧绷着脸，想反驳汤公明却没敢开口，说："我出口的性质跟斜井不一样，别连我一起骂啊。"

路宽听他俩没完没了，实在心烦，借故还有事，轰林天虎他们走。

林天虎起身冲着铁龙飞奸笑道："兄弟是个能人呀，明明来接隧道出口的活，还说我哥终止合同开了你们，我算知道了啥叫恶人先告状。早听说过你的那些风流韵事，连林天豹玩过的女人你都要，还是好自为之吧。"

铁龙飞冷冷地盯着他，说："林老板，你别血口喷人，不信去问你哥，看是不是他解除了我们的劳务合同。"

林天虎夹着手包，一脚门里，一脚门外，嚣张地扭头朝后，说："我不去问他。我们哥俩是各干各的。你好好干，但愿你们挣大钱。如果被塌方报销了，将来我给你们在山上建座烈士陵园。”

王大路忍不下这口气，抡起拳头往外追。陈春山见势不妙，从背后推着林天虎跑向越野车。只听王大路骂道：“混蛋，你们有钱就兴咒人啊？即使我们去讨饭，也不会再跟着林天豹干。”

铁龙飞说：“大路哥，你回来，他们这样的恶人早晚没有好果子吃。”

王大路气呼呼地回到会议室。铁龙飞和江水将前前后后的事情汇报给了路宽和汤公明。俩人听完，被气得大骂林天豹。眼下正是招工用人的时候，林天豹偏偏公报私仇，赶走铁龙飞和整个山东工班，简直岂有此理。

江水请求路宽，说：“经理，龙飞手下那么多民工，项目部能不能先给他们安排点儿活干，让大家有口饭吃。”

汤公明在脑子里快速地搜索着每一段工地，忽然想起了桥梁施工，说在小里程方向，有个干钻孔桩基础的桥梁队，大部分民工放假回家过年了，正缺劳务。偏巧昨晚钻孔桩出了点儿差池，钻头掉进三十米深的孔桩下面，都一天了还没捞上来，问铁龙飞愿不愿意让手下的民工过去打个增援帮忙试试。对钻孔这样的活儿，铁龙飞有些含糊，王大路觉得可以去干，像张二奎、铁铮骨、铁子安这些年岁较大的人，在老家都干过钻孔打井的活儿，也捞过掉在井下的钻头。求活心切，王大路不假思索地满口答应下来，并问汤公明不论桥梁队需要多少人，他都能带着过去干。

铁龙飞有疑虑，问：“大路哥，咱有把握吗？”

王大路胸有成竹，回答道：“有，我带人去。”

汤公明说：“这类活一般当天结算，干一天给一天钱，不是长期干劳务的那种，过完年桥梁队的民工回来，就用不着外面的人啦。”

江水又问：“汤总，有没有能长期干劳务的活？不能让龙飞他们吃了上顿没下顿啊。”

为安顿山东工班的民工，汤公明让铁龙飞和王大路，先去帮忙把桥梁队的活抢了，至于有没有长期干的劳务，他推给了路宽，称经理有考虑。路宽说话很敞亮，当场决定把山东工班调往隧道出口。这下铁龙飞吃了颗定心丸，心里很是宽慰。路宽把自己的真实想法给铁龙飞三个人交了底，项目部对林天虎的设备进行作价，花上千万元收购过来，包括临建、钢筋加工棚、洞口搅拌站和洞内全套设备等，这些都提供给铁龙飞工班使用，按工序单价承包模式，签订劳务合同，将隧道出口交给整个山东工班干，最后从计价中扣回材料和设备费，问铁龙飞同不同意。铁龙飞内心欢喜，想都没多想，立马答应下来，表态一定保工期、保质量、保安全，优质高效地完成任务，确保隧道按期贯通。

王大路问："经理，能不能先给我们借点儿生活费？"

铁龙飞打断他说："大路哥，咱自己想办法，不让经理为难。"

路宽说："我和汤总知道你们来的时间短，在林天豹手下干活没挣什么钱。那这样，项目部先给你们借二十万安家，把队伍从斜井拉过去处理塌方。"

这话把铁龙飞、江水和王大路感动得差点儿哭。路宽给了他们一个千载难逢的机会，让他们看到了工班生存和发展的希望，不用担心吃了上顿没下顿的日子了。

路宽紧接着问道："你们有自己的劳务公司吗？将来还要走招标程序，签合同对公司不对个人。"

铁龙飞双手摁住桌面，忍着疼痛站起来说："已经托人在办，我是法人，需要我回老家签字。"

汤公明说："从那晚你们抢险的表现看，我和经理信得过你们。不过，即使去干出口，也要找林天豹把话说清楚，复工整治空洞，看他的民工从哪儿来。"

林天豹解除合同轰铁龙飞走，本想置铁龙飞于死地，不承想歪打正着，恰恰给了山东工班起死回生的机会，而自己在复工之际，却遭遇了民工荒。

不过，隧道出口塌方导致工期吃紧，可以说救了林天虎。他和陈春山庆幸如意算盘没有落空，得意扬扬地离开项目部，开车去了隧道斜井工地。

林天豹和刘万川挨个宿舍敲门，催促河南工班进洞复工，江水不在，带班的工头不敢做主，民工们谁都不动。铁铮骨、铁子安、铁松儿、小铁匠和张善等山东工班的民工，站在坡上看热闹，朝河南民工们喊道："哎，兄弟们，姓林的坑人，干脆歇着吧。"

坡下的民工朝坡上喊："我们不管。你们走了，我们还不知道能在这儿干几天呢。头儿发话我们就进洞，不发话就歇着。"

林天豹和刘万川站在旁边看着无计可施，只好打电话找江水，可手机拨通即被摁断。林天豹气得腰子疼，支使刘万川催猴子赶快归队，同时联系那些年后出来找活的劳务队，填上山东工班走后留下来的空缺。没人愿意进洞干活，急得刘万川上蹿下跳，建议林天豹别再终止铁龙飞的劳务合同了，让他们继续留下来。

林天豹恼了，说："铁龙飞太让我堵心，我用谁也不用他。他有本事，也像我一样去承包工程啊。"

俩人回到办公室，屁股还没坐稳，林天虎和陈春山忽然闯了进来。林天豹很纳闷，问林天虎咋这时候来啦。陈春山说出口设备收购一事已经谈妥，就等项目部签协议付钱了。

林天豹问："你们彻底想清楚啦？"

"再不想清楚，让我赔本赚吆喝啊。"林天虎坐在茶台前，从烟盒里抽出一支香烟点着，狠狠地吸了一口，"哎，你们为啥这个节骨眼上开掉姓铁的工班？"

林天豹说："他去项目部举报二衬留空洞，不解除他的合同，我没日子过啊。"

林天虎眯眼瞪着林天豹，大有恨铁不成钢的劲儿，说："你们的智商也太低了吧！劳务队都放假回家过年，到哪儿去找民工？"

林天豹指指刘万川，说："刘主管在招嘛，不行把你的工班派给我，反正二衬是你的人过来干的。"

陈春山认为这是个不错的主意，灵机一动，建议林天虎将二衬和开挖工班都调给林天豹的斜井用。

林天虎稍加思索，说："好吧，看在你跟那个烂女人断绝来往的份儿上，我把工班调给你。听说那个女人和姓铁的关系不一般，你还舍不得，将来搭得起钱财吗？"

四个人围坐在茶台前东拉西扯，林家兄弟既讲定了把工班调给斜井的事儿，又把铁龙飞和映秋说得不堪入耳。隔墙有耳，那些讥笑、讽刺、贬低、辱骂、诬蔑铁龙飞和映秋的话，恰被站在门外的路宽、汤公明和铁龙飞听见。路宽"咚"的一脚踹开屋门闯进去，问林天虎："你不是走了吗？怎么还来这里煽风点火？又想预谋啥活动？"

林天豹和林天虎被路宽他们的突然出现吓坏了，赶忙起身解释。林天虎称路过斜井，顺便跟林天豹打个招呼。

汤公明说："打招呼为啥要损人？龙飞你说，哪儿得罪了林老板。"

铁龙飞拄着拐，踮着脚站在路宽身后，说："遭陷害的是我，被开掉的还是我。林老板，你自己说，我们哪儿得罪了你？"

仇人相见，分外眼红。林天豹见不得铁龙飞，两眼狠狠地瞪着他说："你没得罪我，可就是不能用你们。活是我接的，用谁我说了算。"

路宽说："你可以不用他们，到时候你别后悔。现在，我只要你回答，啥时能复工把空洞给我堵上？"

林天豹望着江水，说："赶紧带着你的人马上复工。"

江水说："我工班人手不够。"

林天虎阴险地笑着，说："好办。我把工班都调到这儿来，一家人不说两家话，也算我作了贡献。"

铁龙飞鄙视地看着他，说："别费唾沫星子了，咱都打开天窗说亮话。你开掉我的工班，我认了。再想留也留不住，我们接到工程了。明天就搬走，给你新来的工班腾房子。"

这番话让林天豹、林天虎、刘万川和陈春山惊掉了下巴，追着问铁龙飞在哪儿接到了工程。路宽呵呵一笑对林天虎说："你不是讹了一笔钱放弃了出口嘛，我决定把出口交给山东工班来做。从今以后，你林天豹和铁龙飞是骡子是马拉出来遛遛，看看你们到底谁是英雄，谁是狗熊。"

# 第十三章

大年初三，阴霾散去，泛白的太阳爬到巍峨的山巅之上，刺眼的阳光融化了覆盖在山川大地上的积雪。

一大早，村寨里的村民和镇上的百姓，就开始提着礼品走街串巷给亲朋好友拜年。铁龙飞也起了个大早，发话让全体山东工班的民工收拾行装，背起背包，拖着行李箱，提着脸盆、饭盒和洗漱用品等，沿着山涧羊肠小道，转场朝隧道出口进发。一些隧道施工的小型机具，装上了皮卡车，由江水开车送往出口。

仅用两个小时，坡上那排民工宿舍被全部腾空。铁龙飞让王大路去喊林天豹来验收，王大路跑到林天豹办公室门口，说："宿舍腾出来了，你去验验，别走后赖我们毁了你的东西。"

林天豹正在屋里用方言骂着铁龙飞，王大路听不懂，又说："你嘟囔啥哩？快去验吧，不验可别怪我们。"

林天豹无比烦躁，说："你们又没扒我房子，我不想再看到你们，走得越远越好。"

长长的工班队伍像一群流离失所的难民，拎着大包小包，在山路上行进着，赶在中午前终于到达了出口。林天虎留下来的宿舍区，建在距隧道出口不到五百米的一块崖坡边上，也是用彩钢房搭建而成。背后山坡下，便是冯三所在的村庄。跟斜井不同，这儿的宿舍是双排两层，食堂是单独搭建的平房。每间宿舍里搁着四张简易床，里边极其凌乱，到处是之前工班扔掉的破拖鞋、烂拖把之类的杂物。铁龙飞、江水和王大路里里外外转了一圈，发现在一层还有一间五十平方米左右的会议室，里面东倒西歪地摆着破破烂烂的桌椅板凳。

铁龙飞让工友四个人一间，自由组合。小铁匠还是选择跟张善、张二奎和铁松儿住一起。其他人各自组合后，顾不得打扫屋里的尘土，就将各自的物品扔在床铺上，扬起的薄土弄得个个灰头土脸，但大家心里是高兴和轻松的。

中午食堂没人做饭，开不了伙，铁龙飞从项目部借的二十万元安家费里拿出三千块钱，让王大路给每人发二十元，让大家自己去下面村庄里买吃的。平静了一段时间的山村百姓，见大中午冒出来这么多民工，猜到隧道可能要复工了。小铁匠、铁松儿和张善结伙，下到崖下的山村去找小卖部，发现张二奎没来，铁松儿问张善："你爹呢？"

张善说："箱子里有两袋方便面，俺爹说嚼着吃。"

小铁匠说："二奎大爷不在意自己，咱吃完给他带回去。"

三人在村里找到一家小卖部，买了些面包、榨菜和饮料，出来后蹲在墙根下狼吞虎咽地吃起来。吃完起身正要往回走，突然看见冯三红着脸从一户人家里出来。

小铁匠小声说："那不是冯三吗？快走，咱避避他。"

铁松儿和张善瞥了一眼冯三，跟在小铁匠身后匆匆离开，不料被冯三瞅见了，在后面喊道："哎，我认识你们几个，铁龙飞和江水也来了吗？"

小铁匠三人不得不停下，冯三东摇西晃地走过来，拍了拍小铁匠的肩膀，说："看来出口的活你们真接啦，好啊！铁龙飞答应我继续干出碴，我要请他来我家喝酒，他在上面吗？"

铁松儿、小铁匠和张善摇着头称不知道。

冯三根本不信，说："不愧是铁龙飞手下的兵，你们看我像吃人的吗？不知者不怪，那麻烦你们上去转告一声，有空我去请他。"

小铁匠三个人回到崖上跑去找铁龙飞，说："龙飞哥，冯三要请你去他家喝酒，我们说你不在。"

铁龙飞笑了笑，说："又被冯三盯上了，他要干洞内出碴的活挣钱，这酒我不能去喝。"

出去吃午饭的人回来后，铁龙飞跟江水和王大路商量，如何进行分组。

江水提出让铁龙飞回家办理劳务公司和资质，回来后抓公司和出口的全面管理，王大路主要抓出口施工生产，包括工序安排和民工调动。可转念一想，铁龙飞脚还没好，回老家可能行动不方便。

铁龙飞说："你们把我送上火车，我一人回去没事。"

隧道塌方处理难度大，江水计划将斜井工班交给手下带班的几名工班长，自己把主要精力放到出口来，既可以管技术，又可以管计价算账。铁龙飞觉得江水的提议很合理，符合劳务管理特点，欣然接受了他的建议。王大路对此无异议，只是觉得工班里懂技术的人手不够，缺乏九大员配置，能不能再找几个安全员、测量员、电工、钢筋工之类的劳务工。

江水觉得这个很好办，说："从斜井把我工班的人调几个过来，尽量满足出口需要。"

铁龙飞说："公司是咱们三个的，班组可以混编，但斜井的活儿不能丢，咱们要干就把林天豹干趴下。"

三人商量后，决定让铁铮骨当爆破班工长，铁子安当初支和二衬班工长，小铁匠当掌子面和仰拱开挖班工长，铁松儿当安全监督班工长。剩下张善和张二奎成了分组的焦点。铁龙飞觉得张二奎年纪偏大，不适合洞内作业，让他负责后勤保障更合适，管买菜和食堂，把饭菜做好。张善腿脚不利索，让他在洞外负责收发料和钢筋加工、混凝土搅拌。其他民工分派到了各个工班里。

那天午后，铁龙飞、江水和王大路带着研究决定的方案，通知大家到会议室里集合。来的人都很兴奋，有的站着，有的坐着，相互调侃着。铁龙飞拄着拐和江水、王大路一进屋，他们立刻规规矩矩地静下来。铁龙飞三个人站在大伙儿面前，屋里虽然没有会议桌和凳子，也没有主席台，却很有仪式感和氛围。

铁龙飞看着大家说："咱们承包了隧道出口的劳务施工，从今天起再也不用从林天豹手下讨饭吃了。我要求每个人有多大力出多大力，把隧道当成自家的活儿干。我们三个会按各工班工序每天完成的量给你们计工发钱，保证让大家的腰包鼓起来，寄回家养老婆、娶媳妇。"

话还没说完，民工们就欢呼起来。王大路几次摆手示意大家安静，这才渐渐停下来。铁龙飞没有说过多的话，直接宣布工班分组和每个班的工长名单。大家竖起耳朵，仔细听着自己的任务，气氛变得有些严肃。念到小铁匠时，几个站在后面的民工突然喊道："他一个毛孩子，能顶得起来吗？换个人吧。"

随后，又有人喊："还有铁松儿，整天想媳妇，他当不了工长。"

小铁匠和铁松儿站在前面，涨红了脸，心里怦怦直跳，但又不能骂后面的人。眼看着其他人跟着一块起哄，小铁匠急了，转身朝后面的人说："你个憨货，俺和松儿当不了工长，你们来当？"

一阵哄笑后，有人取笑说："铁匠，你和铁松儿是小毛孩子，指挥不了我们大家。"

张善替小铁匠和铁松儿打抱不平，对后面的人说："奶奶个熊，就属你们能。年纪大，不过比别人多吃了几年干饭，出来打工干活不兴论资排辈，谁能耐大谁当工长。"

话音未落，后面那几个人又开始嘲笑张善，说他一个跛子还敢教训别人。铁松儿忍无可忍，红着脸说："俺俩没你们年岁大，但干活老了不中用，万一塌方被石头砸着，我和铁匠舍了命也会去救你们。"

这句话惹恼了后面的年长民工，屋里吵吵嚷嚷变得骚动不安。王大路看不得这种情况，骂道："你们这些傻熊闹够没有，再闹滚出去。"

王大路的话镇住了那几个民工，阻止了他们的争吵。江水说："班组分工和各位工长是我们三个人碰头定的。为了干这个出口，咱们需要马上成立公司，龙飞是大掌柜，咱们都要听他的。"

民工们并没有认真听江水讲话，而是将目光落在了正在接听手机的铁龙飞身上。几分钟后，铁龙飞挂断电话，阴沉着脸说："还没开始干活，你们就开始吵吵，还不服铁匠和松儿。他俩如果不是好苗子，我们三个能定他们当工长吗？"

民工们看铁龙飞说话带气，顿时成了哑巴。铁龙飞晃了晃手机，说："刚才我接到总工汤公明的电话，桥梁队民工还没回来，请求项目部派人打增援去帮捞钻头，你们哪个报名？"

听到这个任务，民工们开始交头接耳，却没有人敢出头。

其中一个人问："是下到孔桩里去捞吗？"

铁龙飞说："不清楚是什么样的钻头，你们谁愿意去？"

问了几遍，谁都不吭声。于是，铁龙飞问小铁匠和铁松儿：“你俩能去吗？”

小铁匠和铁松儿不假思索地回答：“我俩去。”

张二奎举起手说：“我年轻时在老家捞过钻头，我去吧。”

铁龙飞说：“瞧瞧二奎叔和铁匠、松儿，遇到危险的事儿敢往前冲，而你们光知道耍嘴皮子，连这点儿胆量都没有，还说他俩不能当工长，都给我歇了吧。”

哪里修高铁，哪里就有绵延百里的桥梁工地，同时也催发了一种叫“水鬼”的职业。高铁工地上的这个“水鬼”职业相当危险，但也能挣钱。为了生活，一些人不得不去做这个事。桥梁孔桩不允许有丝毫偏差，打桩经常出现钻头掉在几十米深孔内的情况。钻头价值不菲，不捞出来损失巨大，关键是钻头捞不上来，这根桩也就废了，需要将之前设计好的图纸和施工方案推倒重来，损失无法弥补，这就出现了专业打捞钻头的职业。从事捞钻头的“水鬼”，需要穿戴好潜水工具，下到几十米深的孔桩底部。孔桩里边灌满了混浊的泥水，眼睛根本看不清水下的状况，只能靠慢慢摸着寻找，找到钻头后挂在钻杆上将其带上来。新打的桩，地质结构复杂，会不断地有碎石落入，甚至出现塌陷。如果出现这种突发情况，那在水下几十米深的捞钻人，就会处于危险境地。捞钻这样的活儿，要耗费很大的体力，不同于海底潜水，桩孔内都是泥沙，必须要冲破黏稠的泥沙下到底部。体力不好，很可能下沉到一半就上不来了。这个职业，说拿命挣钱一点儿都不夸张，不过因为干一次能挣两三万元甚至更多，所以，有很多人愿意去冒这个险。

小铁匠和铁松儿没经验，不知道打捞有多危险。张二奎主动提出去捞钻头，并不是冲着钱才去，他知道铁龙飞派人给桥梁队打增援是件棘手的事，他想帮着铁龙飞解决问题，同时体现自己存在的价值。他经历的事多，大概知道捞钻的危险性，小铁匠和铁松儿还很年轻，又没有经验，若没有一个捞过钻的人在背后撑着，万一出事，就是要命的大事。所以，张二奎想自己下去，万一上不来，丢的也不过是条老命。可他俩年纪轻轻，一个刚有了儿子，一个还没对象，绝不能让他们搭上性命。

散会后，张二奎、小铁匠和铁松儿走出会议室，爬上停在门前的皮卡车要去桥梁队，张善不放心，也跟着钻进了车里。江水原本要驾车送他们过去，铁龙飞从口袋里掏出钱递给江水，说：“你和大路哥安排人去买炉灶和厨具，今晚把食堂开起来，我带他们去。”

江水说：“你的腿没好呢，我去吧。”

铁龙飞说：“捞钻头危险，我们几个是一个村的，有事好商量。”

铁龙飞让王大路和江水把自己架到车上，将车钥匙交给了铁松儿。山路曲里拐弯，铁松儿驾驶着皮卡车，沿着施工便道往前开，跑了近一个小时，才进入桥梁工地。小铁匠和张善发现，在一条水流湍急的宽阔河道里，十几台钻机排成一排正在钻孔，从这岸到那岸，泥浆池里注满了黄泥汤。每台钻机上有一两个作业人员，钻头从深孔桩里忽而提上来，忽而放下去，“咚咚咚”地发出震耳欲聋的声音，定睛一看，其中一台钻机没有作业。两个浑身沾满泥浆的民工，围着灌满黄泥浆的孔桩转圈，显然对掉钻束手无策。

桥梁队队长是个中年汉子，一只脚踩在护筒沿上，望着满筒泥浆唉声叹气，在他身后搁着一副笨重的潜水衣和一捆白酒。看来就是这里掉钻了。等铁龙飞一行人赶到跟前时，桥梁队队长像见到救星似的，打量一下铁龙飞，说：“哎，兄弟，你拄着拐来捞钻，这可使不得呀。”

铁龙飞说：“我不下去。他们是我的人，我必须来现场看着。”

桥梁队队长说：“噢！那行。钻头捞了一天也没捞上来，就靠你们了。”

铁龙飞问这是啥钻机，队长说：“冲击钻。钻头好几吨重，贵着呢。我们没捞过，附近又没有专业打捞队，都快急死啦。”

张二奎瞧着孔桩里的黄泥汤，说：“钢丝绳断了掉下去的，人不下去捞不上来。”

队长听后对张二奎伸大拇指，说：“您可说对了，一听就是内行。”

几吨重的铁疙瘩掉在几十米深的孔桩里，除了人下去打捞没有别的办法。张二奎观察了一下说太危险，因为泥浆主要功能是护壁，长时间不循环会丧失性能，人下去很容易出现塌孔，在孔下几十米，出现塌孔基本上没救。

桥梁队队长说：“是呀！钻头掉下去是工程事故，业主监理不知道还好，知道了必然要处理。业主不会管你怎么做，最后的桩基承载力检测合格就行。”

直径一米五的孔桩，周围下了钢护筒，泛黄的泥水眼看要漫过口沿往外冒。铁龙飞拄着拐站在护筒周围直犯愁，对桥梁队队长说："人下去捞，很容易出事啊。"

桥梁队队长紧皱眉头，急得不行，摇头说钻头捞不上来，这个孔桩只能报废。他相信重赏之下必有勇夫，亮开嗓子开价道："豁出去了，谁下去捞上来奖四万，人和钻头都上不来，给一百二十万。"

工地的工人工资没多高，有这样一个能挣好几万的机会，很多人都想试试。这便是赌，拿命赌。

张善听到桥梁队队长开出这么高的价码，动心了，第一个站出来抢先说："我下。"

铁龙飞、小铁匠和铁松儿都问："你行吗？"

"行。"张善对张二奎说，"爹，我下去上不来，你就找地方把我埋了，反正我活着也是个废人。"

小铁匠拉开张善，说："你腿不好，我下。俺大娘大爷需要你养老。假如我上不来，就把一百二十万给我爹娘汇回去。"

明知下去捞钻可能丢命，张善和小铁匠还是抢着下。他俩敢拼命，是冲着钱去的。如果不来工地打工，也没有这种捞钻头的机会，有了机会就必须拼一把，因为以前在老家一年也挣不了几万块钱，到死也挣不了一百二十万。上不来死了，父母能拿到百八十万也值了。

铁龙飞望着深不见底的孔桩犯怵，拦住张善、小铁匠和铁松儿，对桥梁队队长说："对不住，钻头不捞了。我不能眼看着他们下去送命。"

桥梁队队长急了，说："那不行啊，兄弟。我们以前真没捞过钻头，项目部派你们来，就得想法帮帮我们啊。"

铁龙飞指指钻机旁边的那两个人，说："让他们下去捞啊。"

那两人缩身往后躲，说："桩基三十多米深，下面啥也看不清，我们不知道怎么捞。"

铁龙飞说："你们不愿捞，就让我的人下去？万一上不来谁负责？这个忙实在帮不了。走，咱们回去。"

"龙飞，咱来了就不说别的。"张二奎劝住铁龙飞，脱掉棉衣，将张善和小铁匠拉到一边，说，"你们都是孩子，还没成家立业，都别下。俺儿也不下，老张家要留个根，我下去。老板给一百二十万，这辈子也挣不了这么多，真下去上不来，这些钱就留给俺儿娶媳妇用。”

铁松儿问桥梁队队长，说：“老板，你说话要算数，俺二奎叔这么大年纪要下去，钻头捞上来给四万，一个子儿不能少。万一出事，一百二十万让他儿拿走。”

铁龙飞拦住张二奎，让他再想想，说：“二奎叔，要不别下了，让他们年轻人下吧。”

张二奎抓起潜水衣往自己身上套，说：“龙飞，都别争了，我下。你好好养伤，大伙还指望你吃饭呢。”

铁龙飞两眼发红，对桥梁队队长说：“这是玩命啊。你去拿钱，当场兑现。”

桥梁队队长走到停在旁边的越野车跟前，拉开车门取来四万元现金递到张善手中，说：“真上不来，一百二十万，回去马上开支票。”

张善接过钱望着张二奎发呆，用颤抖的声音喊了一声“爹”，眼泪顷刻间流了下来。张二奎冲着他笑了笑，说：“儿，你拿好，带回去给你娘，爹能挣这么多钱不容易。”

铁龙飞没再劝阻。桥梁队队长让他拄拐站远点儿，自己帮着张二奎穿好潜水衣，然后喊来之前那两人，与小铁匠、张善、铁松儿一起帮着拖拽钢丝绳。

长长的钢丝绳下进桩孔泥浆里，地面上拖了二三十米。伴随着钢丝绳还有两样东西也拖在地上，一样是四十多米长的导气管，另一样是拴在张二奎腰间的救生索。小铁匠和张善负责捋导气管，另外两个人从地上拉起钢丝绳，队长和铁松儿拽紧了救生索。等张二奎准备就绪，队长和张善先扶他坐到护筒沿边。隔着透明的潜水镜，铁龙飞、小铁匠、张善和铁松儿，看见张二奎的眼睛里透着一种复杂而迷惘的神情。

张善抓起他的手，说：“爹，你抱住钻杆，撑不住就拽绳子，我们好拉你上来。”

桥梁队队长抓起一根短撬棍递给张二奎，喊道：“下到底敲三下钻杆，我们在上面给你往下放钢丝绳，你只要把下去的钢丝绳穿进钻头吊孔里，然后抓住粗钢丝头带上来就可以了，弄完敲四下，记住啦？”

张二奎手里抓住短撬棍和钢丝绳，朝铁龙飞他们点了点头，抱住钻杆

"扑通"跳进了护筒里，转眼沉进黄泥汤中不见了踪影。小铁匠和张善抓紧导气管慢慢往下放，张二奎往下沉一米，他俩就放一米。铁松儿和桥梁队队长抓牢救生索，也慢慢往下放，可桥梁队的那两个人却不知所措。

桥梁队队长手上沾满黄泥，扭头瞪着自己的两个人，恨得牙根疼，骂道："瞧你俩那死样儿，快去准备启动钻机啊。"

张二奎下井已过五分钟，潜水衣有浮力，往下沉一米都费劲。他顺着钻杆朝下滑，只能看到基坑四周混浊的黄泥汤水，只好凭感觉和经验继续往下沉。导气管接在潜水衣上端，他张大嘴巴猛吸着空气，但巨大的水压，仍让他有一种难以承受的压迫感。沉到一半时，张二奎感觉有些乏了，抱住钻杆喘息，上面的救生索和导气管没了动静，张善和小铁匠感觉不到被往下拽，以为张二奎已经沉到了基底，但两样救命的东西，在护筒口外还留有二十多米，像条长虫似的，他俩纳闷刚下到中间咋不动了。不管张二奎在水下能不能听见，他们拼命地又喊又叫，摇晃着导气管和救生索。张二奎腰间的绳索不停地抖动，意识到是上面的人在呼叫他，于是又开始顺着钻杆往下坠。又过了五分钟，上面的绳索和导气管算是放到了头，大家猜测张二奎应该沉到底了，焦急地等他敲钻杆发信号。

张二奎终于下到了孔桩底部。泥浆裹在身上很重，水压很大，他只能借助钻杆让两只脚站在坚硬的钻头上，黄泥汤让他什么都看不见。他左手抱住钻杆，右手朝四周摸去，孔壁是被冲击钻机挤压成的圆形且不太规则的软岩。他突然想起了桥梁队队长交代的话，赶紧用短撬棍在水下"咚咚咚"连敲三下钻杆。声音顺着钻杆传上来，发出"啾啾啾"的声音，这才让铁龙飞、桥梁队队长和张善他们都松了口气。

桥梁队队长从护筒旁边捡起一根钢筋，也回敲三下钻杆，告诉张二奎上面的人收到了他发出的信号。张二奎突然感到一丝胸闷，浑身开始冒汗，可想到瘸腿儿子还没成家，即便不要那一百二十万，也不能死在下面，必须想办法把钻头捞上去，这样桥梁队也能很快把桩打好，不耽误施工。也能证明铁龙飞带他出来是有用的，自己不是铁龙飞的负担，而是能给他解决问题的关键人物。

张二奎猛吸一口气，把导气管和救生索调整到身后，侧身向下，用右手去摸钻头的连接孔。在钻杆最下面也有个吊拉钻头的吊孔。正如队长所交代的，钻头掉进孔桩后，队长和那两个人把钻杆提上来，将绷断的钢丝绳抽换成了新的，穿进钻杆吊孔，重新下到充斥着泥浆的孔桩里，深度接近掉落基底的钻头。

队长当然知道水下作业不容易，就将抽换的新钢丝绳穿入钻杆吊孔伸出一米多，后面留出四十多米长，拖在钢护筒口沿以外的地面上，留了个大尾巴。只要下去人，将穿过钻杆吊孔下头的钢丝绳穿进钻头吊孔，再把钢丝绳拉上来就算成功了。

张二奎先顺着钻杆捋到了穿好的钢丝绳，用左手抓牢，然后用右手在泥浆里去摸钻头吊孔。摸了一圈，终于摸到了断开的钢丝绳，绳头一半还残留在钻头吊孔里。他使劲抽出来扔在一旁，又拉过穿好的钢丝绳，重新往钻头吊孔里穿。钢丝绳有弹性，泡在泥浆里滑不溜丢，张二奎手上戴着防水手套，行动很笨拙，穿了好几次也没能穿进去。就这样，在几十米深的桩底泥浆中，一遍遍地尝试着，时间长了，他渐渐感到体力不支。

时间在一分一秒地流逝。上面的人听不到任何动静，紧张地屏住了呼吸。张善担心再也见不到爹了，“哇”地哭出声来，手拉救生索，站在护筒边上喊：“爹啊，你快上来，咱不捞了，我不想你死在下面。”哭完，又对铁龙飞说：“龙飞哥，把俺爹拉上来吧。”

铁龙飞拄着拐，站在旁边急得满头大汗，让队长和铁松儿连拽几下救生索，可用在救生索的力，在泥浆里传导得很慢，迟迟没有反馈，队长抓起钢筋猛敲钻杆，仍没有反应，这让上面的人都很恐慌。

铁龙飞脸色凝重，问队长：“下面不会出事吧？”

队长说：“只要不塌孔就没事。”

铁龙飞说：“不行，得把二奎叔拉上来。”

桥梁队队长有些犹豫，从铁松儿手中抢过救生索，说道：“人不能上来，再等等，不然钻头就没指望啦。”

铁龙飞大声喊道：“松儿，你快抢过来。”

铁松儿从队长手中抢过救生索，冲他发火道：“你们的命是命，我们的命也是命。二奎大爷万一死在下面，你花钱能打发了吗？”

队长苦苦哀求说：“我也不想他出事，可钻头捞不上来，我就赔死啦，求求你们再等等。”

张善紧紧拉住救生索，说：“你爹活没活着俺不知道，可我要俺爹活着。钱不要了，快把俺爹拉上来。”

“来，你们一起拉。”

听铁龙飞那样喊，小铁匠、张善和铁松儿推开队长，三个人一起往上拽救生索。忽然一串气泡，从泥浆里“咕咚咕咚”地冒上来。

小铁匠喊道：“俺大爷活着，先别拽。”

救生索没再往上拉，大家的眼睛直勾勾地盯着护筒里翻滚的泥浆。张二奎隐约觉出上面在拉救生索，弄得他差点儿脱离了钻头，急忙用手中的短撬棍，吃力地砸了两下钻杆，“啾啾”的声音传到了地面。张二奎双脚踩在钻头上，用仅有的力气拽了拽钢丝绳。

队长和铁松儿感觉到下面的动静，激动地喊：“下面穿好啦，放钢丝绳，你们往上提救生索。”

拖在护筒外的钢丝绳，被队长和铁松儿快速塞进了孔桩里，小铁匠和张善则用力往上提救生索。张二奎在几十米深的桩孔里，大汗淋漓，浑身都湿透了。他觉得自己快要虚脱了，先用短撬棍敲了四下钻杆，告诉上面可以上去了。敲完，扔掉了短撬棍，将穿过钻头吊孔的钢丝绳在胳膊上缠了一道弯，死死地抓住不放。上面的钢丝绳在往下落，救生索在往上提，他拉着下面的钢丝绳开始往上浮。等导气管一米米地提上来，钢丝绳差不多已全部下到泥浆中。张二奎感到潜水衣在渐渐地往外扩张，全身的压力也在逐步减轻，胸膛不再那么憋闷。上面的人看到护筒里的泥浆在不停地翻滚，说明张二奎在往上升。裸露在上面的钢丝绳还有不到两米时，铁龙飞喊：“铁匠、松儿，准备接你二奎大爷。”

小铁匠放下导气管跑到护筒口，伸手做出了接人的姿势。铁松儿也松开钢丝绳靠近护筒。铁龙飞拄着拐，走到湿滑的护筒边，用一只手帮张善抓住救生索，不顾一切地用力往上拽，身上和脸上被溅满了泥浆。队长手中的钢丝绳快下完时，他知道张二奎快上来了，喊道：“上来先拉住钢丝绳。”

铁龙飞说：“不，先把人拖上来。”

张二奎从泥浆里冒出来的时候，并不是直立的，而是身子斜横在护筒里，双手紧紧地拉着钢丝绳。小铁匠先将两只手伸进他的腋下，抱住他的上半身往护筒口拽。快被拖出来时，张善和铁龙飞放开救生索，跟铁松儿一起抱住了张二奎的腰和腿。张二奎的身子有些发软，泥浆糊满了整个头盔和潜水衣，看不清他的脸。队长紧紧地抓住上面的钢丝绳，并急忙向张二奎靠近，从他手里抢过带上来的钢丝绳。

队长将两头钢丝绳拧在一起，兴奋地喊道钻头有救了，可张二奎僵硬的身体，却倒在冰冷的地上一动不动。

铁龙飞扒掉他的头盔，喊："快拿白酒来。"

张二奎面色苍白，在刺骨的寒风中昏了过去。张善跪在地上"爹、爹"地呼喊着，也没有任何反应。桥梁队队长将钢丝绳递给旁边的人，从小铁匠手里抢过白酒，往张二奎脸上和身上擦，说："他死不了，让他喝白酒暖暖身子。"

不知过了多久，张二奎脸色好转，身子也逐渐暖和了。他缓缓睁开眼，朦朦胧胧中看见张善、铁龙飞眼里都含着泪，小铁匠、铁松儿和队长围在他身边，微微笑着说："我没死，在下面穿好了钻头钢丝绳，能捞上来。"

路宽、汤公明和山东工班所有人，谁都想不到一大把年纪甚至有些弱不禁风的张二奎，竟敢舍生忘死下到孔桩底部，帮桥梁队把钻头捞上来。这一壮举得到了项目部的认可。因为这件事，路宽专门让项目部制作了一面锦旗，派人送到隧道出口工地。桥梁队队长更是感激不尽，跑来出口分别给铁龙飞、小铁匠和铁松儿每人塞了个红包，又给张二奎送了些营养品，问他："给你四万够不？"

张二奎憨憨地笑着说："够，不少啦。"

桥梁队队长前脚走，几个工友后脚跟着进来了，讥笑张二奎说："哪有你这么傻的，出来挣钱还有够啊，你嫌钱多可以分给我们嘛。"

张二奎"嘿嘿"地笑着说要凭良心挣钱。工友们劝他，命都快搭进去了，桥梁队给多少都应该拿着。早知道能挣这么多钱，他们也报名去捞了，哪轮得到他。

张善不愿意听他们这么说，冲着他们喊："那下次你们也去捞呗，兴许能挣一百二十万哩。"

一百多万对出来打工的人来说是个天文数字，把几个工友吓傻了，追问咋会给这么多。张善说下去上不来，才给一百二十万。那几个工友一听不高兴，骂张善净瞎咧咧，咋咒他们死在下面呢。

张善说：“俺爹真上不来，就能拿这么多钱，事先谈好的价。”

张二奎看几个人眼红，客套地谦让说：“你们谁家里要是缺钱救急，可以先拿去用，反正俺儿暂时也用不着。”

那几个人也是要面子的主儿，张二奎的话听起来朴实，不轻不重，却说得他们个个害臊，忙说谁家都不缺钱，让张二奎留着给张善娶媳妇。

打发走几个工友，张二奎和张善拿出四万块钱，抓了张破报纸包好，先藏在装衣服的蛇皮袋下面。打量半天，觉得不安全，又掏出来寻遍宿舍每个角落，东藏西掖还是不放心。张善捧在手里，发愁说钱往哪儿搁。

张二奎说：“儿啊，你去给寨子上那姑娘家买些彩礼吧，舍不得孩子套不着狼。咱本身腿脚不好，再不花钱人家不跟咱。爹娘这一辈子不吃不喝，也得给你娶个媳妇。”

张善说：“映红没说要咱们家彩礼，用钱时再说呗。”

爷儿俩找不到藏钱的地方，张二奎忽然想到了铁龙飞，说：“先让你龙飞哥帮咱保管。工地上要用，先让他用，你看行吗？”

张善想不出更好的办法，同意了他爹的主意。俩人拿着钱跑去办公室找铁龙飞，江水和王大路也在，这爷儿俩进门把钱搁在了他们面前。

铁龙飞问：“这咋回事儿？”

张善说：“钱没地方搁，俺爹想搁在你们这儿保管。”

王大路问道：“不怕俺们把钱花了啊？”

张二奎笑着说：“花就花呗，有龙飞在，俺放心。”

铁龙飞很感动，把钱收起来，说：“行，我帮你们保管。咱们要成立公司，你爷儿俩愿意入股，就把这四万元算作股份，不愿入股，我给你们写收据，啥时用啥时还你们，一分也不会少。”

张二奎和张善把四万块钱交给了铁龙飞，爷儿俩当场拿了收据，铁龙飞在上面还捺了手印。等他们走后，铁龙飞对江水和王大路说，先替张二奎暂时保管，私底下给他们父子俩作为股权，挣了钱给他们分红，挣不到钱还本付息。江水和王大路同意铁龙飞的意见，找来一张纸，写清了关于张二奎和张善四万块钱的用途和解决办法，三个人都在上面签了字。

铁龙飞突然想到，这也是一个很好的筹资办法，可以发动大家入股，有钱的出钱，没钱的出力。公司成立后，一年能挣多少钱，每个人心里都有数。除了各工班承包工程挣的工资，年底还能分红，这叫集中大家智慧办公司，带领大伙一起致富。

江水和王大路深受铁龙飞的启发，觉得算是摸出了一条脱贫的路，对此，他俩充满了信心。如果真的筹不够买设备的钱，他们就发动民工自愿入股。

铁龙飞和王大路带着山东工班进驻隧道出口的第二天，就发生了这样重大的事，解了桥梁队和项目部的燃眉之急，这让林天豹心里很嫉妒。他心眼歪，一边骂着铁龙飞，一边跟刘万川和会计安排林天虎调上来的工班。安排妥当，催刘万川打电话找江水。此时的江水刚好开车从出口回来。林天豹不给他好脸，说："你小子是不是也想跟铁龙飞去混啊？"

江水没有正面回答，说："林老板，你说话这么难听，也想开掉我的工班吗？"

刘万川打马虎眼，说："老板没说你啥，空洞摆在那不行，你得发话让工人进洞干活才行啊。"

江水说："信得过我，我就让工人进洞。信不过，我也带他们走。"

猴子的工班没回来，林天虎调来的工班只有三十来个民工，干活还得依靠江水的人。年后出现用工荒，林天豹不得不低头，对江水说："你把铁龙飞留下的那些工序都接了，新来的工人给你做补充，先把空洞打了吧。"

江水强调，二衬空洞是林天虎工班施工的，还是让新来的工班去回填，他只接山东工班原先干的工序。

林天豹说："先抢空洞回填，我给你们工班加工资。"

说定了工资，江水当即发令让所有民工进洞作业，并告诉林天豹以后斜井的活儿由工长负责，他要回一趟家。林天豹问他跟工长说好没有，江水称马上给工长交代。林天豹想想又问他回家干啥去，江水只讲家里有事儿。

刘万川接过话问："哎，听说那瘸子他爹下到桩孔里帮桥梁队捞钻头挣了一笔？没想到这老头还真行啊。"

江水说："刘主管，你和林老板一个熊样儿。你们看上的人未必都有真本事，看不上的人未必不能干出一番大事。铁龙飞属于你们看不上的那类人，但我敢说，他定能成大事。"

林天豹听着心里别扭，说："你这是啥意思？长别人志气，灭咱们的威风。姓铁的不就捡了我弟弟吃剩下的饭吗？像那种半拉子工程，给我都不要，我不相信他能干得过我！”

江水脸上露出令人捉摸不透的笑容，心里暗暗骂道，铁龙飞干不过你？哼！干不死你，等着瞧。

自这天起，林天豹开始在暗地里跟铁龙飞较劲儿。他和刘万川刚进洞里察看复工情况，汤公明就带着安质部的人驱车赶来了。进洞后从掌子面转到二衬台车下，仰脸望见有工人站在台车上开始回填处理拱顶空洞，问道：“老林，几天能填好？”

林天豹说：“得五天左右。”

汤公明嫌他慢，伸出三根手指只限三天，又打听猴子工班的人啥时回来。刘万川含糊其词地称马上。汤公明戏谑他，说马下还差不多。要求民工初八必须回来，回不来肯定给林天豹发黄牌。林天豹听到黄牌就害怕，央求汤公明手下留情。

“你们得学学铁龙飞的工班。”汤公明说，“你还不用人家，可山东工班是好样的。就说张善他爹，快六十的人了，敢下到深孔里把钻头捞上来。你们的人吹牛在行。刘万川，你敢下去捞钻头吗？”

刘万川往后退了半步，说：“我真不敢，老婆孩子还指望我呢。”

“瞧瞧！老林。”汤公明说，“就你们这状态，斜井没啥事儿个个都是英雄，真遇到什么事儿早吓尿啦。”

因为张二奎捞钻成功，铁龙飞工班的英雄事迹在整个工地传开了，但铁龙飞并没有因此而高兴。出口塌方，把他、王大路和江水急坏了，同样使路宽和汤公明压力倍增。从桥梁工地一回来，路宽带着工程师来到出口，喊上江水和王大路进隧道里看塌方如何处理。塌体堵住了整个掌子面，在业主、监理和设计确定处理方案之前，他们不敢乱动，只能眼睁睁地瞧着从拱顶掉落的大堆泥石堆在那里，裂隙水还在“哗哗”地往外流，抽得不如流得快，在塌体前面形成一大片水洼。铁龙飞想先把泥石拉出去，将掌子面清理干净，路宽不同意，担心引起新的塌方和次生灾害。

从隧道里出来，路宽带着大家去了会议室，问铁龙飞的脚恢复得如何。铁龙飞称伤筋动骨一百天，三个月准好。

路宽说：“快点儿好吧，工地上多少事都等着你呢。”

路宽答应处理塌方的钢筋、混凝土等所有材料由项目部提供，挖掘机、装载机和自卸车等设备，由铁龙飞他们添置。铁龙飞承诺设备自己买，接着又说："从隧道地质看，完全可以先清理好现场，不然处理时塌方，工人和设备没地方落脚。"

路宽问："万一再塌呢？"

江水自信地说："拱顶已经稳定啦，不可能再塌了。"

路宽转头问坐在身边的工程师可否施工。年轻的工程师是学隧道专业的，说拱顶围岩稳定性还好，塌方是拱顶裂隙水太大冲击初衬和掌子面造成的，地质有泥夹石，这才导致塌下来。路宽听后没再作声，嘱咐铁龙飞清理现场时多加小心，回头请业主、监理和设计来确定方案。

路宽走后，铁龙飞拄着拐，和江水、王大路站在隧道口外，抽着烟讨论清理现场的设备从哪里来。王大路提出既然干这个活，还是要有自己的设备，先在当地租一台挖掘机和装载机用着，自己买了设备后再退租，让铁龙飞抓紧回老家，把公司和设备的事一起办了。项目部收购了林天虎的设备，提供给铁龙飞使用，降低了不少投入。但三个人集资购买成套隧道施工设备还是费劲，江水甚至都想过把自家宅田抵押给银行去贷款。

合计很久，他们商定只购买一台装载机和一台挖掘机，加起来不过百万，出碴继续用冯三的翻斗，这样能减轻不少压力。然而，设备究竟买新的还是买旧的，铁龙飞拿不定主意。江水赞成买新的，日本小松或徐工、临工、柳工、三一重工的都行。

王大路的意见跟江水一致，三个人达成一致，决定回家筹款开始实施，工地交给王大路管。他们本打算第二天一早启程回家，可头天晚上突然接到汤公明打来的电话，说业主将组织监理、设计来隧道看工地。计划有变，他们只能等业主研究完方案再启程。

铁龙飞对江水说："你开车带二奎叔去石材厂订购两块石板，在每块上面都刻上字，一块刻龙，一块刻虎，用朱砂描红，刻好拉回来。"

王大路清楚铁龙飞的用意。农村人在这方面比较讲究，但凡那些临街的庄户人家，门口直冲大街的，基本都会在门外贴着墙根竖一块条石，上面刻些字，比如"泰山石敢当"等，里边涂抹着红色朱砂，用来镇宅避邪。虽然是个民俗传说，可村民们迷信这个，但多数人不晓得"石敢当"是个人，是条硬汉。古时候，他生活在泰山脚下，一生下来就有神灵护体，以采药为生。只要他进山，那些经常出没于泰山一带祸害百姓的凶神恶煞便退避三舍。因此，风水师们便把他的名字刻在石头上，哄老百姓买去镇宅。

铁龙飞让江水带着张二奎去找石材厂刻“龙虎”石碑，跟“泰山石敢当”的用途一样。山西五台山显通寺门口就竖着两块石碑，左边刻着龙，右边刻着虎，呈龙虎把门之势。铁龙飞去过一次显通寺，进门时摸过龙虎碑，留下了极其深刻的印象。他不懂风水，却觉得隧道出口两侧缺点儿什么，为保平安也应该竖两块“龙虎碑”，不管是否真的管用，起码对进洞作业的人来说，心理上是个安慰。

江水对这类做法并不诧异，开车带着张二奎去镇子上转。头天没打听到哪里有卖石材的厂家，回来告诉铁龙飞说弄不成，镇子上没有做石材的。铁龙飞让他们抽空再去县城找，并交代买两对高八十厘米、宽五十厘米、厚二十厘米的雕刻石板。

第二天一早，江水又拉着张二奎去了县城，在县城边上终于找到了一家石材加工厂，就跟老板砍价，请求帮着做几对刻字的龙虎石板。

老板问：“刻几对？”

江水说：“刻两对吧。”

张二奎实在，说：“刻两对没用哩。”

江水说：“送给斜井一对。”

现在的石材加工都是自动化生产，由电脑控制机器，刻前师傅把“龙虎”二字输进去，机器就自动把带字的石板刻好了，前后用不了两个小时。江水和张二奎一直在工厂盯着做，生怕出错。

路宽和汤公明陪业主、监理和现场设计代表，来到出口掌子面察看塌方情况，王大路也在场。专家组在隧道里待了一个多小时，把塌方造成的一系列问题，比如地质、涌水、拱顶裂度、变形程度以及对后续施工造成的影响，进行了详细勘察和记录，出来后又聚集在会议室里听取汇报。

唐仁怀指着铁龙飞问：“抢塌方光荣负伤啦？”

铁龙飞点点头，说：“碰了一下，不要紧，没有大碍。”

研究完塌方处理初步方案后，唐仁怀问路宽：“哎，路经理，那个下去捞钻头的老头在吗？”

路宽有点儿蒙，问铁龙飞："张老头呢？"

铁龙飞回道："领导问二奎叔啊。哦，他去县城买东西了。"

正说着，江水驾驶皮卡车回来了，不偏不斜停在了会议室门口。俩人转到车厢后面打开挡板，从车上抱下四块刻好的龙虎石板，并排直立在会议室门外。

唐仁怀好奇地出去看了看，返回会议室问铁龙飞："呵，你刻两对石板，是想跟斜井林天豹来个龙虎斗吗？"

铁龙飞礼貌地站起来说："跟他斗个啥劲儿。各干各的，我才不跟他斗哩。"

# 第十四章

自从跟林天豹闹翻，映秋再也没去过隧道斜井工地，林天豹也没去寨子里找过她，光在背地里骂她不要脸，白花了这么多年钱。可他又不甘心，煞有离开女人活不下去的架势，每到夜里就开始想映秋，中间打过几次电话，映秋没接，气得他半夜起来喝闷酒。

映秋对林天豹虽已死心，但毕竟跟了他几年，从他那里也得到一些钱财支撑了贫穷的家。

映春和映红似乎看出了映秋的心思，劝她去工地找林天豹好好谈谈，映秋摇头坚决不去。最终，不是映秋憋不住，而是林天豹很快失去耐心，带着钱开车来了寨子。

山东工班搬到隧道出口后，用几天时间安好了家，塌方处理方案尚未确定，大家只能做一些必要的施工准备。小铁匠和张善帮桥梁队捞钻头回来能够歇一天，想一块去寨子上见映春和映红，便去找王大路请假。

王大路问："你俩空手去啊？"

小铁匠说："年前去的时候带啦，不用再带了吧？"

"你俩这样还想娶媳妇？娶个屁。"王大路说，"捞钻头不是挣了点儿钱吗？花钱去买个礼物。"

小铁匠和张善琢磨给映春和映红买啥，想不出来，就打电话问映秋，并请她把他们要过去的事情转告映春和映红。映秋让他们以后直接跟映春和映红联系，不用每次都通过她。小铁匠和张善听后，忽然开了窍，想起映春和映红没有手机，于是搭车去县城找到一家手机店，询遍每一款价格后，买了两个同款偏低档的手机，再搭乘摩托车去了寨子。

事情就是这样，越怕什么越遇到什么。林天豹也没想到，自己刚停好车还没进门，小铁匠和张善就出现在他身后。林天豹板着脸冲俩人“哼！”了一声，骂他俩是癞蛤蟆。

小铁匠不急不躁地说：“林老板，我俩已经不是你手下的打工仔了，骂我们做啥哩？”

张善争强好胜，说：“你不是癞蛤蟆？你把阿姐都吃了，还说我俩是癞蛤蟆，丢人不？不癞别来找阿姐啊。”

林天豹气急败坏，站在门口对小铁匠和张善发泄着不满。吵闹声越来越大，惊动了街坊四邻，不少小孩和妇女都围了过来。映春和映红听到吵声跑出来，发现那么多人堵在门口看热闹，又见林天豹红着脸大声嚷嚷，十分生气，一把拉住小铁匠让他们进屋。

小铁匠和张善跟着映春和映红进到院子里，留下林天豹在人群中。映春进屋喊：“阿姐，你快见那人吧。他又来找你啦。”

映秋正在屋里做活，一说那人便明白是林天豹，顿时脸上没了笑容。映春和映红故意躲开，拉着小铁匠和张善去了另一间屋，映秋也躲进了自己的房间。林天豹进到客堂没看到映秋，就一口一个“秋哎！”喊着，跑进里屋瞧见映秋正坐在床边。

映秋低着头，问他还来做什么。林天豹赔着笑脸，走到床边要抱映秋，被映秋猛地用力推开了。

映秋说道：“你少碰我。”

林天豹掏出一沓钱往映秋怀里塞，说：“我不能没有你，你不能离开我，你得跟我回工地。”

映秋将钱甩给林天豹，说：“你让我回去可以，先说你能不能兑现对我的承诺？”

林天豹说：“只要你回去，我什么都答应你。”

“你说过，开超市你出钱，现在我需要这笔钱。”

从这一点看，映秋跟着林天豹的这几年，也明白了当感情得不到真心回报时，如何跟有钱人讨价还价，如何用“情”来当砝码。

“你到哪儿开超市？”林天豹问，“可以到我工地开啊。”

映秋说："我和阿妹要去出口开，挣山东工班民工的钱。"

林天豹生气地说："还是想着姓铁的啊，这个钱我不能出。"

映秋起身往外推他，说道："你脏心烂肺，我的名声就是被你这样搞臭的。我不需要你的钱了，你走吧，以后别再来烦我。"

林天豹被推了出来，极其狼狈地站在院子里，恰巧被映春、映红和小铁匠、张善看见。

映春生气地说："你怎么老欺负我阿姐呢？她跟姓铁的没关系。"

小铁匠骂林天豹，说："你个傻熊，俺龙飞哥有对象，阿姐跟着你会被冤死。"

林天豹惊讶地问："铁龙飞有对象？"

张善说："你不信就算啦，过不久你会看到他对象长啥样儿。"

其实，张善和小铁匠根本不清楚铁龙飞到底有没有对象，只不过随便一说罢了。不过，这么一说倒是打消了林天豹对映秋和铁龙飞的疑虑，心里踏实了不少。

最终，林天豹还是妥协了。他戏骂映秋真是臭婆娘，表态愿意出钱支持她开超市，直到把映秋逗笑。映秋没再执拗，顺水推舟给他台阶下，答应改日回工地。

小铁匠和张善看不得林天豹下三烂的表演，觉得一般男人做不出这种恶心的事来。映春和映红年纪虽小，却明事理，能看出个对错。在她俩的印象里，林天豹老欺负映秋，对他极为反感，就催他回去等阿姐。

林天豹对映秋说："那我先走了，你明天可得回来啊。"

映秋"嗯嗯"地应着，林天豹出门时也没去送。等他走后，映秋问小铁匠和张善，工班的人还在不在斜井工地。张善说已经从斜井全搬到出口去了。

"那铁龙飞呢？"映秋又问，"上次我没见到他。"

小铁匠说："我们接了出口的活儿，龙飞哥脚被砸伤了，要回老家去办公司购买设备。要见他，你今天去，明天他和江水可能就走啦。"

映秋想和铁龙飞说一些自己的想法，听他马上要回老家，心里不免起急。中午，映秋没留小铁匠和张善吃饭，就将俩人送出了门外。回到屋里，映秋找出一件米黄色的羽绒服，精心打扮一番，对映春和映红说，她要去一趟工地。

铁龙飞没想到映秋会来找他，小铁匠和张善回来后也没提映秋要来，可映秋偏偏来了。来到隧道出口工地时，铁龙飞、江水和王大路已送走专家组，铁龙飞让铁铮骨、铁松儿和铁子安叫了三个民工，把拉回来的四块龙虎石板，其中两块抬到洞口，带“龙”字的那块，立在从洞内走出来的左边，带“虎”字的立在右边，然后用小车推来半斗混凝土，紧贴着洞门浇筑在墙根底部，将龙虎碑竖在了那里。

铁龙飞嘱咐王大路和其他人，不论谁都不能动这两块石板，更要防止出碴进料的工程车辆撞在石板上，那样会不吉利。林天豹没立石碑，在洞口门外的山坡上，垒了一座小庙，在庙里供了一座山神像，经常派人上去烧香摆供果。形式不同，目的一样，都想图个心理安慰。

洞门口立了两块龙虎石板，会议室门口还搁着两块。疯婆子从半山腰家里沿山道下来，在施工队驻地前面的空场上瞎溜达，看到铁龙飞和江水站在会议室门口，凑过来神神道道地说：“哟，大兄弟，上次王母娘娘说地动山摇，结果洞里塌了。昨晚，王母娘娘给我托梦说你来了，我下来看，你还真来了，跟原先那个人分了吧？”

铁龙飞哭笑不得，说：“你别乱讲话，俺们都怕你。”

疯婆子吊着三角眼，莫名其妙地问：“咦，怕我做甚哩？我不可怕，你们是怕王母娘娘。”

江水推着她赶紧离开，说：“行啦行啦，我们有事，你快走吧。”

“别人请我都请不动，你还赶我。”疯婆子说着低头去看龙虎石板，好奇地问这是从哪儿弄来的。铁龙飞说还剩两块，让她拿去安到家门口。

疯婆子连连摆手，说：“我家有王母娘娘坐堂，用不着，你们快送别人吧。”

王大路嘲笑疯婆子，说：“哎，疯婆子，我们打这座隧道顺利吗？”

“瞧你说的，咋不顺利？”疯婆子指着铁龙飞神经兮兮地说，“他命硬，镇得住，我天天在家里烧香，山神保佑你们，放心吧。”

说话间，一青年驾驶着摩托车轰隆隆开了过来，停在了会议室门前，映秋从后座上下来。听到摩托车的声音，民工们从宿舍里伸出头来看。小铁匠和张善跑出来，看见了映秋。她与铁龙飞和王大路、江水等人相距不到十米，却没有再往前挪步，羞红着脸站在那里。

疯婆子走近映秋问：“哟，你是来讨债的吗？”

“我找谁讨债？”

映秋非常嫌弃地赶疯婆子走，小铁匠和张善走过去拽着疯婆子，说：“你走吧。我们忙着呢，没空跟你闲扯。”

疯婆子基本是被小铁匠和张善架着离开的。江水心领神会，笑着轻轻拍了拍铁龙飞的肩膀，意思是让他跟映秋单独聊聊。江水朝周围的人挥了挥手，轰大家去干活。

铁龙飞喊住江水，说：“把这两块‘龙虎碑’送到斜井去吧，看林天豹要不要。”

王大路不同意送给林天豹，说：“挺好的东西，咱自己留着呗。”

铁龙飞说：“送给姓林的吧。咱们打一座隧道，都平安才好。”

王大路喊小铁匠和张善过来帮忙，将两块石板抬到皮卡车上，由江水开车拉着去了斜井。等人都走完，铁龙飞才邀映秋进屋里坐，映秋跟在后面来到会议室，拘谨地不敢与铁龙飞对视。

“听说你受伤了。”映秋羞涩地说，“我来看看你。”

铁龙飞谢了映秋，问道：“找我有事儿？”

映秋抬头望着他说：“你跟林天豹闹翻了，我有点儿难过。”

铁龙飞把目光投向远方，说：“为他还是为我？”

“为你。”

铁龙飞盯着映秋说：“你是他的人，我跟你没关系，为我难过从何说起呢？”

“可我心里想着你，想给你道个歉。”

铁龙飞摇了摇头说：“应该道歉的是他，不是你，你不该来找我。”

映秋说：“不，我想在这边开个超市，方便民工买东西，你能给我提供两间房子吗？挣了钱，我给你交租金。”

铁龙飞有些诧异，眨巴着眼睛盯着映秋看了好久，说：“你最好别来我这里开，要开超市还是去林天豹工地那边开。”

映秋说：“我不去他那儿开，他们那些人的心比较坏，我不想再被他们欺负。”

铁龙飞说："你来我这儿开超市，林天豹会怎么想？他会把我当作敌人，我背不起这样的黑锅。"

映秋说："我要带映春和映红一起做，我不求你帮我，只求你能让小铁匠和张善把我两个妹妹带走。"

隧道出口外是一段路基，再往前是一座大桥。除了刚搬来的山东劳务队，前面还有桥梁队和路基队，工地上的人都需要购买生活用品，这群人还真不少，开超市卖烟酒糖茶和日用品，确实是个不错的主意。在工程项目建设过程中，有一个特别的现象，铁路修到哪儿，工地沿线就会一夜之间冒出一大帮姑娘媳妇，她们在周围做起各种生意，专门吃铁路饭。也有人戏称她们是一支特殊的"娘子军"，即便是身处海拔四千米的高原地区，她们照样能在绵延千里的线路站点旁边，搭起简易的洗头店和小卖部，从日出到日落，总能吸引着一些民工。

铁龙飞听说过这种事，深思熟虑后，试探性地问道："你打算做哪种生意？"

映秋不知道铁龙飞的意思，说："开超市卖烟酒糖茶和食品、衣服、鞋子、牙具等日用品呀。"

铁龙飞说："噢，卖这些还行。如果林天豹还怀疑咱俩，过来找我的麻烦咋办？"

映秋干脆地回答："那我就跟他彻底分手。"

铁龙飞想了想，说："如果你坚持要来这边做，我让王经理给你挤出两间房子，但你要考虑好后果。"

映秋笑着点头说："我想过了，没事的。哎，我想问你句话。"

"啥哩？"

"你真有对象了吗？"

"没啊。"铁龙飞十分惊讶，"谁说的？"

"张善。"

"张善？"铁龙飞说，"哦！我心里有人了，不过还没见到她呢。"

映秋对这个答案有些失望，脸上的笑容逐渐消失了，说："祝你们幸福。啥时能把房子腾出来？"

铁龙飞说自己和江水要回老家，让映秋回头去找王大路。映秋心存感激，告别了铁龙飞，一个人沿着弯曲的山道，朝隧道外走去。铁龙飞望着她远去的背影，心情很复杂。他气呼呼地把张善喊到会议室，问道："你咋说我有对象了呢？谁告诉你的？"

张善红着脸，吞吞吐吐，把去映秋家碰到林天豹之后发生的争吵讲了出来，说："不提你有对象，姓林的老怀疑你和阿姐。"

"说我有对象，他就不怀疑了吗？"

张善说："这我不知道。"

铁龙飞训斥道："以后出去别乱说，有没有对象是我个人的事儿。"

当晚，铁龙飞与江水电话商量后，交代王大路腾出两间宿舍给映秋，帮她把超市开起来。小铁匠和张善听说这个消息，缠着王大路把一层最边上的两间宿舍腾空让了出来。俩人将里边打扫得干干净净，反复开了几次门锁，看是否能用。待安排妥当，俩人打电话给映春和映红，通知她们开超市的场地有了，安好货架即可进货开张。映秋听后很激动，对铁龙飞更增加了几分敬意。

江水拉着龙虎碑来到斜井工地，工人们都进洞施工去了，只有林天豹和会计在。江水将车停靠在施工便道一侧，跳下车跑去林天豹办公室，站在门口喊："老板，我给你拉来两块好东西。"

林天豹坐在茶台前，右手端着紫砂茶杯，刚举到嘴边要喝，被江水这句冷不丁的话惊到了，问："啥好东西？"

江水朝屋里招手，说："我带你去看。"

林天豹和会计撂下茶杯，好奇地跟在江水后面走近皮卡车，伸长脖子朝车厢里瞧。两块龙虎碑字朝上平放着，太阳照在掺有朱砂的红漆上十分刺眼。

会计不屑一顾地说："这算什么好东西？不就是两块石板嘛。"

江水"嘿嘿"笑着说："这你就不懂了。出口可是在洞门左边和右边各竖了一块，龙虎把门，据说灵验得很。"

林天豹讲迷信，看完石碑暗暗高兴，没深究石板是从哪儿弄来的，说道："铁龙飞这小子挺讲究啊。他竖我们也竖，拉上去让刘万川叫人立在洞口。"

江水按照林天豹的吩咐，开车把石板拉到洞口值班室外，冲着正在里面抽烟的刘万川说："你找人弄些灰来，老板让安在洞门下面，左龙右虎。"

刘万川问："这东西哪儿弄来的？"

江水说："铁龙飞送的，刚从出口拉过来。"

刘万川说："老板想安，让他自己来安，我不安。"

江水说："哎，反正我交代给你了，你不安跟老板说去。"

刘万川说："龙虎斗，铁龙飞这是害老板啊。"

江水卸完石板停好车，戴着安全帽钻进了隧道。刘万川果真没叫人去弄，自己跑到坡下林天豹办公室挑拨说："老板，雕着龙和虎的那两块石头，是铁龙飞送的，我看他没安好心啊，洞门下面不能安这东西，龙虎斗呀。"

林天豹猛然一惊，说："铁龙飞送的？"

"江水亲口说的呀。"刘万川说，"这小子跟铁龙飞一头，他们坑咱们呢，立在洞口万一出事，我可不管。"

林天豹经不住刘万川的挑唆，带着刘万川去了隧道斜井，气呼呼地打电话把江水从隧道里喊出来骂了一通，说："你咋不跟我说是铁龙飞送的，他心里记恨我，送两块碑是啥意思？"

"你这脑袋咋长的。"江水恼怒地骂刘万川，转身对林天豹说，"老板，你咋净想别人的坏处呢？铁龙飞是一片好心，刘万川有眼不识泰山，如果你怕被铁龙飞害，我就把龙虎碑扔掉。"

刘万川指着卸在值班室外的石板，说："老板，龙虎带煞气，咱谁都不能信，更不能信铁龙飞。你想啊，铁龙飞凭啥无缘无故花钱送咱们这个？明摆着嘛，他接出口就是想跟咱们斜井斗，这叫龙虎之争。安上这东西，说不定哪天洞里会出乱子。这样，他不就得便宜占了上风吗？"

林天豹被刘万川一席话说得直犯嘀咕，抬脚踩住两块石板，说："江水啊，我对你可不薄噢，你怎能跟铁龙飞一伙，拉这东西来坑我啊。"

面对刘万川和林天豹的猜疑，江水气呼呼地说："好吧，怪我好心办坏事。既然你们这么认为，那我现在把这两块石板扔了，这总可以吧！"

江水涨红着脸，先抱起龙碑走到值班室后扔到坡下，又跑回来抱起虎碑奋力朝坡下扔去，只听"嘣"一声响，虎碑砸中龙碑，两块碑瞬间断成了四块。

江水满肚子气，称以后再也不想跟他们打交道了，等猴子工班的人回来，他就把工班拉走。他的这一举动，大大出乎林天豹的意料。林天豹和刘万川从没见过江水发这么大火，问他想把人拉到哪儿去？

江水说：“我带他们回老家还不行吗？此处不留爷，自有留爷处。”

其实，林天豹很怕江水工班的人走掉，但江水已经与铁龙飞和王大路上了一条船，斜井劳务能干接着干，不能干他就把工班拉到出口，先种好自家的一亩三分地。林天豹有点儿后悔，不该完全听信刘万川的话去激怒江水。扔了两块石板，特别是龙虎碑都被砸断了，林天豹心里也发虚，问刘万川：“铁龙飞跟我有仇不假，可江水至于拉他送的两块石板来害我们吗？”

刘万川说：“老板，我可是对你负责。打隧道邪乎得很，哪儿弄不好，都会出幺蛾子。”

林天豹又问：“你敢保证扔了石板就没事吗？”

“这谁说得准啊？”刘万川说，“不过，我敢保证咱们不会上铁龙飞的当，他的圈套白设了。”

江水没敢告诉铁龙飞，好心被林天豹当成了驴肝肺，如果铁龙飞知道，一定会被气死。回老家前的那天下午，江水开车去出口见铁龙飞和王大路时，只字未提龙虎碑的事儿。路宽通知他们去项目部签订隧道出口的施工合同，三个人沉浸在兴奋之中。合同条款是统一范本，没有修改的余地，铁龙飞和江水坐在会议桌前看了几遍，没有提更多意见，他们相信项目部对各劳务队会一视同仁。路宽称项目部提供的设备费和材料费，会按合同条款从每月计价中扣回，问他们还有什么想法。

铁龙飞痛快地表态说：“能把隧道出口交给我们干，就是对我们最大的信任，不管赚不赚钱，我们必须把活儿干好。”

路宽满意地回道：“哪能不让你们赚钱呢？起码不会让你们亏本，再说你们也亏不起。我要求的是能给项目部争光，保证工期、质量和安全，别让我老挨批。”

江水汇报称他和铁龙飞明天回家去筹款买设备，快去快回。

路宽说：“你们先去想办法，真筹不够钱，我可以先让计财部预支一部分计价款，当然不会太多。”

铁龙飞和江水被路宽的话，感动得差点儿落泪。俩人拿着合同回到出口驻地，让张二奎安排厨师炒了几个小菜，跟王大路三个人喝到将近天亮。公司注册需要股东身份证复印件，铁龙飞用手机把江水和王大路的身份证拍下来留存。拍完嘱咐王大路，他和江水回老家后，隧道塌方清理掌子面的事就靠他了。王大路保证一定能管好现场，他已跟老婆曹桂花打了电话，让铁龙飞回去找她取钱。三个人商量好购买设备的出资方，分别打了借条，回来后共同签字。临散场，铁龙飞问王大路有没有啥话儿捎给老婆。

王大路一口酒下肚，说："没有，老夫老妻了，就说我在工地挺好的，让她和孩子放心。"

第二天一早，铁龙飞和江水收拾完行装准备去赶火车，工班里的人都从宿舍里出来为他俩送行。听说铁龙飞要回家，小铁匠、铁铮骨和铁子安等人还乡心切，围着铁龙飞说个没完，让他向家里的亲人带好。

铁松儿手里拿着一只从镇上买来的儿童玩具，跑出来递给铁龙飞，说："龙飞哥，儿子出生快百天了，我这当爹的还不知道他长啥样呢。你帮我把这个玩具带回去交给雅芹，陪着我儿子慢慢长大。"

铁龙飞接过来看了看，是一只会发出声响的黄色小鸭子，一捏就"呱呱呱"地叫。铁松儿望着那只玩具憨憨地笑，两眼有些潮湿。铁龙飞把玩具装进行李箱内，说："松儿，知道大伙儿都想家想亲人，我也想。可是咱们要打工吃饭，要挣钱养家糊口，更要活下去。隧道打通以后，我一定给大家放假，让你们回去与亲人团聚。"

最后一个从人群里挤过来的是张二奎。他两手空空，握着铁龙飞的手说："回去到俺家去一趟，告诉你婶子，俺爷儿俩好着呢，别跟她说我下井捞钻头的事。那四万块钱就搁在你这儿用，你婶子可没见过这么多钱。有了钱，她会到处乱掖，说不定哪天犯糊涂给弄丢了。"

铁龙飞说："我先帮你保管着，张善娶媳妇时拿出来用。"

在众人思乡情绪的感染下，铁龙飞也潮红着双眼，最后在江水的催促下才离开了工地。小铁匠和铁松儿跟车送站，直到把铁龙飞送上绿皮火车，看着他一路朝北方驰去才回工地。

铁龙飞脚趾受伤行动不便，下狠心买了一张硬卧票下铺，比硬座票高出三分之一的价格。既然钱花了，那就好好享受一番。他将木拐搁在铺底下，把脚横着挪到铺上躺下，满脑子都是工地的那些事。行程一半时，他忽然想起县城边上有个双桥镇，镇上有个会接骨的老太太，祖传接骨神得很，哪怕是粉碎性骨折，只要她一上手，三捏两捏“咔吧”一声响，骨就接上了，现在已经传了三代。他想下车第一件事，就去找双桥镇老太太，先把脚趾捏好。于是，打电话给转业到县工商局的战友汪文进，让他提前联系好，下车直接过去。

汪文进开车跑了一百二十公里路，在济南高铁西站出口接到了铁龙飞，又折返一百多公里路拉他去了双桥镇。老太太的诊所面积不大，里边挤满了前来做接骨治疗的伤者。轮到铁龙飞时，他拄着拐进去，老太太让他把纱布解开看看。

铁龙飞乖乖地解去发黄的纱布，石膏板硬邦邦地糊在脚面上。老太太抓起旁边的小铁锤，“嘣嘣”两下敲掉石膏，用盐水帮他清理干净，伸出露着青筋的右手，在铁龙飞脚趾上来回摸。

老太太边揉边说：“你的脚趾没断哩，是脚趾骨头脱节了，丢了拐吧。”

老太太的手法很特别，使劲捋着捋着，猛一捏，只听“咔吱”一声响，铁龙飞立马感觉不疼了，像好了似的。揉搓一阵后，老太太喊徒弟拿来一种自制的药膏，帮他涂在脚趾上，然后用绷带缠紧，说：“下地走走，没事了。”

铁龙飞十分小心地站起来，踮着脚在屋里走了两步，右脚不疼也不痒，几乎又恢复到了从前的状态，完全没有了受伤骨折的感觉，在惊讶民间医术神奇之余，摇头“扑哧”笑了。原来镇子上那名夜间值班医生，是位新来的实习生，闹了一场乌龙，害得他多日来像个受伤从战场上抬下来的士兵。铁龙飞掏出两百块钱递给老太太，甩掉了拐杖，出门钻进了汪文进的车里。

阔别家乡几个月后，铁龙飞和江水分别回到了各自的农村老家。正是冬闲时节，又刚过完年，村头总有一帮老少爷们儿和妇女袖着手站在街边，无所事事地看着过往的车辆和行人。在这群人中，有小铁匠和铁松儿的爹，铁铮骨老婆陈玉环，铁子安媳妇王春玲，王大路媳妇曹桂花。张二奎家婶子张王氏，头戴一顶黑绒丝帽，脖颈上裹块蓝布巾，袖着两手正跟站街的人说话，眼巴巴地瞧着过往车辆，目光充满期待，很明显是在盼望张二奎和张善回来。村里人一看便知，这些人都是跟着铁龙飞外出打工人的父母和老婆。

铁龙飞的车行驶了大约四十分钟后到达村头，他有意落下车窗，那是对同村父老乡亲们的一种尊重。

“俺娘哎，这不是龙飞大侄子吗？你咋这时候回来啦？”

张王氏透过车窗，第一个认出了铁龙飞。一声喊叫，惊到了其他街边的人，纷纷拥上前，把小车围了个严实。铁龙飞让汪文进停下，而后赶紧下车，从口袋里掏出一整包中华烟，边给男人们散烟，边跟他们寒暄拜年。

张王氏拉住他的手，问道：“俺儿他爷儿俩咋没回来？”

铁龙飞说：“我回来办事，办完得马上回去。二奎叔和张善在工地上好着呢，不用你惦记。”

铁松儿爹问：“生孩子松儿没回来，过年咋也不回来啊？”

铁龙飞解释道：“工地走不开，我们刚接了个新活。”

大家你一言我一语地问着各家亲人的情况，铁龙飞应接不暇，又不敢怠慢，等一一做了答复，才让他回家。

汪文进开车驶过两条胡同，把车停在了铁龙飞的家门口，从后备厢提下行李，被铁龙飞喊进家中喝水。铁龙飞的父亲铁继先走亲戚拜年去了，母亲和铁春蕾正在院子里晒被子，见汪文进提着箱子进门，铁龙飞跟在后头，激动得不得了。铁春蕾连忙跑上前接行李箱，汪文进摆手示意不用，三步并作两步跨进了堂屋，对铁龙飞的母亲说：“阿姨，龙飞好样的，在部队一直是标兵。带人出去干劳务，干得很出色。”

铁龙飞母亲说：“他有出息，还不是你们帮衬的。”

铁春蕾忙着给铁龙飞和汪文进沏茶倒水，问：“哥，你春节也不回来过年，咋还像在部队，出去就不想家啊。”

“谁说不想家？我回来过年，村里打工的那些人咋办？刚接到的活不能舍下吧。”铁龙飞说，“娘，俺爹呢？”

“恁爹串亲戚去了，下午回来。”铁龙飞母亲答道。

过年期间的饭好做，都是现成的。现如今农村家家都安了双头燃气灶，不像过去烧煤炉，烟熏火燎，不仅呛人，还容易煤气中毒。铁龙飞家里有东厢房两间，堂屋五间，其中三间是大开间，一间用来做饭。母亲架起蒸锅烧水，在锅里安上箅子，又端出满满一筐年前蒸好的白面馒头，拾出十几个放进箅子里熥上。铁春蕾也在一旁准备着菜。不一会儿，饭菜就端了上来。

铁龙飞和汪文进边吃饭边聊天，战友之间好似有说不完的话，更多的是回忆一起在部队时的生活，最后快要吃完时才聊到工程。汪文进告诉铁龙飞，公司营业执照已经申报，经营范围填了建筑、装饰、机电设备安装、土石方工程、钢结构、水电安装工程；建筑装饰材料、环保设备、金属材料、木材及制品、防水材料、机电设备及配件销售等，就差确定谁当股东了。

铁龙飞从没办过这类公司，不清楚工程类经营范围包括哪些，问汪文进："填写那么大范围，咱也做不了啊。"

汪文进说："都这么填，做不做另说，真做时如果营业执照和经营范围里没有，不就抓瞎啦？这些你别管，就说股东填谁吧？"

铁龙飞说："那我当法人，江水当股东，王大路当监事，你要不要参一股？"

汪文进笑着说："我是公务员，不能参股民营公司，那样就违规了，我可不能破规矩啊。你干你的，赚了钱请我喝酒就行啦。"

俩人约定初八上班后，铁龙飞自己去县工商局办营业执照和劳务资质。注册资本金加上购买设备，铁龙飞说至少要花两百多万。汪文进一听头就大了，问："这么多钱到哪儿去弄？把你的复转费全搭进去也不够啊。"

铁龙飞说："我想找银行贷款，能帮我找找人吗？"

汪文进说："我姑家表哥在县建行当行长，看他给不给贷。"

开车不能喝酒，汪文进头脑很清醒。吃完饭出门时，他跟铁龙飞开玩笑说："假如有一天我下岗了，混不上饭吃就去找你。"

铁龙飞说："你真会开玩笑，工商局多好的单位，哪会下岗？"

临走，汪文进上车后撂下一句话，如果有需要他办的事情，让铁龙飞别不好意思张口，虽然只是个普通科员，跑跑腿办点事儿愿意效力。

送走汪文进，铁龙飞要去铁铮骨、铁子安等人家串门拜年。他从行李箱里拿出那只黄色小鸭子，先去了铁松儿家。李雅芹正在哄孩子睡觉。

松儿娘把他引到屋里，说："雅芹，你龙飞哥过来啦，快起来。"

李雅芹从床上下来，请铁龙飞坐。铁龙飞将玩具交给她，说："松儿给孩子买的，他好着呢。"

李雅芹接过玩具看了看，眼泪扑簌簌地往下落，问铁松儿啥时候能回来，铁龙飞一时难以回答。

松儿娘说："实在不行，让松儿回来吧，不出去挣这个钱啦。"

铁龙飞说："年轻人都在往外走，出去再回来还不是受苦？"

可能是说话声吵到孩子了，他伸着小手“哇哇哇”地一阵乱哭。李雅芹爬上床将他抱在怀里，轻轻拍打着孩子的后背，哭声才渐渐停歇。

李雅芹面带愁容，说：“龙飞哥，别叫松儿回来了。等孩子大点儿，我也出去打工挣钱，没钱的日子不好过。”

铁龙飞被李雅芹的话深深地刺痛了。铁松儿的家境跟多数农村人家一样并不富裕，靠种地基本没啥收成，养孩子的成本又大，想发家致富谈何容易？

铁龙飞说：“让松儿跟着我干吧，挣不到钱，我们没脸回来见你们。”

让铁龙飞感到欣慰的是，他到小铁匠和张善家，把映春和映红的事情说给了他们听后，小铁匠父母异常激动，说：“把那姑娘领回来，咱好好待人家。”

铁龙飞说：“凭俺铁匠兄弟的人品，能领回来哩。”

张王氏听说有姑娘相中了张善，当时双腿一弯跪在了铁龙飞面前，说：“大侄子，你可真是个大菩萨。在咱这十里八村，谁家姑娘能看上俺小善？就俺家这穷劲儿，还不是要打一辈子光棍？”

铁龙飞伸手扶起张王氏，说：“婶子，这可使不得，快起来。张善能吃苦，不惜力，我需要他这样的人。”

张王氏声声哀叹，颤巍巍地站起来，抹着眼角的泪，说：“不管你到哪，都别忘带上他，俺和他爹死后也放心。”

曾经的沃野，给老辈人带来过希望，也让他们有过悲伤。尤其是那些曾把土地视为家族繁衍生息的希望的庄稼汉，面对黄土地的耕种和生活所需，年轻人远离家乡，人稀了，地荒了，情淡了，乡音改了，这让他们很是担忧。

铁龙飞带领村里年轻人外出打工，在农村是一种普遍现象。他不想看着村里的兄弟爷们儿受穷，更不想重复过那种日出而作、日落而息，没有丝毫改变的枯燥生活，只想带着村里的年轻人，在可以努力的范围内改变生活状态，让大家不再为吃饭穿衣嫁娶发愁，这便是他奋斗的目标。

铁龙飞去的最后一家，是王大路家。门口拴着一条小黑狗，王大路媳妇曹桂花，正在堂屋里收拾着东西。小黑狗见生人来，冲着铁龙飞“汪汪汪”地狂吠不止。曹桂花听到狗叫，撂下活儿站在门台上往外瞧，一看是铁龙飞，忙招呼着：“哟，龙飞兄弟，来就来呗，还拿东西做啥哩？”

铁龙飞一步跨上两级门台，进屋将年货放在八仙桌下，说：“俺大路哥回不来，我来看大嫂是应该的嘛。”

曹桂花问王大路在外顺不顺心，干活累不累，吃得好不好，睡得香不香，这应该是留守女人们最关注最操心的内容。她一再嘱咐铁龙飞，不要让王大路喝酒，以免伤了身体。

铁龙飞说：“俺哥跟我在一起，你还不放心啊？身体棒着呢。”

“你回来就是办公司的事儿呗，你哥来电话跟我说啦，让我在家等你。”

曹桂花让铁龙飞坐在上座，冲了一碗糖水端到他面前，说完进到里间，从抽屉里拿来一张存折递给铁龙飞。“这三十万块钱，你拿去用。俺家就这点儿积蓄，挣了钱再还给俺，可别干亏打了水漂，那就把俺家的家底赔光啦。”

铁龙飞接过存折，打心里佩服王大路和曹桂花的魄力，说：“大嫂，我和大路哥，加上河南一个兄弟三个人一块干，赔挣都由我担着。哪怕我自己不挣钱，也要给你们付本还息。如果不放心，我给你立个契约。”

曹桂花摆摆手，说：“不用不用，信得过兄弟。唉！这点儿钱也不够啊，那咋办？”

“我已经开始联系银行，砸锅卖铁也要凑够钱，置齐公司需要的设备，把新接的活儿干好。”

铁龙飞拿到了第一笔钱，不过仅仅三十万，他给曹桂花立了收款字据后便告辞了。他盘算了一路，咋盘算咋不够用。注册资金至少一百万，再少显得公司没实力，剩下是买设备和办理资质、现场周转的钱了，没有一百五十万打不住，这些都需要他去筹。细细一算，除王大路入股三十万，占比百分之十多一点儿。家里仅有的复转费出去后已经花了一部分，好在在林天豹那里干了两个月，抹平后还赚了十多万。但即使复转费全部拿出来投到公司，还差一百四十万。就算江水能筹到一百万，里外还差四十万，何况还不确定江水能筹到多少钱，咋都需要找银行贷款。

于是，铁龙飞打电话给江水，问他到底能筹到多少。江水回到老家，提着拜年的东西，一刻不停地去了舅舅的彩钢房生产加工厂。亲娘舅见外甥来借钱，心里也打鼓，支支吾吾一个上午，才答应借给江水五十万，使用期两年。江水说钱不够，能不能再给多借点儿，舅舅皱着眉头不说话，站在旁边的舅妈满脸不高兴，说："俺家做的是小买卖，一年开销不少，恁舅也不容易，再多真拿不出来，不能眼瞧着厂子黄了吧？"

江水被舅妈说得不好意思，接过舅舅递过来的一张五十万元银行卡，回到了家，合计后告诉铁龙飞，加上自己在工地带劳务干活积攒下来的钱，东拼西凑最多能筹七十万。铁龙飞掰着指头算了算，而后分别跟江水和王大路算账交底，说总数还差七十万，剩下的钱自己打算去银行抵押贷款，由公司通过干项目还。

江水和王大路赞成他的意见。铁龙飞的想法得到了认可，但在思想上背负了巨大压力。作为一个既没有半点儿老底，又要白手起家干一番事业的年轻人，钱的重要性以及对钱的把控性，都给他带来了挑战。如若掌控不了钱，钱就会带来灾祸；钱若在掌控之下，则能让你财富自由。铁龙飞暗暗下定决心，贷款下来后，要把每一分钱都用在刀刃上，以钱生钱。可眼下筹款的最大难度，是去说服父母把复转费全部拿出来。

天黑之前，铁龙飞回到了家里，父亲铁继先走亲戚刚好回来，正坐在堂屋里喝着茶等他。一家人团聚自然很高兴，父子相见更是格外亲切。两位老人并不在意工程干得如何，而是发愁铁龙飞的终身大事，问他有没有对象，十里八乡有许多亲朋好友找上门来提亲，催他早点儿找个姑娘订婚，先成家后立业。铁龙飞一心想着筹款办公司，听父母不停地唠叨，心就烦了。

铁春蕾坐在母亲一侧，劝铁龙飞："哥，你还烦，咱爹和娘天天替你发愁，你老拖着不找对象结婚，以后我咋出嫁啊？"

铁龙飞说："去去去，你毕不了业别想找对象。"

铁春蕾噘着小嘴，说："那将来我考会计专业，等你的公司开大了，我去当会计，保证把你们挣的钱管住喽。"

四口人聊着聊着，话题转到了开公司上。铁龙飞趁机给父母算账，需要筹到两百多万用来办注册、购设备，其中自己要筹借八十万，提出将复转费全部拿出来。

话音刚落，铁春蕾第一个反对，说："哥，出去还没挣钱呢，咋就先往里搭这么多钱啊？你的复转费全部拿出去花了，我上大学的钱从哪儿来？"

铁龙飞说："你相信哥不？能少了你上大学的钱吗？"

铁春蕾脸上没了笑容，摇着母亲的胳膊，说：“娘，俺哥把家里的钱全部拿去用，万一遇到事咋办啊？”

铁继先把刚抽了两口的香烟扔在地上，抬脚捻灭，说：“你们合伙开公司，我和你娘不能说不支持，可你没成家呢。真有闺女相中咱家，到时候连彩礼钱都拿不出来，那可咋好哇？”

铁龙飞心情变得沉重，说：“爹，我个人的事你们甭操心，到时候给你和俺娘带回来一个就是了。我挑头办公司当法人，大路哥家出了三十万，把家底都拿出来了。我即便是把复转费全拿出来也不够，还得去贷款，不然公司开不起来呀。”

铁春蕾插话说：“让他们多出不行啊？”

铁龙飞越说越急：“江水已经筹借了七十万，谁家都不宽裕。我可以不娶媳妇，但不能不开公司，咱老铁家不能再这么继续穷下去啦。”

铁春蕾又问：“那你敢保证不赔本吗？”

铁龙飞说：“我不敢保证成为富翁，可我会努力带着大家一起挣钱。”

母亲最心疼儿子，打断铁继先和铁春蕾，说：“恁爷儿俩都甭说了。钱存在银行里也没用，一年利息没几个子儿。龙飞开公司也不是胡花，总不能看着他去头拱地吧？”

说完，母亲走进里屋，从大衣柜里找出一个小铁盒，在里边翻腾了几遍拿出存折，回到堂屋递给铁龙飞，说：“儿子，拿去用吧，娘不能让你作难。”

铁龙飞很感激母亲的理解，嘴里喊了句“娘！”，眼泪“唰”地流了下来。想想母亲不仅给了自己生命，在走投无路的时候，也是最能理解和支持自己的人。

“孩子，你去大胆地闯。干赔了，娘陪着你去要饭。”母亲说着，上前帮铁龙飞抹去了眼泪。

# 第十五章

铁龙飞得到了家里人的支持，手握两张存折，心里踏实了许多，不过两张存折像两块沉甸甸的石头，压着他。

春节放假没结束，县政府各部门还没上班，铁龙飞和江水、王大路分头打电话向几个设备生产厂家代理商询价。购买一台挖掘机和一台装载机，总价只能控制在一百万元以内。三个人打听完一通气，价格基本相差无几，手头的钱刚刚够用。徐工 XG245 和 XG270 的挖掘机最多不超过 80 万元，50 装载机 36 万元，并且有优惠，还可以暗接。相比之下，他们决定购买徐工的设备。

第三天下午，铁龙飞打电话给汪文进，让他约在银行当行长的表哥刘敬宾。汪文进很快给他回话，说约好了当晚一起吃饭，并在县城一家刚开门营业的酒店订好了包间，催铁龙飞赶过去。过年招待客人不能空手。铁龙飞傍晚前赶到县城，在酒店旁边的一家专卖店，买了两瓶五粮液，一条高档的将军牌香烟作为随手礼。来到包间时，汪文进已经点好了菜，还从家里提来了烟和酒，在里边等他。看服务员和铁龙飞抱着酒和烟进来，说："咦，这些我都准备了，你还花钱干啥呢？"

铁龙飞说："你帮我办事，我不能让你花钱啊。"

汪文进开玩笑说："请的又不是别人，是我表哥。吃顿饭，你还跟我计较，再穷，饭还是请得起的嘛。今晚我买单，你可别跟我抢。"

铁龙飞笑了笑，猜到汪文进可能是念着他在部队时舍命相救结下的缘。有一次开挖地下工事，俩人在一个工班，挖着挖着隧道塌了，铁龙飞不顾自己安危冲上去救了汪文进，这份战友之情是其他人无法替代的，他想拒绝也拒绝不了，于是想了想说："行，不跟你抢，你来买。"

汪文进让服务员沏了壶茶，两人边喝边聊。铁龙飞问贷款的事跟行长说没说，有哪些条件。汪文进说："跟我表哥说啦，所以他才答应出来见面，就是不知你有存款或可抵押的财产吗？"

铁龙飞没办过贷款，不清楚程序和贷款条件，愕然地摇头说："我啥也没有，要不用我家的宅基地作抵押行不？"

汪文进说："农村宅基地才值几个钱，恐怕不行。表哥来了再说吧，看看他的意思。"

刘敬宾四十岁出头，梳着背头，戴副金丝边眼镜，穿着十分整洁干净，脚上的皮鞋擦得锃亮，一看就是个十分讲究的人。在县城当行长，是普通百姓可望而不可即的职位，县里穷得叮当响，求他贷款的人，不是政府部门的头头脑脑，就是企事业单位的老总，天天少不了饭局。他答应当晚出来见面，是看汪文进的面子，但对铁龙飞贷款一事，他心里早有数。农村人贷款都是小额，一般不超过十万元，属于政策扶持型。一次贷款七十万元是个很大的数目，没有财产或存款作抵押，基本贷不成，他对这类商业行为心里没底。虽说贷款人是表弟的战友，可铁龙飞是啥样的人，他全然不知。

刘敬宾来到饭店，在包间门口稍愣片刻，朝里打量了一眼。铁龙飞的发型跟汪文进一样，留着平头。看行长出现在门口，铁龙飞立即起身，抬头挺胸，右手"啪"地行了个军礼，用洪亮的嗓音喊道："报告行长，我是铁龙飞。"

这一声报告和一个军礼，让刘敬宾很是意外。他面带微笑走进去，向铁龙飞伸出了手。铁龙飞握住刘敬宾的手，感受那只手的温度和柔软。

三个人入座，自然是刘敬宾坐在中间位置，铁龙飞和汪文进分别坐在其左右。服务员端来热菜，鸡鸭鱼肉摆了一桌子。刘敬宾瞄一眼后客套地说："点这么多菜干啥，过年吃得油腻，来点儿素菜吃得舒服。"

汪文进说："表哥，菜是我点的，你就上啥吃啥吧，退不了。"

铁龙飞很有洞察力。他把服务员支开，自己亲自为刘敬宾斟满酒，连干三杯后，刘敬宾问铁龙飞是哪个乡的，家里有几口人，现在在干啥。最后问道："你跟文进是战友？"

铁龙飞毕恭毕敬地说："是，我跟他是一个车皮拉出去的。"

汪文进夹了一筷子菜放在刘敬宾的餐盘里，说："哥，龙飞可是好兄弟，修地下工事时，救过我的命。不是他，我早被炸飞了，哪还能坐在这里跟你一块喝酒？"

刘敬宾是个场面人，从不失礼节，"嗯嗯"两声，端起酒杯回敬铁龙飞，说："你们战友情同手足。来，我敬你。"

铁龙飞站起身，双手端起酒杯一饮而尽，连说两声"谢谢！"

看他不提贷款的事，汪文进直着急，说："龙飞，贷款的事，你直接跟我哥说吧。"

不等铁龙飞张口，刘敬宾先问他需要贷多少，铁龙飞说至少贷一百万元。刘敬宾低头吃菜，也不看铁龙飞，说汪文进告诉他只贷八十万元，咋变成了一百万元呢？铁龙飞解释称新成立公司，八十万元确实紧张，买完设备就没周转资金了。汪文进端酒敬刘敬宾，让他帮忙想办法。刘敬宾撂下筷子，抽出一张餐巾纸擦了擦嘴角，有些炫耀地说他们银行对公家贷款，每笔都是以千万元计，一百万元是毛毛雨，但贷款一般对单位不对个人，还需要资信或资产抵押，要不由第三方担保。这些必备条件，铁龙飞一个都不满足，他和汪文进预感此事难成。

汪文进说："哥，龙飞起步需要扶持，我给他做担保行不行？"

刘敬宾扭头惊讶地望着汪文进，问他拿什么做担保？有钱有房还是有车有产业？一句话噎得他半天没吭声。

铁龙飞极为尴尬地愣在座位上，两眼发直，拒绝汪文进说："你不能替我做担保。万一有闪失，我怕你担不起。"

汪文进说："哥，你是说龙飞不符合条件，贷款办不成了呗？"

刘敬宾看有些冷场，故意缓和了一下气氛，对铁龙飞说："银行不是我家开的，民企贷款确实难度大，上面有明确的规定，何况你们是新公司？"

铁龙飞说："是的行长。不是新公司，也不来找你贷啊，你看看还有别的路子吗？"

刘敬宾重新端起酒杯，跟铁龙飞和汪文进轻轻碰了碰，一口喝下去，问："资产抵押包括设备。还有一种合规的方式，就是合同抵押。你干工程，这两样不会没有吧？"

铁龙飞听后觉得有希望，说："有，有，这两样我都有。大概有一百万元的设备，随时可以签订合同，另有已经到手的四千万元劳务费合同。"

刘敬宾说："嗯！光四千万元劳务费合同还不行，这只能说明你们有这笔业务，还要看你们公司的资信和实物资产。如果达不到，劳务合同仍然过不了关。"

汪文进急切地问："那设备合同不行吗？"

刘敬宾说："如果是全新的设备倒可以考虑，只是贷款比例达不到百分之八十，最高放到百分之六十。"

这顿晚饭没有白吃，征得刘敬宾同意，铁龙飞和江水、王大路通过电话后，决定立即签订两台设备购买合同并提货，将资料交给银行进行审查。但是，六十万元贷款额度，难以达到铁龙飞的出资标准，还差二十万元才能满足公司注册和开办需求。

第二天，铁龙飞又去县城找汪文进，问他能不能想办法筹措二十万元，算借他的钱，每年给百分之十的年化率。汪文进很痛快，答应从自己的复转费中取出二十万元借给他用，铁龙飞的燃眉之急终于得到了解决。

初八，县政府各部门一上班，铁龙飞便赶到县城，让汪文进领着去办工商注册。程序走得很顺利，填完各种资料，递交完三个人的身份证复印件，并在表格上签完字，窗口工作人员让他三天内来取营业执照。接下来是去公安局刻章，到银行开户，再去县建设局申请劳务资质。不过，后面这些程序，都由汪文进代劳了。铁龙飞腾出空，带着两张存折，直接跑去徐工机械代理厂，选定设备型号后，当场签订了购买合同。办完公司相关事务，他在老家待到了正月十五。

两周时间，对一个工程人来说，是极其宝贵的。铁龙飞因办公司业务，忙得晕头转向，顾不上过问工地的事情。在这半个月里，从项目部到隧道斜井和出口，发生了一连串大事。

这一天，铁龙飞站在自家门外，刚通知完王大路，已经雇平板拖车把挖掘机和装载机拉往南方工地，林天豹的电话就打了进来。铁龙飞很不情愿地接了电话，问他有何吩咐？林天豹口气极其生硬，骂铁龙飞为啥要坑他。铁龙飞觉得莫名其妙，问此话从何说起？让林天豹说清楚。

此时，林天豹正站在隧道斜井的值班室外，嘴里叼着仅剩一小截的烟蒂，“呸”地吐了出来，说：“你送龙虎碑是来镇我的啊，现在斜井出事了，你应该承担什么责任？”

铁龙飞气得快要吐血，说：“林老板，我是好心好意为整座隧道着想，出口安了龙虎碑啥事儿也没有，斜井出事能怨我吗？”

林天豹说自从龙虎碑被江水扔下山坡摔断，他就没好事，怪铁龙飞别有用心。铁龙飞后悔不已，觉得自己多管闲事瞎操心，暗下决心，以后再不干这种自讨苦吃的事了。但转念一想，自己的善良不能因为个别人的做法而改变，只能把林天豹看成是缺乏情感的另类而已，如果因为他去改变自己的初衷，那活着还有什么价值呢？

铁龙飞这样安慰着自己，心灰意懒地说：“好吧，林老板。既然你这么认为，算我自作多情。等回去，咱俩当面商讨。”

说完，铁龙飞“啪”地挂断电话，一脚踢倒了堆在身旁的一摞红砖，接着拨通王大路的电话，问林天豹那边到底出了啥事儿。王大路告诉他，斜井放炮崩伤了两个民工。

确实，自从林天豹听信刘万川的谗言，气得江水摔断了两块石碑后，给他心理造成了一定的阴影，整天思绪不稳，生怕工地发生不测。由于每天忧心忡忡，身体老出问题，不是感冒发烧，就是闹肚子拉稀，整天无精打采。他派民工提着供品爬到斜井旁边的小庙里烧过几次香，但也没见好转，于是开始怀疑铁龙飞在龙虎碑上下了蛊。

过完初十，江水的工班整治完二衬砌空洞，通过了路宽和汤公明的验收，质量风波才得以平息。这时，猴子工班的民工全部回来了。山东工班撤走后，新来了一批林天虎的工班。林天豹撑着有气无力的身子，喊上刘万川重新调整工班宿舍，划分工序。猴子手下的民工，从坡下搬到了坡上山东工班腾出的房间，同时拿回了划给山东工班的工序和工程量。猴子眼红铁龙飞接手出口的工程，见林天豹时不时地骂铁龙飞，就在旁边拱火和挑拨，称不该使用山东工班，他们拿斜井当跳板，把自己的队伍练出来了，现在翅膀硬了甩开林天豹搞单飞，还接了出口的劳务，占据这座隧道的半壁江山，完全可以跟林天豹平分秋色。

林天豹越听越来气，嘴里骂着脏话。刘万川护主心切，对猴子说：“你抓紧安排工班往前抢，打到分界线别停，继续往前干，把对面姓铁的工程量全吃掉。”

猴子和林天虎调来的工班承担了放炮、开挖、出碴、底板和支护作业，留给江水工班的工序只有二次衬砌、水沟、电缆槽和抽水。这些工序费时费力费工，却不出效率和产值，是隧道施工赔钱的活儿。刘万川打着小算盘，在排工期和劳力时故意做了些安排。猴子和林天虎两大工班的劳务总数，轻轻松松可以满足进度要求，河南工班的民工留下不富余，走了也不缺，可有可无。猴子始终记着江水和铁龙飞对他发过的难，一心想把他们挤走。于是，他拣最赚钱的工序接下来，把“瘦活”扔给了江水工班。

头顶三尺有神明，许多事情往往是人算不如天算。林天豹身体尚未彻底康复，猴子赶着抢掘进。头天晚上，猴子安排夜班打眼放炮干一个循环，上半夜风枪打眼钻孔很顺当。下半夜，约在凌晨三四点钟，从洞内“咚咚咚”接连传来几声炮响，掌子面爆破炸开的碎石，被强大的冲击波崩出来凌空飞起，恰巧击中两个没能及时躲进避车洞的装炮工，那俩人捂着大腿和肩膀倒在了烟雾弥漫的边墙下。

熟睡中的林天豹猛然听到宿舍窗外一阵紧似一阵的嘈杂声和急促的脚步声，同时传来猴子的喊叫声：“龟孙儿，那俩人死没死？”

“没死，受伤啦。”民工回答道，“得马上送医院。”

林天豹像受了刺激，开灯忽地从床上坐起来，边穿衣服边隔窗拉高嗓门问：“猴子，放炮伤着人了吗？”

猴子已经走到宿舍顶头，听到林天豹的问话，大声回道：“伤了两个，倒霉的玩意儿。”

林天豹和刘万川赶紧跟着猴子进洞察看，安排车辆将两名受伤的民工送到镇医院，一直折腾到天亮，严令现场带班的工长，千万不能将此事传到项目部路宽、汤公明和新来的女总工程师苏欣耳朵里。工长是个年轻小伙子，记住了他们的话，安排出碴工班的民工继续干活，天亮后一切照常，像是什么也没发生过。

林天豹站在洞口值班室外的边坡上，撒完尿提着裤子，又开始琢磨起龙虎碑来，觉得那两块石板有点儿邪，就把刘万川和猴子叫过来，说：“你们把龙虎碑还给姓铁的，搁在这儿不吉利。”

刘万川称虎碑断了没法送，就搁在这儿吧。林天豹点了支烟，说：“不要啦！那就搬到庙里，让山神收了它们。”

猴子说姓铁的给龙虎碑下了蛊，放到庙里也没用。林天豹又一顿痛骂，扬言要铁龙飞承担责任。回头一想，工人被炸伤，是少不了夜班人员没有落实安全作业规程的原因，便埋怨猴子说：“你怎么盯的，安全员为啥不在洞里盯班？铁龙飞和江水的人夜间爆破作业从没伤过人。”

终于找到了正根。施工中出现伤亡事故，根本不存在悬疑或下蛊的问题，而是没能达到安全措施防护要求。林天豹的质问，令猴子和刘万川面面相觑，无言以对。

猴子辩解道：“在洞里盯着呢，这俩傻帽儿跑慢啦。”

刘万川阴险地说：“老板，姓铁的给咱们下蛊，咱们也可以给他们使点儿阴招啊，到时候看我和猴子的。”

林天豹默许了刘万川的主意。他的想法很简单，就是不能让出口占到便宜。当天下午，刘万川和猴子将断裂的龙碑和虎碑装到一辆货车上，顺便叫了两个民工准备送到出口去。民工是江水工班的人，马上跑回洞内向姓李的工长报告。李工长清楚，出口已被江水和铁龙飞接手承包，二话不说，带着两个民工跑出来挡住了去路。

刘万川问：“你们为啥要挡路？”

李工长说：“为啥要把断碑送到出口去？我们不想惹是生非。”

猴子眉毛上挑，说：“断碑不吉利，姓铁的下了蛊，我们还回去。”

李工长说：“知道断碑不吉利，还送给出口，积点儿德不行吗？”

刘万川说：“那你们不去，我俩去。”

李工长命令那俩民工去卸车上的石板，被猴子和刘万川拦住了，最后几个人竟撕扯在一起。林天豹爬上坡来，看到眼前这一幕乱象，对李工长说：“你们进洞干活，让他们去。”

李工长拧不过林天豹，躲到边上掏出手机打给江水，手机却没人接听。没找到江水，也无法联系到王大路，转来转去，张善得到了刘万川和猴子要来出口的消息。此时，王大路等人正陪着项目女总工程师苏欣和工程部部长，在洞里察看塌方情况，洞内没信号，电话接不通。张善很清楚，猴子和刘万川来隧道出口，一定没安好心，就一瘸一拐地跑到宿舍和食堂去喊人。

张二奎和两个正在切菜的厨师，腰里扎着围裙，听说来了坏人，挽着袖子，手里各提一把菜刀迎出来，问："坏人呢？敢来捣乱就剁了他。"

张善边朝一层最顶头那两间宿舍走，边喊："在路上呢，快到啦。"

铁龙飞答应给映秋开超市提供场地，离开工地回家的第二天，王大路按照吩咐，给她们腾了两间宿舍。

落实了场地，映秋来到斜井工地找林天豹，说正月里超市要开张，现在需要钱。林天豹惊讶地问映秋还真在工地开超市啊？

映秋说："谁骗你！我跟映春和映红一起开。"

林天豹无奈地摇着头，问需要多少钱，映秋给他算了一笔账，房租、安全门、货架和冷藏柜，夏天的空调，冬天的电暖气和进出货所需的周转金，至少三十万元。

林天豹听完脑袋嗡嗡响，说："我的亲姑奶奶呀，你张口要三十万，等复工计价下来后给你行不行？"

映秋并不矫情，说："行，但先给我十万元，我急用。"

林天豹不好再拒绝，从包里掏出一张银行卡甩给映秋，转身反锁上屋门，抱住她就往里屋床上拥，说："咱俩还客气什么，钱你拿去花不用还了。走了这么久，可想死我了。"

映秋这次没有反抗，顺从地接受了林天豹，木讷得像是在完成一项任务。一阵疾风暴雨之后，映秋穿好衣服，装好银行卡要离开，林天豹拉住她，说："你不能拿钱就走啊，多陪我两天啦。"

映秋说："我得去订货呢，改天我再来。"

一连几天，映秋和映春、映红一大早来工地，收拾房子，整理供货厂家给超市送来的各种物料，还去镇上订制了一块超市门匾灯箱立在门口，就等进货开张了。

张善跑来的时候，映秋正站在凳子上安装挂衣架，映春帮忙递东西，映红则东挪西搬码物品。见张善急火火地赶来，映红笑着说："你没事快来帮忙啊。"

张善说："我找阿姐，阿姐呢？"

映秋停住手中的活儿，望着门口说："我在呢。"

张善说："阿姐阿姐，你快出来，刘万川和猴子要来这儿搞事。"

映秋从凳子上跳下来，跟着张善来到宿舍前的空场地。张二奎和厨师已经在那里等候。

映秋问厨师："你们拿刀要杀人吗？"

两个厨师互相看了看，说："俺们才不杀人呢，吓唬吓唬那些坏蛋。"

刘万川和猴子开车拉着龙虎碑来到隧道出口，发现映秋、张善和张二奎他们站成了一排，两人绕过他们直接开到洞门前面，从车里往下卸石板。刘万川怀里抱着断掉的龙碑，猴子怀里抱着断掉的虎碑。映秋和张善等人追过去，站在洞门两侧的龙虎碑前，追问谁让他们往这里卸。刘万川说林天豹派他们来的。两位厨师瞪大双眼，故意挥舞两下手中的菜刀。猴子胆大，见过不少世面，根本不把厨师放在眼里，倒是有些怵映秋，问："老板娘，你咋在这儿？"

映秋说："我来开超市，你们来干啥？"

刘万川说："我们来替老板还石碑，你们谁都别拦。"

张善不客气地说："我们不收别人的东西，你们滚吧。"

一听这话猴子来劲了，用身子顶着张善，说："嘿，小瘸子，敢让我们滚，我看你是吃了豹子胆啦。我们就要把这两块碑立在这儿，快躲开。不躲开我可砸啦。"

映秋挡住猴子，说："来，朝我身上砸。我看你们是来砸我生意的，我现在给林天豹打电话。"

张二奎站在龙碑前面，拉住刘万川的胳膊说："刘主管，虽说咱们不是一个队，可打的是一座隧道。你们假若真想把手中的龙碑也立在这儿，就先砸死我。"

"这又死哪儿去啦？"

映秋给林天豹打电话，打不通，气得狠狠地骂了一句，转身对刘万川说："你们把石碑拉回去。只要我在，就不许你们怀里的龙虎碑落地。"

刘万川和猴子遭到了映秋、张二奎和张善的阻拦，不敢将石碑放下，累得满头大汗，双方就这样僵持着。正在这时，一队头戴安全帽的人从隧道里走来，来人正是王大路和苏欣等人。看到洞门口这番情景，众人停住了。

苏欣瞄了一眼前面，问："这是咋回事儿？"

张善说："他们是隧道斜井施工队的，来捣乱。"

王大路走近猴子抢过断碑，奋力扔进了货车车厢，说："快给我滚！再敢捣乱削了你们。”

苏欣上下打量着刘万川，问道：“你们是隧道斜井施工队的，来隧道出口就是为这两块碑吗？”

刘万川之前并未见过苏欣，不知道她是谁，问：“你哪来的啊？管我们干什么。”

苏欣冷笑着说：“我是新来的总工程师苏欣，你们是隧道斜井林天豹劳务队的吧，那咱们后会有期。”

刘万川和猴子心里猛然凉了半截，两手一松半截龙碑“砰”地落地，刹那间断裂成了几半。

这场对决，刘万川和猴子没沾到什么光，拉着两块断碑，驾车灰溜溜地离开了隧道出口，给苏欣留下了极坏的印象。

林天豹听说在隧道出口遇到新来的项目总工苏欣，直骂他俩成事不足，败事有余。接着，映秋在电话里对他一通责备。

刘万川和猴子走后，苏欣悄悄问王大路，刚才那个女的叫啥名字？为啥会出现在隧道工地？王大路简单把映秋作了介绍，最后补了一句，她是隧道斜井劳务队林天豹的姘头，为给桥隧路基队的民工们提供方便，带俩妹妹来这里开超市。苏欣听后并不在意，叮嘱王大路尽快处理塌方掉落的堆积体，把现场清理出来，然后带工程部部长回了项目部。

苏欣是交通大学的高才生，学的是桥隧专业。毕业参加工作正赶上高铁大发展，项目一个接一个上马，恰逢其时。公司将她分配到隧道项目上负责施工技术，锻炼几年后成了技术主管。在西南地区喀斯特地貌的环境中，她竟以完美的隧道技术管理手段，征服了业主和同行，斩获“青年技术标兵”和“三八红旗手”等多项殊荣。

苏欣在大学里曾谈过一个对象，比她高一届，但志向不同，分配后劳燕分飞再无联系。她被派到这个项目上接替汤公明当总工，属于重点培养对象，是出类拔萃、凤毛麟角的人物。

铁龙飞回家那几天，集团公司为突破隧道“卡脖子”工程，节后迅速复工，催着苏欣初十前来项目部报到。学桥隧专业的工科生，不论男女，一提打隧道就上瘾。苏欣也一样，脑子没有停的时候，即使放假回到家里，想的不是高铁桥梁的技术工艺，就是隧道的处理方案。她把母亲安顿好，提着行李箱就来了。

路宽安排汤公明去车站接她，汤公明并不反感苏欣，反而认为她的到来会给自己减轻压力，如释重负，说："技术不分男女，论专业桥隧方面你比我强，你来了我省心啦。"

苏欣莞尔一笑，谦虚地说："你是第一批组织项目上场的人，熟悉工地情况，我来了你可别一推了之，弄不明白的事还得找你。"

汤公明说："哪能呢。桥和路基都挺正常，就是铁门关隧道队伍没选好，出口和斜井交给了林氏兄弟。出口刚把林天虎清掉，承包给了山东队，现在塌方等待处理。斜井是林天虎哥哥林天豹在干，也不是省油的灯。"

汤公明没提铁龙飞的名字，苏欣也没问负责人是谁，只是表态说："既然派我来当总工，那我就试试。没有治不了的劳务队，更没有攻不下来的隧道。"

当晚，路宽让食堂做了一桌菜，把项目部部长以上的人叫到一起给苏欣接风，顺便给她介绍了一下工地的情况。工程人喝酒都是论碗干，喝红酒不过瘾，桌子上摆的全是白酒。

苏欣不喝酒，其他人频频举杯畅饮，她一杯酒陪到底，不管谁敬酒，只端着杯轻轻一碰，小抿一口做做样子。

路宽多次提到铁龙飞，还说曾经打听过她的下落。苏欣有点儿莫名其妙，问路宽："你说的是哪个铁龙飞？重名的多啦，谁知道他是谁？为什么打听我？"

路宽撂下酒杯，说："这我哪知道哇，你们是不是在哪儿见过？"

苏欣想了好久，说："我认识一个当兵的叫铁龙飞，他不会来这儿啊！"

路宽说："对对对，是当过兵，你说的没准就是这个人。"

苏欣内心一阵惊喜，脸颊蓦然红了，真盼着是希望见到的那位兵哥哥，但他不可能到高铁工地来当劳务队长啊！想着摇起头来。

王大路和一帮姓铁的民工陪着苏欣朝隧道出口那边的洞里走去。她随口问道："你们哪个是铁龙飞？"

小铁匠嘴快，说："龙飞哥回老家啦。"

苏欣有些不高兴，说："塌方还没处理，当队长的跑回家做啥？叫他立即回来。"

王大路立马解释说铁龙飞回家买设备去了。苏欣扶了扶头上的安全帽，径直往掌子面走，说："你们没设备还想干这个活？"

铁铮骨说："有啊，设备马上就到。"

看完掌子面，面对如此大的塌方体，苏欣开始琢磨如何处理完塌方往前开挖。她连夜想出了一个详细的塌方处理方案，先清掉塌方堆积体，钻眼加大排水量，重新封闭掌子面，对拱顶上方塌成的不规则空洞进行钢支撑回填，强化初支和拱顶连接。

天亮后，苏欣叫上汤公明，开车去了业主公司和设计院。唐仁怀把设计总体叫来听，结果苏欣想出的方案与设计院的方案高度吻合，让在场的人刮目相看。

唐仁怀看苏欣很年轻，既有些许怀疑，又有佩服之意，问道："呵，小苏总，你是咋想出来的？"

苏欣十分自信，说："光想不行，需要根据现场实际出方案，这不是头一回啦。"

设计总体是个干练的中年男子，听苏欣那样讲，笑着对汤公明说："汤经理，苏总一来，我们干设计的可没饭吃了。"接着打趣说，"苏总，你来干我这个总体吧，我甘愿下岗。"

苏欣心里很高兴，谦恭地说："哎呀，我哪能行啊。你们都是我的老师，可别取笑我。"

这场汇报会，让苏欣名声大震，整个高铁工地都传开了，加上人长得漂亮，有人就说局里给路宽派来个美女当帮手，艳福不浅。

其实，苏欣从不觉得自己有多么漂亮。所谓漂亮都是别人看着舒服，自己却感觉不到。犹如很久没见面的两个人，偶然一天相遇，突然冒出一句，都说对方老了，那是因为长时间没见到对方，自己没有意识到而已。

铁龙飞知道苏欣来到项目部，是两台设备运到出口的那天上午。王大路跟他通电话，先报告说挖掘机和装载机运到了现场，随后才聊起苏欣来现场察看塌方的事。

铁龙飞听到苏欣俩字，立时心潮澎湃，问："真的叫苏欣吗？"

王大路说："真的呀，小闺女长得可好啦，谈起隧道来一套一套的，还挺专业。"

铁龙飞大感意外。退伍时，在车站的一面之交，让他难以忘怀，那个身影不止一次地出现在他的梦里，简直到了刻骨铭心的地步。后来多方打听无果，令他很是无助和失望。突然之间得到这个消息，一时他还有点儿发蒙，半天才想起来问王大路要苏欣的手机号。

王大路说："人家是项目总工，又是个小丫头，我哪敢要她的手机号啊，你找路经理或者汤总要吧。"

路宽正在去业主公司的路上，铁龙飞打电话给他，毫不掩饰地向他要苏欣的联系方式。路宽告诉他后，问公司和设备办得咋样，铁龙飞回答办妥了，请他放心。

路宽说："你不是打听苏欣吗？局里没跟我商量，从另一个项目上直接把她调来管桥隧。你别在老家磨蹭了，快点儿回来吧，隧道出口塌方处理不好，她会对你发火。"

铁龙飞"好好好！是是是！"地满口应着，随即挂了路宽的电话，路宽回拨时已经占线，气得直骂："这小子，准是在给苏欣通电话。"

苏欣正要乘车去隧道斜井，手机一个劲儿地响，一个陌生号码不停地呼叫，她几次摁断，可对方打起来没完，实在没办法还是接听了："喂！请问是谁打我电话？"

铁龙飞听出这个熟悉的声音就是苏欣，激动地说："苏欣，我是铁龙飞，我找你好久了。"

苏欣问："你不就是隧道出口山东劳务队的队长吗？我不知道你为啥要找我？咱们认识吗？"

铁龙飞的心忽然间沉下来，说："我是铁龙飞，咱们在高铁车站见过。你忘了？你家老人从扶梯上摔下来，是我把她扶起来的。"

听到这话，苏欣蓦地想起了什么，惊喜地说："我的天，你就是那个在车站退伍的老兵呀？你现在在哪儿？"

铁龙飞抑制不住兴奋，说："是的，我就是那个退伍兵。"

远在两地的两个人，声音瞬间变得如此亲切，好像就站在对面的感觉。

铁龙飞说："你等我，我马上回工地。"

铁龙飞挂断电话，急忙跑去县城找汪文进，用两天时间办完公司所有手续，又跑去县建设局领取了劳务资质，然后去见刘敬宾商定六十万块钱贷款。履行完签字程序后，向汪文进提出要赶回工地，当场写借条，让他取二十万块钱带走。

汪文进跟他开玩笑，说："咋走这么急啊？是不是有谁家姑娘在工地上等你？"

铁龙飞笑了笑，说："你咋知道的？真有。哎，你说好朋友真的心有灵犀对不对？"

汪文进怀疑地说："不会吧。"

铁龙飞指着他笑，说："看来你不知道日思夜想的滋味。"

当天下午，汪文进从卡里取出二十万元的复转费交给了铁龙飞。听说铁龙飞要回工地，乡亲们从家里提来许多吃的和用的，煎饼、烧饼、馒头和过年打好的枣糕，大包小包装了几袋子，让他捎到工地去。

铁龙飞发愁带不了，一旁的铁继先说："打个包都带上，工地上的人看到这些就安心啦。"

一天后，王大路、小铁匠、铁子安、铁松儿、铁铮骨、张二奎和张善，如数收到了铁龙飞从老家带来的东西。看着家乡的特产，品着家里的味道，大家眼睛不由自主地红了。

江水傍晚也赶到了工地。铁龙飞顾不得休息，先进隧道看完掌子面塌方情况，与王大路商量雇请两位机械司机清理现场，问："冯三来谈过出碴的事吗？"

王大路说："天天来缠磨，你和江水不回来，我不敢定啊。"

铁龙飞斩钉截铁地说："再找他谈，与林天虎同样的价格，他不干咱再租车自己干。"

王大路也觉得这样合适，便吩咐手下的人去通知冯三。铁龙飞从行李箱里拿出公司营业执照和资质证书给他看。王大路抖落开，感叹道："唉！我这几十年也没想过自己能开公司。这回行啦，咱兄弟几个甩开膀子干一场。"

天将要黑的时候，铁龙飞找出合同，在已经签过字的落款处，加盖上新刻的公司印章，留了一份让王大路保管，之后打电话给苏欣，要把另一份合同送到项目部去。

苏欣心里明白，铁龙飞是想找个理由来看她，暗自发笑说："路经理也在，你来吧。”

铁龙飞带着营业执照和资质证书，正准备开车去项目部，门口碰见映秋满头是汗，背着一大包货物从外面回来。见到铁龙飞，映秋掩饰不住惊喜，停住脚步问：“你啥时回来的？”

铁龙飞说：“下午刚回来，你的超市开张啦？”

“还没呢，正进货。你去哪儿？”

“我去项目部，需要我帮你吗？”

映秋嫣然一笑，说：“那你帮我拿到超市吧。”

铁龙飞接过映秋肩上重重的包裹，抓住系带提在腹前，身子微微往后仰着，朝宿舍顶头的那两间房子走去，映秋紧跟在后头。映春和映红在屋里对货物进行着分类，陆续往货架上摆。看到铁龙飞提着货物进来，俩人伸手去接。映秋挡开她们，让铁龙飞把包裹放在地上，映春和映红见状悄悄躲到里边去了。

映秋问：“你不想跟我说话吗？”

铁龙飞说：“没有，我有事得出去。”

映秋说：“前几天，猴子和刘万川来还龙虎碑，被我和张善挡住啦。项目部来了一位姓苏的女总工，好厉害。你是去见她吗？”

铁龙飞摇了摇头，又点了点头，说：“嗯，我要去见她。”

映秋的脸沉了下来，说：“哦，那你走吧。”

铁龙飞理解映秋的心情，侧脸看了看她，说：“你开超市，林天豹给你钱了吗？”

“先给了十万元，不够。”映秋说，“我还会找他要。”

铁龙飞说：“映秋，你来这儿开超市我不反对，但要跟林天豹说清楚，不能借故来找我的碴儿，我是有对象的人。”

“是那个姓苏的吗？”

“嗯。”铁龙飞肯定地答道，“如果她愿意嫁给我，等挣到钱我一定会娶她。”

映秋稍加沉默，问：“你敢断定她会嫁给你吗？”

铁龙飞不知怎么回答她，说：“我想会的。所以，咱们以后尽量少接触。”

映秋犹豫片刻说："你可以不理我，我这辈子不图什么了。大不了找个爱我的或我爱的男人把自己嫁了，就想让小铁匠和张善能把映春和映红带出大山，请你帮帮她们。"

映秋的话语里带着沮丧。铁龙飞感到她的心好像死了一般，可自己不是映秋的救世主，想起她与林天豹的过往，更多的是同情，其他再也无能为力，只能任她而去。

映秋站在门口，目送着铁龙飞开车离去。铁龙飞心里翻腾一路，起初脑子里还一直想映秋刚才的话，转眼就想见到苏欣时两人会是怎样的反应，第一句话该跟她说啥。

车里装了两包山东特有的大煎饼，不是什么值钱的东西，但铁龙飞想送给苏欣和项目部的人尝一尝，让他们也感受一下自己老家的味道。还不到吃晚饭的时候，项目部院子里停着几辆车，几个人正手拿本子匆匆往会议室里走。靠近围墙栅栏处的车位上，林天豹的越野车也停在那里。

铁龙飞意识到林天豹应该来到了项目部。他将车停好后，从后座上提下那两包煎饼，走到会议室门口伸头往里瞧，路宽、苏欣、汤公明、李从安，还有几位部长和林天豹、刘万川都在里头，双方隔桌而坐。路宽正在发脾气，苏欣低着头在本子上作记录。他们没有发现铁龙飞来了，铁龙飞却一眼认出了苏欣，还是那副俏丽的面庞，一点儿没变。

铁龙飞激动地站在门口，脸上一阵阵发热，再瞧瞧手中的两包煎饼，觉得有点儿拿不出手。他不敢肯定煎饼是不是适合苏欣的胃口，如果遭到嫌弃，那可尴尬死了。

想到这些，铁龙飞提着煎饼打算悄悄退出去，还没退几步，就听到屋里传来几声"嘎嘎嘎"的高跟鞋声音。来人正是苏欣，看见铁龙飞站在门外不动，手里还提着两包东西，她愣住了。

铁龙飞抖动着脸上的肌肉，微笑着说："苏欣，我是铁龙飞，赶回来啦。"

苏欣的脸"唰"地红了，笑着说："哟，真的是你呀。你退伍后咋到工地上来了？"

铁龙飞不好意思地移开目光，说："复员后带村里人出来打工，包了铁门关隧道出口的活儿，没想到……"

“没想到混到我手下了，对不对？”苏欣俏皮地抿嘴笑道，“你手里提的啥？”

铁龙飞说：“刚从老家回来，给你和项目部带的老家煎饼，不知道你喜不喜欢吃？”

苏欣点着头，说：“喜欢，喜欢着呢。快进去吧，经理都在。”

铁龙飞提着煎饼进到会议室，苏欣站在门口喊：“经理，铁龙飞来啦，先让他坐。”

林天豹和刘万川见铁龙飞进来，显得十分紧张，铁龙飞见到他俩则很淡定，把煎饼搁在旁边座位上，就近坐在了靠门口的桌子前。

不到一袋烟的工夫，苏欣从外面回来，重新坐在了路宽旁边。

# 第十六章

项目部约谈林天豹，是苏欣从隧道斜井检查后提出的。检查单上列出一堆问题，路宽看完后，当即打电话通知林天豹立刻赶到项目部。等苏欣回来，谈话便正式开始了。

路宽说："老林，咱先说隧道斜井。今天必须给你指出来，苏总第一次去检查，就发现洞内有许多问题。二次衬砌空洞刚整改完，还好没让监理和业主知道。现在石质不算差，可开挖循环太慢，日进尺太少；步距仍然超标，仰拱没跟上；钢筋搭接不规范，再有排水不及时，拱顶格栅间距过大等，你们是怎么组织的？"

林天豹头上冒汗，说："开挖慢，是因为炸药供不上。"

刘万川狡辩说："开挖班耽误了太多时间，光等炸药啦。"

苏欣"啪"地将笔扔在桌子上，严肃地说："你们光强调客观原因，不在主观上找毛病。炸药供应不及时可能是事实，但四级围岩开挖慢，主要是打眼深度不够，工序和工班安排不合理，无法缩短循环时间，步距那么大，二次衬砌为啥不加强力量紧跟呢？还有初期支护钢筋搭接错了呀，焊接用点焊能受力吗？万一边墙开挖塌下来咋办？你们工班之间闲的闲死，忙的忙死，哪有这样组织施工的？限你们两天内整改。"

林天豹连连点头说："好，我们整改。"

苏欣对汤公明和李从安说："你俩带工程部、安质部重点盯住斜井，整改不到位该处罚的处罚。"

刘万川说："光罚我们啊？那隧道出口罚不罚？"

路宽说："现在说你们的事，你说人家干什么？隧道出口也没违反啥规定。"

铁龙飞听刘万川乱咬，说："刘万川，我正想问你呢，趁我不在，你和猴子开车去出口送断掉的龙虎碑做啥？我的一片好意，被你们这样糟蹋了。林老板还说要我承担责任，那咱得好好说说。你安全制度落实不好，放炮崩伤俩民工，要我担责任，我担得着吗？"

路宽、汤公明和李从安听着有点儿蒙，追问："这是啥时候的事啊？"

铁龙飞说："前几天夜里。"

李从安听后头皮发麻，站起来说："老林啊老林，你们三天两头净给我惹事，出了事还瞒报，我看你们真是了不得了。"

林天豹对铁龙飞恨得咬牙切齿，指着他说："铁龙飞，你在龙虎碑上下蛊害我出事，当面装好人，背后搞陷害，没见过你这样的人！"

铁龙飞说："你说我下蛊？我一不是巫师，二没学过施法。你可真是狗咬吕洞宾——不识好人心。既然你说我害你，不要两块石板，那我让江水拉回来，以后隧道斜井再出事，看还怨得上我不？"

苏欣觉得很可笑，却没敢笑出声，说："你们都别扯，什么龙虎碑不龙虎碑，我看都是迷信。打隧道讲的是科学，不从你们自身找问题，净来这一套，趁早拉倒。"

这一次交锋，林天豹仍以失败告终。李从安逼他写事故报告，并要开罚款单。林天豹狗急跳墙，说："再罚款，我就把事捅出去，让业主来看看，你们项目部是怎么管理的。"

汤公明看他想要挟，愣了愣说："嘿，老林，你们自己安全管理不到位，出事还怪上项目部啦？岂有此理。"

刘万川说："那不管，我们已经罚不起了。"

"行。"苏欣说，"安质部派人住到队里去，天天盯着每一道工序，哪块不符合规范都不能施工，你们提供吃住。"

苏欣一句话堵住了林天豹的嘴。刘万川想，派人住到队里盯控更麻烦，央求说："还是别派了，我们自己整改，一定严格要求。"

路宽怕再引起不必要的争执，说道："这次可以不罚你们，今天做个会议纪要，老林你要在上面签字，下次检查按纪要一条条核对。"

从会议室出来，刘万川心里很是憋屈，埋怨项目部偏向铁龙飞。他给林天豹出主意，等隧道出口正式展开施工后，好好治治铁龙飞。林天豹问能有什么法子呢？刘万川称有的是招数，等他们打二次衬砌和仰拱混凝土时，弄辆烂车堵在上山的路上，或到附近村里花钱雇一帮老头老太太，拿个小板凳往路中央一坐，看耽误不死他。再不行，花点儿钱去找“大名人”龙哥，让他派手下弟兄去出口转两圈。林天豹心里暗暗窃喜，让他和猴子放手干。总之一条，隧道斜井不能败给出口。

林天豹走后，铁龙飞将两包煎饼提到桌子上，包袱一解开，散发出一股面香。铁龙飞说：“老家没啥好带的，就有这个，煎饼卷大葱好着哩，你们领导都尝尝。”

路宽、汤公明和李从安，抓起两张煎饼各撕一块，卷巴卷巴往嘴里塞，从牙缝里蹦出几个字：“嗯！确实香！要有大葱更好吃了。”

苏欣受不了煎饼的诱惑，也伸手撕下一块塞进了嘴里。吃完，从本子下面拿起业主和设计院确定的塌方处理方案，递给铁龙飞说：“按照这个方案，派人往拱顶注浆，争取用十天时间清理掉堆积体，把作业面腾出来。”

铁龙飞领受了苏欣提供的处理方案，表示回工地马上安排。路宽嘴里嚼着煎饼，呜囔呜囔地说：“龙飞，现在整个标段的压力都在隧道出口。苏总来了，可以助咱们一臂之力。如果干不好挡了道，我可真没法向局里交代。到时，林天豹和林天虎可要笑话死咱们啦。”

铁龙飞先递交了盖好章的合同，又掏出营业执照和资质证书给路宽和苏欣他们看，倾诉一路走来的艰难。末了，他认真地说：“请相信我，如果拿不下隧道出口，我即便是用双肩撑起车轮，也要让高铁列车开过去。”

听起来好像是豪言壮语，实际是铁龙飞内心的真实表达，路宽和苏欣、汤公明都受到了震撼。到了吃晚饭的时候，铁龙飞要回工地，路宽和汤公明留他一起吃，他不肯留下。

路宽说：“苏总，你去送送他。”

苏欣将铁龙飞送到皮卡车前，他上车后将胳膊搭在车窗上，望着苏欣腼腆地笑。

苏欣会意地笑着问：“你不走，还想跟我说啥？”

铁龙飞说：“我想天天见到你。”

苏欣脸颊绯红，说：“你干好干坏，我都会经常去隧道出口检查，何况还要处理塌方呢？不怕我收拾你呀？”

铁龙飞调皮地说：“干不好挨你收拾，也是一种幸福，我很乐意。”

苏欣捂嘴笑了，催他：“快走！快走！我吃饭去啦。”

铁龙飞鼓起勇气问：“你有对象了吗？”

苏欣羞涩地低下头，说：“没有。你结婚啦？”

铁龙飞说：“我跟谁结婚？光等你了。从现在起，我正式开始追求你，你会接受吗？”

苏欣心里美滋滋的，微笑着本想说不行，但看铁龙飞那么真诚，便说：“你别乱说好不好？我是总工，你干隧道出口。咱俩处对象，你不怕人家说我假公济私、中饱私囊啊？”

铁龙飞坚定地说：“我的天哪，你咋想得那么复杂，我不管别人怎么说，反正我要追你。”

后来的很长一段日子，铁龙飞和苏欣都被这次谈话搅乱了心思。出于工作原因和甲乙方的关系，虽然俩人心中都十分向往，却不敢公开表达，只能藏在心里默默地欢喜。

铁龙飞开车回到出口驻地，江水已经回来了。张二奎让大厨炒了几个小菜，用盘子端到铁龙飞办公室里，王大路打开一瓶廉价白酒，三个人倒在水杯里，喝得倒是挺爽。铁龙飞把开办公司的所有花销，包括购买两台设备的原始发票和筹借款总数，一笔笔算给江水和王大路听。江水也把从舅舅那里借的钱报出来，铁龙飞说已经收到了转款。按照事先约定，三个人都予认可，并以公司名义出具投资入股证明，加盖了公司印章。这样，就算完成了公司组建和启动的全部事项。

铁龙飞喝完最后一杯酒，对江水说：“大路哥在当地雇了两个机械司机，每月八千块钱，你记好账。”

江水说：“我队里也没有会开挖掘机和装载机的师傅，雇得不贵。”

铁龙飞“嗯”了一声，又说：“林天豹没要龙虎碑，还说我下蛊害他。瞧瞧，这是哪跟哪？人心难测呀。这事你咋没跟我说呢？抽空拉回来，不给他们留话。”

江水说：“这家伙不知好歹，那我等会儿去拉。”

林天豹被项目部约谈，心里很不舒服。回到工地，晚饭没吃直接进了隧道。在离掌子面不远的地方，二十来个正要换班的民工，手里抡着钢筋，气势汹汹地互相对骂，一伙是李工长带领的民工，另一伙是猴子手下的人。

猴子首当其冲，嘴里胡乱骂着，质问李工长："掌子面正在进行湿喷作业，为何要把通道堵死跟我抢混凝土。"

李工长毫不示弱回骂道："你明明知道打二次衬砌还来捣乱，找挨揍啊。"

双方的争吵理由听起来不仅很荒诞，还很滑稽，可谁都不肯让步，差点儿打起来。林天豹和刘万川紧跑几步，上前阻止并呵斥住他们，说："进度跟不上，还在这儿瞎扯，你们扯个鸟！给我该干啥干啥去。"

吃完晚饭，林天豹把各工班的工长叫到办公室开会整顿。江水赶到时，林天豹正在发火，矛头直指李工长，说："江水撒手不管斜井的事，就甩给你一个工长，人调不开，二次衬砌和仰拱跟不上，挨罚的是我。你问问江水，他到底跟谁干？真不想干就滚吧。"

李工长挠挠头皮，说："老板，江水没说不干呀，我们的工班和工人听刘主管调配。他怎么说，我们就怎么干，咋又怪上我们啦？"

刘万川坐在茶几后面，说："是由我调配，可你们的人出工不出力，每天都完不成二次衬砌和仰拱任务。你要这么说，那咱就按计件工资来考核。"

猴子挑衅说："李头，要我说你们撤出去算啦，那两道工序不够我和新来的工班干的，工人多了都不挣钱，你们去隧道出口干多好。"

李工长说："这不行，合同是江水签的，我们说不顶用。"

猴子扬手说："别跟我提他，他帮姓铁的害咱们。"

屋里的声音越来越大，李工长跟猴子、刘万川说着说着吵了起来。江水躲在门外听得很明白，林天豹和刘万川在调整工序和工人方面，几乎把河南工班的活，全拨给了猴子和新来的工班，关键是还把责任推到了河南工班身上，怨他们在二次衬砌施工中进度滞后，造成了步距超标和钢筋搭接存在质量缺陷的问题。江水琢磨，这是硬逼他的工班自己提出离开。正要冲进去，又听林天豹说道："江水已经被姓铁的带坏啦。他在帮铁龙飞坑我们，好比内部出了内奸，这咋得了！"

这样一顶大帽子扣在江水头上，让他实在忍无可忍。他"哐"地推开门进去，脸色极其难看，说："林老板，我都听到了。你的意思是不想让我干了呗？行，你人手够了，从明天起，我把所有工序让出来，将我的人拉走，这回你们满意了吧！"

猴子怔住了，说："江头，老板要调整工序跟我无关，冲我发啥火哟？你不干也不碍我的事儿。"

江水说："少废话。趁我不在，你和刘万川拉着断碑送去出口，居心何在？"

猴子来了气，说："你拉那两块玩意儿来，又居心何在？"

刘万川挥手打住，说："哎哎哎，咱先不说龙虎碑的事儿，晦气得很。江哥，老板没有不让你继续干的意思啊，是你自己说的。你们不走可以，但怎么叫你工班的人多出进度，保证质量呢？"

李工长反驳道："工序和工人是你亲自安排的，哪天没完成日进尺？你说说看。"

几个人吵成了一锅粥。自从铁龙飞带着工班去接手隧道出口，斜井拉来了龙虎碑，林天豹就把江水看成心头大患，早有解除河南劳务工班的打算，只是没有逮到合适的机会。眼前，江水跟刘万川和猴子话赶话吵闹不休，提出来撤走，可谓正中下怀。

林天豹顺水推舟，对江水说："问题不在于你的人能不能干或者干得快慢，主要是你暗中帮铁龙飞。我不敢说你们在做合伙生意，可我堵心啊。既然你想走，那我就不强留了，暗里帮不如明着帮。你和铁龙飞去干隧道出口，咱们变成了对手，可以分出个高低嘛，今晚算算账啦。"

江水本意是将龙虎碑拉回去，没想到林天豹召集的工期质量整改会，变成了对河南工班的驱逐会和解约会。他被彻底惹恼了，说："李工长，回去叫弟兄们全停下，现在算账走人。"

遭遇林天豹的驱赶很突然。江水打电话给铁龙飞和王大路，详细说了晚上来斜井后发生的这些事。王大路气不过，说："奶奶个熊，是猴子和刘万川故意排挤你。"

铁龙飞在电话里沉默好久，说道："林天豹跟咱们较上劲啦。撤过来吧，咱们出口非打个漂亮仗不可，不争馒头争口气。"

那一夜，林天豹和江水组织双方人员，连夜清理工程量进行计价和结算。在计价单上签字的那一刻，江水提出："你清我走，必须给补偿。给的够，我走；给不够，那我还得考虑考虑。"

林天豹和会计合计过，给一定的补偿，总比几十号人耗在这里省得多，现在人工费贵得不得了，一个大工每天三四百块钱下不来，小工也要一百六七到两百块钱。扩大劳务分包，赚的就是人头费和小料钱、管理费，外加变更所得。每道工序产生的合同外工程量，获得的设计变更增加部分，还要跟工班分账，这样不如用最少的工班和工人，把计价款和管理费省下来自己挣。给予补偿，明面上看起来吃亏，实则是赚。

老奸巨猾的林天豹先说经常挨罚，项目没赚钱，跟江水打马虎眼。等江水坚持咬定不给补偿不撤走，至少补十万块钱时，他才答应说："那这样，你的人好歹跟我干过，看在你辛苦的份上，我给你补偿三万块钱可以吧？"

江水知道林天豹的为人，想让他掏腰包，好比割身上的肉，对补偿根本不抱多大希望，但还是要讨价还价。江水想多要，林天豹想少给，一来二去熬到大半夜，双方最终同意折中价五万块钱。

林天豹抓过结算协议书扔给江水，说："哎呀呀，别再啰嗦好不好？吃亏我认啦，五万块钱就五万块钱吧，快签字。"

江水签完字，领完结算到手的工费，跑回宿舍给工人发了当月的工资，让大家第二天起床，收拾行李往隧道出口撤。随后，他带着李工长开车去斜井洞口找那两块石板。猴子和刘万川拉着石板去隧道出口闹事被挡住，狼狈不堪地回来后，将龙虎碑还是扔在了洞口值班室外的坡下，只是龙虎碑被摔成了好几块。江水跑到坡下用手机灯光到处照，打电话问铁龙飞还要不要。

铁龙飞说："全拉回来，一块也不留。"

江水接到指令，跟李工长各抱起一块，爬上坡往车厢里装。等再跑下去抱另一块时，两道手电筒的光柱从坡上照下来，正好照在他俩脸上，晃得睁不开眼睛。

"哎！"刘万川站在坡上喊，"江水，你还想把这石板拉走吗？"

江水和李工长抱着石板"吭哧吭哧"爬上来扔进车厢，说："要走就走得一干二净。这几块石板，我咋拉来的再咋拉回去，不给你们添堵。"

猴子不干，从车厢里往下卸，说："你想拉来就拉来，想拉走就拉走？哪有这么便宜的事儿。你动了石板，再出事你要负全责。"

江水扯住猴子的手，说："咋说都是你们的理儿。要送回去的是你们，现在想拉走又不让拉，搁在这儿你们嫌别扭，到底想咋着？"

刘万川关掉手电筒，说："老板说啦，谁都不能动这两块石板，就搁在这儿，也算我们的材料，说不定哪天还能派上用场。"

江水未能拉回龙虎碑，憋屈地在宿舍睡了最后一晚。第二天一早，民工们匆匆吃完早饭，各打各的行装，像山东工班的民工撤离时一样，沿着山道朝隧道出口进行大迁移。

铁龙飞和王大路头晚得到消息，算好人数和床位，让铁铮骨带人连夜把一层宿舍打扫干净，并让张二奎和食堂增加几十口人的饭菜，等待江水工班人马的到来。

中午前，江水带着河南工班的民工到达了隧道出口。两个工班的人相见格外亲切，发狠要跟斜井的林天豹和刘万川、猴子分个胜负。

铁龙飞和王大路正忙着安排民工食宿，疯婆子和冯三忽然来了。这次疯婆子跟以前不同，身边跟着个老头儿，手里提着两只死母鸡，明眼人一看便知老头儿跟疯婆子是两口子。冯三见到那老头儿张口喊叔，问鸡咋死啦？老头将鸡扔在一层会议室门前说吓死了。冯三奇怪，用脚踢了踢两只硬挺挺的母鸡，问咋吓死的？

疯婆子皱巴巴的脸上，一副怪模样，说："你们村里小媳妇以前不怀孕，不也是被隧道放炮吓的吗？俺家这两只老母鸡，就是这两天被洞里面的声音吵着了。过去，每天不到天亮就打鸣，今天早上没出窝，一看吓死啦。"

冯三笑着问："疯婆子，我可头一回听说老母鸡能被吓死，你有啥证据？"

疯婆子说："那是噪声！成天隆隆响，没有熄火的时候，刺得人都能得神经病，何况是鸡啊？"

冯三摇了摇头，说："来找他们要钱呗？"

"可不得让他们赔？哪只鸡不卖个一两百块钱？你想，母鸡下蛋，蛋孵小鸡，小鸡再下蛋，再孵小鸡，俺损失大啦！"疯婆子见来了一帮新民工，又说："哎哟，这帮人惹着谁了吧？看他们那脸色，没有一个高兴的。"

冯三推了推疯婆子，说："快走快走！大家都不喜欢你，别整天来这里捣乱。"

疯婆子斜眼看着他，神秘地说：“别不喜欢我，王母娘娘昨晚给我托梦，说咱这块有大地震呢。”

冯三更不相信她了，讥笑说：“你咋净胡说呢，地震震不死你就行。叔，快拉她回家吧。”

那老头儿无奈地说：“她能听我的吗？拿不到鸡钱，我们不能回。”

铁龙飞、江水和王大路从宿舍一侧走过来，开始只看见冯三跟疯婆子和老头儿站在那里说话，没发现地上搁着两只死母鸡。

王大路眼尖，走到跟前说：“冯总，把你家死鸡扔到这里做啥哩？是得了鸡瘟吗？”

疯婆子把话接过来，说：“咦，是俺家的，被你们施工吓死啦。”

江水知道遇上了讹人的主儿，提起两只鸡要扔到远处去，说：“疯婆子，我们还没正式干活呢，咋就吓死你家老母鸡啦？”

老头跑过去夺过那两只鸡，铁龙飞站在那里看着，不说话。疯婆子仍然不依不饶，说：“我和老头儿不讹你们，给两百块拉倒。”

一旁的铁龙飞这才开口说：“咦，你挺好的一个人，今儿个咋啦？”

疯婆子说：“哟，大兄弟，你命硬，别人磕不过你。俺可让王母娘娘托着你呢，不能亏了俺吧？”

铁龙飞没再理她，对冯三说：“你来得正好，正要找你呢。”

冯三是个机灵的家伙，猜到找他必定是谈出碴的事儿，赔着笑脸对铁龙飞说：“你回来就好办啦，来几次王哥不敢定。”转头对疯婆子说，“你走吧，我们有正事谈。”

疯婆子拉住冯三，说：“让我们走，你给钱啊？”

冯三从老头儿手里抢过两只死鸡，走到下山的坡边，使劲扔到了杂草丛生的山坡下。老头儿和疯婆子追过去找他要钱，冯三抡起拳头，说道：“再不走耽误我的事，我对你们不客气了。”

疯婆子和老头儿知道冯三是村里有名的恶人，不敢得罪他，爬到山坡下去捡那两只死鸡，嘟嘟囔囔骂道：“地震快来吧，先震死他们。”

冯三替铁龙飞解围赶走了疯婆子，跟在铁龙飞后面来到办公室。王大路问用以前的价格能不能干出碴，冯三说可以干，但价格偏低不赚钱，被林天虎坑苦了。

“把水沟电缆槽也包给我吧。”冯三说，“我手下弟兄闲着也是闲着，多给点儿活可以平衡一下价格。”

江水说：“我算过，林天虎给你的也是市场价，不低啊。”

“行，那就用原来的价，我认。”冯三说，“啥时候签合同？”

铁龙飞说：“今晚就可以签。明天你把自卸车调上来，我们自己的挖掘机和装载机负责挖装，你负责拉运弃。”

冯三脸上带着愠怒，说：“哎哎哎，你们怎么变了呢？原先我是装运卸弃一条龙，现在咋只剩下拉运和弃碴了？总价减了不少，我的钩机和装载机都用不上了，这恐怕不行吧？”

王大路说：“我们自己买了挖掘机和装载机，不使外面的。”

冯三很不高兴，说：“那没剩多少活啊。水沟电缆槽能不能给我做？”

铁龙飞说：“塌方体没有处理，我们的人也闲着，已经安排他们在做水沟电缆槽了。”

冯三说：“如果这样，我就不干啦。”

铁龙飞说：“冯总，你若真不干，我们就另找出碴队。县城边上停着成排的自卸车，租金很便宜。考虑你是当地村的，有现成的运输车，又干过出碴，所以才想跟你继续合作。回去商量商量，明天一早给个痛快话，说好咱们再签合同。”

冯三说：“这么点儿活，单价又低，干起来有啥意思？”

江水从抽屉里拿出合同书递给冯三，后面附有工程量清单和单价表，说：“冯总，你先看看。”

“你们这是在玩我呀。”

冯三接过合同看都没看，生气地转身走了。第二天，铁龙飞打电话给冯三询问结果，电话接不通，就派王大路带小铁匠去村里找他。他家大门关着，小铁匠“咚咚咚”连敲几遍，冯三媳妇开的门，称他昨晚出去就没回来。

冯三拿着合同离开后，那一晚确实没回家。他觉得铁龙飞跟他耍花招，嘴里骂着脏话，开车绕过两座山头去了斜井。刘万川和猴子刚从隧道里出来，见他来了便迎上去问：“嗨，冯哥，真新鲜呀，哪阵风把你吹来啦？”

冯三将车停在洞口值班室外，车门也没锁，问：“二位有空吗？”

刘万川琢磨冯三来一定与隧道出口有关，热情地说：“有啊。想去喝点儿，我俩请你。”

三个人开车来到镇上一家餐馆，要了个包间。落座后，刘万川点了个火锅，外加几个凉菜。猴子要了两瓶当地产的白酒。凉菜端上来，不等火锅烧开，三个人已经开始端杯豪饮。

猴子故意套冯三的话，说：“冯哥，你不是在隧道出口干出碴吗？是不让你干了吗？”

冯三将合同甩给刘万川和猴子看，发牢骚说：“铁龙飞和那姓江的在我面前要小聪明，把洞内出碴的活儿都给我扒光了，还要我用林天虎的价格干，拿我当讨饭的。老子不缺钱。”

猴子趁机挑拨，说：“这帮家伙太不像话，他们在这儿跟我和刘主管对着干，想着法儿坑林老板。去了出口又想坑你，真不识抬举呀，就欠收拾。”

刘万川借机添油加醋，说：“是呀。他们跟姓路的经理是老乡关系，挤走了老板的弟弟，现在想跟我们争高低，连你冯哥都不放在眼里，可见铁龙飞太不知好歹了。”

服务员进来将肉下进了火锅，大火“咕嘟咕嘟”煮了一刻钟，猴子用漏勺捞出来搁在冯三餐盘里。冯三借着酒劲说，出碴不干了，但要出这口气。

三个人喝酒到深夜，商量完怎样收拾铁龙飞后，猴子花钱请客，拉着冯三和刘万川，又去隔壁酒店的歌厅包间，鬼哭狼嚎唱到凌晨。天色已晚，猴子直接跑到前台开出三间房睡到了天亮。

一觉醒来，冯三手机“叮铃”响个不停，铁龙飞的短信一条条追问他还签不签出碴合同。冯三睡眼惺忪，直接回复：“对不起！我侍候不了你们，另请高明吧。”

铁龙飞接到短信，拿起手机直接打给冯三，结果被摁断了，不得不把江水和王大路叫到一起商议。王大路纳闷地说：“哎！这小子吃了啥药，放着钱不挣犯瘾症啦？”

铁龙飞寻思着说：“我看他肚子里一定没憋好屁。”

江水建议把水沟电缆槽给他做。王大路反对，说：“那咱们的人闲下来咋办？”

铁龙飞横下心说："咱们让步，他就会得寸进尺。算啦，兵来将挡，水来土掩。你俩抓紧去县城联系出碴队伍，咱不能在一棵树上吊死。"

县城边上各种等待出租的土方机械很多。江水和王大路开车赶过去，一群人立刻围上来问这问那，就像古玩市场靠卖假古董为生的小商贩，只要你买了一家的，其他都追着降价让你买。江水俩人先在租赁市场转了两圈，逐个询价，最后选定了一家设备较好、价格也相对比较便宜的专业运输队。上午签订完出碴合同，中午几辆大型运输自卸车就轰轰隆隆开到洞口，开始了塌方堆积体清理作业。王大路头戴安全帽亲自指挥，出碴、喷锚、二次衬砌、仰拱等各工序和专业工班，在隧道里干得热火朝天。

从这天起，隧道出口真正热闹起来。洞口通风机和小型混凝土搅拌机轰然作响，运输自卸车拉着装满车厢的石碴进进出出，加工好的钢拱架，用特制的车辆送进隧道，在大型衬砌台车后面的成洞处摞了一地，随时可以吊上掌子面进行拱顶初期支护。隧道出口前面与路基、桥梁相接，工地都已经复工，沿线路边竖起成排的钻机，再往前的路基段也机声隆隆。

春天的到来，让整个高铁工地充满了活力，时常有桥梁队和路基队的民工，路过或来到隧道出口与工班人员寒暄交流，加上江水工班几十号人马的到来，让映秋看到了超市的前景与希望，等所有货物进齐，她决定超市正式开业。

吃过晚饭，小铁匠喊着张善，要去帮映秋、映春和映红张罗。张善踮着脚，跟在小铁匠身后来到超市。门前用木架子搭着一个四方形挡雨的前庭，上面拉着成串的霓虹灯。映秋不在店里，小铁匠和张善话不多说，提起四只红灯笼往门两边和门前柱子上挂，打开灯箱，"姐妹超市"四个字在黑夜里格外亮眼。

张善瞧着灯箱，说："这名字取得好，姐妹超市，容易记住。"

映红逗他说："我们来这里开超市，也算为高铁建设作贡献，你们别不服，工地没有超市，大家就得跑老远去买东西，耽误工夫呢。"

小铁匠抓起一副"开业大吉"的对联往门上贴，说："是哩！多进点儿烟酒，白的啤的都要有。累了，想家了，遇到烦心事了，谁都想着喝几口。"

映春说："别人喝，你别喝。"

张善手里牵着对联一角，说："哟，现在就管上啦？怕俺兄弟花钱呗。"

映春说："花钱是小事，怕你们耽误事，喝多咋进隧道干活啊。"

四个人开心地边聊边收拾屋子，忽然射来一束灯光。紧接着，林天豹的越野车停在了超市门前。

小铁匠说："林天豹来找阿姐啦。"

林天豹从车上下来，"嘭"地甩上车门，走到门口左顾右盼，看看灯笼，望望灯箱，进屋后又里里外外打量，阴阳怪气地说："面积小了点儿，咋不多要两间啊？"

张善说："这两间还是俺爹挤出来的呢，再多没有啦。"

"你们是近水楼台先得月。"林天豹说，"离得近就是方便。"

"林老板。"小铁匠说，"明天超市开张，用不着你来跑腿呀。"

林天豹说："我来看看。映春，你阿姐呢？"

映春红着脸说："阿姐出去啦。"

"去哪儿啦？"

"俺不晓得。"

映秋不知道林天豹天黑会跑来。晚饭后，她拿着三份从镇上买来的请柬，上面用签字笔填着铁龙飞、江水和王大路的名字，绕过一层宿舍来到会议室隔壁的办公室。江水和王大路撂下碗筷进了洞子，办公室只剩下铁龙飞一个人。

映秋羞怯地站在门口，轻轻敲了两下门。铁龙飞听到了敲门声，喊道："谁呀？进来。"

映秋推门进去，瞧见铁龙飞正坐在办公桌前目不转睛地看着电脑。足足有半分钟，铁龙飞才抬起头来，发现映秋已经站在面前好久了。

铁龙飞起身绕过办公桌走近映秋，问道："有事吗？"

映秋腼腆地笑着，将手中的请柬递给他，说："明天上午超市开业，想请你和江大哥、王大哥去捧捧场。"

铁龙飞接过请柬打开看了看，表示祝贺，随后说："明天项目部来检查，我让江水和铁匠、张善去参加行吗？"

"不！"映秋说，"我想请你参加，哪怕到门口站站也好。"

铁龙飞明白映秋的心思，很感谢她的邀请，可他考虑更多的是怕传到苏欣耳朵里，同时顾及他与林天豹的关系和在民工队伍中的影响。

铁龙飞说："我可以喊大家都去超市买东西，但明天我真没时间去。"

映秋失望地说："你还在嫌弃我。"

铁龙飞有口难辩，转到办公桌后面，把请柬搁在桌子上，说："我没嫌弃你啊。只是不想让项目部苏总知道我为你站台，请你理解一下。"

映秋低下头，说："你见过她啦？"

"嗯！见过了。我已向她表白了。"

铁龙飞之所以透露跟苏欣的关系，是想让映秋打消各种念头，并让她将这层关系拐弯抹角地转达给林天豹，以免跟映秋接触引起各方误解。映秋却不这样想，她总觉得铁龙飞对自己始终抱有成见，摆脱不掉林天豹留给他的阴影。

映秋站着不说话，铁龙飞能感受到她的心情，又从桌子后面转出来，说："走，我现在过去看看，明天早上如果有空就参加，没空你也别怨我。"

铁龙飞和映秋从办公室出来，并肩走向宿舍顶头的超市。此时，映秋心里显然是满足的。门前已经亮化，铁龙飞光顾着打量超市的装饰，没注意到停在门前的越野车，说道："哟，挺漂亮呀，准能招人哩。"

映秋步履轻松，走在前面，喊道："来呀，到屋里看看。"

小铁匠、张善、映春、映红和林天豹都听到了她的声音。

映红跑出去喊道："阿姐回来啦。"

林天豹跟在映红身后，迈出门槛第一眼就瞧见了铁龙飞，酸溜溜地对映秋说："我来找你，你去找别人，又想给我戴绿帽子啊。"

铁龙飞听出林天豹是在指桑骂槐，停住脚步问谁给他戴绿帽子了，请他说明白。林天豹带着怒气说："铁龙飞，你有这么好心给她提供场地开超市？鬼才信。假如你俩没有私情，我把自己的脑袋砍下来。"

"你真混蛋！"铁龙飞骂完转身要走，被林天豹拉住了。

铁龙飞甩开他说："滚开！"

林天豹继续纠缠，说："你不能走。必须说清楚，她去找你做什么？"

"你叫她说吧。"铁龙飞说，"我问你，你来我的工地干啥？"

林天豹说："来找我的女人啊。我给她出钱开超市，不是让她去养汉。"

映秋忍无可忍，走近林天豹举手扇在他脸上，骂道："你一直在侮辱我，冤枉我。我去送请柬，明天开业请他们来出席，你快给我滚。”

林天豹大怒，一把扯住映秋的头发，将她拽到越野车跟前，从后备厢里提出一个纸袋甩在地上，散落出一摞现金，说：“我送钱给你花，你为啥不请我？”

映秋头皮被扯得生疼，哀号中双手紧紧抓住发根，避免林天豹拽掉头发，同时用脚不停地踢他。随着“哎哟！哎哟！”的哭叫，映秋疼得蹲在了地上。铁龙飞见状上前抓住林天豹的手，说：“快松开！再不松开我要动手啦。”

小铁匠和张善听到映秋的哭声冲出来，先扶起她，然后冲到林天豹跟前，抡起拳头朝他身上和脸上“噼里啪啦”一顿乱揍。林天豹左胳膊被铁龙飞拧到背后，动弹不得。映春愤怒地伸手去挠林天豹，够不着他的脸，就张嘴去咬他的胳膊，疼得他叽里呱啦地尖叫，顺势抬起右手一巴掌呼在映春脸上，映春霎时晕厥过去。铁龙飞实在忍不住，一拳将林天豹打倒在地。

“给我滚！以后不许你踏进我的工地半步，来一次打一次。”铁龙飞指着映秋说，“她是你的女人，你现在把她领走。”

映秋捂住头皮，抓起一沓散落的钱甩在林天豹脸上，骂道：“从今以后我不要你的钱。我做我的，不要你管。”

这场混乱，引来了张二奎和下班的所有民工。江水和王大路从洞里出来，听到民工喊有人打架，急匆匆地朝超市跑来。铁龙飞恼怒地转身走出几步，又回来指着映秋说：“你现在跟他走，我不想在这里看到你们。”

那一夜，映秋、映春和映红抱头痛哭了整整一个晚上。小铁匠和张善陪她们到半夜，问：“阿姐，明天还开业吗？”

映秋抹了抹眼泪，坚强地站起来，说：“开！你俩都走吧。”

张善说：“我们回去劝劝龙飞哥，超市一定要在这里开下去。”

因开超市引发的这场冲突，令铁龙飞极为恼火。他满腔愤怒地回到办公室，当着江水和王大路的面儿，抬手扇了自己一个嘴巴，吩咐王大路收回那两间房子关掉超市，将映秋赶出工地。

王大路知道他说的是气话，劝道：“超市明天就开业了，咋跟那女的说啊？当初她来找，你也同意给她腾两间房，钱投进去了，现在咱说收回来，实在不好开口呀。再说，小铁匠和张善由她俩妹牵绊着，俩小子找个媳妇不容易，我看还是忍忍好。”

铁龙飞拍着桌子，说：“姓林的再来无理取闹咋办？”

“别生气啦，林大豹下次再来，你别出面，我来对付他。”江水摆弄着请柬说，“明天开业，我和王哥去露个面。”

铁龙飞说：“她开业不关咱们的事儿，都甭去啦。”



林天豹挨了一顿揍，灰溜溜地回到驻地办公室，打电话叫来刘万川和猴子。刘万川见他脸上青一块紫一块，惊愕地问：“哟，老板，谁下这么重的手？我们去找他，吃亏哪行？”

林天豹捂着脸，把刚刚发生的事从头到尾跟他俩说了一遍，并且下令不能让映秋的超市开下去。猴子说：“都是铁龙飞那家伙捣的鬼。不过，我得说你两句，那臭娘们儿也太不像话了，忘恩负义，从她身上下手啊。”

林天豹让刘万川和猴子想办法，猴子一个电话叫来了冯三，从口袋里掏出两千块钱甩给他，说：“冯哥，这回看你的啦，明天能不能派兄弟搅了那娘们儿的场子，给姓铁的点颜色瞧瞧？”

冯三接过钱“啪啪啪”地在桌子磕，冷笑着称这事好办，让他们明天瞧好。林天豹咽不下这口气，当晚发信息给路宽、汤公明和李从安以及项目部每个人，大骂铁龙飞和映秋是一对狗男女，把民工宿舍腾出来帮她开超市，是为了两人行苟且之事，还把他打了，请求项目部进行调查处理。发完信息又鼓动刘万川和猴子写举报信，反映铁龙飞和映秋的不耻行为。

路宽和汤公明收到这条莫名其妙的短信，差点儿惊掉下巴，怎么也不相信铁龙飞会做出这种事来。

汤公明说：“看看这家伙，弄个女人往铁龙飞身上安，自己给自己戴绿帽子，真是绝了，快回复他。”

路宽回复林天豹：“这是你们劳务队之间的私事，不涉及工程，项目部无权干涉。”

短信发出去后，路宽接着打电话给铁龙飞询问此事。铁龙飞怒不可遏，解释说映秋来工地开超市，是为方便民工们购物，林天豹来出口工地闹事，反而倒打一耙，求路宽和汤公明不要告诉苏欣。路宽嘱咐他把塌方处理好，这种事情项目部不管，更不会告诉苏欣。而苏欣接到举报信后，还是知道了这场闹剧，不过这是后话。

第二天，太阳照常升起。映秋的“姐妹超市”按时开张，只是气氛有些尴尬。铁龙飞一早进了隧道，江水和王大路去露了个脸，转身走了，剩下小铁匠和张善忙前忙后。鞭炮一响，一些桥梁队和路基队的民工蜂拥而来。在人头攒动的人群里，小铁匠和张善忽然瞅见一张熟悉的面孔。不知何时，冯三出现在了前来看热闹和买东西的民工中。

# 第十七章

冯三现身开业现场，搅乱了超市开业的秩序和氛围。因为没能拿到隧道出口出碴的工程，他对铁龙飞本来就怀恨在心，猴子甩出两千块钱收买他，更坚定了他报复铁龙飞的决心。

一大早，冯三叫来当地一个小混混，说："出口有个'姐妹超市'等会儿要开张，我带你去凑凑热闹，该出力的要出力。"

小混混问："那就把超市砸了？"

冯三说："砸什么砸？砸了你赔啊？我是说去凑凑热闹，懂吗？就是不能让姓铁的和那个娘们儿痛快喽。"

映秋根本没想到林天豹会在背后使坏。超市门前挤满买东西的各路民工，有老有少，买啥的都有。有的只买一只牙膏或一包香烟，也挤在门口探头探脑往里瞧，还自报家门，把自己姓啥，哪个队的，哪里人讲了个明白，甚至掏出身份证展示给映秋三姐妹看，生怕她们没有记住自己。映秋负责收钱，映春和映红负责拿货。没过半晌，头几天进的货眼看着被横扫一空。

小铁匠和张善察觉到冯三和他身后的小混混，幽灵般地在人群里窜来窜去，悄悄地提醒映秋，说："冯三带人来啦，要小心。"

映秋听后猛然一愣，神情变得十分紧张，将货款急忙塞进旁边的箱子里，向门外看去。小混混用手扒拉开购物的民工挤到前面，指着映秋说："哎，你是从斜井那边过来的吧？还带来俩妞，挺俊呀。"

映秋不搭理他们，继续卖货，说："你们要买就买，不买请让开。"

小混混两眼一瞪，说："臭婆娘，叫谁让开？知道他是谁吗？我大哥。"

购物的民工看冯三和小混混不是善茬儿，拿起东西跑回了各自的工地，只有少数几个人站在门外，观察着将要发生的一切。映春和映红被冯三吓得浑身哆嗦，小铁匠将她俩拉到身后，叫张善去喊人。张善踮着跛脚挤出来，朝食堂那边跑去。

小铁匠凑到前面，对冯三说："冯总，这个店是我对象开的，请别捣乱，回头我请你喝酒。"

小混混揪住小铁匠的领口，恶狠狠地责问："你说谁捣乱？是不是不想活啦？"

"小铁匠，算你有种，说说哪个是你对象？让我瞧瞧。"冯三指着映春和映红说，"这俩妞蛮嫩嘛，啥时候让老子先玩玩？"

映秋挤到前面厉声骂道："放开他，她们是我妹妹。"

冯三"哈哈"大笑，说："我知道她们是你妹妹。你跟林老板睡了几年，跑到这儿来开啥超市啊？不过是跟姓铁的睡觉方便罢了，工地上的人谁不清楚。门口挂着红灯笼，不就是带俩妹妹来工地，跟民工睡觉的嘛！"

话音刚落，人群里爆发出一阵猛笑。映秋再也无法忍受冯三的侮辱，绕过柜台，冲过去抬手甩了他一巴掌，骂道："开业你来砸我的场子，豁出命也要跟你拼啦。"

小混混冲上来伸手架住映秋，嘴里骂她臭婆娘。映春和映红从柜台后面抄起拖把，跑出来一顿乱打，直打得冯三和小混混退到门外。小铁匠手里抓着把铁铲，冲到门外骂道："你个混蛋，拍死你个熊玩意儿。"

铁铲抡下去的瞬间，冯三疾速闪开，顺势抱住小铁匠，将他摔倒在地。小混混围上来，夺走他手中的铁铲，又连踹几脚。小铁匠站起身来朝食堂方向大声嚷叫："打人啦！冯三打人啦！"

喊声惊动了部队和食堂的人。张二奎和厨师及两名民工，撂下手中的活儿朝超市跑来，冲在最前面的则是张善。只见他两眼鼓胀，手里提着锋利的长刀，一踮一踮跑得飞快，破口大骂："混蛋，敢欺负人，看我不杀了你们。"

冯三和小混混瞅着张善手中挥舞着刀，样子很吓人。张善冲到他们跟前，挥刀乱砍，几次差点儿砍到冯三的脸上。小混混想去夺刀，却难以近身。张二奎和厨师此时也跑了过来。冯三和小混混寡不敌众，不得不朝远处跑去。张善和小铁匠追出一段路，眼看他们跑远了，冲着背影骂道："你们来替林天豹报仇，来啊。"

映秋、映春和映红加入了怒骂行列。冯三和小混混被吓得面如土色，站在远处说："行，臭娘们儿，拿你自家男人的钱养小白脸，今天放过你，看后面怎么收拾你。"

开业这天发生的这场风波，在小铁匠和张善的帮助下算是平息下来。铁龙飞虽然没有参与，但他心里很别扭。在跟江水和王大路分析后得出结论，冯三所为一箭三雕，一是想解丢活之恨，二是受林天豹指使向铁龙飞身上泼脏水，三是迫使映秋放弃超市，撤离出口工地。

果然，没过多久，整个工地开始盛传铁龙飞跟映秋有暧昧关系，甚至把映秋怎样偷男人等细节，都传得绘声绘色。这样一来，映秋在民工们的眼里，成了一个乱搞破鞋、一刻都离不开男人的荡妇。铁龙飞的名声也被损得一塌糊涂，变成了一个勾三搭四的渣男。

那些天，映秋躲在超市里哭了几个晚上，想过上吊结束自己的生命，又舍不下年迈的阿爸阿妈和尚未成家的妹妹，还想过去找林天豹拼个你死我活。铁龙飞郁闷得无处诉说，除了进隧道、找项目部催材料和调配工班，剩下的时间就是跟江水和王大路喝酒消愁，后悔不该答应映秋来工地开超市，给自己惹了一身骚。

半个月之后，工地和超市都恢复了平静，铁龙飞和映秋没再见过面。清理隧道掌子面堆积体接近完成，即将进入塌方处理阶段。超市生意兴隆，收入十分可观。

路宽、汤公明、李从安以及项目部的人，没人向苏欣透露有关铁龙飞和映秋的传闻。她接到林天豹送来的举报信后，不曾怀疑铁龙飞会搞出那些事，只当笑料把举报信扔进了纸篓，让她真正气愤的是后来冯三去超市闹事这一出。林天豹曾去项目部找路宽，当面反映铁龙飞和映秋的丑事，苏欣闯进来，路宽不让她听，把她撵到了会议室，说："老林说别的事，你去工地吧。"

苏欣心中起了疑惑，躲在门外偷听，林天豹在屋里大呼小叫，说铁龙飞怎样调戏映秋，他又如何捉奸，把铁龙飞和映秋骂得丑陋无比。路宽特别烦这类事情，讽刺他说："老林，你连自己的女人都拴不住，还好意思到处发短信，举报人家铁龙飞。第一次捉奸完全是你设圈套捏造的，不然派出所抓你和刘万川干啥。”

林天豹诡辩道：“明明是姓铁的勾引我女人，咋还赖我了？”

苏欣的心“怦怦”跳得厉害，实在听不下去，夺门而入，板着脸问：“林天豹，刚才你说铁龙飞跟你女人有事儿？你是猜的还是抓住了？别诬赖好人。”

林天豹不了解铁龙飞跟苏欣的关系，说：“我不会瞎说的，我女人映秋跟他跑到隧道出口去开超市啦。”

苏欣又问：“你女人跑去隧道出口开超市，是她自愿去的，还是铁龙飞拉她去的？”

林天豹说：“姓铁的不拉她，她怎么会跑到那儿去开？完全可以在我的隧道斜井工地开啊，并且用的还是我的钱。”

路宽打断他，说：“哎，老林，不是你自愿给那女的钱吗？听说人家当姑娘时就跟了你，这事谁都知道。再说，你让你娘们儿在斜井工地开超市了吗？如果没有，你就别说她去出口开，我看在哪儿开都正常。”

苏欣很生气，说：“在高铁工地开超市和饭馆的多了去啦，哪条线没有？你女人去隧道出口开个超市，就能证明姓铁的跟她有特殊关系吗？我看你心眼还不如针鼻大，不叫男人。”

林天豹挨了训斥，没再辩扯更多关于铁龙飞和映秋的事儿，要求项目部替他作主。路宽还是那句话，这种私事不在工作范围之内，由他们自己去解决。苏欣对此事将信将疑，问完林天豹扭头走了。

再后来，苏欣去一处桥梁工地进行技术变更，听到有民工风言风语地议论铁龙飞和映秋，说得很是邪乎，这让苏欣很难接受。于是，一天下午，她怀着对铁龙飞的不满，一个人乘车去了隧道出口工地。

经过半个多月的日夜突击，堆积体清理接近尾声，已经开始往隧道里拉锚杆、钢筋、支撑材料、氧气瓶、电焊机、注浆机和混凝土喷射机等设备。开挖台车推到了掌子面跟前，特制加工的高达十几米的支架已竖好，能够够到塌方形成的穹隆顶部和撕断塌落的拱顶。

铁龙飞没有接到苏欣要来检查的通知，苏欣也没想让他知道自己要去。他和江水、王大路头戴安全帽，脚穿雨靴，打着手电筒，带着铁铮骨、铁子安和从斜井过来的河南工班李工长、技术员、安全员、工程师，站在掌子面前的泥水中，观察塌方造成的形态，按照苏欣提供的处理方案，安排锚杆支护和二次衬砌工班分段作业，还特意强调要加大排水力度。检查完正要出去，一辆越野车开到二次衬砌台车前面停下，车灯照亮了整个掌子面。在刺眼的光线中，苏欣步伐轻盈地朝掌子面走来。铁龙飞见是她，立即迎上前，但苏欣不理他，只冲江水和王大路点点头。

苏欣站在掌子面前，问："你们谁负责处理塌方？"

王大路说："苏总，我和江水负责。"

"分了几个工班？"

江水说："有支护班、二次衬砌班、电焊班。"

"哦，还有测量和沉降观测班。"铁龙飞补充道。

苏欣没理睬他，转身用手电筒照射另一个方向的拱顶，对江水说："你们把施工日志和交接班记录做好，必须有可追溯性。钢桁架间距按设计做，三十厘米一榀；锚杆要打够深度，注浆要密实，听懂了吗？"

"听懂啦，苏总。"铁龙飞回答道。

铁龙飞在回答苏欣的时候，江水冲他吐了吐舌头，王大路则低着头转到苏欣的背后。他们都听出苏欣说话的口气很生硬，像陌生人似的，一点也没有之前的那种和蔼可亲。尽管这种变化很微妙，但铁龙飞比江水和王大路更敏感，清楚这其中的原因。顿时，内心极其忐忑不安。

苏欣根本不担心塌方处理不好。来看工地，实则是想找铁龙飞核实传言的真假，得到一个合理的解释和答案。铁龙飞暂且不想让江水和王大路知道太多，用手电筒帮她照着脚下，催她出去。苏欣不回应，径直往外走。铁龙飞在背后朝江水、王大路挥挥手，示意他们别跟着，躲得越远越好。

苏欣走到车旁跺了跺脚，将沾在鞋底上的稀泥跺掉，然后上车"嘭"地拉上门朝隧道外开去。铁龙飞开着皮卡车，一脚油门超到前头，在洞口挡住了苏欣的去路。

铁龙飞跳下车跑到后面，伸手拉开苏欣的车门催她下车。苏欣狠狠地瞪着他，坐在里边既不说话，也不下车。

铁龙飞说："苏总，下来吧，我有事跟你汇报。"

苏欣犹豫了一会儿才下车。铁龙飞邀请她到办公室坐会儿，她没反对，可脸色很难看。俩人互不说话。走进办公室后，铁龙飞随手将门关上，问：“你是不是都听说啦？”

苏欣摘掉头上的安全帽扣在桌子上，将头转到一边，问道：“你跟那女的到底有没有事儿？”

铁龙飞站在她面前，右手朝天，说：“苏欣，我对天发誓，绝对跟那女的没有任何关系，她是林天豹的女人。”

“我知道她跟姓林的。”苏欣越说越急，“你跟她没关系，为什么姓林的到项目部反映你？工地上为啥传得沸沸扬扬？你又为什么给她提供场地，让她来你这里开超市？这怎么解释？”

铁龙飞有口难辩，说：“我真没让她来隧道出口开超市，是她自己要来的。她想把俩妹妹嫁给我们村的两个小伙子，不信你可以去问铁匠和张善。”

“我不信。”苏欣生气地说，“因为那女的，你跟姓林的不止发生过一次矛盾。开业前天，你俩争风吃醋，还在超市打起来了，工地上的人都清楚。你让我的脸往哪儿搁？知道我有多难过吗？”

铁龙飞双手叉腰，仰脸瞧着屋顶，想跟苏欣辩驳，但看她在气头上，就想上前去安慰一番，被苏欣一把推开了。

铁龙飞叹了口气，说：“好吧，苏欣，不论你怎么想，我都不会背叛你，不会背叛我对你的爱。总有一天你会明白，我对映秋最多是出于同情。”

“同情？”苏欣不解地说，“你去同情姓林的女人？那你咋不同情同情我？自从见面，你提出要追求我，我就认真地对待这份感情，还不敢让人知道。这种苦你体会过吗？而你却去同情一个与你无关的女人，假如她真比我好，那我退出。”

“我同情她，是因为像她这样的山里人穷怕啦。”铁龙飞说，“为了生活，她把自己卖给了一个大自己三十多岁的男人，可林天豹并不珍惜她。没错，是我同意的给她腾出两间宿舍开超市，既是为了方便民工买东西，也是为了给她们多提供一点儿帮助，没有任何别的企图。”

苏欣静静地听着，忽然意识到可能自己真的误会了铁龙飞，轻声地说：“外面传的那些话真的很难听，我听了都不知道该如何是好。”

铁龙飞冷静下来，温和地说：“苏欣，请相信我，希望你不要听信那些传言。假如你不愿意听到她的名字，那我向你保证，从今以后再也不跟她见面。我只想说，对比咱穷的人，应该竭力去帮助他们。”

苏欣点了点头，没再跟铁龙飞争辩。从他说的话里，苏欣看到了铁龙飞珍贵的一面，那就是他有着一颗善良的心。苏欣起身抓过桌上的安全帽要走，被铁龙飞伸手拉住，说：“那个女的就在超市，如果你想见她，可以去找她聊聊，让她给你一个答案。”

苏欣被送出门，铁龙飞没有跟着。她寻思片刻，然后朝宿舍顶头的超市走去。

超市门口，每天都有来买东西的民工。映秋、映春和映红总是当晚盘点清账，算出成本和利润，好知道每种商品能赚多少钱。看着进账，姐仨感到很幸福。苏欣来到超市时，映秋刚进货回来，映春和映红忙着往里搬运腾挪。苏欣第一次来工地时，映秋曾在隧道口与她见过面。在她文静的外表下，透着机敏，很容易给人留下深刻的印象。后来，铁龙飞说自己表白的那个人正是她，让映秋深感意外。现在，苏欣蓦然出现在她面前，这让她更是五味杂陈，不知该如何面对这个年轻女总工。

苏欣站在映秋面前，清澈的眼睛盯着她一直看，犀利的目光似乎要穿透映秋的内心。映秋面颊绯红，心“怦怦”跳得厉害，但表面静如止水，闪动着双眸冲她微微一笑，说：“苏总，您想买啥？我帮您去取。”

苏欣愕然道：“你知道我姓苏？谁告诉你的？”

映秋转身进到超市，不正面回答她，说：“这是我俩妹妹，映春和映红。您不买东西吗？”

苏欣朝映春和映红点点头，环顾屋内，货架上摆着各种商品，回答道：“今天不买东西，只来看看。”

映春介绍说超市里没有化妆品，所有进来的货，只适合工地民工用，像苏欣这样靓丽俊俏的姑娘用的东西得去县城大商场买。

苏欣指指映春和映红，问：“你俩都有对象了吗？”

“正处呢。”映秋接过话说，“是铁大哥的两个同村小老乡，一个叫铁匠，另一个叫张善，人都很好。”

“进了不少货，都是民工生活必需品。”苏欣在屋里转了一圈说，“映秋，我想跟你说点事儿，你能跟我出去一下吗？”

其实，工地上的传闻，也早已传到映秋耳朵里。她知道苏欣迟早会来找自己询问，所以痛快地说：“走吧苏总，咱俩出去。”

苏欣手里提着安全帽，和映秋一前一后走出超市，站在隧道前面的大桥旁。苏欣问：“你听到工地上的人咋说你和他了吗？”

“听说啦！”映秋说，“那些人是故意栽赃我和铁大哥，我们俩之间根本没有任何事情，都是那个没良心的死男人和斜井的猴子、刘万川、冯三那些人造的谣。”

苏欣说：“我也不相信那些谣言，可传得有鼻子有眼。俗话说无风不起浪，假如你俩真没有过密的接触，咋会传成那样？”

话刚说完，映秋就嘤嘤地哭了，抽泣着说：“铁大哥只是在帮俺姐仨，也在帮铁匠和张善。我可以去斜井工地开超市，但铁匠和张善很难与映春和映红见面。再说，我跟林天豹好几年了，铁大哥咋会看上我这样一个没骨气、没本事、没文化的山野村姑呢？”

苏欣听着映秋的哭诉，与铁龙飞所讲一致，那块压在心里沉甸甸的石头，才渐渐被挪开，如释重负地问：“姓林的对你好吗？”

映秋摇头说：“他光知道给我钱花，对我一点都不好。我是女人，需要男人宠，更需要男人疼，到头来什么也没有。”

苏欣又问：“跟我说实话，你喜欢过铁龙飞吗？”

映秋说：“我钦佩铁大哥，他是个真正的男人，你真的怀疑我跟他有男女关系吗？”

苏欣觉得误会了铁龙飞和映秋，很是内疚，走近映秋抻了抻她皱巴巴的衣服，说：“嗯，我知道发生了什么，你带着妹妹好好开超市。不管工地上怎么传，都不会影响我跟铁龙飞，也不会影响你俩的接触。只是林天豹花花肠子比较多，你得防着点他。”

这次会面，让苏欣彻底解开了心中疑惑，卸掉了思想和情感上的包袱。映秋将苏欣送出超市，苏欣没有再去找铁龙飞，而是直接上车走了。一路回忆着那些流言蜚语，她对林天豹这人更恨得咬牙切齿，想着找准时机，一定要好好教训他一下，教教他应该怎样做人。

回到项目部，苏欣去办公室找到路宽，把见铁龙飞和映秋的事说给他听。路宽的判断跟苏欣一样，完全是林天豹在借别人的嘴发泄自己的私愤，骂道："这老林，就是欠收拾的主儿，得敲打敲打他。"

开业那天，冯三本想砸映秋的场子，给铁龙飞个难看，替林天豹和自己出口气，不想碰到小铁匠和张善两个不要命的家伙，灰溜溜地跑去见林天豹和刘万川，骂道："林老板，铁龙飞派了两个小子给那娘们儿看场子，差点儿出人命。"



刘万川问："冯哥，谁敢跟你动手？"

冯三用手比画着，说："那个瘸子和小铁匠。我还真没遇到这么硬的茬儿，拿长刀乱砍，幸亏我和小兄弟跑得快。"

林天豹说："冯总，路基队老板是我老乡，你若想干活，我可以说说，帮你把设备租给他用。不过，我咽不下这口气！还有什么办法把臭婆娘弄回来？"

刘万川在一旁拱火，说："是呀，铁龙飞不讲诚信，说好让你干出碴，又变卦不给你做了，你能这么㞞吗？"

冯三看闲下来的设备有了出路，像打了鸡血似的来了兴致，表态说："林哥放心，我不但有招把那臭婆娘弄回来，还要让铁龙飞无路可走。想跟你争，看他能干个啥。"

映秋、小铁匠和张善都没敢跟铁龙飞、江水和王大路提冯三来捣乱的事。晚上，张二奎给铁龙飞办公室送热水，顺便说到冯三带人来超市闹事，被小铁匠和张善撵跑了。铁龙飞不愠不火，让他告诉小铁匠和张善，处理隧道塌方正是要紧的时候，只要冯三不带人来工地搞破坏，尽量不要因超市生意跟冯三和社会上的人起冲突，免得被那些人抓住把柄闹出是非。

张二奎说："龙飞，咱不惹别人，但别人惹咱也不行哩。映红她姐有事，咱能不管吗？"

王大路说："映红姐仨来开超市，姓林的心里不知咋想呢。一次不行还会再来一次，不把超市搅黄，他不会罢休。"

江水最了解林天豹，说："是呀，林天豹和刘万川，还有那个猴子，是头上长疮，脚底流脓，坏到家啦。他们不会轻易放过映秋，更不甘心咱们拿到出口的工程，这是抢他饭碗啊。他历来是欺软的，怕硬的，该较真时就得跟他较真。"

铁龙飞对这番话，没有发表任何意见。他将话题引到二次衬砌施工和穹隆回填上去了。张二奎离开办公室回食堂后，偷偷切下一块生猪肉，用塑料袋包了两把蔬菜，向超市走去。映红正在门口打扫卫生，见他来红着脸躲进屋里，“阿姐！阿姐！”地喊映秋出来。

映秋看张二奎手里提着东西，客气地叫了一声“阿伯”，请他进屋坐。张二奎站在门口，将生猪肉和蔬菜递给她。映秋不要，张二奎硬塞到她手里，说：“你们姐仨自个做饭不易，拿着吧。”

映秋推辞不掉，双手接过肉和菜，扭头朝屋里喊：“映春，快给阿伯拿钱来。”

张二奎摆摆手，说：“别，别给俺钱，给俺也不能要，以后咱们是一家人。你们对俺儿好，我这当长辈的知足啦。”

映秋从屋里搬来凳子，张二奎不坐，扶着门框说：“开业那天让你受委屈啦。俺刚才去见了龙飞，想来提醒你，以后你姐仨出门要多加小心，躲着点儿姓冯的那些人。”

映秋感激地点点头，眼睛有些湿润，问铁龙飞怎么说。张二奎告诉她，铁龙飞让她们防着点儿冯三和林天豹。映秋说林天豹如果敢对她和映春、映红使坏，她就跟他鱼死网破。

此后，林天豹差不多每天都去超市找映秋，映秋就把映春和映红支出去找张善和小铁匠，她一人单独与林天豹见面，见一次映秋骂一次，直骂得他坐立不安。林天豹离开超市，总像做贼似的开车跑进出口洞内，停在二次衬砌台车后面也不下车，透过车窗玻璃，窥探洞内塌方处理进展情况。

二月二龙抬头一过，桥隧路各段施工基本恢复正常。这时，已进入阳春三月。项目部响应业主号召，路宽组织项目部党工委开会，研究决定在全标段组织开展春季“百日大干”活动。

一天晚上，汤公明让工程部下发通知，要求各工区长和劳务队长、技术主管，到项目部会议室参加“百日大干”动员会。铁龙飞、江水和队里的技术员去了。会议室里挤满了各施工队的参会人员。汤公明每个队挨个点名，连问两遍斜井劳务队到齐没有，竟没人答应，他沉下脸，问路宽还等不等林天豹。路宽低头在本子上写着东西，让他问问林天豹走到哪儿了，汤公明拨通电话还没开口，林天豹急促地说：“到啦！到啦！”

林天豹带着刘万川和技术员，最后一刻走进会议室。所有人的目光都集中在他们身上。屋里已经没有了空位置，他们不得不绕过铁龙飞和江水，往熟悉的路基队和桥梁队人员里边挤，还用余光瞅路宽、苏欣和铁龙飞。挤不下，工作人员只好搬来三把椅子摆在门口。

路宽撂下手中的笔，瞅见林天豹脸通红，说："老林，咋每次开会你都迟到啊？又喝猫尿啦？"

林天豹打了个饱嗝，酒气熏天，佝偻着身子站起来，双手捂在裆前，咧嘴笑着说："今天一炮干进去四米，高兴喝了点儿。"

汤公明说："行啦行啦！你坐下，咱们现在开始开会。"

林天豹拉住椅背缓缓地坐下。苏欣坐在他的对面，铁龙飞跟他坐一排，中间隔着三个人。林天豹瞟了他们一眼，然后仰脖眯着两眼，像磕头机似的晃起脑袋，带着节奏听会。

会议由汤公明主持，首先宣读了开展春季"百日大干"的决定和项目部党工委关于"百日大干"的号召书，接着由路宽总结布置施工生产任务，特意表扬铁龙飞在抢钻头、战塌方中的勇敢行为，并指出了斜井存在的质量和安全问题，最后才强调"百日大干"的要求，宣布"百日大干"一系列奖罚措施，抑扬顿挫地讲了近一个小时。李从安讲完安全质量后，轮到苏欣唱压轴戏。她着重强调了现场技术管理、测量试验、施工规范、验工计价等，专门把如何加快隧道施工进度和塌方处理作为重点，要求进出口和斜井劳务队高度重视，认真落实和执行施工组织方案。

林天豹根本没有听，强劲的酒力让他三晃两晃就睡着了，并且打起了呼噜。刘万川坐在他旁边，伸手去拉他，轻声说："老板，你醒醒，小娘们儿正在讲话呢。"

林天豹眯着眼睛抬手示意刘万川不要打扰自己，而后继续睡去，鼾声又起，所有人都将目光投向他。雷声般的呼噜打断了苏欣的讲话，她生气地瞪着林天豹，"啪"地合上本子，说："我不讲了，叫他睡吧。"

路宽起身走到林天豹面前，抬腿一脚踢在林天豹下胯上，呵斥他是来开会的还是来睡觉的。林天豹猛然惊醒，"哦哦"梦游般地乱嚷，抹了一把脸，说："我在听啊。"

苏欣气得脸都红了，问："那你说，我刚才讲的啥？"

林天豹发蒙，低头问刘万川。苏欣指着刘万川，不让他多嘴。刘万川戳拢林天豹，让他快说。林天豹对会议内容全无记忆，支支吾吾答不上来，蒙出一句讲的是“百日大干”。

苏欣恼怒地说：“今晚开的就是‘百日大干’动员会，还用你说？你从来就没尊重过别人，还想让别人尊重你吗？”

林天豹无言以对，说：“我错了小苏总，向你赔礼道歉。”

苏欣说：“我比你们年轻，可我是这个项目的总工程师，你们谁不想听，就给我出去。”

会场充斥着火药味，鸦雀无声。铁龙飞低头给苏欣发去一个短信，让她别冲大家发火。手机搁在桌子上，苏欣瞅完短信内容，强压住火气，直接点名，说：“林天豹，你和刘万川听好，刚才我和经理讲的大干方案和奖罚措施，你们回去要给我上报如何落实。完成进度计划和投资与产值，该奖的加倍奖。相反，完不成对等罚，一视同仁，别说对不起各位。不明白的，回去看生产进度计划表。”

最后一项议程是各劳务队表态发言，路基队和桥梁队表完态，轮到铁龙飞发言。他站起来“啪”一个立正姿势，铿锵有力地说：“请各位领导放心，我们队坚决完成隧道出口的攻坚任务，圆满实现‘百日大干’目标。一句话，撸起袖子加油干。”

铁龙飞的表态，完全是军人的风格和语言，路宽、汤公明和李从安很满意，会场响起一阵热烈的掌声。苏欣深情地望着他，脸上露出一丝笑容。这时，林天豹说话了：“好话谁都会说，关键是看行动和实力。”

这话明显是挑衅。铁龙飞不甘示弱，讥讽道：“林老板，该你表态啦，你也站起来说。”

林天豹横着脑袋，说：“哼！你让我站起来，我就站起来啊！经理，我坐着说行不行？”

路宽一语双关，说：“老林，你干斜井比隧道出口高贵啊？你先管住自己的这张臭嘴，别跟疯狗似的见人乱咬，搞得工地鸡犬不宁。”

林天豹听出路宽另有所指，站起来直喊冤，说：“哎哟，经理，我可没有乱咬啊。”

苏欣催他说：“那你表态吧，都等着你呢。”

林天豹说：“我不跟别的队比，就跟出口比。若超不过他铁龙飞，我林字从左到右换过来写。”

会场哄堂大笑。有人喊：“老林，你够精的，林字左右换过来写还是林，便宜都被你家占啦。”

铁龙飞霸气地说：“好啊，林老板。那咱们在隧道进度上决一高低，要输给你，我就不叫铁龙飞。大家都在，当着大伙儿的面儿，咱现在就立军令状。”

林天豹来劲了，说：“立就立，谁怕谁？你考核要是输了，就要听我的，把你工地那个姐妹超市给我关掉。”

铁龙飞听他提出这样无理的要求，脸唰地红了。苏欣见大会变成了私人恩怨场，小声对路宽说：“经理，姓林的胡搅蛮缠，散会吧。”

路宽用指尖敲击桌面打断林天豹，简单总结了几句，说：“今晚的会议到此结束，散了吧。”

参会人员先后离开了会议室。路宽、苏欣、汤公明和李从安没有走，也把林天豹、铁龙飞和江水留了下来。路宽训斥道：“老林，你真是没个正形，咱开会布置大干，你咋扯到超市上去了？”

林天豹酒气未消，说：“我憋屈呀。那臭婆娘一天不回来，我一天寝食难安啊。”

铁龙飞说：“我早想撤掉超市，你不用跟大干竞赛挂钩，我才不想你的女人到我那儿开超市呢。”

“那她为啥要跑到你工地去？”

江水跟林天豹急了，说：“去问你的女人啊，你管不了自己的女人，怪得着别人吗？”

苏欣大大方方地说：“也没啥不能公开的，现在正式宣布，我跟龙飞是恋人关系，虽然他只是个最底层的劳务队长，但我喜欢他。这些日子以来，你到处造谣中伤，对他、对我和映秋都是一种伤害。我去超市见过映秋，她为啥要跑到出口去开超市，你要问问自己。除了钱，你还给过她什么？是给过她尊严，还是给过她爱和对她的尊重？”

汤公明惊讶地指着铁龙飞，说：“哎哟喂，苏总你们俩啥时候建立的关系？我们咋一点都不知道啊。”

苏欣毫不掩饰地说：“他退伍那年，我们在高铁站相遇时就注定了，我相信缘分。”

路宽说：“老林，现在清楚了吧，你女人去隧道出口开超市与铁龙飞无关。你散布他和你女人的谣言，弄得满城风雨，我都替你害臊。”

林天豹奇怪地望着苏欣，说：“你一个年轻的女总工至少也是高工，跟他谈对象，鬼才相信。他有钱有势还是有地位？那臭婆娘回到我身边，我才信你们。”

汤公明说：“你个混蛋，真不讲理。你的女人不回来，去抢她回来啊，怪人家干啥。”

林天豹说：“你以为我不敢吗？”

铁龙飞说：“林天豹，你可以去抢，甚至可以把她绑回去，但希望你不要再伤害她，她一个从山寨走出来的弱女子，跟了你这么多年不容易。”

林天豹睁大眼睛，说：“你们瞧瞧，他说跟我女人没关系，还有谁比他更关心那臭婆娘的？”

苏欣怒骂道：“你真让人恶心。龙飞，你走吧，别理他。”

林天豹因苏欣公开恋爱关系和出面证明，颜面尽失，最终双方不欢而散。等他走后，路宽问苏欣为啥事先不透露一下和铁龙飞的关系，苏欣说提早公开不方便工作，现在公开了，谁也别说她向着铁龙飞，在工作和施工管理上会公事公办，不可能突破原则和底线，更不会假公济私。汤公明劝她不用担心，这么大项目，又不是她总工一个人说了算，上面有经理，下面有部门，共同把着关呢。

路宽拍拍铁龙飞的肩膀，认真地说：“龙飞，你也听到了，林天豹就跟你们施工队比，希望你们能争得头彩受奖。你要争气哟，可别丢了苏总的脸。”

铁龙飞说：“经理，难得你们领导信任，我会拼尽全力把出口干到前头，优质安全地打到分界线。”

林天豹对苏欣与铁龙飞的关系似信非信，刘万川更是疑神疑鬼。回工地的路上，一再提醒林天豹不要上苏欣的当，那是欲盖弥彰，咬定她跟铁龙飞是在做局。不过，更令刘万川窃喜的是，苏欣以恋人身份，明目张胆地帮铁龙飞，从计价到技术质量管理，必然会网开一面，一定有很多猫腻，是彻头彻尾的吃里爬外，坏事倒变成了好事，可以随时抓住苏欣和铁龙飞的把柄，置俩人于死地。

林天豹已经醒酒，听完刘万川的分析很兴奋，就让他和猴子以后注意收集有关苏欣和铁龙飞的证据，关键时刻甩出个王炸。

三月，西南地区春意浓烈，太阳照在身上暖洋洋的。中午时分，身穿单衣都会流汗。开春第一个“百日大干”很快在全标段展开，每处工地都插起红旗，项目部党工委向标段各工点发出的“百日大干”号召书，被贴在各隧道口、桥梁和路基段工地宣传栏里，各工地大有一派大干特干的气势。

没过几天，项目部给各劳务队的计价款拨下来了。江水去计财部核对工程量和计价单，受铁龙飞委托在拨款表上签了字，终于拿到公司成立后第一笔工程款。除去民工工资，再扣掉机械和材料费，剩下的资金竟达百万元之多，手头总算有了些盈余，这让大家倍受鼓舞，铁龙飞和王大路更欣慰。三人商量，先拿出部分资金，还掉从汪文进那里借的复转费，其他用于工程周转，以后有了更多积蓄，再逐步还贷款。

再一日，铁龙飞开车去县城办完事，顺便去了一趟大商场。他在金银首饰柜台前停住了脚步，给苏欣买了一枚钻戒，包好后小心翼翼地装入内兜，生怕弄丢或被小偷偷了。之后，迫切地开车去项目部见苏欣，可苏欣在电话里说被堵在了去隧道出口的半路上，前后都是车，挤在中间想掉头掉不过来。铁龙飞让她在堵车点等，他现在赶过去。

出口塌方处理了一个月，拱顶空腔已完成填充、初期支护、二次衬砌，仰拱也跟到了设计规范的标准步距，正式开启了掌子面放炮掘进。隧道弃碴场设在出口前面的山窝窝里，放完炮从洞内拉出来，最远的距离不到一公里。可钢筋水泥等主材由甲方供应，材料需要二次倒运，从工地以外往出口拉。这天，两辆装满钢筋的材料运输车，爬上山道后，在盘山公路拐弯处，被一辆破烂不堪的大翻斗挡住了去路，地点离隧道出口工地还有三公里。

苏欣看完隧道斜井工地，司机绕过一座大山去出口，先超了一辆拉运钢筋的运料车，沿着盘山公路往前开。两边耸立着令人眩晕的山峰，道路极其狭窄，原先铺好的水泥路面被各种重型车辆轧烂，到处坑坑洼洼，坎坷不平。等苏欣乘坐的越野车爬上山时，前面的钢筋运输车，停在斜坡上不动了，后面那辆运输车接着顶了上来。苏欣的越野车挤在中间，上不来，下不去。挡在最前面的，正是那辆破旧的大翻斗。司机停好车，下车跟后面这辆钢筋运输车司机一起跑到最前头看个究竟。翻斗车上装着一堆乱七八糟的杂物，有木板、旧机器和铁索，冯三和两个青年正站在车前抽烟。

冯三在超市丢了面子，跑去找林天豹和刘万川。林天豹答应帮他把设备租给路基队，还真租出去了。为此，冯三对他十分感激。隧道出口塌方处理很顺利，没几天便正式掘进，很快形成了大干局面，这让林天豹有了严重的危机感。尤其“百日大干”开始后，各队都领了任务，没想到出口施工势头猛进。铁龙飞的成功，意味着隧道斜井的失败，林天豹再次把矛头对准铁龙飞。他让食堂安排饭菜，把刘万川和猴子、冯三喊来，边喝酒边说：“兄弟想想招啊，出口进度超过咱们，就要给铁龙飞往外切工程量，这样不行啊，有啥办法让他们停工待料？”

冯三自告奋勇，言称好办，弄辆破车天天堵路，钢筋水泥和各种材料拉不进去，铁龙飞想大干快上，让他巧妇难为无米之炊。林天豹觉得是个好主意，答应冯三出车的人头费由他来担，只管把事情做扎实。于是，冯三让三个小混混事先摸清大车进料的路线和时间，开辆破车上了山道。

苏欣的司机走近冯三，焦急地问：“哥们儿，这车咋啦？”

一个小混混胳膊上文着青龙，爱搭不理，半天才说：“咋啦？眼瞎啊？”

司机说：“我让隧道出口来辆装载机帮你们拖走行不？”

冯三将烟蒂扔在地上，用脚踩灭，对司机说：“走开，你是何方神圣？敢动这车试试！”

其他司机也围了上来，与冯三理论着，埋怨那车不该挡在路中间，把后面的车都堵了。另一个小混混听着不顺耳，仰着头叫有意见的人给车插个翅膀，从天上飞过去。司机们愤愤不平，骂他们不讲理，文身的那个小混混指着那些大车司机，暴躁地说：“嚷什么嚷，去叫修车师傅了，等着吧。”

后面的大车司机赶过来，说：“隧道出口等钢筋呢，堵在半道算咋回事啊？”

冯三说：“少废话！告诉你们，挡的就是隧道出口，甭想把材料拉上去。叫他们来人一捆捆往上扛吧。”

越野车司机回到车旁，告诉苏欣是当地村小名人冯三挡道。苏欣下车要去看，被司机劝阻了，建议要么来车接她回项目部，要么徒步走着去洞口。苏欣说自己可以走着去工地，可材料车过不去，工地干不成活，于是决定亲自去前面会会冯三那帮人。

# 第十八章

苏欣顺着路肩边沟往前走，司机熄了火，锁好车门紧跑两步追上来，劝道：“苏总，前面那几个人不像好人，别理他们。”

苏欣说：“他们不挪车，咱们的车怎么过去？”

司机不再多说，跟着苏欣来到冯三跟前。大车司机们嘴里嘟囔着正往回走，嚷道：“唉！都堵一个多小时了，那破车就是挪不开。一天跑不了一个来回，工地的人像催命鬼，一会儿一个电话，烦死人啦。”

苏欣的到来，引起了冯三和三个小混混的兴趣。几个人嘻嘻哈哈地走过来，将苏欣团团围住，从头到脚上下打量，嘴里还说些调戏的话。司机扒开那几个人，用双臂护着苏欣，责问道：“你们想干什么？”

一个小混混哈哈大笑，说：“不干什么，小妞长得很漂亮，养眼。”

苏欣没有被吓住，说：“我是新来的项目总工苏欣，你们的车是修不好，还是不想修？”

冯三听说过苏欣的名字，从没见过她本人，这一刻却出现在堵车现场，俊俏的模样，看得他两眼发直。冯三愣了愣神，说道：“嘿嘿，苏欣？舒服的舒，开心的心？不错，老子舒服了才开心。”

司机护住苏欣，说：“你别在这胡说，小心挨揍。”

三个小混混围上来要动手打司机，冯三拦住他们，伸手去摸苏欣的下巴，说：“小娘们儿还真俊。这么好的一棵白菜，咋让铁龙飞拱了呢？你难道没听说他到处搞破鞋？胆还真肥，连林老板的女人都敢上。可惜呀，他光顾着自己痛快了，林天豹恨不得拿刀捅死他。”

苏欣怒不可遏，用手推开冯三的手，顺势一巴掌甩过去，骂道：“流氓，滚开。”

冯三被苏欣打得一阵发蒙，捂住脸说：“嘿，臭娘们儿，脾气不小，敢打我。弟兄们上，给这臭娘们儿点颜色瞧瞧。”

司机大声呵斥着冯三，将苏欣护在身后，双手握拳做出防御的姿势。三个小混混露出狰狞的面孔，呼喊着一拥而上，将他摁在地上一顿乱捶。冯三一把揪住苏欣的头发狠劲往下拽，苏欣当场跪在了地上。

冯三咬着牙，恶狠狠地说：“你个臭娘们儿，告诉你，老子今天偏挡路上的材料，车能修好也不修，想把材料拉上去，让铁龙飞来求我。”

司机倒在地上，冲冯三喊：“你混蛋，赶紧放开苏总，要打要杀冲我来。”

苏欣的头发被冯三死死地拽在手中。她强忍着疼痛，两只眼睛里含着泪，却没哭出声。后面的司机听到吵闹声，纷纷朝前面跑，嘴里呼喊着：“那些人欺负人家小姑娘，快过去。”

冯三和三个小混混正在得意之时，在愤怒的人群中，闪现出一个强健的身影，大喝一声：“放手。”

冯三和三个小混混还没来得及反应，每人脸上已经挨了一记重拳，一个个踉跄着倒在了路边，苏欣的头发也顿时松开了。

铁龙飞怒火冲天，使出当兵时练就的本领，摁住冯三，举起拳头接二连三砸向他的脑袋，边打边骂：“冯三，你们不是想跟老子较量吗？今天就叫你们尝尝老子的铁拳。”

不到几分钟，冯三和三个小混混被打得丢盔卸甲、头破血流。铁龙飞此刻打红了眼，冯三跪在地上苦苦哀求，他仍不住手。跑过来的司机们也早看不惯这帮人，走到躺在地上的几个人身旁，补了几脚泄愤。

苏欣头发凌乱，“呜呜”哭着从地上爬起来，走到铁龙飞身边去拉他，说：“别理这帮畜生。”

铁龙飞厉声呵斥道：“说，谁让你们来堵路的？”

三个小混混指着冯三。铁龙飞一把揪住冯三的耳朵，问：“你为什么带人来挡道？”

冯三疼得哎哟哎哟直叫唤，承认是受林天豹的指使。铁龙飞忽然愣住，张口大骂林天豹。松手放开冯三后，他怒气未消，挺立着矫健的身躯，叉开双腿说：“你们四个都给我起来，要么给苏总下跪磕头赔礼道歉，要么从我裤裆下面像狗一样爬过去。”

冯三满脸是血，软弱无力地躺在地上，听到铁龙飞的怒斥，吓得浑身颤抖。铁龙飞紧跟着逼问：“下跪还是钻裤裆？说！天不灭你，今天老子灭你。”

三个小混混恐慌万状，爬到冯三跟前，说：“冯哥，咱下跪吧。”

人群里也有人喊着：“快，下跪磕头赔礼道歉。”

冯三用一双惊恐的眼睛望望众人，又畏惧地瞧着铁龙飞，表示愿意给苏欣下跪磕头，赔礼道歉。于是，四个人狼狈不堪地跪成一排，当着众人的面儿，给苏欣磕下一个响头。

苏欣抽泣着说：“一群没有教养的东西，赶紧给我离开。”

铁龙飞拨通王大路的电话，告诉他在三公里处正跟冯三几个人较量，叫他派挖掘机来把大翻斗拖走。王大路赶紧将挖掘机从洞内调出来，命司机往三公里以外的山道上赶，随后带着铁铮骨、铁子安、铁松儿、小铁匠和几个河南籍民工，乘车飞速奔去。

铁龙飞指着冯三和三个小混混说：“你们欺负百姓，为霸一方，老子不吃你们这一套，想安生就给我躲远点儿。”

在王大路和江水带人到达的前几分钟，这场战斗刚刚结束。冯三听见铁龙飞从工地调来了民工和挖掘机，深知大事不妙，再不离开还得挨揍，便捂着脸拔腿仓皇朝山下跑去。

铁龙飞喊道：“把大翻斗拖到工地去扣住。”

正义战胜了邪恶。江水和王大路赶来，安慰了一番苏欣和项目部司机，让铁铮骨等人从皮卡车厢里取下钢丝绳，拴在大翻斗车前车梁上拖去了工地。道路疏通后，材料运输车司机重新发动车辆，驾车吃力地朝工地驶去。

苏欣半路遭遇冯三等人的侮辱，伤心后怕，不能自已。铁龙飞将她送回项目部，路宽和汤公明要去报案，苏欣摇头不让报。

路宽问铁龙飞：“你打他们啦？”

铁龙飞点头说：“没揍死他们算不错了，我还要去找林天豹算账。”

汤公明问：“堵路与老林有关吗？”

苏欣说：“是他让冯三带人堵的。”

路宽抓起手机打给林天豹，催他立即到项目部来。此时，林天豹正坐在镇上一家茶馆包间里，跟另一个包工头喝茶。刚接完路宽的电话，冯三带着那三个小混混急匆匆闯了进来。瞧他们个个鼻青脸肿，林天豹吃惊地问："被谁打成这样的？"

"还有谁，姓铁的。"

林天豹说："铁龙飞？他咋知道你们去堵路了？"

其中一个小混混哭丧着脸，说："冯哥打了一个叫苏欣的女人，铁龙飞赶来把我们四个狂揍一顿。"

林天豹跺着脚，抹了一把脸，说："我的妈呀，你们打那婆娘干啥？她是项目部新来的总工，跟铁龙飞正处对象呢，这事闹大啦。"

冯三觉得窝囊极了，说："哎，林哥，我们替你出气挨了揍，你可不能再埋怨我们。让姓铁的等着，看下回怎么收拾他。"

林天豹想着接下来该如何应对路宽的追究，顺手掏出一千块钱搁在桌子上，对冯三说："老弟，你们先在这里歇会儿，路经理叫我去项目部，一定是为这事，咱们自己的事回头再说。"刚走没两步，又返回来问，"你们堵路没提我吧？"

冯三说："不是兄弟出卖你，是你让去堵的呀。"

林天豹心里"咚咚咚"不停地打鼓，"唉"了一声，走出茶馆开车朝项目部赶去。

苏欣回到项目部，坐在凳子上委屈地哭，路宽和汤公明在旁边一直劝，可她一时半会儿从刚才冯三的语言侮辱和肢体冲撞中走不出来，怎么劝都没用。铁龙飞在一旁不停地安慰着她。过了好久，苏欣才平静下来，铁龙飞问路宽："经理，等会儿林天豹来了，你们想怎么处理？"

路宽说："你想让他赔偿还是道歉？"

铁龙飞发狠说："我想让他死。"

汤公明说："哎，龙飞，可别冲动，不能闹出乱子，咱让他赔钱行吗？"

苏欣说："我不要他的臭钱，把他清出去。"

林天豹的越野车开进院子，停在了原先的位置。路宽透过窗户，看他夹着手包走来，就叫汤公明到门口等他。林天豹内心很忐忑，表面上却一副若无其事的样子。来到门口，他像往常那样跟汤公明嘻嘻哈哈打招呼，问这么急催他来有啥事儿，汤公明拉着脸说进去就知道啦。

林天豹进到会议室，看见路宽、铁龙飞和苏欣都在里边，表情很严肃，便假装奇怪地问："哟，你们都在啊，小苏总，你这是咋的啦？"

苏欣抓起桌子上的茶杯，猛然朝门口砸去，没砸中林天豹，落在地上摔了个粉碎。林天豹"哎哎哎"地叫着往旁边躲，说："苏总，你咋冲着我来啊，我没得罪你啊。"

苏欣恨得咬牙，说："你派姓冯的去堵路，还打我和我的司机，我招惹他了吗？"

林天豹叫冤，说："你别冤枉我啊，苏总。我可没叫冯三他们去堵路，真不知道是咋回事。"

铁龙飞情绪激动，愤懑无比，走到林天豹面前，揪住他的领口，握紧了拳头，说："你敢说没叫冯三去堵路？他亲口跟我承认的。歹毒的玩意儿，你们是想让隧道出口停工待料，给自己报私仇。苏总的头发被冯三扯掉一大把，我真想送你们去西天。"

林天豹并不畏惧，梗着脖子，闭着眼睛说："来，有种打我，往死里打，老子还真不怕死。"

铁龙飞高高举起拳头，正要狠捶林天豹，路宽和汤公明赶紧劝住，指责道："老林，冯三打了苏总不假，你指使冯三堵路更是真，苏总的司机也被冯三带的那几个痞子打伤了，你该如何解释？"

铁龙飞被汤公明拉开坐在椅子上，林天豹不服气地耸了耸肩，从身后抓过一把椅子坐下，掏出一盒香烟，抽出一支点燃后叼在嘴边，猛吸一口说："铁龙飞，当初我从老家把你叫来，没想到咱们成了冤家，我好后悔。我再次向你们声明，冯三带人堵路不关我的事儿，我没有背后指使，更没让他打苏总。如果不信，那就随便啦。"

苏欣控制不住自己的情绪，说："背后就是你指使的，我以后再也不想见到你们，从施工现场滚出去。"

林天豹很明白，如果自己承认是这次事件的主谋，将面临项目部的严厉处罚和对苏欣及司机的赔偿，甚至还会被铁龙飞要求对隧道出口进行误工补偿。所以，他打死都不能说，只能一条路走到底，硬着头皮扛下去。路宽的质问、铁龙飞的激愤和苏欣的失控，也瞬间点燃了他胸中的怒火，他突然站起来一巴掌拍在桌子上，指着铁龙飞和苏欣说："哼！我不怕，你报警啊？想清退我就直说，别拐弯抹角的。我不干了，把斜井也让给你铁龙飞，你们现在给我算账吧。"

林天豹顺水推舟，反而以撤场将了路宽和铁龙飞一军。他发泄完心中的不满，起身往外走。汤公明见双方陷入了僵局，赶忙追出去拉住林天豹说："哎，老林，没人说不让你继续干呀。苏欣让你滚，那是气话，人家一个小姑娘平白无故挨冯三一顿打，还不兴人家发泄吗？有事说事嘛，走，快回去。"

林天豹暗自窃喜，更加来劲，推开汤公明的手说："我回工地，等着你们清退我。"

铁龙飞心疼苏欣，心里久久不能平静，执意要去报警。汤公明转身回到会议室，刚好把他挡在门口，说："哎，别去派出所，报警就得调查，一调查各打五十大板，何必呢？咱们的目的是干好项目，把钱挣到手。这一折腾，你们谁还有精力和心思干活啊？隧道再塌方咋办？林天豹这还嚷着让项目部清退他呢。"

说话间，苏欣和路宽追来叫铁龙飞回去。看着苏欣的样子，铁龙飞答应不再去报警。路宽对苏欣和铁龙飞说："你们俩都消消气，遇到这些人退一步海阔天空。林天豹嘴硬不承认，还真拿他没办法。还没怎么着呢，他就嚷着不干了，让项目部清退他，像清退林天虎一样，补得起钱，补不了工期呀，真的清退不起。苏总受了委屈跟工伤差不多，项目部给你发补助，先休息几天，以后想收拾林天豹还不容易，挑个毛病就叫他跪地求饶。"

苏欣摇摇头说："我不要项目部的补助。"

铁龙飞说："如果林天豹以后再找出口麻烦咋办？"

"他敢再有下次，我和经理就调减他的工程量。"汤公明看着苏欣和铁龙飞情绪逐渐稳定，就示意铁龙飞把苏欣送回宿舍去。

铁龙飞拉起苏欣，陪她回到了宿舍。项目部领导的房间是里外屋，外间办公，里间休息。进屋后，铁龙飞先接来一盆凉水，又掺了些热水，试了试温度后，将毛巾扔进去，喊苏欣洗脸。铁龙飞体贴的照顾，让苏欣感到很温暖，不再去想那些窝心委屈的事情。

苏欣捞起水中的毛巾，拧干后简单擦拭了一把脸颊，然后转身扑在了铁龙飞的怀里。铁龙飞紧紧抱着苏欣，不停地安抚着她。

铁龙飞突然想起一件事，从上衣口袋里掏出一个包装精致的首饰盒递到苏欣手里，苏欣接过来问："这是什么？"

铁龙飞说："你打开看看。"

苏欣打开包装一看，惊喜地问道："钻戒？哪来的？"

铁龙飞说："今天去县城给你买的，我要亲手给你戴上。"

"结婚时才戴钻戒，现在不能戴。"

"不！我要现在、马上给你戴。"

说完，铁龙飞从首饰盒里小心翼翼地捏起钻戒，套在了苏欣的食指上。这一刻，苏欣的情绪才调整过来，将下午的烦恼抛在了脑后，留在心里的只有温馨与爱。

俩人缠绵了一阵后，苏欣摘掉钻戒重新放进了首饰盒。

铁龙飞问："摘下来干啥？"

苏欣说："我要好好珍藏，只等神圣的那一天。"

工地劳务队之间，经常因为利益之争，发生这样或那样的矛盾和冲突。化解的方法，不是矛盾进一步激化升级受到严厉惩罚，就是顾全大局做出让步。铁龙飞和苏欣属于后一种。他们毕竟不是一个单纯的劳务队那么简单，更多的是俩人有着特殊的身份和关系，项目需要他俩顾全大局，哪怕受再大的委屈。林天豹干活的目的与铁龙飞和苏欣不同。他是个纯粹的商人，任何时候都是金钱第一，利益至上。谁挡了他的财路，损害了他的利益，他就会跟谁死磕到底。

林天豹松了口气，得意扬扬地回到工地，打电话把刘万川、猴子和冯三叫到办公室，说："这次幸亏我把铁龙飞和经理硬顶回去了，不然麻烦可就大啦。哼！姓苏的让我滚，我偏不走，敢强行清场就敢掩死他们，说啥也不能让铁龙飞占便宜。"

猴子奸笑着，撺掇说："是呀。吃亏的事咱不能干，冯哥被铁龙飞打，怎么着也得往回找补找补。铁龙飞那个龟孙儿，就要不断骚扰他，让他无暇顾及工地的事，那咱们才有机会超过出口。"

林天豹用指尖敲击着茶台，说："得把那臭婆娘弄回来，看他铁龙飞插不插手。"

冯三摸了摸又红又肿的脸，说：“老子的脸还不至于挨他一个外地人打，不扳回来，我咋在这地面上混？他把大翻斗扣下了，我不能白吃亏。”

刘万川也恨铁龙飞，狡猾地说：“说得对呀。铁龙飞打冯哥，等于打咱们的脸。不过这小子当兵练过拳脚，不太好惹，跟项目部那娘们儿又是恋人关系，要把老板娘弄回来，还得冯哥出头。”

冯三说：“哎，我出头是为自己挽回脸面，你们别当缩头乌龟啊。”

刘万川狡辩道：“冯哥，我和猴哥出面，万一被铁龙飞发现，那不是引火烧身吗？将来矛头全对准斜井，很多事就没法办啦。”

林天豹眯着一只眼，抽着烟，说：“人活着争的不过是一口气。前面花的是些小钱，再说都是兄弟，也没花在别人身上。我抽空先去超市找那臭婆娘，如果不行，你们想办法帮我把她拖回来，我出钱。”

冯三仍然嘴硬，说：“林哥，有你这句话就行。下次姓铁的再敢阻拦，要让他站着进来，横着出去。”

林天豹说：“现在还不到动用上面关系的时候，隧道也不是一天两天能打通，慢慢来嘛，看谁斗得过谁。”

在工地项目上，总是有一些包工头相互勾结，背地串联，从早到晚聚在一块，做那些见光死的事儿。常年干项目，让他们积攒了不少资本。平时除了利用手中的钱琢磨工程外，就是躲在阴暗的角落里，琢磨自己的对手，琢磨业主、设计、监理、甲方和当地政府的人，只要能达目的，无所不用其极。这些人相互勾结，有的毫无底线，一旦触碰到他们的利益，便会立即聚拢，动用各种关系，织成一张无形的网，合起伙来对付你。

林天豹跟铁龙飞的矛盾，还没到你死我活的地步，只是映秋的出走，铁龙飞和张善的耿直与执着，让他憋着一口气，总觉得嗓子眼儿里卡了根刺，难受得厉害。商量完下一步的行动计划，林天豹让刘万川和猴子支好搁在墙根的麻将桌，掏出一沓钱，给每个位置甩了六百块钱，四个人开始搓麻将打牌，边玩边讨论如何对付铁龙飞，怎么把映秋弄回来。

三天以后的一个晚上，林天豹独自开车去了姐妹超市。他没直接把车开到超市门口，而是先跑去洞口，关掉大灯，坐在车里观察情况。张善正组织人从大车上往钢筋加工棚里卸材料，没注意到一旁的越野车。林天豹发现冯三的那辆大翻斗，被拖回来放在料棚的后头，就打电话通知冯三，让他派人试试，看能不能夜里把大翻斗偷偷开回去。

林天豹本打算多观察一会儿，正好一辆出碴土车从洞里开出来，他的车挡住了去路，出碴土车几次用大灯晃他，还不停地按喇叭，林天豹只好打开车灯，掉头开往超市那边。

每天吃过晚饭，超市门口都会来许多买东西的青年工友，有时候这波刚走，那波又来，三五成群围在门外耍闹，想引起映秋、映春和映红的注意，博取姐仨的欢心。其中，有隧道出口劳务队的，也有附近桥梁劳务队和路基劳务队的。

这天，只有映春和映红在超市，铁松儿犯了烟瘾，趁换夜班的工夫，溜达着来到超市，借着买烟跟映春和映红胡侃。开张后，铁松儿来过多次，早跟这姐俩混熟了。映春和映红知道他是小铁匠和张善的同村老乡，姐俩也不见外，问他想买啥？铁松儿扫了眼柜台说买烟。映春伸手拿出一盒大中华甩到台面上，问这烟行吗？

铁松儿摇头推掉，说："嘿，你姐俩真瞧得起我，以为我是大款啊？当官才抽这种烟，我可抽不起这么贵的，买盒十来块钱一包的过过瘾就行。"

映春红着脸逗他，说："你可以充个大款嘛！"

铁松儿问："我没那派头，充不了。哎，以后你俩可不能拿我开涮，嫁到我们山东老家，我就是你俩的大伯哥，你们就是我兄弟媳妇。"

映红羞红了脸，说："谁说我和二姐要嫁到你们老家？才不呢。"

铁松儿开玩笑说："咦，我儿子都半岁了，铁匠和张善咋啦？嫁！没听说过做人要做懒羊羊，嫁人就嫁灰太狼吗？"

映春和映红看他那调皮样，捂住嘴"咯咯咯"地笑。铁松儿又说："哎，你俩笑什么？我说的是真的。《达坂城的姑娘》那首歌咋唱来着？"他稍微酝酿了一下情绪，张口唱道，"……你要是嫁人，不要嫁给别人，一定要嫁给我，带着百万钱财，领着你的妹妹，赶着马车来……映春，听到没？你就带着妹妹一起来吧。你不来，让阿姐带你俩来。"

姐俩被铁松儿逗得笑个没完，骂他臭美，拿起一包云烟要砸他。铁松儿举起双手，说："别砸别砸，我说着玩的。"付了十块钱后，他抓过烟从里面抽出一支点着，"哎！今儿咋就你俩？你阿姐呢？"

映红说："她出去啦。"

铁松儿说：“抽完这支烟，陪你俩再待会儿，我得去上夜班。”

映秋去了哪里，映春和映红不清楚。其实，她没走远，去了后面的办公室。映秋听说冯三因打了苏欣被铁龙飞一顿狂揍，担心苏欣受伤害，跑去问铁龙飞情况。铁龙飞跟她讲清事件的来龙去脉，提醒她以后多加小心，因为冯三他们不可能就此收手，必然会施以报复。映秋心里明白林天豹才是背后真正使坏的那个人。

映秋说：“你转告苏姐，别让她生气，有空我去看她。”

铁龙飞“嗯”了一声，问道：“林天豹给你打过电话吗？”

映秋说：“天天打，催我回他的工地。他跟冯三那帮混子勾结在一起，变得越来越坏，我不想回去，躲他们远点儿。”

铁龙飞说：“映秋，你若不回去，林天豹还会怀疑咱俩，造咱们的谣，到那时不知又生出啥乱子。”

映秋说：“那我也不回到他身边。我们姐仨要自食其力，在这里多赚钱，将来让映春和映红跟铁匠和张善他俩走。”

林天豹把车停在之前的地方，下车来到超市门口，轰赶着几个不买东西，却在门前大呼小叫的青年民工。

一个青年民工不服，说：“我们在这儿玩，碍你屁事？狗拿耗子多管闲事。”

林天豹说：“你们不买东西，别在这儿起哄。”

另一个民工，说：“俺们来看妞，屋里那俩小妞挺俊呢。”

林天豹挥动胳膊赶他们走，说：“那是我家小妹，以后你们去别的超市买吧，别来捣乱啦。”

铁松儿听到林天豹往外轰人，从屋里出来，说：“哟，老板，你咋撵人家呢？生意就靠工地这些弟兄呢。”

林天豹伸手扒拉开铁松儿，知道他是铁龙飞队里的人，问大晚上来超市干啥。铁松儿毫不示弱，反问他来干啥，一言不合，俩人开始吵起来。映春和映红从柜台后面跑过来，将俩人劝开。

林天豹问：“你阿姐呢？”

映春说：“阿姐不在，你咋又来啦？”

“来找你阿姐呀。她不在，那我等她。”林天豹又问，“她去哪儿啦？是不是又找姓铁的去啦？”

铁松儿说：“哼！奶奶的，净胡说，龙飞哥在隧道里呢。”

门前的几个民工，边往外走边嘟囔着骂林天豹。映秋从铁龙飞办公室出来，走到超市门口，一眼发现了停在门前的越野车，心想林天豹又来了。接着，就听见了映春、映红和铁松儿跟林天豹的对话。

铁松儿转身回工地，瞧见映秋，说：“幸好你回来了，有人找你呢。”

映春和映红见映秋回来，喊了声“阿姐”。林天豹笑脸相迎，对映秋说：“秋啊，我来接你，跟我回去吧。”

映秋不理他，径直走进超市。林天豹跟进去，问道：“你到底想咋的嘛？”

映秋冰冷地说：“你回去吧，以后别来找我，我不回去。”

林天豹说：“你铁定心了吗？这儿有啥好留恋的？”

映秋说：“我不留恋这儿，可我要挣钱。”

“我给你钱花啊！”

“我现在不需要你的钱。”

林天豹气急败坏，抬起胳膊扫落柜台上的物品，骂道：“你个臭婆娘，花了我的钱，想跟别人跑，我饶不了你。”

映秋面无表情，望着他说：“要杀要剐随你便。”

事到如今，林天豹已经明白，再也无法挽回映秋的心了，嘴里骂着臭婆娘，撂下狠话让她走着瞧。映秋心灰意懒，不想再过从前那种生活，更不怕林天豹报复她。

映春和映红却很担心，说：“阿姐，姓林的要是害咱们咋办？”

映秋对映春和映红说不用怕，由她来挡。关上超市门，三个人挤在一张床上闲聊，映秋委屈地说，以前自己走错了路，现在已无法弥补了，没有哪个男人敢爱她娶她，提醒映春和映红，无论如何不能像她那样靠男人花钱包养，过寄人篱下的生活，一定要学会独立，找个正经人嫁了。映秋说话间掉下了几滴眼泪，映春和映红听着，心里替她难受，也跟着掉泪。她们能感受到映秋内心的痛苦，劝她不要去想那些不痛快的事儿，姐仨挣足钱好好侍候阿爸阿妈。

凌晨三四点钟，是人最困乏的时候。出口工地只有铁铮骨带领的夜班，在洞内进行掘进施工。铁龙飞、王大路和江水进隧道巡察一遍夜间施工，出来后回宿舍睡下了。张二奎每天晚上都是最后一个睡觉，像在老家打更似的，临睡前免不了去超市门口转悠一圈，没事才回宿舍休息。

就在这天夜里，从宿舍后面山坡下，爬上来几个鬼鬼祟祟的蒙面人，一个放哨，三个迅速靠近停在料棚旁边的大翻斗，其中一个拉开车门钻进驾驶室，另外两个掀开车盖，打着手电连接启动电线，两根线“哧哧”碰在一起，迸出一串火花。碰了几次，大翻斗忽然“隆隆”作响，发动机竟启动了。三个人快速爬上车，关掉大灯，“噌”地一窜摸黑开离了工地。

人岁数大了睡觉轻。张二奎听到料棚那边传来汽车发动机的声音，急忙坐起来披衣外出，发现大翻斗已经朝山下驶去。他大声喊道：“有人偷车啦！有人偷车啦！快起来抓小偷啊。”

铁龙飞、王大路和江水以及宿舍里的民工们，都被张二奎的喊声惊醒，宿舍的灯光“嗖”地亮成一片，民工们接二连三地从宿舍窜出来，边跑边问：“小偷呢？小偷在哪儿？”

铁龙飞三个人披着衣服，同时跑出来，问：“咋回事儿？”

张二奎指着坡道下，说：“小偷把大翻斗偷跑啦。”

江水说：“肯定是冯三那帮人。走，咱们去追。”

铁龙飞嘱咐王大路留下，他跟江水去追。江水驾驶皮卡车，开着大灯，将油门踩到底，朝山下猛追。大翻斗已经跑出二里地，噪声很大，车尾灯光忽闪忽闪，时明时暗，赶上下坡速度飞快。四个蒙面人从反光镜里发现，后面追来的车不停地用远光灯照射，慌慌张张地喊：“加油，再快点儿！”

驾驶大翻斗的蒙面人着急地喊：“刹不住车啦，快跳下去。”

皮卡车眼看要追上大翻斗了，铁龙飞抓住门把手，让江水超过去，但山路狭窄，大翻斗又占据整条道路，几次按喇叭超车，大翻斗像喝多了酒的醉汉，在皮卡车前扭来扭去。

江水目不转睛地盯着前方，说：“超不过去。”

“那就跟死他们。”铁龙飞吼道，“翻斗跑丢，冯三会讹死咱们。”

江水让铁龙飞坐好，脚下稳住油门，与大翻斗始终保持五十米的距离，一路跟在后头，翻斗车被远光灯照射得通体发亮。拐过一道弯时，铁龙飞和江水看见，四个黑影突然在灯影里忽地一闪，一边两个从前车跳下去，滚落到山路两边的排水沟里。这时，大翻斗瞬间失去方向，疾速侧翻，一头撞在了右侧的山根下。

铁龙飞望着眼前发生的情形，让江水停住车，开着大灯，自己跳下去先用手机对着大翻斗，连拍几张撞山的现场图片，接着去寻跳车的那几个人。三个家伙不敢走大路，借助皮卡车远光灯的照明，向山下的旁道跑去，现场只蹲着一个受了轻伤的蒙面人，抱着双膝哀号。

铁龙飞和江水走过去，扯下蒙在偷车人脸上的黑布，喊他起来，偷车人不听，又哭又闹。江水问咋办，铁龙飞拽起偷车人，架着他的胳膊将其塞进了皮卡车。

江水和铁龙飞将偷车人带进了工地办公室。正等消息的王大路，一把将他摁在凳子上。偷车人不超过三十岁，又瘦又干瘪，一直低着头，问他啥都不说，只顾摸被摔伤的膝盖。铁龙飞从烟盒里抽出一支烟递给他，并给他点上，偷车人这才抬起头来。铁龙飞叫他不用害怕，只要说清楚为啥来偷大翻斗，谁派他们来的，跑掉的那几个人是谁，写个证词就放他走。可偷车人光低头抽烟，憋闷着只字不提。王大路堵在门口，像审犯人似的，问道："不说是吧？要搁过去，早他奶奶的给你上老虎凳、灌辣椒水啦。"

江水掏出两百块钱搁在桌子上，说："快说吧。哪个村的？叫啥名字？谁让你们来偷车的？说出来这两百块钱归你，不说只能进派出所混饭吃啦。"

偷车人望着钱摇了摇头。江水抓起钱，用手指"嘣嘣嘣"弹了三下，说："不敢要钱，咋敢来偷车呢？快说。"

这时，小铁匠手里提把斧头闯进来，问："龙飞哥，抓住那几个偷车人啦？我砍了他们。"

王大路扬头示意，说："这不，逮住一个，跑了三个。"

小铁匠提着斧头，在偷车人面前来回走动，冷不丁"啪"地将斧头砍在桌沿上，吓得偷车人浑身一颤。小铁匠说："恁偷大翻斗车做啥哩？被冯三讹上，你出钱啊？如果不说清楚，俺就砍你三板斧，剁死你个憨熊玩意儿。"

在小铁匠的恫吓下，偷车人几次张嘴想说，又闭上了。铁龙飞看出他的顾虑，问道："你是不是怕挨冯三收拾？"

偷车人点点头，终于承认了。

铁龙飞问："是他派你们来的，对吧？"

偷车人仍点点头。

就这样，问了将近一个多小时，铁龙飞问一句，他答一句，要么点头，要么说话，最终算是搞清楚了。那几个人是冯三从隔壁村叫来的混混，冯三让他们趁夜深把大翻斗车开回去，生怕铁龙飞扣住车跟他讨价还价。铁龙飞端给偷车人一杯水，抓过几张纸，又拿起一支笔，在纸上画了画，递给偷车人说："俺看你不像坏人，你立个字据，把刚才讲的那些话全写下来。"

偷车人再三请求铁龙飞，不要去找冯三的麻烦。

江水说："你放心吧，我们不去找冯三，车是你们偷走的，你们是他派来的，大翻斗车撞山报废了，不关我们的事。所以才让你写字据为证。"

小铁匠将斧头从桌沿上拔下来，在偷车人面前晃荡着，说："你别磨蹭，快写啊。"

偷车人抬头看了看铁龙飞和王大路。铁龙飞没说话，只用手指指搁在他面前的纸和笔。偷车人见状只好抓起笔和纸开始一行行写。从歪歪扭扭的字体看，此人文化程度不高，文字表达能力很差，语言也不顺畅，好在能看出每一句话的意思，"吭哧"半天才写了大半页，再也写不下去了。

铁龙飞说："就这样吧，别为难他了，说清意思就可以。"

说着，又将笔和纸递给偷车人，从抽屉里找出印泥搁在桌子上，说："写上你的名字，还有日期。"

偷车人很听话，乖乖地在文字下面写下自己的名字和日期，并摁上了手印。等这个环节弄完，天已亮了。

偷车人战战兢兢地问："能放我走了吗？"

铁龙飞说："不不，吃了饭再走，食堂马上开饭啦。铁匠，你带他到食堂去吃东西。"

偷车人害怕，说："我不饿，放我回去吧。"

小铁匠说："叫你吃你就吃，别啰唆了，跟我走。"

小铁匠提着斧头，喊偷车人出了办公室。工地食堂每天早上六点开饭，六点半上工。偷车人低着头跟在小铁匠身后，环顾着周围的人。铁铮骨、铁子安、铁松儿和张善以及河南籍民工，手里拿着饭盒，用筷子叮叮当当地敲着，这架势把他吓得够呛。张善问小铁匠这人是哪的，小铁匠说昨晚偷车的。

有人喊："嘿，这家伙可好，偷车倒有功啦，还管他饭，管他两个耳光吧。"

"奶奶个熊，叫你偷车，踢死你。"

张善从背后走近偷车人，趁他不注意，抬脚狠狠地踢在那人屁股上。偷车人毫无防备，一个趔趄差点摔倒，转头对小铁匠说："我不吃饭啦，你们也别打我。"

铁子安走到偷车人旁边，说："揍你活该，看你们下回还敢不！"

偷车人一走，铁龙飞、江水和王大路在办公室商量，要不要现在去找冯三。王大路说他的人把大翻斗撞坏了，必须找他谈，不能被他赖上。铁龙飞思索半天，先打电话给苏欣，问她上午在不在项目部。苏欣说吃过饭先去看桥梁工地，再去林天豹的斜井检查。

铁龙飞"哦"了一声，说："我跟你说个事儿。"

就这样，苏欣在电话里得知，昨天夜里发生了偷车事件。铁龙飞征求她的意见，问要不要找冯三谈。

苏欣说："找他呀，不找他，会被他反咬一口。"

铁龙飞挂断苏欣的电话，接着拨通了冯三的电话。冯三在家等了一夜消息，最后等来的是大翻斗撞山报废，其中一个人还被逮住带去了工地，觉得这事是瞒不住了。一看手机是铁龙飞打进来的，赶忙摁断，铁龙飞急得差点儿把手机摔了。

江水说："冯三肯定在家，咱去家里堵他。"

铁龙飞叫王大路把偷车人从食堂里喊来，说："你跟我们去一趟冯三家，他让现在过去。"

偷车人往后躲，说啥都不肯去。江水拽住他，说："不去不行，我们都去，冯三不敢咋着你。"

铁龙飞把王大路留下安排洞内施工，自己和江水带着偷车人，顺着宿舍背后的小路往山下走。到了冯三家，冯三媳妇打开大门，铁龙飞三人走进院子，拴在树上的大黄狗突然扑过来，差点咬到江水的裤腿，被冯三媳妇一脚踢开，三个人这才进到屋里。

冯三刚起床，没想到铁龙飞他们来得这么快，把媳妇支进厨房去做饭，然后吊着脸坐到客厅沙发上。偷车人见到冯三，浑身哆嗦着喊了句“三哥”，直往铁龙飞和江水身后躲。

铁龙飞说：“冯三，你昨晚为啥派人偷车哩？”

冯三抽出一支烟点上，说：“你别诬赖我好不好？我派人偷车？我等着你们给我送回来呢。”

“你敢说他和另外三个人不是你派的？”

铁龙飞一把将偷车人拽到冯三跟前，掏出那张摁过手印的证词，猛地拍在茶几上，说：“还诬赖你，自己看。”

在人证物证面前，冯三火冒三丈，抓起烟缸“嘭”地朝偷车人砸去。

# 第十九章

铁龙飞和江水带着偷车人，在冯三家待了不到一小时。面对证人和证词，冯三无话可说，只能乖乖认账，答应自己去处理那辆被撞烂的大翻斗，承担所有损失，并写下承诺，以后不再去隧道出口惹事。铁龙飞和江水一走，他把偷车人拉过来狠狠踹了两脚，骂他和另外三个人笨得出奇。偷车人不敢还口，畏缩在墙角里。恰巧，另外三个人一瘸一拐地进到客厅，站成一排向冯三谢罪。

冯三偷鸡不成蚀把米，赔了夫人又折兵。更让他恼火的是，如此一来丢了面子不说，那辆大翻斗还报废了，损失好几万块钱，肯定会被林天豹、刘万川和猴子瞧不起。想到这些，冯三又气又恨，骂那四个人不是办事的衙役，赶快滚开。

吃了早饭，冯三给刘万川打电话找林天豹。刘万川说正在隧道里陪苏欣检查，结束后再给他打电话见面。冯三实在不知去哪儿，便开车先去工地转悠，看看有没有可干的活，转了一圈也没打听到能够让他承包的工程，又沿便道开车去了疯婆子家。站在半山腰疯婆子家门口往下看，隧道出口前面的景象尽收眼底，有戴着安全帽进进出出的人员，有来来往往运送材料和出碴的车辆，映秋、映春和映红这会儿正往超市里卸货。

疯婆子从院子里出来，见冯三站在门外，说：“哟，你这个坏兄弟，上次扔了我家两只鸡，少挣好几百块香火钱。今儿来，愣在外头算啥，进屋喝水呀。”

冯三掐灭手中的烟扔到山下，说：“有啥好茶？”

疯婆子说：“有呢，快进屋吧。”

冯三跟在疯婆子后面，穿过院子来到屋里，只见客厅墙上悬挂着斗母和王母娘娘像，前面铺着一个硕大的黄色圆垫，香炉里三根香烛升腾着袅袅青烟，发出一股呛人的味道。

疯婆子让冯三下跪，说：“来，跪下先给王母娘娘磕个头。”

冯三摇头，说：“别磕了吧，我不信这个。”

疯婆子说：“咦，要信。下面隧洞里天天‘哐哐哐’地放炮，谁知道哪天就把这山和村寨给震塌了。快磕吧，能保命。”

冯三笑她说：“能保啥命。磕头要真灵，你让下面的隧道出口塌通天，能做到吗？”

疯婆子说：“哎呀，我说了你不信。不磕拉倒，我给你沏茶。”

疯婆子沏了一大瓷杯茶，端到冯三面前让他品。冯三轻轻抿了一口，点头称好香，放下杯子问疯婆子，站在山上能不能观察到超市那个女的啥时候出门进货，啥时候回来。

疯婆子说：“能啊。那个带头大姐三天两头就下山，每次都是上午去，下午回，搭的是三轮车。”

冯三狡诈地笑着，说：“那女的是隧道斜井林老板的姘头，跟姓铁的有一腿，俩人差点儿闹出人命。姓铁的那小子本事大着呢，还傍着项目部新来的一个娘们儿，瞧瞧这人品。”

疯婆子眼睛瞪得老大，说：“这都成啥世道啦？作孽呀！”

冯三掏出三十块钱搁在桌子上，说：“你帮我盯着点那女的，她一出门，你就去我家报个信，我老婆会跟我说。”

疯婆子收起钱，问：“这钱是赔我那两只鸡的呗。上次若不是你扔了鸡，我得找他们要千儿八百的。”

冯三拍手称快，说：“对，对。以后再死鸡、鸭或兔子什么的，都找姓铁的要，我不管。”

疯婆子说：“俺跟你大叔在山上住了一辈子，现在可倒霉了，就怕他们把山震塌，要了俺俩的老命哩。”

冯三在疯婆子家喝茶瞎聊，实际上是等刘万川的通知，只要检查结束，他马上开车去见林天豹，可林天豹一直在隧道里不出来。

苏欣上次挨冯三那顿打，像生了一场病，心里窝囊得不行，明知背后是林天豹作祟，还拿他没办法，工作该干还得干。

此时，“百日大干”已经掀起了高潮，铁门关隧道作为全线的控制性工程，是重中之重，备受各方关注，对进度、安全、质量和技术标准的要求与控制更加严格，各类检查一波接一波。苏欣查看完水文和地质勘探资料，发现斜井石质类别好，属四级围岩，每日进尺与产值都很高，心里暗暗骂林天豹运气不错。另一边隧道出口则遇到了断裂带和 F5 断层，掘进速度上不去，进度和产值每天比斜井少好多。不过，闯断层最容易出现塌方和安全事故，只要平平安安闯过去，进度快慢都是次要的，大干竞赛结果会考虑施工难易程度，以特殊地质条件来衡量。

苏欣最担心的是隧道掌子面涌水量过大发生意外。计财部部长跑来向她反映，从计量计价中发现，隧道斜井钢筋混凝土超耗严重，林天豹和刘万川不认可计价扣款。路宽曾跟她提到过，让她有空去斜井查一查材料超耗是什么原因。所以，业主副总经理兼总工唐仁怀检查刚走，她便带安质部长来到了斜井工地。

隧道里充斥着刺鼻的粉尘和放炮后的硝酸味，“丁零当啷”的撞击声响个不停，噪声很大。来之前，铁龙飞向苏欣讲述了冯三派人夜里偷车的经过，听到冯三的名字，她心里一阵阵发紧，很自然地把他和林天豹联系到了一起，思考林天豹是不是幕后黑手。此时，林天豹笑容可掬，一口一个“苏总”，极为亲切地称呼着她，嘴甜得像抹了蜂蜜，实在让人受不了。他越是这样热情，苏欣心里越是打鼓，认定冯三敢派人偷车，和林天豹必定脱不了干系。

苏欣头戴安全帽，脚穿雨靴走在前头。她不太喜欢像林天豹这样心理阴暗的人，虽然林天豹、刘万川和猴子陪同左右，表现得十分殷勤和恭敬，但她始终有防备之心，尽量不去搭理他们。

刘万川打着手电筒跑在最前头，挥手示意在掌子面上作业的工人停下。苏欣踏过搭接仰拱和底板的栈桥，走到掌子面跟前，瞅见在山体巨大压力作用下，裂隙水从墙根边的石缝里喷涌而出，拱顶水流也在滴滴答答往下流，砸在安全帽上，叮咚作响，好在顺着边墙挖了一条排水沟，水都流进掌子面后面的蓄水池被抽走了。

苏欣让林天豹再扩大排水系统，采取超前钻探，安插钢管释放山体内的压力，先把裂隙水排出来。林天豹“嗯嗯”地应着，当即叫猴子去安排超前钻杆，以便给苏欣留下一种听话的印象。苏欣侧脸扫了他一眼，并没有给予夸奖，而是仰脸继续检查爆破后的断面。从拱顶残留的炮眼痕迹，大致能判断出掘进一个循环的进尺和放炮质量。苏欣将拱顶轮廓与掌子面布眼一做比较，发现了材料超耗的问题所在，让安质部长找把激光尺来。

安质部长是位刚毕业的大学生，很快跑到后面，从技术员手中拿来一把激光尺。苏欣接过激光尺照完拱顶，又照掌子面，两者之间错台竟达三十厘米，啥话也没说，喊林天豹和刘万川去了洞口值班室。

猴子有点儿发蒙，问：“我还去吗？”

苏欣反问他：“你说呢？”

林天豹说：“一起去啊。”

来到洞口值班室，苏欣摘下安全帽扔在桌子上，说：“你们队里没有负责打眼装药和放线的技术人员吗？”

林天豹说刘万川和猴子负责洞内施工。猴子摸不清苏欣到底要说啥，忐忑地问：“我和刘主管负责，哪儿不合格吗？”

苏欣说：“那你说为啥钢筋混凝土超耗那么严重？”

刘万川检讨说：“装药没控制好，超挖了。”

安质部长说：“超挖就要填充，不但质量保证不了，还要超耗大量材料，那可都是钱啊。”

苏欣说：“你们还不认可项目部扣材料款，隧道打穿袖子，还要项目部承担责任和费用啊？有你们这么干的吗？”

林天豹起初眨巴着眼不敢吭声，憋了很久，开口骂刘万川和猴子：“苏总批评得是。我给你俩开钱，一眼盯不住，你们就给我干成这个样子，咋叫苏总给业主交代嘛。”

苏欣打断林天豹，说：“林天豹，你别说我没法向业主交代，是你咋向我和业主交代。下一循环再出现错台超挖，立马撤换工班。该扣的材料款必须扣，项目部没义务替你们承担这种成本。”

林天豹心里琢磨苏欣一定对自己抱有偏见，故意找碴儿整他，强调说：“苏总，施工中出现问题是正常的，不出问题倒不正常了。只是偶尔超挖，用不着大惊小怪。”

苏欣扭头盯着林天豹，说：“你是说我故意挑你们队的毛病吗？那就先停止开挖，啥时不超挖再复工。”

林天豹一听要停工，立马叫苦不迭，向苏欣表态，他要亲自进洞盯一个循环。安质部长说：“老林，你这还算是个态度，看看人家隧道出口，每个循环都控制得很好，既没超挖，也没欠挖，省了多少材料和费用。”

猴子见表扬隧道出口，气哼哼地说：“我们能跟他们比吗？铁队长有苏总罩着呢。”

苏欣拍案而起，说：“你少废话，干不好还怪上别人了。我对哪个队都一视同仁。把话说在前头，如果这个循环再超挖，就把你们的材料费从计价中全扣除。”

隧道斜井超挖属于质量问题，被苏欣抓了个现行，把柄落在了她的手里。她一走，林天豹冷笑着说：“这小娘们儿动气啦，咱不要当面跟她硬顶，看看背后能不能玩死她。”

刘万川和猴子记住了林天豹的话，安排完技术人员解决隧道超挖问题，才说冯三等着要过来见面。

林天豹说：“叫他过来。”

冯三在疯婆子家坐不住，没等到刘万川的消息，就直接开车去了斜井工地，将车停在宿舍顶头的路边，坐在车里边抽烟边等。林天豹回到办公室，他立即下车跟进来。林天豹问他是不是又有事了，冯三把铁龙飞和江水带那人如何到家里找他，如何处理那辆大翻斗讲给他听。

林天豹说：“你派的都是些啥人嘛，笨死啦！”

冯三称这两次都吃了铁龙飞的亏，后面想跟他玩大的，就得让刘万川和猴子配合。

林天豹说：“先不说以后，就说眼前，老弟怎么才能把那臭婆娘帮我弄回来？”

“我已让出口那疯婆子帮忙盯着呢。”冯三捻着手指头说，“只要老板你肯出钱，我可以帮这个忙。”

林天豹想了想问多少，冯三伸出两根手指，意思至少两万。林天豹寻思片刻，说：“我先付你一万块钱，人弄回来再付剩下的一万块钱，可以吗？”

事情就这样密谋并实施着，而映秋和铁龙飞都还蒙在鼓里。苏欣离开林天豹的工地，径直去了隧道出口，在隧道里找到了铁龙飞。

在工程项目中，常会有那种为了利益，对对手暗中使坏的事。有时还会加入一些黑恶势力，为了争夺利益围绕项目建设强买强卖，甚至发生恶性事件。

苏欣毕业进入铁路系统后，曾听说北方一个高铁项目刚上场，某局指挥长就惨死在当地黑恶势力的枪口之下，成为轰动一时的惊天大案。南方一条铁路的某局指挥长，因结算与劳务队发生争执，被包工头雇请的外地黑团伙，绑架带到一个山洞里，禁闭三天三夜，用刀和枪逼着在结算单上签字，幸亏公安干警及时赶到，才将他解救出来，但也落下了严重的抑郁症。还有的包工队，为争抢工程，双方组织人员，在工地附近的山窝窝里约架火拼。苏欣想起冯三那帮人的狰狞与残忍，还真有点后怕。正直刚毅的铁龙飞已经与竞争对手林天豹和以冯三为代表的当地涉黑团伙，形成了尖锐的矛盾，这不能不让苏欣替铁龙飞的人身安全感到担忧。

苏欣来到出口查看掌子面，主要害怕在高压裂隙水冲击下断层软岩出现施工问题，还担心初期支护和初喷以及钢格栅间距密度过大，二次衬砌和仰拱跟得不紧，前后脱节，隧道断面形成不了闭环，那麻烦可就大了。除此之外，她更想见见铁龙飞。

出口断层掘进不是很顺利，五级泥岩掺杂着大量涌水，根本没法放大炮，只能多打眼，少装药，放小炮，然后靠开挖班的工人，站在泥水里一锹锹地往外抠。掌子面泥泞湿滑，工人们浑身是泥。苏欣脱掉来时穿的旅游鞋，换上雨靴朝洞里走去。几个专业工班在同时作业，王大路、铁铮骨、小铁匠以及开挖作业的工人浑身湿漉漉的。铁龙飞穿着雨鞋，站在台阶上指挥着民工立钢格栅，没有注意到苏欣的到来。王大路发现了苏欣，上前拉了拉他。

“每天能进多少米？”苏欣冷不丁的问话，让铁龙飞很高兴。他回答每天最多进两米，不敢太快。苏欣上下左右查看施工工艺和流程细节，整个掌子面还算规范，没再多说什么，要求他们保证施工安全，等石质变好再加快掘进速度。

王大路凑到苏欣跟前，客气地向她介绍地质和开挖遇到的困难，苏欣说闯断层急不得，必须注意边墙沉降观测，加强初次喷锚和锚杆支护，紧跟仰拱和二次衬砌。王大路一处处指给她看，汇报说这些都在进行，又说洞内实在危险，催她和铁龙飞出去。

“我们可是天天跟死神打交道。”苏欣脸上带着红晕说，“你不欢迎我来检查啊？”

王大路憨憨一笑，说：“谁说不欢迎？这不龙飞兄弟找你有事嘛。出去吧，我盯着就行啦。”

苏欣冲王大路笑笑，提醒现场工人注意事项，放心地和铁龙飞并肩朝洞外走去。俩人聊起冯三派人偷车的事，苏欣告诫铁龙飞，当地这些人不是什么好鸟，让他注意自身安全。

铁龙飞一身正气和胆量，毫不顾忌，说：“不用担心，我会保护好自己，也会保护好你。只要你不受委屈，我吃多少苦，受多大累都心甘情愿。”

这一番表白，实在让苏欣觉得很温暖，很甜蜜。越野车停在距洞口两百米的位置。走到车旁，铁龙飞问苏欣鞋呢，苏欣说在车上。铁龙飞急忙从副驾驶座下提来那双旅游鞋搁在她面前，又帮她脱掉沾满泥水的雨靴，换好后从裤兜里掏出一沓纸巾，将雨靴擦干净放进了车里。司机喊他们上车，苏欣让他把车开到外面等，她和铁龙飞走着出去。

俩人还没走出隧道，山上那个疯婆子又下山来了。这次，疯婆子躺在进场路口的坡道上打滚，哭爹喊娘地跟张二奎纠缠。张二奎旁边停着专门买菜用的三轮车，车里装满了新买的肉蛋菜。疯婆子面前搁着只也不知道从哪儿弄来的死兔子，眼瞧着她抓起死兔子往车轮底下塞，叫道：“哎呀，我的妈哟，这可不得了哇，撞了我，还轧死我家的兔子，谁来管哟。”

张二奎很无奈，冲着疯婆子嚷道：“你个疯婆子，谁撞到你啦！这兔子你提来就是死的，不是俺轧的。”

听到疯婆子哭闹，混凝土搅拌站、材料加工棚的一些工人跑过来，将疯婆子围在中间，七嘴八舌数落她。映秋从超市那边过来，挤在人群里说：“疯婆子，你别赖人呀，大家都看着呢。”

疯婆子起先趴在地上，听有人凶她，支起身子仰头指着映秋，羞辱道：“你个养汉的婆娘，还敢来训我，我家兔子被这死老头子轧死了，你来赔。”

映秋气得上去就是一脚，骂道：“你个疯婆子，整天装神弄鬼，就知道骗人。再不起来，连你一起轧。”

张善从宿舍正取东西出来，看老爹在坡下被疯婆子讹上了，立马来了脾气，踮着脚跑过去，将其他人扒拉到一边，伸手去拽疯婆子，说：“你别讹俺爹，兔子脚短跑得快，咋会跑到俺爹车轮下被轧死？把你的小把戏收起来吧。”

疯婆子赖唧唧地说：“咦，他是你爹，轧了我家兔子也得赔钱呀，再说了，兔子像你一样腿短，哪跑得过三轮？你快松开吧，不然我咬你啦。”

疯婆子双手抓住三轮车不放，张嘴猛咬张善的手腕，疼得他“哎哟哎哟”地直叫，一脚踢了过去。那疯婆子边号边闹，在地上开始打滚，冲着天喊：“老天哎，王母娘娘在上，山东队打人啦。我的妈哎，我可没法活啦。”

铁龙飞和苏欣从隧道里出来，瞧见了眼前混乱的场景，觉得既可笑，又可恨。围观的那些人七嘴八舌地声讨，谁也不敢出手。

苏欣说：“那疯婆子实在胡闹，你去拉开她。”

铁龙飞和苏欣走上前，驱散了围观的工人，大家三三两两地散去，只剩下张二奎、张善和映秋。铁龙飞的出现，让张二奎有了主心骨，说：“龙飞，你看看，我没咋着她，是她往我三轮车底下钻，赖我撞了她，轧死她家兔子，让俺赔钱。这可怎么办好啊。”

映秋瞅一眼铁龙飞，喊了一句“苏总”，说：“疯婆子被冯三和村里一些人带坏了，学会碰瓷啦。”

苏欣见映秋衣服上沾着白色的麻线，伸手帮她摘下来，问她超市生意咋样。映秋说好着呢，只是林天豹经常来捣乱。

苏欣提醒映秋，这里穷乡僻壤，到处都是像疯婆子这样的人，让她外出多加小心。映秋说自己也是当地人，别人不敢拿她怎么样。说话间，疯婆子更加嚣张。铁龙飞走近她时，疯婆子左手抓住车轮，右手突然扯住了他的裤脚，说：“大兄弟，你是队长，他们都听你的，你可要为我作主啊，王母娘娘在看着呢。”

铁龙飞问：“你真被撞了吗？”

疯婆子说：“就是他撞的，兔子也是他轧死的。”

铁龙飞当然不信，问张二奎：“二奎叔，兔子是你轧死的？”

张二奎说：“你们想想，三轮车能轧死兔子才怪呢，是她提着死兔子塞到三轮车底下的。”

疯婆子不停地号叫，苏欣走近她说：“快起来回家吧，这老汉不会说瞎话，不行叫警察来断案。”

疯婆子仰头望着苏欣，说：“你不就是大兄弟的对象吗？光替他们说话，冯三揍得你还轻。”

提到冯三，苏欣像做了场噩梦，怒火腾腾往上蹿，真想上去踹疯婆子两脚，映秋赶紧劝苏欣不要理她。铁龙飞忍不了苏欣再次被侮辱，弯腰拽住疯婆子的衣襟使劲往上提，说：“起来，滚回家去。”

疯婆子经不住铁龙飞的拉扯，左手松开了车轮，右手死死抱住他的大腿。疯婆子的老伴儿站在半山腰门口，看到下面这情景，边嚷叫着边向这边跑来。等他快到跟前时，张善抓起车下那只死兔子，“嗖”地朝那老汉砸去，然后使劲掰开疯婆子抱住铁龙飞的手，将她拉起来推搡到一边。

铁龙飞被拱起了火，抓住疯婆子的襟口直接怼到她老伴身上，骂道：“讹人也不是这个讹法，还要脸不？”

疯婆子坐在地上，双手捂住胸襟，哭号道：“我的妈哎，我可没脸见人啦，姓铁的调戏妇女，摸我。”

疯婆子知道占不了什么便宜，便让老伴儿架着自己回到了山上家中。第二天，路基队和桥梁队的民工们刚上工，就听到半山腰“哐哐哐”地传来一阵敲锣声。疯婆子的老伴儿左手提着一只铜锣，圆心破开一个大洞，右手抓着锣槌，边走边敲，喊叫了一路：“大伙儿听好了，山东队姓铁的耍流氓，调戏良家妇女，摸我老伴儿。姓铁的出来，老子跟你拼啦。”

疯婆子的老伴儿敲着破锣，围着宿舍和超市转了几圈，没找到铁龙飞，却引来了许多看热闹的民工。这正是他想要达到的目的，让工地上的人都知道铁龙飞不是什么正经人，爱对女人耍流氓。这样一来，工地上传他与映秋偷情就算有了证据，一切都在情理之中了。可惜那锣声并不清脆，每敲一下都发出呲呲啦啦的杂音。

江水听到锣声从办公室出来，朝疯婆子的老伴儿挥手，说：“哎，走走，到一边敲去，姓铁的不在这儿。”

小铁匠、铁松儿和张善跟在疯婆子的老伴儿身后轰他，那老汉转身对着仨人猛敲几下，震得他们直捂耳朵。

疯婆子的老伴儿说："你们再撵我走，我就天天来这儿给姓铁的叫魂。"

小铁匠说："咦，看你那熊样，还叫魂哩，叫魂能叫出啥花样来？回家看看谁的照片挂在墙上，就给谁去叫吧。"

疯婆子的老伴儿不理小铁匠，又一阵猛敲乱嚷。张善夺走他手中的铜锣，说："让我敲敲，给你家疯婆子叫叫魂看灵不？"

疯婆子的老伴儿听不得别人戏弄他，拿起铜锣砸向张善，被铁松儿伸手挡住，劝他说："走吧走吧，大早晨敲锣耍猴呢？猴子在斜井，你去那边敲吧。"

疯婆子的老伴儿提着破锣，转到宿舍后面的坡上，对着山村"哐哐哐"狂敲猛喊，觉得仍不解气，就顺着隧道前面的路基往桥梁队和路基队那边走，仍是敲一路喊一路。民工和村民们被一阵紧似一阵的敲锣声吸引过来，看热闹不怕事大，鼓动他继续敲。

有民工耻笑道："哎，不想想你老伴儿多大年纪了，六十多岁的女人还有啥好摸的？谁摸不摸个小姑娘，那多好。"

也许是经不住民工们的讥讽，疯婆子的老伴儿顺着路基敲了一段，觉得再敲再喊也没多大意思，就收起铜锣折身回家了。

整个过程，铁龙飞没有出去，坐在办公室里听着锣声和叫嚷声，"扑哧扑哧"光笑，对江水和王大路说："这回可长见识了，过去遇见过不要脸的，可没遇见过这么不要脸的。我拽疯婆子衣襟，哪摸她了？幸亏当时在场的人多，不然我还真跳进黄河洗不清，没法跟苏欣解释啦。"

好事不出门，坏事传千里。疯婆子的老伴儿这边敲锣一喊，那边转眼就传到了路宽、汤公明和苏欣的耳朵里，林天豹和冯三、刘万川、猴子自然知道了。铁龙飞和江水开着皮卡车，去项目部核对产值和工程量，路宽正在组织开早会。林天豹和刘万川正好也在院子里等。四个人见面不咋说话，林天豹更是不理铁龙飞。

刘万川打破沉默，笑着对江水说："听说你们那边挺热闹啊，这回惹上事儿了吧。"

江水说："咋，幸灾乐祸啊。"

刘万川说："幸啥灾乐啥祸啊。拽就拽呗，那疯婆子都干瘪得不成样子了，有啥好摸的，没摸过大姑娘吧？"

铁龙飞听到刘万川在嘲弄他，生气地骂道："摸你个头啊，老子没那么下流。"

林天豹凑过来冷嘲热讽，说："有些人就是没种，敢说敢做不敢当，算什么好汉啊？"

铁龙飞说："林天豹，咱们是来干活挣钱的，我不想跟你争，希望你不要说话带刺，别再造我的谣。摸没摸那疯婆子，去问问你的女人，当时她在场。"

林天豹说："我晓得她在啦，你在她能不在吗？不过，谁也别高兴得太早。那臭婆娘再不回来，疯婆子的老伴儿恐怕要去给她叫魂啦。"

江水警觉地问："林老板，你说这话是啥意思？"

林天豹诡异地笑道："没啥意思，我不能养大一只天鹅，让她跑到别的窝里下蛋去。"

铁龙飞思索着林天豹这句话的含义，猜想着各种不同的结果。苏欣和路宽透过窗户，看见铁龙飞和林天豹站在院子里，似乎在争论着什么，就结束了会议，叫汤公明喊他们进来。

四个人一坐下，路宽问铁龙飞："你们俩刚才在争啥呢？"

铁龙飞望着苏欣摇了摇头。刘万川说："还用争吗？疯婆子的老伴儿敲着锣到处喊有人要流氓，摸他老伴儿。"

苏欣站起来质问道："刘万川，你当时在场吗？没在场就闭上你的臭嘴。"

刘万川伸伸舌头不敢再言语。

铁龙飞说："我拽疯婆子时，苏总在场。我摸没摸那疯婆子，公道自在人心。不说了，我想抓紧核量，核完我和江水回工地。"

路宽责怪林天豹和刘万川，说："我说老林，你们能不能不听风就是雨？你和山东队干的是同一座隧道，也算同一战壕里的战友，为什么非闹得都不开心呢？把进度、质量、安全搞好，不比瞎扯淡强吗？"

林天豹说："是啊，我是两耳不闻窗外事，一心干好隧道里的活。乱七八糟的事，找不到我头上，放心吧经理。"

苏欣瞅着他说："我想问你，这个循环进尺多少？"

林天豹回答："四米五。"

“有没有出现错台超挖？”

刘万川说：“没有，改好啦，不信你去看。”

苏欣强调说，大干快一个月了，今天总监要来现场检查，如果被总监抓到隧道超欠挖或出现其他安全质量问题，计价签字会被搁置下来，到时谁的责任谁来负。林天豹听懂了苏欣的话，赶紧抢着对量。

铁龙飞说；“先给他们对吧，我们后面对。”

此时，路宽接到了现场监理打来的电话，报告说总监马上到大桥工地了，要他赶过去。路宽喊汤公明出发，让苏欣组织人跟林天豹和铁龙飞对量，随后再去。苏欣把工程部和计财部的业务人员叫到会计室，整整对了一个上午，才将两个隧道劳务队的工程量核对清楚。

林天豹和刘万川走后，江水先钻进车里等铁龙飞。铁龙飞跟在苏欣身后去了办公室。苏欣告诉他，路宽交代晚上可能要一起陪总监出去吃饭，饭后不知道会不会去县城或镇上唱歌，这要看总监的安排。苏欣不想去，如果硬拉她去，又不能不给经理和总监面子，问铁龙飞咋办。

铁龙飞说：“一群人呢，去就去呗，能咋样？”

苏欣比较反感这种场合，但一些工地的总监、监理、设计和业主，在清一色的男人堆儿里，见到工地上有漂亮的女孩子就亢奋，吃饭的时间有时会长达两个多小时，饭桌上调侃的话题自然就多，不过，施工中的一些难题，包括变更签证、计价拨款，也都比较容易解决。虽然不会发生什么，但女孩子总是有些不舒服。

苏欣害羞地说：“我来例假了。假如非去不可，你得赶过来陪我。”

铁龙飞答应了她的请求，晚上等她电话。苏欣点点头，嘱咐他回去准备好出口断层所有的技术变更资料，瞅准机会让总监现场办公，当场签字。

“江水等你呢。”苏欣催他说，“快走吧。”

总监是个五十岁出头的中年男人，监理又换了个年轻人。路宽和汤公明陪他俩看完几座大桥和路基段，确定了一处路变桥方案后，再看隧道已是下午四点多钟。苏欣在项目部处理完业务，提前赶到出口铁龙飞办公室，先将江水准备的变更资料仔细捋了一遍，然后等着总监来。苏欣来例假，本想去卫生间，一摸裤兜却忘了带卫生巾，只好临时去超市买。映春和映红正在超市里忙碌着，一听苏欣来买卫生用品，便说：“在工地上干活的都是男的，见不到女人，进货时没进这些。”

苏欣问：“你们姐仨用啥？”

映红说：“我们用卫生纸。”

“你阿姐呢？”

“一早进货去了，还没回来呢。”

时间比较急，回项目部来不及了，苏欣只好买了卷卫生纸应急。汤公明给铁龙飞打来电话，称他和路宽陪总监已经离开斜井，马上就到。铁龙飞和江水拿着一沓变更资料，站在洞口龙虎碑前等候。苏欣赶来时，铁龙飞轻声对她说：“你在特殊时期就别进去啦。”

苏欣知道有些队伍对女人进隧道很忌讳，不承想铁龙飞也劝她不要进。她感到很奇怪，问：“你是不是嫌弃我？”

铁龙飞涨红着脸，摇头称不是嫌弃她，是因为洞内水大，阴暗潮湿，别着凉落病。苏欣听他的解释很合理，话语间透着关爱，心里还挺暖，就说跟总监打个招呼，在外面等。实际上，铁龙飞也多多少少有点儿讲究，只是在恰当的时候，找了个恰当的理由劝住了她。

来工地担任总工后，苏欣曾去总监办跟总监、副总监们报过到。她的技术能力给总监留下了极好的印象。三辆越野车先后驶来，在洞口停住，总监落下玻璃窗，伸出头来喊：“小苏总，我说你咋没去斜井，原来你在这儿等着啊。”

苏欣赶忙向前，边握手边说：“是呀，项目部有点儿急事，上午没陪您，我再不来您还不生我气呀。”

“那走吧，一块进去看看。”

“总监，今天不太方便，我在外面等你们吧。”

总监理解苏欣所谓的不方便指的是什么，所以没再勉强，说：“那我们进去了，看完出来再交流。你可以不进去，但晚上不能不去吃饭啊。”

路宽、汤公明、铁龙飞、江水和王大路陪总监和监理，在掌子面上看了一个多小时，从洞内出来时天已经黑了，正好到了吃晚饭的时间，总监没在工地值班室停留，提出直接去饭店边吃边聊。

苏欣在洞口等到他们从里边出来，钻进路宽的越野车，说：“经理，我喝不了酒，想叫龙飞陪我去。”

路宽坐在前座，朝后扭头问：“龙飞如果去，咋跟总监介绍呢？”

苏欣说：“别说是我对象，就说你叫劳务队长来，一起研究断层施工，帮我挡一挡嘛！”

路宽说：“行行行，让他帮你挡。”

于是，苏欣笑眯眯地朝铁龙飞招手，让他跟着去。铁龙飞把变更资料放在皮卡车上，跟着车队后面开了四十多分钟的车，终于来到县城一家高档酒店。项目部综合部长已经提前赶到，亲自做了接待安排。六七个位置前面都摆着分酒器，酒杯里早已倒满了酒。总监一行进入包间刚落座，服务员就一道接一道把菜端上来，摆了满满一桌子。总监坐在中间，路宽和汤公明坐在两侧，挨着路宽和汤公明的是两名年轻的现场监理。剩下两个位置，是留给苏欣和铁龙飞的，俩人恰好坐在一起。

总监瞅了瞅铁龙飞，问：“他不是劳务队长吗？也来参加？”

路宽解释说是让铁龙飞跟着来听听断层处理意见。总监“哦”了一声，朝苏欣招手，笑着说：“小苏总坐在靠近门口的位置哪行呢？路经理，让她挨着你坐。”

年轻监理听总监这样说，立刻起身跟苏欣换位置。苏欣一再谦让，年轻监理却站她身后一个劲儿地拉她。

苏欣说：“你们都是领导，我又喝不了酒，就坐在这儿吧。”

总监热情地说：“坐过来吧，这座隧道还得靠你呢，你比谁都重要，跟我靠近点儿，我也好多喝两杯。”

苏欣被年轻监理死拉硬拽调换了位置。路宽端起杯，说了一大堆感谢之类的客套话，把监理给的支持夸得没边，总监心花怒放，对两名年轻监理竖了大拇指。

第一杯酒喝下去后，总监对那两名监理说：“咱们就是服务现场，路经理这么认可你们的工作，说明你们做得对。苏总，你有什么意见，也可以向我反映嘛！”

苏欣见机会来了，说：“我喝不了酒，咋向您反映呀？”

“不怕呀。”总监指着铁龙飞说，“这不有人嘛，让他代你喝。”

苏欣顺势将面前的白酒端给铁龙飞，让服务员给自己倒了一杯白开水，端起来说：“我先敬您一杯，敬完再说。”

总监来了兴致，举杯一饮而尽。苏欣趁着总监的高兴劲儿，说："我正要跟您说呢，总监，隧道出口断层与地质勘探有出入，提前进入了断层带，是个大一类变更，需要您和两位监理给签字呀。"

总监瞧瞧两名监理，问："你们要是现场核实过了，咋没报到我这里来呢？"

一名小监理说："变更资料还没做出来，所以没报。"

苏欣故意问铁龙飞："我记得变更资料你们做了呀，我签过字啦。"

铁龙飞从屁股后头抓过一个纸袋，从里边抽出一叠变更单，递给总监看，说："做好了总监，苏总签完字啦，正要报监理呢。"

汤公明说："龙飞，总监和监理都在，帮咱们签了字，你要把壶里的酒一口闷。"

铁龙飞端起面前的满壶酒，说："我喝三壶，总监一壶，两位监理各一壶。我先干为敬。"

话说出去，铁龙飞毫不含糊，端起一壶喝完，又接连倒了两壶，全都一口气喝干。总监高兴地为他鼓掌，说："好样的，这个大变更是实际情况，我们支持。喝完酒就签，抓紧报业主。"

接下来到了一个个单敬的环节。路宽、汤公明敬完，轮到苏欣敬，总监端着酒走到她身边，说："桌上就你一个小姑娘，人长得漂亮，酒都能多喝二两。路经理，这酒能不能抓紧喝？喝完咱们去吼两嗓子，也让小苏总一展歌喉。"

酒桌上闹腾一个多小时，签完变更单，路宽让综合部长抓紧去联系歌厅包间，这可把苏欣愁坏了。从饭店出来，苏欣反感地对铁龙飞说："瞧瞧，你不来我咋应付这些人？这一唱歌，不知道要唱到几点呢。"

铁龙飞劝她说："变更单签字是件大事，啥都别说了，我陪你去。"

综合部长在周围找来找去，结果找到了林天豹常去的那个歌舞厅。里边的大包间都订完了，只剩下一个中包。房间很小，总监和路宽几个人一进去，显得满满当当。虽然各个包间都关着门，可那些跑调的歌声还是传来传去，令人烦躁不安。

总监说："今晚小苏总在，谁也不准找小姐，咱就自己唱。"

苏欣很不适应这样的场合。她紧挨着铁龙飞坐在沙发上，光听总监、监理和路宽他们对着话筒乱吼，没有一个在调上的。唱到半截，总监非要点名叫苏欣唱，苏欣大大方方地接过话筒，选了一首藏族歌曲《卓玛》。

铁龙飞很喜欢这首歌，从沙发上起来，抓过另一只话筒，两人一起合唱，一开口就把总监和监理震住了。大家都沉浸在美妙的歌声中，竟没发现包间门从外面被推开一条缝，一个小姐拿着手机“啪啪啪”地拍下了里面唱歌的场景。

林天豹第一时间得到了路宽、汤公明、苏欣、铁龙飞陪总监和监理在歌厅唱歌的消息，恨得他咬牙切齿。照片是通过手机发过来的，那头问：“林哥，你认识这些人吗？来订包间的人说是工程项目部的。”

林天豹把照片保存在自己手机里，说：“当然认识，小妹今晚立了大功，回头哥奖赏你。”

拍照人是歌厅的老板。林天豹嘱咐过她，只要是项目上来唱歌的人，都要偷偷拍照发给他看。他没想到竟然拍到了苏欣、铁龙飞和路宽以及总监和监理。这对他来说是个不小的意外收获，总有一天这些照片会发挥作用。眼下，他还没想好如何利用这些照片。于是，手里提着条拴狗用的铁锁链，吐掉叼在嘴边的烟蒂，走进里屋关上了房门。

就在这天夜里，映秋没有回超市。早上出去进货，直到晚上九点，映春和映红都没能等到她的消息，一遍遍打她手机，都没能打通，最后还关机了。姐妹俩以为她回寨子家中去了，就去找小铁匠和张善。小铁匠和张善先搭乘拉料车下山，又坐着摩托车跑到寨子家中，但映秋并不在那里，这让他们感到事态严重，马上拨通了铁龙飞的电话，报告映秋失踪了。

总监和监理在包厢里又唱又扭，正在兴头上，铁龙飞为不扫大家的兴，跑到包厢外面去接电话，问：“都找过了吗？”

“找过了，没找到。”小铁匠说，“手机也打不通。”

铁龙飞不敢张扬，回到包厢告诉了苏欣，映秋可能发生了意外。

# 第二十章

那天晚上，路宽、汤公明陪总监唱歌唱到一半时，小铁匠的电话让铁龙飞坐立不安，他偷偷向路宽汇报后，称有事要提前走，苏欣也借故说身体不适想早点回去。路宽没太在意，同意他俩悄悄离开。俩人从歌厅出来，铁龙飞开车送苏欣回了项目部。

苏欣知道铁龙飞是在为映秋着急，担心与林天豹再起冲突，劝他尽量不要插手。铁龙飞稍加沉默后，说："我是不想管，可小铁匠和张善求我帮忙，怎么跟他俩说呢？映秋万一真出了事儿，那也是一条命啊。"

苏欣说："她能去哪儿呢？如果真找不到，赶快去报案。"

铁龙飞一路都在琢磨映秋进货的必经路线。直觉告诉他，映秋的失踪，必然与林天豹和冯三有关，但他不想过早下结论，就让苏欣回去等消息。

找不到映秋，映春和映红感觉像天塌了似的，将卷帘门拉下一半，关闭超市后相拥而泣。小铁匠和张善更没了主意，只能一遍遍打映秋的手机。张二奎听说此事，大半夜起床来到超市，劝他们莫慌，等铁龙飞回来后商量咋办。

铁龙飞回到超市，已是深夜子时。他没将映秋失踪之事告诉江水和王大路，生怕分散他俩的精力。映春和映红一见他来，哭得更加伤心。张二奎安抚姐俩别哭，让她们跟铁龙飞详细说说映秋去过哪些地方进货。映春抹着眼泪，从柜台抽屉里找出一张纸，上面密密麻麻记满了供货商户联系人的手机号码和地址。

铁龙飞接过那张纸，挨个打给商户，问映秋有没有去取货，取了多少，什么时间到的，啥时候离开的，表现跟往常有啥不一样，走时说过啥话，有没有特别交代。还追问了一句，映秋出门时身后是否有人跟着，刨根问底地问得商户都不耐烦了。最后得到的回答很一致，映秋取完货，一刻也没停留就去了另一家商户，与往日并无不同。还有两个商户电话没打通，铁龙飞拿着地址，让张二奎、张善、映春和映红在超市等，自己带着小铁匠去县城找商户再问问。

深夜，万籁俱寂，山川大地都进入了梦乡。县城街道上，偶尔有几辆黄色出租车驶过。铁龙飞开着皮卡车，钻进了商业一条街。按照映春提供的地址，他先敲开了一家商户家的门。

门里问道："谁呀？谁呀？半夜敲门。"

门被拉开半条缝，从里边探出一只脑袋，是个五十多岁的中年男人，衣服披在肩上，极不耐烦地问铁龙飞和小铁匠找谁。铁龙飞把询问的那些话又重复了一遍。

那男人说："中午取完货就从我们家走了，再去问问其他商户吧。"

话音未落，门"哐"的一声被关上了。另一家商户开门时，出来的是位中年妇女，蓬松着头发，睡眼惺忪，还打着哈欠。铁龙飞还没问完话，那妇女马上接话说："咋？她跑丢啦？我的个妈哟，是跟男人跑了，还是半路出车祸啦？快去找找吧。"

那妇女提醒了铁龙飞和小铁匠。俩人开车直接去了交警大队，打听白天在县城通往工地的路上，有没有发生交通事故。值班的是位年轻民警，翻看完头天的交班记录，摇头称全天共发生五起交通事故，都是零伤亡，并且发生地不在去高铁工地的那个路段，铁龙飞长长松了口气。

俩人回到了车里。铁龙飞一筹莫展，不知道该往哪个方向开，只是在那里沉思。

小铁匠心情沉重地说："龙飞哥，咱报警吧。"

铁龙飞说暂时不报，不信找不到映秋。小铁匠说去林天豹那里看看，万一映秋被他抢回去呢？铁龙飞也曾想过林天豹，但不相信他有那么大的胆子，敢在光天化日之下实施绑架，何况映秋还是他的女人，俩人即便再吵再闹，也不至于绑架。可他突然想起头天上午，林天豹在项目部跟江水说过的话，觉得小铁匠的话很有道理。

铁龙飞开足马力，朝隧道斜井工地疾速驶去。到达林天豹驻地宿舍时，小铁匠撩起袖口看了看表，已是凌晨三点半。洞口传来一阵钢拱架装车的碰撞声，很快消散在了茫茫夜色里。除每排宿舍前竖起的几盏路灯外，整个宿舍区一片漆黑，民工们早已睡去。

铁龙飞停好车，提醒小铁匠靠近林天豹宿舍时要轻手轻脚，注意观察周围的动静，看有没有什么发现。小铁匠跟在他身后，机敏地寻摸着四周。拐过屋角快到林天豹门口时，突然蹿出来一条大黄狗，冲他俩“汪汪汪”地一阵狂吠，把铁龙飞和小铁匠吓了一跳，立即退回到拐角处。仔细一瞧，发现大黄狗脖子上拴着条铁链，想来这大黄狗是专门用来看家护院的。

“啥时弄来的狗？”小铁匠骂道，“他以前没养狗呀。”

铁龙飞突然想起那次去冯三家，王大路差点被大黄狗咬到腿，肯定地说：“这条狗是从冯三家牵来的。我敢肯定，映秋一定遭他们下狠手啦。”

大黄狗的叫声惊醒了林天豹。屋里的灯亮了，窗户也被推开了，林天豹露出半个身子，左右看看，发现没有啥异常，喊道：“大黄，趴下，别瞎吵吵，影响我睡觉。”

大黄狗直愣愣地看着窗户，蹲在地上不再叫唤。

窗户被重新关上，屋里的灯又灭了。铁龙飞和小铁匠顺着墙根，慢慢向窗户靠拢，随手掏出口袋里的面包，撕成几半扔了过去，那大黄狗来回转悠着寻找面包，叼在嘴里开始吞咽，再不出声。铁龙飞和小铁匠放心地走近林天豹的窗边，屋内黑着灯，还拉着窗帘，啥也看不见，他俩将耳朵贴在窗户上静静地听着，屋里传来林天豹的声音：“臭婆娘！臭婆娘！还想跟我斗。”铁龙飞确定，他骂的不会是别人，肯定是映秋，但始终没听到映秋的声音，所以怀疑可能是林天豹想映秋想疯了。没过一会儿，林天豹便开始打起了呼噜。

“龙飞哥，”小铁匠说，“咱回去吧，阿姐没在这里。”

铁龙飞沮丧地朝小铁匠挥挥手，说：“走吧，回去。”

整夜搜索一无所获，铁龙飞开车回到超市，天已大亮。张二奎和张善陪着映春、映红还在等他俩。张二奎问是不是没找到映秋？铁龙飞和小铁匠垂头丧气地点点头，映春和映红又“阿姐！阿姐！”地一通哭喊。

张善安慰她俩说：“你俩甭哭嘛，龙飞哥会想办法。”

铁龙飞嘱咐映春和映红，超市该营业的照常营业，对外谁也不准讲映秋失踪没回来的事。映春和映红按照铁龙飞的嘱咐，天亮后像往常一样，打开了超市的卷帘门，小铁匠、张善和张二奎也回了宿舍和食堂。

铁龙飞带着满身疲乏回到办公室，江水和王大路不在，他俩已去安排工班进洞。铁龙飞烧水沏了杯茶，然后趴在桌子上睡着了。江水和王大路从外面进来，见他睡得正香，生怕打扰他，就坐在旁边椅子上等他醒。搁在桌子上的手机突然震动起来，铁龙飞被惊醒，是苏欣打来的，问昨晚找到映秋没有。铁龙飞回答没有。

苏欣说："让她妹妹去报警吧，你别掺和啦。"

铁龙飞说："我和铁匠发现了点情况，林天豹门口拴了条大黄狗，那大黄狗是冯三家的。"

江水和王大路站在旁边听得很迷糊，什么情况？什么大黄狗？陪总监也不应该夜不归宿啊，便开玩笑问铁龙飞，昨晚是不是去项目部苏欣那待着了。

铁龙飞摇了摇头，说："哪跟哪啊。映秋失踪了，俺和铁匠找了一晚上没找见。"

映秋失踪令江水和王大路大惊失色，前前后后把情况问了个详细。铁龙飞不敢确定冯三家的大黄狗是怎么到林天豹那的，屋里到底藏着啥，看不见也听不到。三个人分析后决定，让小铁匠陪着映春去镇上派出所报警。

接待小铁匠和映春的警察，还是先前的那俩警察。映春做完笔录，提供了商户联系方式。立案后，警察沿着铁龙飞和小铁匠的路线，重新去县城商业街和交通队进行暗访调查，还开车在去往工地的公路上跑了一圈，都没能发现映秋的踪迹。之后，决定去映秋家里问问她平常的社会关系和交往人员，映秋爸妈知道女儿走失后，哭得死去活来，说祖祖辈辈都是老实人，没得罪过谁。进行家访没结果，警察又开始逐个询问铁龙飞、小铁匠和张善。唯一有点价值的信息，就是那条大黄狗。警察去林天豹宿舍暗访搜查，屋里啥都没有，也没别的异样，不得不把林天豹和冯三叫来询问，大黄狗是哪弄来的。林天豹说是冯三把大黄狗送来的，冯三则说是林天豹派人牵走的。

高个子警察说："你俩说得对不上号，去喊那个叫猴子的人。"

猴子被从隧道里喊出来，见到警察镇定自若。高个子警察问大黄狗是他牵来的还是冯三送来的。

猴子不无惊讶，说："我牵来的。"

矮个子警察问："牵狗干啥？"

猴子说："老板胆小，夜里怕人偷东西。"

没问出啥结果，也没搜到更多线索，派出所只好上报公安局，向社会发布和张贴寻人启事，这瞬间成了当地一条爆炸性新闻。传什么的都有，有人说是遭到了变态狂的奸杀，还有人说是出去当小三被原配焚尸灭迹了，更有甚者说是半路出了车祸被肇事者抛尸荒野，等等。寻人启事发布的当天，有群众跑到派出所报案，称有人在五十里以外去省城的路上，看见一个长得很像寻人启事里的姑娘，一个人正沿着公路独行。俩干警按群众提供的线索沿路寻找，可都快跑到省城了，也没发现他们口中的那个姑娘。于是，揣测映秋也许是遭受了某种刺激，得了精神疾病。

映秋的失踪，成了工地上大家谈论的热点话题，铁龙飞再一次被卷入了旋涡中。当地村民甚至有人往他和苏欣身上泼脏水，不知从哪儿散布出，因铁龙飞与映秋有奸情，跟林天豹有矛盾，他和苏欣一气之下，合伙谋害了这个姑娘。

为此，铁龙飞曾一度成为被怀疑和排查的重点对象。不过，这次散布谣言的并不是林天豹和冯三，而是当地个别村民胡乱猜测，闲得没事嚼舌根。路宽、汤公明和苏欣最清楚映秋失踪那天铁龙飞在忙什么，传他谋害映秋，简直是无稽之谈。

苏欣听到这些谣言很生气，认定是林天豹和冯三那伙人又在背后生事，栽赃陷害铁龙飞和自己，哭着跑到工地找铁龙飞，警告他说："不准你再插手映秋的事儿，她是死是活与咱俩无关，我受不了舆论的压力。如果你答应以后不再多管闲事，把全部时间和精力用在干好工程上，咱俩就处，做不到就分手。"

铁龙飞见苏欣哭得很伤心，满口答应以后绝不管这类事，不停地安抚她。苏欣平静下来后，他给她讲了一个道理。作为工程人，干好工程是第一位的，但工程和名声与人的生命相比，生命更重要。当生命遇到死亡威胁时，哪个有良知的人，能做到见死不救或袖手旁观呢？

苏欣听着此话在理，心里却很抵触，劝铁龙飞可以给那些无助的人提供力所能及的帮助，但必须远离映秋、林天豹和冯三。她不想自己和心爱的人，与社会的那些渣滓并论，每天都生活在是非中，被大家指指点点。

铁龙飞送走苏欣，本想去超市看看，可想起苏欣刚刚给自己画下的红线，只好转身进了隧道。断层地质是泥夹石和软岩，涌水量又大，开挖十分困难，工人们站在泥汤里立拱架，脸上和身上溅满了黄泥。锁脚锚杆被深深地打入了边墙，钢拱架吊进开挖好的基坑里，江水和王大路脚穿雨靴，踏着黄泥疾步走过去，与工人们一起将钢拱架贴在边墙根。铁龙飞站在栈桥处看了看掌子面，指示铁铮骨等人加快喷锚支护，铁铮骨立即招呼工人去拉湿喷机。等江水和王大路爬上基坑后，铁龙飞喊他俩走过栈桥，来到后面的成洞处，说苏欣刚才来找他了，不想让他再插手找映秋的事儿，怀疑林天豹让猴子牵狗看门必有原因。

江水说："那警察为啥在林天豹屋里，没搜到任何东西呢？难道屋里有暗道机关？"

王大路说："如果敢绑架映秋，那他们可是死罪。"

映秋失踪之谜，一直印在铁龙飞的脑海里。他想起有个俗语叫"黄狗现，必有妖"。这让他认定那条大黄狗的背后，一定有不可告人的秘密，肯定与映秋失踪有关。他突然冒出一个念头，单刀赴会，亲自去林天豹的办公室和宿舍一探究竟，但怎样才能进入林天豹的那间宿舍呢？这让他有点犯愁。

江水出主意说："林天豹和大黄狗的事交给我，怎么进屋搜查，你们俩想办法。"

傍晚从隧道出来后，江水先到超市买了两瓶白酒，又去食堂找张二奎切了两块煮熟的猪肝，要了两包老鼠药，拿刀在猪肝上各扎出一个洞，把老鼠药撕开倒进去包好，然后去跟铁龙飞和王大路商量。江水把林天豹、刘万川和猴子约出去喝酒唱歌，尽量拖延时间，让铁龙飞趁机进屋查看。铁龙飞把王大路留下安排夜间施工，带着小铁匠去完成这项艰巨而秘密的任务。

江水开车去了斜井驻地，大黄狗见是生人，又"汪汪汪"一阵乱叫。林天豹刚巧从办公室出来，冲着大黄狗一声喊，那狗乖乖地不再叫了。见江水提着酒来，林天豹警惕地问他想干啥。

江水放下身段，说："哎呀老板，出口遇到大麻烦了，断层搞不进去。

您是隧道方面的能人，经验比我们丰富，想请您去指导指导哩。”

林天豹见来求他，故作清高，拿起架子说：“你们不是很厉害嘛，我哪敢在你们面前班门弄斧啊？”

江水说：“别呀老板，您去指导，我们再怎么能也赶不上您呀。咱不讲过去，走，我今晚先请老板喝顿酒。”

“是铁龙飞的意思吗？”

江水说：“是呀，我们应该给您赔不是。”

林天豹叹了口气，说：“不提铁龙飞还好，提他我就来气。他把我臭婆娘弄哪儿去啦？听说失踪了，我可是要找他要人的。”

江水故作镇定，连喊两声老板，说：“听说向公安局报案了。这么大个人失踪，说不定被坏人绑架了呢。”

林天豹说：“臭婆娘咋会失踪呢？是故意躲我吧。”

江水拉着林天豹，说：“行啦老板，咱管不了那么多就不管。走，喝酒去。”

林天豹假惺惺地发出一阵哀叹，打电话叫刘万川和猴子陪他一起去镇上喝酒，又回到屋里磨蹭了半天，才锁上门和他们坐车出发。在他回屋的那一会儿，江水从身上掏出那两块猪肝扔给大黄狗，那狗拖着铁链迅速扑上来，叼起猪肝两口吃了下去。

江水前脚离开隧道出口工地，铁龙飞叫上小铁匠，后脚开着张二奎买菜用的电动三轮车，找到镇子上一家开锁店，配了一把万能钥匙，然后沿公路去了斜井工地。

江水和铁龙飞始终保持着短信联系，报告他们行驶的具体位置，谨防碰个正面。快交汇时，铁龙飞将三轮车停在路边，俩人跳下车躲进山路旁边的树林里。等车辆过去，俩人才从树林里出来，驾驶三轮车直奔林天豹的办公室。

夜晚的镇子十分热闹，灯红酒绿的餐厅和歌厅前面人来人往。江水选的那家饭店虽然不大，装修却很有情调。他点了几道菜，在饭桌上又夸又灌，把林天豹、刘万川和猴子哄得很开心。酒兴正浓时，不料冯三端着酒杯从外面闯进来，说：“哟，林老板，想不到在这儿碰上啦，看来今天是个好日子。”转脸瞧见江水，又说，“呵呵，是你请客？”

江水说："是哟。冯总，你咋也在这儿？"

冯三说："不是冤家不碰头嘛！上次你和铁龙飞一闷棍把我打蒙了，我都记着呢，今晚是不是也想给林哥一闷棍啊？"

江水端着酒杯站起来，说："冯总，我是诚心诚意请林老板，断层闯不过去挺急人，请他去给我们做个指导。今晚别的都不说了，坐下来一块喝两杯吧。"

冯三说："我在另一桌，几个小弟兄正闹酒呢。看林哥在，我才过来敬杯酒。林哥，今晚的酒可不好喝哟。"

林天豹打圆场，说："江水嘛，倒还真没跟我过不去，他的酒可以喝啦。"

"我不会在酒里下毒。"江水说着一口干了手中的酒，"哎，冯总，我发现你养的大黄狗被牵去给林老板看门了。林老板，最近你屋里放了啥宝贝怕人偷？"

此话一出，林天豹和冯三猛然愣在了酒桌上。俩人神情有点儿紧张，对视良久也没回应。

猴子端着酒说："林老板屋里能有啥好宝贝，最多有俩钱。老板娘失踪，公安局都贴了寻人启事。即使能回来，那么小的屋子也装不下她啦。"

林天豹受不了这种刺激，一把鼻涕一把泪地开始号叫。冯三见状拉他到包间外头，找了个避人的角落，说："林哥，大黄狗真不该给你牵过去，很容易引起外人注意，明天让猴子给我送回来吧。"

林天豹说："警察找你，你没说别的吧？"

冯三说："我能出卖自己和你吗？放心吧，那婆娘可别突然蹿出来。"

林天豹和冯三绝没想到，就在这几个小时里，大黄狗吃下猪肝不久，口吐白沫，一命呜呼了。铁龙飞和小铁匠趁黑摸到林天豹的宿舍，用配好的万能钥匙打开门锁，进去后反锁上门打开灯，里里外外仔细查看，但没发现有啥异常，更没找到映秋。铁龙飞不相信映秋平白无故的消失，认准映秋就在这两间房子里。他从门后抓起一根铁棍，一平方米一平方米地敲击地面和墙壁，敲遍整个屋子仍没能搜索到什么。

小铁匠失望地说："龙飞哥，阿姐不在这里，咱撤吧。"

江水没有打电话来，说明林天豹几个人喝酒还没散场。铁龙飞看了看手表，已是晚上九点半，说："撤吧，看来真失踪了。"

俩人正要往外走，忽然听到"咚咚咚"的敲墙声，声音很沉闷。铁龙飞和小铁匠顺着声音传来的方向跑进厕所，结果发现厕所后墙上还有个小暗门，门上扣着一把小铜锁，不仔细看根本发现不了。屋后建有一个很小的侧耳房，从外面看像贮藏间或锅炉房，声音就是从这个小门里传出来的。

铁龙飞眼睛一亮，喊道："铁匠，来，打开，肯定是映秋。"

万能钥匙插进小铜锁锁眼里，一拧就开了。铁龙飞推开门，侧耳房里点着蜡烛，狭小的空间安有一张单人床，一条薄被卷成一团堆在床上，床前的椅子上摆着热水瓶和方便面，碗筷散落一地。映秋蓬头垢面，衣衫不整地蜷缩在角落里，双脚和双手被细铁链拴着，一双惊恐的眼睛望着铁龙飞和小铁匠，浑身颤抖着，眼里噙着泪水。

铁龙飞激动地喊了声"映秋"，用手机拍下了她和屋里的景象，之后走进去抱住她。映秋泪流满面，几次张嘴想说话，却发不出声来。铁龙飞问她咋了，不能说话吗？映秋含泪指指嘴巴，仍旧无法出声。

"铁匠，解开铁链。"铁龙飞说。

小铁匠急中生智，跑到外间找来一把斧头，"当当"两下砸开映秋脚上和手上的铁链。映秋的脚踝和手腕被铁链勒出了深深的血印，有几处还在往外渗血。

俩人从侧耳房里把映秋架了出来。铁龙飞安抚着她，帮她整理了一下衣服和头发，让小铁匠将她扶上后背，准备背她出去。映秋用手推了推铁龙飞和小铁匠，意思是她能走。

铁龙飞架住她的胳膊，说："铁匠，去把暗门还原好，咱们走。"

小铁匠将小暗门恢复成了原来的样子，跑到外间拉开门朝两边观察了一番。屋前很安静，没有民工走动。小铁匠朝身后招手，铁龙飞架着映秋走出房间，快速朝停在路旁的三轮车跑去。

铁龙飞驾驶着三轮车，开着微弱的车灯，顺着施工便道朝山下疾驰。映秋坐在车厢里，依偎在小铁匠的肩膀上，全身都在发抖，抽泣不止。快要拐弯转向去隧道出口的小路时，迎面忽然驶来一辆飞驰的越野车，两束灯光很刺眼。那是林天豹、刘万川和猴子喝完酒回来了。

铁龙飞往边上靠了靠，朝后喊道："铁匠，你们趴下。"

小铁匠听到喊声，按住映秋的肩，趴在车里。对面的灯光越来越近，越野车以极快的速度，从三轮车旁边驶过，车后尘土满天。因为车速太快，加上铁龙飞故意低着头，林天豹也没能看清低头骑三轮车的人，根本想不到三轮车上拉着的是被解救出来的映秋。

铁龙飞加大油门，拐上了通往隧道出口工地的小路。

回到驻地后，林天豹满嘴酒气，身子摇摇晃晃，走到大黄狗前踢了一脚，大黄狗没有反应，躺在地上不动。

猴子喊："大黄，起来。"

大黄狗还是无动于衷。猴子很纳闷，俯下身去拽大黄狗，伸手一摸，那狗全身已经冷冰冰、硬邦邦，再弯腰细看，大黄狗早死了，便急切地喊："老板，大黄死啦。"

林天豹和刘万川惊愕道："大黄死啦？我的大黄哎！"

"地上吐了一堆白沫。"猴子用脚捻着地上的白沫说，"肯定是被人毒死的。"

林天豹蹲在地上看了半天，见没救了，命刘万川和猴子解开铁链，将大黄狗尸体拖到宿舍后头。突然，他好似想起什么，直接冲进里屋的厕所，发现小暗门上的铜锁依旧，慌忙开锁推门，这才发现暗室里凌乱不堪，两条铁链散落在地上，映秋人去屋空不见了踪影。

顿时，林天豹大惊失色，满头冒汗，慌慌张张地喊："哎哟，不得了啦！那臭婆娘跑啦。"

刘万川和猴子听到里屋喊臭婆娘，倍感惊奇，进屋一看，瞬间惊呆了，俩人语无伦次，竟犯了结巴，说："你……你把那婆娘弄回来锁……锁在这……这里啦？"

林天豹从里屋出来，瘫软在椅子上，说："当时警察找我，我没承认。现在那臭婆娘跑啦，你们说警察会来抓我吗？"

刘万川和猴子面面相觑。猴子说："老板，你咋犯糊涂呢？你再恨她，也不能把她弄回来用铁链拴在小黑屋里呀？"

刘万川说："是呀，这可是非法拘禁。那婆娘真要去告你，这还不判个十年八年的。你咋不提前跟我俩说一声呢？"

林天豹后悔不已，开始捶胸顿足不停地哼哼，刘万川和猴子催他快想办法。他抓耳挠腮地说能有啥办法。猴子心生一计，提醒道："花钱摆平，破财免灾嘛。"

林天豹忽然来了精神，忙说："破财免灾，看来只能花钱了，去把会计叫来。"

不一会儿，会计急匆匆地跑了进来。林天豹问会计手头有多少现金，会计说保险柜里有二十万块钱备用金。猴子说这么大的事，二十万块钱哪儿够用啊。林天豹听罢，掏出一张银行卡甩在茶台上，让会计再去银行取二十万块钱备着。会计拿起银行卡，好奇地问出了啥事。

刘万川挥挥手，说："甭问了，快去取吧。"

会计一走，猴子问林天豹："你让我去冯三家牵大黄，原来是为了怕老板娘跑掉。现在大黄被毒死了，咋向冯三交代？"

林天豹说："还能咋交代？最多给他俩钱。"

刘万川问："老板娘是谁弄回来的？"

"冯三替我绑回来的啊，我给他钱了。"

外屋和里屋的门锁都没坏，三个人分析是谁毒死了大黄狗，映秋不可能自己砸断铁链偷偷跑掉，越琢磨越觉得蹊跷。林天豹忽然想起出门时，江水走在他的身后，怀疑应该是那个时候做了手脚，断定江水主动请客喝酒，不过是个幌子，目的是把他们引开，背后一定有铁龙飞参与，不然仅凭映秋一个人，不可能跑出来。说着，林天豹抓起手机打给了冯三，叫他连夜赶来商讨对策。

冯三常常夜不归宿。接到林天豹电话时，他正在镇上一家歌厅鬼混。冯三拿起电话问："哎呀林哥，我正玩呢，啥事这么急？"

"大黄被人毒死啦。"

"你说啥？大黄被毒死啦？谁这么心狠手辣，敢给大黄下毒。"

林天豹声音很急促，说："你赶紧过来，那臭婆娘跑啦。"

冯三也开始害怕，说："那女人跑啦？真的假的？"

"真的！我还能骗你？"

冯三感到事态紧急，慌忙下楼开车去了斜井工地，进门便问到底咋回事儿。刘万川反问道："冯总，是你把老板娘弄回来的？"

冯三说："是我绑的，半路劫了她。她被拴在暗室里怎么会自己跑掉呢？谁能救她出去？”

林天豹说：“你想啊，除了铁龙飞来救她，还能有谁？给那臭婆娘再安十只手，她也砸不开那两条铁链。”

冯三朝林天豹使了个眼色，让他把猴子和刘万川支走，林天豹看懂了他的意思，就催俩人去洞里看看。二人出屋后，冯三“哐”地将门关上，向林天豹提出再给二十万块钱，干脆一不做二不休，将姓铁的绑了，狠狠治治他。

林天豹很担心自己被公安缉拿治罪，答应钱可以出，但首先要弄清映秋到底是不是被铁龙飞救走的。摸准映秋跑后会不会去报案，一旦有行动，就要提前花钱去摆平警察，确保大事化小，小事化了。

冯三同意林天豹的想法，答应去出口摸情况，见机行事。总之一条，俩人都不能惹祸上身，更不能被判刑坐牢。走时，林天豹掏出三千块钱，作为对大黄狗的补偿。冯三收起钱，转到宿舍后面，提起大黄狗的尸体扔进后备厢，拉到村头埋在了一块菜地里。

那一夜，铁龙飞和小铁匠避开林天豹的越野车，颠簸一路回到出口工地，但没有将映秋直接送回超市。他把张二奎叫起来，派小铁匠去宿舍提来一张折叠床和一整套被褥，将映秋临时安顿在了食堂后面的库房里。铁龙飞嘱咐张二奎，给映秋多弄些有营养的可口饭菜，单独端给她吃，不准向外人透露任何消息，甚至都不能让映春、映红和张善知道。

江水很得意骗过林天豹，弄死了那条大黄狗，给铁龙飞寻找映秋创造了条件。得知已经顺利救出了映秋的消息，就和王大路在办公室里等铁龙飞，而铁龙飞则叫小铁匠把他俩喊到食堂库房来。

虽然只有两天工夫，映秋却像变了个人，目光呆滞，神情木讷，不论见到谁都掩面而泣，问她啥话都不应答。铁龙飞让小铁匠找来纸和笔，对映秋说：“你说不出话来就写字，能写吗？”

映秋含泪点点头，接过笔和纸，写道：

“我进货回来的路上，被冯三和另外两个人劫住了。他们先绑住了我的手脚，又蒙上了我的眼睛，还往我嘴里灌药。那以后我就说不了话了，等到了地方摘掉黑布，我发现自己被关进了厕所那间小暗室。他们给我的手和脚都拴了铁链，林天豹还打了我两巴掌，一巴掌恨我花他的钱不跟他了，另一巴掌恨铁大哥拐跑了我。白天他把饭菜和热水放在暗室门口再锁上门，晚上逼迫我和他做那事。我打他掐他不顶用，也喊不出声来。他说什么时候我不再去超市，回到他身边，就放我出来。我嗓子火辣辣的难受，冯三他们往我嘴里灌的是哑药，山寨里有这种药水，也有解药，喝了才能说话。我恨死他们了，幸亏铁大哥你们把我救出来，不然我会死在那间小暗室里。我要告林天豹和冯三……”



写到这里，映秋再也忍不住悲痛，大哭起来，跪在铁龙飞、张二奎、江水和王大路面前连磕了三个头。

小铁匠扶起她说：“阿姐，你别哭，好好歇歇。”

铁龙飞看着纸上的诉说，气得一拳砸在墙上，说：“看看这些混蛋，绑架软禁一个女人，丧尽天良啊，不让他们坐牢天理不容。”

江水叫铁龙飞把纸收好，映秋在上面捺了手印，这就是林天豹和冯三犯罪的证据。几个人都提议去派出所报案，可王大路让等等，建议先找到冯三，逼他把解药拿出来，让映秋能够开口说话。同时，再看看林天豹有啥动静，并向路宽和苏欣报告。就这样，铁龙飞安排小铁匠去喊映春，让映春陪着映秋在库房里休养。

江水和王大路去了食堂库房，民工们都已经休息。除出碴车和进料车在洞口进进出出，驻地内外一片寂寥。这时，有两个黑影偷偷地在超市那边晃悠。看着超市黑着灯，没有任何动静，他们又来到铁龙飞办公室外面，扒着窗户朝里面看。屋里亮着灯，但没人。那俩黑影上前试着去拉门把手，拉不动就折身顺着墙根往宿舍这边走。

铁松儿半夜被尿憋醒，披衣出来上厕所。两个黑影没察觉到有人在他们身后，一脚踩在盛垃圾的铁簸箕上，“哐啷”一声，惊得铁松儿浑身一哆嗦，定眼一瞧有两个黑影，忙问：“谁？”

俩黑影不回答，径直朝前跑去。铁松儿想他们肯定不是什么好人，扯开嗓子大喊：“有人偷东西，大家起来抓小偷啊。”

这一嗓子，把各宿舍的灯都喊亮了。有人光着身子从屋里跑出来，吵吵着问：“小偷在哪儿？人呢？”

铁松儿边追边骂：“站住，看你们往哪跑！”

宿舍前的空场上立马聚集起一群光着膀子的民工，他们在黑夜里喊叫着，跟在铁松儿后面追。那俩黑影被吓破了胆，不敢往有灯光的地方跑，转向朝食堂库房那头去了。

铁龙飞、江水和王大路正好从库房里出来，瞅见俩黑影像无头苍蝇似的，一个跳下山坡沿小道跑去，另一个朝反方向桥梁便道逃走，听到身后铁松儿和民工在追喊，他们立刻警觉起来。

“抓桥梁便道那个，别让他跑了。”王大路喊道。

铁松儿和其他人朝山下追去。很明显，那个黑影对路很熟，追出一截还是被溜掉了。铁龙飞、江水和王大路盯着朝桥梁工地跑的那个黑影不放，那黑影累得气喘吁吁，不慎踩到块石头，脚一滑摔倒在地，最后瘫软不起。

铁龙飞追上去便是一脚，踢在那黑影的肚子上，疼得那人“哎哟哎哟”叫唤。他一把揪住那人的领子，从地上拽起来，仔细一看竟是冯三，骂道：“原来是你，老子正找你呢。”

冯三灰头土脸，浑身哆嗦着不敢言语。铁松儿和几个民工紧跟着跑来，将他胳膊拧到背后押回了办公室，王大路抡起巴掌连抽了冯三两个耳光，骂道：“混蛋，你祸害人。说吧，谁让你绑架的映秋？”

此时，办公室已被挤得水泄不通，冯三梗着脖子，从嘴里吐出一口鲜血，说道：“我没绑她。”

铁龙飞掏出那张纸递给他看，问：“看这个！映秋亲笔写的，敢再说不是你绑了她？”

冯三仍然不承认。小铁匠围过来，朝他脸上吐了一口唾沫，说：“是你把阿姐送到林天豹暗室里去的，林天豹让你绑架阿姐，你收了他多少钱？”

冯三仰起头，朝小铁匠脸上反吐了一口口水，顿时把小铁匠激火了，抬手“啪”地甩去一记耳光，说：“你给阿姐灌了啥哑药，让她说不出话来，快把解药拿出来。”

冯三依然嘴硬，说：“没有。”

张善挤在人群前头，手里举着个棍子，怒目横眉地瞪着冯三，骂道：“再说没有？老子抡死你。”

江水赶忙上前制止住张善，建议不要再跟他废话，干脆送到派出所去。

铁龙飞收起那张纸，说：“不拿出解药就去坐牢。江水，开车送派出所。”

江水赶忙去开车，小铁匠、铁铮骨和铁子安等人找来绳子，绑住冯三的手，架着他往门外拖。冯三号叫着，使劲往下打坠儿。张善拉开车门，众人将他推进后座，冯三觉出事情不妙，咆哮道："我要下车！我要下车！"

铁龙飞说："拿出解药，就让你下车。"

冯三说："只要不送我去派出所，我就给你们解药。"

铁龙飞见冯三服软，命铁铮骨等人把他从车上拉下来，重新押回到办公室，问他解药在哪儿。冯三在地面上混迹多年，鬼心思比较多，竟向铁龙飞提出两个条件，一个是不能送他去派出所，另一个是不能报案，他不想坐牢。

铁龙飞说："你先把解药拿出来，解了映秋哑音再说。"

冯三说："你不答应我的条件，我就不给你们解药。"

双方手中都有筹码，互不相让。铁龙飞和江水对视了一眼，说："先暂且答应你，如果解药治不好映秋的嗓子，还得报案送你去派出所。"

江水问："你的哑药是咋制成的？"

冯三翻瞪着白眼珠瞅瞅这个，瞧瞧那个，就是不说，但最终没能扛住，告诉铁龙飞哑药是一位山农使用偏方做的，用半夏、木炭灰和少量铜粉搅拌熬制而成，人吃了就哑。解药很简单，用生姜熬汤，喝下去即好。

铁龙飞说："你要骗我们，就让你去坐牢。"

冯三肯定地答道："是真的。"

铁龙飞对小铁匠和张善说："你俩听清了吗？快去。"

小铁匠和张善一溜小跑来到食堂找到张二奎。

张善说："爹，你快叫厨师去熬姜汤给阿姐喝，那是失声的解药。"

张二奎跑进食堂，催厨师先熬几碗姜汤再做饭。厨师到后厨找来几块生姜切成几半，放在炒菜的锅里"咕嘟咕嘟"煮了半个小时，煮好盛进一只铁盆里。

张二奎说："儿啊，你和铁匠快端去让她喝。"

小铁匠端起满满一盆姜汤走在前面，张善拿着碗和勺子跟在后头，小心翼翼地来到后面的库房。映春正在给映秋擦脸梳头，因受到惊吓，她脸色发白。小铁匠将姜汤搁在旁边的凳子上，从张善手里接过碗和勺子，盛完端给映秋，说："阿姐，喝吧。喝下去就解了你的哑音。"

映春接过姜汤帮她吹了吹，然后递给她喝。映秋试着一口口往下咽，不大一会儿，从嘴里吐出一口口的黏液，即刻感到嗓子好受了许多。等喝完少半盆，映秋的嗓子由开始完全失声，逐渐变得有点儿沙哑能够发音了。

小铁匠和张善去库房后，铁龙飞仍扣着冯三，逼他写绑架映秋的经过。起初，冯三咋都不写，王大路喊铁铮骨和铁子安，说："不写就把他绑起来饿着。"

铁铮骨和铁子安找来绳子，把冯三绑在了椅子上，起也起不来，动也动不了。铁松儿又找来一块麻布塞进他嘴里，冯三想喊，却只发出"呜噜呜噜"的闷声。

铁龙飞说："你咋绑的映秋，现在就咋绑你。啥时想通了，啥时给你松绑，咱们看谁饿得过谁。"

铁龙飞、江水和王大路离开办公室，赶去食堂吃饭，并安排工班进洞。屋里只剩下被五花大绑的冯三，嘴里"呜噜呜噜"地骂着铁龙飞、江水和映秋。他努力吐掉嘴里的麻布，想挪动椅子抽身，可他一动，椅子也跟着动，始终直不起腰来。

王大路带着民工进洞后，不知过了多久，铁龙飞和江水听到办公室里传来冯三的喊叫声："铁龙飞，你个混蛋，快把我松开，我给你写。"

铁龙飞和江水走进办公室，松开捆住冯三手脚的绳子。冯三甩了甩被捆麻的手，说："铁龙飞，你够狠。"

铁龙飞拿来纸和笔递到冯三面前，让他少废话抓紧写。冯三提条件说："我写可以，但你也必须给我写，不能拿着我这东西去报案，就算做个交易。"

铁龙飞急眼说："还跟我讨价还价？别写啦。"

冯三硬着头皮说："你不给我写承诺，我就不给你写。"

铁龙飞正要发怒，被江水拉住。

江水说："冯三，我们可以给你写，也可以向你保证不去报案，但报不报案要看映秋。她是受害人，如果她非要报案，我们做不了她的主，听清了吗？"

冯三奸笑道："行。只要你们不去报案，光那小娘们儿好办。她敢去，老子就敢灭了她。"

根据江水的建议，铁龙飞提笔给冯三写了一份承诺书，冯三这才将绑架映秋的经过写下来。铁龙飞拿起一看，内容轻描淡写，避重就轻，让冯三补写，他当场拒绝，将笔扔在了桌子上。僵持良久，双方最后还是在纸上摁了手印。

# 第二十一章

写完证词后，冯三被再次放走了。铁龙飞用手机把冯三和映秋的证词拍了下来，连同映秋被拘禁的照片，一并发送给了苏欣。

当时，苏欣正在会议室开会，打开手机看后震惊不已，急忙拿给路宽瞧。路宽看完当场发怒，说这是在犯罪！散会后要去找林天豹。苏欣气蒙了，抓起手机走出会议室，站在项目部院子里打给铁龙飞，说："我说过，你不要再管映秋的事了，为啥不听？"

铁龙飞说："苏欣，你听我解释，我本来也不想管，可他们嫁祸给你和我，传我害了映秋，我能不洗清咱俩吗？"

苏欣在手机里控制不住情绪，嚷道："让他们去传，终究会真相大白，你为什么非要去管那个女人？与林天豹和冯三那伙人结怨，还把我扯进去。再这样下去，咱们不要来往了。"

铁龙飞说："苏欣，你能听我把话讲完吗？"

苏欣说："我不想听你说。"

铁龙飞心情低落到极点，说："不管你想不想跟我再来往，这次如果不救映秋出来，她会死在暗室里。冯三给她灌了哑药，完全变成了哑巴，抓住冯三才有解药。我不图什么，跟映秋更没有任何关系，但做人的良心告诉我，必须救她。你要认为我做得不妥，想结束咱们之间的关系，那就结束吧。不过请你记住，我永远爱你。"

苏欣听到这话又气又恨，挂断电话站在院子里伤心地哭起来，嘴里还一遍遍骂着"混蛋！该死！"之类的话。铁龙飞挂断电话，长长叹了口气，眼睛有些湿润，情绪久久不能恢复。心想，跟苏欣认识本来是一个偶然，现在又要在误会中结束，这可能就是宿命吧。

映秋从暗室被救走后，林天豹整天心神不宁，担心被告发坐牢。他把工地交给刘万川和猴子负责，一个人在办公室里如坐针毡，等待冯三的消息。他怎么也琢磨不清，映秋到底是被谁救走的，即使是铁龙飞，那又是如何做到打开门锁而不留痕迹的？为此，他脑袋里总是出现这样一幅画面：映秋跑去派出所报案，法官宣读判决书，他被送进了监狱。工地乱成了一锅粥，民工们闯进他家讨债，家里被砸了个稀巴烂，老婆和孩子也被围攻，打得头破血流。一阵阵胡思乱想，吓得一夜没合眼。天亮后，刘万川突然来敲门，把他惊出一身冷汗，忽地从床上跳下来，拉开门问："冯三有消息了吗？"

刘万川说："没呢，这小子不知拿了钱跑哪儿去啦。"

说曹操，曹操就到。俩人还没提正事，冯三电话打了进来。林天豹问他在哪儿，冯三说马上到。刘万川抽这点儿间隙，向林天豹汇报说，全标段"百日大干"第一个月考评，在几十家劳务队中，斜井综合评比排名中等偏下，既拿不到超产奖，也得不到表扬，计价拨款倒不受影响。

林天豹神情慌乱，扬扬手说："臭婆娘的事一旦暴露，别说受表扬，不抓我和冯三就是好的了。你和猴子多操点儿心，再往前赶赶进度，我得处理臭婆娘的事儿。"

刘万川心存侥幸，劝林天豹不要怕，称冯三在前面挡着，再说把映秋关在暗室里，不是贩卖妇女，是管教自个不守妇道的女人，属于私人感情纠纷，只要咬定她跟铁龙飞有男女私情，就不会被警察抓去坐牢。林天豹听后认为很有道理，瞬间心里感到些许轻松。可转念想，万一映秋跑去报案，自己会受到法律制裁，到那时又该如何收场呢？

刘万川说："等冯三来了后，看他咋说呗。"

冯三开车来到坡上，停好车后直奔林天豹的办公室。林天豹见他第一句话，当然是问有啥消息。

冯三瞪着他说："我被铁龙飞整啦。"

林天豹大惊："咋的啦？"

冯三说："你那婆娘是被铁龙飞救走的。她还给铁龙飞写了证词，白纸黑字，把咱俩都供出来落在纸上了。"

“那她人呢？”

冯三说映秋没在超市，肯定被铁龙飞藏在哪儿了。他夜里去打探消息，被铁龙飞带人抓住，带回办公室询问。

林天豹听后狂叫道：“你不是当地的名人吗？为啥每一次都输给铁龙飞？你的本事呢？”

冯三在林天豹面前栽了面儿，听出大有被瞧不起的意味，心里不免起了怒气，想跟他翻脸，吼叫道：“他们人多势众，你有本事自己去绑那女人啊！嫌我没本事，你去打听打听，看看谁不知道我冯三！”

林天豹被怼的接不上话，发狠与铁龙飞誓不两立。

刘万川找了个理由说去洞里，转身离开了。林天豹担心地问冯三铁龙飞有没有让他写经过，冯三说逼他写了。

“林哥，”冯三做出一个抹脖子的动作，“为了保证咱俩的安全，看来不对铁龙飞这小子下狠手不行。你再给我点钱，我去做了他。”

林天豹拒绝道：“这可使不得，雇凶杀人是死罪，我不能给你钱，也不赞成这么做。为了个臭女人，咱们不能把命搭上。”

冯三说：“哎，林老板，前面都是你让我办的，现在咱们受这么大窝囊气，一不做，二不休，来个干净利落的，我都不怕，你怕啥啊？”

林天豹往后退缩，说：“冯总，前面做的跟你现在要做的不是一回事，我不想吃枪子儿。”

冯三指着林天豹骂道：“你敢玩我？行，我做我的，前面的事，你再给我补偿点儿，不然咱们没完。”

林天豹眼瞧着被冯三讹上了，只好采用折中的办法，说：“你可以吓唬吓唬铁龙飞和他对象苏欣，出出气，只要不出人命，这个钱我可以出。”

冯三听了林天豹的建议，但不想对苏欣下手。他清楚地知道，如果敢动苏欣，铁龙飞一定跟他拼命。而林天豹偏执地认为，在春季“百天大干”第一个月考核评比排名中，苏欣作为项目总工程师，一定是她从中作梗，拉低斜井的名次，想把他的劳务队踢出局，吓唬一下苏欣，对林天豹来说可谓是一石二鸟。冯三不想再惹苏欣，林天豹便与他达成口头协议，俩人进行分工，铁龙飞由冯三去做，苏欣的事由他来办。

林天豹又拿了两万块钱，才把冯三打发走。站在宿舍顶头的坡道上，他刚点上一支烟，只见路宽和汤公明的越野车从斜井工地开下来，一个急刹车停在了他的面前。

路宽见到林天豹开口就骂："老林，你是不是老糊涂啦？咋能叫冯三那伙人去绑架映秋，还用铁链把她拴在厕所暗室里，这是非法拘禁呀。"

林天豹表面上装傻充愣，心里却很畏惧，辩解说映秋赖在隧道出口超市不肯回来，才让冯三帮忙把她弄回来，拴她完全是为了管教自己的女人，算不上犯法。

路宽说："映秋哪是你老婆？充其量是个姘头。"

林天豹说："她跟着我，就是我的女人。"

路宽极其恼火，说："是你的女人，更不该这样对待人家！一个大男人，真没出息。"

林天豹说："我的女人，铁龙飞为啥在中间插一腿？不是他瞎搅和，那婆娘也不会不回来。"

汤公明说："老林，你打住。你们的事别往铁龙飞身上扯，苏总是长得不如你女人漂亮，还是没你女人文化层次高？我看你是昏头了。"

林天豹说："老婆再漂亮，男人还是会去外面偷腥。铁龙飞来工地后，一直跟那婆娘不清不楚，谁不知道啊。"

路宽指着他骂道："有俩臭钱到处拈花惹草，只有你干得出来，你咋不嫌丢人呢？"

林天豹不敢再犟嘴，喊路宽和汤公明进屋喝茶。汤公明拒绝了他，严肃指出映秋被公安局列为失踪人员，发布了寻人启事，与冯三合谋绑架拘禁，犯法没得说。他对林天豹提出了警告，要想干活就别给项目部惹麻烦。

林天豹听后又道歉又作揖，承认自己做得不对。路宽觉得他既可怜又可恨，给了他三条路选择：一条路是自己去自首；另一条路是让他回老家去，换人来管理；再一条路是主动解约，换劳务队，工班和工人留下。

林天豹寻思半天，说："我可以回去，让我兄弟林天虎来管。"

路宽听完瞪着他说："你兄弟也不是啥好鸟，他可别来，换别人来。如果没人，就按我说的第三条办。"

林天豹说："公安机关要真认定我管自己的女人属于犯法，判我坐牢，我就认罪伏法。如果那婆娘不告我，公安局不追究，我痛改前非，好好干活，你们再给我一次机会吧。”

路宽说：“老林，必须向你说明，你的这些行为与项目部无关，我们不会看着你因为一个女人，坏了我们单位和项目部的名声，更不允许你与地方黑恶势力相互勾结，若不改只能终止合作。”

林天豹低着头，口口声声说一定改邪归正。汤公明骂他没有意识到问题的严重性，冯三给映秋灌哑药，那是对妇女的野蛮摧残，光凭这条就够治他俩的罪了。林天豹连连摆手，赶紧撇清自己，称不知道有这回事儿。

路宽说：“你知道也好，不知道也罢，事实摆在这儿，你俩属于合谋犯罪，冯三是主犯，你是从犯。这样的事情，发生在我管的项目上，你们做坏事让我背黑锅，真倒了八辈子血霉。”

尽管林天豹被路宽和汤公明骂得狗血淋头，但他依然没有悔悟，还是对铁龙飞和映秋恨之入骨，在琢磨怎样握住苏欣这张牌，通过她给铁龙飞施压，让他远离映秋，逼她不要报警，重新回到自己身边。

苏欣确实因为铁龙飞去救映秋，对他产生了怀疑，好几天都没有理他，甚至屏蔽了他的手机号。铁龙飞几次去项目部找苏欣，她都不在，显然是故意躲避，这使他陷入了深深的痛苦之中。

铁龙飞每天都盼着苏欣来工地检查，但苏欣两次来都没事先通知，直接把车开到二次衬砌台车后面的成洞处，查看完断层处理就马上走了，不等江水和王大路派人跑出去喊铁龙飞，她的车已消失得无踪无影。

再后来，铁龙飞学会了一招，为了见到苏欣，就跟王大路天天盯在掌子面上，可总是心不在焉，心情也不好。看到哪个环节做得稍微不满意，就抑制不住自己，对工人发无名火。工人们从未见过他如此暴躁，每次遇到他就像老鼠遇到猫，躲着他走。

铁龙飞情绪不定，也有好的一面。王大路发现，那些天洞内施工工效大大加快，断层处理进度超过任何一天，明知铁龙飞为情所困，便故意逗他，每天上班便喊：“龙飞，走，咱进洞去，苏欣会来看你的。”

铁龙飞则故意避着他，说：“你进吧，我跟江水碰碰账。”

江水拿出计价单和拨款统计账单，算给铁龙飞听，每月完成多少产值，计多少价，扣多少材料费和设备折旧，拨多少钱，有多少可支配资金，能够还多少银行贷款等，算得清清楚楚。虽然赚了钱，但铁龙飞仍然提不起兴趣，说：“除了还银行贷款和借汪文进的钱，剩余的钱省着花，等遇到大事再用。”

江水收起账本，笑着说：“兄弟，我看你心里搁着两个人。”

铁龙飞歪着脑袋，问道：“你说谁？”

江水说：“一个是苏欣，一个是映秋。苏欣是你的爱人，映秋是你同情的人。你这人咋这么好呢？”

铁龙飞无奈地说：“我只是把映秋当作一个可怜的女人，一个鲜活的生命。我心里只有苏欣一个人。”

“该放下的放下吧。”江水说，“映秋不该是你关心的人，你所能做的都做了。听我的，离她远点，这样苏欣才能安心一些。你要记住，给了女人足够的安全感，你才会有安稳的日子过。”

为了苏欣，铁龙飞下决心远离映秋。爱情对两个人真的是一种考验，有时更是一种煎熬。铁龙飞常常一个人跑到山顶上，眺望项目部所在的位置，希望能看到苏欣的影子，可对面的山峰遮挡了他的视线。王大路和江水曾听到，大晚上有人在山上一遍遍地喊苏欣的名字，他们知道那人就是铁龙飞。

一天晚上，铁龙飞敲开超市的门，向映红要了两瓶白酒，一个人坐在办公室里干喝，喝得两眼发直。不久，便歪靠在椅子上睡着了。江水起夜，发现铁龙飞没回宿舍休息，就跑去办公室找。只见两只空酒瓶倒在桌子上，铁龙飞坐在椅子上呼呼大睡，江水赶忙喊王大路起来，将他抬回宿舍。

那些日子，苏欣同样痛苦不堪。江水去项目部时，劝她跟铁龙飞好好聊聊，她根本不予理睬，一直屏蔽着铁龙飞的手机号，不想再与他沟通，可心里又放不下铁龙飞。她曾多次从黑名单中解锁了铁龙飞的手机号，既想看到又怕看到他的短信或接到他的电话。一想起林天豹和映秋，她真的受不了铁龙飞的做法。于是，手机号码解了又锁，锁了又解，俩人始终没见面，也没打通过电话。两个人的感情好像走进了一条死胡同，让人很烦躁。

这种压抑的情绪严重影响了苏欣的状态，脸上没有了笑容，变得沉默寡言，只有去工地或全身心投入工作时，她才能暂时忘掉这些烦恼，但她又不想去隧道出口。

路宽看出了她的心思，故意用激将法刺激她，说：“走，跟我去隧道出口看看。”

苏欣嘟着嘴说："我不去，叫汤副经理跟你去吧。"

路宽心想还真跟铁龙飞较上劲了，板起脸说："你是总工，隧道出口断层处理速度太慢，耽误工期，你不去哪行啊？铁龙飞真干不了，那我把他清理出去换队伍。"

苏欣看路宽是认真的，心里暗暗打鼓，表面上却嘴硬，说："你要清退就清呗，我已经和他没关系啦。"

路宽暗笑，说："你撇清与他的关系就好办了，他们实力差了点儿，我看还是清了他，换别的劳务队上来吧。"

苏欣着急了，说："你清退他，也得有理由啊！"

路宽猜出苏欣有所动摇，说："因为映秋，他敢跟你闹别扭，我找个理由就把他赶走，这样你不就清静了？走吧，咱们去看看，如果真不行，现场办公把他清理了。"

苏欣翻着眼皮瞅他，说："断层处理进度已经够可以了，不能因为我清退他。"

路宽拉着苏欣，乘车来到隧道出口。王大路盯在掌子面上，工人们个个汗流浃背，一身泥一身水干得正欢。路宽假装看了几眼，开始故意挑王大路的毛病，说："老王，断层这么难处理，铁龙飞为啥不来洞里？劳务队长想当甩手掌柜吗？"

王大路哭笑不得，反复向路宽解释，铁龙飞昨夜一个人喝酒，喝得烂醉如泥，到现在还没醒呢。

路宽装作生气，问苏欣："苏总，你看这样的队伍能行吗？喝酒成正事啦，说说咋办？"

王大路一提铁龙飞喝得不省人事，苏欣更不高兴了，对路宽说："你是经理，你说咋办就咋办。"

路宽说："走，找他去。"

铁龙飞喝得酩酊大醉，睡了一夜仍未醒酒。苏欣不想见他，路宽硬拉着她去。江水走在前面，推开宿舍门，铁龙飞还在呼呼大睡。苏欣看着他那样，鼻子一酸，两眼瞬间凝满了泪水。路宽留意到这些细节，双手抓住床帮边摇边喊："起来！地震啦！"

铁龙飞被摇醒，猛然坐起来，迷迷怔怔地说："哪儿地震啦？"

铁龙飞缓过神来，定睛一看，猛然发现苏欣和路宽站在床前，几天来的压抑和悲伤，犹如沉寂千年的火山陡然喷发，含泪跳下床，站立在苏欣面前。

路宽说："龙飞，苏总来看你，你俩好好聊。"

江水陪路宽去了办公室喝茶，留下苏欣和铁龙飞相视无言。铁龙飞大胆地抱住苏欣，说："你为什么不见我？我想哭。"

苏欣委屈地说："你为啥要惹林天豹和冯三那帮人？我摸不透你跟映秋到底咋回事儿！"

铁龙飞解释道："她被弄成哑巴了，刚喝了解药能说话，她真的是很可怜。"

苏欣说："我没说她不可怜，可你为什么要一而再再而三地介入她跟林天豹的事？"

铁龙飞帮苏欣抹着眼泪说："我不想再提他们，只想跟你在一起，你能原谅我吗？"

苏欣点点头，说："嗯！我原谅你。"

铁龙飞悲喜交集，憨笑着说："不管如何，从今往后我一定不会再让你离开我。"

经历了情感的磨难，苏欣和铁龙飞重归于好，对于这份感情也更加珍惜。俩人牵手走进办公室，见到路宽和江水很不好意思。苏欣的脸红成一片，羞怯地低下了头。

铁龙飞很难为情，见到路宽不知道该说啥，两手直敲头，没话找话，光说昨晚喝得太多了。

路宽开心地笑了，说："苏总能治你的头痛。好了，我先走，苏总你留下，再帮他们研究研究断层处理方案，隧道软岩容易变形，赶快闯过去。"

当天上午，苏欣把王大路、江水、技术主管和工班相关人员都从隧道里叫出来，在会议室里召开技术分析会，针对软岩变形地质，决定改变施工工艺，采用九宫格施工法，分洞室开挖，加快排水、加密超长锚杆、强化钢格栅支护。工班们听不懂九宫格，铁龙飞吩咐小铁匠和铁松儿找来一块小黑板，让苏欣画出来，并讲给大家听。

九宫格增加了材料用量，方法变了，技术也变了，又是一个可以增加合同外投资的大变更。苏欣叮嘱王大路做好内业，由项目部负责向监理、设计和业主报告。铁龙飞和江水知道，苏欣在暗暗帮他们，表态就按这个方案通过断层。

散会后，民工们刚进洞，张善踮着脚，一窜一窜地来到会议室门口，把铁龙飞叫出去，神秘地说："龙飞哥，阿姐想见你，你能过去一下吗？"

铁龙飞朝屋里看了一下，轻声说："我不能去，苏欣在呢。她有啥事吗？"

张善说："我不清楚，反正想叫你过去。"

苏欣眼睛瞄着门外，侧耳听张善和铁龙飞到底在讲啥，发现听不清后径直走到门口问："啥事还背着我？"

铁龙飞支支吾吾不回答。

张善说："阿姐能说话了，想叫龙飞哥过去见个面。"

苏欣观察铁龙飞的神情，说："你去吧，我回去。"

铁龙飞拉住她，说："你别走，我不去，要去你跟我一起去。"

张善和铁龙飞叫上苏欣，一起去了食堂后面的库房。映秋的气色和身体已有所恢复，看到苏欣和铁龙飞进来泣不成声，双膝一弯"扑通"跪下，用嘶哑的声音说："谢谢铁大哥，你们是我的恩人。"

苏欣望着映秋，心里十分酸楚，弯腰拉她起来，问她小小年纪，为啥要跟林天豹呢？映秋光流泪摇头，说要去派出所告林天豹和冯三。

铁龙飞说："暗室照片和文字证据都在我和铁匠这里，你去报案，公安局就会抓他们。这事得你自己作主，我们当不了你的家。"

映春劝映秋先把嗓子治好再说，只要露面，还会被冯三和林天豹盯上，那伙人是流氓，说不定敢砸了超市，甚至敢谋害她们全家，让映秋再想想。映秋不想老是住在库房里，想回超市去。另外，冯三还劫了一车货，她得去找他把货款要回来。

冯三那晚劫了映秋后，一车货也被他们几个人拉走，第二天贩卖给了县城的小摊主，收的钱早已挥霍光了。

张善对映秋说："阿姐，找冯三要钱没门儿，他哪会给你钱？林天豹背后害你，货款找他要，不给就告他。"

铁龙飞始终没有表态。良久，才说公安局发布和张贴的寻人启事还在，相当于已经立了失踪案，映秋如果不去重新登记，案底不可能撤掉，只有活着见人，死了见尸才能销案。到底去不去销案，要看映秋的想法。苏欣问映秋咋想的？映秋提出让小铁匠陪映春，先去镇上派出所重新登记，就说人回来了，等她好了再去报案，让公安局抓冯三和林天豹。

苏欣起了同情心，说："谁让你摊上这么个狠心的男人呢？真是恶魔加流氓，这次敢把你关进暗室，下次就敢毁尸灭迹，快点儿离开他吧。"

映秋凄然地说："嗯！我会离开他，他必须赔偿我损失，我不能白白跟他这么几年。"

映春愤恨地说："他肯出钱让姓冯的绑架阿姐，就应该出钱赔偿阿姐的青春损失费。"

苏欣回项目部前，铁龙飞掏出映秋和冯三亲笔写的证词给她看，她竟流下了眼泪，心中立刻燃起怒火，这才真正理解铁龙飞为何要去救一个与自己毫不相干的姑娘，更对林天豹和冯三恨海难填，骂他们禽兽不如，都是该死的货色。铁龙飞看到她的反应，帮她抹掉眼泪，说映秋一家没靠山，没势力，处在社会最底层，姐妹几个受了地痞恶霸欺负，讨公道连个帮手都没有，工地上的人不帮她谁能帮她呢？

苏欣说："只要咱俩能做的，能帮多少帮多少。我支持你跟林天豹和冯三这些无赖斗争到底。"

当日下午，铁龙飞把两份证词和手机里的照片打印了两份，其中一份让小铁匠交给了映秋，另一份自己保存下来。他让小铁匠陪映春去镇上派出所，替映秋重新登记。

映春胆小，见到警察既害羞又害怕，直往小铁匠身后躲。警察问他们来干啥，小铁匠说失踪的那个姑娘回来了，来报备登个记。高个子警察好奇地问映秋跑去哪儿了？啥时回来的？现在人在哪儿？小铁匠不敢贸然回答，直瞅着映春的眼色。映春不想把事情惹大，谎称映秋在家里。矮个子警察问有啥要求，需不需要调查，映春客气地说暂时不用，可以先销案，同时请求撤了寻人启事。

高个子警察板着脸说："你这小姑娘，前面来报失踪，现在咋跟玩老鹰抓小鸡似的，我们动用了那么多警力，你一句话人回来就算完啦？"

小铁匠说："人回来了呀，俺过来说一声还不行？"

高个子警察打量着小铁匠，说："你是修高铁的民工吧，可真会开玩笑，人说失踪就失踪，说回来就回来，自由得很嘛，把派出所当成什么啦？”

矮个子警察说：“你俩回去吧，我们先撤寻人启事，回头叫她本人来销案。”

小铁匠和映春被警察呵斥了一顿，从派出所出来后长长舒了口气，搭乘一辆摩托车回到工地。驾驶摩托车的是个小伙子，头上戴着发亮的头盔。小铁匠坐在小伙子身后，映春坐在小铁匠身后。映春拦腰抱住小铁匠的腰，脸紧紧地贴在他的后背上。她闻到了小铁匠身上散发出的粗犷味道，心里有了一种从未有过的安全感。

回到食堂后面的库房，映春转告映秋，派出所要求她必须亲自去销案，映秋答应等身体恢复好就去。过了两天，映秋决定回到超市。堵在门口买东西的民工们，看到过寻人启事，见她突然出现在超市里，说话的声音也没有了先前的清脆，都十分惊讶，还不停地问她去哪儿了，映秋不说，映春赶那些人走，惹得这些人在背后议论不休。

这次绑架事件，让映秋彻底看清了现实。她不想再那么软弱，交代映春和映红看好超市，自己要出门。姐妹俩问她去哪儿，她说要去找林天豹了结俩人的恩恩怨怨，大不了以命相拼。为此，映秋在身上揣了把剪刀，又往口袋里掖了根绳子，趁映春和映红不注意，独自下山去了。

铁龙飞听说映秋又一个人出走的事，是小铁匠向他报告的。映秋真跟林天豹拼命，那可是占不到半点便宜。不过，这次铁龙飞没有亲自出面，而是叫小铁匠和张善快去追她。张善虽瘸，性格却比小铁匠刚烈许多。映秋没有瞧不起他卑微的出身和带有缺陷的身体，肯将映红介绍给他，这对张善来说是天大的好事，无以回报。他见不得林天豹这样欺负映秋，曾发誓如果映秋需要，可以为她做任何事。抱着这种感恩的念头，张善跑去食堂找了把长刀别在腰里，既可以防卫，又可以进攻，万一林天豹再敢威胁映秋，他就敢让他们白刀子进去，红刀子出来。

小铁匠见张善腰里掖着长刀，就绕到背后“噌”地抽出来提在手里。张善去夺，小铁匠不给，说：“咱去追阿姐，你拿刀做啥哩？”

张善说：“给我。姓林的再敢打阿姐，我就杀了他。”

林天豹被路宽和汤公明骂了一顿之后，害怕映秋去告发，夜里经常做噩梦。几天过去，既没接到镇上派出所的任何电话，警察也没有来找他，断定映秋还没去报案，心里琢磨着怎样才能使她回心转意，想来想去唯一的办法是用钱收买她。会计准备好的现金，派出所没用上，正好可以拿去应付映秋，可不清楚她人在哪儿。

林天豹上午去洞里转了一圈，帮猴子协调完二衬混凝土供应，交代刘万川盯住现场，趁地质条件好猛抢进度。随后从洞里出来，回办公室拿了些钱，准备开车去出口工地超市找映秋。刚要出门，不料映秋突然从门外进来，用仇恨的目光怒视着他，样子有点儿吓人。

林天豹从没见过她如此冰冷，假惺惺地挤出几滴泪来，说："秋啊，你跑哪儿去啦？你让我找得好苦啊。"

映秋随手关上门，用嘶哑的声音说："林天豹，当初跟了你算我瞎眼，你和冯三想害死我，我做鬼都不会放过你们。"

在林天豹的眼里，女人是廉价的。拿下映秋，只用了一个豪车副驾驶的座位。而在一些穷人面前，女人则是极其昂贵的，得用房子、车子和彩礼，甚至父母的半条命才能换来。当初，映秋没能经受住金钱的诱惑，向现实低了头。如今，她被邪恶刺破了天真，不得不进行反抗。

林天豹百般解释，说自己真没想害死她，只想把她留在身边，一遍遍向映秋道歉，承认是他做得不对，跪在地上请求原谅。映秋眼里滚着泪水，坚决不原谅，并掏出剪刀和绳子放在茶台上，提出彻底了断，要求林天豹赔她货款和损失费，以后各走各的阳关道，各过各的独木桥。

林天豹不同意，映秋掏出照片，抓起剪刀说："那咱就拼个你死我活。今天不是你死，就是我死。"

刘万川从隧道出来找林天豹，走到门口听见屋里吵架，慌忙闯了进去。映秋一只手举着剪刀对准自己的胸口，另一只手抓着一把材料，刘万川上前抓住她的手臂，劝道："哟哟哟，有事好说好商量嘛，别动剪子刀子的啊。"

映秋用力甩开刘万川，骂道："滚开！林天豹，你不赔偿，我就去公安局报案，看看坐牢的是谁。"

林天豹被映秋的举动逼得近乎发疯，刹那间怒从心中起，嘴里骂着脏话，猛然夺过那些材料，用打火机点着烧了。

"你敢讹我？"林天豹烧完材料，一把揪住映秋的头发使劲往后拽。"臭婊子，想去告我，叫你去告。"

映秋脸上又挨了两巴掌，她已经不再哭泣，嘶哑的声音仍哭不出声。林天豹就那么疯狂地打她，刘万川上前去拉，拉不动便跑去宿舍喊休班的民工。俩人扭作一团，映秋被摁在地上，自然吃了亏，幸好小铁匠和张善及时赶来，进屋一脚踢翻林天豹，将他和映秋分开。张善两眼冒着凶光，边骂边举刀要砍林天豹，刘万川带着一帮手下冲进来，夺过他手中的长刀，将他控制在墙角里。

林天豹脸色煞白，站起来指着小铁匠和张善，发狠说："给我吊起来往死里打，打死我负责。"

小铁匠和张善被众人押出办公室，捆在外面的电线杆上，遭到一顿拳打脚踢。张善嘴里流着血，眼里喷着火，骂道："林天豹，你个混蛋，有种打死我。"

一个民工抬手扇了他一巴掌，说："嘿，你个瘸子，还敢嘴硬。"

张善挣扎着继续骂道："有种放了我，看我敢不敢杀你们。"

小铁匠鼻青脸肿，被绑在另一根电线杆上，冲那群人怒喊道："放了张善，不关他的事，是我叫他来的。"

这场激烈的争斗，恰巧被前来检查工作的路宽和苏欣遇到。俩人的汽车刚爬上坡，苏欣就瞧见一群民工在打两个人，急忙叫司机靠边停下。她和路宽赶过去仔细一看，被捆在电线杆上的两个人竟是小铁匠和张善，赶紧呵斥那帮人住手，并上前解开了绳子把俩人放了，转头冲着刘万川和那帮手下吼道："你们为啥要打人？"

民工们嚷嚷道："他拿刀砍人。"

一个民工提着那把长刀给苏欣和路宽看，说张善拿刀要砍他们老板。路宽指指小铁匠，怒斥："那他呢？他也要砍你们老板吗？林天豹，你给我出来。"

小铁匠和张善抹掉嘴角的鲜血，跑进屋里扶出映秋。映秋见到路宽和苏欣，"哇"地哭出了声。

苏欣上前搂住她，抚慰说："你咋这么傻呢，不该来找他。"

路宽进屋骂林天豹："你真不算男人，叫你手下打铁龙飞队里的伙计和自己的女人，不怕遭报应吗？"

林天豹一脸怒气，说："臭婆娘想扎死我，还上吊死给我看，那小瘸子要拿刀砍我，我不能等死啊。”

路宽骂走那群民工，问林天豹：“你天天给我惹乱子。你的人打了这俩人，咋跟铁龙飞交代？”

林天豹说：“我还没跟他算账呢！他派人来找我的事儿，还要我向他道歉吗？那臭婆娘想去公安局告我，我坐牢也饶不了她。”

铁龙飞在隧道出口接到苏欣的电话。听说映秋、小铁匠和张善遭到林天豹队里人的毒打，当即召集洞外民工，抄起家伙，兵分几路朝斜井驻地赶去。结果可想而知，双方发生了一场混战，林天豹被狠狠地收拾了一顿。

路宽和苏欣拉着映秋故意躲到一边，只当啥也没看见。林天豹被铁龙飞一脚踹倒在地，当场跪在了小铁匠和张善面前，铁龙飞摁住他的头往地上猛磕，磕完又喊：“铁匠，去叫你阿姐来，今天林天豹必须给她磕头赎罪。”

映秋没有接受林天豹的赎罪。苏欣在路边陪着她，问她今后想怎么办？她哭着说要去公安局报案，苏欣叫她找全证据，不能一个人去，必须有人陪着。路宽回到林天豹办公室门口，拉开铁龙飞，放了林天豹，劝铁龙飞带着小铁匠、张善和其他民工回工地。铁龙飞叫林天豹给映秋赔偿货款损失，并给她一定补偿。林天豹进屋提来一个纸包摔在地上，里边装着二十万块钱。

“就这么多，她爱要不要。”林天豹冲着路边骂，“臭婆娘，你去死吧。走得越远越好，我再也不想见到你了。”

铁龙飞让小铁匠捡起那些钱，给映秋送过去，并命令民工们回隧道出口工地。苏欣把铁龙飞喊到路边，叫他安排人陪映秋去报案。铁龙飞告诉苏欣，证据全在他手机里，他陪着去能说得更清楚。

苏欣说：“你安排好工地的事再去吧，不能再看着林天豹胡闹啦。”

铁龙飞拉着映秋去了镇上派出所，还是那两位警察接待他们。高个子警察见到铁龙飞，问：“呵呵，这个姑娘不是姓林的女人吗？你咋带她来报案反告姓林的？”

铁龙飞拿出手机，打开照片给那警察看，说：“我这里有林天豹绑架拘禁她的证据，她来报案是为民除害。”

矮个子警察拿出纸和笔，对映秋说：“你说说情况，咋跑了那么几天又回来啦？谁绑架的你？姓林的怎么拘禁的你？都要说清楚。谁犯罪，我们就抓谁。”

高个子警察把铁龙飞手机里的照片打印出来，留下了映秋和冯三写的证词，又将映秋带进讯问室，做了两个多小时的笔录。

高个子警察说："哎呀，这个案子还挺复杂。冯三是这一带的小名人，也是我们这里的常客，进来出去家常便饭，这个人比较麻烦。"

从派出所报案出来，铁龙飞开车拉映秋回到了工地超市，嘱咐她以后要加倍小心，最好别独自外出，只要警察一出动，冯三和林天豹一定会千方百计来报复。

第二天，林天豹先接到了警察打来的电话，料定映秋真的去报了案，赶紧关掉了手机，让警察再也没找到他。遇到类似的情况，像林天豹这样的包工头，都会躲起来避避风头，但不会走得太远。

没几天，林天虎出现在了斜井工地上，接替林天豹管理这座隧道。他带着劳务队变更现场负责人的报告，第一次去项目部向路宽和苏欣报到，好像英雄归来，嘻嘻哈哈地挑逗苏欣，说："哎呀，苏总这么漂亮的脸蛋，整天跟钢筋混凝土打交道可惜啦。要换别的姑娘早去傍大款了，还愁啥啊。"

就凭这句话，苏欣对林天虎的印象差到了极点，严厉地说："有事说事，没事出去，少废话。"

林天虎嬉皮笑脸，说："铁龙飞吃的是我的残羹剩饭，隧道出口是我扔下的活，他接了。不过，这小子胆大也聪明，敢摔'啊喔'坑我。你俩能到一起，可谓天作之合，令人佩服。"

路宽阴沉着脸，说："你哥他人呢？我不同意换人。"

林天虎耍赖说："我哪知道他跑哪儿去了，被你们和那臭女人逼失踪了呗，我家里人还想找你们要人呢。现在家里非要我来管这个烂工地，我是真不愿意来。你们不同意换我来管没关系，那照隧道出口的规矩，你们清我哥退场，咱们停下来算账，怎么样？"

路宽气得浑身发抖，说："林天虎，你别想再像上次退场那样坑项目部。既然你来了，那咱按合同和规矩办，工期、进度、质量上不去，咱们该咋考核咋考核。"

苏欣打电话向铁龙飞通报了林天虎的到来。铁龙飞听后见怪不怪，提醒苏欣在施工管理中，要做好最坏的打算，计划工期没准儿哪天会成为这些人要挟的把柄。苏欣在其他工地上遇到过这种烂队伍，心中有数。再换队伍工期不允许，她催铁龙飞，出口处理完断层抓紧往前抢进度，真不行就想法吃掉隧道斜井的工程量。

林天豹躲了起来，冯三被叫进了派出所。两名警察走进讯问室，说："冯三，来吧，说说你的事。这次不同于以前偷鸡摸狗、打架斗殴，搞不好要进号子里去吃几年窝窝头，你必须如实交代。"

冯三与警察打交道有的是经验，进局子像串门走亲戚。他心想自己一没杀人，二没放火，只要不承认绑架，就够不上坐牢。因此，在证据面前，他矢口否认，并且推翻了自己先前写的东西。警察审问了半天，没能撬开他的嘴巴。冯三不认罪，又不能刑讯逼供，派出所管了两顿饭，关了二十四小时后，只好放他出去再继续调查。

从派出所出来，冯三站在街头打了两个电话，一个打给映秋，让她和映春、映红小心狗命，至少要她一条胳膊或一条腿。映秋已经不再害怕威胁，在电话里回击，诅咒他和林天豹不得好死，这把冯三气得差点儿晕过去，扬言要一把火烧了她家和超市，如果派出所再找他第二次，他就让映秋在人间消失。

映秋并没有被他吓住，回怼冯三，如果敢烧她家，她就敢去坡下点了冯三家，反正一命抵一命。冯三没撤，骂了几句臭娘们儿，挂断了电话。

另一个电话，冯三打给了铁龙飞。他先向铁龙飞显摆一通，扬扬自得地称进派出所又如何，还不是要放他出来，埋怨铁龙飞断了他的财路，还为一个女人想置他于死地，声称不会让铁龙飞活着离开这个地方。

铁龙飞很清楚冯三的底细，冷静地嘲笑道："行啊冯三，咱别光说不练，把你身边那些阿猫阿狗的都带过来，看看到底谁站着进来，横着出去。"

冯三听到这样的回答，半天不语。他知道遇到的是个硬茬儿，硬碰硬沾不了啥光，就跟铁龙飞谈条件，说："我给你两条路，一条咱们和解，你不能再介入那个臭娘们儿的事，从此咱们大路朝天，各走一边。另一条是咱俩来真的，你让我死，我也不会让你活，任你选。"

铁龙飞说："我本来没想介入别人的事，只不过做人要有天地正气，连一个受残害的姑娘都救不了，那这个社会还有天理公道吗？"

冯三说："你这是在为一个没用的人拼命。"

铁龙飞说："你不是也在为别人拼命吗？我拼命是为了保护一个年轻的

生命。你们拼命是为了一己之私。”

以后的几天里，再也没有听到冯三的消息。铁龙飞、江水和王大路，按照苏欣的要求重新调整了工班，组织民工加快了断层处理。正干得热火朝天，突然从坡下村庄里蹿上来一群老头老太太和中年妇女，提着马扎坐在隧道出口，堵住了出碴进料的通道。张善和洞外民工去劝去拉，咋都赶不走。那些人的理由是，隧道施工噪声太大，扰乱了村民的生活，把整个村子闹得鸡飞狗跳，孩子晚上作业做不下去，嚷嚷着要求停止施工。

出碴进料车被双向堵在洞口，铁龙飞和江水得到消息，从隧道里出来一瞧，坐在洞口的全是老人和妇女，只好挨个劝，但那些人不听。有个老太太说漏了嘴，原来是冯三背后给每人三十块钱雇他们来堵道的。

铁龙飞急中生智，说：“我们给冯三交了好多护路钱。他答应给村里每人发五百块钱，给你们这么点钱哪行啊？还不快去找他要。”

那些人信以为真，两个老头先喊了起来，说冯三凭啥把给大伙儿的钱闷起来，号召大伙回去找他要，提起马扎就往坡下走。树倒猢狲散，其他人见状也都提起马扎，嘴里骂着冯三丧良心，跟在后面离开了出口工地。

# 第二十二章

那群堵道的人让出了通道，铁龙飞和江水指挥出碴进料车赶紧往洞内洞外开。施工刚恢复正常，一辆越野车沿便道开上来，停在了铁龙飞和江水面前。刘万川像个跟班，从后座先跳下车，随手拉开前车门，林天虎戴着墨镜慢悠悠地从车上下来了，镜片后面那双猥琐的眼睛四处打量着洞口。铁龙飞和江水惊讶之余，一时没猜透他的来意。

铁龙飞问："林老板，你是来故地重游吗？"

林天虎一笑，说："没想到吧，我林天虎又回来啦。"

铁龙飞挥手指指身后的隧道，说："你退场后，我和江水接了出口。你来是替你哥管理隧道斜井，还是就来看看？"

林天虎说："他被你们逼得走投无路，不知道跑哪儿去啦。斜井干得很顺，不能撂下没人管啊。"

江水说："林老板，你说这话可不讲理，谁逼你哥啦？他东躲西藏，纯属自作自受。"

林天虎走到洞门两侧龙虎碑前，抬脚踹了踹龙碑，讥讽道："呵呵，龙虎把门也没挡住断层吗？还送两块给斜井，一点用都没有，在坡下搁着呢。我走时甩给你们的可是块肥肉，这次赚大了吧！"

铁龙飞没有邀他和刘万川进办公室，站在钢筋加工棚前，说："林老板，这座隧道赚不赚钱，你心里最清楚。如果当初你不搞索赔退场，我们也不会来接这条烂洞子。你退场索赔挣的钱，比我们干完这座隧道挣得都多，还有啥可说的吗？"

林天虎耸耸肩，示意刘万川说说斜井的情况。刘万川很得意，故意拿话刺激铁龙飞和江水，说：“得老天眷顾，斜井遇到好石质，每天掘进完成四米，出口断层还没处理完，我们就可能打到分界线了。你们进度慢，我们可以继续往前打，算是帮你们个忙。”

铁龙飞说：“刘万川，你们真以为我们处理不了断层吗？再有一周断层就闯过去了，划分给我们的里程，谁也不用帮忙。你们打到分界线该铺轨的铺轨，如果挡了道，我们会负全部责任。”

林天虎摇头笑了，说：“铁龙飞，你真敢吹牛。咱俩要不要再摔‘啊喔’赌一把啊？上次你坑我，这次我还会上你的当吗？”

铁龙飞不想再跟林天虎啰唆，问还有没有别的事，没事恕不奉陪，他和江水要进洞去。林天虎喊住他，称想进洞参观学习学习，遭到了铁龙飞的拒绝。

林天虎挑衅说：“你和你对象……哦，对了，是项目部那个小苏总，还有那个开超市的臭女人，联手把我哥挤走了。不过，还有我呢。你咋这么傻，放着美女对象不好好处，非得去帮那个该死的烂女人。”

铁龙飞大怒，说：“林天虎，你哥儿俩不是变着法子坑项目部，就是花钱雇人绑架人家一个弱女子。哪一条拉出来都能够你们蹲几年，还有脸在我面前说三道四，知不知道啥叫羞耻？”

林天虎被骂得不知该如何回答，脸上的肌肉有节奏地一阵阵抖动，良久才说：“行，你把好心当成驴肝肺。隧道咱们对打，看来这个死对头怕要当到底啦。”

路宽、汤公明和李从安早知道林天虎是什么德行，项目部没有一个人不烦他。林天虎重回工地，令路宽和汤公明感到很头痛，怕他再像出口退场那样要求索赔，可又没有更好的办法，只能将就着让他往前干。斜井现有的工班和劳务人员，其中一部分是他调来的，见他来了欣喜若狂。这引起了路宽、汤公明和李从安的格外警惕和注意，生怕他在隧道二次衬砌和初支过程中，偷工减料埋地雷。几个人商量半天，决定把李从安和安质部一名年轻部员，派去斜井现场进行包保，跟劳务队民工同吃同住，盯死掌子面，监督安全和质量。

路宽对苏欣说：“苏总，你和公明每周都要去斜井检查和抽查，林天虎比他哥更坏，坑人哩。”

苏欣说：“那咱把他这个队换掉不行吗？”

汤公明说：“换不得呀，工期和钞票都不够用。”

路宽说：“去吧，每周检查两三次，不给他留任何埋雷的机会。”

林天虎和刘万川、猴子对项目部派人来监督极为不满，硬的不行来软的，嚷着要请李从安和汤公明喝酒，给他俩送香烟、包红包，但都被拒之门外了。

李从安理由很简单，说：“别来这一套，把活干好比啥都强。”

林天虎皮笑肉不笑，巴结他说：“别呀李经理，你来帮我忙，请你出去喝杯酒、送条烟、包个小红包很正常嘛，何必这么介意。”

李从安说：“我怕被人害。”

林天虎说：“这么不信任我？我有那么坏吗？”

李从安嘲笑他，说：“虎比豹强不到哪儿去，你以为自己有多好？”

林天虎无趣地说：“那就算啦。”

起初，林天虎对李从安和那位年轻部员还算尊重和照顾，安排食堂每顿饭单独给他俩做两个菜，宿舍换成新被褥。没过几天，单独加菜取消了，民工吃啥也让他们吃啥，饭菜还经常是凉的。到了晚上，俩人的宿舍不是被停电，就是有民工在门前“丁零当啷”一阵乱敲，搅得他们无法入睡。吃不好，睡不好，又天天钻洞子，时间一长年轻部员痛苦不堪，跑回项目部找路宽，说啥也不再住工地了。

路宽说：“李副经理都没说回来，你就受不了啦？”

年轻部员说：“我实在受不了那帮混蛋，换别人去吧。”

李从安清楚，这一切都是林天虎指使的，目的是把他们挤走，别在隧道里盯梢。林天虎和刘万川心想，他们受不了，自然会回项目部，看到年轻部员一跑，觉得还真见效了。万万没想到的是，李从安是个杠头，性格很倔强，但凡能网开一面的事情，别人都可以通融，到他这里却认死理，眼里根本揉不进沙子。

路宽打电话跟他说：“林天虎这熊人那样对待你们，不行你也回来吧，不受他的窝囊气。”

李从安乐观地一笑，说：“我能忍。他们赶我走，我非不走，气死他奶奶个熊。除非他林天虎和刘万川在安全质量上别出差池，一旦被我抓住把柄，看我怎么收拾他。”

李从安仍旧在工地上待着，天天都去洞里察看，用一双火眼金睛，对每个施工环节盯得无缝可钻。这可急死了刘万川和猴子，俩人跑去找林天虎，骂李从安这㞞人不走，想做点手脚还真没机会。

林天虎倒不发愁，说：“在洞里想招啊，他受了伤总得回去吧？”

刘万川和猴子心领神会，晓得该咋办了。制造拱顶塌方往下掉石头肯定不行，万一李从安被砸死，难以收场。砸断腿也不行，那样事情闹得太大，唯一的办法是让他受个轻伤，只要上不了工地，进不了洞里，项目部派人旁站监管也就失效了。

这天下午，李从安照常盯在洞里巡察，林天虎从洞外进来，假惺惺地跟他打招呼。当时，李从安和林天虎正站在栈桥上，察看仰拱基底开挖和边墙换拱，刘万川、猴子和几个民工，从掌子面上跑下来一起拥上栈桥。后面有人一声喊，猴子故意往前挤，李从安站立不稳，身体失去重心，伴随着一声惨叫，摔进了一米多深的仰拱基坑里。

林天虎装作大惊失色，“哟哟哟”地喊着，让基槽里的工人快去扶李从安。等把他架上来，安全帽也不知甩到哪去了，脸上沾满了泥水，额头被磕肿鼓起了大包。李从安被架到二次衬砌好的成洞处，那里安全，不用担心拱顶掉石块，双手扳着右脚坐在地上，“哎哟哎哟”地直喊疼。

刘万川问：“咋样李经理？伤着哪儿啦？”

李从安疼得龇牙咧嘴，骂道：“奶奶的，谁把老子推下去的？”

林天虎蹲下身，问道：“哎呀，李经理，这多不好意思，快站起来走走，不行别耗着，马上去医院。”

李从安强忍疼痛，站起来刚走两步，右脚疼得钻心，说：“不行不行，我脚扭伤走不了路啦。”

林天虎亲自开车拉李从安去了镇医院。照完 X 光片，医生诊断说右脚没骨折，只拉伤了韧带，给开了些消炎止痛药，让回去养着，过几天就好。

路宽、汤公明和苏欣正在食堂吃晚饭，见李从安被林天虎和刘万川开车送回来，问道：“李副经理挂彩，又是你们干的吧？”

林天虎推脱说：“哪能呢！他不小心，自己掉到基坑里去啦。”

李从安骂道："放屁！是你们谁把我挤下去的。"

苏欣看穿了林天虎的伎俩，侧目瞪着林天虎和刘万川，说："经理，明天我替李经理去斜井。"

林天虎拒绝说："别啊苏总，你一个女同志，吃住不方便，要去就去出口铁龙飞那里吧，我那儿不需要。"

苏欣责问道："你们能保证照图施工，按规矩做？"

刘万川不以为意地说："能保证，后来不是再没出过质量问题嘛。"

晚上，苏欣与铁龙飞通电话，告诉他要带人去斜井盯控安全和质量，想听听他的意见。

铁龙飞朝她发火，说："你不想要命了吗？"

苏欣说："咋？他敢吃了我呀，我就不信了。"

铁龙飞劝道："林天虎愿意干成啥样干成啥样，别去管他，等弄出事来再狠狠收拾。"

苏欣执拗地说："不行，等出事就晚啦，我必须去。"

第三天，苏欣果真带着工程部的一名部员去了斜井，住进了李从安那间宿舍，那小伙住在隔壁另一个房间，这把林天虎气得够呛。林天虎知道苏欣的对象是铁龙飞，背后还有山东河南两大工班上百号民工，是个不好惹的茬儿，对她不敢向对李从安那样玩心眼，就改变策略，开车跑去县城名包专卖店，花三万多块钱买了个品牌女包送给她。

苏欣看都没看，对林天虎说："拿回去，我在工地用不着。"

林天虎在心里恨着她，嘴上却笑着说："女人哪有不喜欢包的，收下吧，不然钱花得可惜啦。"

苏欣嫌烦，毫不客气地说："走走走，别啰唆。我想要包有人给我买，用不着你花钱。"

林天虎拗不过苏欣，觉得很扫兴，暗地里骂她不识抬举，拎着包出去了。到了晚上，苏欣刚躺下，就听"砰"的一声，不知啥东西砸在后窗户上。开灯一瞧，玻璃窗上染着一片鲜红的血，几条血线在缓慢地往下流，瞬间凝结成一个鬼脸似的图案。她心头先是一紧，努力让自己保持镇定，出门来到林天虎宿舍门前，连踹几脚，喊道："林天虎，你给我出来。"

林天虎还没有休息，知道苏欣为啥这时候来踹门，就从里边迎出来，问苏欣有啥事儿。苏欣气愤地说："走，去看看，你的人往我屋里扔死东西，想吓唬我吗？"

林天虎进到苏欣宿舍，发现后窗户玻璃上有大片血迹，嘴里假装骂扔东西的那人该死，一定揪出来开掉。

苏欣淡定地说："哼！别说往我屋里扔死猫死耗子，连死人我都见得多啦，想逼我跟李副经理那样回项目部，痴心妄想。"

在苏欣面前，这一出演砸了，林天虎原以为女人怕见血，谁料她如此刚烈，赶紧连连道歉，安抚她好好休息，自己一个人转到后窗户下，找到那只被砍掉脑袋的野猫，血还在往外涌。回到宿舍后，他打电话给刘万川，说："不行啊，那小娘们儿软硬不吃，死猫吓不住她，先按规矩干，再想别的招。"

苏欣那夜并没睡好。林天虎走后，她给铁龙飞打去电话。铁龙飞听她在电话里哭，心急如焚，抓起车钥匙，开车去了隧道斜井。苏欣一见到铁龙飞，呜咽着扑进他怀里。铁龙飞又埋怨又心疼，安慰说："我说不让你来，你偏来。林天虎哥俩是无赖，你不能碰他们的利益，不行回项目部算啦。"

苏欣含泪说："我不回。只要我在，他们就别想在施工过程中胡来，你要在背后帮我。"

铁龙飞帮她抹去泪水，说："我不帮你帮谁，你赶紧睡吧。"

苏欣紧紧抱住他，认真地说："我害怕，你能留下来陪我吗？"

铁龙飞答应陪她半夜，天亮前离开。就这样，俩人挤在一张单人床上相拥睡去。

苏欣盯在隧道斜井的那些日子，林天虎、刘万川和猴子没敢搞啥小动作，隧道施工速度平稳推进，安全质量基本可控。

春季"百日大干"最后几天，出口断层还剩几米即将闯过去，接下来就可以正常掘进了。项目部对全标段各劳务队开展目标考核评比，决定给出口劳务队授予"优胜劳务队"称号，准备在总结表彰大会上，给铁龙飞戴红花、颁发奖杯和奖金。

路宽之所以做出这样的决定，首先考虑到铁龙飞所带的这支劳务队讲规矩，叫咋干就咋干，出口断层裂隙水"哗哗"地往外涌，地质条件那么差，自始至终没有发生塌方造成任何伤亡，这是件很了不起的事情。当然也看苏欣的面子，闯断层毕竟是在她指导下完成的，制订的技术攻关方案过硬，她和铁龙飞又是恋爱关系，多多少少有一定的情分。苏欣得知这个结果后，跑去找路宽，劝他别把“优胜劳务队”称号授予铁龙飞，怕林天虎和其他队伍说闲话。

路宽说：“苏总，你怕啥呀。又不是我一个人的决定，是项目部党工委班子会议共同研究决定的，与你无关嘛。”

苏欣说：“那也不好，林天虎专门盯着隧道出口呢。”

汤公明说：“咦，听兔子叫唤，还不耩豆子啦？也给了斜井一个进度奖嘛，这个优胜奖非出口劳务队莫属。谁问你，你就装不知道。”

最终，苏欣同意了路宽的决定。

铁龙飞、江水、王大路以及全体民工，听到这个消息欢欣鼓舞。铁龙飞打电话给苏欣，兴奋地说：“没给你和项目部丢脸吧？是不是该奖我点啥？”

苏欣骂他臭美，说：“你应该奖我才对，不是我出技术方案，这条断层你们能闯过去？我不去洞里指导，你们能干这么快这么好？快感谢我。”

铁龙飞在电话里猛夸了一顿苏欣，表示让他干啥他干啥。苏欣最后嘱咐铁龙飞，发奖那天一定要到场，更要穿得精神点儿，别像个土老帽儿。铁龙飞说要穿军装去，那样才精神。

苏欣说：“军装留作纪念吧，穿白衬衫藏蓝裤，把衬衫扎在裤腰里，看着干练舒服。”

小铁匠和张善结伴去超市，把即将授奖的消息告诉了映秋、映春和映红，姐仨也为他们高兴。映秋的嗓子已经恢复正常，只是脸上布满了阴郁，过去充满活力的笑颜变得有些暗淡无光。小铁匠打心里可怜映秋，劝她该过去的都过去了，别想先前那些事。以后有空，他会和张善帮着去进货。

映秋勉强笑笑，没有多说。映春和映红都明白，映秋恨那个该死的林天豹，结果还跑掉了，冯三被派出所抓进去又放出来，还打电话威胁她，这成了她的一块心病。因为映秋的缘故，铁龙飞跟林天豹和冯三先后发生过几次冲突。事到如今，她担心的已经不是自己，而是怕铁龙飞和苏欣以及两个妹妹受到伤害。这么重的石头压在心里，很难让她高兴起来。

其实，林天豹并没有真正消失，只是换了手机号，躲在离工地不远的一个地方，偷偷与林天虎、刘万川和冯三通电话，打完立即关机。偶尔趁夜深人静时跑回工地，与林天虎和刘万川见个面，说说工地的情况，天亮前肯定消失得无影无踪，至于去了哪儿，连林天虎都不清楚。

落到如此地步，林天豹把所有的怨恨都记在映秋、铁龙飞和苏欣头上，催冯三赶快行动，替自己和他出出气。派出所找冯三讯问后，他暂时老实了许多，对付铁龙飞不再像对付当地人那样明着来，而是派两名手下暗地里盯着铁龙飞的一举一动。一段时间里，工地附近经常有几个陌生人转来转去，眼睛像贼似的四处张望。他们多半是躲进超市，借着买烟向映春和映红打探映秋与铁龙飞的行踪。映春和映红学精了，对陌生人光摇头，啥也不说。终于，在项目部召开总结表彰大会的当天，一位不速之客来到工地，紧紧盯着铁龙飞，跟踪他去了镇上一家饭店。

晚上开会，一般都在看完新闻联播之后。大干总结表彰会自然安排在晚上七点半正式开始。项目部借用了镇政府宽敞的小礼堂，可以容纳几百号人，全标段上百个劳务队和管理人员都来了。监理下午去出口看了看工地，从隧道里出来，铁龙飞邀请他先去镇上吃个饭，再顺道去镇政府参加大会接受表彰。说好后，监理提前去了镇子上。

六月的夜晚，西南地区气温已经很高了。铁龙飞记着苏欣对他着装的要求，从箱子里拿出白衬衣和藏蓝裤换上，把衬衣扎进裤腰里，健硕挺拔的身板看上去十分精神。铁龙飞交代完江水和王大路带着大家按时去参会，然后去超市想买两瓶酒带上。映秋右眼皮跳了好几天，心里慌乱不已，一想就会想到铁龙飞，但她不知道将要发生什么。映秋从柜台后面提出两瓶好酒，铁龙飞给钱，映秋说啥也不要，问他跟谁去喝酒，在啥地方喝。铁龙飞说去镇子上请监理。

映秋心里发慌，说："我右眼皮跳得心烦，你和苏总外出小心点，我真有点儿担心……"

虽然映秋没把话说完，但铁龙飞知道她是担心冯三和林天豹使坏，安抚她说："担心冯三和林天豹干什么，他们是公安机关重点关注的对象，都成了缩头乌龟，早吓跄了。"

映秋提醒他千万不要掉以轻心，冯三凭借当地人熟地熟，啥样的坏事儿都能干得出来。铁龙飞让她放心，冯三不敢正面和他发生冲突。说完，扔下两百块钱提起酒走了。

铁龙飞和监理到达镇上饭店时才下午五点半，太阳还没落山。落座后，点完菜不一会儿，服务员就端来几个小菜，俩人正准备开喝，外面猛然冲进来五名壮汉，手里拿着家伙，监理吓得脸色蜡黄，愣在座位上不知如何是好，接着被几个汉子赶了出去。

铁龙飞稳坐在椅子上，瞅了瞅那五个人，其中有冯三，问他想干什么。四名壮汉拧住铁龙飞的胳膊，冯三上前抽了他两个嘴巴，骂道："你小子敢跟老子叫板，想让我和林天豹坐牢，你以为你是谁啊！咱今天就练练，让你瞧瞧马王爷是不是三只眼。"

铁龙飞两只胳膊被拧在后边，他并没有害怕，相当镇静地瞧着冯三。冯三冷笑道："没想到吧，派出所没能抓我，老子没犯法。今天，咱就做个了断。"

其中一名壮汉掏出一小瓶透明液体，在冯三面前晃了晃。冯三让那壮汉给铁龙飞灌下去。此时，饭店女服务员端着热菜走了进来，见那帮人摁住铁龙飞的头，在往他嘴里灌酒，吓得目瞪口呆，"啊"的一声惊叫，两手一抖热菜摔落一地。铁龙飞挣扎着想起来，可被四名大汉死死摁在椅子上动弹不得。他左右摆动着头，嗓子里发出"呜噜呜噜"的声音，无奈寡不敌众，被站在旁边的两名青年，用筷子撬开嘴巴，将一小瓶液体灌入了口中。

饭店老板娘是位三十多岁的女人，听女服务员说包间有伙人在打架，吓得躲回了办公室。女服务员躲在楼梯口，看到铁龙飞浑身瘫软，被四名汉子架着下楼，塞进了停在门前的无牌面包车里。

刚过七点，各劳务队参会人员，乘坐大车小车，陆陆续续来到镇政府小礼堂。江水和王大路把队里所有工长和技术员集合到一起，计划搭乘出碴车开往镇政府。最后上车的是小铁匠和张善，俩人在超市里帮映春和映红码货，磨磨蹭蹭一直不出来，王大路掐着表看时间，催铁松儿去喊他俩。

铁松儿跑过去，站在门外喊："铁匠，你俩干啥呢？见了映春和映红拔不动腿啊？就等你们啦。"

映秋催小铁匠和张善快走，俩人这才撂下手中的货品，嘴里嚷着"来啦！来啦！"跑向等候的人群。

爬上车，小铁匠问铁铮骨："龙飞哥呢？"

铁铮骨紧挨小铁匠，站在车厢里扶着车帮，说："早去啦，扶好。"

小铁匠说："这回咱们队又要领奖，又有钱发啦。"

铁子安调侃小铁匠和张善，说："发钱好啊，你俩想娶媳妇，没钱谁跟你们啊。"

各路人员提前入场后，坐在了各自指定的区域，等着光鲜时刻的到来。路宽、汤公明、苏欣和李从安也早早来到了休息室。七点半马上到了，路宽问苏欣："龙飞来了吧。"

苏欣说："应该来了啊，江水和王大路他们都坐在下边啦。"

汤公明跑进会场看了一圈，回到休息室报告说各队都到齐了，问路宽啥时候开始。

路宽说："走！现在开始。"

汤公明主持会议，路宽做"百日大干"总结报告。还没轮到苏欣的议程，她坐在主席台上寻找台下的铁龙飞，寻遍整个会场也没看到他人，急忙用手机发短信问他来了没有。足足等了半个小时，也没收到铁龙飞回复，这让她有点心急火燎。铁龙飞越不回，苏欣越一遍遍地发，还在心里不停地埋怨。路宽做完报告，轮到她布置下一步技术管理工作了，这才把手机扔到了一边。

一个半小时后，大会进入发奖环节，苏欣拿起手机看，仍没有铁龙飞的消息，气得七窍生烟，发短信让江水到会场外面等她。

苏欣来到会场外问："龙飞呢？他人跑哪儿去啦？"

江水一头雾水，说："是呀，我们也没见到他，还以为你安排他做其他事去了呢。"

"没有啊！"苏欣生气地说，"跟他说好的来领奖，他人呢？这么没准头儿。他真赶不上，你就上去领。"

江水和苏欣回到座位时，会场已经响起欢快的音乐。铁龙飞被列在第一批"优胜劳务队"获奖名单中，其他队领奖人都陆续往主席台上走，唯独不见铁龙飞的人影。

李从安对着话筒，大声喊："铁门关隧道出口劳务队队长铁龙飞！铁龙飞来了没有？"

王大路着急地问："龙飞呢？他来得比咱们早啊？人跑哪儿去啦？"

江水头上急出了汗，说："不知道哇，咋失踪了呢？"

王大路推他："你上去领吧，别等他啦。"

江水上台替铁龙飞领回了奖杯和奖金。散会后，全队人都在问铁龙飞到底去哪儿了。苏欣忧心忡忡，对路宽说铁龙飞一直没回短信，不知出了啥事儿。路宽和汤公明也预感到事情不妙，把江水和王大路叫来，问他啥时候离开的工地，跟何人出去的。

江水回忆称，铁龙飞会前去请监理吃饭，再没联系。路宽一个电话打给那个年轻的监理，问会前有没有跟铁龙飞一块吃饭。

监理说："正要跟你们说呢，我俩坐下刚要吃，闯进来五个年轻力壮的汉子，二话不说把我轰出来啦，后来没再见到铁队长。"

"五个壮汉？"路宽惊问，"你认识吗？"

"不认识，反正不像好人，快联系他吧。"

路宽、苏欣、汤公明和李从安问清在哪家饭店后，两辆越野车一前一后疾驰而去。汤公明和苏欣不停地打铁龙飞手机，依旧无人接听。来到饭店，被吓坏的老板娘和服务员说："那人被冯三一伙塞进车里带走啦。"

"冯三？"汤公明问，"你们认识他？"

老板娘说："他可是全镇的小名人，谁不认识？死了化成灰都能把他认出来，遇见他躲都躲不及呢。"

苏欣惊慌失措，问："他们把人拉哪去啦？"

"我们哪敢问！"

路宽和汤公明安慰苏欣别着急，想去派出所报案，又不敢确定铁龙飞是不是真被绑架了。苏欣有一种不祥的预感，顿时哭成了泪人，打电话给江水和王大路，告诉他们铁龙飞可能被冯三绑架了。听此消息，全队立刻炸开了锅，大家赶去饭店围住路宽和汤公明，发狠一定要找到冯三，救出铁龙飞，把那伙人碎尸万段。

路宽一筹莫展，说："到哪儿去找？你们回工地去，我来处理。"

路宽、苏欣、汤公明和李从安再三思量，还是要去派出所说明情况，但不以绑架为由报案，只让警察查明真相。值夜班的又是高个子警察，听完陈述，问路宽和汤公明："哦，我知道那个姓铁的，冯三跟他有仇，可这小子浑身像抹了油，狡猾得很，不会轻易让人抓住把柄。你们能确定铁龙飞被他绑架了吗？"

路宽看了看苏欣，模棱两可地说："还不能确定，您看能不能帮忙查查他们的下落？"

高个子警察说："这有点不好办。只有立了案，经过审批同意，我们才能动用法律手段正式调查。"

苏欣苦苦哀求高个子警察，帮忙查查铁龙飞的下落。警察看着她着急的样子，答应先调取沿街监控看看，查找作案车辆。查看完镇上各个路口的监控探头，却没看到饭店门口的监控录像，因为那里正好是盲区，所以查不到铁龙飞是被哪伙人塞进车里拉走的，好在发现了那辆无牌面包车。录像显示，那辆车是白色的，驶过饭店前面的街道，出了镇子开到了黑灯瞎火的路段，而后沿着大路行驶，再后来拐下了小道不知去向，因为镇子以外的路段都没有安装摄像头，到此也就中断了线索。

路宽很感激高个子警察，把汤公明、苏欣和李从安叫到外面，几个人将身上携带的现金掏出来，凑足五千块钱，进去塞给他。高个子警察没接受，路宽恳求让他动用一下手段，给铁龙飞和冯三那伙人的手机定定位。一番尝试后，始终无法找到铁龙飞和冯三所处的位置，让人很是沮丧和纳闷。

冯三那帮人非常熟悉当地的环境，哪座山上有洞穴，有几个洞穴，他都一清二楚。他们到底把铁龙飞带到什么地方去了呢？从手机定位分析，警察得出结论，铁龙飞的位置，一定是在某个没有基站和手机信号的地方。

小铁匠他们还没返回工地，映秋三姐妹就从镇上朋友那里得到了消息。映秋双手捂脸泣不成声。她没想到自己担忧的事情，果真发生了，并且来得如此之快。她很后悔，蹲在超市柜台下面打着自己的脸，认为铁龙飞和苏欣都是受了她的牵连，内心很是愧疚，恨不得跑去冯三家，点把火把他家烧了。

接下来事态的发展，更加出乎大家的意料。冯三让手下给铁龙飞灌下迷魂药后，把他塞进了车里。几个人开车先顺着镇子街道朝南行驶，出城后立即拐下小道，一路向北驶回相反的方向，然后开出几十里地，来到一座大山的半山腰。他们用黑布蒙着铁龙飞的眼睛，还拿打包用的白色塑料绳捆住他的双手，没收了他的手机，随后打开相册删除了里边保存的所有证据。

到达目的地后，那伙人把面包车隐藏在灌木丛里，从车上提下一大堆面包、矿泉水、火腿肠、榨菜、啤酒和白酒，点起了长长的火把，把铁龙飞从车里架出来，押着他往山上走，最后走进了一处很深的洞穴。冯三让手下把铁龙飞手脚都绑了起来，带到一个角落坐在地上。

山里没有信号，手机打不通，基本与世隔绝。洞穴内更是一片漆黑，潮呼呼地散发着刺鼻的霉味，偶尔有一群蝙蝠扑扇着翅膀飞来飞去。火把照亮了洞穴，煤油味极大。铁龙飞被解去蒙在脸上的黑布，眨了眨眼睛，感到昏昏沉沉，但能看清那伙人手里都提着长刀，两个人围着他转悠。冯三则蹲在他面前，用凶狠的眼神盯着他看。

铁龙飞说："冯三，我没想到你敢绑我，算我输。"

冯三猛然站起来，拿刀指着他，说："铁龙飞，你不是想替那个臭女人出头，把我和林天豹送进去坐牢吗？今天，咱们看看到底谁先横尸山野。"

铁龙飞冷笑着，说："那啥也别说啦，快杀了我吧。"

一名壮汉将刀架到铁龙飞脖子上，恶狠狠地说："小子，死到临头还敢嘴硬，你以为不敢啊？杀你就像踩死只蚂蚁，容易得很。"

铁龙飞思索着如何挣脱扁绳，说："我要尿尿。"

冯三怕他耍诡计，说："憋着！往裤子里尿。"

铁龙飞挪动了一下身子，被那伙人一把摁住，警告他别乱动，再动就砍了他的手和脚。冯三打开一瓶啤酒，嘴对嘴"咕咚咕咚"灌进肚子里，喝完把瓶子里剩下的一点啤酒根儿浇到铁龙飞头上，说："反正我们弟兄几个，今晚准备在这里过夜。给你一晚上考虑时间，想好怎么解决咱们之间的恩怨。若真解决不了，那我冯三这个名人也不当了，该坐牢，我去坐牢。你敢豁出去鱼死，我就敢豁出去网破，生死你来决定。"

来自心底的愤怒，把铁龙飞的脸憋红了，也撂下狠话说："行，冯三，我本是一个打工仔，命不值钱，也没老婆孩子，死不足惜。可你儿女双全，有种今晚别放我出去，只要我能活着出去，就会杀了你全家。"

冯三被铁龙飞的话吓住了，半天不语。其他四人看铁龙飞这般狠恶，围上去抡起拳头一顿狂扁，打得他满嘴吐血。铁龙飞是那种军人的坚韧性格，吐掉嘴里的血，坐起身说："你们敢松开我的手脚吗？敢吗？"

冯三用刀背敲敲他的肩膀，说："休想！等谈好了，会放你回去。"

"什么条件？说吧。"

"我的条件嘛。"冯三说，"你从此不能再理那个臭女人，更不能帮她出头，这是其一。其二，我要找回面子，今晚你必须从我裤裆下爬过去。其三，你挡了我的财路，要赔我没干洞内出碴工程的损失。不多，四十万块钱。其四，把你逼我写的那份材料交出来。这四个条件，你如果答应啥都好说，今后你我各行其道，不答应也没关系，我可以让你立刻成为一个废人。”

铁龙飞坐在地上琢磨着计谋，但手脚被牢牢捆住，有些束手无策，如果真能松开他的手脚，恐怕不会是这样的尴尬局面，他一定会使出全身力气，将那帮可恶的家伙打翻在地。于是，他假装服软，满口答应那四个条件，从此以后不会再理映秋，与冯三和林天豹化敌为友。冯三想挣回面子，也不是大事儿，男子汉能屈能伸，钻一次裤裆算不了啥。提出的四十万块钱赔偿金，铁龙飞答应回去跟股东商量，能出多少自然会给冯三一个交代。至于那份签有冯三名字的供词，回到驻地便可拿出来交给他，或者当面烧了，不会留任何把柄。

那伙人对铁龙飞的表态信以为真，先用钻裤裆这条试探他，嚷着让他从冯三胯下钻过去。冯三站在铁龙飞面前，叉开两腿呈半蹲姿势，挥刀逼着铁龙飞，说：“来，钻。给我钻啊！”

铁龙飞明知这是对自己极大的侮辱，可他忍了，两眼喷着怒火，牙齿咬的咯咯响，匍匐下身子跪在地上，用被捆住的双手支撑着，手和膝盖同时往前爬，直至从冯三胯下钻过去。

那伙人在火把黄色光亮的照射下，个个面目狰狞，站在旁边嘲弄着他。在危急关头，铁龙飞只能忍辱负重，采用缓兵之计稳住他们，以便脱身自救。

冯三说：“行，小子，是条汉子。第一条算兑现了，你答应的另外三条可要算数。”

“当然算数，我从不诓人。”

旁边的同伙说：“三哥，别光听他说，让他写下来落在纸上。”

铁龙飞说：“你们这样捆着我的手脚，我咋写？”

冯三想了想，指示那几个人，说：“松开他。”

另一名同伙说：“不能放，一放他就跑啦。”

冯三自信地说：“谅他不敢。”

铁龙飞说："我不跑，还得坐你们车回去。我有个请求，你们能不能用我的手机，帮我发个短信？"

"给谁发？"

"给苏欣，免得她担心。"

"你先写，写完自己发。"

捆在铁龙飞手脚上的扁绳被割开了。铁龙飞站起来甩甩肿胀的两只手，又活动一下发麻的腿脚。在时明时暗的火把光照下，能看出冯三几个人也极为紧张，四把长刀在前后左右不同的方向对着铁龙飞的胸部，怕他进行反击。冯三掏出早已准备好的笔和纸递给铁龙飞，催他快写。

火把烧完一支，那伙人又重新点燃了一支，火光影影绰绰。铁龙飞接过笔和纸，洞穴里没有桌子和椅子，只能蹲下在膝盖上写，把答应的另外三条落在纸上，写完递给冯三看。冯三认为自己胜利了，抖搂着那张纸向同伙显摆。

有个同伙凑到跟前一看，说："三哥，不行，得让他写上赔偿金付款日期。"

冯三仔细瞄了一眼，将那张纸塞给铁龙飞，说："写上，三天之内付完。"

铁龙飞说三天解决不了，要跟股东商量，更主要的是筹不到这么多钱。冯三做出让步，同意最后期限不能超过一周，要挟他既不能对外声张来过这里，更不能去报警出卖他们，若有违背，最后的结局就是你死我活。铁龙飞答应了冯三的全部要求，在承诺书上写完日期，落上了自己的名字。

冯三那伙人心满意足，押着他摸黑走出洞穴，来到洞口才把手机还给他。铁龙飞知道苏欣和王大路一定正在寻找自己的下落，想给他们发短信，可打开手机接收不到信号。于是，他先站在草丛边撒了一泡尿，然后编好短信，只待手机接收到信号发出去。

无牌面包车重新开出灌木丛。铁龙飞被押上车，坐在后排中间座位上，左右都被刀顶着，后排也有把刀架在他脖子上。

手机又被收走了。冯三看完铁龙飞编好的短信，确认没有对外传递什么重要信息，就命令开车的家伙往回走。

面包车跑出一段路，冯三的手机突然响了。拿起一看，屏幕上显示是龙哥打进来的，慌里慌张地朝后扭头，对后面几个家伙说："呀！龙哥找我干啥？”

“快接！快接！”

冯三急忙接听，露出一副毕恭毕敬的奴才相，说：“龙哥，有事您吩咐？”

铁龙飞在工地上见过龙哥。此时听到龙哥的名字，料定一定是路宽找了这个当地的大名人。听不清电话那头说的是啥，只看着冯三的表情极其谦恭。冯三“嗯嗯”地点着头，说：“请龙哥放心，他毫发无损，安全得很。马上送他回去，马上。”

冯三挂断手机，扭头冲铁龙飞大发雷霆，说：“哼！你的人还去找龙哥，不识抬举。龙哥敢动我家人一根手指头，我就跟你没完。”

铁龙飞说不知道谁去找的龙哥，要求把编给苏欣的短信发送出去。冯三点开他的手机，直接按下发送键，立马显示发送成功。

苏欣接到手机短信，已经是深夜十二点。当时，江水和王大路正陪着她和路宽等人在隧道出口办公室等消息，映秋含泪悄悄地躲在门外。

苏欣看到短信，激动地大叫：“龙飞回短信了！回短信了！”

这声惊叫，被门外的映秋听见，她双手掩面悲切地呜咽着。苏欣边流泪边回复，问铁龙飞在哪儿，啥时能回来，但短信发出去后再无声响。

冯三绝没想到，他和那伙人的绑架行为，彻底激怒了隧道出口的劳务队。从镇政府回到驻地，王大路带着铁铮骨、铁子安、铁松儿和小铁匠等人，嚷嚷着跑到坡下冯三家里去要人，踹得大门哐啷哐啷响，把冯三的老婆孩子吓得直哭。

那女人将俩孩子搂在怀里，说：“俺哪知道他又去哪做坏事儿啦？”

众人嚷着让她打电话找冯三，打了一遍又一遍，就是打不通，便哭天喊地地骂：“这个该死的咋还不改啊！都多大岁数了，还在外面作，俺跟他有操不完的心，你们说俺的命咋就那么苦啊！”

冯三老婆一哭，街坊邻居都从家里跑出来，堵在冯三家门口看热闹，听明白冯三绑架了山上打隧道的劳务队长，众人挤在院子里发泄着愤怒。

张善说：“人不回来，我们就蹲在你们家不走。”

两个小孩扑在冯三老婆怀里哇哇地哭。

冯三老婆哀求说：“他一回来，俺就叫他把人送过去。看在俩孩子的份儿上，求求你们快出去吧，别吓着孩子。”

王大路瞧瞧蜷缩在那女人怀里的孩子，顷刻间心软了，喊其他人往院子外头走，对冯三老婆说：“我们在上面等消息，如果队长有个三长两短，我们就下来找你，谁也别想好过。”

回到坡上驻地，王大路安排夜间工班进洞作业，叫张善保障好夜间施工材料加工与供应。转头发现映秋站在办公室门外，心里便来了气，说：“你不回超市，站在这里做啥啊？不是你，龙飞还不至于被冯三他们绑呢。快走吧，别在这里硌硬俺。”

映秋遭到王大路的嫌弃，心里委屈得难以言表，流着泪朝王大路深深地鞠了一躬，折身要往超市走。苏欣从屋里出来看见了她，喊她说：“映秋，冯三之前打电话给你提过要找龙飞的麻烦吗？”

映秋凄楚地说：“说过，没想到他们这么丧良心。”

苏欣告诉她有了消息，铁龙飞平安无事，马上就能回来。映秋泪眼婆娑地说：“是我对不起你们，我真该去死。”

苏欣安慰她，说：“别说傻话，咱们都好好活着，好人有好报。”

王大路进屋时，路宽、汤公明和李从安正坐在椅子上发愁。等苏欣重新回到办公室，路宽灵机一动，说：“我想起一个人，打电话给龙哥，让龙哥找冯三要人。”

苏欣不清楚龙哥是什么人，问道：“找那人管用吗？”

汤公明给她介绍说，龙哥是大名人，在当地有很大的势力，冯三不听话，敢叫他死无葬身之地。苏欣听后，没再反对路宽找龙哥。路宽在电话里将发生的事情一说，电话那头当即爽快地应承了找冯三的事。

面包车驶出大山时，冯三接到了龙哥的电话。龙哥不紧不慢地说：“冯三，铁龙飞是我兄弟，你放了他。如果他有任何一点闪失，那就让你明早再也见不到太阳。”

冯三吓得不知所措，当场答应马上放了铁龙飞。

# 第二十三章

那天晚上，林天虎听说了铁龙飞被冯三那伙人带走的消息。他们以为冯三这么一折腾，铁龙飞的气焰肯定会被打压下去，隧道出口的施工进度必然会受影响，路宽和苏欣也会遭受打击，可谓一箭双雕，很是扬扬自得。开完会回到驻地，林天虎让食堂加了几个菜，和刘万川、猴子一起喝起了夜酒。

三个人推杯换盏，边喝边聊，又把铁龙飞、苏欣、映秋臭骂了一顿，骂铁龙飞是欠揍的货。刚喝两杯，忽然有人推门而入。定眼一瞧，来人是林天豹，吓得他们赶紧关上门，问他咋敢偷着跑回来。林天豹习惯性地坐在茶台后面的小板凳上，说："铁龙飞被冯三收拾了，替我出了这口恶气，高兴啊。"

猴子给林天豹倒上酒，敬他喝下三杯。

林天虎说："我看派出所没啥动静，你回来我可以走啦，不用我盯在这里了吧？"

林天豹让他再缓缓，继续留一段时间，说风头还没过去，冯三绑了铁龙飞，肯定会引起公安部门的注意，搞不好会老账新账一起算。

林天虎埋怨道："我早提醒过你，不要去招那个女的，不是什么正经玩意儿，这回惹祸上身了吧！"

林天豹烦恼无比，不正面回答他，只端起杯说喝酒。

刘万川说："要我说，林哥回去也行，反正有我和猴子呢，洞内施工就那点事儿。"

猴子说："不用你们都来，我一个人也能把活干了。"

林天豹像幽灵似的昼伏夜出。时间一长，派出所忙不过来，这事也就先放下了。

那年头，在一些项目工地上，劳务队和包工头之间，类似这样的事情经常发生，大到强揽工程、诬陷告状、倒卖材料、挖坑埋雷，小到偷鸡摸狗、包养情妇、火拼群殴等，争的都是利益。

林天豹喝完酒，又趁黑夜偷偷溜了。他们认为冯三这次绝不会轻易饶过铁龙飞，便各自回屋静候佳音。

收到铁龙飞的短信，路宽等人知道他还活着，冯三正在送他回来，便急切地跑到山坡上，望着山下的弯道，在月光下等他。

映秋心情沉重，从超市出来，悄悄走到苏欣背后停住。苏欣扭头发现了她，急得跺脚问道："你说，龙飞咋还不回来啊？也不回短信，急死人啦。"

映秋猜测冯三不一定会直接将铁龙飞送到驻地，可能会把他放到某个地方，让他自已走着回来。路宽和汤公明相信，既然龙哥打电话找了冯三，那冯三就不敢动铁龙飞一根手指头，必定会乖乖地把他送回来。

王大路生映秋的气，说："叫你回超市，你咋又出来啦？万一被冯三撞见，又节外生枝，你是不是想害死龙飞啊？快走吧。"

映秋承受不了这么大的压力和委屈，觉得没脸见人，呜呜哭着跑回了超市。苏欣虽然很难过，但听王大路这么说，打心里不高兴，说："你咋这么怪她啊？冯三那伙人是该遭天谴的坏蛋，不能光怪映秋，她也是受害者。"

王大路被噎了几句，胡子拉碴的脸膛阵阵发烫，不好意思地躲到了江水身后。进料车装满加工成弧状、用作初期支护的钢格栅，车尾喷着浓浓的黑烟往洞口开去。

张善在驾驶室里朝王大路招手，喊道："哎，大路哥，我进洞里去看看，等会儿出来再接龙飞哥。"

王大路大声回道："你去吧。断层刚过去，夜间施工让掘进和二次衬砌工班的人注意安全。"

路宽、汤公明、李从安、苏欣、江水和王大路，一直站在岔路口眼巴巴地干等。苏欣看了一下手表，已是深夜一点半，又开始一次次拨打铁龙飞的手机。这次电话终于接通了，铁龙飞告诉她，等会儿就能回到工地，让她安心睡觉。苏欣问他跟冯三在不在一起，铁龙飞"嗯"了一声，她立刻明白了铁龙飞可能尚未摆脱危险处境。

冯三答应龙哥马上放了铁龙飞。龙哥的名气如雷贯耳，他出面说情，把一伙人吓得半死，问铁龙飞跟龙哥到底啥关系。铁龙飞故弄玄虚，就拿跟龙哥表弟是部队战友来吓唬他们。听到此话，那几人立刻收起了长刀。

冯三更清楚龙哥在当地一向心狠手辣，所以，他心里忐忑不安，气势汹汹地说："你敢找龙哥？"

铁龙飞实在难解心头之恨，俯身拉开门把手，连推带踢将坐在左边的家伙顺势踹下了车，面包车一个急刹车停了下来。另外两个人提着长刀拉开车门，胆怯地说："三哥，这回惹祸啦，我们得下车。"

"怕死啊？他龙哥又能拿我怎么样？"

冯三坐在副驾驶座上，扭头恶狠狠地骂着，问开车的家伙是不是也想逃跑。那人害怕，手把方向盘，向他保证不跑。冯三从副驾驶座上跳下来，转到后面关上两侧的车门，与铁龙飞并排坐在一起，用刀尖对准他，说："别以为龙哥打了电话，我就怕了，他算个什么东西！你回去把答应的三件事办好，咱啥也不说。"

铁龙飞推开刀尖，说："我不跑，你不用拿刀顶着我。"

面包车又行驶了大约半个小时，终于开进了隧道出口下面的山村。眼看到了冯三家门口，面包车却出了故障，整个车身像喝醉了酒似的东倒西歪，方向盘摆来摆去不听使唤，车子瞬间跑偏，差点儿栽进路边的水沟里。司机把握不住方向，顿时惊慌失措，"嗷嗷"号叫着去拉手刹，将面包车停在了路中间，但车身仍在颤动，司机突然意识到什么，大喊："不好，快下车，地震啦。"

铁龙飞和冯三听到喊声浑身肌肉一阵紧缩，立即跳下车来。开车的家伙趁机朝村外跑去，消失在了夜色中。

在震耳欲聋的闷响中，立在村道边的路灯来回摇摆，村子背后陡峭的山体也蓦然塌落，从山上滚落下来的泥石和树木，刹那间掩埋了毗邻山根的几户人家。一股巨大的力量，以摧枯拉朽之势，将山村的道路撕开一道长长的裂缝，一座座房屋顷刻间轰然倒塌，数百间民房瞬间变成一堆瓦砾，许多人被埋在其中。有的村民赤裸着身子号啕大哭，抱着孩子从家中跑出来涌上街头，凄惨的哭喊声连成一片，回荡在漆黑的夜空里。

地震大约持续了十几秒钟，彻底摧毁了整个山村。冯三被这场突如其来的大地震吓蒙了，站在原地呆若木鸡。铁龙飞紧绷着神经，不顾一切地冲向路边一户倒塌的人家，扭头又对冯三喊道：“地震了，你快回家看看。”

面对眼前的天灾，冯三意识到可能即将面临的是无家可归和与亲人的生离死别，咧嘴哭着在黑暗中朝家中跑去。借助微弱的光亮，他看到原先好好的那个家，转眼变成了残垣断壁、满目疮痍。冯三站在倒掉的院子门口，泪如雨下，大声吼叫，哭喊着跑进去寻找老婆和孩子。

不知道过了多久，铁龙飞身上的白色衬衣，被染成了黑色，汗淋淋地从外面跑来，与冯三一起，在瓦砾中寻找和抢救他的家人。

路宽、汤公明、苏欣、江水和王大路，在钢筋加工棚前面的路口心急火燎地等铁龙飞回来，突然听到滚滚闷雷似的隆隆声。紧接着，脚下失重，站立不稳，一个个东摇西晃。此时，映秋三姐妹也感受到了震动，屋里的电灯摇来晃去，柜台上的物品也在晃动中滑向地面摔得粉碎，顶灯突然“啪”的一声坠落，电线耷拉在半空中来回摆动。姐仨被这场景吓哭了，连忙慌慌张张地冲出了超市。

“地震啦！地震啦！”映秋歇斯底里地喊道。

路宽、苏欣、汤公明等人，听到映秋的喊声确定真是地震了，慌乱中，他们不知该往哪个方向跑。抬头看到半山腰疯婆子家门前的路灯猛然倒下，整个院子在震动中飘摇，随着一声巨响后倒塌了。

路宽急如星火，边向隧道里跑边大声喊：“快去把宿舍的工人都叫出来。快！快啊！”

汤公明、苏欣、李从安和江水跑到宿舍前，一遍遍高声叫喊，工人们慌里慌张从屋里蹿出来，跑到远离宿舍的空地上。眨眼工夫，整栋宿舍、生活区和超市全部倒塌，大家被吓得面如土色。跑出来的张二奎声泪俱下，说话的腔调也变了：“老天爷呀，这下全完啦！”

映春和映红惊恐万状，紧紧依偎在映秋身边嘤嘤地哭着，而苏欣却跑进了隧道。

映秋急喊：“苏总，你别进去。”

苏欣心急如焚，说：“夜班工人都在里边呢。”

李从安、汤公明、王大路和江水跟在后面一起冲进了隧道。

林天虎、刘万川和猴子喝完酒睡得正香，忽觉天地摇晃，连忙跳下床跑到外面，将宿舍里的民工们喊出来逃过一劫，夜班工人却被堵在了隧道里。

地震来临那一刻，冯三的老婆抱着俩孩子躲进了狭窄的厨房。屋顶倒塌时，楼板被架在半空里，刚好留出一个能够躲避的空间。铁龙飞救完前两户人家赶来时，冯三正泣不成声地在满地碎砖破瓦中四处寻找着。



铁龙飞声嘶力竭地说："快喊你老婆孩子的名字，快喊啊！"

冯三一时傻了，在铁龙飞的催促下，一遍遍大声喊老婆和孩子的名字。不一会儿，从瓦砾下听到了女人和孩子撕心裂肺的哭声和绝望的喊叫。冯三悲喜交集，指着厨房位置说："她们在下面。"

铁龙飞从破碎的砖块和石板中，找到一根胳膊粗的木棍和一根钢钎，将木棍递给冯三，俩人爬到厨房位置，开始撬坍塌的楼板，费了九牛二虎之力才把楼板撬开一条缝，但尚不能下去人。铁龙飞叫冯三将钢钎和木棍插进楼板缝隙，使尽所有力气，终于将楼板撬开一条大缝。

铁龙飞将钢钎扔给冯三，双手按住两块楼板的边沿，纵身一跃钻进了缝隙之间，说："我下去，你在上面接。"

说话间，铁龙飞已跳进狭小的空间，冯三老婆抱着孩子躲在黑暗的角落里，哭天抹泪，见下来的竟是铁龙飞，内心的恐惧感更加强烈，瞧着他也不知道该说啥了。

铁龙飞拉起两个孩子，先将最小的那个举过头顶，递给上方的冯三，喊道："快接！"

先救出两个孩子，最后开始救蓬头垢面的冯三老婆。女人稍胖，铁龙飞举不动，只能从后面拦腰抱起她往上推。冯三抓住女人的两只手，使劲将她拉了上去。等铁龙飞往上爬时，屋顶楼板断裂的钢筋划破了他的胳膊，鲜血瞬间流满手臂，染红了白色的衬衣。

太阳从东山升起时，冯三一家得救了，全家人不知是惊恐下的悲鸣，还是劫后余生的喜悦，抱头痛哭。铁龙飞站在废墟上，环顾整个村庄，到处都是残垣断壁，惨不忍睹。远处已有一伙村民蹲在路边哭号着烧起纸钱。望着眼前满目疮痍的凄惨情景，铁龙飞不禁潸然泪下。他满身污渍和尘土，脱下衬衣撕成布条，缠住流血的胳膊，转头朝山上瞭望，隧道出口外侧的山体已经滑落半边，山坡上高高耸立的民工宿舍，也在地震中被夷为平地。

铁龙飞清楚隧道里有夜间施工的工班和工人，他必须抓紧时间回到驻地去。冯三见铁龙飞要走，撂下女人和孩子走过来，先说了声谢谢，然后要给他下跪，可铁龙飞挡住他转身离开了。冯三望着铁龙飞的背影，给他深深鞠了一个躬。

铁龙飞带着满身伤痕爬上山坡，办公楼和宿舍全倒塌了。半山腰疯婆子家也已不复存在。整个驻地偶尔有一两个工人，扛着工具往洞里跑。没见到王大路、江水和其他人，只有映秋三姐妹在超市废墟堆里，边哭边在废墟里扒拉，捡拾被掩埋的物品。

映春扭头看见了铁龙飞，对映秋说："阿姐你看，铁大哥回来啦。"

映秋的泪水"哗"地涌出来，说道："铁大哥，你可回来啦，咱们啥都没有啦。"

铁龙飞点点头，安抚道："从头再来。江水和大路哥他们人呢？"

映秋说："都进洞去啦。"

地震发生的那一刻，路宽他们首先想到的是在洞内作业的工班和工人。他们奋不顾身冲进洞里，看到的是二次衬砌好的成洞拱顶，已被地震迸发出的能量撕裂出一条条大缝。再往里走，二衬和钻孔台车在地震强烈的摇晃中全部移位，刚初期支护完的断层拱部，完全变形扭曲。拉进去的各种施工材料，横七竖八地散落在隧道里，挡住了去路。掌子面上涌水喷发，几台机械歪斜着栽倒在仰拱基坑里。

铁铮骨和铁松儿以及上夜班的民工，最初并没意识到发生了大地震，以为遇到了大塌方。听到隧道上方的拱顶"吱吱嘎嘎"地作响，机械和台车控制不住地移动侧滑，整条洞子都在震荡后，才想到可能发生了大地震。

铁铮骨毛骨悚然，扯开嗓子喊："哎，地震啦！快跑。"

民工们听到喊声，跳下掌子面，吓得跑到成洞处呆呆地站在边墙根下，浑身哆嗦着。张善正在掌子面上查看钢拱架拼装情况，在意识到地震时，发现两杆风枪眼看着就要被掩埋掉了，他顾不得多想爬上去想把风枪拽出来，但拽了几次都没能成功，只好松手往下跑。但他的腿脚不利索，一步没迈好，跌倒摔在了乱石堆上。

铁松儿跑在前面，张善还是落在了后面，双脚快要跨上栈桥时，开裂的拱顶"哗"的一声塌下一堆松散的软岩，不偏不倚正好把他压在下面。

路宽等人来到掌子面时，随着一阵猛烈的震颤，洞内照明灯忽然熄灭了，隧道立刻变成了阴森幽暗的地府，只有几束手电光柱在洞里晃来晃去。

苏欣明知头顶上方危机四伏，却冲在前头挥动着手臂，喊道："地震啦！所有人都到成洞那边去，快！快！"

路宽、汤公明、李从安、江水和王大路也一边喊，一边抡着胳膊往外赶人，黑暗中数不清究竟跑出来多少人。等地震过去，路宽把大家召集到成洞地段，让江水和王大路点名，铁铮骨喊着每个人的名字，大家哆嗦着答到，最后发现少一个张善。

铁松儿预感到凶多吉少，说："张善可能在里边没出来。"

"张善？"

王大路夺过民工手里的手电筒，走到栈桥旁边朝掌子面照，对准里边大声喊叫，张善仍没回音。再照，才发现了栈桥对面塌落的那堆软岩。他奋不顾身地跨过栈桥，借着手电光亮瞅见那大堆软岩掩埋了张善整个身子，外面露着一只脚，雨靴也不知丢到了哪儿。

王大路扭头朝后面大喊："张善被埋啦！快来人啊！"

听到这个消息，众人纷纷跑回掌子面，冲过栈桥赶来救援。情急之下，王大路、铁铮骨、铁子安和铁松儿，用手去扒那些堆积的软岩，无济于事。苏欣连忙调动了挖掘机，司机爬进驾驶楼，将机械开过栈桥，把那些软岩一斗斗地铲开。张二奎和隧道外面的民工听到张善被埋的消息，抓起从废墟里能够找到的各种工具，急促地冲进了洞里。

看到慌乱的人群，铁龙飞猜测洞内一定发生了大事，三步并作两步朝洞里跑去。他脑子里一片空白，想着各种结果，完全忘记了这一夜发生在自己身上的屈辱、愤懑和仇恨。走到不足一公里的地方，铁龙飞忽然听到洞内传来张二奎"儿啊！我的儿啊！"的哭声，明白张善真的出事了。

路宽、汤公明、苏欣和王大路等人，将张善的尸体挖出来平放在地上，他的头和身子都被砸扁了，遍体鳞伤，鲜血直流。张二奎跑进洞里，看到张善这副惨状，心都碎了，禁不住老泪纵横，缓缓伏下身去抚摩张善的身体。

王大路哽咽着，脱下身上的衣服蒙住他的脸，然后让铁铮骨和铁子安找来一块木板，将尸体往外抬。王大路、铁铮骨、铁子安、江水、小铁匠和铁松儿，六个人前后四个，中间两个，抬着尸体朝洞外走。路宽、苏欣、汤公明、李从安和江水紧随其后，两名民工则搀扶着快要哭昏的张二奎。

张二奎、小铁匠和铁松儿的阵阵哭声，在隧道里回荡。光线越来越亮，路宽和苏欣远远看到一个身躯高大的人影正朝里面跑来，走近时一看正是铁龙飞。

苏欣冲到队伍前头，又喜又悲，喊了句“龙飞”，扑在他怀里号啕大哭。铁龙飞紧紧地抱着她，问：“谁出事啦？”

苏欣抽泣着，说：“张善，他……”

铁龙飞松开苏欣，向王大路和江水他们走去，掀开衣服看到了张善血肉模糊的脸，双手握拳，仰天发问：“天哪，为什么要了我兄弟的命？”

与逝去的生命相比，铁龙飞遭受威胁一夜未归，虽然是件令人揪心的事儿，但在此刻，已经不算什么了。他的出现，给了所有人极大的希望。

张善的遗体被抬出来的时候，天空阴云密布，转眼下起了淅淅沥沥的小雨。工友们将他的遗体平放在隧道口外面的废墟上，既没有隆重的吊唁仪式，也没有黄白相间的花圈，噼里啪啦砸在地上的雨滴，便是悼念他的悲伤哀乐。

小铁匠、铁松儿和几名年轻民工，在遗体前面排成两排，淋着雨为他守灵。张二奎伤心欲绝，鼻尖上悬挂着涕液，双腿弯曲坐在被雨浇湿的泥地上，拍打着遗体下面的木板，分不清脸上流的是泪水还是雨水。他六神无主，用一双恐慌的眼睛盯着铁龙飞和王大路，咧着嘴用沙哑的嗓子吼道：“俺儿舍下俺和他娘走啦，叫俺俩咋活啊？老天爷，你睁开眼睛看看啊。”

路宽、汤公明、李从安、苏欣、铁龙飞、江水和王大路站在第一排，身后是那些在地震中保住了性命的工友，谁都无法用语言去劝说张二奎。路宽用低沉的声音招呼全体人员，给张善鞠了三个躬。苏欣双手捂住脸痛哭失声，不忍去看张善不成样的遗体和张二奎绝望的面孔。

面对这场突如其来的灾难，铁龙飞欲哭无泪，握着拳头笔挺地直立在雨中，猛烈的雨点抽打着他的脸，沾满污渍的衣服紧紧贴在了他身上。此时，他像一个失忆者，完全忘记了自己刚刚经受过的生死之劫，两眼噙泪，紧绷着双唇，神情凝重且无奈地看着这一切，将极度的悲痛和忧伤刻在刚毅的脸膛儿上。工友们看着被夷为平地的宿舍，哀叹又回到了一无所有，鼻子一酸号啕大哭了起来。

映秋带着映春和映红，急切地赶回了寨子，她们担心阿爸阿妈的安全。走上寨子前的高坡，映入眼帘的是被摧毁的房子，她们的家同样在地震中倒塌了。仨姐妹顿觉天塌地陷，在废墟中哭号着掀开一片片破砖碎瓦，寻找阿爸阿妈，最终在倒塌的墙根和屋梁下，扒出了他们的遗体。仨姐妹将老人的遗体摆放在门前的街路上，从瓦砾中扯出一条被单，盖在了他们身上。

寨子上乱成了一锅粥，各家顾着各家，村干部都在忙于救那些受伤的人，还来不及处理失去生命的死者。映春跪在阿爸阿妈遗体旁，难掩悲伤，问映秋怎么办。

映秋不再哭泣，说："天热啦，咱把阿爸阿妈埋了吧。"

没等政府派人来集中处理，映秋做主，在乡亲们的帮助下，抬着阿爸阿妈的遗体爬上后山梁，将他们葬在了松柏葱茏的山坡上。

这场大地震，毁坏了整座县城和几十座村镇，引起国家和政府的高度重视。第二天，大批部队和武警战士进驻县城和乡镇，送来了生活物资。从四面八方赶来的赈灾救援队和志愿者，也进驻到寨子里展开救援。担心出现次生灾害，省市县镇四级政府分别派出人员来到乡村，指导乡村群众开展自救，帮助安置和安抚群众，逐村逐户进行调查摸底，筹划村镇重建事项。

映秋家本来就很贫穷破落，现在又毁于一旦了，阿爸阿妈舍她们而去，工地的超市也化为泡影，这让映秋姐仨极度绝望和无助，三个人坐在废墟上抱头痛哭。

映红哭着问："阿姐，家没了，咱们到哪儿去啊？"

映秋清楚她们三个人的处境，生养她们的亲人已经离去，这里再也没有可留恋的地方。超市虽然在地震中毁掉了，但铁龙飞、小铁匠、张善、铁松儿和那群憨厚诚实的民工大哥还在，这是她们唯一可以依靠和信赖的人。

映秋几度哽咽，悲愁地说："咱去工地找铁大哥、铁匠和张善。"

姐仨两手空空，饿着肚子，含泪告别了山寨故土，怀抱着一丝希望和憧憬，朝着工地走去。

工地同样遭受到地震的毁损和冲击，全标段沿线临建设施全部被毁，部分路基移位，大桥变形，好在没造成更多的人员伤亡。路宽、苏欣、汤公明和李从安，向张善做完最后的告别，冒雨火速回到项目部，整个院落和宿舍东倒西歪，一片狼藉，办公用的电脑和资料全都压在了废墟中。几个年轻部员躲在帆布搭成的车棚下躲雨，吓得两腿发软，蹲在地上瑟瑟发抖。

路宽以党工委书记的身份，号召项目部全体人员开展生产自救，要求每一名党员必须冲锋在前。苏欣见状对大家喊道："别愣着，赶快行动，把所有技术资料和电脑设备都扒出来。"

苏欣发了话，大家冒雨跑到办公区，喊着"一、二、三"的号子，掀开并挪走一块块折断的轻型彩钢板，在下面寻找各自的物品。苏欣全身湿透了，踏着泥泞找到自己之前住的办公室和宿舍，彩钢板已经断裂成几截，钢骨架支在地上，隆起一个个高低不平的窟窿。她俯下身趴在残垣断壁朝里瞧，一眼扫到了那张单人床和压在床下的行李箱，想试着钻进去，可钢架太密，卡住了她的双肩。

苏欣从钢架下退出来，喊道："哎！你们过来帮帮我。"

汤公明离她不远，直起身问："能找到东西吗？"

苏欣说："能找到，就压在下面，我钻不进去。"

汤公明叫了几个人过来，帮她掀掉彩钢板。她迈过折断的钢骨架去找笔记本电脑，办公桌四条腿被压折倒塌在地，钢骨架担在桌沿上，电脑没压坏，只是鼠标滑落到一侧。她一只手抓过电脑和鼠标，另一只手去扯长长的电源线。等电脑拿到手放好后，又俯下身子去拉床下那只行李箱。

汤公明见苏欣的行李箱卡在床下拉不动，跳过去帮她抬床板，苏欣这才把箱子拉出来，打开后从里边翻出首饰盒，捏起那枚闪闪发光的钻戒，小心翼翼地戴在了右手无名指上。

路宽和李从安站在空旷潮湿的院子里，按照业主领导的要求，打电话通知各劳务队上报伤亡人数和财产损失，反馈回来的信息是大部分驻地尽毁，人员伤者居多，机械设备损毁程度还在统计。

趁大家都忙着抗震救灾，工地到处混乱不堪，林天豹偷偷跑回了隧道斜井驻地，甩给猴子和刘万川一沓钱，让他俩开车去买帐篷和方便面等物资，并联系彩钢房生产厂家。接下来，他和林天虎一起钻进隧道察看情况，发现垒在洞口山坡上的山神庙被震塌了，急慌慌地爬上去，从塌落的墙体和庙顶中扒出泥塑的山神像，一看山神的头被砸断了。他双手捧出断头泥塑，"哇"地哭出声来，跪在山坡上磕头朝拜。

林天虎站在山坡下，喊："咱队里没死人，你哭啥啊？震塌再重新垒一

个不就得啦。“

林天豹拜完后跑下来，说：“不吉利！这次没死人，谁知道以后洞子里会发生啥事啊。”

林天虎说：“姓铁的送来的龙虎碑，应该立在洞口两边，咋就砸断扔到坡下了呢？”

林天豹说：“他是在害我啊。如果真立上，这次地震没准儿会把洞子震塌啦。”

林天虎说：“我看出口龙虎把门就不错，不行再立上。”

林天豹厌恶那两块碑，强调都碎成几块没法立了。俩人边争执边往洞子里去，一路走一路看，庆幸斜井石质围岩类别不算太差，地震只将部分成洞二衬地段撕裂开一道道的缝，掌子面和初衬扭曲变形，倒没造成塌方，更没死人。林天豹瞅准了赚钱的机会，对林天虎说，没死人也得上报死人了，就报死了两个，其余的受了伤。林天虎感到很棘手，明明没死人，却要上报说死了，咋能瞒得住呢？万一项目部派人来查，到哪儿去找两个死人来顶包？

林天豹“啧啧”咂了两下嘴巴，说：“很好说啊，就说连夜把尸体拉回民工老家去了嘛。我不能出面，你快去项目部报告，报上去一定会给赔偿的。”

林天虎认为林天豹的馊点子，虽然是弄虚作假，浑水摸鱼，但是一个挣钱的机会，倒也无可厚非，就开车去了项目部，见到路宽、汤公明和苏欣后立马装出一副哭相。路宽问人是咋死的，尸体放在哪儿？林天虎只能胡编，说是驻地房屋倒塌被砸死的。

汤公明喊来工程部部长，找出劳务队花名册与林天虎核对，死者叫啥名字，身份证号是多少，何时来的工地，干啥工种，籍贯是哪个省的，同宿舍工友是谁，等等。林天虎两眼摸黑，被问得发愣，头上直冒汗，吭吭哧哧半天答不上来。

路宽一听有假，说道：“林天虎，你别开玩笑，地震亡人要逐级上报，没有死伤，你们报死人，核实后不属实，要负法律责任。”

林天虎说：“真的死人了才来上报嘛，我们承担不起呀。”

苏欣觉出林天虎话里掺假，说：“走，我现在跟你去斜井核实情况，看看死的那俩人到底是谁。”

林天虎慌手慌脚，搪塞说：“已经连夜把那俩民工的尸体拉回老家去啦。”

苏欣瞄了他一眼，说：“你蒙谁呢？不让项目部核实，你们就敢把死人往老家送？别说没有死亡证明，即使有证明，殡仪馆的运尸车连高速公路收费站都下不去。别想发国难财了，回去吧。”

林天虎仍然强调真的死了两名民工，雇车拉走了。苏欣问他有没有拍照留证据，林天虎说光忙着抢险和救人，哪顾得上拍照。汤公明说死不见尸，又没任何证据，仅凭一张嘴说不行，国家赔偿要有一套完整的手续。如果在这时候来捣乱，小心去坐牢。

林天虎没占到啥便宜，反而被苏欣和汤公明怼得哑口无言，极其狼狈。他开车回到驻地，跟林天豹呛呛说：“你打错了算盘，项目部没有一个是傻子，尤其苏欣那女人，精得很，白叫我去丢人现眼。”

林天豹闷头不吭声，待了一会儿问，苏欣有没有跟他提过铁龙飞和冯三。林天虎摇头，反问道：“你不是说姓铁的挨收拾了吗？冯三没给你来电话吗？”

林天豹说：“没啊！那小子见钱眼开。这次地震，冯三家也好不到哪里去。不知道他回家救灾了，还是跟铁龙飞在一起。如果铁龙飞真出了意外，你想办法再把隧道出口接过来。”

林天虎说：“算啦，我想接，路宽他们也不会同意，还是帮你弄完这儿就撤吧。你也别东躲西藏了，赶紧回来。”

铁龙飞早已把前夜的遭遇抛到了脑后。在隧道口告别完张善遗体，送走路宽、汤公明、苏欣和李从安后，扭头发现疯婆子家彻底倒塌，半山腰上一片凄惨景象，朝大家挥手，喊道：“铁匠和二奎叔留下，其他人跟我去疯婆子家。”

上百号人扛着各种工具，顺着隧道一侧的山路，爬到了洞口上方的山腰，疯婆子家的整个院落和房屋是土木垒成的老宅，被震得片瓦不留，四壁损毁，墙垣倒地，人在里边几乎没有半点生还的希望。铁龙飞冲着被荡平的院落，喊道：“疯婆子，你和老伴儿还活着吗？要活着就哭几声给我们听。”

喊了几遍，没有一丝反应。铁龙飞指挥民工说：“去正房位置往下挖，把疯婆子老两口儿扒出来。”

王大路和铁子安踏着高低不平的瓦砾，带头朝正房位置走去。民工们紧随其后，一字形分散开，撬去正房倒塌后一块块砖瓦和木制大梁仔细寻找，最后在东侧那间下面，扒出了疯婆子和老伴儿的尸体。疯婆子被砸身亡时脸朝下，怀里死死抱着一尊瓷雕王母娘娘塑像，只可惜如此虔诚，王母娘娘也没能救她于水火之中。

铁龙飞两眼发红，让民工们将疯婆子和老伴儿的遗体抬到门前的山坡上，找来两条床单盖在他们身上。

王大路问：“就摆在这里吗？”

铁龙飞眺望着远山，凄楚地说：“先放在这儿吧，老两口无儿无女，如果村镇政府不来人，咱们就把他们葬了。”

张善的遗体仍平放在废墟上，尚不知道如何处理。小铁匠、铁松儿陪张二奎在那里守灵，烧不了纸，更没有供品可摆，显得极其清冷孤寒。

工人们无处安身，一日三餐没有着落，隧道里也断电失去了照明，很难预料会不会再出现更大的危险。铁龙飞先安排铁子安启用自备发电机，给隧道里供电照明，又吩咐江水去购买帐篷。之后，他命令一部分民工清理倒塌的宿舍区，寻找各自的物品，另一部分民工去清理食堂和超市，把可供生活用的各种物资全部扒出来。那些饥肠辘辘、扒到食物的民工饥不择食，跪在地上把能吃的食物大把大把地往嘴里塞，因没水喝被噎得直伸脖子。

铁龙飞、江水和王大路找到了他们的那间宿舍，掀开断裂的彩钢板，将自己的东西收拾出来。铁龙飞最先要找的是那块老祖宗的牌位，还真从行李箱里翻了出来，打开红布一看，完好无损，又重新包好塞进了箱子里。后来，才去寻找保险箱和铁皮柜，在里边找出了现金和账本。

王大路等人在瓦砾中都找到了自己的物品。等搜寻完那些能用的东西，铁龙飞把王大路等人叫到一起，坐在潮湿的彩钢板上，跟大家商量咋处理张善的后事。

铁铮骨说：“当地殡仪馆肯定都震塌了，没地方火化，咱派人陪着二奎叔把遗体送回老家下葬吧。”

铁子安和其他人都赞成。铁龙飞问咋拉回去，到哪儿去开死亡证明？大家互相看着，没人再吭声。铁龙飞说偷运尸体违法，半路会被交警拦截，不但要拉回来，抓住还要坐牢，没人能承担起这样的法律责任。众人听着蒙了，嚷嚷着那该怎么办。

铁龙飞悲伤地说：“张善和你们一样，跟我出来干活，没挣着钱却把命搭进去了。他这一死，就剩二奎叔和婶子了，老两口儿后半辈子不知道咋活，更没人给他们养老送终。所以，我想咱们这些活着的人，不吃不喝也要给张善和二奎叔捐些款，你们同意吗？”

在场的人沉默了，有人问捐多少？铁龙飞说自己捐五千块钱，其他人可以少捐点儿。王大路也同意捐五千块钱，让大家能捐多少捐多少，量力而行。小铁匠和铁松儿马上表态捐两千块钱。他俩同意捐了，铁铮骨和铁子安等人立即响应，也表示各捐两千块钱，可以从工资里扣。

铁龙飞感动得两眼落泪，说：“大家有这份心和情谊，我知足了。有现钱的捐现钱，没现钱的从这个月工资里扣。”

至于如何处理张善的遗体，铁龙飞提出往老家运，要行驶一千多公里，运到家尸体也腐烂了，路上遭到拦截更麻烦。所以，不打算雇车往回拉了，就地埋在隧道附近的山坡上，看张二奎是啥想法。

众人散去后，铁龙飞从保险柜里拿出四万块钱，按银行存款利率算了利息，同时算了算大家报的捐款数，凑齐后让王大路把张二奎喊来。张二奎目光呆滞，一见铁龙飞和王大路就“哇哇”地哭。铁龙飞俩人怎么安慰他，都不起作用。

张二奎咧嘴哭着说：“你俩说俺和你婶还有啥活头？”

王大路劝他，人死不能复生，还是先想想咋处理张善的遗体，不能那么露天搁着，天热很快会腐烂。

张二奎说：“俺想把俺儿带回老家去，俺和他娘陪着他。”

铁龙飞知道一定会是这样的结果，将准备好的两沓钱递给他，说：“二奎叔，这是你搁在队里的四万块钱加利息，以后队里赚了钱分红仍有你和张善的份儿，其余是大伙的捐款，你拿回去先用。”

张二奎摇头不接。王大路劝道：“拿着吧。张善走了，你和俺婶子要好好活着，早晚要用。”

收下那些钱，张二奎感激涕零，要给铁龙飞下跪磕头，被王大路一把拉住。铁龙飞给他讲完政策，把自己的想法提出来，问他同不同意就地埋在山上。

张二奎又“哇”地哭了，说：“埋在这里，你婶子跟俺儿连个面都见不上，尸骨也看不到，以后想上个坟，俺老两口儿都来不了，这可咋办啊？”

王大路说：“在老家找块地，给俺兄弟立个假坟吧。”

几个人就这样反反复复商量着，一时半会儿也没定下来。

铁龙飞救完冯三家人，赶回隧道后，映秋带着映春、映红回了寨子上，她们根本没想到张善会在地震中死去。

姐仨满怀伤感地绕过县城，走在通往工地的山间小路上。一天多没吃到东西，她们饥饿难耐，身体极度疲乏，两腿格外沉重，行走的步伐越来越慢。

拐过一座山，三个人想停下歇脚，搭辆过路车，可四周不见来人和车辆。映红直喊走不动了，映秋打不通小铁匠和张善的电话，劝她忍着，到工地才能找到食物充饥。

映秋和映春拽着映红一路前行。中午时分，三人终于到达了隧道出口工地。小铁匠手里提着一只被砸破的水桶，正要去坡下山沟里提水，与她们相遇在驻地前面的山坡上。四个人面面相觑，都默默地流下了眼泪。

小铁匠悲伤地问：“你们回来啦，家里咋样？”

映秋姐仨痛哭失声，谁都不言语，小铁匠猜她们家里一定出了大事，又问：“阿爸阿妈呢？”

“家和阿爸阿妈都没啦！”

小铁匠手中的铁桶“哐啷”一声落地，上前一把搂住了映春，不停地安慰她，又看了看映红，含泪说：“告诉你们一件事，你们一定要挺住，张善……他走啦。”

映红不相信他说的话，声嘶力竭地问：“他在哪儿？在哪儿？”

小铁匠转身指着身后的废墟。映秋姐仨朝前望去，突然看见了平躺在上面的遗体，霎时哭成了泪人。

小铁匠到山涧提了一桶水，陪同映秋姐仨来到张善的遗体旁。铁龙飞、王大路和张二奎从远处走过来。映秋眼里噙着泪，与铁龙飞对视着，双方都感受到了各自隐藏在内心的巨大悲痛。

张二奎老泪横流，拉住映红的手，说：“姑娘，你再看俺儿最后一眼吧，他没这个福气哇。”

王大路走到张善遗体前，掀开盖在他身上的被单，那副惨状吓得映秋和映春哭着直往铁龙飞和小铁匠身后躲。映红的手被张二奎紧紧拉住，她表现出了从未有过的胆量，边哭边喊张善的名字。

第二天一早，镇政府派一男一女两名工作人员，来到隧道出口工地，对分散居住的村户进行救灾摸底。

疯婆子家在地震中彻底消失了，门口外的山坡上摆着老两口儿的尸体。那女的害怕，慌忙跑下山来喊人，说：“我是镇政府的，请你们帮帮忙，把那老两口儿埋了吧，再不埋尸体就要臭啦。”

铁龙飞问：“你能代表政府吗？”

女工作人员说：“能代表。我们已经做了登记。”

铁龙飞回答说：“行。你们在场，我们为死者下葬不犯法。”

在那两名工作人员的监督下，铁龙飞率部分民工，跑到洞口上面的半山腰，将疯婆子老两口儿的遗体下了葬，让她们入土为安。

处理完疯婆子老两口儿的后事，铁龙飞组织民工将张善的遗体抬到隧道出口右侧的山上，刨开山皮土挖了个深坑，把他葬在了松柏翠绿之间。

映秋带着映春和映红，跟在上百号民工队伍里，从山野间采撷来一束束黄花摆在了张善坟前。铁龙飞站在埋葬张善的地方朝山下看去，正好能看见将来高铁列车驶出的隧道。

# 第二十四章

地震过后，四周的山顶升腾起乳白色的雾气。没过两天，又接连发生了几次余震，都比较小，没给当地民众带来次生灾害。

张善的死讯，还是传回了老家。张二奎没有手机，也从不给张王氏往家里打电话，是李雅芹得知消息后传出去的。一大早起来，她刚给孩子喂完奶，打开电视看到早间新闻里说，南方高铁工地所在的那个县发生了大地震，惊悚地喊铁松儿娘："娘，娘，你快来看，松儿那里大地震啦。"

铁松儿娘正在厨房做饭，听到大地震，吓得撂下勺子跑出来，急问："俺娘哎！松儿那里大地震啦？快打电话问问他没事吧？"

李雅芹抓起手机急忙打给铁松儿，把工地的情况问了个遍，最后说："松儿，可吓死俺和爹娘啦。咱儿还没见过你呢，不行你回来。"

接到电话时，铁松儿刚把张善的尸体从隧道里抬出来，哽咽着说："我们都没事，可张善……"

李雅芹听到铁松儿哭了，问道："张善？他咋啦？二奎叔呢？"

铁松儿吞吞吐吐地说："二奎叔在，张善……在隧道里被砸死啦。"

李雅芹"啊"的一声惊叫，说："你说啥？张善被砸死啦？"

铁松儿娘心乱如麻，说话的声调都变了："俺的娘哎，小张善死啦，这可咋好？"

上午赶集，铁子安老婆王春玲、铁铮骨老婆陈玉怀、王大路老婆曹桂花和小铁匠母亲，约铁松儿娘一块去。站在大门外喊了多遍，铁松儿娘愣是没出来，小铁匠母亲推开大门进去喊，见铁松儿娘和李雅芹忧心忡忡地说话，气色很不好，左瞧右看问她娘儿俩有啥事儿。铁松儿娘憋不住，抹着眼泪把张善在地震中被砸身亡的消息学舌传了出去。留守妇女们都担心起自家爷们儿来，纷纷打电话到工地，询问各自的情况。曹桂花哆哆嗦嗦地问王大路："张善真死啦？"

王大路在洞口外淋着雨，回答道："面目全非，死得好惨！只怪老天爷不开眼，他命咋这么短哩。"

一传十，十传百，整个村庄的人都知道了张善死在了地震中。一个上午，从村东头到村西头，三三两两的村民围在一起，议论着张善家的事儿。怕张王氏接受不了这个事实，大家瞒着她，见她从家里出来，那些平常爱聚在一块有说有笑拉呱儿的妇女们都躲着她走，叫谁谁都不回头。

张王氏奇怪村里人咋啦，为啥要躲着自己，是铁龙飞的母亲打破了全村的沉寂。铁春蕾从学校里打来电话，说工地那边发生了大地震，好像死人了。铁继先当即拨通铁龙飞的手机，问工地的情况。

铁龙飞说："爹，张善死了。你和俺娘拿点钱，先去家里安慰安慰二奎婶子，让她有个思想准备。"

铁继先得知张善死了，蹲在堂屋门台上抽着烟直叹气。铁龙飞娘听说这一消息，眼泪止不住往下落。铁继先让她拿五百块钱去看望张王氏。进门没开口，张王氏先问："今儿个村里人为嘛都躲着俺哩？"

铁龙飞娘不好多说，把钱递到她手里，谎称是张二奎和张善从工地打来的。张王氏接过钱既惊喜又纳闷，美滋滋地夸张善孝顺，赞铁龙飞真是能人。龙飞娘将话题慢慢往地震上引，张王氏越听越糊涂，搞不懂龙飞娘说的是什么意思。

聊了两个时辰，张王氏心里开始发慌，问道："有话你直说，我挺得住。"

铁龙飞娘思忖良久，说："孩子们外出打工不容易，说不好啥时出个三长两短，这不让张善侄子赶上了。"

张王氏立刻明白了铁龙飞娘说的意思，问："你是说俺那瘸儿子……出事啦？"

就这样，张王氏在极度伤心悲痛中，知道自己再也见不到张善了，霎时间哭得死去活来，天旋地转。铁松儿、小铁匠爹娘和村里的人，先后来到张善家。张王氏从纸盒子里翻出一张张善的照片，让人拿到集市，放大后装好镜框竖在堂屋条板上，摆上供品，又找只铁盆搁在八仙桌前烧纸上香，慰藉张善的亡灵。

地震之后，政府派出电力、通信等单位的人员，首先抢修了基站和供电。如此一来，张善的死讯很快传遍了整个工地。业主公司派副总经理唐仁怀到工地视察灾情，带来了许多慰问物资，给项目部卸下不少方便面、面包和油米蛋菜。工地买不到帐篷，也无法做饭，所有人员都露天办公和休息。

望着这般惨景，唐仁怀心里直发酸，问："死的那个民工埋了吗？"

路宽回答道："埋在隧道口外面的山上了，他老父亲还在出口工地呢。"

唐仁怀眨了眨眼，说："公司党工委决定下拨一笔救灾资金，除帮助各标段和劳务队进行自救，尽快恢复生活生产秩序外，可以给死者一定的赔偿金。"

按照唐仁怀交代的最高标准，路宽和苏欣商量，决定给张善发放五十万元赔偿金。汤公明喊来会计，说："快开一张五十万元的现金支票，唐总要去隧道出口给张善发放赔偿金。"

会计说："咱们出钱，让业主当好人？"

路宽把会计拉到一边说："你真傻假傻？咱给业主面子，业主才给咱们面子。后面拨救灾资金，唐总会亏咱们吗？连这都不懂。"

会计点头说："好好好，我去开，你等着。"

路宽将支票递给唐仁怀，喊苏欣一起陪他去了隧道出口慰问。项目部同样给劳务队带了些生活物资和用品。民工们的生活还没安排妥当，铁龙飞和王大路已经在利用自备发电机发电，催工班进洞里抽水，加固初期支护地段和掌子面。

路宽和唐仁怀到达时，铁龙飞和王大路正在洞里察看地震给隧道造成的损害。张二奎跟厨师在坡上选了块平坦的地方，弓着身子用石头垒锅灶。映秋姐仨则蹲在废墟里，捡拾那些可以利用和出卖的商品。

唐仁怀和路宽、苏欣下车，没地方可坐，只能站在坡上等铁龙飞。

路宽指着山上的坟头给他看，说："埋在那里啦。"

唐仁怀瞄了一眼，问："他爹在哪儿？"

苏欣指指张二奎，说："这不，在垒锅灶呢。"

张二奎见路宽和苏欣来，又开始咧嘴哭，苏欣上前去安慰他。虽然他频频点头，还是控制不住自己的悲痛。映秋抬头望见苏欣，起身朝她走来。

苏欣问："你们咋还在这里？没回家看看？"

映秋满脸阴郁，缓缓摇头，眼里盈满了泪水。张二奎流泪望着山顶说："她们都回去啦，发送完爹娘又回来啦。媳妇没过门，张善就走啦。唉！俺儿没这个命啊。"

唐仁怀愕然地问映秋："你家几口人遇难？"

映秋低着头抹眼泪，说："阿爸阿妈都走了，就剩俺姐仨啦。"

唐仁怀说："你不是一直跟着老林吗？他没救济你家？"

映秋悲切地摇头。苏欣接话说："林天豹不知躲到哪去啦，到头来俩人成了仇家。"

唐仁怀从身上掏出两千块钱递给映秋，让她别嫌少拿去用。映秋不接，唐仁怀拉下脸来硬塞给她，回头骂道："这老林真不是东西，大灾面前见死不救，枉做男人。"

苏欣愤然地说："别说救了，他恨不得整死映秋呢。"

映秋哭了，说："我们姐仨没活路，只能在这儿开超市赚点小钱维持生活。本来想把二妹嫁给张善，可他舍下映红走啦。"

现场气氛蓦然凝固。幸亏铁龙飞和王大路从洞里出来，才缓解了沉闷的局面。苏欣告诉铁龙飞，唐仁怀是代表业主来慰问的，铁龙飞握住唐仁怀的手，一再感谢组织的关怀。

唐仁怀掏出支票说："这是给张善的赔偿金，你拿给这位老人吧。"

铁龙飞接过支票，转手递给张二奎，说："二奎叔，这是组织给的钱，拿着吧，你和婶子后半辈子养老。"

张二奎往后缩手，怎么都不接，流着泪说："俺儿没了，俺老两口儿要钱有啥用？还是拿给那些受灾的庄户人家用吧。"

唐仁怀、路宽和苏欣感动得差点掉眼泪。他们谁都没想到，就是这么一个普普通通的农民，竟在遭遇灾难时，面对金钱还能想着他人，相比那些有钱人的吝啬，这是何等的高尚啊。路宽和苏欣顿时想起了林天虎，在心里暗暗骂他，隧道斜井明明没死人，还想弄虚作假骗取国家钱财，真的令人鄙夷。

铁龙飞谢过唐仁怀，把支票还给他，让他收回去用于救灾。苏欣抢过支票塞给张二奎，说："这是给张善的赔偿金，凡是在地震中身亡的人都有。您收好，别人不用你操心。"

张二奎哆嗦着双手接过支票，含泪跪在地上给唐仁怀、路宽和苏欣磕头。唐仁怀拉他起来，感慨地说："使不得！高铁建设靠的是你们这群人，我哪敢接受你的跪拜。"

临走，苏欣安慰映秋，劝她不要难过，又走近铁龙飞说："龙飞，咱们得想法帮映秋，让她们姐仨有个家。"

那天中午，民工们从洞里出来，吃了这几天最饱的一顿饭。刚吃完，苏欣打电话通知铁龙飞，项目部先预拨一部分计价款和救灾资金，叫他派人去办手续。江水跑到其他地市订购的帐篷和彩钢板还没到货，他正在催。铁龙飞安排他先去项目部把钱领回来，以解燃眉之急。

下拨资金总共五六百万。发完民工工资，扣除买帐篷的钱，留足给建行刘敬宾的还贷，还剩三百多万，本该可以还清战友汪文进的全部借款，但工地应急要用，所以只好往后放。

铁龙飞打电话解释，说："文进，工地发生了地震，借你的钱晚两个月还清行吗？"

汪文进毫不含糊，说："咱俩谁跟谁？不还都行，你先用。"

铁龙飞心里有了底，把王大路和江水喊到一起商量，想向当地抗震指挥部捐十五万，再拿出十五万或更多，去帮助映秋和坡下的村民重建家园。江水和王大路看要动钱有些心疼，就说自己穷哈哈的，还充富人去帮别人，搞不好会被人笑话。

铁龙飞执意说："这样吧，我把自己应该分红的那份先拿出来，你们俩的不动，三十万都算我的。"

江水半晌不语，看了一眼王大路，说："别呀，咱三兄弟是你中有我，我中有你，谁都离不开谁，谁也别想丢下谁，那就照你的意思办。老王，你同意不？"

王大路说："行哩。咱们赚钱图啥？别人有难咱伸把手，咱们有事别人也会帮，三十万咱三个平摊，捐吧。"

铁龙飞和江水提着十五万现金，开车找到县抗震救灾指挥部进行了登记捐赠，虽然不多，却是高铁工地第一个站出来捐款的农民工劳务队。书记和县长亲自担任总指挥，在帐篷里接见他俩，感动之余询问了工地一些情况，问他们有哪些需要地方政府解决的困难。铁龙飞谦逊地说：“有困难自己能克服，对受灾群众只能尽一点儿微薄之力。”

县长说：“这已经不错啦。你们挣钱不容易，还拿出自己的血汗钱支持我们政府，县里会记住你们这支标杆队。”

书记问在地震中工地死人没有，江水说队里死了一个民工，还帮镇政府把洞口上面疯婆子老两口儿遗体埋了。书记叹了口气，赞扬说：“你们急灾区人民所急，想全县人民所想，县委县政府感谢你们，必须给你们戴红花、发锦旗，将来县里重建，优先使用你们这样的劳务队。”

铁龙飞憨憨一笑，说：“谢谢书记！我是一名党员，这是我应该做的。”

书记指示县长留下铁龙飞和江水的联络方式，安排县住建局的工作人员与铁龙飞随时保持联系。这令他俩实感意外。回去的路上，江水有一种自豪感，夸赞铁龙飞想得长远，希望将来会有一个更加美好的发展前景。

铁龙飞说：“我想拿出点钱帮助冯三他们村里，毕竟咱们在人家地盘上打工，你说呢？”

江水说：“帮谁都行，就是不能帮冯三家，那混蛋是毒蛇，咱们要当农夫吗？除此之外，全听你的，你说出多少咱就出多少。你在前面押，我和老王在后面跟。”

铁龙飞问：“如果帮映秋姐仨盖一处房子呢？”

江水说：“我俩也跟。反正挣钱没有够，只要还清债，咱想咋花就咋花，做些对社会有意义的事心里安定。”

回到山上那片空地，铁龙飞和江水把王大路叫来，商量彩钢板到后，在原址上怎样重新盖宿舍。铁龙飞提出继续多盖两间，给映秋姐仨当超市，江水和王大路没有反驳，自然同意了。

铁龙飞又说：“映秋姐仨无家可归，我想出钱帮她们选个地方盖处房子，这是我和苏欣俩人的事，你俩就别掺和啦。”

江水说：“别呀，你和苏欣的事，也是我和老王的事儿，盘算一下看需要多少钱，我俩也出。老王你说呢？”

王大路沉思一会儿，说：“看仨小姑娘怪可怜的，出吧，就算咱们公司赞助啦。”

映秋离他们三个人不远，王大路一嗓子把她喊过来，说：“哎，我们想帮你们盖处房子，还要回寨子上盖吗？”

映秋不敢相信自己的耳朵，望着铁龙飞泪水止不住地流了下来。铁龙飞劝她，说：“别难过，张善走了，小铁匠没那个能力帮助你们盖房子，俺们三个出钱，你选地方。”

正在旁边忙活的张二奎，听到了他们的对话，摸了摸口袋，然后起身走过来，对铁龙飞和映秋说：“龙飞，俺都听到啦。闺女，谢谢你的好心，可惜俺儿没那个命，舍下三姑娘走了。俺想回老家陪你大娘。”

张二奎从口袋里掏出那张现金支票递给铁龙飞，说：“龙飞，你们帮俺把这些钱兑换成现金，拿二十万给仨姑娘盖房吧，就算俺儿该付给老三闺女的彩礼。他走了，俺老两口儿要钱没用。”

映秋听到此话泪流满面，扑通跪在地上，谢了铁龙飞、江水、王大路和张二奎，说：“叔叔，如果你和大婶不嫌弃俺姐仨，我们给二老养老送终。”

张二奎两眼噙满泪水，说：“起来吧姑娘。俺家在北方，你们在南方，将来让老三闺女嫁个好人家，别耽误了她。”

铁龙飞问映秋：“你能保证映春将来一定会嫁给铁匠吗？”

映秋点头，说：“嗯！你们是我们姐仨的恩人，映春一定嫁给他。”

张二奎给映秋姐仨留下了二十万块钱盖房子，不久就离开工地回到了北方老家。后来，铁龙飞和王大路听村里打工的人说，张王氏疯疯癫癫大半年，不管刮风下雨，总是蓬头垢面地坐在街头，逢人便一会儿哭，一会儿笑，叫嚷：“俺儿没啦！他一个人埋在工地的山上孤单，俺要和老头子一起坐着火车去看他。俺那苦命的儿啊！”

再后来，从老家传来消息，说老两口儿在一个晚上，一起上吊自尽了。村里人帮他们收尸下葬，埋在了村西头的庄稼地里，还在旁边给张善造了一座假坟。自此，这户人家从村里彻底消失了。

铁龙飞等人听到这个悲惨的消息，聚在一块哭了好半天。他们不想同样的悲剧发生在自己身上，但为了儿女和老人，又必须在工地坚持下去。

商量好帮映秋盖房子的那天晚上，没上夜班的民工跑进隧道成洞处睡觉，没有灯光，也无床铺，找些彩条布铺在地上，囫囵着身子等待着。铁龙飞、江水、王大路和映秋姐仨也钻进了隧道里边避寒。夜班民工仍不停歇，拖着疲惫的身子在掌子面施工，进出车辆把进洞休息的人吵得难以入眠。

铁龙飞刚要睡，一束手电筒的光亮从洞口照进来。王大路迎出来一瞧是冯三，问道："你来做啥哩？"

冯三狼狈不堪，说："我找铁龙飞。"

王大路问："你还想绑架他吗？"

冯三低着头说："我已经遭到报应啦。"

王大路冲他"哼"了一声，边嘟囔边带着冯三来到铁龙飞和江水跟前。

铁龙飞直起腰，问："这么晚来找我做啥？"

冯三嗓子里像堵了东西，支支吾吾，眼里掉下泪来，说："我想找你们借点钱……"

王大路气哼哼地说："借钱没有，要命一条，快走吧。"

冯三双膝一弯"扑通"跪在地上，哭诉说："这次遭难我家全毁了，钱取不出来。你舍命救了我老婆孩子三口人，我想再找你借点钱用。"

王大路吃惊地问铁龙飞："啥？你救了他家三条命？"

铁龙飞起身告诉王大路和江水，从山里刚回到村头，就赶上了地震，总不能见死不救。王大路骂冯三："看看你这混账东西，你们那么害龙飞兄弟，他还舍命救你老婆孩子。现在你来借钱，俺们不借。"

冯三声音颤抖，哀求说："请可怜可怜我们家，我取出来后马上还。求求你们就帮人帮到底，送佛送到西吧。"

小铁匠身披彩条布围过来，说："借谁也不借你，谁让你跟林天豹合伙来害龙飞哥和阿姐呢？"

铁龙飞打断小铁匠和王大路的话，问冯三想借多少，冯三称暂时盖不了房子，先借五万维持生活，再买一些重建房子的材料。

王大路把冯三拉起来，往洞外推，说："有钱也不借给丧良心的人，快走快走，懒得听你啰唆。"

冯三被推出十几米，打着手电含泪往外走。铁龙飞叫小铁匠把他喊回来。小铁匠说："我不喊他个熊玩意儿，这回咋没把他震死哩。"

铁龙飞呵斥几句小铁匠，让他再去喊。小铁匠极不情愿，但不敢抗命，只好趁黑去追。映秋从暗中走过来，问铁龙飞是不是真想借钱给冯三，铁龙飞前后思量着说："他家遇难啦，咋办？"

映秋心疼铁龙飞，痛恨冯三，担心他手头钱紧作难，就说张二奎留下的钱暂时用不上，如果真想借，先用那些钱。铁龙飞婉拒了映秋的好意，问江水能不能拿五万块钱出来。

江水说："有是有，可借给冯三这种人不值。"

铁龙飞说："给我吧，就算我借公司的。"

江水翻开压在身下的箱包，拿出五万块钱递给了铁龙飞。小铁匠故意拖沓着脚步，慢慢腾腾地跟在冯三后面，就是不张口喊他，手电筒的光亮眼看着快要消失了，他还不紧不慢地在后面走。铁龙飞疾步追上来，呵斥小铁匠，撵上冯三将钱塞到他手里，让他拿去先应急。冯三带着提前写好的借条塞给了铁龙飞，感动地哭出声来，给铁龙飞深深鞠了一躬，说："天下我最对不起的人是你，欠最多的人也是你。以后你叫我赴汤蹈火，我毫不迟疑。"

第二天上午，江水订购的三十顶帐篷，厂家派专车送到了出口工地。王大路按十个人住一顶算，劳务队最多用十二顶，纳闷为啥花钱订这么多，问厂家送货人员："还有劳务队订这么多的吗？"

厂家边卸货边说："没有。就你们这个队订得多，隧道斜井那家劳务队在我们厂只订了十三顶。"

王大路跑去坡上找江水，说："多买了二十顶帐篷也不少钱呢，咱要那么多给谁呀？"

江水说："听龙飞的，他说给项目部送去，路经理和苏欣他们还在露天办公呢。"

王大路恍然大悟，说："噢！我以为又要捐给冯三呢，送给项目部我没意见。"

隧道出口在宿舍原址上，共支起了十四顶帐篷，其中十二顶住民工，一顶用来当伙房炒菜做饭，另一顶给了映秋姐仨当超市。不多久，订购的床铺和被褥送到了，仍有映秋姐仨的份儿，多订购的帐篷、床铺、被褥，由铁龙飞和江水带路，全部拉着送给了项目部。苏欣见铁龙飞和江水送来这些紧缺的生活物资，无比感动，情深意切地望着铁龙飞，说："你们都有了吗？"

"都有啦。"铁龙飞捋着她的头发说，"我不能看着你和项目部的人露天宿营，咱们要一起过难关。”

苏欣又问：“你们帮映秋她们了吗？”

江水站在旁边，说：“帮啦，有她姐仨一顶。不光帮她们，龙飞还帮了冯三家呢。”

苏欣惊问：“冯三害你，你还帮他们家？”

铁龙飞解释说，那天晚上从废墟里救出了冯三老婆和两个孩子，昨晚冯三找到工地来，要借五万块钱，当场借给他了。苏欣静静地听着，非但没埋怨铁龙飞，反倒夸他心眼好。

铁龙飞伏在她耳畔悄声说：“你找对人啦，我不会辜负你。”

苏欣红着脸，悄声说：“嗯！我知道。”

十几顶帐篷很快支起来，项目部有了临时办公场所和宿舍。苏欣和汤公明一直在调人指挥搭建帐篷，没见到路宽和李从安。铁龙飞问他俩去哪了，汤公明回答说去隧道斜井检查了。铁龙飞和江水没再等他们，更没谈送来的物资共花了多少钱，就开车回了出口工地。

林天豹听说路宽和李从安要来检查，慌慌张张地要躲开，让林天虎和刘万川去隧道里应付，不能让路宽知道他来工地。林天虎说躲得了初一，躲不过十五，早晚要露面。现在风声已经过去，劝林天豹别再躲了。林天豹钻进车里，答应改日回来就不再走了。

路宽和汤公明来到隧道斜井工地，没有碰见林天豹，林天虎和刘万川陪他们进洞做了一番检查。出来后，正赶上厂家送来帐篷，货车停在坡道上，送货人喊：“刘经理，十四顶帐篷到了，快派人来卸货。”

刘万川越过路宽和李从安，冲到前头去喊休班的民工，打开货车车厢，将帐篷卸下来堆到路边。送货人说：“你数数，十四顶，一顶不多，一顶不少，都是新的。”

刘万川一顶顶点验，问：“隧道出口也是从你们厂订的吗？”

送货人说：“是啊，人家订了三十顶，你们咋订这么一点儿？”

林天虎陪路宽和李从安走过来，问：“他们订那么多干啥？是不是钱多没地方花啦？吃饱了撑的。”

送货人收拾着帐篷，说：“他们送给项目部和当地村里人了，看看人家那觉悟，你们干吗不多订一些啊？”

林天虎在路宽面前极为尴尬，脸上的肌肉不停地抖动，对路宽说："经理，真对不起，手下人办事不力，按说应该为项目部出点力多订十几顶回来，可货都送来了，就这么多，要不我让刘万川再多订几顶给项目部送去？"

路宽看他虚情假意，摆手打住，说："哎，林天虎，你咋跟你哥一样虚头巴脑的，你们自己够用就好，项目部不用你管。"

林天虎支支吾吾，说："经理，那……我可是真心的呀。"

李从安说："就算你真心，项目部也用不着。经理，咱们走吧。"

林天虎很失体面，调转话题催民工抓紧把帐篷支起来。路宽和李从安一走，刘万川凑过来问林天虎，是不是真打算多订些帐篷送给项目部？林天虎冷笑道："送个屁，项目部又不多给咱们钱，凭啥咱们花钱他们享受？让他们用铁龙飞的吧。"

刘万川稍停又说："这次下拨的计价款和救灾资金，咱们比隧道出口多不少呢。"

林天虎抬手敲刘万川的脑袋，说："猪脑子啊，你咋不说项目部还给隧道出口小瘸子赔偿了五十万呢？"

刘万川说："小瘸子不是在地震中死了嘛！"

"我也向他们报告了，咱们队里也死了两个人。项目部咋不说给咱们队发赔偿金啊？"

刘万川发蒙，说："你说咱们队死了俩人？哪有这回事啊？"

林天虎恨不得打他两巴掌，生气地说："我说有就有。就你这脑子还想赚钱。"

刘万川被骂了一通，随后一想，觉得林天虎讲得似乎在理，便开始顺着他"就是，就是"地应和着，改口称用不着把钱花在项目部救灾上，上面拨下来的计价款和救灾款，都存在项目部账户上，他们想花多少随便花。

这只不过是林天虎和刘万川这种人的小算盘，可他们打错了。用于高铁建设的每分钱都有账可查，国家资金谁要私自动用一分都是犯法。一些包工头是属貔貅的，自己挣再多的钱，都不舍得给公家花上分毫，纯粹是那种光吃不拉、只进不出的玩意儿。

地震后两个月的生产自救，从项目部到各劳务队，都用彩钢房替换成了帐篷，在清掉垃圾的原址上，建起了跟地震前一模一样的宿舍区和办公区，所有工点和劳务队全部恢复了正常生产，映秋姐仨的工地超市也重新开张营业。

这天早晨，超市刚开门，就迎来了一批买东西的民工。映秋正忙活，村寨书记突然打来电话，让她回寨子领十万元补贴。她很纳闷，问谁给发这么多钱。村寨书记很不耐烦，嚷道："县政府发的补贴，家家都有，听懂了吗？"

映秋没再多问，把超市生意交给映春和映红打理，一个人急匆匆地回了寨子。村寨里领钱的人排成一长溜，快到中午才轮到她，办完手续当即收到了一捆现钞。

村寨书记说："有人帮你们填报了房宅面积，这钱是重建补贴盖房子用的，别乱花。花完盖不了房，村委会可没钱给你们，到时淋雨活该。"

出门时，又听村寨书记对众人喊："各家房子不能乱盖，听村镇的统一规划安排，谁要不听，就把钱收回来。"

映秋如获至宝，小心翼翼地将钱装进一只蛇皮袋里，拎着蛇皮袋走出老远，才搭乘一辆摩托车回隧道出口。

映秋自言自语说："谁能帮咱家申报老房子的面积呢？"

映春说："不会是那个姓林的吧？他去过咱们家。"

映红呛她，说："那人没这么好心，应该是咱们家的邻居。"

姐仨想来想去都没能猜出是谁在背后帮了她们。映春说爱谁谁，其他都不重要，重要的是钱到手，可以筹划盖房了。然而，房子怎么盖、找谁盖，姐仨拿不定主意，暂时搁了下来。

张善死后百日，王大路跑到附近一座庙里，请了把香，又催铁松儿和小铁匠到乡下集市上，买了一沓黄纸、鸡鱼和供果，铁龙飞率全体民工上山，对张善进行祭奠。

夜里，铁龙飞跟江水和王大路商量重新调整工班，让铁松儿接替张善，负责洞外材料加工和混凝土生产以及后勤保障。这样，铁松儿便有了时间跑去超市，跟映秋、映春和映红闲聊逗乐。见到姐仨，铁松儿不知话咋那么多，甚至学得有些油嘴滑舌，竟要认映红当干妹，将来跟他回山东，在村里帮她找个好小伙儿成个家，到时候映春嫁给小铁匠回到老家后，两姐妹就可以经常见面。

映秋开玩笑问："她们都去你们老家，我怎么办？要不你也在村里帮我找个好男人，我们三个都嫁你们那边去。"

铁松儿嘻嘻一笑，说："那不行。林天豹还在背后盯着你呢，你还是跟他呗。"

映秋假装生气，说："哼！你不管我，还想让老二老三嫁你们那边，那我不干。俺仨要走一块走。"

铁松儿说："龙飞哥这不正帮你们盖房子嘛。有了新房子，你招个上门女婿得啦。"

映秋骂道："滚滚滚！老三不给你当干妹，怕你老婆吃醋。"

铁松儿说："老婆都给我生儿子了，她才不吃醋呢。"

映红红着脸说："那我也不给你当干妹，更不去你们老家，张善留在这里了，我跟阿姐也要留在这边。"

进入七八月份，南方雨季来临。晴天没有一丝风，闷热潮湿。北方民工到了南方，忍受不了热和湿，下身就长花癣，用治癣的药抹上，疼得钻心。

小铁匠率民工进洞作业，修整地震造成的开裂，向拱顶内部注浆加固。多日来，阴雨连绵，潮湿得厉害。他的下身奇痒无比，老想伸手去抓裤裆。找个背人的地方，解开裤子一看，果真长了癣，可没药治，就想让映秋或映春进货时，帮买一管治癣的药膏来。从隧道里出来去了超市，正碰见铁松儿站在门口跟姐仨闲聊，小铁匠问铁松儿扯啥呢？

映春讥笑说："他想认映红当干妹，阿姐和老三不干。"

小铁匠说："松儿，你净瞎扯淡。我的身上有点痒，你去帮我买支治癣的药膏吧。"

铁松儿嘻嘻哈哈，说："你才真扯淡呢。让你家映春去买呀，买回来她能给你抹上。"

映春站在柜台里，羞红了脸，随手抓起个东西朝铁松儿扔过去，铁松儿赶忙向外面跑去。小铁匠拉住映春，叫她别去理铁松儿，赶紧说正事儿。映秋问啥正事，小铁匠说铁龙飞花钱雇了当地的施工队，今天去寨子上清理垃圾盖新房了。映秋惊讶地叫了一声，怪铁龙飞不告诉她，赶忙从超市往寨子上赶。

映秋带着钱回到寨子，看见铁龙飞和施工队的人正在忙活。铁龙飞手里拿着一张简图，映秋凑近一看，设计得比原来的老宅好，有正房和厢房，还有个不错的大门，问道：“你找谁设计的？”

铁龙飞说：“苏欣自己设计的，不用花钱，满意吗？”

映秋眼里充满了感激，点头称很满意，提出不用建厢房，盖几间正房有个家就行，尽量少花钱。说着，拎过二十万块钱递给铁龙飞。

铁龙飞看了看袋子里的钱，留下十万，把另外十万连袋子一块还给了映秋，说：“你就出这么多，其余我们出。”

映秋说：“不行。叔叔走前留下二十万，政府还补贴了十万，不能再花你们的钱了。”

苏欣的设计，没有再采用以前的木质结构，而是砖混墙，水泥屋顶，防雨又防震。铁龙飞对映秋说，材料已经订完货准备齐了，开建时派铁松儿来监工。映秋怕耽误隧道施工，要回来亲自看着盖，铁龙飞拒绝了她，说已经到县政府重建办备了案，算是出口劳务队援助灾民的项目，其实是嫌映秋不懂盖房，叫她姐仨把超市开好，等着回来住即可。映秋这才明白，是铁龙飞帮她家申报了重建补贴。

原来，前些天的一个下午，苏欣、铁龙飞和江水开车去了寨子。三个人多方打听，才找到被地震夷为平地的映秋家，踏勘了整个院落和倒塌的房屋面积后，向村委会进行了申报。苏欣白天忙全线施工生产和技术上的事儿，晚上翻阅部分有关民宅资料，结合当地环境、民俗和建筑风格，在电脑上画出了新建房屋图。铁龙飞和江水带上图纸，去县城找到重建办，申请出钱给这家人援建一处新宅。重建办领导马上做了登记，随后向县长做了汇报。

县长有点意外，说：“又是这家劳务队，批准同意。县里要号召所有民营企业向这家劳务队学习，发动他们对全县灾民进行帮扶。”

经重建办确认，映秋家重建地址没有新的变更，铁龙飞和江水返回寨子上，找到村寨书记，表达了他们给映秋家援建的意愿和县里的态度，并把图纸铺开给他看。

村书记赞赏说：“行啊行啊！村寨重建太需要像你们这样的队伍啦。你们带头把映秋家建好，说不定会引来其他援建者呢，这样新村寨很快就能改变面貌。”

江水说："我们只能援建这一家。"

村书记好奇地问："这我知道。哎，映秋在工地跟了个姓林的老头，不是他出钱吧？"

铁龙飞澄清说："援建跟那人没关系，是我们出钱。我们和姓林的干同一座隧道，他干隧道斜井，我们干隧道出口。"

村书记更加疑惑了，又问："这就怪啦！映秋跟那个老头好多年了，他为啥不帮出钱？你们为啥出？"

江水机智地说："我们从县重建办领到的这户重建任务。"

村书记误以为映秋有通天的关系，轻轻地"哦"了一声，很痛快地答应铁龙飞他们可以随时来施工。

背后发生的这一切，铁龙飞没跟映秋提过半个字。他觉得帮助别人，不需要说在嘴上，更不能居功自傲，让对方来讨好和报答自己。在他心里，始终有一个信念，那就是所有的财富均来自社会，也应回报社会，不该把拥有多少财富，当作一个人追求的终极目标。何况映秋也是在为高铁建设做贡献，如果没有她在洞口开办超市，民工们买个牙膏牙刷都得往山下跑。这一去最少一上午，上百号民工，每人每月下一趟山，一百多个工天就没了，还怎么加快工程进度？这样比对，铁龙飞看上去是在帮映秋，实际上是在帮助建高铁的人。

映秋对铁龙飞、苏欣和江水所做的这些事心存感激。她站在铁龙飞面前一时不知该说啥，只深情地望着铁龙飞，说："苏总真有福气，她咋就能遇见你这么好的男人呢？"

铁龙飞明白她的意思，没有正面回答，良久才说："听说林天豹回到隧道斜井工地了，他又骚扰过你吗？"

"没有。"映秋说，"我恨他这样的男人。"

林天豹再次回到斜井驻地后，确实没再离开。他频繁更换手机号码，想联系他很困难。全县受灾民众开始了重建，县里和乡镇政府对每个村庄进行了整体规划和设计，有的要从山上或山脚下搬到平坦的地方去。坡下的村庄没有迁移，村里家家户户都在统一规划指导下开始建设新村寨。

冯三家还是在原址上盖新房。从铁龙飞那里借来的五万块钱，他没有瞎花。银行网点重新恢复营业后，冯三跑到镇上取出一些钱，除还给铁龙飞的五万块钱外，其他钱用来购买材料盖房子。

稍微闲下来，冯三就会想起林天豹，一次次打他手机，怎么都打不通，气得破口大骂，甚至发狠要拿刀杀了他。再一日，冯三打电话给刘万川和猴子，问谁在隧道斜井工地，刘万川说漏嘴，把林老板给卖了。

冯三问："你说哪个林老板？是虎是豹？"

刘万川说："虎走啦，豹来啦。"

"豺狼虎豹，没他妈一个好东西。"

"冯哥，你咋翻脸了呢？"

冯三吼道："林天豹把我坑死了。我家受灾，他连个屁都不放一个，是铁龙飞救了我老婆孩子。"

刘万川很诧异，问："铁龙飞救了你老婆孩子？不会吧。"

挂断电话，刘万川火速从洞口去办公室找林天豹，把情况汇报给他听。林天豹猛然一愣，说："铁龙飞会救他老婆孩子？我不信。"

刘万川说："是真的。冯三没准儿会来找你，还是再躲躲吧，工地由我和猴子呢。"

林天豹没有采纳刘万川的建议，不想再躲到哪里去，早晚要跟冯三见面，不如干脆面对面把话说开。对于铁龙飞是如何救的冯三家人这件事，他百思不得其解，想到在解决映秋和铁龙飞的问题上，花费了那么大工夫和钱财却屡屡失利，对冯三那晚没干掉铁龙飞怀恨在心。他开始琢磨万一跟冯三见面，如何对付冯三可能会实施的讹诈。

铁龙飞安排完建房队伍后，跟映秋一起离开了寨子，回到隧道出口驻地，先进隧道查看了一下石质变化与掘进情况。闯断层先采取的是分洞室开挖法，后转换成三台阶，现在又换成了两台阶开挖。放炮后，掌子面形成的弧形轮廓线十分清晰，说明围岩类别由软岩变成了硬岩，施工的危险系数大大降低，进度也将加快。开挖和衬砌各工班的工人赤裸着上身，穿着裤衩挥汗如雨，有的打风枪钻爆，有的在立钢格栅支撑和喷射混凝土，还有的在进行二衬作业和开挖仰拱，环环相扣往前掘进，大有战天斗地的气概。裂隙水从掌子面缝隙里"哗哗哗"地喷出来，浇湿了民工们的后背，但他们全然不顾。

这样的施工场面令铁龙飞十分欣慰。他站在台阶下，用两只手做成喇叭状，大声喊道："弟兄们争口气，使劲拼一把，创造一个新的成洞纪录，回头给大家发奖金。"

上台阶的一组民工停下风枪，扭头朝下喊："瞧好吧，咱一定能创纪录。"

王大路歪戴着安全帽，从拱仰开挖处来到铁龙飞身边，问他寨子上盖房弄得咋样。铁龙飞说弄好了，映秋拿出来十万块钱。

王大路说："看在张善和二奎叔的面子上，就这样吧。三个小姑娘不容易，咱俩和江水凑，多出点儿没啥。"

铁龙飞很感谢王大路的理解，毕竟是同村出来的兄弟，能够有难同当、患难与共，就喊他回办公室。从隧道里出来，俩人站在宿舍后坡上看下面的山村。刚来时，村庄里到处鸡鸣狗叫、炊烟袅袅，可一夜之间变得伤痕累累，面目全非，竟不认识这是哪儿了。好在有几户人家已经开始打地基重建，才渐渐感受到一丝往日的乡村气息。

俩人在坡上站了一会儿，刚要转身回办公室，只听坡下有人喊道："兄弟，请等等。"

王大路走到坡上朝下看，发现冯三手里拎着东西，后面跟着老婆和两个孩子，正吃力地往坡上爬。

# 第二十五章

自地震那夜，铁龙飞不顾个人安危，救了冯三老婆和孩子，并在最困难的时候，伸出援助之手借钱给冯三应急，冯三老婆对铁龙飞感激涕零，天天唠叨埋怨他，不该跟林天豹那伙人沆瀣一气，狼狈为奸，领几个混混去绑架人家，催他带全家人到坡上去感谢铁龙飞的救命之恩。冯三一想，自己以前做的那些事，包括给映秋造成的伤害，纯粹是掉进了林天豹早已设置的陷阱，被人利用发泄私愤。他觉得铁龙飞和江水带领的劳务队这伙人，跟映秋姐仨一样，是非常善良、本分和富有同情心的人，反倒是林天豹那几个人，做人毫无道德底线，人品差的令人咋舌。所以，他决心带全家人去向铁龙飞和映秋赔礼道歉，然后再去找林天豹理论。

冯三带着老婆孩子爬上坡，铁龙飞邀请他们进办公室坐，王大路一改过去对冯三的看法，亲自给他们倒水。

冯三说："王哥，别忙活啦，我全家是来谢恩的。"

铁龙飞奇怪，说："谢啥恩？坐下喝杯水吧。"

冯三对老婆和那俩孩子说："跪下，给我兄弟磕头。"

那女人拉着孩子的手，双腿一弯"扑通"跪在了铁龙飞面前，连声道谢。冯三也双手抱拳作揖并排跪下，铁龙飞和王大路客气地将他们拉起来，说："哎，哎，快起！快起！这事没必要。我相信每一个善良的人遇到这种事，都会这样做的，哪会记得了那么多恩怨。"

冯三老婆坐在椅子上，搂住两个年幼的孩子，抹着眼泪说："可不是嘛，他交往的那些不三不四的人，天天说是好兄弟，可我们家遇难了，他以前那些整天在一起吃吃喝喝的狐朋狗友一个也没看见，更别说帮我们了，倒是你铁队长不计前嫌，搭上自己的命救我们母子。你可是俺全家的救命恩人，你的大恩大德，俺全家这一辈子都不能忘。”

王大路说：“那一夜可把我们急坏了，联系不上龙飞兄弟，我们还担心他没命了呢。”

冯三咬牙抬手“啪”地打了自己一个耳光，说：“全怪我。那些天我中邪了，到死我都还不起你这个人情。”

冯三老婆埋怨道：“所以，我天天骂他没良心。”

铁龙飞说：“别别别，过去就过去了，咱都别往心里去，活下来比啥都重要。”

冯三瞪了老婆一眼，从袋子里拿出五万块钱搁在桌子上，又掏出一张纸递给铁龙飞，说：“兄弟，我现在把钱和逼你写的这份承诺书都还给你。”

铁龙飞接过那份承诺书，说：“要不你先留着？”

冯三将承诺书拿过来撕了个粉碎，说：“我干的不是人事。今天我向兄弟保证，从今以后谁再敢来工地捣乱，谁就是我冯三的仇人。”

铁龙飞收下了五万块钱，将借条还给了冯三。冯三让老婆孩子回坡下去，自己留了下来。铁龙飞催他一块走，冯三说想去超市见映秋，向她赔个罪。铁龙飞看他很真诚，就派王大路去把映秋喊来。映秋刚进货回来，正在门口往屋里搬东西。王大路嘴里叼着烟，来到超市大声喊她去办公室。

“王大哥，有啥事儿？”

“冯三来啦，要给你赔罪。”

一提冯三，映秋立马想起自己受过的侮辱和伤害，直言不想见他。

映春劝她，说：“阿姐，你快跟王大哥过去吧。”

映秋不为所动，王大路说铁龙飞叫她过去，这才跟在身后朝办公室走去。进门后，映秋倚在门边轻轻地抹泪，铁龙飞劝她别哭，说冯三是真心来道歉的，而她仍止不住，越哭越厉害。

冯三低头不敢看映秋，王大路催他有啥话直说，别愣着。冯三连说两声“对不起”，映秋仍将脸扭到一边不理他。

铁龙飞说：“冯总，你再真诚点儿。”

冯三站直身子，给映秋深深鞠躬，说：“真对不起！是我伤害了你，按说应该赔你钱，可家里受灾啦，我拿不出钱来，给你赔个罪吧。”

映秋抽泣着说：“我没得罪你，你为啥那样害我？差点把我变成哑巴，还把我锁在小黑屋里，不是铁大哥，我就死在里边啦。”

冯三悔恨交加，不再顾及个人的脸面，用手“啪啪啪”抽着自己的脸，说：“实在追悔莫及，是我该死。你要不解恨，等我盖完房有了钱，我再赔你钱。”

“谁要你的钱。”映秋哭着说，“我跟你无冤无仇，你为啥要帮林天豹害我和铁大哥？我想不通。”

铁龙飞和王大路知道，再掰扯过去那些事毫无意义，便打断映秋，推冯三出去了。

铁龙飞说：“你走吧，让她平静平静。”

冯三走到门口停住脚步站了片刻，然后又折身返回屋里，拿笔写下手机号码塞在映秋手中，说：“这是我的手机号，以后谁要再欺负你们姐仨，你告诉我，我会替你们出气。”

铁龙飞和王大路感受到了冯三的悔过之意。他一离开，王大路假装去食堂拿东西，屋里只剩铁龙飞和映秋俩人。铁龙飞递给她一张纸巾，让她擦拭眼泪，告诉她派铁松儿去寨子上监工了，房子很快能盖好。

映秋说：“铁大哥，我们姐仨该怎么谢你呢？”

铁龙飞说：“谢什么呀，你不是也在帮我们吗？”

“我？帮你们？”映秋没有听懂他的意思。

“对呀，你在工地办超市，方便民工购买生活用品，这是在帮助我们建设高铁呀。”

“哎呀，铁大哥，你快别这么说，我可没有那么想。”

“不管你怎么想，事实就是这样呀。”

在铁龙飞眼里，只要是为高铁建设提供方便的，都是在支持并参与高铁建设，比如，高铁线路要从你家门前过，你主动搬迁让路，这就是支持和参与了高铁建设。高铁线路要通过你家承包的土地菜地或要迁坟，你让出来，迁走了，这同样也是参与高铁建设。映秋住在工地，为民工们提供生活方便，自然也是参与了高铁建设……

铁龙飞接着说：“再说帮谁也是帮。我们刚来工地时，你不也在林天豹面前帮我说话嘛。”

映秋说：“可你老躲我。”

铁龙飞笑着说：“我躲你都招来这么多麻烦，不躲你林天豹还不得杀了我呀。哎，他又回到工地来了，要来找你或者给你钱，你千万不能接。”

映秋说：“我都有杀了他的心，哪还会再要他的钱。”

傍晚的时候，工程部调度向苏欣汇报，出口施工进展很顺利，她便乘车进到洞子里看地质。石质变化比斜井好，接近三级围岩，只是涌水量依然没减少。施工安全有了保障，从隧道里出来，苏欣在驻地前面的空场上找到铁龙飞、江水和王大路，要求他们一定要紧跟二衬和仰拱，掘进方案由双台阶开挖变成全断面开挖，进度和工效可提高一倍以上。铁龙飞见她和司机偷偷来，也没通报，逗她说学会搞突然袭击了。

苏欣暗暗发笑，说：“突然袭击咋啦？就要监督你们。”

王大路高兴之余，把冯三带全家来给铁龙飞和映秋赔礼道歉的事说了出来。苏欣说：“他这样的混混能变成好人？我不信哩。”

铁龙飞说：“真来啦，也真下跪磕头赔礼道歉了。我救了他全家的命，他表示一下也在情理之中。”

苏欣说：“林天豹回来了，他们还会混在一块对付咱们吗？”

王大路说：“不会啦。冯三还要跟林天豹算账呢，他表态说以后谁要敢来工地捣乱，他出面收拾谁。”

苏欣长长舒了口气，说没想到冯三还有浪子回头的时候。铁龙飞没再多聊此事，将映秋家重新建房的事简单说了说，拉苏欣进了办公室，江水和王大路紧跟着进去。

铁龙飞搬了把椅子让苏欣坐下，神神秘秘地说：“你来啦，刚好商量个事。”

苏欣以为他又要向她请教隧道施工或者聊映秋，结果恰恰相反。铁龙飞说：“我想办工地夜校培训班，有空请你、路经理、汤副经理、李副经理和部长们，来给民工们上上课。”

苏欣惊喜道：“让我们来讲课？讲什么呢？”

江水说：“龙飞有想法，怎样让工友们都成为合格的项目管理和技术能手。”

铁龙飞让苏欣帮着找找施工管理这方面的书，他们去买来发给大家学。铁龙飞有自己的打算，等这座隧道干完后，肯定还会去接其他高铁项目，并且预感用不了多久，县政府会把一些活交给他们这支劳务队干，队里的民工不能光干活不懂管理，一旦任务饱满，连个会管理和懂技术的人都没有。所以，从现在起开办夜校，要对全施工队的民工进行培训，提升他们的工作水平和生存能力，带领这伙人真正富起来。

苏欣很赞赏他的想法，满口答应抽空一定来讲课，可提出办夜校没地方的问题。铁龙飞说在会议室或露天都行，夏天屋里热，在外头拉盏电灯，上白班和上夜班的轮流来。

苏欣说："你也太不讲究啦，没幻灯片和投影仪，放不了 PPT，就一块黑板，在上面画来画去，没讲过这样的课呀。"

铁龙飞嘿嘿乐，说："这叫因陋就简，民工能听懂学会就达到目的了。弄得再高大上，他们听不懂记不住也白瞎。"

苏欣娇嗔道："上一节课至少俩小时，晚上不让我们睡觉啦？想累死我和几位经理啊。"

江水嘻嘻笑着说："你们精力充沛得跟机器人差不多，现在少睡点儿，跟龙飞入洞房时睡个够。"

苏欣真把上课当成了大事，当晚回去跟路宽、汤公明和李从安通气，说："龙飞的事就是我的事，你们谁也别推辞，把外出喝酒的工夫省出来，轮到谁去谁就去。"

劳务队办夜校培训民工，令路宽和汤公明大感意外，对铁龙飞好一顿夸奖，称赞他不愧当过兵，是有思想和思路的人，表示不仅要抽空去给铁龙飞的队伍讲课，还要发动全标段的劳务队向出口学，在整个工地，营造出边干边学边提高的氛围。铁龙飞、江水和王大路三个人坐在办公室里开始排班，很快将培训计划送到了苏欣手中。

苏欣打电话说："哎，龙飞，你也太心急了吧！还没来得及备课呢。"

铁龙飞说："都是轻车熟路，备啥课。第一堂课你结合隧道施工讲，别讲得像天书，太高深，要通俗易懂。"

苏欣说："行行行，看我快要当你老婆了，你就这样使唤我。"

铁龙飞傻笑道："那我喊你句老婆，你答应好不好？"

“答应！傻瓜。”

第二天晚上，铁龙飞、江水和王大路在驻地前面的空场上，拉起了电灯，抬来一块黑板，苏欣一到，第一节课便开讲了。映秋三姐妹听说苏欣来讲课了，也从超市跑过来听，可怎么都听不懂。

王大路值夜班进洞去了，铁龙飞和江水坐在前面陪着苏欣。小铁匠工班、铁铮骨工班和河南工班的部分民工，大约有五六十人，在空场地上坐了一大片。但也有人坐不住，听到半截起身离开场地往外走。苏欣盯着那几个人，显得有些不高兴，讲课的声调也开始变缓了。

铁龙飞扭头朝后看，站起来喊道：“回来，回来，都给我老老实实地坐下听，不想听就上夜班去。”

那几个人看到铁龙飞发火，乖乖地回到原地坐下。苏欣确实有点儿生气，说：“你们若嫌我讲得不好，那我当学生，你们给我讲。先讲最简单的，隧道施工有哪些注意事项？遇到断层怎么处理？来，你们几个谁上来讲？”

那几个人憋红了脸，低着头互相埋怨，悄声说：“苏总这娘们儿不好惹呀。”

江水站起来宣布，从今晚开始，以后听课谁要再敢离场，扣发半个月的工资。这句话最管用，之后的课再没有人敢私自离场。苏欣专讲隧道管理和技术，足足讲了两个小时。散场后，铁龙飞把她送回项目部，掏出两千块钱讲课费往她手里塞。

苏欣说：“拿我当你老婆不？给钱我还不去讲呢。”

铁龙飞说：“谁来讲都有，拿着吧！”

苏欣说：“我嫌少，不要。什么时候，把你和你赚的钱全都给我我再要，你同意吗？”

铁龙飞傻笑道：“同意。把命给你，我都愿意。”

后来的日子，铁龙飞每周安排三节课。路宽、汤公明、李从安和各部部长，都去隧道出口讲过。民工们越听越上瘾，上夜班的民工从洞里出来，便打听晚上有没有课。那些听完课的民工，有时下课躺在床上，还就某个管理问题展开争论，效果很明显，大部分年轻民工都能把项目管理和施工技术讲出个一二三来，他们在学习和实践中慢慢地成长着。

路宽来讲课的那天晚上，乌云密布。铁龙飞把讲课地点挪到了会议室。

正讲到怎么做好项目管理时，铁龙飞突然接到了冯三打来的电话，问他在哪儿，冯三气呼呼地称刚从斜井驻地出来，林天豹跟他讨价还价，被他收拾了一顿。

那天赔礼道歉后，冯三回到临时搭建的帐篷里，侍候好老婆孩子吃完饭，偷偷提着把长刀搁在车上，带着一肚子气去了隧道斜井，先在洞口停了几分钟，没发现林天豹，只碰到了刘万川和猴子，冯三问林天豹在哪儿。刘万川云里雾里地说不清楚，后来又说下午去了寨子上映秋家，应该回来了。猴子看冯三脸色不对，满嘴胡咧咧地蒙他。

冯三有股子狠劲儿，没那么好蒙，当时就跟他俩急眼了，拽着猴子的脖领骂道："你们俩蒙我是不是？我替他老东西卖命，把好人都得罪光了，你们还跟我掖着藏着。"

说完，冯三抬手连甩猴子俩耳光，打得他踉跄着后退了好几步，指着刘万川说："你小子也给我老实点儿，老子家都没了，什么也不怕。"

刘万川和猴子挨了一顿揍，知道冯三会去找林天豹，不敢跑去报信，偷偷发短信给林天豹通气。林天豹想着映秋家遭了灾，她必定在寨子上，便开车去了她家。到后一瞧，原先那处宅子被地震荡平了，映秋不在，却碰到了铁松儿和施工队。

铁松儿躲到一边不理林天豹，施工队没人认识他，听说盖房是县政府援建的，让他扫兴而归。刚进门沏好茶，手机丁零一响来了短信，打开瞄了瞄，刘万川通报称冯三马上来找他。林天豹满不在乎，坐在新添置的茶台前，倒了两杯茶等冯三登门。

冯三将车开到坡下那排彩钢房顶头，停下后从车上抽出长刀别在后腰里，径直走进了林天豹办公室。林天豹装作很热情起身迎他，冯三毫不客气地坐在林天豹对面，掏出手机搁在茶台上，抽着烟瞪大两眼死死地盯着他看，令他毛骨悚然。

林天豹故作镇定，端茶给冯三，说："老弟，好久不见，请喝茶。"

冯三端起茶杯一口喝下，说："重盖宿舍，咋不再盖一间暗室用来拴你女人？"

林天豹听他的话里充满火药味，缓和气氛说："唉！女人都靠不住，还是算啦，随她去吧，我再换一个。"

冯三朝前探着身子，问道："映秋哪儿对不起你？你偏要我出面把她绑回来，还要我给她灌哑药。她要是死了，我得替你背黑锅，知道吗？"

林天豹黑着脸，说："哎，兄弟，当初可是你自己说要出面的，我没叫你去绑她呀。"

"林老板，你要这么说，那今天咱们得好好论论。"冯三说着从后腰里抽出长刀，"咔嚓"砍在茶台边沿上，"当初，你污蔑铁龙飞跟映秋搞破鞋，到处散布他俩的流言蜚语，还把我拉上，把人家的名声搞臭了，结果什么都没有。后来，你给我钱，鼓噪我帮你把映秋绑回来，再绑铁龙飞报仇，这些是不是你让我去做的？"

林天豹无言以对，看着冯三凶神恶煞的样子，心里不免有点儿慌，额头上浸满了汗珠。当初，冯三抢着为自己出头，现在突然反水，自己却无力反驳，所以他十分恼火。抛开其他不谈，林天豹就以帮冯三介绍车辆租赁来压他，说："冯三，做人可得讲点良心。铁龙飞不给你干出碴，那些车闲在家里每天赔钱，我帮你介绍给了朋友，不也赚了一笔钱嘛！朋友间互相帮忙天经地义，你何必跟我讲这些？"

冯三冷笑着说："不跟你讲跟谁讲？铁龙飞没想跟你对着干，更没想害你，而你却处处害他和你的女人。"

林天豹来了火，说："他还没害我？给我送龙虎碑，害得我诸事不顺，民工死伤。跟我抢那个臭女人，害得我人财两空。挤走我兄弟林天虎，他来接手，还把河南工班拉过去，这些你咋不说？"

俩人你来我往，唇枪舌剑几个回合，不见输赢，扯的都是过去那些陈谷子烂芝麻，说起来让人脸红。下班的民工听到屋里在吵，都躲在门外偷听。有的说林天豹从一开始就不该招惹当地这些痞子，惹祸上身完全是咎由自取。还有的说为了一个女人，生出这么多变故不值得。大家都当作笑话在讲，谁都搞不清背后的是是非非。

俩人吵到最后，冯三暴跳如雷，厉声质问道："我原本没想放过铁龙飞，送他回来的时候，遇到了大地震。他救了我老婆和孩子，还借给我钱。你呢？那时候你在哪里？当了缩头乌龟躲起来，想联系都联系不上。包括刘万川、猴子和林天虎，你们谁给我打过一次电话，问过我全家的死活？这就是你们做人的良心？"

林天豹被冯三质问得哑口无言，眼神游离。他努力回避着冯三愤怒的目光，从茶台上抓起一支烟捻来捻去，让冯三说咋办。

冯三稳定了一下情绪，说：“我只说三条，第一，铁龙飞和映秋比你们的德行好，都是本分老实人，我去给他们下跪赔罪了。现在，我跟他们是同生死、共患难的兄弟姐妹，谁再敢去出口捣乱或欺负映秋姐仨，可别怪我不客气。第二，从今往后，咱们一刀两断，你走你的路，我过我的桥。不论是谁，若犯到我手里，我会让他走不出这座大山。第三，你我之间了清前嫌，考虑我之前给你做过的事，你必须再付我剩余的钱，从此再无冤仇。”

林天豹抽着烟，眨巴着眼睛听着，黑不溜秋的脸被气得通红，骂道：“你就不是兄弟，是叛徒！要了清前嫌，那先算算我帮你租出去的运输车赚了多少钱？是不是也应该分我几成？”

冯三说：“行，你要多少我分你，但你先付我绑铁龙飞的二十万，这样咱们谁也不欠谁。”

林天豹气急败坏，骂道：“奶奶的，我没答应给你二十万啊！”

冯三猛然起身，隔着茶台抓住了林天豹的衣领，将他从小板凳上提溜起来，又从茶沿上拔下长刀，说：“想赖账是不是？”

刘万川和猴子料想冯三不会罢休，慌忙从隧道口跑下来，挤过围在门外的民工闯进屋里，见冯三手里的长刀对准林天豹，立刻冲上去拦腰抱住他，嘴里喊道：“使不得！使不得！消消气冯总！”

冯三甩开刘万川，用长刀指着他和猴子说：“再动，我就砍了你们。”

林天豹、猴子和刘万川被吓得愣在了原地，脸色煞白，劝他放下刀，有事好商量。林天豹的领口仍被冯三死死地抓住，来回摆动着身子想挣脱，冯三没松手。

林天豹慌了手脚，说：“兄弟一场，何必搞到你死我活的地步呢？我没说不付你钱，可你没兑现当初的承诺，铁龙飞不是安安全全地回到出口了嘛！”

冯三松开手，说：“你想让我整死他，那我也要搭上自己的性命，他跟你到底有多大的仇啊？！”

林天豹重新坐在小板凳上，说：“我想叫他从这个工地上消失，不想看到他和那个姓苏的女人在我面前晃来晃去，他们合伙一直在压制我。”

刘万川和猴子参与了跟冯三的争吵中，吵半天也扯不清，反而更加激怒了冯三，惹得他怒不可遏，再次拽起林天豹，说："我豁出去啦！走，我陪你去派出所自首，哪怕我坐十年牢，也要把你们这群害人的玩意儿弄进去。你若不去，我就去举报你做过的所有事！"

这一招令林天豹当即认㞞，苦苦哀求冯三有事好说好商量，最后答应再给他一些现金。等冯三提着长刀离开后，林天豹骂骂咧咧将门口看热闹的民工轰走，哆嗦着蹲在了茶台后的小板凳上。

刘万川和猴子见老板被逼成那样，就安慰讨好林天豹，嚷着跟冯三来一场生死对决，对铁龙飞、映秋绝不能手软，只有把他们整趴下，他们这个队的日子才好过。

冯三开车回去的路上，打电话给铁龙飞，把跟林天豹发生的摩擦详细讲述了一遍，以为铁龙飞会鼓励他去这么干。不承想，铁龙飞不但没肯定他的做法，反而责怪他不该再去找林天豹的后账。

冯三不解地说："我拿你当兄弟，不想让他再欺负你和映秋，咋还成了我的错啦？"

铁龙飞的意思表达得很清楚，退一步海阔天空，都在同一个高铁工地上，又打同一座隧道，钱挣多挣少无所谓，只是不想跟林天豹再添新仇，坏了自个儿队伍的名声。当然，他也不想让林天豹那些人把冯三视作眼中钉，结下永远解不开的仇疙瘩，毕竟冯三要在这隧道下面的山村生活一辈子，劳务队干完高铁项目，会马上撤场，结下的怨恨哪怕走到天涯海角，也难再捉到仇家的影子。

冯三边开车往回走，边细细琢磨铁龙飞的话，想通后说："龙飞兄弟，你人真好。要早认识你，我之前十几年就不会走那么多弯路了。还是那句话，林天豹再敢骚扰你和映秋，我还要跟他对着干。"

铁龙飞听冯三说得那样真诚，表示了感谢，提醒他以后不能再去惹事生非，因为谁都承受不起后果。

高铁路基、桥梁和隧道施工进展都在有序地推进。尤其隧道出口石质变好后，进度明显加快，完成投资越来越大，计价拨款越来越多。在一个月里，铁龙飞和王大路还清了银行的贷款和借战友汪文进的复转费，江水也把借舅舅的钱如数归还了，劳务公司具备了轻装上阵的条件。

这个时期，全县村镇重建速度加快，到处干得热火朝天。坡下山村百姓的新建房舍，有的快，有的慢，虽参差不齐，但也初见端倪。站在坡上可以看见，新建村庄往南移了不少，呈现出的村庄面貌整齐划一。

冯三家的屋茬子已经盖到半截，铁龙飞和江水经常跑下坡去查看一番，整个村庄比原来的布局更加合理，使用的建筑材料跟以前也大不相同，以钢筋混凝土为主，投资确实增大不少。

这一天，铁龙飞跟王大路和江水商量后，决定给冯三家捐六万块钱。冯三直嚷着家里够用不肯接，铁龙飞还是把钱留给他老婆，转身走了。

铁松儿一直盯在寨子上，映秋家新建房屋正在拔地而起。他打电话给映秋和小铁匠，叫她们有空去寨子上看看。映秋倒是三天两头带着烧鸡和白酒，跑回寨子上监工。铁松儿见她来，嬉笑着把东西抢到手。

映秋逗他说："你咋像个饿死鬼？见吃的就抢。"

铁松儿说："我想早点回工地，那多好，有食堂，还能跟你和映春、映红聊天，寨子上除了民工就我一个人，一想起地震死了那么多人，晚上睡觉浑身净起鸡皮疙瘩，要不叫老三干妹妹来陪陪我。"

映秋骂他，说："才不呢。你咋这么坏，不怕张善晚上从山上下来把你抓走啊？"

铁松儿说："哎，别提他，提他我害怕。"

映秋说："吓死你。你家嫂子要是来工地，我一定告诉她你有多坏，让她狠狠收拾你。"

铁松儿不敢轻易跟映春瞎逗，因为小铁匠跟映春俩人正热恋，可见到映秋和映红，他啥样的玩笑话都敢说。

铁松儿说："我真心想认映红当干妹妹，不是说着玩，你不能鼓动一下啊？认了妹妹，我改口喊你大姐行不？"

映秋"呸呸"地讥笑铁松儿，一再强调把映红交给他不放心。铁松儿叹着气说："有啥不放心，又吃不了她。"

映秋说："你心眼太多，我真怕你吃了她。你要没老婆孩子，我就同意把老三嫁给你。"

铁松儿摇头说："出来打工，一年半载回不了一趟家，家里是有一个，外面再找个不也很正常嘛。"

映秋说："甭想啦，还是守着嫂子好好过日子吧。"

每次离开寨子，映秋都会嘱咐铁松儿，盖完房子赶紧回工地，隧道的施工材料，夜里没人操心看管，别让坏人偷了。这种担心并不是多余的。铁松儿去寨子后，铁龙飞和江水安排了一名工头，临时负责材料收发和加工保障，一到深夜那人便跑回宿舍睡大觉。

这天夜里，鱼鳞状的云彩遮盖了微弱的月光。从山下便道上开来两辆车停在钢筋加工棚门口，从车上跳下来一伙人，抬起成捆的钢筋就往车厢里搁。那种杂乱的声音与平常夜间卸货没啥区别，铁铮骨起夜出屋尿尿，扭头看到有人在装货，误以为是给洞里送材料，没当回事儿，尿完又回到屋里睡觉去了。

第二天一早起来，负责材料保障的工头，要求工班加工仰拱铺底钢筋，一查库存少了两吨多，问完夜班的民工，才得知夜里没人往洞里送。于是，那名工头立马跑去向铁龙飞、江水和王大路报告，判定准被当地人偷了。

洞口外面没安监控，查不到是谁偷的，便逐个询问民工。铁铮骨回忆起夜里看到有人往车上装钢筋，没看清是上夜班的民工还是外面的人。铁龙飞三人分析，敢来工地偷钢筋的，必定是附近盖房子的人家，推断半天锁定了坡下的庄户。

铁龙飞和江水下坡去找冯三。冯三嘴里叼着烟，敞着怀，裤腿卷得老高，浑身沾着泥浆，正站在承包盖房的人群堆里，比画着垒墙打混凝土。

铁龙飞喊："冯哥，你过来，有件事需要你帮个忙。"

冯三交代两句，从人堆里走过来，问清事情原委后，说："两吨多，一万多块钱呢，胆子真不小。"

铁龙飞问他能不能查到是谁偷的。冯三拍着胸脯打包票，说："甭管啦。只要是俺村里人偷的，我保证今天叫他送回去，相信我。"

铁龙飞和江水把此事拜托给冯三，跟他客气了两句，冯三嫌太见外，催他们回去等消息。俩人谁都没想到，往日的仇人竟能成为铁杆兄弟。

铁龙飞和江水回到坡上忙隧道里的工作，静候冯三的佳音。冯三把全村人在脑袋里过了一遍，也不敢确定到底是谁偷的，就撂下家里的活，在村里挨家挨户到处溜达。全村人知道冯三是出了名的混子，可从不欺负本村人，有时还出头给街坊四邻平事儿。所以，大家见到他多数是恭恭敬敬，个别人家敬而远之。

冯三在村里闲逛，每到一家就没事似的瞧两眼，然后窜入正在垒墙浇灰的屋茬子里，嘴上说来参观，实则踅摸各家盖房用了多少钢筋，剩下的钢筋又放在哪儿。请他喝茶也不喝，最多接过支烟别在耳根后面。转悠两个时辰，仍然没见哪家存有两吨多钢筋，怀疑铁龙飞是不是搞错了，认为不一定是本村人偷的。

将近中午，冯三转到村子最南头一户姓刘的人家。这家重建的新房刚打地基，旁边场地宽阔，崭新的钢筋铺散了一地，承包干活的一帮人手里拿着钳子和细铁丝，蹲在铺好的钢筋上，低着头一格一格地使劲拧，附近用彩条布还遮盖了一大堆。冯三眼睛一亮，走到钢筋堆旁边掀开彩条布看。

那帮人不认识冯三，问道："你是干啥的？"

冯三说："哦，本村的来看看。我家也在盖房子，这钢筋多少钱一吨？从哪儿进的货？"

一个包工头模样的中年人走过来，不耐烦地让冯三走开，别耽误他们干活，再问才说："不知道。主材是户主供应，我们只是轻包工，今天打地基要用，昨晚才弄回来。"

至于从哪里弄回来的，那些人不清楚。冯三判断这批钢筋十有八九就是从隧道出口偷来的。在村里，姓刘的户主跟冯三是平辈，目前也住在帐篷里，见他悠闲地找来，问："大兄弟，咋有空到俺家来？请坐。"

冯三站在帐篷门口问钢筋的事，姓刘的户主说："我不知道，表侄昨天夜里送来的。"

再问表侄是谁，姓刘的又说："哎呀，表侄不是天天跟你一起混吗？前不久，你们去坡上做事，他被姓铁的抓住，还带着他找到你家去，被你踹了两脚，可把他吓坏啦。"

冯三一听，是夜里去坡上偷开翻斗车的那小子，说："没事，打电话叫他过来，你打还是我打？"

姓刘的说："你们熟，你打吧。咋，有事啊？"

冯三说："有事啊。这些钢筋，是你这个表侄从坡上高铁隧道出口工地偷来的，你赶紧叫干活的人先停下，别绑啦。"

姓刘的户主听说钢筋是偷来的，当时吓得魂不守舍，慌慌张张跑去现场，叫那些人停止钢筋绑扎。冯三一个电话，把那跟班喊来了。

冯三指着堆积的钢筋，问："昨夜你开车去坡上偷来的？"

那人见了冯三大气都不敢出，老老实实地交代，说："舅舅家盖房急用，花钱也买不到，我跟你去过隧道口，料棚里钢筋多的是，夜里没人看，我就带人弄回来几吨。"

刘姓户主见表侄惹了祸，忙求冯三饶了他。冯三嘴里叼着烟瞪着那人，"扑"的一声将还在燃烧的烟头吐在他脸上，骂道："你两只眼睛是出气使的？铁龙飞现在跟我是兄弟，他救了我全家。你偷谁的不好，偏偏偷他的？再没钢筋用，你也不能去高铁隧道工地偷啊，不治你个死罪，也够判你几年的，给我掌嘴。"

那人吓得浑身战栗，边自打嘴巴边给冯三赔罪，说："三哥，给我条路，你说咋办就咋办，求你开恩。"

冯三掏出电话打给铁龙飞，说："兄弟，钢筋和人都找到了，就是我们村里人偷的，马上给你们送回去。"

铁龙飞、江水和王大路从隧道里出来，接到电话惊喜万分，说："好好好，谢谢老兄。送来就行，不然项目部以为我们倒卖钢筋呢。"

江水长长舒了口气，要不然丢两吨多钢筋，浑身长满嘴也说不清。

冯三回到家里开来自己的车，跟在大车后面，亲自将被偷走的成吨钢筋物归原主。事情得到了圆满解决，没有引起项目部路宽和汤公明的注意，却传到了苏欣的耳朵里。

那天下着大雨，苏欣搭别人的车去业主公司开会回来，铁龙飞开皮卡车到镇上长途汽车站接她，俩人走进一家小店吃酸汤鱼。饭店面积不大，专做这道菜，吃起来又酸又辣，别具特色。铁龙飞边吃边说起钢筋的事儿，苏欣建议把铁松儿调回来，换别人去寨子上监工，可房子已经差不多快封顶了，铁龙飞让铁松儿盯到底。

苏欣给铁龙飞带来一个好消息，建设方领导在会上特意对他提出了表扬，因为县委县政府给业主发函，对他捐款和援建当地灾民的慷慨行为大加赞扬，并作为优秀劳务队，建议业主方推荐给各施工单位使用。为业主增了光，领导当然高兴。业主公司董事长提出，下次带各标段项目经理专门来看隧道出口，接见一下铁龙飞，跟民工代表开个座谈会，这对劳务队来说是一种天大的荣誉。

苏欣说这些话时，脸上泛着红晕，眼神里透着温柔，说："业主表扬你，事先也不说，当场把我搞蒙了。龙飞，你真棒！"

铁龙飞端起一勺酸汤送到苏欣嘴边，俩人笑着，极其幸福的样子。等她喝完，铁龙飞问道："你是不是觉得我要开始风光啦？"

苏欣用筷子夹块鱼肉，塞进铁龙飞嘴里，说："你不想风光吗？"

铁龙飞说："无所谓。"

苏欣拿筷子敲他，说："你傻啊？风光可以给人带来荣誉、利益和地位，你风光给我脸上都贴金。"

铁龙飞问："你真希望我风光啊？"

"当然啦！"

"可我就是个农民工，风不风光有那么重要吗？再说，我也不需要什么荣誉和地位，那些都是昙花一现，过眼烟云。当然，风光的好处，是政府、建设方业主和工程局可以多给我点儿活干。"

"这还不行啊？将来你一定能成为全国知名的劳务队，再做大就能当企业家。"苏欣高兴地笑着说，"到那时，我就是专门管你的企业家夫人。"

铁龙飞放下筷子冲她笑，说："拉倒吧。你可以当夫人，企业家就算啦，我还怕林天豹和其他队伍忌妒呢。"

"忌妒有啥用？"苏欣骄傲地说，"他们光想自己挣钱。社会上不缺有钱的富豪，缺的恰恰是心里时刻想着别人的人。你不是有钱人，可在大难来临的时候，你献出了自己的爱心，这里哪个劳务队能做到这一点啊？"

铁龙飞岔开话题，催苏欣吃饭，嘱咐她别对外宣扬，免得招来林天豹那些人的记恨。

这种担忧不无道理。自冯三去找林天豹算账，表明自己与铁龙飞成了生死与共的朋友，还发誓护着映秋后，林天豹心里特别不是滋味。他去寨子上看映秋家的房屋重建，碰到铁松儿后一直琢磨，为什么铁龙飞会派手下人盯在那里，包工队干活的人称是从县里拿到的援建任务，县里咋会这么巧交给了铁龙飞？他实在捉摸不透，就开车去了县里重建办打探。

工作人员很不耐烦，说："是人家那支劳务队捐建的，县里只发了建房补贴，没出钱。你想援建哪一户？"

林天豹支支吾吾，说：“我没想好。等想好再来申请。”

工作人员轰他，说：“那你回去吧，我们忙着呢。”

林天豹摸清了底，从重建办出来，先回驻地找会计拿了十万块钱，然后开车去了超市。铁龙飞、王大路和江水刚好都不在出口。林天豹停好车，壮着胆子走过去。映春站在门口，看他手里提着包朝这边走来，转头朝屋里喊：“阿姐，阿姐，姓林的又来啦。”

映秋正在算账，听林天豹来了，不由得打了个寒战，转身往里间躲。这时，就听林天豹问映春：“你阿姐呢？”

映红板着脸说：“不在。”

林天豹要往超市里闯，被映春和映红挡在门口，说：“阿姐不在就不在嘛！你不能进来。”

林天豹说：“我是来给你们送钱的，快闪开让我进去。”

林天豹力气大，映春俩人挡不住他，大声喊：“阿姐，他进来啦！”

映秋见林天豹这架势，不得不从里间出来，嘶声喊道：“你来干什么？我不想再见到你。”

两人一个站在柜台外面，一个站在柜台里边，就这样隔着说话。林天豹光拣好听的说，映秋不好当着映春和映红的面儿反驳他，怕影响生意，就从柜台里边转出来，喊他到外面去说。

俩人来到门口停车的地方。映秋说：“我不想再跟你有任何关系，请你离我远点儿。”

林天豹拉开包的拉链，亮了亮钱往映秋手里递，说：“你家遭灾盖房，我拿来十万块钱，你去用吧。”

映秋用手一挡，将包打落在地，说：“我不需要你的钱，滚开。”

林天豹弯腰把包捡起来，承认自己的过错，一再求她原谅。映秋早已死心，想想自己在这个男人那里受过的苦难和伤痛，绝不能回头，说道：“阿爸阿妈都没了，我们姐仨能活下去，用不着你发慈悲心。”

林天豹说：“我是真心的，就算我救济灾民。”

映秋说：“我不要，你想逼死我吗？”

林天豹恼羞成怒，吼叫道：“那你为什么要用铁龙飞的钱盖房？他跟你是啥关系？怪我冤枉你吗？”

映秋怒斥说："我用谁的钱盖房不用你管，铁大哥和王大哥愿意帮助俺姐仨，他还帮了山下村里的人，你帮了吗？"

林天豹满腔怒火，"哐"地将钱袋摔在地上，指着映秋的鼻子，说："你不用我的钱，也不能用铁龙飞的钱。你家盖房，他凭啥出钱？你俩还不是有扯不清的关系？你有本事自己挣钱去盖啊。"

映秋被气得说不出话，从地上捡起一根木棍抡向林天豹。映春和映红听她边哭边骂，也抓起拖把从超市里跑出来，冲到林天豹跟前轮番砸他。林天豹架不住三个人一起打，瞬间急了眼，顺势抓住映秋和映春手中的棍子，用力一甩就将俩人摔倒在了地上。映红又举起拖把去打他，棍子同样被林天豹接住，夺过去扔出老远。

林天豹发火时很吓人，两眼鼓胀，面红耳赤，吼道："我好心来给你们送钱，你们姐仨不知好歹，别怪我不客气！"

映春和映红坐在地上嘤嘤地哭，映秋两眼喷着怒火，站起来说："你别再纠缠我，死了这条心吧，我不想再跟你有任何关系。"

林天豹恶狠狠地说："我不会拱手把你让给别人，即使死了也要把你拉下地狱，不信走着瞧！"

林天豹开车走后，映秋姐仨回到超市痛哭一场。她后悔当年自己太幼稚，盲目轻信跟了林天豹，现在想断都断不了。

天黑时，小铁匠等人从洞里出来，跑去超市看映春，发现姐仨都不高兴，眼睛发红，问咋啦。映春见到他委屈的直哭，张口一句一句地骂林天豹，小铁匠便猜出是林天豹来捣乱了，跑去食堂拿了把刀，莽撞地说："我去捅了他，不然你们永远没有好日子过。"

映秋对林天豹恨得要死，曾经想过亲自去要他性命，哪怕自己赔他一条命，可想到映春和映红无依无靠，心忽然就软了，不得不放弃那样的念头。此时，小铁匠手里拿着刀，愤怒无比，映秋却突然变得十分理智，伸手夺过他手中的刀，说："你别去找他拼命，老二还指望你以后带她远走高飞呢。再苦再难，我一个人承受。"

林天豹咽不下这口气，回到斜井驻地饭也没吃，把刘万川和猴子叫到办公室，说："那臭女人死心塌地跟铁龙飞了，我不能让他们这么痛快。"

猴子和刘万川看林天豹怒气未消，提醒说冯三和铁龙飞没准儿会插手管这件事，不能跟他们来硬的，必须想其他办法，把铁龙飞干趴下。林天豹想了想，让他俩平常多备些炸药，说："铁龙飞再敢搅和我跟那婆娘的事儿，我就派人拿炸药把出口炸掉。那臭女人想要我死，他们俩也别想活着。"

刘万川说："老板，炸隧道可是犯法。女人嘛，舍就舍了，何必赌这口气。"

林天豹气哼哼地说："人活着就是一口气，整不住那个臭婆娘，我的脸往哪搁？"

猴子赶忙献殷勤，说："行，老板，只要你下决心，我就派人扮成送炸药的去出口，看我能不能把隧道给炸了。"

林天豹不再顾及那么多，再次将跟铁龙飞和映秋之间的关系，升级成了势不两立的敌对矛盾。

# 第二十六章

这天傍晚，小铁匠离开超市回到宿舍，既没将发生的事情告诉铁龙飞，也没跟铁铮骨、铁子安说，一个人坐在床沿上干生闷气。后来，他打电话给铁松儿，问他啥时候回工地。

铁松儿一个人住在一顶帐篷里，闲来无事，先跟李雅芹通电话问候孩子和父母，诉苦说出来快十个月了，实在想家，一定赶回去过中秋节。李雅芹说："你别回来啦，回来孩子也不认你。"

本是一句瞎逗的话，却引得小夫妻伤感难过了半天。铁松儿听见李雅芹在电话那头嘤嘤地抽泣，不知道该咋劝她，答应回去以后再也不离开她和儿子，不出来打工了，全家人守在一起过日子。

李雅芹"嗯嗯"地应着，十分牵挂地问他在工地吃得咋样，睡得如何，缺啥东西别不舍得花钱买，拿他当个小孩子。铁松儿更心疼李雅芹，觉得她生孩子带孩子不易，安慰说等回去了把所欠的一次补给她。夫妻俩再聊，便不自觉地说起了映秋家。

铁松儿称小铁匠会把映春带回老家结婚，剩下老三映红跟映秋孤苦伶仃，想认映红当个干妹妹，也把她嫁到老家村里去，征求李雅芹的意见，问她行不行。

李雅芹一听恼了，说："你缺妹妹啊？张善的对象你认当干妹妹，叫村里人咋说？要认你认，不要进我的家门。"

铁松儿不承想，这样的玩笑开不得，刚张口就夫妻反目了，把路堵死了。女人往往有很强的第六感，容不得男人在外面有任何花边新闻。自家男人出去打工，结果认个女的当干妹妹，带姑娘回到村里，李雅芹害臊丢不起人。夫妻长期两地分居，天各一方，本来就容易产生怀疑和误会，铁松儿一说认干妹妹，她当即起了心理反应，问道："你跟这女的是不是有啥事儿？"

铁松儿心里发虚，一本正经地说："铁匠跟我天天在一起，我能跟他小姨子有啥？张善这一走，看她怪可怜的，认她当干妹妹带回村里，不是跟铁匠对象，哦，就是老二有个伴嘛！"

李雅芹生气地说："那也不行。你敢带她回来，我就敢跟你离婚，抱着孩子回娘家。"

铁松儿见得罪了老婆，赶紧在电话里百般讨好，不停地向李雅芹赔不是，劝她千万别生气，一定要带好儿子，照顾好父母，哄了好久才把李雅芹的气顺过来。

挂断电话，铁松儿追悔莫及，抬手抽了自己一个嘴巴，刚要去洗漱，小铁匠的电话打了进来。铁松儿跟小铁匠说认干妹惹李雅芹发火的事儿，小铁匠则跟他说林天豹又去纠缠映秋的事儿。俩人一反一正，不厌其烦地聊了将近一个小时。

小铁匠说："瞧你那熊样儿，认映红当干妹妹，你闲的吧。俺嫂子能乐意你带张善对象回老家吗？"

铁松儿说："她跟映春是亲姐们儿，不是想给你对象找个做伴的嘛，你还嫌我啦，没良心。"

"咦，俺还没良心。"小铁匠说，"映春是俺对象，不用你给她找做伴的，要找我帮她找。你把她妹妹弄到老家去，算咋回事啊？"

"行，算我瞎操心。"铁松儿说，"林天豹纠缠她姐，龙飞哥在还用你着急？歇着去吧。"

俩人在电话里瞎呛呛，谁也说服不了谁，小铁匠让铁松儿离映红远点儿，铁松儿就提醒小铁匠少管映秋的事儿，不然还会像上次那样被吊起来打，因为林天豹是冲着铁龙飞来的，可又拿铁龙飞没办法，找个替死鬼撒撒气倒是不难。

铁松儿掐准了林天豹的脉。铁龙飞越是春风得意，林天豹越难以忍受。工程进度上，他下达死命令，并且一再逼刘万川和猴子，斜井必须超过出口。冯三和映秋都靠向了铁龙飞，不论花多大代价，也要把他俩拉过来。

第二天上午，铁龙飞江水和王大路戴上安全帽，正要陪苏欣进隧道检查，忽然来了一群肩上扛着摄像机、胸前挂着照相机、手里拿着话筒的青年男女，都是省市县广播电台、电视台和日报晚报等新闻单位专门派来的记者。他们向来机智敏锐，对采访地点、线路和对象摸得很准，下车后摄像记者扛着机器，环扫工地全貌和洞口，先把整座隧道照了个遍。

江水问："你们是什么人？从哪里来？"

两名年轻漂亮的女记者急忙自我介绍，称是省市县三级主流媒体的新闻工作者，按上级领导要求来工地采访铁龙飞，问："你是铁龙飞吗？"

江水摇头指向铁龙飞，说："我不是，他才是你们要采访的人。哎，龙飞，记者采访你，我们陪苏总进洞，你别进去啦。"

铁龙飞没接受过新闻媒体的采访，面对一群男女记者，心里有些发怵，对苏欣说："我没啥好采访的，你是隧道专家，也是项目总工程师，你跟他们介绍介绍吧。"

苏欣说："人家不采访隧道，采访你。"

记者们立刻围过来，镜头马上对准铁龙飞，说："是的。我们主要采访你。地震发生后，作为一个干轻包工的劳务队，你拿出钱来搞赈灾，是怎么考虑的？"

铁龙飞红着脸往隧道里走，说："捐那么点钱实在不值一提，没啥好说的，不采啦，不采啦。"

记者们拦住他，说："不采哪行？领导专门做了批示，你们这支劳务队将被树为抗震救灾标杆，今晚新闻播报都排好啦，报纸版面也留出来啦，就等镜头画面和新闻稿了。你得让我们能交差啊，完不成采访任务，我们回去都得挨罚。"

铁龙飞盛情难却，停住脚步转身面对记者。苏欣把他拉到一边，悄声说："看来你真要风光了。抓住机会好好给记者们介绍，晚上我在项目部等着看新闻。"

苏欣、江水和王大路走进了隧道，铁龙飞留下来，站在隧道口前面的空场上，介绍地震发生时的情况，从隧道到民工，再到坡下村庄惊心动魄的一幕幕，认真回答着记者们提出的每一个问题。

铁龙飞没有介绍他是如何救了冯三一家，也没提给县里和冯三家捐款的茬儿，更没提帮映秋家援建房子的事儿，而是指着隧道出口两侧的山上，非常沉痛地讲述了张善和疯婆子老两口儿遇难的情景。当听说张善死后，父母也上吊自尽了，那些年轻的记者们惊诧地“呀”了一声，说：“咋能这样呢？这可是一家三条命啊。”

记者们神情凝重，顺着他手指的方向朝山上看去，望见了掩埋在灌木丛中张善的坟头。

一名负责摄像的男记者说：“这么年轻，出来打工把命丢了，咱们上去拍个镜头鞠个躬吧。”

记者们响应了，问铁龙飞：“你能带我们上去看看吗？”

铁龙飞点头说：“走吧，我也想去看看他，跟我一个村的。”

山梁很陡峭，也没有路，两边长满了齐腰深的灌木和草丛。铁龙飞天天进隧道走山路，爬山不费劲，可记者们显得很吃力，尤其那些弱不禁风的女记者，一路牵着手往山上爬，还担心草丛里蹿出什么可怕的动物来。

来到张善坟前，铁龙飞停住脚步，突然伸出两臂护住后面的记者们，说：“别动，往后撤。”

记者们不知发生了什么，抬眼看坟头，吓得惊慌失措，“啊啊”一阵乱叫。一名女记者声音颤抖着说：“蛇！蛇！快，快，打死它，打死它。”

一条黑红相间的大红花蛇，有两米多长，盘在张善坟尖上，吐着芯子，着实有点吓人。铁龙飞镇定地说：“他是张善，别招他。”

“这是蛇，哪是张善？”

“他就是张善，迎接咱们呢。”铁龙飞肯定地说完，又喊，“张善，我们来看你啦，别吓着记者们，你去吧。”

那蛇似乎能听懂铁龙飞的话，吐着芯子行云流水般地爬下坟头溜走了。铁龙飞和记者们长长舒了口气，站成一排给张善深深鞠了三个躬。

拍完坟头和外景，下山的路上，一名女记者问铁龙飞：“可吓死我们啦，他真的会是张善吗？”

铁龙飞肯定地回答，说：“万物有灵。张善用灵魂守着这座隧道，这条蛇不会走太远。”

映秋见铁龙飞带着记者从山上下来，让映春和映红守好超市，自己朝她们迎面走去。记者们有些意外，望着她问是不是劳务队的工人。铁龙飞让映秋自己介绍，还说张善对象映红是映秋的二妹。

记者好奇地问映红在不在，能不能也采访一下。映秋拒绝了记者的请求，介绍自己家是本地寨子上的，为了方便民工买东西，才来工地开超市，阿爸阿妈在地震中去世，家也没了，是铁龙飞出钱帮助她们重建了家园。几个记者找到了被援建的当事人，立即将镜头和话题转到映秋身上，让她带路去寨子上看看援建现场。映秋说："铁大哥他们也没赚多少钱，不但出钱帮我们家盖了房子，还出钱支援了坡下的村里百姓。"

铁龙飞打断映秋，不让她再提，记者却穷追不舍，拽住铁龙飞刨根问底，结果把给冯三家借钱捐钱的事说了出来。记者们觉得这个更具新闻价值，硬要到坡下去找冯三。铁龙飞知道冯三在当地名声不好，这一挖有可能把过去犯的那些事全曝出来，带来不必要的麻烦。于是，铁龙飞打电话问冯三，愿不愿意接受记者采访，还要出镜上电视。

冯三有点发蒙，说："采访我干啥？我对镜头发慌，再说我正盖房呢，千万别来。"

记者只好作罢，但仍不放弃，问铁龙飞："你到底咋想的？你们本来不容易，为啥还舍得出钱搞捐赠，民工们同意吗？"

映秋在一旁插话，说："铁大哥他们赚的是辛苦钱，有时自己吃不上喝不上，捐助别人却很大方。"

是啊，越是从贫困苦难中走过来的人，越懂得穷人面对灾难的无奈。看着村里一片片倒塌的房屋，村民一个个无助的神情，铁龙飞恨不得能帮到每个人，可他自己的情况目前做到这些已经是尽全力了。

铁龙飞对记者说："谁说我吃不上喝不上？我让食堂已经准备了午饭，中午你们都在工地吃，尝尝我们的饭菜，看看伙食咋样。"

记者催着让他说捐款的事，铁龙飞说："一方有难，八方支援嘛！若地震发生在我们老家，大家也会捐款援助，不然咋叫社会主义大家庭？"

两名省台记者跑去食堂，扛着摄像机从里到外拍了个遍。一个厨师正在炒大锅菜，另一个厨师在炒小灶，把买来的鸡鸭鱼肉做成十几道佳肴，记者问给谁吃的，厨师称是招待记者的。省台女记者实在感动不已，说："我们又不进隧道出力，把好的都给我们吃了，民工兄弟吃啥？他们吃不好，哪有劲儿干活？”

厨师腰里扎着围裙，拾掇着刚杀好的鱼，说：“队长交代了，你们是客人，你们不吃，他心里过意不去。”

接近中午的时候，江水陪苏欣看完隧道从里边出来，与正要进洞的记者们相遇。江水向记者透露了一个秘密，说苏欣跟铁龙飞是一对恋人。这个素材对记者们来说简直是意外收获，立马围住苏欣问这问那。苏欣见过大场面，与记者侃侃而谈，把铁龙飞和劳务队好好夸奖了一番。

铁龙飞有些害羞，笑着说：“行啦行啦。我没那么好，别夸啦。”

一行人站在洞口外面聊着，摄影记者对龙虎碑产生了好奇，跑去对着两块碑“啪啪啪”地拍照，忽然间惊叫起来：“哎，龙碑上有蛇。”

这一声惊叫，把众人吓得迅速躲开。铁龙飞和江水背对着洞口站在龙碑前面，转身一瞧，只见盘在张善坟头上的那条大红花蛇，现在又盘在了龙碑上，仍朝大家吐着芯子。

苏欣也被吓了一跳，躲在铁龙飞身后，问：“哪来这么大的蛇？”

江水说：“山上到处是蛇，我找棍子把他挑走。”

记者们嚷着不让江水挑，说龙就是蛇，蛇就是龙，别挑他。其中一名女记者说：“铁队长，你不是说它是张善吗？咋跑这来啦？”

苏欣愕然地望着铁龙飞，问：“你说这蛇是张善？”

“是张善，他是来守护隧道的。”铁龙飞说着冲大红花蛇喊，“张善，你好好在这里待着，别伤好人，坏人来了就咬他。”

大红花蛇吐着芯子，直勾勾地盯着洞口。

此后，民工们每天都能看到这条大红花蛇蜷缩在龙碑上。王大路从食堂里提来一些供品，摆在了龙碑和虎碑前。头天摆上去的供品，第二天或者第三天夜里，会被周围的动物叼走吃完，也包括大红花蛇。王大路想劳务队只要在一天，他就会摆一天，直到隧道打通、高铁通车为止。

采访活动结束的当天傍晚，苏欣兴高采烈，把李从安和所有员工召集到项目部会议室，收看省市县电视台的新闻播报。

隧道斜井弃碴场不够用，林天豹刚好去项目部，想请路宽和汤公明出面协调当地政府，发现许多人都在会议室看电视。路宽见林天豹来了，就把他喊进会议室，说：“省市电视台马上播出采访隧道出口劳务队的新闻，看完再说。”

林天豹听铁龙飞上电视了，觉得奇怪，问：“啥时候采访的？”

汤公明说：“今天上午啊，省市县三级领导做了批示，可给咱们争面子啦，你学学人家铁龙飞。”

林天豹心里很不是滋味，“哦哦哦”地应着，走进去坐到会议桌边，偷偷地瞥着苏欣。苏欣坐在路宽和汤公明中间，觉出有一双眼睛在窥视自己，就装作没看见，低头问路宽：“叫他来干吗？看到龙飞上电视，他会被气死的。”

路宽说：“气死活该。同样是劳务队，他当铁公鸡一毛不拔，让他学学龙飞是咋做人的。”

林天豹憋着气坐在侧面，在省市电视台新闻播报里，看到了铁龙飞接受记者采访的镜头，画面中还出现了映秋的身影和寨子上映秋家重建的场景，连埋在半山腰上张善的坟墓，也展现给了观众，这令他极其不爽，但表面上还装作镇定，坐在那里一支接一支地抽烟，将整个屋子熏的乌烟瘴气。

苏欣被呛得连声咳嗽，喊：“林天豹，你能不能把烟掐了？呛死人啦。”

林天豹不敢当面反驳，连声答应着走出会议室。等看完新闻，路宽和汤公明从会议室里出来，问他：“老林，有何感受？铁龙飞做得不错吧？”

林天豹不屑一顾地说：“不错个屁啊，打肿脸充胖子，他真有钱吗？真有钱为什么不把全县援建都包圆儿？”

路宽鄙夷地说：“老林，你是吃不到葡萄说葡萄酸，你比铁龙飞有钱，那为什么不去上电视啊？”

“我没钱啊。”林天豹哭穷道，“施工用款都周转不过来，哪有闲钱去搞慈善？”

汤公明指着林天豹，说：“老林，看你这觉悟，项目部没少给你计价拨款，人家铁龙飞能捐，你就不能捐？县镇政府对项目部很支持，你哪怕少捐点表示一下，也算对赈灾有所行动嘛。你把钱看得那么紧，到时候人死了钱没花完可惜不？”

“咦，张善才叫短命啦。”林天豹说，“我钱花不了，人也死不了，放心啦。”

说话间，路宽先后接了两个电话，一个是县政府办打来的，说明天县长带有关部门来隧道出口慰问铁龙飞的劳务队。另一个是唐仁怀打来的，说业主公司董事长要来隧道出口检查工地，让项目部整理好现场。路宽立时紧张起来，走到会议室门口喊李从安和苏欣，让她们告诉铁龙飞连夜行动，做好迎接县长慰问和业主领导检查的准备。

林天豹听到路宽的安排，心里有点儿着急，问："县长和业主领导只到出口，不去我那里吗？"

路宽说："县长来慰问铁龙飞，去你斜井干什么？唐总没通知去斜井检查，只说来出口。现在想争荣誉，早干吗去啦？回去吧。"

林天豹汇报完弃碴场的事，悻悻地回到驻地，把刘万川和猴子叫来，问道："铁龙飞拿点臭钱去县里捐款援建，嘿，出名不说还成了标杆，你俩说咱们该怎么办？"

猴子不在乎地说："管他干啥子嘛？闷头赚钱才是王道嘛。"

刘万川说："老板，猴子说的既对又不对。咱们不能输给他铁龙飞呀，何不来个亡羊补牢？多花点钱，把面子争回来，县长书记和业主不来咱们斜井才怪呢。"

林天豹寻思一会儿，说："这……让我琢磨琢磨。"

铁龙飞接到苏欣的通知，叫停了夜间施工，将掌子面喷涌而出的裂隙水排进水沟，又从外面拉来几车灰渣，铺在初期支护地段的底板上，以便让领导进洞时不用换雨靴便可以走近掌子面视察，并叫王大路带领全体人员连夜进洞，将散乱在隧道里的方木、机械和七零八碎的物资材料堆放整齐，一直干到深夜。

路宽带着苏欣、汤公明和李从安，夜里十一点才赶到出口，对现场整理进行验收。工程项目自上马以来，这基本是不成文的规矩，只要迎接上级检查必须停工，窝工费全部由劳务队承担，令隧道包工头左右为难，毫无办法。好在路宽还算通情达理，给李从安下达指示说："你给他们签个单，误工费项目部买单。"

江水精明，听路宽发话，马上跑回办公室做了一份误工单，把时间、原因、人员工资标准、机械台班等填写清楚，拿起笔和误工单跑回去找李从安签字。

李从安笑笑说："嘿，你可真积极，签单不过夜呀。"

江水说："打隧道就得省着来，不该要的钱，我们一分也不要。"

李从安接过笔，当场签上了自己的名字。

第二天上午，县长带着政府办公室、住建局、人力资源局、重建办和工会的领导，先行一步来到隧道出口驻地，卸了两车米、面、肉、油等慰问物资。这样隆重的场合，自然需要项目部领导出面接待。路宽和苏欣赶到时，县长一行已经在简陋的会议室里坐下，身边跟着一群县广播电视台的记者。他们进去先寒暄介绍了双方人员，不等路宽多说，头天来的一位年轻女记者，把铁龙飞叫到了县长跟前，说："他就是铁龙飞，昨天我们来采访了。"

县长问女记者："还采访到啥啦？"

女记者笑着说："可多呢。山上埋了一座坟，有个民工在地震中遇难了，还见到一条大红花蛇，可能在龙碑上盘着呢。"

县长听后问铁龙飞："哟，稀奇呀。龙飞，有这回事吗？"

铁龙飞站起身来说："是的县长，我的一个民工在地震中倒下了。"

县长紧紧握着铁龙飞的手，轻轻拍了拍他的手背，说："今天来工地慰问，是因为你们给全县民营企业做出了榜样，苦了自己，却把爱心献给了灾民。所以，我代表县委县政府和全县人民，对你们表示感谢。县里财政吃紧，但我要给你披红挂彩，再给你们一块'抗震救灾优秀劳务队'牌匾，这是全县第一项荣誉，我要亲自给你戴上，发到你手里。"

铁龙飞习惯性地立正，"啪"地行了一个军礼，谢过县长和县委县政府，表示一定要为当地做贡献。等县长给铁龙飞披上绶带，将牌匾递到铁龙飞手里时，会议室里响起一阵热烈的掌声。

苏欣深情地望着神采奕奕的铁龙飞，脸上洋溢着幸福，悄悄朝他伸出大拇指打出胜利的手势。铁龙飞冲她笑着，将牌匾转手递交给王大路，重新坐回椅子上。

路宽趁机跟县长建议，说他得帮铁龙飞拉拉活，现在全县重建任务十分繁重，铁龙飞带领的劳务队作风好、队伍强、技术过硬和管理规范，还具有社会责任感，希望县里多给他们干些工程。

县长听后哈哈大笑，招呼住建局和重建办领导，说："你们说吧。"

住建局长是位中年人，笑容可掬，说："为了回报你们对全县抗震救灾所做的贡献，县政府决定，将城中河整治和防护工程交给你们施工，马上走招标程序，立即组织人员进场。”

听到这个消息，铁龙飞、江水、王大路以及全屋的人员兴奋起来。劳务队最开心的事，莫过于能源源不断地接到新项目。县政府的这一决定，对一个新成立的劳务公司来说，就是生存和发展的底气。苏欣看到铁龙飞流下了激动的泪水。被挤在窗外的小铁匠、铁铮骨、铁子安、映秋和映春，立马把这个好消息传递给工地其他人。霎时间，驻地一片欢呼声。

送走县长一行，路宽和苏欣等着迎接唐仁怀和业主公司董事长的到来。

董事长一行人走进隧道。洞子里打扫得干干净净，跨过栈桥又有灰碴铺路，虽然涌水量很大，脚下却没有泥泞，通风机把洞内的烟尘排出了洞外，空气比较好，机械材料码放得整整齐齐，非常规整，看着洞内文明施工环境，唐仁怀在董事长面前一直表扬铁龙飞。

苏欣负责介绍隧道进展情况，挤到董事长身旁，把整座隧道前期处理塌方和断层遇到的困难，后期采取的全断面开挖方案、排水与监测措施，总工期与节点工期，每天进尺以及二衬和仰拱施工，详细地讲解给领导们听。

董事长望着封闭了的掌子面频频点头，拍拍路宽的肩膀说：“选这支劳务队接手隧道出口就对了，姓林的斜井干得怎么样？”

路宽说：“掘进正常。”

董事长把铁龙飞召到身边，说：“加紧往前干，争取超过斜井拿第一。”

铁龙飞憨笑着，说：“请首长放心，我们有信心提前打到分界线。”

董事长说：“打到分界线不是目的，公司制定的目标是在总工期计划内早日贯通，有把握吗？”

“向首长保证，一定提前贯通。”

董事长笑了，说：“哎，我就愿意听你们劳务队这样表态，有股劲儿才行。你们队伍如果没信心，高铁通车就没有指望了。路经理，龙飞他们提前贯通，你们项目部要准备好奖金哦。”

路宽说：“是，董事长，奖金就在账上趴着呢。”

董事长对出口进度和现场管理，显然很满意。检查完隧道，迈进会议室尚未坐定，就从随行的秘书手里要过支票，当即宣布说：“为了表彰你们这支劳务队在抗震救灾中对地方政府和当地灾民的慷慨解囊，为高铁争了光，经地方政府推荐，公司党委决定，给你们颁发十万元奖金，钱由公司财务下拨，以资鼓励。”

在热烈的掌声中，铁龙飞接过了那张沉甸甸的支票，双眼噙满了泪水。他、苏欣、江水和王大路都没料到，地震后的捐款和对映秋、冯三家的援建，竟会带来这么大的荣誉和项目。

其实，地方政府和业主领导看重的不是铁龙飞捐了多少钱，帮忙给当地灾民盖了多少房子，而是他们的义举在社会上发挥的正能量。社会需要这种善良忘我的人，需要这种爱自己更爱他人的精神力量。

上午的活动结束后，民工们对铁龙飞充满感激与敬佩，抑制不住兴奋，纷纷跑来祝贺。铁龙飞的决定，改变着每个人的前途和命运，给劳务公司创造了前所未有的机遇，使大伙看到了长久发展的希望。

铁龙飞领到十万块钱奖金，把江水和王大路叫进办公室，将如何支配这些钱的想法提了出来，说：“给每个工人发四百，共五万；剩下五万，你们俩每人两万，我拿一万。”

江水说：“不行，咱们三个一样，每人一万。剩下两万得给苏总和路经理分分。”

王大路说：“人家能要吗？”

铁龙飞说：“既然这样，咱听江水的。咱仨每人一万，两万给项目部送去发奖金。”

路宽和苏欣当然不会答应和接受劳务队的奖金。铁龙飞打电话给苏欣，被直接拒绝了，苏欣说：“你们别考虑这些，我和经理能要你们的奖金吗？这是逼着我们犯错误。再说，你挣的钱将来也是咱俩的，除非你不想跟我结婚过日子。”

铁龙飞笑道：“好，听你的。你可要把话带给路经理啊，我们有这份心意嘛。”

苏欣说：“行，我跟他说。你们抓紧研究派谁去管县政府奖给你们的那个项目吧，我都替你着急。”

铁龙飞撂下电话，告诉江水和王大路，苏欣和路宽不要那两万块钱，干脆就用来当公司的周转资金。三个人达成一致后，便琢磨派哪些人去接县里给的任务，谁又能担当这个项目经理呢。全队的人被扒拉了一遍，从铁铮骨、铁子安数到小铁匠、铁松儿，又捋到河南工班的李工长和技术管理人员，觉得都不合适，这些人还不具备单挑一个项目的能力。铁龙飞建议由江水亲自挂帅当项目经理，小铁匠去当副经理，以师带徒组建项目部，再挑几个技术测量人员和十几个劳务工，从当地招些专业班组，这个团队完全可以把项目干好。

从眼下的隧道劳务队抽出部分人员成立新的项目部，这在民工中引起了巨大反应。晚饭后，三个人拉出名单，王大路把大家召集到宿舍前面的空场上，先给每人发了四百元奖金，然后铁龙飞宣布去新项目的人员。对江水去当项目经理，大家没有异议，一听小铁匠去当副经理，下面就炸开了锅。

铁铮骨说："铁匠太年轻，不如让我和子安去。"

铁子安跟着说："是啊，那活在老家就干过，论带工算账，铁匠真不如我和铮骨哥，让我们去吧。"

看他俩这么说，其他人也开始吵吵，顿时乱了场面。小铁匠听着不顺耳，站起来说："铮骨哥，瞧你和子安哥说的那话。我哪点不如你们？年轻是优势。我肯学爱钻研，夜校每门课程我都在你们前面，我去咋就不行呢？"

王大路气恼地说："行啦，争这个干啥？谁能去谁不能去，我和龙飞心里没数吗？都闭嘴。"

稍微平静了一会儿，河南工班的民工们又嚷道："叫我们的人去当副经理吧，我们跟江队长能打好配合。"

江水摆手示意，说："别争啦，小铁匠跟我去，是我们三个人一块决定的，以后大家都有机会。"

王大路和江水发了话，两大工班的民工们才不再嚷嚷。铁龙飞挺直腰杆，说："今晚，咱们商量的是如何上好新项目。大家的心情可以理解，但都想去新项目当经理副经理，隧道怎么办？咱们是劳务公司，不是零散班组，将来不光做这一个项目。我相信干完隧道会有更多的工程要交给咱们做，只要大家一心一意跟着我们三个干，我保证让每个人都有用武之地，有当项目经理的机会。我们的目标，就是要挣钱带大家一块挣，要富裕带着大家一块富。不然，今晚就不给你们发奖金了。信得过我们就这样定，信不过，你们自己可以去找新的项目当经理。"

铁龙飞一席话，动之以情，晓之以理，不仅镇住了在场的民工，还把大家说得很感动。此时，铁铮骨态度大转，说道："听龙飞兄弟的。没有你，我们也没机会出来挣钱。铁匠，你跟江经理去，干出个样子来给我们看；留下来的该上夜班上夜班，咱们踏踏实实把隧道干好。"

小铁匠被委以重任，既欣喜若狂，又忐忑不安。散会后，跑去办公室找铁龙飞，询问该做哪些准备。铁龙飞叫他听江水安排，到新项目上脑子要更加灵光点儿，学会跟人打交道带工班，更不能怕吃苦受累，提醒说："今晚你都看到了，许多人不服你，上去可别给我掉链子，干不好别回来见我。"

小铁匠感到脸上阵阵发烧，向铁龙飞表态一定当好助手，把自己锻炼成一个能独立管项目的人。铁龙飞答应项目赚了钱，会给他和江水分成。以后项目多了，把每个人拉出去单挑，只要创出效益，该奖的奖，该分成的分成。

小铁匠笑着问："龙飞哥，项目干完能给我分多少？"

铁龙飞转到桌子后头看着他，说："你这家伙，还没上去就想着分钱。先把本事练出来，最后分多少不是你考虑的事儿。"

小铁匠从办公室出来，信心满满地跑去超市，映秋三姐妹还没睡。映春问："刚才开会咋有人吵？"

小铁匠兴奋不已，说："反对我的人。"

映红说："他们反对你干啥？做错事啦？"

"我能做错啥事？"

映秋问："咋，你当官啦？"

小铁匠不好意思地说："不算啥官，叫我去县里给的项目上当副经理。"

映春惊喜道："呀，铁匠，当副经理是不是挣的多，可以发财啊？"

映秋白了映春一眼，说："闭嘴！是铁大哥信任他。铁匠，你去后别光想着挣钱，先把活干好。我得提醒你，不论你到哪儿，当副经理还是经理，即使以后当了公司老板，也不能甩了老二。只要你俩认为合适，离开这个工地前订个日子把婚结了，这个主我做啦。"

小铁匠和映春都有那种萌动的感觉，映秋催她俩出去说话。俩人刚来到驻地前面的溪谷，小铁匠的手机突然响了，铁松儿在电话那头"喂喂"地乱叫。

小铁匠调侃道："说话啊，憨熊！"

铁松儿说："兄弟，行啊，去当副经理啦？"

小铁匠说："咋，不服啊？"

铁松儿说："能服吗？年龄不如我大，本事不比我高，连媳妇都没有，嘴上没毛办事不牢，不放心啊。"

小铁匠说："去去去，快说房子盖得咋样啦？"

铁松儿说："封顶啦。屋里在刮腻子，安灯安门安窗户，再过几天就彻底完活啦。"

映春接过电话，高兴地说："谢谢你松儿哥，受累啦。到时，我和铁匠请你喝酒。"

"哟，弟媳妇。"铁松儿开玩笑说，"你和铁匠请客就免了，啥时请我喝你们的喜酒啊？"

"等你当上项目经理，连我们的喜酒一起喝。"

"行。"铁松儿认真地说，"映春，你别诓我。只要再拿到新项目，我就去当项目经理，到时你们不结婚，我就把你扛进洞房，不能晾着我兄弟啊。"

铁松儿跟小铁匠和映春，在电话里漫无边际地瞎聊，三个人对未来满怀憧憬。就在这一夜的溪谷边，小铁匠和映春真正走到了一起。

铁龙飞受到各界的褒奖，不但从县政府拿到工程，还获得了业主的重奖，这些消息让林天豹内心很是酸楚。他厚着脸皮去办公室找路宽，让项目部向县政府打报告推荐，申请参与县里的重建项目，并要求向业主公司申请抗震奖励。

路宽很为难，斜眼瞄着他，说："老林，你让我向县里和业主打报告申请这个申请那个，总得有个理由吧？你是为县里捐赠援建做贡献了？还是为业主公司和高铁增光啦？"

林天豹站在办公桌对面，给路宽递来一支烟，支支吾吾说不出理由，只表示同样是干隧道的劳务队，为什么县里和业主公司光照顾铁龙飞，而不考虑他。

路宽反驳道："哎呀老林，你要这么说，那就这样，你去找县政府，最好让书记县长和业主的唐总亲自给我来个电话，就说同意给你项目和奖金，我再正式给你打报告，免得都难看，这总可以吧？"

林天豹一听，路宽是在拐着弯拒绝自己，眨眨眼睛，说："项目部可不可以先打？我拿着报告去找县里和业主做工作。"

此话被走进来的苏欣和汤公明听见了。路宽摆出一副无能为力的样子，说："你们俩看看，老林非逼着项目部给县里和业主打报告，帮他要工程和奖金，这事能办吗？"

汤公明说："老林，项目部真帮你办不了这种事儿。你又跟铁龙飞比，也不瞧瞧人家是咋做的？你是咋做的？如果项目部说了算，不用你来找也会一碗水端平，还是把斜井任务先干好了再说吧。"

林天豹说："就打个报告，也不费劲啊。"

苏欣本不想理睬他，看他死皮赖脸没有走的意思，说道："是不费劲，可打上去引起县里和业主对项目部反感怎么办？"

汤公明劝他说："老林回去吧，以后不是水到渠成的事别来找项目部。全标段这么多队伍都像你这样，我们开个皮包公司光开证明收钱就行了，谁还干工程？"

林天豹的如意算盘再次落空，回去的路上骂完路宽、汤公明和苏欣，又骂铁龙飞，把心里所有的愤怒都撒到他身上。

第二天上午，林天豹去隧道找刘万川和猴子，站在洞口值班室后面的崖坡边上，解开裤子朝坡下撒尿。摔断的龙虎碑还在斜坡下，一泡尿滋过去，龙碑上突然伸出一个蛇头来，半泡尿被憋了回去。再仔细瞧，一大坨蛇身盘成卷，吓得他"妈呀"叫唤着，提起裤子朝隧道里跑去，整个裤裆被尿湿了。

见到刘万川和猴子，林天豹惊恐地说，龙碑上有条大红花蛇，差点儿吓死他。刘万川和猴子好奇，三个人一起跑出来看，大红花蛇仍盘在摔成几块的龙碑上不动，两只眼睛机敏地盯着他们吐芯子。

猴子说："蛇有灵性，千万别惹他。有山神庙在，不怕。"

林天豹后来听路宽说，出口龙碑上也盘着一条大红花蛇，并称是张善的灵魂化成的。这让林天豹心里发虚，就想大蛇若是张善所化，那一定是来报仇的，越想越惴惴不安。转念又思忖，大蛇肯定是两条，看来他们是一家，兴许龙碑上有啥吸引蛇的矿物质，所以才引得大蛇盘在上面不走。分析完认为不足为奇，很快就把此事忘在了脑后。

林天豹嘱咐猴子盯在隧道里，自己带着刘万川先回办公室拿钱，然后去出口坡下村里找冯三。刘万川很纳闷去找冯三做啥，林天豹说也去捐点款，既可以师出有名，去县重建办挂个号要工程，还可以将冯三从铁龙飞身边拉过来，一举两得。刘万川问，是不是也要给映秋家出钱盖房子？

提到映秋，林天豹就气不打一处来，说："她宁要铁龙飞的钱，也不要我的钱，你说还能再给她吗？"

刘万川说："冯三家你都给钱，那老板娘跟了你好几年，不出点钱确实说不过去，还是出点吧。"

林天豹说："哼！臭婆娘不知好歹，死了都活该。"

刘万川吃惊地说："老板，你别咒她呀。万一老板娘真到了死的那一天，还不是你去给她下葬？"

林天豹咬牙说："哼！她死不了。若真死了，谁愿埋谁埋，我才不管她呢。"

林天豹不好意思从隧道出口往坡下山村走，只好开车绕过大山去了村里。村里大多数庄户的房子已经开始封顶。找到冯三家住的帐篷，没见到他本人，冯三媳妇说他在老宅基地上守着房子封顶呢。

林天豹和刘万川赶忙开车赶过去。封顶是房屋主体工程最重要的一道工序，也是最要劲的时候。冯三一身泥水，看到来人是林天豹，就从院落来到路边，也没给林天豹俩人递烟，冷冷地问他们来找他有什么事。

林天豹装作很后悔，说："咳！地震后怪我一时糊涂，没想到兄弟家遭这么大灾，损失惨重啊。今日来是想给兄弟家捐助援建点钱，表示一下我的心意。"

刘万川很懂林天豹的做事风格，马上跟上节奏，迅速从包里掏出十万块钱往冯三手里塞，说："请冯哥笑纳。"

冯三吐出一口烟雾，没有急着去接，思索着他们的来意，问需要他出啥手续？林天豹说不用立字据，只要给县政府和重建办写个说明，标注房子是他援建的便万事大吉了。

冯三笑笑说："谢谢林老板的好意，可惜我家房子已经封顶，暂时用不着，请把钱收起来。"

林天豹着急地说："这哪行啊！你家有难，我怎么也得出手相助。万川，拿给兄弟。”

刘万川再次将钱塞到冯三手里，被冯三再次拒绝，说：“林老板，你是无利不起早啊，当初都见不着你的人影，现在来送钱援建，别给我来马后炮好不好？你让我给县里写说明，我没用你一分钱，你叫我咋写说明？我收了你的钱，不写说明你心不甘。写了说明，你会拿着我的字据去找县里提条件，回头县里来找我核实，我何必呢？”

林天豹额头上冒着汗珠，说：“兄弟曲解了。虽然因铁龙飞和那个臭女人，咱们之间闹过误会，但不影响我出资援建赈灾。这些钱你不收，我还是要捐出去。”

冯三说：“没工夫陪你们。钱你愿捐谁捐谁，我不需要，也不会上你们的当，更不会背叛我兄弟铁龙飞。谢谢啦，拜！”

说完，冯三转身朝院里走去。林天豹热脸贴了个冷屁股，望着冯三离开的背影，又气又恨，尴尬地站在那里久久没说话。

# 第二十七章

这天下午，铁松儿终于如释重负地完成了房子重建监工任务，映秋姐仨有了一处比以前老宅更好的新家，只是阿爸阿妈离他们而去，新家换了主人。

铁龙飞接到铁松儿的报告，当即给县住建局、重建办和镇政府工作人员打去电话，让他们对援建的房子进行销号。铁松儿守在寨子上，等铁龙飞对盖完的房子进行验收交接。铁龙飞交代王大路盯好隧道，自己验收交接完后，顺便去县城找找买车的地方，再购置一辆越野车，新车或二手车都可以。王大路也觉得两个项目只有江水一辆皮卡车来回跑，确实不够用，同意买辆新车，并叮嘱铁龙飞验收完把铁松儿带回来，新项目派出去一些人，材料收发货和加工保障，需要让他回来管。

苏欣本来要去参加业主公司组织的全线架梁和无砟轨道铺设施组和工期研讨会，刚上车驶出项目部，便接到了铁龙飞的电话，想叫她去寨子上一起验收，因为图纸是她设计提供的。苏欣算了算时间还来得及，答应他直接到寨子上会合。

俩人约好时间后，铁龙飞跑去超市喊映秋，姐仨头天晚上已从铁松儿嘴里得知房子盖好了，激动得一夜没睡，见铁龙飞来，都抢着要回寨子上看新家。

铁龙飞说："去验收办交接，谁主事谁去。"

映秋是老大，当然是她主事。映秋对映春和映红说："我一个人去，你们俩在超市等着。"

皮卡车被江水开去了新工地，出碴大车又在洞里，钢筋水泥材料运输车还没来。映秋跟在铁龙飞身后来到空场，问：“没车咱咋去？”

铁龙飞发愁地瞅着四周，心生一计，喊上映秋转到宿舍背后的高坡处，沿着下山的小路去了坡下的村庄。冯三家重建的房子已经封完顶，施工队的民工正在垒院墙盖大门。铁龙飞站在外面把冯三喊出来。冯三亲切地招呼他和映秋，可映秋看见冯三把头扭到了一边。

铁龙飞说：“冯哥，我没车用，借你车使使，我得去一趟寨子上。”

冯三掏出车钥匙递给铁龙飞，指指停在路边的越野车，让他拿去用，不着急还。然后问映秋：“你家房子盖的咋样？”

映秋低着头不回答。铁龙飞把话接过来，说：“盖完啦，现在去验收。你家房子盖得很不错，还需要钱吗？”

冯三说：“够啦兄弟。你一直在帮我，让我实在没法儿说了。”

映秋轻言轻语地说：“我家盖房也是铁大哥出钱帮忙盖的。”

铁龙飞感叹说：“她阿爸阿妈都在地震中走了，家里没人，咱不帮谁帮？”

冯三说：“兄弟是好人啊。哎，林天豹和刘万川昨天来找我，要给我送十万块钱，让我帮他给县里和业主写说明，说是他援建的，你看这孙子，处处算计。”

铁龙飞惊问：“你……收了吗？”

“呸！”冯三鄙视地说，“我算看清他啦，瞧他那德行。我名声是不好，干过坏事，可我侠肝义胆。而他见利忘义，杀人不见血。收他的钱，我可不想再自讨苦吃。”

“行，冯哥。”铁龙飞喊映秋走向越野车，“我们先走啦。”

铁龙飞两人正准备离去，冯三跑过去敲开车窗，提醒映秋说：“哎，你记住，林天豹再怎么求你都不能沾他一分钱。他再纠缠你，就给我打电话。”

映秋朝他点了点头。两人对视的那一刻，冯三迅速躲开了她的眼神。映秋看出了他的愧疚感，心里也舒服了许多。

“回去吧。”映秋说，“我们走啦。”

越野车行驶在去映秋家的路上。铁龙飞说：“听到了吧？林天豹要拿钱给冯三，可惜醒悟得晚啦。他一来想拉拢冯三，二来也想找县里和业主拿项目，把别人当傻子。说不定他也会拿钱拉拢你，让你再跟他回去。”

“我才不要他一分钱呢，即使死了都不会再跟他。”映秋说，“你把我从火坑里救出来，给了我们姐仨一个家，你和苏总才是我们的亲人。”

铁龙飞笑笑，说：“我希望你们姐仨能过上好日子。”

铁龙飞开车带映秋一路狂奔，几乎跟苏欣同一时间到达。铁松儿和包工头在寨子上见到他们，激动地说：“龙飞哥，可把你们盼来了，这些天把我快憋死啦。”

铁龙飞说：“你监工了这个小活，以后得学着去当项目经理。”

“人、材、机、运、管，就这套程序，我算账精着呢。”铁松儿扬扬自得地说，“铁匠这次都去新工地当副经理了，也必须给我安排个项目经理干干呀。苏总，你说是不是？”

“可以培养。”苏欣望着新落成的房子，夸口称赞盖得不错。映秋站在房前四处张望，房子虽算不上层台累榭，鸿图华构，却屋脊高耸，门窗宽敞，装修精巧，是老宅无法相比的，她边转边瞧，泪水直流。

苏欣问映秋：“哎，你满意吗？”

映秋频频点头，抹着泪说：“太满意啦。”

铁龙飞和苏欣带着铁松儿、映秋和包工头一起，比照图纸里外转了几圈，仔细查看每个细节，没有发现需要返工的地方。征得苏欣的同意，铁松儿从包工头手中接过钥匙转交给铁龙飞，说：“我完成任务是不是可以归队啦？”

“跟我一起回。”铁龙飞将钥匙在手中掂了掂递交给映秋，“给你，你们姐仨选个日子住进来，开开火。”

映秋接过钥匙，向铁龙飞、苏欣、铁松儿和包工队的民工深深地鞠了一躬，说：“苏总，我要给县里写封大字喜报，贴在重建办的门口，让全县百姓都知道，是龙飞哥捐建了我们家。”

没几天，映秋果真跑去新工地找到江水，让他代笔写了一张红色的大字喜报贴在了重建办的门口，引来无数围观群众。至此，铁龙飞更加有了名气了，县里的百姓都知道了，在高铁工地还有这么一支爱心劳务队。

映秋张贴大字喜报的消息不胫而走，林天豹自然听到了风声。东施效颦，林天豹在冯三那里碰了一鼻子灰，自己想做的事情未达目的，映秋却给铁龙飞锦上添花，气得林天豹要死要活，带着刘万川偷偷跑去江水的新工地看现场情况。小铁匠已经率领一批民工展开施工，吆三喝四，大有项目副经理的派头，民工们乖乖听他安排，很像那么回事儿。林天豹瞧着那样的场面，把一肚子气撒在刘万川身上，骂道："你和猴子啥时也能像这兔崽子一样，给我出去单独管项目？"

刘万川不服，说："老板，谁不想当项目经理管项目啊？可咱就隧道一个工地，没有其他项目呀。"

林天豹发泄说："你这是在怪我吗？我不服铁龙飞，还得去找那臭女人，她不能胳膊肘儿往外拐，帮别人不帮我。"

自从映秋拿到新房钥匙后，姐仨不愁再无归宿，一直沉浸在幸福之中，天天筹划买些啥样的家具，准备去挑两张大床和四季盖的被褥，五套桌椅板凳，一套沙发，两个大衣柜以及各种生活用品，外加做饭必备的燃气具，细细一算大概需要再花七八万块钱。开超市小有赚头，张二奎留下的钱还没花完，置办完家具尚有盈余，姐仨极为满足。

铁松儿从寨子上回到工地，稍有闲空，又跑去超市找映秋姐仨聊天瞎逗。这天晚上，他被材料加工棚的民工喊走，映秋让映春关门歇业。刚拉下卷帘门，映春听到外面"咚咚咚"有人敲门。

映春隔着卷帘门问："谁呀？关门啦，明早再来吧。"

"是我，刘万川，快开门。"

映秋在里间没听清是谁，催映春开门售货。卷帘门"哗啦"一声推上去，刘万川伸手托住卷帘门钻了进来，映春问道："你买啥？"

刘万川说："我不买东西，找你阿姐，快叫她出来。"

"找阿姐干啥？"

"真有事。"刘万川边说边伸头朝里边喊，"老板娘，我是刘万川，出来有事跟你说。"

映秋听来人是刘万川，想到肯定是林天豹派他来的，急忙从里间走到门口，驱赶道："你买东西吗？不买东西就走，我要关门啦。"

刘万川仍用手撑着卷帘门，生怕映秋拉上，说："别呀。老板娘，咱俩又没有仇，想请你到外面来商量点事儿。"

实际上，刘万川是被林天豹开车拉来的，只是越野车停在了坡下的路边，站在超市门口看不到。林天豹明知映秋不会要他的钱，仍不甘心，想再试一次。

映秋明确地告诉刘万川，自己不想见林天豹，若不走就打电话给铁龙飞和冯三，等会儿想走不一定走得掉。刘万川满不在乎，站在门口软磨硬泡。没做犯法的事儿，他当然谁来也不怕，只是想跟她商量商量事情。映秋拗不过他，让刘万川有事站在门外说，他嫌映秋俩妹妹都在，说话不方便，愣要喊她出去。

映秋想了想，旁边是宿舍，还有上晚班的民工，谅他不敢咋样，便从卷帘门下面钻出来，跟在刘万川身后往坡下走。拐过钢筋加工棚，前面没有照明，坡下很暗，再往下走才看清，路边停着一辆越野车。

映秋心里打着鼓，绷紧了神经，思想上略有防备，停住脚步问："你带我到底去哪儿？"

刘万川站在她对面，说："今晚老板叫我来给你送东西，你等着，我去拿。"

说完，刘万川朝越野车跑去。映秋环顾四周，墨绿的山峰在夜间一片乌黑，身后照明灯散发出的光线非常昏暗。她瞬间感到阵阵阴冷，防备之心顿时剧增。片刻工夫，刘万川提着东西回来了，身后跟着一个黑影。

刘万川说："老板娘，林老板来见你啦。"

映秋很生气，转身要走，被林天豹一把拉住，说："秋啊，你就那么恨我吗？我对不起你，真心悔过，请原谅我最后一次。"

映秋甩开林天豹的手，说："你松开，让我走。"

林天豹仍旧拉住她，说："秋啊，我不能放你走。"

"松开！"映秋怒吼道，"再不松开，我要喊人啦！"

林天豹示意刘万川，说："把钱给秋。"

"老板真心实意，你就拿着吧。"刘万川将一个纸袋塞到了映秋手里，转头对林天豹说去车里等他。

映秋扔掉手中的纸袋，说："我说过啦，不要就是不要。"

林天豹说："秋啊，咱俩好歹在一块待了几年，一日夫妻百日恩，你真不念一点以前的旧情吗？"

映秋愤然道："你啥时念过我的情？恨不得把我整死，你哪一点又值得我念想？”

林天豹哀叹说：“我是有做的不对的地方。咱俩虽然算不上夫妻，可你家有困难，我不能看着不管，再说你不能用别人的钱不用我的，盖房子买家具，我能出得起。”

映秋拒不接受，说：“我要谁的钱，也不会要你的钱。你我早说过分手了，别再缠着我。”

林天豹原形毕露，再次追问：“你是不是跟铁龙飞真睡过？”

映秋震惊地在黑暗中咆哮：“没有！我没有，混蛋。”

林天豹也开始怒吼，说：“既然没有，那你跟我说说，铁龙飞为啥要给你出钱捐建盖房？你为啥又愿意接他的钱？”

映秋不想再跟他掰扯，大喊：“来人啊……”

听映秋喊人，林天豹从背后猛地一把搂住她的脖子，并用手捂住了她的嘴。映秋越奋力挣扎，林天豹搂得就越紧，使她无法动弹。

林天豹奸笑着说：“我来给你送钱，没有别的意思，不过是想请你帮个忙，也写一张像铁龙飞捐建房子那样的大字喜报贴到县政府和重建办门口去，你干嘛帮别人不帮我啊？”

映秋使出全身力气，拼命掰开林天豹的手挣脱出来，说：“我不要你的钱，休想逼我写。”

面对映秋的强硬态度，林天豹无计可施，只好放开她，恶狠狠地骂道：“好你个臭婆娘，算我这辈子瞎了眼，你快去死吧。”

林天豹开车走后，映秋连吓带气，哭着跑回超市，“哗”地拉上了卷帘门。映春和映红听到映秋在哭，问她咋了。映秋说受了林天豹的欺负，映春急慌慌地拿起电话打给小铁匠，将事情经过讲给他听。

小铁匠远在县城工地上，挂断映春的电话打给了铁龙飞，说：“龙飞哥，刚刚林天豹又来欺负阿姐了。”

铁龙飞和王大路还在办公室里安排第二天的施工，听到这个可恶的消息，俩人一起来到超市，找映秋问清事情原委，可他俩亲自出面找林天豹没有正当理由。铁龙飞想了想，抓起电话拨给冯三，说：“冯哥，你看这咋解决？林天豹没完没了啦。”

冯三听后火冒三丈，说：“兄弟，你别管啦，我去找他。”

林天豹在映秋面前也吃了闭门羹，只好拉着刘万川返回斜井工地。刘万川好劝歹劝都劝不住他，安慰说："算啦老板，自古小人和女子难养。你女人碰上姓铁的，那还有好？跟他们置啥气呀。"

林天豹大发雷霆，骂道："我现在恨不得他们俩都死。"

冯三接到铁龙飞电话，穿上衣服往帐篷外走。两个孩子已经睡着了，老婆担心他出去惹祸，问这么晚去哪儿，他头也不回，说马上回来，让女人先睡。

刘万川回到驻地宿舍区，把林天豹送进屋，将装钱的纸袋交到他手里，问还有没有啥事儿，没有就先回去了，夜里还得再进隧道查夜班。林天豹把纸袋放进里屋，出来后坐在茶台前，唉声叹气，说："认识这个女人，太让我闹心啦。"

刘万川打心里不爱听他唠叨，说："老板，别想这些啦。你休息，我进洞里去看看。"

林天豹心情极其糟糕，没有半点困意，沏好工夫茶，一个人端着杯子喝，脑子里琢磨着如何从县政府和业主公司那里拿到工程与奖金，越想越生气，把所有的事都怪罪到映秋和铁龙飞头上。正胡思乱想时，房门"哐"的一声被踹开，惊得他打了个冷战，定眼一瞧是冯三。

冯三不像上次带了刀，而是两手空空，站在林天豹面前问："你是不是没长记性？"

听话听音，林天豹立刻猜到，冯三是来替映秋出头算账的，心中的愤怒瞬间爆发，站起身来指着他说："冯三，别不识好歹。我拿你当兄弟，你和那个臭女人却跟铁龙飞一起来打我的脸，我多少也是个老板。"

冯三抓起茶杯砸向林天豹，不偏不倚，正好砸在他额头上，鲜血眼看着流了一脸，骂道："我说过，再欺负映秋和铁龙飞就是欺负我，你没听懂吗？"

林天豹捂住受伤的额头，也抓过茶杯朝冯三砸去，冯三一个侧身，茶杯砸空甩到了门外。他转到茶台后面，左手抓住林天豹的领口，猛地将他摁倒在茶台上，右手提起滚烫的水壶就要往林天豹头上浇。鲜血模糊了林天豹的视线，但能瞅见热水壶高高地悬在头顶上，惶恐央求道："别别别，兄弟，我真的认输啦。"

冯三气愤难平，"哐"地将满壶热水蹾在茶台上，滚烫的开水冲出壶嘴溅了林天豹一脸，烫得他连连惨叫。

冯三松开他的领口，斥责说：“这是最后一回，希望没有下次。你若再敢去找铁龙飞和映秋的麻烦，我会要你一条腿和一只胳膊。映秋曾经是你的女人，可你呢？良心是不是被狗吃啦？”

夜深人静，上夜班的民工都在洞里作业，歇班的民工早已睡下，隔壁的民工听到吵闹声，猜到林天豹又招惹了冯三，懒得起来劝架，任凭林天豹在屋里吵闹。等不来后援，林天豹不敢再还口。冯三毕竟年轻力壮，下手又狠，林天豹头上还流着血，单枪匹马较量，根本不是他的对手，只能委曲求全，言称不想与他结仇，请冯三快点儿离开。

冯三一脸怒容瞪着他，从纸盒里抽出一张纸擦了擦手，再次警告林天豹离铁龙飞和映秋远点儿。

冯三走出林天豹办公室，开车离开斜井驻地，去出口见铁龙飞，告诉他和王大路，这次彻底解决了林天豹的问题，相信今后不敢再来骚扰隧道出口和欺负映秋。铁龙飞内心清楚，林天豹一次次地制造冲突，不断地攻击骚扰，纯属故意找碴儿，都是冲着他来的，无非是抢了林天豹的风头，救助了曾经属于他的女人，心里怨恨不服，所以才会祸起萧墙，这才是矛盾的真正原因。

有时，铁龙飞也后悔自己太过慈悲心肠，帮助了映秋，惹来了麻烦，但随后又想，自己做事堂堂正正，救人于危难之中本是天道，义无反顾又有什么不对的呢？

自此以后，林天豹消停了好多天，映秋再没遭到过无理纠缠和欺辱。但是，铁龙飞认为林天豹不是个吃亏的主儿，被砸得头破血流，还要让他咽下这口气，他是不会忍受的。

应该说，铁龙飞的判断很准确。林天豹刚摘掉浸血的纱布，就通过当地另一个小名人介绍，带着红包去见龙哥，在龙哥面前告了冯三和铁龙飞一状，请他出面教训他俩。

龙哥坐在沙发上，手里把玩着玉件，问：“路经理知道你们这些烂事吗？”

林天豹点头称知道。龙哥说：“铁龙飞也是我兄弟，当过兵，素质高，你少招惹他。至于冯三嘛，我倒可以去找他调解调解。”

说着，龙哥抓起电话打给路宽，问："路经理，你们隧道斜井那个林老板是我大哥，你提醒一下龙飞兄弟，少跟他闹矛盾。"

路宽听龙哥替林天豹说话，马上猜到林天豹去找了他，解释道："龙哥，铁龙飞从来不招惹是非，为全县抗震救灾做出了突出贡献，被省市县还树为标杆，就因为龙飞出钱给老林的女人家援建盖了房子，被他恨上了。老林经常找龙飞的麻烦，你最好别介入他们之间的事。"

林天豹站在旁边，龙哥将手机紧贴住耳根，声音很小。听完路宽的解释，龙哥脸色顷刻间变了，"嗯嗯嗯"地应着，翻着眼皮看林天豹。龙哥撂下电话，说："哎呀老林，不是我说你，龙飞兄弟出钱给你的女人家盖了房子，你应该感谢他，咋还恨上他了呢？这可是你的不对。"

林天豹一脸尴尬，说："嗯，主要是那个冯三，他可不是东西啦。我那么照顾他，结果他跟我翻脸，还动手打了我几次，我额头上的伤现在还没好呢。在这个地面上，龙哥您得为我做主啊。"

龙哥站起来抖了抖衣服，说："好，我去见见。"

林天豹走后，龙哥叫了四五个弟兄带上家伙，威风凛凛地朝隧道出口驶去。铁龙飞正在洞口调动混凝土搅拌站产灰，忽然看到两辆小车急停在了宿舍前面的空场上，只见龙哥从车上下来，身后跟着几个文身青年。铁龙飞赶紧跑过去，客气地邀请他们进办公室坐，并大声朝超市喊："映春，拿箱矿泉水来。"

映春正在超市里收拾货物，听见铁龙飞的喊声，对映秋说："阿姐，铁大哥叫送箱矿泉水过去，来人啦。"

映秋提着一箱矿泉水，朝铁龙飞办公室走来。到了跟前，映秋将矿水搁在地上，抽出几瓶往龙哥和那几个人手里递。

龙哥瞧着映秋，笑问道："嗯，龙飞，这姑娘不错。她是哪儿的？"

铁龙飞说："县城那边寨子上的。"

"哦？"龙哥又问，"是不是你给她家捐建了房子？"

"我是出了些钱，大部分用的是县里给的重建补贴。"铁龙飞答道，"她父母在地震中都走了，就剩下姐仨，在工地开了个小超市卖东西，不然她们怎么维持生计啊。"

"哦！我想起来啦，难怪老林说你跟他闹矛盾，原来如此呀。"龙哥咂巴两下嘴，问映秋叫什么名字？映秋低着头回答了他。

龙哥说：“嗯，看来老林没帮你，还恶人先告状。”

铁龙飞问：“龙哥，你们来找我和映秋，还是找……”

一个文身青年说：“不，我们要去找冯三。”

映秋听说这帮人要找冯三，立即想到一定是冯三出头帮自己讨公道惹了林天豹，这是林天豹的主意。

映秋鼓起勇气说：“冯三大哥没做错啥，林天豹不是人。”

龙哥瞧着映秋，思考着她的话，说：“我受人之托嘛，总得过来会会冯三这小子。”

映秋说：“求求你们，冯三大哥家刚盖完房子，也够难了，你们不能信姓林的话。”

龙哥莫名其妙地问铁龙飞：“兄弟，老林跟这姑娘有冤？”

铁龙飞苦笑着说：“龙哥，时间一长您就知道啦。走吧，我陪您去找冯三，他家就在坡下村里。”

冯三家的房子封完顶，安好门窗，垒完院墙和大门，施工队正进行最后几道工序。他在院子里窜来窜去，一会儿催促民工拌灰，一会儿嚷着加工石材，忙得不可开交，没有心思去关注外面的来人。再从屋里出来时，突然发现院子里多了五六个人，一看竟是铁龙飞、龙哥和几名手下，当时就愣住了，全身不由自主地抖动，喊道：“龙哥……”

龙哥根本不理他，绷着嘴唇仰头看新建成的院子，说：“房子建得不错嘛，花了多少钱？”

冯三瞟一眼铁龙飞和那几个文身青年，找来一把沾满泥土的凳子搁在龙哥面前，脱下上衣铺在上面，恭恭敬敬地答道：“没花几个钱。龙哥，房子没完工，就委屈您坐这儿吧。”

龙哥毫不客气地坐在凳子上，跷起了二郎腿。铁龙飞向冯三递了个眼神，说：“冯哥，龙哥今天带几位兄弟，是来恭喜你新房落成的，该请龙哥好好喝一杯。”

冯三心领神会，马上表示中午找地方坐坐。龙哥挥手说道：“算啦！我不是来讨饭吃的。冯三，我问你，隧道斜井工地有个叫林天豹的，你应该认识吧？”

"认识，龙哥。"

"他跟你有过节吗？"

"有。"冯三已经明白龙哥来的目的，直言不讳地说，"在老百姓眼里，我已经够坏了，可这个人比我还坏。龙飞兄弟在地震中救了我老婆孩子，而林天豹处处为难他。"

龙哥问铁龙飞："是这样吗？兄弟。"

铁龙飞说："龙哥，叫我怎么说呢？"

身旁的文身青年说："该咋说就咋说。"

冯三接过话，说："别难为他了，还是我来说。"

龙哥指着冯三，说道："你说。今天如果有半句假话，我就让弟兄们当场砍了你。"

冯三突然来了勇气，怒气冲冲地说："行，龙哥，就是死，我也要把话说完。"

于是，冯三从头到尾把从认识林天豹到俩人反目成仇的事说了一遍，最后说："林天豹连自己的女人都不放过。我曾明确地告诉他，龙飞是我好兄弟，我不能再做对不起那个小姑娘的事情，只要敢欺负龙飞和映秋，我就会找他算账。所以，我打过他两次。"

龙哥听完低下了头，起身拍拍冯三的肩膀，说："嗯！明白啦！行，冯三，看你还算有点儿良心，今儿个放过你。"

冯三额头上冒着汗珠，惶恐不安的心踏实了许多。

整个过程，铁龙飞站在旁边没多说一句话，等龙哥带着那几个人从院子里出来，问冯三讲的是不是真事，他才点点头证明全是事实。铁龙飞对林天豹给了他来高铁工地带劳务干活的机会，仍抱有感激之情，说了林天豹一大堆好话。龙哥对铁龙飞伸出大拇指，说："现在看，那个老林做过了，懒的理他。"

回到坡上，龙哥临上车前给林天豹打了个电话，埋怨道："老林，我来找冯三，在出口见到你的女人和龙飞兄弟啦。"

林天豹从隧道里出来，手机刚有信号，看是龙哥的电话，说："龙老板，那臭女人跟铁龙飞搞到一块啦。所以，我才找你出面。"

龙哥大怒道："放屁！不想想你都干了哪些见不得人的事儿，还叫我出面找冯三，我的脸都被你丢光啦。还是好自为之吧，以后你小心点儿，不要再来找我。”

林天豹被龙哥一顿训骂，像泄了气的皮球，浑身无力，头晕目眩。刘万川上前扶住他，说：“老板，看来这个龙哥也靠不住，咱们再想办法。”

因为有王大路、铁铮骨、铁子安和铁松儿等一批骨干作支撑，铁龙飞从没为隧道施工发过愁。反而是林天豹和映秋关系僵化带来的烦恼，让他感到很郁闷。

吃完晚饭，铁龙飞去项目部见苏欣，将林天豹最近又纠缠映秋、与冯三起摩擦和龙哥出面找冯三等事情讲给她听。

苏欣疑惑地问：“他们发生矛盾与你有直接关系吗？”

铁龙飞说：“这还看不出来吗？冯三和映秋不过站在前台，林天豹背后对准的是我，跟我赌气争胜，我不想跟他针尖对麦芒。”

“那就别理他。”

苏欣工作上不想分心，没拿这些当回事儿。嘴上不说，心里却替铁龙飞着急。她提醒铁龙飞，现在雨季进入高峰期，一定要搞好洞口排水，严防山洪泥石流暴发，隧道发生洪水倒灌。铁龙飞说已经接到项目部的通知，并做好了预防洪涝灾害的准备。

林天豹被龙哥骂完的那几天，整天神情恍惚，没精打采，将施工交给刘万川和猴子，连续两天闷在屋里，想着怎样灭灭铁龙飞的威风。他一次次拿起手机想打给铁龙飞，又一次次撂下，最后决定找机会去隧道出口面谈。

每年汛期，高铁工地各项目部都会接到上级和业主公司、当地气象部门的预警通知。此后连续几天，西南山区遭遇了极端天气，昏天黑地，工地附近狂风大作，预示着汛期的到来。

项目部工程调度是位毕业不久的女大学生。这天，小姑娘接到业主公司和当地气象部门发来的天气预报通知，提示暴雨和特大暴雨天气概率提高，有可能出现历史性超量降水，引发泥石流等地质灾害。她拿着电话记录，跑去向路宽和苏欣报告，请求立即向全标段各工区和施工队批示转发。

路宽签完字，把项目部领导和各部门人员，召集到会议室进行检查分组。隧道是防洪水和地质灾害的重点，他安排苏欣带队去检查，督促做好防洪准备。

苏欣接受了任务，穿上雨衣和雨靴，带着工程部一名技术员，冒雨驱车去了现场。检查完隧道进口，绕过一道山梁又赶去斜井，林天豹和刘万川、猴子都在洞里。上下行作业面石质不错，可裂隙水涌水量太大，不仅从插进掌子面的排水管里喷出巨大的水柱，而且初支好的洞顶缝隙里也“噼里啪啦”往下漏水，形成一道宽阔的水幕，不间断地滴水，砸在安全帽上“叭叭”作响。大型机械和出碴车又在洞内来回移动，使整个洞子没有一片干燥的地方。

苏欣两脚踩在犬牙交错的乱石堆上，站在掌子面前仰头察看，虽然不用担心围岩的稳定性，可如此大的涌水量令她疑虑重重，因为地质勘探资料上只标注了节理发育，没标明这座山脉系蕴藏有地下暗河。她怀疑是不是有透天溶洞直通山顶，将巨量雨水下灌到洞顶上方，通过裂隙渗透出来。但是，随行的技术员告诉她，踏勘现场时，已经沿着山梁查过了，没有发现山顶有溶洞口，这让苏欣一直很疑惑。

刘万川说：“治理排水太难了，再往前打不知会遇到啥。”

苏欣强调先排水再掘进，尤其接到了业主公司和气象站的极端天气预警通知，必须把洞内治水、洞外防洪涝灾害以及泥石流放在第一位。从洞里出来再看洞口环境，山脊陡峭，冲沟就在洞门旁边，一旦暴雨引发山洪和泥石流，会直接冲到斜井洞口。

外面下着雨，林天豹把苏欣叫进洞口值班室，毫不在意地说：“哪能那么容易发洪水泥石流啊？”

苏欣摘下安全帽，朝后捋捋头发，说：“万一下来，你的防护措施呢？”

林天豹执拗地说：“苏总请您放心啦。”

随行技术员建议林天豹将洞口大型设备挪到安全地带，同时多备些草袋和沙石料，可以随时在洞口构筑隔水墙，以免山洪倒灌进斜井。

苏欣说：“斜井是下坡，洪水冲下来会灌进正洞。防洪材料，草袋、铁锨、镐把、沙子都是必备的，还不快叫人去买。”

林天豹犹豫不决，好久才吩咐刘万川说：“听苏总的，快去。”

刘万川抖抖安全帽，拉了拉雨衣，跑出值班室消失在了雨雾里。苏欣让技术员到车上去等，屋里只剩下她和林天豹。她想问林天豹个问题，林天豹不以为意，反问道：“施工方面的吗？”

“不。”苏欣说，“是你跟铁龙飞和映秋之间的事。”

“我们没有什么事。”林天豹两眼盯着苏欣，目光中带着怀疑与怨恨，假装平静地说，“他干他的，我干我的，很好啦。”

苏欣把话挑明，说：“老林，你所做的这些我都清楚，包括你让龙哥去找冯三。铁龙飞跟你无冤无仇，很多东西都是你自己想象出来的。我们没有跟你过不去，即使龙飞出钱给映秋家援建房子，也是看她姐仨孤立无助。县政府给龙飞项目，不是他去要的。所以，你何必暗中跟他较劲呢？”

林天豹被苏欣点中要害，脸上的肌肉抖动了几下，抽出一支烟点着，说：“苏总，男人之间的事，你最好别管。有些事，你想管也管不了啦。”

苏欣冷静地说：“我必须管，因为铁龙飞是我未来的爱人。你不用担心我是项目总工，跟他处对象就对你不公平，对全标段的每家队伍，我都会公平合理对待。所以，希望你放下以前的恩怨，别再去干扰他和映秋的工作与生活，你能做到吗？”

林天豹移开了落在苏欣脸上的视线，将烟蒂“噌”地扔到门外的雨水里，烟火瞬间熄灭了，直白地告诉苏欣，他不恨铁龙飞，只恨映秋。

看着林天豹丑陋的嘴脸，苏欣心里憋气，说：“林天豹，我也是女人。映秋作为一个未出嫁的姑娘，跟你那么多年，没有做过对不起你的事。离开你的原因，跟铁龙飞也没关系，我相信他们。你视龙飞为眼中钉，把污名强加在他身上，并把一个跟过你的女人往死里整，人在做，天在看，难道不怕遭报应吗？”

林天豹被“报应”这个词激怒了，说：“苏欣，就算铁龙飞跟那臭婆娘没啥关系，可他抢了我家工程和饭碗。我的女人，他凭啥嘘寒问暖，还跑去大献殷勤，那个臭女人怎么能回到我身边？”

苏欣鄙视地一笑，站起来说：“林天豹，有时候人不如兽，兽都知道感恩图报，你当兽都不配，枉费了映秋当初对你的一片真心。”

这次对话，苏欣软中带刺的语言，非但没能使林天豹有太大的转变，反而令他更加暴躁。望着雨中驶离的越野车，他的心里翻江倒海，去找铁龙飞的念头越发强烈。

苏欣从斜井出来，转道又去出口检查。铁龙飞和王大路都在隧道里，看洞口事先堆放了各种防洪材料，就命令司机将车开进去。进洞口时一侧脸，发现大红花蛇像个站岗的士兵，淋着雨还盘在龙碑上。碑前面摆供品的三只盘，盛满了雨水，里边还残留着水果和点心。

苏欣让车稍停了一下，冲龙碑说："你不怕雨淋吗？快到窝里去。"

大红花蛇似乎能听懂苏欣的话，扭过头来朝苏欣吐了吐芯子，展开身子从龙碑上溜下去，沿洞门边墙爬上了山。苏欣看着它爬走，心里泛起阵阵波澜，眼睛有点儿湿润，对技术员和司机说："那蛇真通人性。"

司机将车开进洞里，说："蛇惹不得，灵性十足。你惹它，它就惹你。俺村有个街坊，就因为头天打死一条大蛇，第二天满屋子都是蛇，找他报仇来啦。"

技术员说："所以说，人还是要多做好事，不能没有敬畏心。"

出口掌子面类似于斜井，石质不差，就是水大。苏欣站在掌子面前察看了一会儿，开挖、布眼、初支、仰拱、二衬都很规矩，无须强调太多。苏欣也同样向铁龙飞和王大路提出，先排水再掘进。王大路把她布置的事项接下来，催铁龙飞陪苏欣出去。回到办公室，苏欣将她去斜井检查，与林天豹对话的过程给他从头到尾学了一遍。

铁龙飞说："林天豹变态哩，我碍他啥事啦？不做亏心事，不怕鬼敲门，他愿咋想咋想呗。"

苏欣说："龙飞，咱不管他，该尽的心尽到了。把隧道早点打通，我这个总工才能心安，通车时咱们结婚。"

俩人刚说完，见映秋身披雨衣，站在门口喊："铁大哥，刘万川说在县城没找到卖货的，打电话找我要草袋、铁锹和镐把，超市库里有，我想给他送到斜井去，能帮我找辆车吗？"

苏欣走到门口朝映秋招手，喊她进屋避雨。

映秋惊讶道："哟，苏总，你看，我老是麻烦铁大哥，真不好意思。"

苏欣亲切地说："快进来。是我去布置的，斜井防洪材料啥都没有。龙飞，你派辆车送过去。"

铁龙飞正要跑出去派车，不料林天豹的电话打了进来，问："铁龙飞，你在出口吗？要在，我现在过去找你。"

铁龙飞瞟了一眼苏欣和映秋，问："有事吗？"

苏欣和映秋听着不对劲，转脸去瞧铁龙飞。又听林天豹在电话里说：

“想找你好好聊聊，总不能因为那个臭婆娘，影响咱们俩之间的关系，起码是我把你从老家叫出来的。”

林天豹拿当初叫铁龙飞出来务工说事，大有让铁龙飞要记他好的意味，不然就会给铁龙飞扣上一顶忘恩负义的帽子。

铁龙飞想了想，回道：“那行。你在斜井等我，还是我去找你吧，不用劳驾你跑来跑去。”

送走苏欣，铁龙飞从洞内叫来一辆出碴车，接着从钢筋加工棚喊来几个民工，将刘万川要的草袋等防洪材料装上，扶着映秋爬进高高的驾驶室，俩人一起坐车朝斜井驶去。

# 第二十八章

傍晚时分，在淅淅沥沥的雨中，天空再次积聚起厚厚的乌云，雨点儿越来越大，眨眼之间狂风大作，暴雨如注。霎时，接天的水幕遮盖了山川大地，高铁工地变得一片漆黑。

大型自卸车拉着满车草袋和防洪用具，绕过山梁，艰难地行驶在通往斜井工地的便道上。“哗哗”的雨水敲打着玻璃窗，发出“噼噼啪啪”的响声，来回急速摆动的雨刷，始终刮不净如瓢泼的雨水。司机视线模糊，凭印象把住方向盘，在高低不平、积满水洼的土路上行进。

映秋坐在驾驶室后座上，透过右侧的车窗，模糊地看到前方天际乌云压顶，雨雾茫茫，心头不免一阵紧缩，双手把紧前座靠背，对铁龙飞说：“铁大哥，我好害怕。”

铁龙飞往后扭头看了看她，第一次轻轻拍了拍她的手背，说：“别怕，这段路师傅熟悉。”

拐过一道弯，司机朦胧中发现，远处高坡上几排彩钢房矗立在雨中，说：“前面到啦。这么大雨，会不会暴发山洪呀。”

“在坡上停一下，我下去。”车辆爬上高坡后，铁龙飞对司机说，“你把材料送到洞口，卸完车再过来接我。”

铁龙飞嘱咐映秋要想着跟刘万川清点算账。映秋说刘万川还在回工地的路上，她要等他回来。

司机问：“那我还等你吗？”

映秋说：“不用等。我让刘万川开车把我送回去。”

大车爬上坡，停在了斜井驻地宿舍顶头路边，铁龙飞推开车门，冒雨跳下去，快步跑向林天豹的办公室。在大雨滂沱中，司机将车开到了洞口。几个负责洞外保障的民工，躲在值班室里避雨。见大车来了，朝司机喊："马上要用，就卸在那里吧。"

司机将一车材料倾卸在了靠近斜井洞门的空地上，旁边紧挨着材料加工棚。映秋身穿雨衣，从车上跳下来跑进值班室，挥手示意司机开车去接铁龙飞。

几个民工见她进来，好奇地问："老板娘新鲜呀，好久不见，今天咋回来啦？"

映秋说："来给你们送材料。我不是老板娘，别这么叫我。"

一个民工诡异地笑着说："咦，我们都知道你在出口铁龙飞那边开超市，林老板经常去找你。"

映秋不高兴，说："你们谁清点那些材料？我要回去呢。"

雨太大，民工都不想出去收料，就让她等刘万川回来点验。他们不清楚的是，刘万川在途中遇到大洪水，路被冲垮阻隔在了山下。

铁龙飞闯进林天豹办公室，脱下雨衣，站在门口抖掉雨水，顺手挂在门框上。林天豹早已沏好茶等他到来。铁龙飞转身喊了一句老板，林天豹坐在小板凳上没起身，伸手示意他坐在对面的椅子上。

铁龙飞说："映秋把你们要的防洪材料拉到洞口去啦。"

"让她找刘主管。"林天豹倒了一杯茶端给铁龙飞，"你那个对象苏总找我谈过了，咱俩得好好聊一聊。"

"聊隧道吗？"

林天豹端起茶一口喝干，说："不，你打你的出口，我干我的斜井，谁先打到分界线，谁就往前冲。你若吃掉我的里程，我认。我先打到分界线，也会继续往前干，吃掉你的工程量。这个算不上什么啦。"

铁龙飞试探着问："行。其他那还有啥好聊的？"

林天豹说："我找你还是那件事。你现在风光无限，县政府给了你新工程，业主给了你奖金，可我啥都没有，两手空空。在高铁工地干了这么多年，没有哪个队伍能赢过我。可如今，我像个落汤鸡，你把我搞得太丢面子，窝囊得很呢。"

铁龙飞说："林老板，我没有跟你争的意思，也不会那么做，念你的好还念不过来呢，怎么会跟你作对呢？希望你不要把我树成敌人和对手。"

林天豹摇头，说："不是我要把你树成敌人，而是你把我作为对手。你风光归风光，我既不羡慕，也不忌妒。但你不该出钱把那个臭女人和冯三都拉到你那边去，让他俩跟我对着干。"

铁龙飞反驳道："林老板，这一点我不能接受。你这是以小人之心度君子之腹。以前有些事，我早已跟你说得很明白，不想跟你纠缠。还有啥要说的吗？"

林天豹马上变脸，说："既然你不接受，那就不聊啦。咱不说冯三，我只提一个要求，是你把那个臭女人拉到隧道出口去的，请你把她给我送回来。"

铁龙飞拍案而起，说："岂有此理。映秋离开你与我何干？她去出口开超市，你把责任推到我身上，这样做不觉得太过分了吗？"

林天豹不紧不慢，奸诈地笑着说："着啥急嘛！现在劳务队接新工程难，接好活更难。县政府和业主公司介绍的项目都是肥活。我不强求你非把那臭女人送回来，今后县政府或者业主给你活的时候，能不能把我一起拉上，咱们分着干，我中有你，你中有我，利益共享嘛。或者你向县政府和业主推荐推荐我，干上活咱俩五五分成。"

铁龙飞听着林天豹荒谬的想法，忍不住笑了，顺水推舟说："可以。只要有机会，我会尽力推荐，因为你是我的恩人嘛，但以后不准再跟我扯映秋和冯三的事儿。"

林天豹心里明白，铁龙飞不过是嘴上说说而已，根本不会去推荐一个与自己有冤仇的队伍，更不会与之合作干项目，只是虚实结合，想试探试探他的口气。铁龙飞知道，若当场拒绝，林天豹肯定认为要与他为敌到底，那就誓不两立了。若信口开河做出承诺，又会把自己逼到墙角，无路可退。所以，将计就计，狠狠将了林天豹一军，没有上他的圈套。

林天豹呵呵一笑，说："行，以后咱不再提那个臭女人。她是死是活与我无关，我伤透心啦。"

话音刚落，乌黑的天际像裂开一条缝隙，"哗"地划过一道刺眼的闪电，紧接着"咔嚓"一声霹雳，炸响在山顶上方。惊骇之中，林天豹和铁龙飞禁不住浑身一颤。洞口的民工生怕触电，不敢打电话。一个民工披着雨衣，不顾道路泥泞，在暴雨中朝林天豹办公室这边疯狂跑来，急促地大喊："老板，老板，不好啦，山洪泥石流下来，把老板娘和防洪材料卷走啦。"

林天豹和铁龙飞都听到了门外急切的喊叫声，可林天豹坐在小板凳上毫无反应，说："慌啥啊，快去救啊。"

"啊！她被卷走啦？"铁龙飞听到后，没顾上穿雨衣，快速跨出房门，消失在了茫茫大雨中。跑到洞口，发现从山上冲下来的山洪和泥石流，绕过洞口和值班室，吞没了钢筋加工棚、设备库和搅拌站等临时设施，还在继续翻滚着朝山下奔涌而去。几个民工早已离开值班室跑到高处，眼睁睁地望着那些设施被泥石流无情地吞噬，脸上露出绝望和胆怯的神情。

铁龙飞站在暴雨中，望着眼前的惨景，声嘶力竭地大喊："映秋！映秋……映秋她人呢？"

那几个民工指着还在不断移动的泥石流，说："她被卷到下面啦。"

民工们清晰地记得，泥石流滑落前，山洪突然翻卷而来，冲走了堆在那里的草袋、钢筋、小型机具等材料。映秋从值班室里快速跑出去，追着洪水去捡那些被冲走的草袋。几个民工跑过来，想帮映秋将散落的材料腾挪到洞内时，随着一阵轰轰隆隆的闷响，一股泥石流霎时间涌下山来，把洞口旁边第二次修好的山神庙压在了下面。

民工们惊叫着边往高坡上跑边喊："老板娘，快躲开！"

映秋只顾捡那些被冲跑的草袋，根本没回头看身后的情形，未承想后面一波又一波更大的泥石流已经涌到跟前，一眨眼工夫就把她和那些材料全部吞没了。惨烈的场面，让那几个死里逃生的民工心有余悸。一时间，这些人不知道该怎么办，傻傻地站在原地发呆。好在有一个民工忽然从迷茫中惊醒，冒着暴雨朝林天豹办公室跑去。

暴雨还在狂风呼啸中倾盆而下，泥石流仍在滑塌。铁龙飞急促地行走在泥石流的边沿上，扫视着遍地泥水，"映秋……映秋……"，一遍遍呼喊着她的名字，可没能听到她的应答。几个民工跑下来，将映秋被吞没的位置指给他看。铁龙飞不顾可能面临的危险，把自己的安危置之度外，俯下身子疯狂地用手去扒泥石流，嘴里喊着："映秋，你要活着，我来救你……"

又一股泥石流滚动着涌来。几个民工看到情况紧急，迅速从后面抓住铁龙飞的衣服，使劲将他从泥石边拽出来……

路宽、汤公明、李从安和苏欣，收到斜井洞口暴发洪水和泥石流的报告，一边安排调度，工程部和安质部，与斜井现场保持联系，一边乘车朝斜井赶来。

项目部调度打电话给刘万川，问洪水和泥石流冲毁了哪些设备和材料，对隧道造成多大的影响，刘万川回答他在回工地的路上，不清楚暴发了洪水和泥石流。调度小姑娘再打电话问猴子，手机打不通，急得不停地发牢骚。打给林天豹才收到回复，洪水既没倒灌进斜井，泥石流也没有造成劳务民工伤亡，只吞没了一个前来送材料的，连映秋的名字都没提。

路宽、汤公明和苏欣走到半路，听说映秋被泥石流吞掉了，防洪材料也被冲走掩埋了，无比震惊。

苏欣当即捂住脸哭了，说："映秋……好可怜，老天咋这么不开眼啊！"

暴雨一夜未停，直到翌日早上才云开雾散。山洪和泥石流以摧枯拉朽之势，给斜井工地造成了严重破坏，洞外一片狼藉。映秋因抢救斜井防洪材料失踪的消息，当夜传到了隧道出口和远在县城的新项目上。映春和映红痛失大姐，更没了主心骨，哭得死去活来。两人关了超市，跟随出口前往救援的队伍去了斜井。江水和小铁匠也从县城赶往斜井工地。

映春六神无主，见到小铁匠，哇哇地哭着说："我和映红咋活啊？"

隧道出口和斜井暂时停止了洞内施工。路宽、汤公明、苏欣和李从安，再次赶来察看斜井泥石流现场。王大路和刘万川分别把隧道斜井与出口洞内的挖掘机和装载机，调到洞口挖映秋的尸体。而林天豹望着被吞没的设施，心里估算着损失的钱数，站在人群外围，痛心疾首地吼叫："我的老天啊，你可让我赔惨了呀。"

这声吼叫，恰巧被旁边的路宽和汤公明听见，骂道："昨晚打雷咋没劈死你？映秋来给你送材料，连命都搭进去啦，尸体还没挖出来，你却在这里算小账。在你眼里，人的命不如钱重要。就你这货，早晚得当老绝户。"

林天豹被骂得脸色惨白，不敢还口，悻悻地往人群里钻。铁龙飞指挥四台挖掘机和装载机，从山根下一直挖到坡边，也没在泥石流下面找到映秋。

苏欣抹掉泪水，说："搞不好被卷到下游去啦。"

铁龙飞把那几个逃生的民工叫过来，声音嘶哑地问到底在哪儿被卷走的？民工们指着山坡边说："就在这儿。"

铁龙飞让王大路把挖掘机调到山坡边，继续朝下挖，结果先挖到几只草袋。铁龙飞蹚着泥走到铁斗旁边，喊："来，朝这下面挖。"

上百号人站在山坡边上，眼睛一动不动地盯着挖掘现场。王大路、小铁匠和铁松儿蹚着泥走近铁龙飞，指挥铲斗一片一片地清理。等挖去表层泥石，忽然露出了映秋被淤泥包裹的长发。

小铁匠急喊："在这里，不用挖啦，把铲斗提上去。"

挖掘机司机将铲斗吊起来，朝后倒着撤离现场，履带上沾满了稀泥。路宽、汤公明、苏欣和李从安等人，踩着淤泥迅速围上去。映春和映红走到坡边，瞧着黄泥下的头发，悲伤万分。

铁龙飞、王大路、小铁匠和铁松儿，走近那摊稀泥，弯腰伸手扒掉卷走映秋生命的泥石，只见她仰面朝上，怀里仍抱着一摞草袋，浑身上下黏着黄黄的泥巴，完全变成了一个泥人。

铁龙飞满身是泥，半蹲着身子，先用手抹去映秋脸上的泥巴，又从她怀里扯掉草袋，眼里含着泪水，轻声唤道："映秋，走，我们带你回家。"

四个人将映秋的尸体抬上山坡，找一块平地放下。看到这一幕的人都沉浸在无声的悲伤之中。这时，山风不再呼啸，大雨不再飘摇，山洪不再咆哮，一切的一切都停滞了。时间像静止了一样，空气都凝固了，天地间一片寂静，那是对鲜活生命的无上尊重。

映春和映红不顾一切地跪在映秋僵硬的尸体旁，悲咽难鸣，目断魂销。尽管俩人"阿姐！阿姐！"地呼喊她的名字，可映秋再也听不到她们的声音，她们同样再也唤不醒相依为命的阿姐了。

映秋为了能用库存的那堆草袋和铁锹换回几个钱养家，却丢了性命。看着她平躺在潮湿的泥地上，林天豹表现得很麻木，看不出有丝毫难过，目光里透着冷漠与怨恨，甚至有一丝得意。

铁龙飞走到林天豹面前，说："她是你的女人，你看后事咋处理？"

林天豹冷酷地说："还咋处理？埋了吧。"

"你就这样，一句话把她埋啦？"

"那我出点钱，还能咋样？"

铁龙飞握紧拳头，恨得咬牙切齿，怒吼道："要埋，也是你去埋！"

林天豹说："她早就不是我的女人啦，我没有义务去埋她，你们谁愿意埋，谁就去埋。"

说完，林天豹转身要走，被江水、王大路和小铁匠伸手拉住，映春和映红趁机扑上去，边骂边用手挠他的脸，吓得他直往后躲。

王大路揪住林天豹的领子，质问道："你说谁去埋？"

林天豹嘴硬，说："我说了出点钱，谁愿意埋谁埋。"

"你个混蛋！"王大路愤怒地挥拳狠狠打在林天豹脸上，小铁匠抬腿上前补了一脚，林天豹一个趔趄摔倒在地。

"畜生不如的东西！别说她跟过你，即使没跟你，哪怕是个路过的陌生人死在这里，也应该葬了她，何况她还是来给你送防洪材料的。她今天的死与你有直接关系。如果不是你们要防洪材料，她不亲自给你们送来，她会丢了命吗？"王大路骂道。

隧道出口劳务队的民工们群情激愤，齐呼"打死他！""打死这个混蛋！"

路宽走到林天豹面前，气得脸色煞白，几次用手指着他却说不出话来。

苏欣含泪说："林天豹，你是我见过的最狠心的男人，没想到你这么冷酷无情。"

刘万川和猴子在愤慨的众人面前不敢多言，从地上扶起林天豹说："老板，我们出点钱，派人去把她埋了吧。"

林天豹极其暴躁地说："我出点钱可以，但我不去埋。"

"江水，去开车，咱们把映秋拉回工地。"铁龙飞难掩心中怒火，说完走近苏欣，"你陪经理回去吧，我们去把她安葬了。"

苏欣呜咽着跟在人群后面，将映秋的尸体抬上车，目送铁龙飞、江水和王大路等人拉着她离开了斜井工地。

映秋的尸体运回隧道出口，铁龙飞让民工们在超市前面的空场上，露天架起一张平板床，把映秋从车上抬下来放到上面，提来清水为她洗面。擦拭完身体，叫映春回超市找来一身新衣服给她穿上。

铁龙飞掏出钱递给江水，说："去给她置办口棺材再下葬吧。"

为等棺材，尸体搁了三天。小铁匠、映春和映红在那里为她日夜守灵，没见林天豹派人来过，倒是盘在龙碑上的那条大红花蛇爬来了，在映秋停尸床前盘成一坨，吐着芯子，直到灵柩装车拉走才爬回到龙碑上。

铁龙飞带着王大路、小铁匠、铁松儿等人，把映秋埋在了寨子后山梁她父母坟头的旁边。映秋就这样草草地结束了悲苦的一生。入殓时，她同样睁着两眼，是铁龙飞伸手将她的眼睑往下抹了一把，才算闭上双眼。所有人都明白，她是放不下身后两个可怜的妹妹。

处理完映秋的丧事，小铁匠要回县城工地，映春和映红拉住他不让走，哭着说："全家就剩下我们姐俩了，俺俩无依无靠，不知道超市还能不能开下去。"

小铁匠心里发酸，去找江水请求再多留一天。

江水说："你留下来帮映春姐俩好好理理超市的事儿，我先回去。"

铁龙飞已经考虑到映春和映红的艰难，把江水、王大路和小铁匠叫到一起商量，说："铁匠，等映秋过完百天，你跟映春结婚吧，我们来帮你俩操办婚事。"

小铁匠说："今年年头不好，过年吧。"

王大路说："那我和龙飞替你父母做主，先去把结婚证领了，给你俩单独腾出间宿舍当新房，从工地回来想住一起就住一起，也好照顾映春。"

小铁匠发愁说："她家没人了，还不知道映红以后咋办哩。"

江水说："先解决你和映春的事，她妹妹的事以后再说，总不能把她姐俩一块嫁给你吧？"

中秋节前夕，满山遍野的果树结出了丰硕的果实。小铁匠带着映春去镇政府民政部门悄悄领了结婚证。从此，他成了映春和映红心中的顶梁柱。映春用稚嫩的双肩，挑起了超市的担子。

铁松儿不知道，小铁匠和映春已经悄悄结了婚，想到当初他答应李雅芹回老家过八月十五，看看快满一岁、已经开始牙牙学语的儿子，就兴高采烈地去跟铁龙飞请假。

铁龙飞说："工地上这么多事，先别回去啦。最近万一再有新项目下来，你咋去当项目经理啊？"

铁松儿犹豫，问："哪儿的项目？"

铁龙飞说："我这不是打比方嘛！铁匠结婚了，要工地超市两边跑，既要管项目，还要照顾映春和映红，哪儿需要，你就得往哪儿顶。"

“他跟映春结婚啦？”铁松儿很愕然，“我们咋不知道啊。”

铁龙飞说：“哪能所有的事情都让你们知道。映秋不在了，你说映春和映红咋办？”

铁松儿不知道是喜还是悲，打电话向李雅芹道歉，说中秋节回不去，只能回去过春节了。李雅芹怀里抱着孩子，苦楚难以言表，说：“唉！有没有你这个当爹的都行，回不来拉倒。”

铁松儿说：“告诉你件事，上次我要认的干妹妹映红，她大姐被山洪泥石流冲走了，她二姐跟铁匠结婚啦。”

李雅芹惊讶地问：“没见他们回来订婚呀？他家叔叔婶子也没去你们那儿，这是咋结的婚？”

铁松儿说：“龙飞哥和大路哥当的主婚人，反正俩人已经住到一块，现在就剩下映红一个人了。看她多可怜，咱们认她当干妹妹算啦。”

李雅芹冷冷地回答他，说：“还用你认她当干妹妹？你少管闲事。她二姐一过门，人家铁匠自然就把小姨子带回来啦。”

林天豹狠心对待映秋的卑劣行为，遭到民工们的强烈反感与痛骂。他也曾在心里暗暗忏悔，并偷偷开车去寨子后面的山梁上，跪在映秋坟前痛哭了一场。抬起头来的那一刻，他蓦然看见坟尖上盘着一条大红花蛇，朝他吐着芯子，吓得他丢了魂似的跑下山，开车疾速离开。

自那以后，林天豹夜里常常做恶梦，时而梦见映秋披头散发找他索命，时而梦见张善拿刀砍他，又“哗”地闪过一缕白烟变成了大红花蛇，满山遍野追着他咬。他赶紧打电话把刘万川叫过来，说：“我咋天天做恶梦呢？不是臭女人追我，就是那跛子砍我，大红花蛇咬我，我到底犯了哪门子忌了？”

刘万川安抚说：“没事老板。日有所思，夜有所梦嘛。是你的心理出了问题。”

这话可谓一语双关。平日里，刘万川对林天豹百依百顺，马首是瞻，但在处理映秋后事方面，也觉得林天豹做得太绝情，甚至有些不通人性，这也让自己和猴子有些寒心，趁机刺激了林天豹一回，又让他说不出什么。

林天豹寝不安枕，夜不成寐，便起身到外屋喝茶抽烟。在茶的作用下，越喝越没困意，只能熬到天亮。再一日，他没精打采地跑去察看现场，走到坡前朝下一望，又瞧见断裂的龙虎碑，大红花蛇仍盘在上面对他吐芯子。他惊骇不已，吓得后退几步。

隧道出口有蛇，映秋坟头上有蛇，这里怎么也有蛇呢？他有些发蒙，搞不清这蛇到底是从哪里爬来的，就喊民工拿来铁锨，要把大红花蛇挑走。民工刚将铁锨伸过去，那大蛇猛然一蹿，顺着铁锨把爬到了民工脸前，吓得扔下铁锨迅速躲开。

大蛇朝林天豹追来，林天豹“妈呀妈呀”地惊叫着往坡下跑，大蛇“噌噌噌”在他身后追，直追到办公室，林天豹关上门才算罢休。刘万川和猴子从洞里跑出来救驾，找遍房前屋后，也没看到大蛇的踪影。

刘万川说：“老板，没有大蛇呀，你是出现幻觉了吧？”

林天豹脸色蜡黄，汗流浃背，衣服都湿透了，坐在小板凳上摇头说：“不是幻觉，是龙碑上的那条大红花蛇。”

猴子说：“那我把龙虎碑埋了去。”

那大蛇说幻觉是幻觉，说不是也不是，其实是林天豹心里的毒蛇在作怪，集邪恶与狠毒于一身，浸淫了他的整个身体。

再去工地，林天豹仍会遇见那条大红花蛇。他在前面走，蛇就在后面追，只是追而不咬，让他整天提心吊担。后来，林天豹找到当地一位大仙去算命。

大仙说：“你得罪了阴阳两界的鬼神，可得花些本钱消消灾呢。”

林天豹赶快掏出红包摆在供台上，请大仙帮他作法。大仙让他跪在神龛前，点燃三炷香插在香炉里，然后端来一盆清水，手里晃着事先画好的黄纸符，嘴里念念有词，手舞足蹈，将清水洒了林天豹一头，着实折腾了一番。

临走时，那位大仙将两道黄纸符叠好，塞在他手中，说：“这是除去你心魔的符咒，戴上保你平安。”

自此以后，林天豹每天起床第一件事，就是看两道黄纸符在不在，装好以后才出门。没过几日，他和刘万川进隧道组织工人施工，穿过水帘时，被拱顶涌出来的裂隙水浇湿了口袋，伸手去掏黄纸符，结果纸符已经变成了糨糊，令他很是担心，问刘万川会不会再遇到那大蛇和做恶梦。

刘万川说：“你已经烧过香，磕过头，拜过仙，戴过符了，哪会再像以前那样啊。”

林天豹说：“可我咋觉得心魔还在啊？”

“那以后再去给你请两道符。”刘万川就这样糊弄着他。

冯三家乔迁新居后，想让老婆做一桌丰盛的饭菜，准备请铁龙飞、王大路、江水和映秋去家里喝温锅酒。他不清楚坡上发生了什么。铁龙飞和王大路都进了隧道，没找到他俩，就顺便去超市喊映秋，映春和映红听后直落泪。

冯三奇怪地问：“你俩咋啦？我可没干啥坏事。”

映春哽咽说：“阿姐走啦。”

“走啦？”冯三问，“她去哪啦？”

映红哭得更厉害，说：“被斜井泥石流吞啦，刚埋了没几天。”

冯三大惊，说：“咋会这样？林天豹埋的？”

映春摇头，说：“不是。是铁大哥和王大哥他们埋的。”

“去斜井遇到泥石流死的，林天豹为啥不去埋？”

“他不埋。”映春说，“钱也没出。”

冯三半晌没说话，转身走出了超市。铁龙飞和王大路一身泥水从隧道里出来，刚回办公室脱掉雨靴晾在门口，冯三脸色阴沉，骂骂咧咧走进来说：“老东西，真该死！”

铁龙飞和王大路以为谁招惹了他，感到莫名其妙，问道：“兄弟，你这是骂谁呢？”

“还能骂谁？骂那个老畜生呗。”冯三说着，便埋怨起铁龙飞来，“映秋走了，你们为啥不跟我说一声？活着的时候，我做了那么多对不住她的事，咋的也要让我为她抬抬棺啊。“

铁龙飞将冯三邀进屋，说：“人死一了百了，算啦。冯哥，你来有啥事儿？”

冯三说：“搬新家了，想请你们去我家喝个温锅酒，怎么也得谢谢兄弟不是？可惜，映秋不在啦。”

铁龙飞满口答应晚上去他家喝酒。冯三话题一转，提醒铁龙飞一定要去找林天豹要钱，起码将草袋、铁锹等防洪材料的钱要回来。

王大路说：“那人把钱看得比他爹都重，林天豹要有良心，自然会派人送过来。”

冯三说：“指望他主动送钱来，门儿都没有。”

等了好几天，铁龙飞果真没等到林天豹来送钱。林天豹认为映秋死了，映春和映红不会再追那点材料款，用不着再破费，毕竟好几千呢。铁龙飞不仅记着这笔账，还记着安葬映秋时所花费的开支，虽然寥寥可数，但那是应该给映秋的一种情份，逝者为大。人再穷，不能昧着良心赚一个死者的钱，何况映秋是为斜井去送材料丢掉的性命。

数日之久，铁龙飞没有等来林天豹，却迎来了副镇长和冯三村里的村委会书记主任。镇政府接到县住建局和重建办通知，说江水和小铁匠管理的县城工地，受到了县领导的表扬，进度快、质量优，要将村庄背后这座北山在地震中垮塌下来的滑坡治理交给他们干，活儿不算大，也就两千多万元投资，工程款从省市拨付的专项资金中出，主要打抗滑桩和连续墙，一劳永逸，不再让村里百姓受自然灾害的侵扰。

铁龙飞和王大路听后激动不已，问什么时候干。副镇长带来了工程设计、管理人员和图纸，说这是突击任务，需要马上进场施工。

副镇长问："能干吗？"

铁龙飞表态说："能干。搅拌站、材料都有，随时可以加工，劳力是现成的。"

村委会书记说："需要劳务我们村里有，干一天算一天钱，也带带村民，挣点钱补补地震损失。"

副镇长布置完任务后走了。工程人员留了下来，和铁龙飞他们一起看现场，办理交接桩，当场议价签订了合同。

铁龙飞问书记和主任："村里谁能组织劳务？冯三行吗？"

主任说："也只有他啦，别人镇不住。"

冯三正忙活收拾院子，被铁龙飞一个电话叫到了坡上，问："冯哥，你能在村里组织五十号劳力，按天结算，给你人头费，归铁松儿管理，一起来干吗？"

冯三自然是喜出望外，求之不得，说："行！兄弟，你的机械设备不够用，我把林天豹帮我租给土方队的部分挖掘机和自卸车调回来。劳力我来带，哪个敢不听，我有办法对付他们。"

王大路问："兄弟，不会嫌赚钱少吧？"

冯三不好意思地说："王哥，我哪有资格跟你们谈钱啊，我老婆孩子的命，都是龙飞兄弟给的。谁要说我认钱不认人，我就从悬崖上跳下去。”

这个大好的消息，又在民工和全线劳务队中引起了轰动，迅速传遍了整个工地。路宽、汤公明和李从安等项目部的员工们，都为隧道出口这支劳务队感到自豪，唯独苏欣坐在办公室里悄悄落泪。铁龙飞打电话告诉她又获得了一个镇政府奖励的新项目，既没有得到她的祝贺，也没能听到她开心的笑声，传来的反而是她的抽泣声。

铁龙飞警觉地问道：“苏欣，你咋啦……说话呀！”

苏欣将手机搁在桌子上，抽出两张纸巾擦泪，任凭铁龙飞在电话里问，就是不说话。

铁龙飞急躁地说：“你等我，我马上过去。”

铁龙飞花十多万块钱，新买了一辆国产越野车。他挂断手机，开车去了项目部，推开了办公室房门。苏欣坐在椅子上，含泪转身搂住他的腰，“呜呜”地哭得更加伤心了。

铁龙飞捧起她挂满泪水的脸颊，问：“到底咋啦？”

苏欣松开他站起身，从案头上抓起纪委发来的函件递给他看，说：“上级纪委给我发来了函询，有人匿名诬告我损公肥私，超规格接待，让我回复。”

铁龙飞仔细一瞧，函询件上提出五个问题让苏欣书面回答：第一条，要说明与铁龙飞恋爱的经过；第二条，回复铁龙飞是不是在本工地承包工程干劳务，干了多少工程量和投资；第三条，她对铁龙飞劳务队的计价拨款，是否存在弄虚作假，有没有超出计价范围和规定；第四条，有没有从铁龙飞队里拿钱；第五条，工作中有没有失职渎职现象。

看到这些，铁龙飞气得一巴掌将函件拍在桌子上，俯身安慰她说：“不用怕，都是栽赃陷害。”

苏欣委屈地说：“是匿名信。写这些信的没有别人，我敢肯定是林天豹。”

路宽和汤公明从工地回来的时候，铁龙飞正在办公室里跟苏欣商量怎么回复。路宽告诉她俩，也接到了局纪委审理室专门打来的电话，他在电话里断然否定了那些子虚乌有的捏造，但既然函询，就必须回复了结。

汤公明拿起函询件看后，说：“把你俩拴在一起，这么缺德的事，我看非林天豹莫属。”

路宽说：“回复吧，我跟计财部交代，把计价表、拨款单和劳务合同，全部复印一份附上，让纪委去审。”

苏欣很窝火，说：“龙飞在，虽然俺俩处对象，你们问问他，我花过他们队里一分钱没有。”

铁龙飞骂骂咧咧说：“简直笑话！她净想着给我花钱，写信的人咋这么能胡编呢？”

汤公明说：“苏总，你如实回复。纪委派调查组来才好呢，我和经理、从安来给他们解释。”

下午，汤公明向路宽汇报，要去斜井检查。路宽问刚检查完又去干什么。汤公明说不但去检查，晚上还要请林天豹吃饭，请他喝一壶。

路宽若有所思，问：“想弄清匿名举报的真相？”

汤公明骂道：“和这种人打交道，我心里觉得憋气。这老家伙太不是东西了，写信告苏总，只有他干得出来。你说，当初咋用了这么个队伍？”

路宽无奈地微微笑着，说：“说啥都晚啦。你去吧，请吃饭的钱回来我给你报销。”

汤公明叫上司机，乘车去了斜井工地。进隧道看完左右两个方向的掌子面施工，林天豹和刘万川陪汤公明从隧道出来，汤公明说一块去镇上找个饭馆喝酒，他来请客。

林天豹受宠若惊，说：“哟，汤副经理，你请我们那可不行。镇子上重建还没完，就在我们队里食堂吃吧，哪能让你破费啦。”

那天晚上，林天豹让食堂厨师做了六菜一汤，端到他办公室茶台上。林天豹从里屋提出两瓶好酒，几个人围在一起，你一杯我一杯地开始小酌起来。

汤公明悄悄打开手机录音器搁在茶台旁边，借着酒劲，故意把斜井施工夸了一顿，这也好那也好，就是山洪泥石流埋了映秋不好，林天豹手里举着酒杯，摇头称天灾人祸没办法，渐渐放松了警惕。

汤公明说：“哎，老林，听说没有，铁龙飞接了一个新活，政府又把出口滑坡整治交给他啦，这小子还真有福气。你哪个地方比他差啊，对不对？尤其苏欣当总工，处处照顾出口劳务队，让人看不过去嘛。”

林天豹将杯中酒一口喝干，扔下酒杯说："哼！我就是不服他。他能到今天这一步，还不是靠找了个当总工的好老婆？"

刘万川听到此话，端起酒杯跟林天豹碰，说是敬他，实则是让他别往苏欣身上扯。林天豹没领会他的意思，仍旧眉开眼笑地与汤公明畅聊。

汤公明将身子贴近林天豹，神秘地说："哎，最近听说没有，苏总正闹心呢，她被人举报了，说她假公济私，特殊照顾对象铁龙飞，这人真是英明啊。"

林天豹以为汤公明与苏欣工作上存在矛盾，就掏心掏肺拿他当知心人，举杯哈哈大笑，说："实不相瞒，汤副经理，我看只有你最公平，最理解人。我明人不做暗事，那些匿名信是我找人写的。"

汤公明几句话套出了事情真相，端着杯频频点头，用犀利的眼神盯着林天豹，看得林天豹直犯怵，问："汤副经理，我说错了吗？"

刘万川左瞧瞧右望望，伸手去拉林天豹，说："老板，你确实做错啦，那举报信哪儿是你写的，咋能乱说呢？"

林天豹甩开刘万川的手，说："我没做错。谁坑害国家，我就举报谁。"

汤公明质问道："老林，你弟弟林天虎恶意停工索赔，坑害项目部，你为啥不举报他呢？你们斜井偷工偷料，二衬故意留空洞，为什么不举报自己呢？啊？！"

"这……"林天豹迷糊了，刚才不是还好好的嘛，怎么转眼汤公明就变了呢？

"没见过你这样的坏怂。"

汤公明怒骂着，"叭"地将酒杯摔了个粉碎，起身走到门口，又转过头来，说："哼！你陷害的都是好人，苏欣没有假公济私，没有从铁龙飞队里拿钱。你告别人，自己能得到什么好处呢？"

林天豹被骂傻眼了，愣在了小板凳上。汤公明一走，刘万川"唉唉"地叹气，说："上当啦，老板。刚才拉你不听，哪能啥话都跟项目部的人说呢？人家是一伙的。"

林天豹如梦初醒，后悔不已，猛地将酒杯蹾在茶台上，骂道："奶奶的，姓汤的敢来诓我。"

铁龙飞走后，苏欣连夜逐条对应函询内容，写了澄清说明，以便进行回复。汤公明回到项目部，把路宽叫进苏欣办公室，打开手机录音器放给他俩听。苏欣气得浑身发抖。对林天豹这种恶劣行为，项目部是不能容忍的，有一万个理由可以将其清除出场，但要付出极其高昂的代价。遇到这样的队伍，项目经理往往考虑，换队伍会给工程带来怎样的负面影响和后果。所以，大多是糊弄着让这些队伍干完拉倒，以后有新项目，绝不会再让他们进入。

路宽一怒之下，抓起手机要拨给林天豹，想狠狠骂他一顿，被苏欣劝住了，说："知道是他这种人就行啦。我无愧于项目和企业，经得起组织调查。"

苏欣在电话里跟铁龙飞倾诉了林天豹的恶行，她的心已归于平静。王大路要带人去斜井找林天豹讨说法，铁龙飞叫住他，说："大路哥，狗咬咱一口，咱总不能再去反咬狗吧。狗就是狗，不是人。算啦，对这种人咱敬而远之。"

林天豹意识不到自己的言行举止，多么令人生厌。那种自私和贪婪，几乎让他站在了悬崖边上，再往前多走一步，就有可能坠入深渊，尽管这样，他仍不懂得收敛。

铁龙飞心里记着林天豹所欠的两笔钱。映春只记住了一笔，草袋和工具的费用。这天早晨，映春打电话给小铁匠，要去找林天豹讨要那些材料费。小铁匠劝她不要一个人去，等他从县城工地回来，两人一块去要，可映春心急得不行，独自一人去了斜井驻地。

办公室锁着门，她便去隧道口堵林天豹。来到洞口外仰头一望，发现冲下来的泥石流，将小半个山头的表层全剥离掉了，裸露出黄色的土质和青石，洞外场地已经恢复成原貌，坡下沟壑里堆积的泥石，再次勾起她的伤心往事，仿佛映秋还直挺挺地躺在湿地上，仍是那般凄风苦雨，映春禁不住潸然泪下。

"映春，"林天豹手提安全帽出现在她身后，"你怎么在这儿？"

映春避开林天豹的目光，问道："你啥时给我那些材料钱？"

林天豹眨眨眼睛假装糊涂，说："这……我身上没带钱，跟我去办公室拿吧。"

映春年轻经世不多，对人没有防备之心，就跟在林天豹身后去了坡下驻地。进到办公室，林天豹坐在茶台后面的小板凳上，不慌不忙地泡起茶来。

映春站在茶台前催他，说："你快给我拿，我要回去。"

林天豹只顾沏茶，也不抬眼看她，问：“多少钱？”

映春说：“一共三千六。”

林天豹端了杯茶给映春，起身转到映春背后，从眼里挤出几滴眼泪，可怜巴巴地说：“怎么说，我也是你曾经没结婚的姐夫，我对你阿姐还是很好的。后来她背叛我跟了铁龙飞，老闹着要和我分手。现在她走了，我日日夜夜想念她，想着想着就会想到你身上。所以，你能不能顶替阿姐跟了我？”

映春恶心得想吐，躲开林天豹，说：“你胡说啥呢？阿姐跟你几年得了啥好？你骗不了俺。”

林天豹像恶狼似的突然抱住映春，映春吼叫着奋力将他推开，骂道：“不要脸，你给我滚开！”

林天豹奸笑着走进里屋拿出一沓钱塞给映春，说：“你看，我有钱。只要你跟我，你想咋花就咋花。”

映春受不了侮辱，两眼噙满泪水，从那沓钱里数够三千六，将剩余的甩到茶台上，怒喊道：“我已经跟铁匠结婚啦，你不是人！”

林天豹愕然地望着映春，说：“你跟小铁匠结婚啦？骗我吧？”

映春哭着跑出了办公室。林天豹要去追她，刚跨出门，突然发现那条大红花蛇横在面前拦住了去路。蛇头高高地支着，嘴里吐着红红的芯子，吓得林天豹扭头就跑。

# 第二十九章

林天豹一口气跑到隧道口，刘万川正好在洞外调度机械。他拉住刘万川的胳膊，惊慌失措地指着身后的驻地，说："那……那大蛇横在办公室门口，挡我的路，你快去瞧瞧。"

刘万川说："不是早爬走了吗？怎么又回来啦？"

林天豹抹着头上的汗珠，说："真的。"

俩人站在洞口高坡上说话，刘万川朝下一瞅，看见大蛇盘在龙碑上。刘万川指指坡下的龙碑，说："这不，蛇在这里嘛。"

林天豹伸头看了看，龙碑上确实有一条一模一样的大蛇，说这是另一条蛇，那条蛇正在办公室门前挡着，这把刘万川绕迷糊了，直劝他不要乱想。林天豹执意喊刘万川过去看，刘万川让司机将机械开到洞里去，跟着林天豹去了宿舍区，可找遍房前屋后也没见着那条大蛇。

林天豹疑惑地说："哎，真奇怪啦，刚才明明横在门前挡我的路，咋转眼不见了呢？"

刘万川里外打量，猛一抬头，发现那大蛇盘在房顶上，头朝下倒挂了半米多长，正冲林天豹吐芯子。俩人惊叫一声缩到后面。

林天豹心惊胆战，冲大蛇说："你咋又来吓我啦？"

那蛇直勾勾地盯着他，却没再往下爬。

刘万川问："老板，刚才谁来你办公室啦？"

林天豹本不想告诉他，自己对映春做了欺凌之事，但不说心里又害怕，只好承认映春来要钱进过他的办公室。

刘万川马上明白了，说："啊，这就不奇怪啦。那蛇跟在身后护着映春呢，莫不是老板欺负了人家？"

林天豹矢口否认，刘万川根本不信。他太了解自己的老板了，一天离开女人，便会像霜打的茄子发蔫，猜他一定对映春有非分之想，说不定还动手动脚了，说道："老板，苍天有眼，蛇身灵异，以后还是放老实点好，别因为女人丢了性命。"

林天豹看蛇盘在屋顶，说啥不敢再住这间屋子，非让刘万川给他调换一间办公室。迫不得已，刘万川把里边的办公家具、床铺等用品全部搬出来，用两间民工宿舍跟他进行了调换。

映春装好钱逃离了林天豹的魔掌，满脑子都是他那丑恶的嘴脸和狰狞的面目，受了坏男人的欺负，传出去名声不好听。所以，不敢对外说林天豹欺辱了自己，委屈地哭了一路。

回到超市，映红见映春两眼红肿，问她咋啦。映春才流着泪把去找林天豹要钱的经过讲出来。映红气得大骂，但对林天豹束手无策，于是要打电话给小铁匠，让他带人去找姓林的讨公道。

映春阻止了映红，嘱咐她对谁都不要提，更不能让小铁匠知道。映红执拗，说："过去他欺负阿姐，现在又欺负你，咱家欠他的还是该他的？姐夫不去，我让铁松儿大哥带人去打他。"

映春还是不干，好说歹说才把映红压住。到了晚上，小铁匠从县城工地开着皮卡车回来了。映红几次欲言又止。小铁匠察觉出不太对劲，问映春到底咋啦，映红憋不住，把事情和盘托出，气得小铁匠顿时两眼冒火，问："他有没有咋着你？"

映春泪流满面，说林天豹对她又搂又亲，被她推开了。小铁匠二话不说跑出去，先到食堂找厨师要了一把铁勺，又拿起了只铁盆，抽了一把长刀掖在腰里，跑去宿舍找铁松儿，说："松儿，跟我去一趟斜井，我要找林天豹报仇。"

铁松儿刚洗漱完，正要脱衣上床睡觉，忙问："咋，他欺负咱啦？"

"欺负了映春，必须去找他。"

铁松儿立马从宿舍后面找来一只破桶和铁锨，跑到厕所挖了半桶大粪扔到皮卡车上，带上防身用的工具，开车直奔了斜井驻地。

斜井下了白班的民工还没完全就寝，各宿舍的灯都亮着。小铁匠将车停在宿舍顶头的路边，俩人提着铁勺和铁盆，走到林天豹办公室门口往里瞧，刘万川、猴子和会计都在，进去跟他对质一定吃亏。

铁松儿说："他们人多，咱俩寡不敌众，不跟他硬杠，去车顶给他叫魂，敢出来就用屎尿泼他。"

小铁匠和铁松儿返回车旁，将半桶屎尿和铁勺铁盆提到车顶，然后爬上去。夜晚的大山寂天寞地，闷声远传。俩人站在车顶上，小铁匠左手抓着铁勺，右手提着铁盆，铁松儿脚下放着粪桶，臭气熏天。小铁匠举起铁勺"哐哐哐"一阵乱敲，金属撞击声立刻传遍整个驻地。

小铁匠边敲边大声喊："林天豹，你个该死的老家伙，调戏俺家媳妇，今晚来收你的魂，快跟俺走喽！"

就这样，小铁匠站在车顶上，拉着长音叫一句，"哐"地敲一下铁盆，动静之大引起了民工们的好奇，都从宿舍里跑出来看热闹，七嘴八舌询问究竟咋回事儿。林天豹、刘万川、猴子和会计，也听到了叫魂声。刘万川对林天豹说，是山东队的小铁匠在外面叫魂呢，劝他千万别出去。

林天豹气得发疯，说："他们盼我死，我要出去找他理论。"

刘万川站起来用身子挡他，说："老板，咋回事心里没数吗？小铁匠还不是为映春来的？"

这时，只听外头铁松儿喊："林天豹，阎王今晚收你，阴曹地府的狩魂之鬼已经来啦，驴头马脸给你引路，不让你当孤魂野鬼，现在我们送你上路喽！"

林天豹听到叫魂声，瘆得浑身起鸡皮疙瘩，从里屋抓了根钢筋冲出去。小铁匠在车顶上边喊边敲，铁松儿手提粪桶随时应对围过来的民工。那些人闻到臭气，谁也不敢往前凑。刘万川、猴子和会计跟在林天豹身后，拨开人群冲到车前。

林天豹站在车下，用钢筋指着车顶的小铁匠和铁松儿，怒骂道："你们凭什么咒我死？把话给我说清楚。"

小铁匠"哐"地敲一下铁盆，骂道："林天豹，你是个混蛋，你坑了阿姐映秋，又调戏我媳妇映春。大家看看啊，你们跟了一个人面兽心的老板。今天上午，我老婆映春，来找他要草袋和防洪材料钱，他竟要我老婆再跟他，还对我老婆动手动脚。他想死，今晚我们就来给他叫魂，送他上西天。”

民工们被林天豹的丑事震惊了。有的议论说：“哟，老板咋这样啊？老板娘死了，又想霸占她妹妹，太恶心人了。”

还有人说：“如果没有这回事，这俩人怎么敢来叫魂啊？”

林天豹脸上火辣辣的，举起钢筋“咚”地砸向车顶。在灯光照射下，小铁匠和铁松儿迅速闪开。小铁匠说：“松儿，快拿粪泼他。”

铁松儿提起粪桶用力抖，一摊屎尿不偏不倚，从头到脚浇了林天豹一身。林天豹扔掉钢筋，闭着两眼，用双手将头和脸上的大粪赶忙抹掉。四周散发出的臭气让民工们迅速离开。刘万川、猴子和会计捂着鼻子，也不敢上前去拉林天豹，生怕弄脏了自己，光喊：“快让老板去洗洗。”

林天豹浑身臭烘烘地躲开了皮卡车。他往后退，民工们也跟着往后退。小铁匠和铁松儿将铁勺和铁盆扔进车厢里，从车顶跳下来。粪桶里还残留着一些屎尿，小铁匠提过来去追林天豹，民工们快速朝后面闪去。

“你个老混蛋，看你以后还欺负不欺负女人。”

小铁匠将桶里剩下的屎尿再次泼向林天豹身后，整个驻地到处散发着污浊的气味。

第二天上午，铁龙飞、王大路和江水才知道头晚发生了这样一场闹剧。他们并没有责备小铁匠和铁松儿，听说林天豹被用大粪泼成一副狼狈相，笑得前仰后合。

苏欣也是第二天知道的这个消息。她去斜井检查，林天豹并没有出现。小铁匠和铁松儿开车溜掉后，他回屋脱去身上又脏又臭的衣服，让刘万川用棍子挑着扔进屋后公厕，赤裸着身子钻进洗澡间，冲洗了好几遍，从头到脚一遍遍打香皂，好不容易才去掉浸进头发根和皮肤里的臭味。虽然换了身新衣服，可屋里的臭气依然充斥了好多天，加之这种丑事扩散得比火箭上天还快，实在丢人现眼。苏欣来检查，他当然没脸去陪。

苏欣对纪委发来的函询件如实回复一个月后，纪委给项目部和她本人发来了结论，认为举报内容不实，提醒她在工作中要坚持原则、守规矩，可她憋了一肚子火。明知是林天豹写的匿名信，仍要沉住气。隧道涌水量越来越大，苏欣准备去找业主公司和设计院，看能否再进行一次补勘，弄清涌水的源头，提醒刘万川和猴子千万不能盲目施工。

从隧道里出来后，苏欣问林天豹为啥不到洞里来。猴子说昨晚被隧道出口山东工班的小铁匠和铁松儿用大粪浇了，还叫了魂。苏欣好奇地问，为啥往他身上泼大粪？

刘万川不好意思地笑了，晃着脑袋说："映秋不在了，老板又想让映春跟他，也不知道他想啥呢。"

苏欣感到厌恶，说："他以为他是谁啊？还想霸占映春，人家早跟小铁匠领证啦，泼他活该。"

离开斜井一坐上车，苏欣"咯咯咯"地笑个没完，打电话给铁龙飞，说："小铁匠和铁松儿咋晚来斜井叫魂太逗乐了。你们别批评小铁匠他们俩。"

铁龙飞呵呵笑着说："他俩做得对哩。虽然拿臭大粪泼人听起来不雅，但对付林天豹，这回他俩立功了，奖铁松儿个项目经理当当。"

小铁匠一解辱妻之恨，第二天开车回了县城工地。江水发现皮卡车顶，被硬物抡进去一道坑，还透着一股大粪的臭味，问："昨晚让拉大粪车撞啦？"

小铁匠用手摸着车顶那道印，红着脸说："林天豹用钢筋砸的。"

江水又问："你咋跑斜井去了？"

"去用大粪浇他。"小铁匠说，"混蛋，敢欺负我媳妇。"

再往细里一说，江水就恨起林天豹来，说："你和铁松儿胆子真不小，俩人敢去闯虎穴，咋不把林天豹摁到粪坑里淹死他？"

"他们人多。"

"去洗洗车，去去味儿，太难闻啦。"江水说，"我和龙飞研究，这次叫铁松儿当项目经理，去组织实施滑坡治理。"

铁松儿把那晚去叫魂和泼大粪当成了笑话，逢人便讲林天豹的丑态，这让民工们对他和小铁匠佩服有加。铁龙飞和王大路看准铁松儿有股子冲劲，监工重建映秋家的房子管得不赖，活也很仔细，商定让他独自挑一回重担，既是对人才的一次考验，更是对铁松儿培养的一次锻炼。

铁龙飞问："担得起这副担子吗？"

铁松儿信心满满地回答："没问题！干不好，你和大路哥把我撤了换别人。"

王大路说："不单要会干活，更要会算账。不求赚多少，只求不要亏，咱们是劳务公司，亏不起。"

铁松儿说："咳！赔本的买卖，我才不干哩。"

接完桩，铁龙飞俩人从隧道工班分出几个人，测量试验和材料加工、混凝土保障与隧道共用。然而，随着项目增多，劳务和技术人员日渐紧张，铁龙飞便打电话给汪文进，请他帮忙再从老家招些整体工班和人员来工地。汪文进满口答应马上张罗，并称以后也想辞职，出来跟铁龙飞一起干工程。诉苦说现在的工资养家糊口不成问题，但要想存钱太难了，供孩子上大学都够呛，更别说想要办大事了。

铁龙飞说："行，你先把工班招来。啥时想出来，你告诉我。"

落实完管理人员，铁龙飞打电话把冯三和铁松儿叫到办公室，介绍俩人相互认识后，说："冯哥，从明天起，你把村里的劳务组织好，有事跟铁松儿商量着来。"

冯三汇报说："已经把租给土方队的挖掘机和装载机调回来停在村口了，随时可以施工。"

铁松儿开玩笑说："冯哥，你带的村民可别跟我闹事啊，我怕。"

冯三认真起来，说："我在，他们敢吗？"

铁龙飞扬了扬手，说："你怕啥。咱是为村里人不再遭灾干这个活，冯哥能让村里人瞎闹嘛，何况县里和镇政府领导都支持呢。"

谈完人工和机械费，王大路去起草合同，铁龙飞、冯三和铁松儿喝茶聊起那晚叫魂泼粪的事，冯三听完，止不住地大笑。

冯三骂道："林天豹这人是见钱眼开的玩意儿，这么大岁数老想着泡小姑娘，有钱就知道嘚瑟，没见过女人。"

铁龙飞说："映春要回了草袋和工具钱，映秋丧葬费共花了两千多块钱，我不打算找他要啦。"

冯三斜楞着两眼，说："兄弟，干吗不要？给他省着搞女人啊？林天豹给映秋出丧葬费是必须的，不然白跟他好几年，哪有这么便宜的事情。如果你们不好意思，我去找他讨。"

铁龙飞叹了口气，说："算啦，咱也不缺他那两千块钱，凭他良心吧。"

铁松儿说："冯哥说得对。该他出的钱凭啥不出？要回来捐给村民都比留给他强。”

林天豹清楚，安葬映秋肯定花了钱。但他觉得映秋走了，没必要再为她花额外的钱。所以，没想再出这一份丧葬费。泼大粪事件被工地上跟他熟悉的几个包工头听说后，都好奇地打电话问原因，林天豹并不觉得丢人，哈哈一笑了之，转而琢磨起了县镇政府奖给铁龙飞的新工程。

俩人谈判时，铁龙飞的确向林天豹表过态，答应有活推荐他或者合着干，现在有了新项目，林天豹要看铁龙飞如何交代，可找什么机会去跟铁龙飞见面谈，成了一道难题。左思右想，忽然想到了还欠映秋的丧葬费，于是，他带了两千块钱，把刘万川从隧道里喊出来，让他跟着去隧道出口。

刚跟小铁匠和铁松儿闹得不愉快，刘万川觉得斜井跟出口是死对头，不应该这个时候去求人，问林天豹是去送映秋的丧葬费，还是去跟铁龙飞谈合作。林天豹心怀鬼胎，驾驶着越野车，叮嘱刘万川见机行事，毕竟铁龙飞承诺过向县政府推荐他。滑坡整治是肥差，林天豹恰似一只外号非洲二哥的鬣狗，最习惯偷狮子捕食的猎物，想能多吃就从铁龙飞碗里挖一块吃。

林天豹将车开到隧道出口前面的空场停好，跟刘万川一同从车上下来，下意识地朝超市扫了一眼，门口围着几个买东西的民工，没发现映春，却看见映红从里边出来。

映红扭头看到了林天豹和刘万川，瞬间来了气，指桑骂槐地大声嚷叫：“看呀，屎壳郎驮着一团屎，从粪坑里出来，还好意思到处转悠，不嫌丢人，就该一脚踩死他。”

门口的民工们好奇，还真转身四处找。映红说没在这儿，在前面呢。民工们抬眼齐刷刷朝林天豹看去，接着哈哈大笑。林天豹受不了众人的嘲笑，站在铁龙飞办公室门外，气急败坏地指着映红说：“你在骂谁呢？”

映红年龄虽小，却不怕事。知道白天周围到处有人，想林天豹也不敢咋样，便从门前抄起拖把追过来，骂道：“就骂你个老不正经，欺负完我大姐，又欺负我二姐，你人比屎壳郎都臭。”

刘万川见映红举着拖把打林天豹，赶紧用身子去挡，结果替林天豹挨了重重一击，顺势抓住映红的手说：“打也打了，骂也骂了，粪也泼了，魂也叫了，大人的事你别掺和行不行？”

映红愤慨地说：“不行，我就要打死他这个快入土的。”

铁龙飞、冯三和铁松儿听到门外的吵闹声，急忙跑出去，发现映红红着脸在与林天豹对峙。

铁龙飞喊住映红，说："你回去，不许无礼。"

在映红心中，铁龙飞像神一般的存在，更亲如家人。他的话就是命令，不敢违抗。映红嘟囔着，拿起拖把回了超市。

铁松儿见到林天豹"扑哧"笑了，讥讽说："哎，啥人啥命，过街的老鼠偷腥的猫，都是欠打的货。黄鼠狼钻鸡笼，自讨苦吃，何必呢？"

冯三说："林老板，不是冤家不碰头，来送你女人的丧葬费？"

林天豹和刘万川毫无思想准备，没想到会在铁龙飞办公室遇见冯三和铁松儿。面对讽刺挖苦，林天豹当然有气，面子丢了，不能再失去机会，回怼说："啊，你们碗里有，锅里也有，吃饱撑着了吧？"

铁龙飞给冯三和铁松儿使了个眼色，让他俩少说话，邀林天豹和刘万川进屋，对铁松儿说："快给林老板和刘主管沏茶。"

林天豹仍旧受到了铁龙飞的热情款待。几个人坐定后，铁龙飞问他来意，林天豹掏出两千块钱搁在桌子上，说："前段时间一忙忘啦，这是我该出的丧葬费，两千块钱够不？"

铁龙飞笑了笑，抓过钱从中数出一千块，将剩下的搁回原处，说："一共两千，你我各出一千，收起来吧。"

林天豹装作谦恭的样子，推辞说："不要啦。我一个人全出，剩下一千是你们的辛苦费。"

冯三说："龙飞不差你这一千块钱，要给就多给点儿，别用一千打发我兄弟。"

"你们工程一个接一个，可赚翻啦！"林天豹翻眼瞪冯三，对铁龙飞说，"哎，上次你答应向县政府推荐我，咱俩也说过，有了工程可以合着干。这个滑坡治理项目，你出管理，我出技术和工班，这样总可以吧？也算我没白把你们从老家拉出来。"

铁松儿一听犯了愣，说："噢，原来你们是想参与滑坡治理项目，我是项目经理，自己有能力完成，不需要别人搅和。"

林天豹说："这是我跟龙飞之间的事，轮不到你说话。"

冯三说："林老板，你咋像苍蝇一样见缝就叮啊。劳务是我从村里找的零散工，你要想干就派人在我手下干轻工，一天一百六，不能接受就算啦。”

刘万川说：“出口和斜井有的是工班和劳务，为啥非要在村里找零工啊？”

林天豹拿过去的事来压他，铁龙飞心里很不悦，说：“林老板，我记着你的好呢。这个项目是县镇两级政府领导交办的，涉及当地村民的安危。项目管理班子和劳力已经组建完成，已经开始动工挖基坑了。使用村里的零工，是县镇两级政府领导的指令，冯哥亲自带零工干，是村主任指派的。所以，恕不能如你所愿。”

林天豹抬起右手狠狠拍打在大腿上，收起桌上的钱，说：“我早知道是这种结果。看来你们还在记恨我，那我不强求了。这个工地合作不成，还有下一个，包括以后的高铁项目，那咱就看看谁能笑到最后啦。”

铁龙飞听出林天豹话里带着威胁，可他不动声色，坐在旁边的铁松儿和冯三也不再多言。林天豹在回去路上一直沉着脸，刘万川说铁龙飞在耍心眼，埋怨不该来求他。林天豹想起近来发生的一些不愉快，恼火得七窍生烟，愤然作色。

冯三带领几十号村民，滑坡治理干得火热。出口地质好转后，汪文进在老家新组织的劳务人员到达工地，补充进了隧道和洞外作业工班，使进度猛然加快，月度考核与计价大超斜井，林天豹感受到了前所未有的危机。

路宽和汤公明找到林天豹，嫌斜井进度太慢，出口打到分界线将吃掉他的工程量。林天豹焦虑万分，想着怎样给出口制造点麻烦或事故，放缓铁龙飞的强劲突击进度。他把猴子和刘万川叫到办公室，商量如何派几个人去隧道出口，给铁龙飞点儿颜色瞧瞧。

刘万川稍加寻思，心生一计，说：“这很好办呀。只要断了隧道里的水和电，他们想打也打不成。”

林天豹眼前骤然一亮，问“对呀！猴子，有没有办法把出口的水电停掉？”

猴子说：“没问题。我带人去山顶上，把他们高压水池里的水放掉，看他们咋干。”

太阳刚落山，猴子兵分两路，一路派两个电工去找出口拉大电的接头，找到后切断电源。另一路由他亲自带队，扛着电钻和锹镐翻过山梁，找到了修筑在山顶上的高压水池。

隧道施工都离不开高压水池，一般上场后要先在地面打井，在山上建水池，将水抽上去再压下来，通过供水管形成高压，供给隧道风枪和喷锚支护拌浆及二衬使用，也保障民工队生活用水。

水池由水泥和砖砌筑而成，极其坚固。地震震级虽大，只造成了水管断裂，却不能震坏高压水池。猴子和民工来到水池边，打着手电找准避开洞口的方向，在水池底部用手动电钻凿出几个眼，举起锹镐往里砸，撬掉几块砖，砸开了一个碗口粗的大洞，满池子的水"哗"地喷涌出来，顺着坡沟流下山去。猴子又跑到另一侧，用同样的方法再凿开一个洞。眼瞧着几十立方米的水，在不知不觉中白白地流向两侧，浇灌了山林和灌木。

行动结束后，猴子带民工原路返回斜井驻地，得意扬扬地跑去向林天豹报告。林天豹问："做完啦？"

猴子伸出两根指头，说："做完啦，两个洞。泄他们的水，破他们的财，看他们咋干。"

林天豹赏他一盒烟，情不自禁地说："你这小子，还真行啊。电呢？断了吗？"

猴子说："刚打了电话，大电是从村里变压器接上去的，治理滑坡体的民工正在挑灯夜战，得再等机会。"

吃完晚饭，隧道出口的工班用一个小时交完班，铁铮骨和夜班工班的民工们，戴上安全帽，换上雨靴进洞去作业。洞内正在打二次衬砌，混凝土罐车"轰轰隆隆"开进来，甩了他们一身泥巴。穿过拱顶掉落的雨幕爬上掌子面，设备已各就各位。钻爆民工抱起水钻枪，对准布好的炮眼打开电源，钻头"吱吱吱"地干响，从岩石里反喷出一团团粉末。停下一瞧，发现管子里没水，喊道："哎，水呢？咋没水啦？"

所有的钻爆手都在喊没水，打眼只能停下。铁铮骨嚷叫着哪能没水，爬上掌子面一看，果真如此，他百思不解："没停电，咋停水？"

没水干不成活，民工们跑下掌子面，退到后面的成洞歇了。铁铮骨徒步往洞外走。不出百米，挂在洞壁上的所有照明灯"扑"地全部熄灭了，洞内顿时一片漆黑。

“都先撤下来到成洞去。”

铁铮骨喊完，边骂边打着手电急步往洞外跑。宿舍前面的空场上站满了人，整个山坳黑黝黝的。黑暗中，有的民工喊食堂断水了，有的嚷工地停电了，谁都弄不清到底哪儿出了问题。映春和映红也从超市里跑了出来。

整个工地水电全无，把铁龙飞和王大路从办公室里逼了出来，以为全镇统一拉闸限电。环顾四周，发现前面的大桥和路基工地，都闪烁着照明灯，坡下村里也灯火通明，唯独出口工地黑灯瞎火。

“谁停的水？”铁铮骨扯开嗓门发火，“洞里没法打钻啦。”

铁龙飞暗中回应：“别急，马上去查。”

王大路也兵分两路，一路让电工沿线路一节节看，没发现哪一处有断头，各个配电箱开关柜没有跳闸的痕迹，一直查到坡下村里的变压器，用手电往上一照，才发现了端倪。通往工地的那股线，接头被人挑开，还包上了绝缘体。没有搭线工具，电工无法重新搭接，赶紧将情况报告给了铁龙飞。

铁龙飞心知肚明是人为断电，打电话给冯三，告诉他变压器接头被人拉掉了，请他找找村里电工，帮着把接头搭上去，接通工地的电源。冯三亲自出马，开车拉着电工跑到村头变压器前，用撑杆撑了几回仍接不通。村里电工戴好绝缘手套，踩着梯子爬上去，拉着接头说：“哟，这是有人故意搞破坏，我们可没动过。谁这么大胆？还在接头上包了绝缘物。”

王大路带着另一路水工，沿着水管检查每一处，上千米水管既不漏水，也没断裂，就打着手电，沿洞顶布设的水管往山上爬。来到高压水池前，听到池子里的水在“哗啦哗啦”往外流。用手电一照，看见两侧各有一个大洞，是被人砸开的，气得王大路和水工大骂不休。

王大路打电话给铁龙飞，说：“水池被人凿开啦。”

事到如今，铁龙飞已经心中有数，说：“嗯，别吭声，赶快修好继续干活。”

那一夜，全队的人都在忙活修复大电和高压水池，直到天亮才修好，洞内整整耽误了夜班开挖和一个爆破循环。铁龙飞告诫全队的人保持沉默，故意让王大路对斜井的人放风，因为他估汁到那些搞破坏的人，还会再来一次。

王大路拿起电话跟刘万川聊天，在询问斜井进度的同时，有意显摆隧道出口每天进尺达到四五米，干得非常顺利。刘万川与猴子正在斜井洞口，对出口的日进度很诧异，捂住手机问猴子："他们进度咋还这么快？看来水电没有断嘛。"

猴子皱着眉头，轻声说："断了呀，我带人亲自去干的。"

刘万川假笑着向王大路祝贺一番，表示回头去出口学习取经，挂掉电话埋怨猴子："出口一切正常，啥也没耽误，白搞了嘛！"

猴子坐如针毡，急赤白脸地说："奇怪啦。我夜里带人再去整一回，非搞死他们不可。"

几天以后的又一个晚上，趁着天黑人稀，猴子跟上次一样带着人又出发了，这回没派电工去断出口的大电，那太危险，容易死人，只是带着两个民工去山上放水。铁龙飞安排铁子安带五六个民工，拿上防身工具和绳子，隐藏在山顶高压水池旁边的树林里，蹲守了好几夜，也没逮到破坏者。刚要撤下山去，忽听山梁上传来说话声，接着三个黑影打着手电朝水池这边走来。铁子安叫大家隐蔽好，不论是谁，只要靠近高压水池就摁住绑了。

猴子没想到水池旁边设有埋伏，正在守株待兔，依然张狂地走到水池跟前，用手电往池子里边照，见又抽满了水，气得骂道："嘿，龟儿子，还真把俩洞堵上啦，等会儿直接砸，把水放了，看看他们堵得快，还是咱们放得快。"

一个黑影撂下手中的工具，说："头儿，砸水池太费劲，咱带了电动钢锯，直接把水管截了得啦。"

猴子说："行啊，那把水管锯了。"

三个人鬼鬼祟祟开始行动起来。猴子打手电照着，那两个人蹲下身准备下手。猴子猛一扭头，突然发现身后站着六个彪形大汉，吓得他"啊"地一声惊叫，三个人当场被摁倒在地，抓了个现形。

铁子安扇了猴子一记耳光，厉声怒斥道："混账东西，早知道是你们干的，把他们捆起来押走！"

猴子三人被五花大绑，像押犯人似的带回了铁龙飞办公室。王大路命令他们站成一排。这时，铁松儿走进来，吆三喝四地骂着，抡起右手，一巴掌一个打了三个人。那两个民工当时声俱泪下，承认是猴子让他们干的。

铁龙飞问："猴子，谁叫你干的？"

猴子嘴硬，说："没人。我自己要干的。"

"自己？"王大路又狠狠地打了他一巴掌，"你自己有这么大胆？老实说！不说就送你们去派出所。"

猴子咬着牙宁死不招，说："没别人，就是我自己要干的！谁让你们想往前吃我的工程量呢？"

铁龙飞冷笑着说："猴子，我们打到分界线了吗？没打到分界线，咋能说要吃你们的工程量呢？我说过要吃掉你们的活了吗？"

猴子被怼得哑口无言，低着头不再争辩。那两个民工打着哆嗦，口口声声强调砸水池不关他们的事儿，两个人只负责干活。铁龙飞让铁子安把那俩民工放走，说："你们回去向林天豹报告，猴子说不清，今晚就送他去派出所过夜。"

工具被没收了，两个民工直到深夜才狼狈不堪地跑回斜井驻地。刘万川在宿舍区撞见他俩，问猴子呢？两个人嘟嘟囔囔地说，猴子被铁龙飞扣下了。

刘万川紧张不安，冲进林天豹办公室，说："老板，猴子被铁龙飞扣住啦，咋去救他回来？"

林天豹从小板凳上噌地站起来，欲言又止，背着手神情慌乱地在屋里转了几圈，抓起手机拨给了铁龙飞，说："龙飞呀，猴子是我的人。他犯了不该犯的低级错误，谁想到他会带人去砸你们的高压水池。我代他向你赔礼道歉，给我个面子，把他放回来吧。"

猴子听见了林天豹的声音，又有了狗仗人势的感觉，将头扬得老高。铁龙飞瞧见他那副无赖的样子，一脚踢在他左膝外侧，猴子"咕咚"跪在了地下。

铁龙飞说："林老板，你的人来破坏我的设施，构成了刑事犯罪。要么把猴子送去派出所，要么你去项目部领人，直接放他回去不行。"

林天豹头上冒着汗，不好再央求铁龙飞，和刘万川一起摸黑直接去了项目部。铁龙飞开车，铁子安和铁松儿押着猴子进了项目部会议室，等路宽、汤公明来处置。苏欣和李从安听说此事，也匆匆赶来，与林天豹和刘万川相遇在会议室门口。

铁子安把前后经过说了一遍，路宽、苏欣和汤公明极其愤怒，让林天豹和猴子给铁龙飞解释并道歉。林天豹承认对手下的人管教不严，却不承认背后指使猴子去干破坏出口设施的事。猴子被打得不轻，脸上青一块紫一块，见林天豹和刘万川在场，似乎有了底气，理直气壮地说，去山顶放水是为了保持出口和斜井的进度平衡。

路宽听后极为生气，骂道："放屁，如果出口派人去砸你们斜井的高压水池，断你们的大电，也说是为了平衡进度，你们能干吗？"

林天豹自知理亏，打马虎眼说："猴子第一次干这种不利于双方合作的事，你们大人大量，让我带回去好好管教。"

汤公明说："老林，你可没少干伤天害理的事儿，他们去砸水池放水，你不知道才怪呢。"

猴子打掩护说："与老板没关系哟，我没跟他说。"

"你们看。"林天豹露出一副被冤枉的神情说，"猴子证明。"

苏欣说："哼！举报我的那些匿名信，也可以说不是你写的。反正做贼的人，从来不认为自己是贼。"

林天豹被苏欣噎得直翻白眼，脸"唰"地红了。路宽问铁龙飞有啥要求，铁子安和铁松儿提出，必须让猴子赔偿损失。铁龙飞摆手制止住他俩，然后解开捆住猴子双手的麻绳，没给施工造成大的影响，他让林天豹自己说咋办。

刘万川上前解围，说："过去咱们两个队毕竟是一家人，何必闹得这么僵呢？可否这样，从现在开始，出口水池和大电哪儿不合适，我亲自带人带料去修如何？"

铁龙飞没有过于强求林天豹和猴子非得怎么样，只让林天豹当着项目部领导的面儿，写下保证书，若今后再发生此类事情，必须追责赔偿。林天豹很不情愿，但为了把猴子领回去，不得不照铁龙飞说的做。等人都走了，铁龙飞让铁松儿和铁子安先开车回驻地，他一个人留下来，在苏欣那里度过了幸福的一夜。

林天豹开车将猴子和刘万川拉回来时，已到半夜。看猴子很忠心，关键时刻没有出卖他，就从口袋里掏出两千块钱，给了猴子和刘万川各一千，算是对他俩的奖赏。

林天豹唉声叹气。说："咱们不能就这样认㞞啊，你们俩还有啥招儿？

总不能让隧道出口干得那么痛快，他们打到分隔线，往前多打一米，咱们就少挣一米的钱。”

猴子死性不改，仍自告奋勇说：“老板，洞里有的是雷管和炸药，我去给铁龙飞做检讨，亲自到出口洞里放他一炮，不炸人和掌子面，专炸他们的水管和机械。”

刘万川听后瞪大眼睛没表态，林天豹却喜形于色，鼓动猴子只要不炸死人，闹出点动静未尝不可，目的是要铁龙飞他们放慢掘进速度。猴子像打了强心针，跑进斜井围着水管和机械看来看去，琢磨把雷管和炸药搁在哪个要害和脆弱部位，才能轻松实现目的。

猴子思索好方案，决定将雷管和炸药放在挖掘机履带和水管接口下方，如果炸不成，就想办法往挖掘机排气管里填沙子，这样才会导致设备报废。

两天以后，猴子等来了机会。斜井掌子面又一个循环开始爆破作业，火工品送进洞里后，他找装药工要了两根雷管、导火线和炸药等爆破装置，装进一只蛇皮袋，然后走出了斜井。

猴子提着蛇皮袋来到隧道出口驻地的时候，铁龙飞和王大路都不在办公室，洞外只有那些加工钢筋、格栅、锚杆、拱架和铲灰的民工，谁都没有注意他的到来。他提着那只罪恶的袋子，在办公室外面转了两圈，碰到映春从外面进货回来。

映春警惕地问：“你找谁？”

猴子有点儿紧张，说：“我来向铁队长赔礼道歉。”

映春盯着他手中的蛇皮袋，问：“提东西来道歉！铁大哥不在，你回去吧，我转告他。”

猴子收紧手中的袋子，说：“那我去找他。”

映春发现猴子的行为有点儿怪异，便一直跟在他后头。猴子往隧道口走，她保持着一定的距离跟在后面。到了洞口，猴子突然停住了，还往回退了两步，映春也停住脚步偷偷盯着他。猴子的举动，说明前面遇到了什么。果然，他看见龙碑上盘着一条大红花蛇。大蛇看他走来，猛然昂起头，朝他吐着芯子，之后从龙碑上爬下来横在他面前。猴子定了定神，想从旁边绕过去，可他往哪个方向走，大蛇就横向移动着去挡他。

猴子是南方人，平时不怕蛇，有时还吃蛇肉。他提起袋子要去砸那大蛇，大蛇高高地翘起头和身子，一蹿一蹿地扑咬他，猴子都敏捷地闪开了。僵持了一会儿，大蛇开始猛烈攻击，猴子见形势不妙，提着袋子转身往回跑。

映春胆小，看到大蛇在猴子后面追着咬，惊叫着躲到了一边。大蛇距猴子仅一步之遥，步伐稍慢就会被蛇咬伤。他不得不拼命朝加工区外面跑，大蛇仍滑动着身躯紧追不放。跑到下坡时，猴子一个踉跄摔趴在地，蛇皮袋被甩出老远，只听“嘣”一声巨响，那只蛇皮袋在猴子眼前五米外的地方轰然爆炸。等缓过神来再看身后，只见大蛇直立在他身旁，吐着芯子。猴子汗毛直竖，双手掩面趴在地上，等着大蛇咬他。

“赶紧跑吧，还等什么？”身后传来铁龙飞的声音。

猴子抬头一看，铁龙飞正朝他走来，大蛇也消失在了路边的草丛里。

# 第三十章

坡下的这次爆炸，在地上留下一片漆黑的焦土，把周围的草木都炸飞了。洞外的民工不知道发生了啥事儿，撂下手中的活纷纷跑过去。铁龙飞十分诧异，搞不清猴子带炸药来出口的动机，把他带进办公室盘问。这时，映春进来对铁龙飞说："他说来给你道歉，我不信。知道他没安好心，我就一直盯着他，结果他要进洞，被大蛇吓得跑了出来。"

铁龙飞问："猴子，你带炸药进洞是想炸了隧道吗？"

猴子面如土色，浑身发抖，矢口否认，说没想过炸隧道，更没那么大的胆量。再说那么几根雷管，怎么能炸得了隧道呢？谎称进洞是想跟他见个面儿，道完歉准备去山涧炸鱼。铁龙飞想想不无道理，也知道他带得药量不够，对隧道构不成威胁，便没再追究。

映春说："哼！我看他就是想进洞里搞破坏。"

猴子暴跳如雷，说："我洞子都没能进去，怎么搞破坏？"

映春反驳道："你是被蛇吓得，要不就进去啦。"

猴子指着映春骂："你个龟孙儿，就知道诬赖我。"

铁龙飞指着猴子说："猴子，你是不是吃了臭大粪？嘴巴能不能干净点儿？没找你碴儿等于放了你一马。说，你们还有啥花招？"

猴子苦苦哀求，说："真没有哟，所有的招儿都被你拆了。我好心好意来道歉，被那蛇快吓死啦，能不能让我回去？"

铁龙飞说："嗯！你回去吧。以后小心，再动炸药会把你自己炸死。"

铁龙飞又一次放过了猴子。林天豹得知猴子未能得逞，还差点儿丢了性命，哀叹自己运气不佳。

当天，这事就传到了项目部领导的耳朵里。因为火工品失控，路宽派李从安去斜井，给林天豹开了一张罚单，并对炸药库和出入库数量进行仔细查验，强调如再发生炸药流失事件，必将按刑事犯罪处理，这让林天豹、猴子和刘万川消停了好一阵子。

春节临近，南方的冬天，依然满山翠绿。铁龙飞带领的民工已经离开老家整整一年了。不过，这一年的劳苦没有白费，隧道出口、滑坡整治、县城工地获得了意想不到的成绩，几个工地计价拨款，给劳务队带来了丰厚的收益。民工们都能足月拿到工资，其间还发过两次奖金，除了寄给家里供孩子上学、赡养老人或者攒钱翻盖房子外，他们会给自己留出一些零花钱，在工地附近找个小馆，拉几个人轮流请客，开开心心地聚在一块喝酒打打牙祭，干起活来虎虎生威。

这一天，趁苏欣来隧道出口检查，铁龙飞把她叫进办公室谈了一个想法。大山里条件艰苦，老百姓们过得不容易，孩子每天上学都要跑很远的路程，雨天更是不方便。所以，他准备拿些钱给坡下山村捐建一所希望小学。

苏欣不是那种吝啬的人。她深情地望着铁龙飞，说："村民们支持咱们修高铁，咱们有能力应该给他们办点好事。钱是你们三个人自己挣的，做善事想花多少我都同意。"

晚上，铁龙飞打电话把江水从县城工地叫回来，征求他和王大路的意见。铁龙飞表达了自己的想法，一年开了三个工地，赚了不少钱，对刚组建的劳务公司来说实属不易。如果项目部和县镇政府不支持，也赚不了这么多，公司要想做大必须回馈社会。就拿县城的项目和滑坡治理工地举例子，当初不捐那点钱，就没有后来的这两项工程。所以捐希望小学也是一种回馈。

王大路起初心里有些不乐意，只是没说出口，听铁龙飞这样讲，觉得自己的格局与铁龙飞有不小的差距。很明显，铁龙飞站得更高，看得更远。因此，俩人后来都同意了。挣钱是用来花的，花完再去挣，但花钱要有门道，不论多少都要砸出个水花来。赈灾捐赠和援建映秋家，只能算是对社会做出的一个小回报，虽然微不足道，却造出了大声势，闹出了大动静，还被当地政府捧上了天。现在手头有钱了，更该给社会多做些好事。

江水对捐建学校没啥意见，提议不能光找村里领导，还要像以前那样，去县镇政府和县教育局挂号，让县里领导知道。王大路比较认同江水的意见，觉得既然捐了就把阵势搞大一些，做好事也要留名，让大家都高兴高兴。

铁龙飞听完王大路的提议笑个不停。他觉得去县镇政府征得领导同意，目的是让当地领导统筹安排，筹备教育资源，配足师资力量，方便学生上学，而不是为了出名。学校建好了，没有老师，将来怎么开学？谁来给孩子上课？学校不在教育局备案，学生毕业谁承认？去县里挂号，是请求县镇领导今后能对希望小学给予全方位支持，这跟名声无关。当然，铁龙飞提出捐赠希望小学，有他自己的考虑，他常常想，如果自己小时候有上学的好条件，可能现在正坐在哪个研究室里搞科研，现在出来打工，是因为当年村里落后、家里穷造成的。所以，帮助山里的孩子，也是在弥补自己的缺失。

最后，铁龙飞统一了一下思想，提出先去找县镇政府，然后再跟村书记和主任商量，看是不是可以冠个公司的名字，叫铁龙希望小学，这样既做了好事，又留得纪念。江水和王大路拍手称快，三人决定干这样一件大事。

当天，铁龙飞打电话约好那位副镇长，把出资建学的想法一说，副镇长笑逐颜开，当即把坡下山村书记和主任叫过来，夸奖县领导没看错铁龙飞，赞扬他们是一支有良心的队伍，滑坡治理项目没白给铁龙飞干，一再交代村书记，要全力配合好建校。说完，副镇长问铁龙飞有啥要求。

铁龙飞谦和地说："我们需要给县教育局报备，最好发个文，希望能给我们公司冠个名。"

副镇长当即拍板，说："镇政府可以给县教育局打报告，同意以你们公司给学校命名，具体叫什么名，你们商量完报给我。"

村书记和主任年纪都不大，有一定的文化水平。俩人抽着烟坐在沙发上，笑得合不拢嘴。书记最为激动，站起来紧紧握住铁龙飞的手不撒开，说："可遇到你们这些好人啦，给村里建了校舍，孩子们不用再跑那么远去上学，需要我们做什么，你尽管提。"

铁龙飞说："我们出钱出料出人工，你们只需在村里选地方，图纸可以找人设计，建完给我发个牌子就行。"

不出三日，镇政府的报告送到了县教育局局长案头上。局长看完报告当场批示，为铁龙飞出资建学提供一切方便，并组织全县新闻媒体，大力宣扬铁龙飞公司助学的事迹。铁龙飞又迎来了一拨记者采访，电视、广播和报纸，都有铁龙飞出资建学的新闻，把他们劳务队宣传得神乎其神。

新闻媒体的广泛传播，再次让铁龙飞声名大噪。村书记和主任回到村里，把铁龙飞出资捐建希望小学的计划，对着大喇叭向村民连喊三遍，整个山村霎时欢声雷动，有不少村民带着自家孩子和家里好吃的东西，爬到坡上送给劳务队，表达他们的感激之情。

冯三浑身沾满泥土，从北山工地收工回家，在街上碰见村书记和主任，说道："哎，龙飞是我兄弟，他肯出钱为村里建学校，斜井也在咱村地界里，也应该叫姓林的那家给村里出钱干点儿啥。"

村书记茅塞顿开，说："对呀，村里这么多事没钱办，咋没想起来去找他化化缘呢？你能带我俩去见他吗？"

冯三说："行啊，我回去换件衣服就走。"

于是，冯三载着村书记和主任朝斜井驻地驶去。林天豹不在办公室，三人直接去了斜井洞口。

此时，林天豹正手提安全帽从洞内出来，见冯三身后跟来了村里的书记和主任，客套地说："呀呀呀，书记和主任大驾光临，有失远迎啦！"

冯三接话说："哎，我也在呢，没看见吗？"

林天豹点头说："看见啦！书记和主任是稀客，你不是兄弟嘛！"

冯三说："少来，我承受不起。村里有点事，书记和主任亲自来找你，大家都忙，咱长话短说。"

主任面带微笑，说："林老板，地震后村里重建还没完，像村民活动中心啥的，很多设施不完善，村里又没钱，隧道出口铁经理出钱给村里建一所希望小学，我和书记想，你也不能落后他们吧？所以，想看你能否支持一下，多少都行。"

林天豹眼睛一眨一眨地边听边思忖，说："应该的啦。不过，县里给我下达的援建任务也很重。噢，在另外一个乡，不是咱这个村的啦，这事你看……"

冯三看林天豹在耍滑头，直截了当地说："行啦，别说这么多废话，就说能不能给村里出钱，能出多少？"

林天豹说：“铁龙飞不是捐建了吗？我俩有分工，让我想想好不好？”

村书记和主任遭到了林天豹婉言拒绝。离开斜井驻地，冯三躲到一旁跟铁龙飞通电话，打开免提让村书记和主任听着，询问县里咋跟他和林天豹下达任务分工援建的。铁龙飞被问得莫名其妙，回答说没有，县政府从来没有对援建和捐款进行摊派分工，林天豹是不想出钱，他在糊弄村里领导。

村书记和主任感觉丢了面子，实在有些恼火，生气地钻进车里走了，走时撂下一句话：“行，让他姓林的等着。”

再后来，唐仁怀接到苏欣关于斜井涌水量过大的报告，带设计和总监来斜井检查，正在掌子面上察看分析涌水原因，洞内忽然停电了，洞里一片膝黑。林天豹派电工去查找原因，线路和变电箱都没毛病，沿大电线路查到村里，才发现通往斜井的那股电线，被彻底从变压器上拉闸分离，并将线路扯断悬挂在电线杆上。找村书记和主任均不理会，村里电工更是躲着他们，就这样停了三天三夜电，把林天豹、猴子和刘万川急了个半死。

洞里干不成活，确实没招了，林天豹不得不打电话求冯三，请他出面找找村书记和主任，把施工用电给接上。冯三回绝了他，直言帮不了这个忙。

没有电，只能启动自备发电机，可发电机功率太小，带不动所有的设备，斜井连续几天没进度，也抽不了水，洞子都快被泡了。林天豹慌慌张张跑去找路宽，请他出面找村书记和主任，接不上大电，洞里随时会出事。

路宽很生气，问：“村里找你有事，你没支持人家吧？”

“他们来找我，是想让我出钱，资金很紧张，我没答应。”

路宽指着他骂道：“看你这个屄人。铁龙飞能出钱建小学，你就不能出钱给村里搞点其他建设啊？”

此刻，人们更担心斜井的情况，如果继续停电停水，洞内积水太多，有可能发生巨大危险。路宽把苏欣叫到办公室，说：“苏总，林天豹就这种抠抠搜搜的货，你去找找龙飞，请他出面给村书记和主任说说，把大电接上吧。”

苏欣说：“哼！这是他自己造的孽，林天豹平常那么恨龙飞，遇到事还要让龙飞去帮他铲，我不去。”

路宽劝苏欣，说：“唉！为了斜井的进度和安全，别计较那么多了，快去吧。”

苏欣给铁龙飞打了个电话。铁龙飞考虑苏欣的压力，去北山下的工地叫上冯三，俩人一起去了村委会。村书记和主任把铁龙飞奉为座上宾，见他和冯三进来，赶忙沏茶端到他面前。铁龙飞介绍说对象就是这里的项目总工，请求村里看他的面子，把斜井的大电给接上，别耽误了高铁建设。

冯三说："不看僧面看佛面，给那老东西挂上吧。"

村主任问书记："铁经理和冯三亲自来啦，咋办？"

书记无奈地笑笑，说："铁经理，这是你来了，换别人，哼！甭想。凭他姓林的，打死也不给他接。"

大电终于在第四天早上接通了，路宽告诉林天豹，让他好好感谢铁龙飞。林天豹掐指一算，出口四天又多往前掘进了至少十几米，气得直骂，在电话里对铁龙飞佯装客套，寒暄两句应付了事。

铁龙飞出资建学，再一次引起轰动，新闻媒体依然在发酵。唐仁怀回到公司后，董事长委托他打电话给路宽，说："路经理，我们公司作为业主也要树典型，计划给隧道出口这支队伍申报'路地共建先锋队'荣誉，号召在这条线施工的所有劳务队向他们学习。你们应该组织全标段劳务队学学他们嘛！看人家是怎么路地共建的。你们有什么不同意见吗？"

路宽连忙说："行哩唐总，我们马上发通知，号召大家向铁龙飞学习。他们获得的荣誉，也是我们项目部的荣誉嘛。"

路宽接电话时，苏欣正好站在旁边。等他挂断电话，苏欣高兴地问："经理，业主行动起来啦？"

路宽点头笑着说："苏总，你咋这么有眼光呢？龙飞脑子多好用啊，是能干大事的人。男怕入错行，女怕嫁错郎，我看你没嫁错。"

苏欣沾沾自喜，说："他就是个包工头，又不是什么高富帅。"

路宽说："你咋这么说呢？包工头就不能成为人上人？只要心地善良，胸怀大局，龙飞早晚会有大出息，到时候要记得请我喝喜酒哦。"

苏欣说："你啥时想喝，随时请。哎，林天豹心里又要不舒服啦。"

路宽不屑一顾，说："瞧他那德行，一辈子都发不了大财。发了财也会丢了命。"

苏欣没有顺着路宽的话往下说，脑子里一直惦记着斜井涌水的事。设计院补勘已完成，仍没发现山体内有暗河，可涌水量的确越来越大，她建议路宽把出口的人和设备，调到斜井打增援降水。路宽担心帮林天豹的忙，铁龙飞他们不一定干，苏欣信心满满地向他保证，可以叫铁龙飞把人和设备带过去。

林天豹从心里不想让铁龙飞来打增援，在工程圈那是很丢人的事情。更主要的还不是这些，铁龙飞出来不到一年，干得风声水起，风头正劲，这让他内心极不平衡。尤其铁龙飞出资捐建希望小学，等于又给了他重重一击。所以，他必然会把铁龙飞拒之门外。

尽管现在的地质探测设备与技术很先进，但打隧道却是什么事都可能发生的，你根本都不知道前方会遇到怎样的凶险。有时，这一米地质好极了，下一米差得无从下手。昨天出口裂隙水还在喷涌，今天忽然间退潮似的不知去向。当下，斜井涌水量有增无减，正是这种千变万化，让苏欣感到害怕。于是，她打电话给铁龙飞，要求他把抽降水设备和民工先调到斜井帮助处理和解决涌水问题。

苏欣将林天豹叫到项目部，商量出口与斜井联合治水，林天豹不愿意，向苏欣发牢骚，说如果嫌他干不了，铁龙飞有三头六臂，那让他来打斜井算了。这明显在跟苏欣和铁龙飞较劲。

苏欣最烦劳务队自以为是，气恼地问道：“斜井出了问题谁负责？是我，不是你。”

“那你就让他来啊。”

话不投机，俩人说着就杠上了。苏欣虽长得文静，生起气来也不饶人，很会讽刺和挖苦，问林天豹在高铁工地干了这么多年，知道不知道什么叫服从项目部管理？林天豹想顶撞她，可担心隧道真出了问题，还需要苏欣来解决，话到嘴边咽了回去，强忍着没有再争辩。

苏欣见他不说话，缓和了口气，说：“老林，你愿意也好，不愿意也罢，这是项目部的决定，你们必须执行。”

林天豹点着头，向她提出一个问题，叫隧道出口来打增援，工费和机械费咋算？苏欣告诉林天豹，铁龙飞只是临时增援，不是来抢他的活，设备可以租给斜井用，民工按天算工费，时间短由隧道出口自担，这个主她来做。林天豹无话可说，勉强接受了苏欣的建议。

铁龙飞当然听从苏欣的安排。黎明前，隧道斜井放完了炮，上白班的民工还没进洞，他就将两台抽水机和软管装上车，喊铁铮骨、铁松儿和两名河南籍民工赶过去。

铁松儿原本负责滑坡治理，这毕竟是洞外施工，复杂程度较低，干起来比较省心，铁龙飞想叫他去斜井看看，也学学隧道治水。

铁松儿不乐意，说："我不爱看林天豹那怂脸。"

铁铮骨说："龙飞叫去，咱就一块去，多学多看长长见识。"

铁龙飞说："我都得去学，你咋就不去？"

铁松儿怕铁龙飞生气，匆忙跑去食堂吃了三个馒头，喝了两碗稀粥，换上雨靴，手提安全帽，跟铁龙飞和铁铮骨拉着设备去了斜井。沿斜井下坡进入正洞，成洞边墙下堆积着用来应急救援的方木和大直径钢管，装载机停靠在一旁，掌子面边墙和拱角都打着用来观察沉降的红钉，洞内回荡着"叮叮咣咣"的施工嘈杂声。

在离掌子面约七十米的位置，高高耸立着巨大的二衬台阶，直达洞顶，上面没有人，裸露着防水板。洞顶初喷和钢拱架呈现出肋骨状。一座型钢加工成的栈桥，悬空跨过仰拱开挖处，两侧和下面有一组工人穿着工服、头戴安全帽，站在下面的基坑内正在开挖，有的打风枪，有的手持铁镐抛石头，一张张脸膛儿布满了灰尘。

掌子面上怪石嶙峋，有民工正在立钢拱架，中间一根三十公分直径的管道插入岩层，朝外喷涌着巨大的水流，通过用塑料布铺成的排水槽流入下方的积水坑，积水坑四周打着围堰，里边的水满满当当。旁边两台抽水机，通过软管把水抽到布设在中间位置的排水沟，水从蓄水池里溢出来漫过了隧道底板。

铁龙飞到达时，林天豹、刘万川和猴子已经陪苏欣出现在掌子面前，满脸狐疑地察看涌水情况。铁铮骨、铁松儿和那两个民工，将抽水设备和软管从车上卸下来，按照苏欣指定的位置安装在蓄水池里，又去固结出水口下方的排水渠。

铁龙飞、铁铮骨和铁松儿望着掌子面喷涌而出的水柱，吃惊地睁大了双眼。

铁龙飞问："这能有多大流量？"

拱顶渗出来的水幕，噼里啪啦砸在苏欣的安全帽上，她浑身都湿透了。

苏欣抹掉脸上的水，说："现在进尺2500米，每小时涌水量6000立方，我有个担心。"

林天豹问："担心啥？"

"我担心山体内有积水溶洞，掘进中千万不能打穿锅底。"

铁龙飞催苏欣，说："你出去吧，我们跟老林一起商量。"

苏欣要去高铁建设公司开会，特意向铁龙飞和林天豹交代了降水任务，叮嘱千万不能给她捅娄子。铁松儿跟苏欣开玩笑，说："小嫂子，你走吧，有我们在，没事儿。"

苏欣娇嗔地冲他和铁龙飞笑着说："真贫！弄不好回来收拾你。"

铁龙飞望着苏欣走出隧道的背影，缓缓舒了口气。一个姑娘常年在这样的环境里工作，实在不容易，苏欣看起来已经习以为常了。铁龙飞朝整个洞子瞄了一眼，大体上感觉和隧道出口一样，长长的洞壁上安装有一排照明灯，整齐排列着三管两线。

安全员正在掌子面上排除危石。铁铮骨、铁松儿、林天豹、刘万川和猴子站在水幕下，掉落的水滴砸得安全帽嘣嘣直响。他们从来没见过隧道里有这么大的涌水，几乎从各个角度都在"哗哗"地往外喷。

铁龙飞站在乱石堆上，望着水流说："林老板，这可不像裂隙水。"

林天豹说："勘探过了，没有暗河，那你说是打哪儿来的水？"

铁铮骨说："隧道里不该有这么大的水呀。"

铁松儿发现掌子面拱角垂着一块巨大的危石，指着危石对刘万川说："去叫你们的人，把那几块危石捅下来。"

刘万川打着手电筒，指指拱角的安全员说："你上去，捅角上那几块危石头。"

一个手持钢钎的安全员，踩着乱石爬上刚爆破的掌子面。林天豹并不稀罕铁龙飞带人过来增援，觉得他们是来逞能，夸口自己能干得了，催铁龙飞、铁铮骨、铁松儿和那两个民工回去。

铁龙飞了解林天豹的心思，说："行，设备留在这儿，我们回去。"

铁松儿见铁龙飞如此表态，知道是在生林天豹的气，说道："哼！你以为我们愿意来你们斜井啊？我们手头的活还扔在那里呢。你不愿意让我们帮忙，刚好，那我们走啦。"

铁铮骨将抽水设备交代给了猴子，喊铁龙飞和铁松儿走。刚要转身下掌子面，蓦然间一块巨石从高处滚落，整个断面随之被一股巨大的涌水冲开，站在前面的人被突如其来的涌水瞬间冲倒了。接着，掌子面完全破溃成一个大洞，大水如泄洪般喷涌而出。

慌乱中有人喊道："不好！涌水了，快跑啊！"

铁龙飞、铁松儿、铁铮骨、林天豹、刘万川和猴子等人，也被山体内猛然泄漏的涌水冲倒。铁龙飞吃力地站起来，朝身后成洞作业的人员吼叫："快，都快撤出去！"

开挖仰拱基坑的民工迅速跳上来，惊叫着朝外跑去。林天豹工班的民工们，有的从水里站起来，蹚着水还没跑出几步，再次被大水冲倒。捅掉的几处危石，犹如张开的血盆大口，山体内的积水狂泻不止，刹那间水位上涨到一米以上。

隧道里电线短路碰撞出的火花，发出"吱吱"的响声。林天豹、刘万川和猴子以及几个民工站立不稳，瞬间被混浊的泥水击倒。在洞内进行电缆沟施工的几名工人，被洞内的大水追着撵着，惊慌地跑向洞外。

小时候，铁龙飞、铁铮骨和铁松儿在村西水塘里学会了野游，有着良好水性。涌水冰冷刺骨，好在他们一直游动，全身散发出的热量抵御了寒水的冲击。

铁龙飞露出头，大叫："松儿、铮骨哥，快往外游。"

这时，隧道内涌水已经达到了两米。一摞方木被涌水冲开，七零八落开始往下倾斜散落。林天豹被大水冲到方木堆前，头部差点儿撞到方木。

铁龙飞离林天豹不远，拼命游过去拽住他，说："快，往外游，出去。"

林天豹脱险后，哭喊着："这是我的洞子，我不能出去，你们先出去。万川——猴子——"

方木被大水冲散，四处漂移，东冲西撞。其中一根方木重重地砸在一个工人头上，他应声倒在水中，满头鲜血沉入了水底，可更大的水流继续朝他们涌来，一直将铁龙飞往下冲。他在水中游来游去，没看到铁松儿、铁铮骨和那两名民工，就边往回游边喊他们的名字。铁铮骨和铁松儿在二衬台车附近。俩人从水里钻出来，伸出一只胳膊，声嘶力竭地朝铁龙飞喊："我们在这儿。"

铁龙飞喊：“去救那两个民工。”

不到二十分钟，大水涌起三米多高，灌满了大半个洞子，而掌子面上的涌水仍在喷泻，水位还在继续上涨。沉在水底的那个工人，被水推得猛然撞击在一堆钢管上，随即被强大的水流浮起来，在水中挣扎了两下，双手伸出水面，有气无力地喊了一声“救……”，便彻底沉了下去。还有两个工人因水的冲击力太大，肩膀撞到装载机的液压臂上，翻滚着被冲走了。混浊的泥水冲倒了所有的人，边墙上的防爆灯依然亮着，借助微弱的灯光可以看见有人在水中挣扎游动。

跑出去的几名工人，惊恐万状地大喊：“快来人啊，隧道涌水啦！有人淹在里头啦。”

隧道外的工人们惊慌失措，有的打电话报警，有的跑向斜井洞内。

涌水事故很快传遍每一个角落。业主、设计院、监理公司和县镇村三级政府，立即派出消防、武警、医院等救援人员，带着各种装备朝斜井现场赶来。霎时，警车和救护车拉着响笛，闪着顶灯呼啸疾驰，施工便道上挤满了前来救援的车辆和人员。

路宽、苏欣、汤公明和李从安等项目部人员听到这个消息，从工地和业主公司火速返回斜井洞口。他们叫来一辆装载机，苏欣爬上驾驶楼要跟着进洞下水。路宽发火道：“进去会丢命，你退后。”

苏欣执意要去，说：“不！我要进去，龙飞他们还在里边呢！”

路宽拗不过她，在慌乱中和汤公明、李从安跳进装载机铁斗，对司机吼道：“举起来往洞里开！”

洞壁上的照明灯离荡来荡去的，水面不足二十公分，亮度不强，不能起到太好的照明作用，反而将洞内昏暗的场景，烘托得更加可怕。水已涨到近四米，几乎要淹没装载机驾驶楼。尽管开足了马力，可水的压力使他们举步维艰。司机着急喊不能再往前去了，否则发动机进水会熄火遭遇危险。

苏欣手扒着驾驶楼门边，伸出头朝洞里喊铁龙飞、林天豹和铁松儿的名字，由于斜井相距正洞很远，并且拐了一道弯，铁龙飞他们根本听不到她的喊声。路宽见装载机不能再往前开，不得不下令退出去。

此刻，掌子面上巨量涌水还在往外喷涌，大水已经淹没了所有的机械和车辆，风管在水中漂来荡去，水面漂浮着纸、饭盒、衣服和方木，时而传来

“噼噼啪啪”断电的声音。

铁松儿和猴子被水冲撞到被淹没的装载机上。猴子已被撞晕呛了不少水，他在水中不停地挣扎，一只手伸出水面，有气无力地喊道：“救……救我……”

铁松儿就在猴子身边，刚从水里露出头，便听到了他的喊声。猴子喊过那一声后，又沉了下去。铁松儿头上流着血，再次钻入水下游过去拉他。可惜，不幸的一幕发生了，猴子在水底死死拽住铁松儿的脚踝不撒开，不一会儿水面泛起两串长长的水泡，俩人沉在下面再也没能浮上来。

刘万川的头在水下撞上了一堆钢管，水面立刻泛起一片红色。不远处的铁龙飞和铁铮骨，双脚踩水浮了上来，看清了刘万川所处的位置。

铁龙飞边游边喊：“铮骨哥，你快把他救到台车那边去。”

铁铮骨甩了一下湿漉漉的脸，一个猛子扎入水中，摸索着朝刘万川游过去。刘万川几经沉浮，再次浮上水面时，被铁铮骨从背后一把揪住了衣服，喊道：“游到台车那边去。”

刘万川满脸惊恐，按照铁铮骨指引的方向游到台车跟前，伸手抓住台车架，大口大口地喘气。铁铮骨扶着台车愣了愣神，让刘万川爬到最顶上，自己却在昏暗的水面上寻找铁龙飞的踪影。他看见一个民工从水底浮上来，在水面扑腾几下就沉下去了。另一个民工也在伏身下沉，嘴里吐出一串气泡。

铁铮骨情急之下，仰头对刘万川说：“你别动，就在上面待着。”

刘万川看见铁铮骨撒开紧抓台车的手，一个猛子又扎入了水中。混浊的泥水依然汹涌，边墙上的防爆灯发出微弱的光亮，使整个洞内显得更加阴森，他隐约看到铁龙飞和铁铮骨仍在水中奋力地游动。

林天豹因大水冲击，胸部再一次撞到装载机的液压臂上，当时被翻滚着冲走了。铁龙飞看清了他的方位，抱住一块方木稍加喘息，然后一个猛子扎进水里。水太混浊，睁不开眼，只能胡乱摸索，憋着气从水下钻出来，换口气又扎下去，终于游到林天豹身边，从背后抓住他的裤腰把他提起来，推着他朝台车位置游去。

林天豹哇哇地哭着，颤抖地说：“你别救我，让我死了算啦。”

铁龙飞说：“少废话，咱们都要活着出去。”

林天豹游到台车旁，刘万川哆嗦着身子伸出手，将他拉了上去。铁龙飞再次游回水中，朝四周寻觅。他看见铁铮骨拖着一个人朝台车游来。铁龙飞游近他，帮他把这个人一起推到台车前，然后喊刘万川和林天豹帮忙拖到架子上。

铁龙飞和铁铮骨扶住台车歇息片刻，两眼巡视着晃荡的水面。几块方木从台车下漂向洞口方向。明显看到，积水还在猛涨。

铁铮骨说："龙飞，你歇会儿，我去捞。"

铁龙飞喊："别管我！看看有谁能浮上来。"

林天豹带着哭腔，说："我那些人都不会水呀。"

铁龙飞急哑了嗓子，忽然想起了铁松儿和猴子，大声问道："他们俩呢？咋没见松儿和猴子上来？"

"松儿——"

"猴子——"

洞内没有回声。

"快去找。"铁龙飞喊着，和铁铮骨跳进了水中。林天豹和刘万川站在台车上四处张望，发现前方水面浮起两具尸体。

"在前面，快过去。"

铁龙飞和铁铮骨仔细辨认，其中一具尸体是猴子，另一具脸朝下没看清是谁。俩人快要游到尸体旁边时，猴子开始缓缓往下沉。

铁龙飞大骂："猴子，你给我上来，上来呀。"

一个猛子扎下去，铁龙飞摸到猴子的尸体，将他拖出了水面。

铁铮骨游到另一具尸体旁边，将那人翻过来一看，哭叫道："龙飞，快过来，这是松儿……"

铁龙飞先将猴子尸体拖到台车上，返回水中去帮铁铮骨拖拽。听到铁铮骨的哭喊，他游过去抓住铁松儿的胳膊，含泪咆哮道："松儿，你醒醒，醒醒啊。你儿子还在老家等你呢……我的老天哪！"

铁松儿的尸体也被拖上了台车。铁龙飞、铁铮骨、林天豹和刘万川，望着摆在台车作业平台上几具尸体放声大哭。

铁龙飞抹了抹眼泪，强忍悲痛，说："铮骨哥，咱要把所有民工兄弟的尸体都捞上来。"

林天豹和刘万川不太会水，只能眼巴巴地瞧着铁龙飞和铁铮骨再次返回水中。他俩借着水的浮力游到洞内，头发在浑水中漂荡，身后传来了林天豹的吼叫：“龙飞，我该死，欠你几条命，是我对不起你！”

铁龙飞没有回应。他俩只顾朝四周寻望，发现周围水里仍有几具漂浮着的尸体……

铁铮骨说：“他们已经不行啦。”

铁龙飞说：“就是死了，也要把他们拖到台车上去。”

铁铮骨抓住一具尸体向台车方向游，游到半截，突然体力不支，“啊啊”地叫喊没有力气拖不动了。眼看连人带尸往下沉，铁龙飞飞快地游过来，先拽起铁铮骨，又拉住那具尸体，催铁铮骨赶快到台车上去。

外面的救援行动正在加紧展开。自卸车拉着一车抽水机和软管开到隧道口停下，一群工人立即围上去帮着卸车与安装。洞口吵吵嚷嚷，各方领导和救援人员来到洞口，瞪着一双双惊骇的眼睛朝洞内看，大水已漫到斜井边墙上部。他们齐声朝里边呼唤铁龙飞和林天豹的名字，可水面静悄悄，既看不到人，也听不到回声。几个民工脱掉衣服要往洞里冲，被领导劝住，因为水深太危险。

稍过片刻，来了一车武警战士，拉来了冲锋舟，其中几个人头戴面具、身背氧气瓶。救援人员和领导聚集在涌水浸漫的隧道口，用灯光朝里照。苏欣站在最前面，一直流着泪，目不转睛地望着水面。

村书记也带着一些村民赶来了。他看了看洞里的水面，皱着眉头，满面愁容地说：“看来没指望了，得赶紧抽水。”

唐仁怀急得在原地踱着步子，要求路宽两天内必须把水抽干。众人将冲锋舟抬到斜坡下推进水里，潜水员全副武装跳上去，领导下达指示先救活人，再捞尸体，嘱咐进洞救援人员小心。

苏欣哭着跑近冲锋舟。她也要进去，被领导挡住了，说：“你进去能做啥？下来！”

铁龙飞坚信洞外正在展开救援，可他们必须学会自救。铁铮骨游到二衬台车旁，终于抓住了台车架，被林天豹和刘万川拉到了台车顶部，由于过度疲劳，加上寒冷与悲伤，他浑身战栗不止。

铁龙飞捞了一具尸体回到台车，站在上面大喊：“还有人吗？……还有人活着的吗？”

混浊的水面来回拍打着洞壁，除了洞内喷涌的水声，没有任何反馈。林天豹站在台车上哀号着，铁龙飞低头看着铁松儿等几具肿胀的尸体，哭成了泪人，吼道：“老天爷，这是为什么，为什么……”

铁铮骨流着泪，后悔自己喊铁松儿到斜井来，这一来把命丢在了这里，不知如何跟他的家人交代。铁龙飞泪干肠断，举起右拳砸着台车架上，嘴里不停地说都怪自己。听到这些，林天豹再也控制不住自己，跪在平台上给铁龙飞、铁铮骨和铁松儿、猴子的尸体“咚咚咚”地磕头，一把鼻涕一把泪地说，是他罪孽深重，坑了进洞的弟兄们。

洞内渐渐恢复了宁静，唯有水滴从拱顶砸向水面，掉在水中吧嗒作响。铁龙飞和铁铮骨稍作休息，刚感到体力有点恢复，便又跳入水中去看看还有没有可以搭救的其他生命。

冲锋舟避开水面漂浮的方木和杂物，缓缓朝里边驶来，救援人员打着强光灯照射着水面四处搜寻，忽然发现三个影子在移动。

铁龙飞和铁铮骨在拐向斜井挑顶处的三十米位置，又拽住了一具尸体。冰冷的涌水冻得俩人嘴唇直颤抖。他们用一只手抱住一块漂浮的方木，另一只手拖着尸体朝台车游去。

冲锋舟驶进正洞，马达的轰鸣声引起了铁龙飞、铁铮骨、林天豹和刘万川的注意，台车顶端传来林天豹激动的哭喊：“外面进来人了，咱们这回有救啦。”

铁龙飞和铁铮骨扭头朝后看，冲锋舟上射来几束刺眼的强光，使他俩难以睁开眼睛。

“龙飞，外面进来人啦。”

铁龙飞不停地朝冲锋舟喊：“哎，我是铁龙飞……”

冲锋舟上的救援人员看到了他俩，加大马力开了过来，稳在他俩身边。三名潜水员跳入水中，先把那具尸体推进舟舱里，之后把他俩拉了上去。此刻，铁龙飞和铁铮骨瘫软躺下，捂住脸“哇”地哭出了声。

“还有活着的人吗？”

铁龙飞指向台车，救援指挥员指示冲锋舟，先把铁龙飞和铁铮骨送出去，再返回来接人。洞口的人都拥挤在洞内坡下，焦急地等着里边的消息。随着一阵马达声，水面照射的强光越来越近。众人激动难耐，紧张地瞧着驶来的快艇。冲锋舟缓慢地停在水边，铁龙飞和铁铮骨抬头看到了前来救援的人们。

路宽喊："快！把他俩抬上去。"

众人蹚水冲到快艇两侧，只见里面躺着一具尸体，铁龙飞和铁铮骨俩人冻得浑身发青。俩人的胳膊受伤流着血，疼得他们龇牙咧嘴，被路宽和众人扶下了冲锋舟。

苏欣紧紧抱着铁龙飞，泪如泉涌，说："你们俩还活着？"

铁龙飞喜极而泣，说："活着。"

"其他人呢？"

"林天豹和刘万川活着，其他人都死啦。"

"铁松儿呢？"

铁铮骨蹲在地上泣不成声，说："松儿也死啦。"

铁龙飞强忍疼痛，在众人的簇拥下走出斜井。有人抱来棉大衣披在他和铁铮骨身上。苏欣挽住他的胳膊，朝洞外走去。

斜井里的涌水，被十几台排水设备抽了三天三夜才抽干。满洞子稀泥，到处是纸、饭盒、衣服等杂物。方木散落在不同的地方，风管塌落在泥水里，发电机和抽水机都被掩埋在了淤泥里。

水抽干后，唐仁怀带着设计、监理和路宽等人，脚穿高筒雨靴，打着手电走进斜井。正洞内的开挖台车被冲倒在掌子面下，只有二衬台车稳稳地耸立在泥巴里。他们踩着稀泥走上去，用手电筒照亮拱角侧壁，一个硕大无比的溶洞空腔呈现在眼前。

唐仁怀惊愕道："原来是山体内的积水溶洞。"

大家站在溶洞底部，张大嘴巴仰头察看着溶腔。从溶洞顶部坠落下来的水珠，掉落在洞底的水洼里，发出"吧嗒吧嗒"的声响，像是为死者悼念的泪水。

溶洞空腔内极其黑暗，没有一丝光亮。手电筒照来照去，向上竟照不到顶。苏欣用手电照着四周，说："唐总，隧道右半幅断面与溶洞重叠，他们打穿了锅底。"

唐仁怀无比震惊地张着嘴巴，仰头看着巨大的溶洞，说："我的妈！老林他们头顶上压着一座几十万立方米的水库呀。"

路宽跟在唐仁怀身后，转身望了一眼掌子面的溶洞口，说：“这隧道……咋通过啊？”

唐仁怀说：“不能过也得过。如果遇到困难就往后缩，还有现在的中国高铁吗？”

为了铁松儿、猴子和那些死去的民工，苏欣含泪接受了任务，与设计院人员一起，制定出一整套在隧道里建隧道，通过溶腔体的施工方案，按时提交给了专家们进行论证。

# 第三十一章

铁门关隧道斜井涌水事件，一共有十一个人遇难。隧道出口前去增援的五个人当中，铁龙飞和铁铮骨幸免于难，铁松儿和那两名民工却葬身水底。剩下八名遇难者都是林天豹劳务队的人员，其中两人是林天虎调派来的老家乡亲。经过多方调查分析，这次事件最终被定性为自然灾害。

铁松儿因救猴子，在水下被拽住脚踝溺亡，没有人看见。所以，铁龙飞、铁铮骨、林天豹和刘万川，都不知道他到底是为舍己救人而死，还是自己受伤呛水丢掉的性命，总之死了。

路宽、汤公明和李从安花费很大精力，用半个多月时间，协助两个劳务队处理善后，从安全生产预备费中，拨出一千多万元的应急专款，用于死者和家属安置。

林天虎听说斜井发生重大涌水事故，带人连夜赶到了工地。林天豹和刘万川经过这场生死劫难，受到严重的惊吓与刺激，洪水冲击的场景，很长时间都在脑海里挥之不去，一回想起来就不寒而栗，精神几近崩溃。不过，俩人倒都记得，是铁龙飞在没顶的大水中救了自己，这让他们极为感动。

林天虎目睹了善后处理的全过程。那些遇难者家属，看到自家的亲人躺在殡仪馆冰凉的停尸间里，悲痛欲绝，肝肠寸断。经过一轮轮的协商，最后获得八十万到一百二十万之间不等的赔偿金，含泪抱着骨灰盒，痛心入骨地返回老家，把他们埋葬在各自的故土上。

猴子的骨灰被哥哥带回了四川老家。他死后，林天豹更换了新的工班长，按照业主公司和设计院确定的溶洞处理方案，重新展开了施工。林天虎听从老爹的吩咐，多留了几天，帮助林天豹好好抓了抓斜井洞内施工。

一天晚上，林天虎林天豹和刘万川三人一块喝酒，问道：“铁龙飞真救了你们俩吗？”

刘万川说起来就想哭，说：“真是他和铁铮骨救了我跟老板，不然哪会坐在这儿跟你喝酒啊。”

林天虎听完，问林天豹是不是该去谢谢铁龙飞。林天豹称铁龙飞和铁铮骨是他和刘万川的救命恩人，必须去出口磕头感谢他们的救命之恩。再忆往事，他就透骨酸心，哭天抹泪，说：“我那么跟他作对，关键时刻，人家舍生忘死救我，实在有愧于他。”

那些天，是铁龙飞、苏欣、王大路、江水和全队民工最难过的日子。铁松儿和那两个民工兄弟的尸体，被拉回驻地后，先在钢筋加工棚后面停了五天，等待他们的父母和老婆来见最后一面，之后才能用殡仪馆的灵车拉走。

小铁匠和江水都从县城工地赶回了隧道出口。映春和映红得知三个活生生的人，转眼命赴黄泉，勾起了姐俩对映秋的怀念，俩人柔肠百转，泪如泉涌。王大路给队里每个民工，发了一条黑布戴在左胳膊上，以此表达对铁松儿三个人的悼念。因为在水中长时间浸泡受寒着凉，铁龙飞和铁铮骨高烧了三天三夜。躺在镇医院的病床上，铁龙飞意识不清，在梦里大声呼喊铁松儿的名字，挥动着手臂嚷嚷着去救人。

连日来，苏欣一直心神不宁，内疚至极，悲伤地暗暗流泪。假如不是她提出让铁龙飞带人去打增援，铁松儿和那两个民工，也不至于失去生命，给他们造成这么大损失。因此，稍微有空，她便跑去病房守护铁龙飞。等高烧退去，铁龙飞睁开眼睛，发现苏欣正趴在床前，紧紧攥着他的手，也瞬间破防，哽咽起来。

铁龙飞两眼发怔，问：“松儿和铮骨哥呢？”

苏欣说：“铁铮骨在隔壁。”

铁龙飞忽地坐起来，垂下头呜呜地哭了，说：“松儿……他死啦！”

苏欣知道他重情重义，无法劝说，就那样看着他哭，让他把压在心底的悲伤释放出来。哭了一会儿，铁龙飞拔掉输液针管，拉着苏欣去了隔壁。

小铁匠和映春正在病房里照顾铁铮骨。见他和苏欣进来，铁铮骨勉强坐起来，说：“龙飞，大家全靠你啦，你也得好好的。”

铁龙飞抹掉眼泪，说："铮骨哥，你多养几天，我得出院，松儿三个人还没处理呢。"

小铁匠说："大路哥和江水在等雅芹嫂来呢。"

现实就是这般残酷无情。离家一年，张善在那场地震中死了，爹娘也陪他而去。李雅芹盼星星盼月亮，等来的却是悲痛欲绝、天塌地陷的噩耗，松儿爹娘和李雅芹当场哭昏过去。铁龙飞的父母和村里人听到这个不幸的消息后，连忙赶去铁松儿家，一起出主意安慰他们，最后决定，松儿娘留在家里带孩子，松儿爹和李雅芹及哥哥去把铁松儿的骨灰接回来。

这是一趟生不如死的艰难旅程。虽然有哥哥陪伴，松儿爹和李雅芹还是哭了一路。他们乘坐绿皮火车，几经辗转才到达工地所在的县城。另外两名民工的遗体，已经用灵车拉到殡仪馆，江水去安排他们的家属了，只剩下铁松儿的遗体停在钢筋加工棚里。王大路亲自开车，去车站将松儿爹和李雅芹接过来。看见铁松儿僵硬地躺在停尸床上，松儿爹和李雅芹心如刀割，趴在遗体上哭得死去活来。

王大路和铁子安将他们爷俩扶起来搀进办公室，从超市里喊来映红陪伴李雅芹。慌忙中，王大路没顾上介绍映红是谁，李雅芹也没问，映红自己也不说，只管精心地照顾她。

松儿爹哭干了眼泪，说："我要见龙飞，他人呢？"

王大路说："龙飞和铮骨在洞里救人冻着了，发高烧在医院。"

李雅芹问铁龙飞啥时来，王大路说已经在来的路上。铁龙飞知道松儿爹和李雅芹到了，当即办理了出院手续。铁铮骨也跟着出院，和小铁匠、映春一起回了驻地。

苏欣没去隧道出口，被司机接回了项目部，很多工作在等着她处理。铁龙飞、铁铮骨、小铁匠和映春，下车后直奔钢筋加工棚，那里有一帮人在为铁松儿守灵。铁龙飞第一个跪了下去，铁铮骨和小铁匠也跟着跪在了遗体前，悲泣大哭。这时，从远处爬来两条蛇，一条大黑蛇与一条大红花蛇蠕动着身子爬到了停尸床下。

铁龙飞、铁铮骨和小铁匠，跪拜了良久才起来。正要去办公室，忽见一辆越野车驶来，停在了坡上。林天豹和刘万川左臂戴着黑布跳下车，林天虎手里拉着一只旅行箱跟在后头，三人来到加工棚遗体前，"扑通"跪在铁龙飞和铁铮骨面前磕下一头，接着转身对着铁松儿的遗体连磕三个头。看着他们的举动，众人心里很是复杂，有的怨恨，有的无语。

林天豹双膝跪地，泪水横流，说："龙飞兄弟，我和万川欠你太多，拿我俩的命都还不够，你说叫我咋办，我就咋办。"

铁龙飞心里五味杂陈，让民工们把林天豹扶起来。林天豹和刘万川跪地不起，连声表示："以前都是我们不对，你大人不记小人过，以后绝不会再干丧良心的事，和你们好好把隧道打好。"

此时，冯三手提东西，从坡下工地爬上来，先进屋跟王大路和江水打了招呼，问清是铁松儿爹和老婆，上前安慰他们，将手里的东西交给王大路，说："我出五万略表心意，收下。"

王大路说："龙飞回来了，你交给他吧。"

冯三、王大路和江水透过办公室窗户，看到了钢筋加工棚那边的情景，正要过去，突见林天豹和刘万川站起身，跟在铁龙飞和铁铮骨身后，朝办公室走来。快到门口时，林天豹从林天虎手里接过旅行箱递给铁龙飞，说："兄弟，你们搭了命，不能再让你出钱，这一百万你留下，不然我心不安。"

铁龙飞不接，冯三将箱子抢过来，说："哟，林老板，你弟兄俩都来了，这还像回事儿。你那里涌水，龙飞兄弟敢舍命救你们，假如出口涌水，你不见得会舍命，这些钱补给松儿和那俩民工弟兄吧。"

林天虎说："你们救的不是我哥一个人，而是我们整个家族。出再多钱也买不回三条人命，我服啦。"

王大路说铁松儿爹和李雅芹在屋里，问他要不要见个面，林天豹带刘万川毫不迟疑地走进去，给松儿爹和李雅芹深深鞠了一躬。见到铁龙飞，松儿爹抓住铁龙飞的手不肯撒开，传出来的唯有撕心裂肺的哭声。

铁龙飞收了林天豹和冯三送来的钱。他把江水和王大路叫来，商量给铁松儿和那两个民工赔偿多少，考虑到项目部下拨了处理善后的专款，还有林天豹的补偿，提出每人至少给一百万的抚恤金。

江水和王大路都赞成，说："咱们三个再每人另加十万。"

铁龙飞说："你们别加了，我个人给他们每人加十万，年底公司分红，从我那份里扣。"

最终，三位死者的家属都拿到了一百二十万元的补偿款，铁松儿的遗体也被拉到县殡仪馆火化了。守着骨灰盒，松儿爹和李雅芹恸哭不止，不知道将来的日子该咋过。直到临走前的最后一晚，李雅芹的情绪才稍稍平静。

小铁匠带着映春和映红，与铁龙飞和王大路一起，在宾馆里陪伴李雅芹和松儿爹。这时，李雅芹才想起问映红做啥的，小铁匠说："她是我小姨子，叫映红，松儿生前曾说要认她当干妹妹。"

李雅芹虽然目光呆滞，但清楚映春和映红的家庭情况，望着她俩问："你们想去我们老家吗？"

映春说："我们俩将来都要跟铁匠回老家。"

李雅芹觉得自己与她们姐俩同病相怜，说："松儿说过要认映红当干妹妹，可以后我帮不上你们。"

小铁匠和松儿爹娘都清楚，李雅芹不会一辈子守寡，在他们那个地方，很多丧偶的寡妇在男人死后都改嫁了。李雅芹也逃不过命运的捉弄，尽管再爱铁松儿，她也会往前走一步，最后只留下松儿爹娘孤零零地度过余生。

小铁匠问："嫂，你也要和别人一样吗？"

李雅芹以泪洗面，哀叹道："我不那样，又能怎么样呢？"

铁龙飞和王大路把小铁匠叫到隔壁房间，说："铁匠，你带映春陪着回去，葬完松儿再回来，也让映春去老家认认门。"

第二天一早，小铁匠抱着铁松儿的骨灰盒，跟映春一起陪着铁松儿爹和李雅芹踏上了返乡之路。前去送行的民工兄弟们，默默目送他们远去，一老一少佝偻的背影很是辛酸。

在春节前的头一个礼拜，铁松儿的骨灰被埋葬在了村西庄稼地里，与张善和父母的坟相距不远。过完正月，李雅芹带着铁松儿用命换来的大部分钱，改嫁到二十里外的村庄，嫁给了一个丧偶的中年男人。出门时，她流着泪跪在堂屋台阶下的院子里，给松儿爹娘磕下三个头。然后，抱起年幼的儿子，头也不回地离开了那处令她伤心的院落。

映春来到北方这个陌生的村庄，认了小铁匠的家门和他的父母亲戚以及街坊四邻，正式成为铁家尚未过门的新媳妇，找到了自己的归宿。

项目部通知路基队、桥梁队，除春节期间值班人员留守外，可以放民工回家过年，但隧道队要正常施工。铁龙飞、江水和王大路商量后，给全队民工全额发放了当月工资和奖金，三个人谁都没谈公司如何分红。江水主动提出留在出口值班，让铁龙飞和铁铮骨回家过个年，看望一下家人。铁龙飞很想跟苏欣一起过春节，动身前去项目部找到她，问能否跟他回去见父母。斜井涌水事件刚完结不久，穿越溶洞方案正在实施，苏欣心里还蒙着一层阴影，答应隧道贯通后再跟他回老家，并提醒他可以带上映红，因为映春跟小铁匠回去了，把她一个孩子留在工地过年，既不安全，又很孤单。

铁龙飞听了苏欣的建议，和王大路、铁铮骨一起带着映红回到了村里。铁龙飞和王大路提着东西，挨家挨户去那些没能回来的民工家里拜访。同时，嘱咐小铁匠准备一些供品、黄纸、白酒、香烛和鞭炮，喊上映春与映红，一块去村西庄稼地里，给张善、铁松儿他们上坟。望着新堆起来的三座坟茔，几个人心里再次涌起一阵酸楚与悲凉。

大年三十下午，汪文进提着年货来到铁龙飞家，家人沏好茶留他吃饭，因当晚是除夕，他婉言谢绝了。尽管听说工地发生了一系列糟心的事，可汪文进仍下定决心辞职，过完年跟铁龙飞去工地干劳务。

铁龙飞说："文进，去高铁工地干活，今天不知道明天的事，有思想准备吗？"

汪文进信心十足，说："有啊，和咱们当兵挖隧道差不多。我已经没退路了，不管你愿不愿意带我去，我都跟你走。"

铁龙飞问道："你敢舍命吗？"

汪文进坚定地说："我的命又不比你金贵，并且这条命还是你给我的呢。你敢舍，我有啥不敢舍的，就这么说定啦。"

春节没能在家里待几天，铁龙飞实在放心不下工地和苏欣，过完初六，他和王大路等人就返回了南方工地。与回来时不同，这次回去又多了汪文进。江水很欢迎他的到来，因为刚好补了铁松儿的岗位。

苏欣乘车去接铁龙飞，在车站出口撞见了林天豹，以为他来接斜井劳务队的人，问："林老板，你们队谁回来啦？你还亲自来接。"

林天豹对苏欣谦恭了许多，说："跟你一样，来接龙飞兄弟。"

从林天豹这句话和其行动里，苏欣感到他真的在变，逗他说："你不恨铁龙飞了？"

林天豹晃着脑袋，说："小苏总啊，你别哪壶不开提哪壶呀，去年我中了一年的邪。"

“有药治啦？”

“龙飞兄弟就是一副猛药。”林天豹满怀愧意地说，“他不但救了我的命，还治好了我的心病啦。”

林天豹的话没假，是发自内心的。铁龙飞回到工地后，林天豹提着一大一小两只口袋，叫铁龙飞陪他去超市，将小袋里的十万块钱送给了映春和映红。之后，顺道从北山下的工地喊上冯三，让他和铁龙飞陪着去村委会。见到村书记和主任，林天豹一再检讨自己过去的错，将另一大袋钱搁在桌子上，说：“这里边有四十万，是我应该捐建村里设施的，书记和主任别嫌少。”

村书记和主任很惊讶也很高兴，握住林天豹的手，说：“哎呀，想不到啊老林，你这是雪中送炭啊。希望小学已经开建，中心广场正等米下锅呢。来来来，请喝茶。”

林天豹第一次受到了村书记和主任的热情款待，明白了铁龙飞为什么能获得政府的支持与厚爱，因为支持是相互的。

主任让村会计将那些钱入完账，开了收据，递给林天豹后，问要不要给县镇政府备个案。林天豹摆手说：“不必啦！龙飞兄弟前面已声势浩大，我不能冲他，这点钱不值一提。”

铁龙飞有一丝小小的感动，在村书记和主任面前，夸林天豹是他的恩人，当初没有他引路，也没机会带民工们出来干活，相信以后他们会联手闯天下。俩人一唱一和，让冯三觉得有些尴尬，埋怨说：“瞧瞧你们俩，早知现在，何必当初呢？把我弄得里外不是人。”

又一个春季开始了。铁龙飞、江水和王大路，对民工重新做了调整，将铁铮骨调到北山工地接替了铁松儿，派汪文进进洞顶替了铁铮骨的角色，县城工地仍由江水和小铁匠负责，三个工地施工热火朝天。

这一天，路宽突然接到唐仁怀的电话，向上级争取的“路地共建先锋队”荣誉称号审批通过了。因在斜井涌水中舍己救人，铁龙飞的事迹传播甚广，被树为“新时期优秀青年”先进典型，“五四”青年节前夕，还要作为劳务队代表进京巡回演讲。这个消息震动了整个工地。

路宽挂断电话去找苏欣，说：“苏总，龙飞这下可扬名了，你给他写份演讲稿，把他的事迹好好宣传一下。”

苏欣惊喜万分，立即拨通了铁龙飞的电话，说："哎，你要出名当了大老板，会不会看不上我啦？"

铁龙飞莫名其妙，说："亲爱的，你开啥玩笑，我到哪儿出名去呀？即使出了名赚了钱，连人带钱还不都是你的。"

苏欣说："这还差不多。"

于是，苏欣就把铁龙飞获得了什么荣誉，被树成啥典型和要进京演讲的事，从头到尾细说了一遍，这让铁龙飞也备感意外，惊喜万分。

苏欣问："你得写份演讲稿好好练练，别上台短路。"

"我哪会写呀。"铁龙飞说，"你替我写一份吧。"

"我写了你不用咋办？"

"用，一定用。我文笔太差，照稿背还行。"

去业主公司领完奖，披红挂彩的铁龙飞直奔项目部。一进办公室，先给了苏欣一个拥抱，然后拿出红色证书，在她眼前晃来晃去。苏欣伸手夺过来，看着上面的字，眼泪都快流出来了。

"你真厉害。"苏欣温情地说，"项目部也准备给你评优秀劳务队呢，并推荐你去另一个高铁工地干活。"

铁龙飞不敢相信自己的耳朵，睁大眼睛望着苏欣，抱起她在屋里转圈圈。苏欣开心地笑着直喊头晕，握起拳头轻轻地砸向他的肩膀，让铁龙飞把她放下来。

铁龙飞稳稳地放下苏欣，说："我要去别的工地干活，你得辞职跟我走，我可不想结完婚舍下你。"

苏欣说："我才不呢。我学的是隧道专业，只有在工程局干，才有用武之地。将来你接你的活，我干我的隧道，有了孩子不用你带。"

铁龙飞清楚现在还不到谈婚论嫁的时候，没再跟苏欣谈今后的事。过了几天，铁龙飞又去项目部，苏欣从桌上拿起演讲稿念给他听，声音抑扬顿挫，听得铁龙飞热血沸腾。

苏欣说："我都帮你标注在稿子上了，讲到哪儿声音该高，哪儿该低，哪儿该小，哪儿该大，你回去好好练吧。"

铁龙飞在苏欣面前很虚心，像个乖巧的孩子。苏欣教他照着稿子练了整整一个月。进京前，去业主公司进行预演，竟把董事长和唐仁怀听哭了。

董事长握住铁龙飞的手，说："高铁建设需要像你们这样的劳务队，你可是咱们这儿的一面旗帜，我们支持你的发展。"

"五四"青年节到来前，铁龙飞带着满身荣耀和高铁工地民工兄弟们的嘱托，昂首挺胸，进京走进了大礼堂。凭着苏欣帮着撰写的演讲稿，他在演讲比赛中竟然获得了金奖，还被授予了"铁路榜样"称号，再次名声大震。

半个月后，铁龙飞载誉归来，回到了高铁工地。所到之处，民工们把他当作英雄，但他并没有因此而忘乎所以，一头钻进隧道紧盯施工进度。

两年之后，艳阳高照的群山中，一望无际的高铁线路横铺在大地上。悬罐梁特大桥已经合龙，上面的钢桁梁也已开始拼装。高高的塔式龙门吊和悬臂式吊车，都在往桥上吊钢架。

没几日，梁车通过悬罐梁特大桥，朝着铁门关隧道方向架设箱梁。梁车退到梁场，被两台龙门吊从桥上吊下来，再次掉头后重新被吊到桥上。路基段的几处作业面，大吨位悬臂吊车正将轨道板往上吊。一辆辆大型半挂车，装满轨道板从存板场里开出来，在便道上缓缓行驶。

隧道进口与斜井大里程方向已经贯通，铁龙飞的出口提前打到了分界线，只等林天豹从小里程方向打过来，因跨越溶洞耽误了两个月工期，不免影响梁车通过隧道和铺设轨道板。

林天豹开车来到隧道出口找到铁龙飞，说："兄弟，就差斜井小里程了，别让民工兄弟们闲着，求你帮哥一个忙，继续往前打。"

其实，出口分界线离斜井掌子面仅剩六十米左右，两边同时对打放几炮，很快能贯通。既使这样，林天豹依然很着急。

铁龙飞笑笑，说："万一吃了你的工程量和投资咋办？"

林天豹说："过去怪我小气啦，咱们早一天打通，早一天铺轨通车，转场离开这个地方。"

铁龙飞说："行吧，完成的工程量，咱们各算各的。"

铁龙飞再一次向林天豹伸出了援手，派人开始作业。汪文进在隧道里学到不少东西，听说要继续往前打，来了劲头，轮到夜班就让铁子安休息，自己进洞带班。

王大路怀疑汪文进有啥猫腻，说："该谁进谁进，人家都想上白班，你咋抢着上夜班啊？"

汪文进谦逊地说："哥，我年轻，熬得住。你和龙飞、子安哥吃好睡好，白天才能出活啊。"

王大路认可了汪文进的人品、能力与敬业精神，建议铁龙飞将来公司可以算他一股。铁龙飞赞同他的想法，不是看战友的面子，而是因为当初汪文进借了复转费，劳务公司才得以成立，这时候不能忘了帮助过他们的人。

又一日早晨，铁龙飞在办公室门前，喊住汪文进和铁子安，叫他俩安排好洞内出来去听课。汪文进感到很迷惑，问听啥课。铁龙飞说苏欣在组织无砟轨道铺设作业岗前培训，隧道内各自里程各自铺，不学咋行？不光他俩去，铁龙飞也要去学。

长期在外干活的人，闲下来就难受。听课很能磨性子，铁子安坐不住，推辞说："隧道再放最后一炮就贯通了，我盯着，你们去学。"

铁龙飞说："啧！叫咱去咱就去，我老婆讲课，又不是别人。以前还有钱捧个钱场，没钱捧个人场呢，咱去听听有利无害嘛。"

三个人开车去了项目部会议室。走进去一瞧，里边坐满了各队队长和技术负责人，投影屏幕上打着"无砟轨道先导段施工实施性组织设计"。

苏欣手里拿着红外线指挥棒，站在台上。见他们从后面进来，会意地朝铁龙飞点了点头。林天豹没来，他在盯着斜井最后一炮，派了刘万川参加。他们都来得早，坐在最前面。

苏欣扫视了一下会场，说："从今天起，咱们进行无砟轨道铺设作业培训，为期三天。请大家静下心来认真听，吃透施组精神，掌握作业程序、施工工艺和质量要求，为即将展开的整体道床施工做好各方面准备。"

投影幕布上的文字，在红外线光点下一行行地滚动。苏欣在讲台上自信地边走边讲。施组编制原则和依据，都是现行的铁路标准和高铁无砟轨道施工条件所要求的。管区铺设无砟轨道的总长度达三十公里。线路正线轨道采用 CRTS Ⅲ型板式无砟轨道，道岔连接区则采用 CRTS Ⅰ型双块式，与正线相邻的到发线和联络线，以及动车走行线采用有砟轨道。主要技术标准，铁路等级是客运专线，正线数目为双线，线间距为 5 米，速度目标值时速为 350 公里，最小曲线半径为 7000 米，困难条件下 5500 米。最大坡度一般地段为 12‰，困难地段不超过 20‰。到发线有效长度是 650 米，机车类型是电力。列车运行控制方式为自动控制。

会场人员都是最基层和现场的实操手，设计问题太专业，标准又高大上，他们不得不翻看施组，并在上面用笔进行标注和记录。有的直愣愣地看着幕布，有的跟着苏欣的节奏移动着目光，铁龙飞和铁子安则听得晕晕乎乎。

铁子安说："兄弟，这技术只有你老婆能倒背如流，换别人谁能记住啊，我直犯困。"

汪文进说："咦，我第一回听人讲高铁，多有意思，不懂高铁怎么能在高铁工地干活，咱不能当外行呀。"

铁龙飞低着头，说："子安哥，得听得学，不然咱们不会干。"

铁子安强打精神，双臂摁在桌面上，伸着头朝前看。苏欣滔滔不绝地讲解着。从她介绍中，大家才了解到，如今的高铁无砟轨道铺设，会大量使用非标设备及工装，对操作要求很高，设备工装与系统技术密不可分。这些非标设备，包括现场铺设所需的搅拌设备、轨道板精调系统、大量使用的专用工具以及广泛使用的新材料。比如，高标号早强水泥、预应力钢筋，用于现场铺设的硬泡沫板、两布一膜、HRB500 钢筋、沥青水泥砂浆中的干粉材料和乳化沥青等，需要新的检测方法和标准。本标段轨道板铺设时间紧、任务重，受箱梁架设、桥梁徐变和沉降评估时间限制比较大，加上乳化沥青砂浆灌注施工工艺要求高，气温高于 40℃或低于 -5℃时，不允许进行砂浆灌注施工，造成有效施工时间缩短。

苏欣没有讲完，就听到下面有人在打呼噜，其他人朝铁龙飞三人看过来，铁子安趴在桌子上睡着了。苏欣不想给铁龙飞难看，借势喊了声课间休息，听课的人起身到外面抽烟说话去了。

铁子安被铁龙飞一巴掌拍醒，说："还睡，下课啦。"

铁子安猛地惊醒，抬手抹了抹下巴上的口水，气得铁龙飞训斥道："哥呀，你咋不看看谁讲课？我老婆，给我点面子好不好？"

铁子安憨憨地笑着摇头，说："呀，不小心睡着啦。"

刘万川走了过来，说："哥呀，全屋的人都在看你们，叫苏总脸上挂不住啊。"

苏欣刚好站在铁龙飞他们背后，把他拉到旁边，说："你叫他回去吧，别听啦，他上夜班一定是太累了。"

铁龙飞说："行，我和文进留下，叫他回去。"

铁子安被铁龙飞打发回了工地。项目部知道隧道要贯通，前一天便通知林天豹和铁龙飞准备了旗帜与横幅，然后分成两路，路宽和汤公明去了斜井林天豹那头，李从安来出口这边，贯通时在洞内会合留影。铁子安惦记着最后一炮，返回隧道出口，戴上安全帽要进洞，被李从安和王大路拦在了洞外。

王大路说："你不听课回来干什么？"

铁子安说："隧道贯通我得回来，里边咋样啦？"

李从安说："等着听响吧，人员正往外撤呢。"

铁子安明白，掌子面已经装好炸药，马上要放炮了，就摘掉安全帽，与李从安和王大路走到一旁抽烟。不一会儿，里边的人全部跑出来，一名安全员手里打着彩旗，嘴里吹着铁哨，大声喊道："放炮啦！注意，放炮啦，请所有人员撤离！"

每次放炮前，安全员都要这样吹着铁哨喊几遍，警示民工们离开洞口，生怕碎石从洞里崩出来伤人。喊过后片刻，只听从洞内接连传来几声"咚咚咚"的闷响，惊天动地，之后再无动静。

"空压机！空压机！"铁子安跑到洞口喊，"快开空压机降尘。"

一个民工跑到空压机前，举手推上了电闸，空压机"轰轰隆隆"转了起来，那条伸进洞内几公里长的黄色风管，本来因为停止送风干瘪贴在了地上，电闸一推立即在轰鸣声中渐渐鼓胀，将风送进了洞内。

李从安、王大路和铁子安头戴安全帽往洞里走。几公里深洞走到掌子面，放炮炸出的烟尘，刚好被循环进出的新风吹出洞外。他们到达时，掌子面拱部被炸开一个大洞，斜井那头已经从大洞里，先后钻过来十多个头戴安全帽的工人，其中有路宽、汤公明和林天豹。出口这边也爬上去十几个民工，与对面过来的人握手拥抱，几乎忘记了他们曾经是相互敌视的对手。

李从安和王大路、铁子安等人，兴奋地呼喊着迅速爬上去，与路宽和汤公明会师。一时间，掌子面上红旗招展，人声鼎沸，印有"祝贺铁门关隧道贯通！"字样的横幅被展开，有的民工叫喊着将安全帽抛向空中。

一个月后，整个高铁工地人山人海。大家头戴安全帽、分布在不同的作业面、搅拌站、梁场、隧道和边坡劳作施工，一张张黝黑的脸膛儿流着汗水。在一千米长的施工区段内，四五百名工人分成前后段落，在按施工顺序和工艺流程进行作业。有的工人在做底座板施工准备，比如桥面防水、测量放样底座板边线、布板软件坐标高程计算，伸缩缝、剪力钉、剪力钉加工安装，桥面清扫、铺设挤塑板、铺设两布一膜、安装后浇带连接器、底座板钢筋、测温温差电偶、底座板混凝土浇筑、后浇带张拉等。路基上摆满了全站仪、水平仪、定位锥、千斤顶、汽油吹风机、特制开口扳手、压紧装置、移动搅拌车、轨检小车、罐吊机、精度三联模、高压清洗装置、多功能作业平台、乳化沥青泵及砂浆搅拌车、沿桥竖立的底座板模板、悬臂铺板龙门吊、悬臂钢筋门吊等各种大小设备机具。小型龙门吊正吊着轨道板，沿固定在桥两侧的钢轨走行。轨道设标点沿线路方向每隔 60 米左右安设一对，左右线两侧各 1 点。桥梁上 CP Ⅲ点设于防撞墙上，按四等网 PS4 测量精度，平面为 ±1mm，高程为 ±0.5mm。

苏欣在后面的区段与精调班技术人员一起，将全站仪和棱镜，分别架设在轨道基准点上，并检查对中杆的尖头是否在测量钉内。四个标架，从第一个枕边处，一直往后摆在已精调过的轨道板过渡处，直到最后一根轨枕，记录人员则站在一旁作着记录。她俯身看着测量镜，喊道："视线良好，最长视距 4 块轨道板，27 米。第一步，调节对四个点的板首尾端平面和高程。"

从路基和大桥下来，苏欣最后来到隧道工地。隧道内已铺成一大段无砟轨道。各种设备堆满地。两侧边墙各铺着一条单轨，龙门吊正吊着轨道在上面行走。中间并行着几百米的模板，有工人半躬着身子正在抹面。整个隧道从斜井到出口，聚集着几百号施工人员。她在出口遇见了铁龙飞、王大路、汪文进、铁子安等人。

铁子安说："苏总，你快来指导指导俺们做吧。"

苏欣说："你不睡觉打呼了？"

铁龙飞笑着说："你别逗子安哥了，让他快点干。"

又过了一年，大地在四季中不断交替变化，南方群山峻岭始终是翠绿颜色，河水在高铁大桥下静静地流淌。一列白色动车检测车呼啸着从隧道里驶出，在建成的高铁线路上驶向了远方，只留下一望无际的高铁双线轨道。

隧道出口、滑坡整治和县城工地全部竣工后，铁龙飞又接到了县政府和业主、工程局给的多项工程任务，隧道出口的设备和人员都要分散出去。

几个点办完结算，收益颇丰。铁龙飞、江水和王大路按每个点所获得的效益，决定奖给小铁匠、铁铮骨、铁子安、汪文进以及江水工班的工长们每人三十万，取回现金摆在桌子上，分别把他们叫进来。见到这么一大堆钱，小铁匠他们激动地哭了。

铁龙飞说："哭啥呀？拿着。我说过，要富大家一块富。"

他们抱起那些钱，心满意足，直给铁龙飞三个人鞠躬。

江水鼓励说："擦干眼泪，继续前行。"

那年，小铁匠用干活积攒的钱，在县城买了一套三居室，正式与映春结婚了，映红跟着小铁匠和映春，也去了山东老家，找了一个年轻出息的对象，把自己嫁了。其他的工友都过上了相对富裕的生活。龙哥、冯三等所谓的名人，因为当年有案底，仍然没能逃过法律的严惩，被判刑入狱。林天豹因绑架拘禁映秋，林天虎因蓄意敲诈、侵吞国有资产，都受到了法律的制裁。不过，这些都是离开铁门关隧道工地六七年以后的事了。

撤离隧道工地之前，铁龙飞对手下做了一个明确分工，让王大路、江水、小铁匠、铁铮骨、铁子安、汪文进和河南工班有能力的几个人，每人负责一个工地，去当项目经理管项目。

安排人将设备调走后，临走之际，铁龙飞带着江水、王大路等人，先去铁龙希望小学转了一圈。老师和学生们集中在操场上，给铁龙飞等人佩戴上红领巾，行了少年礼。那一刻，迸发出的自豪感，让他们终生难忘。

从学校回来，铁龙飞率领众人，爬到隧道口上面的山上，对着那座荒草萋萋的坟茔，给张善鞠了三个躬，做了最后的告别。回到隧道口时，他们看见那两条大红花蛇和大黑蛇正盘在洞口龙虎碑上，铁龙飞冲着它俩伤感地说道："我们走后你俩好好守护隧道，让高铁列车平安顺利地从这里通过。再见啦！"

两条蛇好像听懂了似的，冲着他们吐着芯子。

在他们正要启程时，从坡下山村里拥上来一伙村民和学生，村书记和主任走在前头。那些人手里提着土特产，硬往车里塞。铁龙飞和王大路等人跳下车，感动而客气地推辞着，可挡不住百姓们的热情。

村书记说："村民一片心意，带上吧。盼着你们能再回到这里来。"

铁龙飞答应村书记和主任，每年来一趟，看看村里的孩子们。此时，苏欣乘坐的越野车迎面驶来，停在了铁龙飞和村民面前。她跳下车冲大家笑了笑。铁龙飞伸手将她拉到身边，对村民们说：“这是我老婆。她也要离开这儿，跟我一起走。”

村书记和主任率领众乡亲，目送铁龙飞等人离开。他们互相挥手告别，难舍难分，眼里含着幸福的泪花。

太阳越过山顶，从东方徐徐升起，散发出无限的温暖与能量。

众人看见，前面的大路越来越宽广。铁龙飞和他那群参与高铁建设的同伴们，意气风发，带着梦想驶进了阳光里。

几年以后，在某个省会城市，一座崭新的大厦拔地而起，上面镌刻着“铁龙集团”四个大字……

**图书在版编目（CIP）数据**

大路朝天 / 孟广顺著. —北京：中国工人出版社，2022.9
ISBN 978-7-5008-7971-8

Ⅰ. ①大…　Ⅱ. ①孟…　Ⅲ. ①长篇小说—中国—当代　Ⅳ. ①I247.5

中国版本图书馆CIP数据核字（2022）第157648号

大路朝天

| | |
|---|---|
| **出 版 人** | 董　宽 |
| **责任编辑** | 安　静 |
| **责任校对** | 张　彦 |
| **责任印制** | 栾征宇 |
| **出版发行** | 中国工人出版社 |
| **地　　址** | 北京市东城区鼓楼外大街45号　邮编：100120 |
| **网　　址** | http://www.wp-china.com |
| **电　　话** | （010）62005043（总编室）　（010）62005039（印制管理中心）<br>（010）62382916（工会与劳动关系分社） |
| **发行热线** | （010）82029051　62383056 |
| **经　　销** | 各地书店 |
| **印　　刷** | 北京美图印务有限公司 |
| **开　　本** | 700毫米×1000毫米　1/16 |
| **印　　张** | 31.75 |
| **字　　数** | 420千字 |
| **版　　次** | 2022年11月第1版　2022年11月第4次印刷 |
| **定　　价** | 69.00元 |